JEANINE KROCK
Die Sternseherin

Die Sternseherin

JEANINE KROCK

Roman

Deutschsprachige Taschenbuchausgabe Januar 2010 bei LYX
verlegt durch EGMONT Verlagsgesellschaften mbH,
Gertrudenstr. 30–36, 50667 Köln
Copyright © 2010 by Jeanine Krock und UBooks Verlag
Lizenzausgabe mit freundlicher Genehmigung des UBooks Verlags.
Die Originalausgabe erschien 2008 bei UBooks Verlag.
Alle Rechte vorbehalten.

1. Auflage
Redaktion: Joern Rauser
Satz: Greiner & Reichel, Köln
Druck: CPI – Clausen & Bosse, Leck
ISBN 978–3–8025–8230–1

www.egmont-lyx.de

Irgendwo in Europa

Mit einem Tuch tupfte sich der Redner den Schweiß von der Stirn und nahm einen großen Schluck aus seinem Wasserglas, bevor er weitersprach: „Die nachtaktive Spezies, die ich Ihnen heute vorstellen möchte, gehört gemeinhin in das Reich der Fabeln und Mythen. Anonyme Wohnsilos oder verlassene Gebäude bieten ideale Brutbedingungen für diese Kreaturen, die nur oberflächlich betrachtet mit uns Menschen verwandt sind. Sie leben mitten unter uns und finden besonders in den Städten ausgezeichnete Lebensbedingungen vor. Die Kriminalstatistiken der Metropolen in aller Welt weisen eine erstaunliche Anzahl unerklärlicher Todesfälle auf. Wir gehen davon aus, dass diese Prädatoren einen beträchtlichen Anteil daran haben. Sie sind in ihrem Jagdverhalten äußerst effizient, besitzen einen ausgeprägten Überlebenswillen, und – sie nähren sich von menschlichem Blut! Trotz ihres kryptischen Verhaltens ist es unserem Team gelungen, eines ihrer Männchen zu fangen. Als wir es in seiner Höhle aufstöberten, zeigte es Symptome weitgehender physiologischer Erschöpfung und nur schwaches Defensivverhalten.

Wir haben während der letzten Monate verschiedene Untersuchungen durchgeführt und können nun mit hoher Wahrscheinlichkeit annehmen, dass das äußerlich kaum älter als zwanzig Jahre erscheinende Männchen ein effektives physiologisches Alter von mehr als vierzig Jahren haben muss. Der Alterungsprozess wird offenbar durch chemische Vorgänge in seinem Blut verlangsamt. Wir haben Grund zur Annahme, dass dieser Vorgang in Ausnahmefällen sogar völlig zum Stillstand kommt.

Das nächste Experiment zeigte eine weitere interessante Fähigkeit, die für die Humanmedizin der Zukunft von großer Bedeutung sein könnte. Aus Sicherheitsgründen wurde das Objekt einige Tage vor dem Versuch nicht gefüttert und in einem videoüberwachten Raum gehalten. Es wirkte zwar erwartungsgemäß geschwächt, aber doch weit vitaler als ein Homo sapiens in einer vergleichbaren Situation."

Die nächste Projektion zeigte eine abgemagerte, regungslose Gestalt auf einem Metalltisch, mit in der Platte verankerten Bändern um Hand- und Fußgelenke. Das handverlesene Publikum reagierte verhalten, als ein Videofilm begann, in dem offenbar dieselbe Gestalt vergeblich versuchte, sich zu befreien.

„Sehen Sie, wie sich dieses junge Männchen wehrt? Aus gutem Grund, denn gleich wird der Laborassistent einen seiner Finger amputieren. Wenig später können wir dann beobachten, wie es in einen todesähnlichen Schlaf fällt, in dem es über keinerlei nachweisbare Vitalfunktionen mehr verfügt."

Die folgenden zwölf Stunden stellte der Film im Zeitraffer dar.

„Bitte beachten Sie, was nun passiert: Der Finger wächst vollständig nach!"

Ein Raunen ging durch die kleine Zuschauergruppe, vereinzelt hörte man leises Lachen. Zum Schluss wurde zwar höflich applaudiert, aber die meisten verließen kopfschüttelnd den Raum. Ihnen war deutlich anzusehen, dass sie nichts von alledem glaubten. Nur einer klatschte weiter in die Hände, während er die Treppe des Auditoriums hinabschritt. „Eine hervorragende Arbeit!" Was anschließend hinter verschlossenen Türen besprochen wurde, blieb geheim.

Eine Woche später entdeckten Spaziergänger den Professor

auf einer Parkbank. Sein Kopf lag, säuberlich abgetrennt, neben dem Rumpf, von Blut keine Spur. Wenige Tage nach dem grausigen Fund erhielt der Lifestyle-Mediziner Dr. Gralon einen seltsamen Brief.

1

Estelle versuchte, sich die Bestellungen der neu angekommenen Gäste zu merken, ohne dabei all die anderen überflüssigen Informationen aufzunehmen, die sie in Menschenansammlungen dieser Art immer empfing. Sie hatte gerade einen vielversprechenden Job verloren, und wenn sie ihre Miete am Ende des Monats bezahlen wollte, war sie darauf angewiesen, dass ihr Chef sie nicht vor dem Ende der Probezeit wieder hinauswarf. Rasch räumte sie die Teller von einem Tisch und hob lächelnd ihre freie Hand, um einem Gast zu signalisieren, dass sie ihn gesehen hatte. Da stieß jemand an den Geschirrstapel, den sie in der anderen Hand balancierte. Verzweifelt versuchte sie noch, das Gleichgewicht zu halten, denn für jedes zerbrochene Stück mussten die Kellner selbst aufkommen. Und Estelles Bilanz der vergangenen Arbeitstage fiel nicht gerade zu ihren Gunsten aus. Sie sah auf und blickte einen älteren Gast an, der schon ansetzte, sich zu entschuldigen, als sich ein roter Schleier über ihre Augen senkte und ihr das Porzellan endgültig aus den kraftlosen Fingern glitt. *Nicht jetzt!*, flehte sie lautlos. Aber die Visionen richteten sich nicht nach ihren Wünschen, sondern kamen und gingen, wie es ihnen gefiel. Und in letzter Zeit kamen sie immer häufiger. Sie schwankte – und von irgendwoher erschien eine Hand und fasste ihren Ellenbogen, um sie zu stabilisieren. Nichts an Estelle war stabil: weder ihre schmale Gestalt und noch viel weniger ihre Psyche. Der Mann vor ihr stand auf einmal nicht mehr im Bistro, sondern spazierte am Ufer der Seine entlang. Estelle stand am Wegesrand, doch er nahm sie gar nicht wahr. Plötzlich trat jemand aus der Dunkelheit. Der Neuankömmling war von kräftiger Statur, Estelle konnte sein Gesicht nicht erkennen, fühlte aber die dunkle Essenz seines Seins, als lege sich eine giftige Wolke über ihre Lungen. Sie stieß eine Warnung aus, doch der Spaziergänger schien sie nicht zu hören. Er sah auch den Angreifer nicht, der auf einmal ein Schwert in seiner Hand hielt. Im Schein der Laternen glänzte es gefährlich – und was nun folgte, spielte sich in Zeitlupe vor den Augen der heimlichen Beobachterin ab. Die Klinge sauste durch die Luft und trennte dem Passanten mit einem scharfen Schnitt den Kopf von den Schultern. Dabei hörte sie ein knirschendes Geräusch, das Estelle niemals vergessen würde. Entsetzt schlug sie die Hände vors Gesicht.

„Mademoiselle!" Jemand fasste sie grob an der Schulter und im ersten Augenblick dachte sie, der Mörder wäre nun hinter ihr her. Sie schrie. Es war, als schmelze die hauchfeine Membran zwischen zwei bizarren Welten, und ihre Vision war vorüber. Statt in die Augen eines kaltblütigen Mörders blickte sie direkt in das wütende Gesicht des Oberkellners. Jean-Marc war damit beschäftigt, ihre zu Klauen gebogenen Finger zu lösen, die sich in den Arm des Gastes krallten. Estelle hätte sich einfach wegführen lassen sollen, aber stattdessen gab sie ihrem Entsetzen einen Namen. „Nehmen Sie nicht den Heimweg durch den Park!" Ihr Griff lockerte sich, aber sie sprach mit eindringlicher Stimme weiter. „Etwas Schreckliches wird passieren!"

Ehe der Mann antworten konnte, zerrte ihr Chef sie durch das gesamte Restaurant hinter sich her, bis sich eine Tür mit der Aufschrift „Défense d'entrer" – Betreten verboten – hinter ihnen schloss.

„Ich habe wahrlich genug von deinen Auftritten!", schnauzte Jean-Marc und stieß sie von sich. Er fummelte in seiner Tasche herum und förderte ein paar Scheine zutage. „Hier, das sollte genügen! Ich will dich nie wieder sehen!"

Am nächsten Abend berichteten Sondersendungen in allen Fernsehprogrammen über den spektakulären Mord. Es war der zweite dieser Art, die Polizei stand vor einem Rätsel. Estelle musste sich das undeutliche Passfoto des Opfers gar nicht erst ansehen, um zu wissen, dass dies der Mann aus dem Bistro war. „Mich trifft keine Schuld", versuchte sie sich zu beruhigen. Hatte sie nicht sogar ihren Job verloren, weil sie versucht hatte, ihn zu warnen? Gerade wollte sie den Fernseher ausschalten, da erschien ihr eigenes Foto auf dem Bildschirm, und die Sprecherin verkündete, dass im Zusammenhang mit der Gewalttat nach einer Frau gesucht werde, die eine wichtige Zeugin sei.

Estelle war entsetzt. Sie ahnte, niemand würde ihr glauben, dass sie den Tod des Mannes zwar in einer Vision vorausgesehen, sonst aber nichts damit zu tun hatte. Sie sah schon die Gesichter der Polizisten vor sich. Entweder verhaftete man sie als Mitwisserin oder – noch schlimmer – wies sie als psychisch gestört in eine Anstalt ein. Ohne lange zu überlegen, griff sie zum Hörer und wählte die Nummer des einzigen Menschen, dem sie rückhaltlos vertraute. Doch anstelle ihrer Zwillingsschwester Selena meldete sich eine Männerstimme.

Der Vampir.

Ihre Hand schwebte schon über der Telefongabel, dann besann sie sich und sagte ohne Begrüßung: „Wo ist Selena? Hast du sie etwa auch gebissen?" Das letzte Wort war kaum hörbar. Sie schloss ganz kurz die Augen, um sich zu sammeln. Sofort erschienen Bilder von Kreaturen, die in gebückter Haltung über dem leblosen Körper ihrer Schwester lauerten. Das Lachen, das ihre Frage beantwortete, holte Estelle aus ihrem Albtraum und hüllte sie in einen weichen Kokon aus Ruhe und tiefer Entspannung. Sie ließ sich auf ihr Sofa sinken und versuchte einen klaren Gedanken zu fassen. Warum hatte sie zu Hause angerufen? Plötzlich griff eine kühle Hand nach dem Telefon und entwand es ihrem Griff. Der lang anhaltende Ton, der signalisierte, dass die Verbindung abgebrochen war, verstummte und für einen Augenblick hörte sie nur das Schlagen ihres eigenen Herzens. Sie blickte auf. Der Vampir stand da und sah mit ausdruckslosem Gesicht auf Estelle herab. Hinter ihm materialisierte sich Nuriya, ihre ältere Schwester. Mit roten Locken, die wilder denn je um ihren Kopf züngelten, ähnelte sie eher einer Windsbraut als dem scheuen Mädchen, das sie einst gewesen war. *Oder jemandem, der gerade dem Bett entstiegen ist*, dachte Estelle mit einem Blick auf die leicht geschwollenen Lippen, hinter denen, wie sie wusste, scharfe Reißzähne verborgen waren. Sie ertappte sich bei dem Wunsch, über ähnliche Kräfte zu verfügen wie die Vampirin. Damit ausgestattet wäre sie ganz gewiss nicht hier geblieben, wo sie den Launen des blutgierigen Duos hilflos ausgeliefert war.

„Selena geht es gut!" Nuriya, die eben noch gestanden hatte, saß plötzlich neben ihr.

Estelle hatte es noch nie gemocht, wenn jemand unaufgefordert ihre Gedanken las.

„Schwesterchen, was hast du nur getan?" Ein vertrauter Duft hüllte sie ein, der sie an bessere Zeiten erinnerte. Worte der Beruhigung flossen wie Seidentücher über ihre Seele, und sie entspannte sich schon – bis endlich ihr Überlebenswille erwachte und sie erstarren ließ. Waren dies nicht die Worte eines Raubtiers in Menschengestalt, das versuchte, seine Beute in Sicherheit zu wiegen, bevor es den tödlichen Biss ansetzte? „Nein!"

Sofort verstummte die Schwester und rückte von ihr ab. „Um Himmels willen, hast du immer noch Angst vor mir?" Sie klang verletzt, aber Estelle dachte: *Welches Recht hat sie, beleidigt zu sein? Sie hat doch uns im Stich gelassen und ist schließlich nur nach Hause zurückgekehrt, um sich mit Kieran zu verheiraten ... oder wie auch immer dies bei Vampiren genannt wurde.*

Kieran hatte nie einen Hehl daraus gemacht, womit er seinen Lebensunterhalt bestritt: dem Jagen und Töten abtrünnig gewordener oder fehlgeleiteter magischer Wesen. Er war ein „Vengador", ein Vollstrecker des magischen Rates. Und man munkelte, Nuriya unterstütze ihn dabei zuweilen überaus erfolgreich. Estelle fragte sich deshalb nicht ohne Grund, ob sie selbst heute zur Strecke gebracht werden sollte. Denn schließlich stellte auch sie zweifellos eine Gefahr für die geheime Welt jenseits der menschlichen Vorstellungskraft dar, weil sie die Aufmerksamkeit der Sterblichen auf sich gelenkt hatte.

Sie zuckte zusammen, als Nuriya die Hand ausstreckte, um ihre Schulter zu berühren. Die Schwester seufzte und stand auf. „Kieran, erklär du es ihr!"

Der Vampir sah einen Augenblick lang so aus, als wolle er die Augen verdrehen. Dann war seine Miene wieder undurchdringlich. „Warum du uns nicht rechtzeitig informiert hast, dass deine Kräfte außer Kontrolle geraten sind, wirst du mir später erklären. Jetzt müssen wir dich erst einmal in Sicherheit bringen."

Estelle wollte protestieren, verstummte aber, als er die Hand hob und fortfuhr: „Keine Diskussionen! Mit deinen Eskapaden bringst du die Familie in Gefahr."

Und während er erläuterte, was als Nächstes zu geschehen hatte, saß sie still da und überlegte, welche Familie er gemeint haben könnte. Vielleicht die magische Welt – oder seinen Clan geborener Vampire, die sich für die Elite der Blutsauger hielten? Oder etwa das, was von ihrer einst glücklichen Familie übrig geblieben war? Wohl kaum. Die Tante, die sich nach dem tragischen Unfall der Eltern viele Jahre um die drei verwaisten Mädchen gekümmert hatte, war seit Monaten auf einem Selbstfindungstrip rund um den Globus, in Gesellschaft ihres ganzen „Hexenzirkels", der, wie sich herausgestellt hatte, auch eine Lottospielgemeinschaft war und sechs Richtige getippt hatte.

Selena kam ganz gut allein mit Tantchens Buchladen zurecht, den sie ohnehin schon seit einiger Zeit gemeinsam mit Estelle geführt hatte, während die schrullige Schwester ihrer Mutter mehr und mehr in ihren esoterischen Studien aufgegangen war. Estelles Aufgaben übernahm nach ihrem Umzug nach Paris Selenas Freund. Ein netter Mann, dessen einziger Fehler es war, einmal im Monat ein dichtes Fell zu bekommen und den vollen Mond anzuheulen. Nuriya wirkte auch nicht besonders schutzbedürftig, wie sie dort stand und mit grün glitzernden Augen auf das schwarze Schaf der Familie herabblickte.

„Hast du mich verstanden?" Kieran schwieg einen Moment, aber nicht so, als warte er auf eine Antwort von ihr, sondern als lausche er auf etwas, was nur jemand wahrnehmen konnte, der über ein außerordentlich feines Gehör verfügte.

„Still, es kommt jemand!" Er nickte Nuriya zu, die Estelles Hand griff, sie erst auf die Füße und dann in ihre Arme zog. Sie konnte sich nur noch wundern, wie kräftig der gut einen Kopf kleinere Rotschopf nach der Verwandlung geworden war, bevor ein merkwürdiger Schwindel alles Denken unmöglich machte.

Ewigkeiten später, so kam es ihr jedenfalls vor, ließ das Rauschen in ihren Ohren nach. Sie öffnete die Augen und erblickte direkt vor sich ihr Abbild, das wirkte, als wäre es aus Elfenbein und Ebenholz geschaffen. Das Haar floss der jungen Frau bis zur zerbrechlich wirkenden, geschnürten Taille hinab. Wer aber genauer hinsah, erkannte, dass sie gerade erst dem Mädchenalter entwachsen sein konnte. Vielleicht lag es an dem schwarzen Gewand, das mehr von der exquisiten Figur zeigte, als es verhüllte, dass sie älter und erfahrener wirkte, oder an den dunkel geschminkten Lidern und dem vollen, roten Mund. Es schien, als blicke sie aus silbern schimmernden Augen unmittelbar in Estelles Herz. Und das tat sie vermutlich auch, denn vor ihr stand ihre Zwillingsschwester, ihre andere Hälfte. *Mo-*

14

mentan auch die bessere, gewiss aber die besser aussehende,
dachte Estelle. Sie wusste genau, dass ihr heller Teint heute
fahl wirkte und dunkle Ringe unter den Augen von ihrer letzten
Vision zeugten. Selena tat einen Schritt vor – und der Bann war
gebrochen: Sie fielen sich in die Arme, und für einen Augenblick schien aller Streit vergessen. Selenas Hand berührte ihre
tränenfeuchte Wangen. „Dein Zimmer ist bereit."

„Sie wird nicht hierbleiben!" Nuriyas Stimme zerstörte den
kurzen Frieden. „Kieran kann zwar die Polizei für den Augenblick aufhalten, aber zu viele Menschen haben gehört, wie sie
den Tod dieses Mannes vorausgesagt hat. Wir bräuchten eine
ganze Armee, um die Erinnerung der Sterblichen zu manipulieren und die Sache ungeschehen zu machen. Ganz zu schweigen
von den Unsterblichen, die womöglich auf sie aufmerksam geworden sind. Estelle wird vorerst bei uns bleiben, dort ist sie
zurzeit am besten aufgehoben."

Drei Wochen später war sich Nuriya ihrer Sache schon nicht
mehr so sicher, denn bei dem Versuch, die immer wiederkeh-
renden Anfälle zu unterdrücken, wurde Estelle mit jedem Mal
nervöser, aß kaum noch und magerte sichtlich ab.

„Ich hätte nie gedacht, dass es jemanden geben könnte, der
starrköpfiger ist als du!" Kieran lehnte sich in die Kissen zurück,
er klang irritiert.

„Dass sie sich von dir nicht helfen lässt, kann ich ja noch verstehen, aber ich bin immerhin ihre Schwester!" Nuriya hatte die
Fäuste in ihre Hüften gestemmt und blies ärgerlich eine Haarsträhne aus dem Gesicht.

„Und was, zum Teufel, habe i c h ihr getan?"

„Nichts. Aber du bist ein Vampir und noch dazu ein Dunkelelf!"

„Stimmt, aber du etwa nicht?"

„Im Gegenteil. Die Feenkönigin hat mich offiziell zu einer Repräsentantin ihres Volkes, der Lichtelfen, erklärt."

„Sag bloß, du willst auch noch bestreiten, eine Vampirin zu sein?"

„Vampir zweiter Klasse. Geschaffen, nicht geboren. Deine ‚adligen' Verwandten würden mir das doch nur zu gerne unter die Nase reiben."

„Das sollen sie mal versuchen!" Kieran runzelte die Stirn.

Nuriya, die sein ritterliches Verhalten zuweilen als Macho-Gehabe bezeichnete, hätte ihn dieses Mal am liebsten auf der Stelle dafür geküsst. „Wie auch immer!" Sie wusste nicht warum, aber eines war sicher, ihre Schwester hatte sich die Ansichten des Feenvolkes zu eigen gemacht, das eine Abneigung gegen seine entfernten Verwandten hegte, die bereits als Vampire geborenen Dunkelelfen. Die geschaffenen Vampire standen ebenfalls nicht hoch in ihrer Gunst, genauer gesagt fiel ihr niemand ein, den Estelle mehr hassen könnte – oder fürchten, wie es aussah. „Sie hat eine Abneigung gegen jeden von uns."

Kieran bemühte sich, die Zufriedenheit zu verbergen, die sich wärmend in seiner Brust ausbreitete. Mit „uns" meinte sie auch sich selbst. Lange genug hatte es gedauert, bis seine geliebte, widerspenstige Gefährtin bereit gewesen war, ihr Schicksal anzunehmen. Die Fältchen in seinen Augenwinkeln vertieften sich, und Nuriya schmolz beim Anblick ihres Kriegers dahin, der selten genug auch nur die Spur eines Lächelns zeigte. Daran würde sie noch arbeiten müssen. Vorerst belohnte sie ihn damit, ihre kämpferische Haltung aufzugeben. „Ehrlich, ich habe keine Ahnung, warum meine Schwester von Anfang an dermaßen feindselig auf unsere Verbindung reagiert hat. Soweit ich weiß, hatten die Zwillinge noch bis vor ein paar Monaten gar keine Ahnung, dass es überhaupt Vampire gibt. Wir wussten ohnehin viel zu wenig über unsere Natur." Ihre Gedanken kehrten in die

Vergangenheit zurück. Die Eltern der Mädchen waren ein ungewöhnliches Paar gewesen, denn ihre Mutter stammte aus dem Feenreich. Sie war ein Lichtelf, eine Fee, die sich auf der Suche nach dem Glück in einen Sterblichen verliebt hatte, mit dem sie ihre drei Töchter gemeinsam aufzog, anstatt, wie es unter ihresgleichen nicht unüblich war, mit den Kindern ins Feenreich zurückzukehren. Ein Schatten huschte über Nuriyas Gesicht, und Kieran streckte seinen Arm aus. Bereitwillig folgte sie der Einladung, kehrte ins Bett zurück und kuschelte sich an seine Schulter. Er war ihre Heimat, ihre Zuflucht. Kieran streichelte ihre Hände, und die Trauer um den lange zurückliegenden Verlust verebbte allmählich. Auch nach Monaten des Zusammenlebens wurde sie nicht müde, das Spiel der harten Muskeln unter der weichen Haut zu bewundern. Liebevoll strich der Vampir seiner „kleinen Fee", wie er sie in Gedanken immer noch nannte, über die Wange und flüsterte: „Mach dir keine Sorgen, ich finde schon eine Lösung."

Und kaum war Nuriya am nächsten Abend zu einer Verabredung aufgebrochen, begann er seine Pläne in die Tat umzusetzen.

„Estelle, öffne die Tür, ich muss mit dir reden!"

„Nein!"

„Du weißt doch, dass ich keine Einladung brauche, also mach auf, oder ich komme auch ohne dein Einverständnis herein."

Estelle zitterte. Würde der Vampir die Abwesenheit ihrer Schwester nutzen, um sich endgültig seines Gastes zu entledigen? Denn darüber machte sie sich keine Illusionen: Kieran duldete sie nur äußerst widerwillig in seinem Haus. Er gab sich nicht einmal mehr die Mühe, seine Kräfte einzusetzen, um ihren Willen zu manipulieren. Und dennoch ging sie folgsam zur Tür und öffnete, denn es gab kein Entrinnen. „Was willst du?" Als Nächstes fand sie sich in einem Sessel des großzügigen

17

Gästezimmers wieder. Ihr gegenüber hatte der Vampir Platz genommen, die Beine übergeschlagen, weit zurückgelehnt. Ein Bild vollkommener Entspannung. Estelle verschränkte ihre Hände fest ineinander, um nicht an den Nägeln zu knabbern. Eine Angewohnheit, die sie in den letzten Monaten einfach nicht mehr hatte lassen können.

„Du möchtest mir nichts über deine Anfälle und Visionen erzählen?", fragte er.

„Nein!"

„In Ordnung." Er lenkte erstaunlich schnell ein. „Und über deine Schwestern?"

Estelle schwieg.

„Was ist mit dir los? Nuriya macht sich große Sorgen um dich, und ich mag es nicht, wenn sie traurig ist."

Die Drohung hätte deutlicher nicht sein können. Sie versuchte, noch tiefer in ihrem Sessel zu verschwinden.

Plötzlich schnellte der Arm des Vampirs vor. Er griff Estelles Handgelenk, bevor ihre Zähne die blutigen Fingerkuppen weiter malträtieren konnten. „Mädchen, du warst", er blickte in ihre Augen, „nein, du bist immer noch eine Schönheit. Deine Familie, die Feenwelt, sie haben dir alle Freiheiten gelassen. Du hättest als Model Karriere machen oder ein brillantes Studium absolvieren können. Weißt du eigentlich, wie privilegiert du bist?" Estelle schaute ihn emotionslos an, und er war sich nicht sicher, ob seine Worte sie überhaupt erreichten. „Sieh doch in den Spiegel! So hungrig kann ein Vampir", er betonte diesen Begriff absichtlich, „gar nicht sein, um dich in diesem Zustand beißen zu wollen."

Estelle schloss ihre Augen.

„Zur Hölle, was ist dein Problem?"

Estelle schwieg. Vielleicht, weil sie hoffte, er würde irgendwann aufgeben und sie in Ruhe lassen, aber wer wie Kieran mehr als zehn Jahrhunderte durchlebt hatte, den machten ein paar Minuten Warten nicht nervös.

Schließlich antwortete sie kaum hörbar: „Ich kann es nicht sagen, sieh selbst!" Und sie öffnete ihm ihre Seele.

Er zögerte nicht, ihrer Einladung zu folgen. Was er sah, war verwirrend genug. Seine Schwägerin litt unter Visionen, deren wahrsagerische Qualität eine Feentochter unter normalen Umständen problemlos handhaben konnte. Aber als er sich tiefer auf ihre Gefühle einließ, spürte er gemeinsam mit Estelle die Bedrohlichkeit und das Grauen in ihrer Trance. Kieran erkannte, dass es eines erfahrenen Therapeuten bedurfte, ihr den distanzierten Umgang mit den beunruhigenden Bildern in ihrem Kopf zu ermöglichen. Psychotherapie war aber wahrlich nicht sein Fachgebiet. Doch er kannte jemanden, dem er zutraute, Estelle zu helfen. Und Hilfe brauchte diese Feentochter, denn sie schwand gewissermaßen unter seinem strengen Blick dahin.

„Möchtest du zu Selena ziehen?" Estelle schüttelte kaum merklich den Kopf. Kieran lächelte, obwohl er ahnte, dass sie einfühlsam genug sein musste, um zu erkennen, dass seine Freundlichkeit mehr Pflicht als Kür war. Wäre es nach ihm gegangen, er hätte sie auf den Mond geschossen. „Also gut. Nach Paris kannst du nicht mehr zurück, aber ich habe da eine Idee!"

Tränen quollen unter ihren Lidern hervor. „Bitte, geh, ich muss allein sein!" Als sie die Augen endlich wieder öffnete, war der Vampir schon lange fort. Wenige Tage später lag ein Umschlag auf ihrem Nachttisch. Mit zitternden Händen riss sie ihn auf, Reiseunterlagen flatterten heraus. Der Begleitbrief stammte zu ihrem Erstaunen von Selena:

Liebste Schwester,
es schmerzt uns alle sehr zu sehen, wie unglücklich Du bist.
Deshalb haben wir uns entschlossen, Dir einen Start in eine

*hoffentlich bessere Zukunft zu ermöglichen. Ich bete, dass
Du Dich an Deinem neuen Wohnort wohler fühlen wirst
und Deine Studien dort weiterführen kannst. Sie haben da
einige ganz vorzügliche Bibliotheken, sagt man.*

Estelle konnte das Lächeln in Selenas Stimme beinahe hören,
als sie dies las.

*Estelle, ich bitte Dich, glaube nicht, dass wir Dich loswer-
den wollen, sondern betrachte dies als eine Chance, Deine
Probleme in den Griff zu bekommen. Wenn Du mich
brauchst, bin ich immer für Dich da!*
Deine Dich liebende Schwester
Selena

Darunter klebte eine Kreditkarte. Die Handschrift ihrer Zwillingsschwester wirkte fahrig. Estelle hätte schwören können,
dass sich Tränenspuren auf dem ordentlich gefalteten Papier
befanden. Das Letzte, was sie wollte, war, dass auch noch Selena
unglücklich wurde. Sie machte sich Vorwürfe, schließlich trug
sie als die Erstgeborene auch Verantwortung für ihre kleine
Schwester. Aber dann gewann ihre Neugier die Oberhand, und
sie blätterte die Unterlagen durch. Unter den Reisedokumenten
fand sie die Immatrikulationsbescheinigung einer renommierten Universität und den Hinweis, dass sie am Zielbahnhof von
ihrer neuen Mitbewohnerin abgeholt werden würde. Selena
hatte neben einer zusätzlichen Wegbeschreibung die Broschüre
eines Maklers beigefügt, auf der „Alternative" stand. So als ver-
stünde sie genau, wie sehr ihre Schwester es verabscheute, von
anderen abhängig zu sein und nicht selbstbestimmt handeln
zu können. Im Nachhinein betrachtet war dies der ausschlag-
gebende Punkt für sie gewesen, das Angebot anzunehmen.

Ihr blieb wenig Zeit, ihre Sachen zusammenzupacken, und als sie wenig später das Telefon nahm, um ein Taxi zu bestellen, stand Kierans Limousine schon abfahrbereit vor der Tür. Sie ärgerte sich darüber, dass der Vampir offenbar nicht einmal in Betracht gezogen hatte, sie könnte sein Angebot ausschlagen. Denn dass die Idee von ihm stammte, davon war Estelle überzeugt. Und einen Moment lang hielt sie inne, war versucht umzukehren – einfach nur, um ihm einen Strich durch die Rechnung zu machen und zu beweisen, dass sie nicht so leicht zu manipulieren war. Um ihn weiter mit ihrer Anwesenheit zu nerven, bis er die Geduld verlor und sie rausschmiss. Das würde ihrer verliebten Schwester endlich die Augen öffnen, mit welch einem Monster sie sich eingelassen hatte. Doch die Freiheit lockte. Der Chauffeur hielt ihr bereits die Wagentür auf und tippte sich höflich an die Mütze, die zu seiner dezenten Uniform gehörte. Sie erkannte, dass sie in dieser Welt des Luxus immer eine Fremde bleiben würde. Und so nahm sie ihre Koffer und Taschen, stürmte die Treppen hinunter, bevor der Mann ihr entgegeneilen konnte, warf sich auf den Rücksitz des Wagens und zog die Tür hinter sich zu. Als sie sich noch einmal umsah, schien es ihr, als starre das Haus kalt und abweisend zurück. Den Schal fest um die Schultern gewickelt, widerstand sie nur mühsam dem Wunsch, ihre Knie bis zum Kinn hochzuziehen und sich wie ein verängstigtes Tier in eine Ecke zu kauern. Niemand war gekommen, um sie zu verabschieden. Doch das war ihr gerade recht, und während der Kies unter den Rädern knirschte, fühlte sie sich mit jedem Meter, den sie dem Tor entgegenrollten, freier. „Heinrich, der Wagen bricht!", murmelte sie und konnte fast schon durchatmen, als der Fahrer entgegnete: „Nein, Madame, der Wagen nicht, es ist ein Band von meinem Herzen, das da lag in großen Schmerzen, als Ihr in dem Brunnen saßt, …"

„… als Ihr eine Fretsche wast", beendete sie das Märchenzitat. Der Fahrer lächelte, und sie fragte sich, warum ein so netter und gebildeter Mann für Kieran arbeitete. Nein, ein Frosch wollte sie bestimmt nicht sein, sondern die Chance nutzen, die ihr der Vampir geboten hatte, aus welchen Gründen auch immer. Fest entschlossen, ihre Kräfte in den Griff zu bekommen, freute sie sich auf ihre Zukunft.

2

Die Feentochter, der sich zu jeder Zeit und ungefragt die Gefühle und Zukunft ihres Gegenübers offenbaren konnten, sobald sie es berührte, wusste nicht, was sie am Ende ihrer weiten Reise erwartete. Als der Zug sein Ziel endlich erreicht hatte, raffte sie ihre Taschen zusammen und zerrte den Koffer hinter sich her. Einmal verhakte sich das schwarze Ungetüm, als wolle es lieber weiter in der Sicherheit zwischen zwei Sitzreihen verharren, dann rumpelte es über den Fuß einer Reisenden. Estelle drehte sich halb um, murmelte eine Entschuldigung und verschloss ihre Ohren vor dem klagenden Protest, der ihr folgte. Nur raus. Gerade wollte sie die mit schmutzigem Blech verkleideten Stufen zum Bahnsteig hinabsteigen, da berührte eine Hand ihre Schulter, und die Stimme des Schaffners durchschnitt für Sekunden den lebenswichtigen Kokon, in den sie sich zurückgezogen hatte. „Kann ich Ihnen helfen?"

Auch ohne diese unwillkommene Berührung drangen die Gedanken des Mannes in sie ein. Sein Gesichtsausdruck zeigte deutlich genug, was er dachte: *Wie dünn das arme Ding ist!*

Es war noch nicht lange her, da hatten Männer ihre Schönheit gepriesen und Lust statt Mitleid beim Anblick ihrer Kurven empfunden. Ihre feenhafte Ausstrahlung und Modelmaße hatten ihr noch vor wenigen Wochen eine hübsche Wohnung in Paris und das Studium finanziert. Doch seitdem war viel passiert. Estelle kämpfte mit aller Kraft darum, das schützende Nichts wiederzufinden, das sie gerade noch umgeben hatte, und starrte dabei auf die haarige Pranke, die ihr Gepäck hielt.

Männerhände. Warm. Zupackend. Ein wenig rau. Hände, die gemacht zu sein schienen, eine Frau festzuhalten, ihren Kopf grob zu drehen, bis der Hals frei lag, um Zähne hineinzuschlagen, in dem blutigen Fleisch zu wühlen wie ein Raubtier …!

Panik wallte in ihr auf. *Lass mich gehen!* Woher kamen nur diese schrecklichen Bilder?

Der Mann ließ den Koffergriff los, als habe sich dieser plötzlich in eine giftige Schlange verwandelt. Estelles Lächeln zeigte nichts von dem Tumult, den die Begegnung in ihr ausgelöst hatte. Es glich einer kühlen Brise, und als der Schaffner sich abwandte, war sie bereits vergessen. Manchmal gehorchte die Magie ihr noch, leider wurden diese Momente aber immer seltener und verlangten ihr jedes Mal alles ab.

Auf dem Bahnsteig ging sie noch wenige Schritte, dann sackte sie von der Willensanstrengung erschöpft auf dem Koffer zusammen. Die Hände vor das Gesicht gehalten, hoffte Estelle, die Zeit würde stillstehen und ihr Frieden schenken. Und dann würde Mama kommen, ihre kleine Tochter in die Arme schließen, wie sie es früher immer getan hatte, wenn sich Estelle vor etwas gefürchtet hatte, und alles wäre wieder gut. Aber nichts war wie früher.

„Estelle?" Vor ihr stand eine junge Frau, kaum älter als sie selbst. Stupsnasig, mit weit auseinanderstehenden Augen, die sie jetzt besorgt anblickten. Die Lippen leuchteten tiefrot, und zum ersten Mal an diesem Tag musste Estelle lächeln, als sie sah, dass der asymmetrische Pagenkopf des Mädchens exakt im gleichen Ton gefärbt war wie ihr eigenes Haar. Kurz darauf folgte sie ihrer zukünftigen Mitbewohnerin, die sich als Manon vorgestellt hatte und nun auf abenteuerlichen Absätzen vor ihr zum Taxistand stöckelte. Die Fahrt ins neue Zuhause dauerte nicht lange. Manon versuchte sich unterwegs als Fremdenführerin und kommentierte abwechselnd das Verhalten anderer Verkehrsteilnehmer und das ihres Fahrers, der einen hörbaren Seufzer der Erleichterung ausstieß, als die beiden ungleichen Passagiere endlich ausgestiegen waren und bezahlt hatten. Danach rumpelte sein Taxi eilig über das Kopfsteinpflaster.

Manon kicherte. „Puh, ist der froh, uns los zu sein." Dann bemerkte sie, wie sich Estelle neugierig umschaute, als schien sie nicht zu glauben, dass es in dieser Straße etwas anderes als Andenkenläden, Kneipen und Imbiss-Buden gab. „Die Touristen gehen einem manchmal auf die Nerven. Aber es gibt auch ein paar gute Pubs, in denen du fast nur Einheimische triffst. Dort hinten, wenn du die Straße runtergehst, haben wir sogar einen kleinen Supermarkt, dort kannst du alles Wichtige einkaufen. Den zeige ich dir aber später. Jetzt sollten wir erstmal deine Sachen in die Wohnung tragen." Sie lotste Estelle zwischen den Passanten hindurch in eine unscheinbare Gasse, die so schmal war, dass sie nicht nebeneinander hergehen konnten. Der Straßenlärm verebbte, und vor ihnen öffnete sich ein gepflasterter Innenhof. Die Häuser sahen alt aus, und als Estelle eine entsprechende Bemerkung machte, sagte Manon: „Einige stammen aus dem 18. Jahrhundert. Aber keine Angst. Inzwischen gibt es fließend Wasser, und niemand kippt mehr seinen Nachttopf aus dem Fenster."

Ein Geräusch ertönte über ihren Köpfen, und Estelle blickte erschrocken durch die Zweige einer Platane, die bis zum 3. Stock hinaufreichten. Dort oben spiegelte sich nur das Licht in den Scheiben, keine Hausfrau drohte mit einem Schauer unangenehmer Flüssigkeiten oder Schlimmerem. Erleichtert nahm sie ihren Koffer wieder in die Hand. Auf der Bank unter dem Baum saß eine Mutter trotz der frischen Temperaturen in der Nachmittagssonne und las, während sie mit einer Hand gedankenverloren ihr Baby streichelte, das neben ihr in Kissen gebettet schlummerte. Ein Spatz beobachtete aus sicherer Entfernung die Szene. Vielleicht hoffte er auf ein paar Krümel aus der Packung, die offen neben der Frau lag. Und tatsächlich griff sie hinein und warf einen halben Keks in seine Richtung. Der Vogel stürzte sich auf die Beute und versuchte vergeblich, sie vor seinen Kameraden in Sicherheit zu bringen, die sich nun aus den Zweigen der Platane zu ihm herabwagten. Estelle schien es, als käme sie nach Hause. Die Frau sah in ihre Richtung, blinzelte im hellen Licht und winkte herüber. Sie hob ebenfalls ihre Hand und grüßte schüchtern zurück. Manon wartete schon an einem Hauseingang. Gleich darauf wurde sie von der Dunkelheit, die im Inneren herrschte, verschluckt. Estelle folgte ihr hinein und eine steinerne Treppe hinauf, die sich Stufe für Stufe nach oben schraubte. Dabei vermied sie jeden Gedanken an die zahllosen Generationen, die diesen Weg vor ihr gegangen waren, zu groß war die Furcht vor einer neuen Vision.

„In welcher Etage wohnst du?", fragte Estelle nach einer Weile und schaute durch eines der schmalen Fenster in den Hof hinab, um zu Atem zu kommen.

„Ganz oben. Es gibt hier sieben Ebenen. Genauer gesagt haben wir zwei Etagen, in die die Mieter über eine andere Treppe hinuntergelangen, und fünf oberirdische Stockwerke."

„Hier hausen Menschen im Keller?"

„Nicht doch! Erinnerst du dich, als wir vorhin unterhalb der Altstadt entlanggefahren sind? Einige Häuser wurden aus Platzgründen direkt auf die Felskante gebaut, und so sind am Steilhang zwei halbe Etagen mit Blick ins Tal entstanden. Die Mieten sind dort relativ günstig, aber natürlich bleiben die oberen Wohnungen trotzdem weitaus begehrter. Du solltest einmal die unter uns sehen, sie wird gerade renoviert und soll danach wahrscheinlich verkauft werden. Ein Traum!" Sie lächelte. „Du wirst sehen, an die Treppen gewöhnst du dich schnell, und der Blick ist phänomenal. An manchen Tagen sieht man sogar das Meer. Zugegeben, so schönes Wetter wie heute haben wir selten, aber doch häufiger, als böse Zungen behaupten."

Am Ende der Treppe angekommen, schloss sie eine Tür auf und schob Estelle hinein.

„So, da wären wir. Es ist kein Palast, aber ich liebe diese Dachschrägen."

Estelle hörte den Stolz in Manons Stimme und war gespannt auf das, was sie vorfinden würde. Vor ihnen öffnete sich ein Raum, der die deutliche Handschrift seiner farbverliebten Dekorateurin trug. Neben einem roten Plüschsofa stand ein grün bezogener Sessel, der sich gefährlich zur Seite lehnte, was kein Wunder war, denn eines der gedrechselten Beine fehlte und steckte nun in einer besonders scheußlichen Vase auf dem Kaminsims. „Unser ‚Salon'", verkündete Manon, ehe sie ein paar Kleidungsstücke vom Boden aufhob, die sie sich unter den Arm klemmte, bevor sie eine weitere Tür aufstieß. „Und hier wohnst du." Estelle ahnte nichts Gutes, denn so originell Manons Behausung auch wirkte, ihr Geschmack war das nicht. Deshalb schaute sie umso überraschter, als sie ihr zukünftiges Zuhause betrat. Hier war alles in unterschiedlichen Weißtönen gehalten und die unter hellem Lack glänzenden Holzdielen verliehen dem Raum eine Weite, die die geschätzten zwölf oder vierzehn Quadratmeter gewiss nicht hergaben. Sie strich beglückt über den abgenutzten Lack einer Kommode. Ihr Zimmer strahlte dank der sparsamen Möblierung und den beiden Sprossenfenstern im Erker, durch die nichts als blauer Himmel und die Wolken zu sehen waren, eine Art antiken Charme aus. Der schlichte Kamin, der offenbar noch beheizt werden konnte, komplettierte das Bild. Estelle fühlte sich an ihr Elternhaus erinnert, in dem es jetzt, da nur noch Selena mit ihrem Freund dort lebte, ziemlich einsam sein musste.

„Gefällt es dir nicht?" Manon klang besorgt. „Ich finde es auch ein wenig blass, aber sie hat …" Ihre Fingerspitzen berührten kurz die Lippen, bevor sie schnell weitersprach: „Warte, bis du das hier siehst." Dann öffnete sie eine Terrassentür und schob Estelle auch dort hindurch, bis diese sich unvermittelt in luftiger Höhe wiederfand. Der Blick über die Stadt war wie versprochen fantastisch – und die Brise, die ihr Haar zerzauste, schmeckte nach Meer. Wenn sie ihre Augen zu schmalen Schlitzen zusammenkniff, konnte Estelle tatsächlich weit hinten, fast am Horizont, einen Streifen Wasser glitzern sehen. Ihre Hände griffen das eiserne Geländer etwas fester, und sie beugte sich vor, um hinabzuschauen. Bestimmt mehr als hundert Meter unter ihr lag der grüne Graben, der so tief war, dass er von Brücken überspannt wurde, um die beiden Stadtteile Edinburghs zu verbinden, deren natürliche Grenze der darin angelegte Park bildete. Schnell richtete sie sich wieder auf.

„Dort unten ist ein Jahrmarkt, sieh doch!", sagte sie über die Schulter zu Manon, die kaum mehr als ihre Nasenspitze hinaushielt.

„Auf keinen Fall! Mir wird schon schlecht, wenn ich jemand anderen so dicht am Geländer stehen sehe. Komm wieder rein, ich zeig dir unsere Küche."

Estelle zog die Terrassentür hinter sich zu und drehte sicherheitshalber den Schlüssel um, weil sie sonst sofort wieder aufsprang, nicht etwa aus Angst, dass jemand hereinkommen könnte. Dann blickte sie noch einmal durch die Scheiben. Es gab gerade genügend Platz für zwei Stühle, und sie fand es schade, dass es offenbar keine gemeinsamen Abende dort draußen geben würde. Aber jetzt, da der Winter vor der Tür stand, dürfte damit sowieso nicht zu rechnen sein. Manon war die einzige Menschenseele, die sie hier kannte, und daran würde sich wahrscheinlich nicht einmal bis zum nächsten Sommer etwas ändern. Dabei hatte sie ihr Familiennest verlassen, um genau dies zu tun: neue Leute kennenzulernen, frei zu sein. Es kam ihr vor, als wäre seitdem eine Ewigkeit vergangen.

Obwohl ihre Tante über beachtliche Kräuterkenntnisse verfügte und neben ganz normalen Büchern in ihrem Laden auch mit, wie sie es nannte, „Hexenwerk" gehandelt hatte, besaß sie als Sterbliche doch so gut wie keine magischen Fähigkeiten. Estelle dagegen hatte ihre außergewöhnliche Gabe schnell entdeckt: Die Gedanken anderer zu lesen, sobald sie diese berührte. Bei Selena hatte sich dieses Talent nicht gezeigt, und um sie zu beschützen, hatte sie begonnen, die Jüngere mental immer mehr von der Außenwelt abzuschirmen. Nuriya, die älteste der drei Schwestern, hatte zunächst überhaupt nichts von ihrem Feenerbe hören wollen, denn sie hatte sich von den unsichtbaren Verwandten nach dem Tod der Eltern verraten und im Stich gelassen gefühlt. Gleich nach Beendigung der Schule zog sie fort. Selena begann mit der Zeit, sich gegen die Bevormundung aufzulehnen, und als Nuriya wider Erwarten nach Hause zurückkehren wollte, beschloss Estelle, ein Studium in Paris zu beginnen. Ihr war klargeworden, dass sie Abstand brauchte, und zudem hoffte sie, in der Ferne ihre seherischen Fähigkeiten, die in letzter Zeit schwer zu kontrollieren gewesen waren, wieder in den Griff zu bekommen. Hier bot sich nun ihre zweite Chance – und Estelle betete, dass die entspannte Atmosphäre, die sie bei ihrer Fahrt durch die Stadt zu spüren glaubte, dabei helfen würde. Immerhin besaß sie nun in diesem seltsamen Haus eine wunderbare Rückzugsmöglichkeit und mit Manon so etwas wie einen guten Geist in dunklen Tagen. Sie war überzeugt, dass ihre Schwestern zumindest bei der Vorbereitung des Zimmers ihre Hände im Spiel gehabt hatten. Die Wohnung roch nach frischer Farbe, und es schien, als habe erst kürzlich jemand alle Erinnerungen aus der Vergangenheit, die sonst in alten

Häusern zu spüren waren, getilgt und in positive Schwingungen verwandelt. Selena besaß dieses Talent. Allerdings fragte sich Estelle, wie ihre Schwester dieses Wunder in so kurzer Zeit und von ihr gänzlich unbemerkt vollbracht haben konnte. Sie schaute Manon kritisch an: Sollte etwa ihre Vermieterin etwas damit zu tun haben? Aber das war absurd. Wäre sie ebenfalls eine Feentochter, so hätte Estelle dies bestimmt sofort gespürt. Schließlich gehörte eine außergewöhnliche Sensibilität zu ihren Talenten, auch wenn diese zur Zeit etwas willkürlich mit ihr verfuhren.

Die Kücheneinrichtung, die Manon ihr nun präsentierte, unterschied sich im Stil wenig vom „Salon". Aber auch hier würde sie sich wohlfühlen, befand Estelle nach einem Blick in die Runde, nachdem Manon sie auf einen Stuhl gedrückt und gezwungen hatte, den letzten Rest Tee mit ihr zu teilen.

„Leider bin ich zum Monatsende immer ein wenig klamm", sagte sie nach einem großen Schluck aus der Tasse, die sie geschickt an dem Stummel festhielt, der vom Griff übrig geblieben war.

„Das ist kein Problem. Wenn du mir sagst, was fehlt, gehe ich einkaufen."

Manon schien erleichtert. „Wir gehen natürlich zusammen, der Supermarkt liegt ein wenig versteckt. Ich gebe dir das Geld später zurück!"

„Nicht nötig, mein Schwager ist ein wahrer Blutsauger und dabei unanständig reich." Estelle wedelte mit ihrer Kreditkarte. Ein wenig schämte sie sich, denn auf ihrem Konto lag kaum Selbstverdientes. *Andererseits*, überlegte sie, *wenn der Vampir schon versucht, mich zu bestechen, um mich loszuwerden, dann kann er ruhig auch ordentlich dafür bezahlen.* Sie vermutete allerdings, dass ihre bescheidenen Einkäufe ihn nicht ernsthaft schädigten.

Wenig später versuchte sie, mit Manon Schritt zu halten,

aber die Stufen verlangten nach Übung, um sie geschwind zu nehmen. Sie lachte. Das war eine Aufgabe, die sie bewältigen konnte – und zwar bald. Rasch holte sie auf, und fast gemeinsam erreichten die jungen Frauen den Innenhof. Schon beim Betreten der schmalen Gasse schlug ihnen der Lärm der Straße entgegen. Draußen wurde es noch lebhafter, und Estelle rang um Fassung. Manon ergriff ihre Hand. Anstelle des erwarteten Schmerzes, den die Emotionen anderer in ihr auslösen konnten, fühlte sie sofort, wie ein ungewohnter Friede sie erfüllte. Die neue Freundin lächelte und führte Estelle zwischen Touristengruppen hindurch die Straße hinab. Unterwegs machte sie einen Abstecher in einen Innenhof, der ähnlich dem ihren eine Oase der Ruhe in all dem Getöse war. Von oben blickte eine gemalte Figur in Robe und Perücke auf sie herab. Das Pub, dessen Eingang dieses Holzschild zierte, nannte sich *Zum fröhlichen Richter*. Eine Frau mit langer Schürze, die eben die Stufen aus dem Lokal heraufkam, grüßte freundlich und servierte dann an einem der kleinen Tische, die vor der Tür standen. Ihr Gast hob ebenfalls kurz sein Kinn zum Gruß, machte sich aber dann über die stattliche Portion her, kaum dass sie vor ihm stand. Estelle stieg ein appetitlicher Duft in die Nase. „Hierher verlaufen sich nicht viele Touristen", erklärte Manon, während sie beiden zuwinkte. „Das Essen ist gut, viele Gäste kommen aus der Nachbarschaft und, was ich sehr schätze, ich kann hier anschreiben!"

Augenscheinlich hat sie wirklich wenig Geld, dachte Estelle und wollte sich gerade nach ihrem Broterwerb erkundigen, da hatten sie schon ein Geschäft mit schmaler Fensterfront erreicht. Die indische Göttin Shiva thronte darin, umgeben von glitzernder Golddekoration, die im Luftzug eines Ventilators flatterte, und exotisch beschrifteten Verpackungen, deren Inhalt die meisten Kunden wahrscheinlich nur vage erahnen konnten. Das war also der Supermarkt. Manon schob sie in ein unglaubliches Durcheinander von Waren, die man auf engstem Raum bis hoch unter die Decke in zwei langen Gängen gestapelt hatte. Zielstrebig begann sie ihre Einkaufstour und bewies damit eine gewisse Ortskunde. Wann immer sie ihren Arm nach dem Regal ausstreckte, eilte ein junger Mann herbei, stieg auf eine Leiter oder angelte mit einem langen Holzstab die gewünschten Artikel herunter und legte sie in ihr Körbchen, das wiederum ein Junge von etwa zehn Jahren – vermutlich der Bruder, denn beide besaßen die gleichen abstehenden Ohren – hinter ihnen herschleppte. „Hier gibt es einfach alles", erklärte Manon und flüsterte dann: „Leider ist das nicht ganz billig, deshalb kaufe ich alle zwei Wochen bei Tescos ein. Meist finde ich auch dort einen netten Mann, der mir die Einkäufe gegen eine Vergütung sogar bis in die Wohnung liefert. Und wenn nicht – ein Taxi tut es auch. Ich bin nämlich richtig kräftig, musst du wissen."

Estelle schaute skeptisch auf die Oberarme ihrer neuen Freundin, muskulös wirkten diese eigentlich nicht. Sie hätte vermutlich auch moralisch entrüstet sein sollen, denn es bestand kein Zweifel daran, dass Manon selten in die Verlegenheit kam, diese angebliche Stärke einsetzen zu müssen, weil sie offenbar gern und gekonnt flirtete. Und mit all ihrem Zwinkern und Blinzeln war auch ziemlich klar, was sie unter „entsprechender Entlohnung" verstand, aber ihre Lebensfreude war einfach ansteckend, und so kicherten die beiden gemeinsam und widersprachen nicht, als sich der junge Verkäufer tatsächlich anbot, ihre Besorgungen später persönlich zu liefern. Die Frau an der Kasse nahm Estelles Kreditkarte zwar wortlos entgegen, schnaufte aber die ganze Zeit missbilligend. Sobald die Waren abgerechnet waren, raffte sie ihren Sari zusammen und eilte in den hinteren Bereich des Ladens. Sehr wahrscheinlich, um ihrem Sohn die Leviten zu lesen, weil er den Servicebegriff für gewisse Kundinnen allzu sehr ausdehnte.

„Dabei hat der Gute überhaupt keinen Gewinn davon, dass er unsere Einkäufe bis unters Dach hinaufträgt", flüsterte Manon. „Das bildet sich der Kleine selbstverständlich nur ein, er ist ja fast noch ein Kind."

Hätte Estelle in diesem Augenblick nicht ein Antiquariat entdeckt, wäre ihre Antwort sicherlich anders ausgefallen. Doch so lächelte sie nur und überquerte ungeachtet der hupenden Autos die Straße – und stoppte erst, als ihre Nase die trübe Schaufensterscheibe fast schon berührte.

„Himmel, ein Bücherwurm!" Manon hastete hinter ihr her. „Vergiss es, Baby! Da kriegst du eher in der Nationalbibliothek ein Buch geschenkt, als dass dir hier eines verkauft wird. Der Laden öffnet selten genug, aber ich kenne den verrückten Verkäufer, er trennt sich nie von einem seiner staubigen Exemplare. Und obwohl er ganz passabel aussieht, geht er niemals aus. Meine Freundin hat schon mehr als einmal versucht, ihn zum Tee einzuladen." Manon entdeckte das Funkeln in Estelles Augen. „Herzchen", sagte sie mitleidig, „verzeih mir die Offenheit, aber wenn sie es nicht schafft, dann hast du bestimmt keine Chance!" Und Estelle sah in ihrem Blick, was sie bisher nicht hatte wahrhaben wollen: Ihre einst wie Ebenholz glänzende Mähne hing wie ein mottenzerfressener Trauerflor um ihre knochigen Schultern, und jedes Opossum wäre angesichts dieser Augenringe depressiv geworden. „Ich möchte nach Hause."

Manon sah sie an. „Tut mir leid, das war nicht fair. Du hast eine anstrengende Reise hinter dir. Lass uns gehen."

Wenig später sank Estelle erschöpft in ihr neues Bett. An der Grenze zum Schlaf tauchte ganz kurz die Frage aus ihrem Bewusstsein auf, warum sie sich sofort wie zu Hause fühlte. Wie viel Magie war hier wirklich im Spiel? Doch bevor sie dieses Rätsel auflösen konnte, hatte der Schlaf schon – zum ersten Mal seit langer Zeit – mit Nachdruck von ihr Besitz ergriffen.

3

Als sie am nächsten Morgen in die Küche tappte, fand sie auf einer Tafel folgende Nachricht in Manons großzügiger Handschrift:

Frühstück ist im Kühlschrank.
Treffe dich gegen acht beim Richter.
xxx
Manon

Es dauerte einen Moment, bis ihr klar wurde, dass mit „Richter" das Pub vis-à-vis des interessanten Buchladens gemeint war. Beim Gedanken an das Antiquariat begann aus unerklärlichen Gründen ihr Herz zu klopfen. Irgendetwas befand sich zwischen den alten Büchern, die sie durch die schmutzigen Scheiben in den Regalen gesehen hatte, und das rief nach ihr. Sie liebte Geheimnisse und nahm sich vor, dieses unbedingt bald zu ergründen. Eine weitere Erinnerung an den gestrigen Abend trübte allerdings ihre Unternehmungslust. Sie hatte sich in den vergangenen Wochen gehen lassen, extrem abgenommen und sah inzwischen wirklich wie eine Vogelscheuche aus. Also würgte sie tapfer eine große Schüssel Porridge runter und murmelte: „Bist du in Rom, tu es den Römern gleich." Anschließend aß sie einen dick mit Marmelade bestrichenen Toast, der komisch schmeckte, denn die Butter darauf war überraschenderweise salzig. Um alles herunterzuspülen, braute sie einen Tee, dessen Farbe trotz der dazugegebenen Sahne eher an Kaffee erinnerte und der mit drei Stückchen Zucker deutlich zu süß war. Danach zog sie kurz in Erwägung, sich noch eine Portion Rührei mit Speck und Würstchen zuzubereiten. *Man kann es auch übertreiben!* War das ihr Magen, der diese Worte geknurrt hatte? Jedenfalls brauchte sie nach einem solchen Frühstück unbedingt frische Luft und Bewegung, und so machte sie sich auf, ihre neue Heimat zu erkunden.

Das Wetter meinte es gut, und so früh waren mehr Straßenfeger mit ihren kleinen Wagen und Lieferanten unterwegs als Touristen. Kurz überlegte sie, hinauf zum Schloss zu gehen, fand dann aber, dass ihr die trutzige und – zumindest von außen betrachtet – architektonisch nicht besonders überzeugende Burg bestimmt nicht davonlaufen würde. Schließlich thronte sie schon seit vielen hundert Jahren über der Stadt. Also wandte sie sich nach links, schlenderte die Straße hinab, sah hier und da einmal in die Schaufenster und entdeckte dabei sogar einen wunderbaren Schal, den sie sich später kaufen wollte. Wie befürchtet, hatte der Buchladen nicht geöffnet. Sie nahm sich etwas Zeit, um die Inschrift neben der Tür zu betrachten. Verstehen konnte sie die eingeschnitzten Worte zwar nicht, doch als sie ihre Hand darauflegte, fuhr sie wie vom Blitz getroffen zurück: ein Zauber! Jemand hatte den Eingang mit einem magischen Bann belegt, der es zufälligen Besuchern schwer machte, die drei Stufen hinabzugehen und den Laden zu betreten. Mit solchen Dingen wollte sie nichts zu tun haben, und so warf sie einen letzten sehnsüchtigen Blick auf die Bücher in der Auslage, bevor sie weiterspazierte. Manon hatte einen Stadtplan auf dem Küchentisch liegen lassen, in dem unter anderen die Universität, wichtige städtische Einrichtungen und zu Estelles Entzücken auch mehrere Bibliotheken eingezeichnet waren. Ihre Begeisterung für Bücher habe manische Züge, hatte ihr Psychologieprofessor in Paris behauptet. Aber das war ihr egal, denn nur zwischen hohen Regalen, vollgestopft mit alten Büchern, den Geruch von Staub und brüchigem Leder in der Nase, konnte sie letztlich überhaupt noch entspannen. Ständig zog sie neue Bände heraus, mit der Ahnung, dass sie sich auf der Suche nach etwas befand, das sie jedoch bisher nicht benennen konnte. Würde sie es denn erkennen, sobald sie es in den Händen hielt? Estelle war überzeugt davon, dass sich das Objekt ihrer Sehnsucht zum richtigen Zeitpunkt zu erkennen geben würde, und wurde nicht müde, jede Buchhandlung, jedes Antiquariat und jede Bibliothek zu durchstreifen. In Paris war sie sogar einmal so weit gegangen, in die privaten Räume eines Mannes einzudringen, von dem man erzählte, er sei ein fanatischer Sammler geheimer Schriften. Natürlich war sie erwischt worden. Dass sie dem Wachmann das Bild in seinen Geist einpflanzen konnte, eine Katze und keine erwachsene Frau habe sich durch das angelehnte Fenster eingeschlichen, erschien ihr heute noch wie ein Wunder. Voller Angst war sie geflohen und hatte einige Tage danach die Zeitungen durchforstet, aber nirgendwo konnte sie eine Notiz über ihren Einbruch finden, und so war die peinliche Aktion allmählich in Vergessenheit geraten. Erst jetzt, beim Anblick der geheimnisvollen Inschrift erinnerte sie sich wieder daran, denn ähnliche Symbole hatte sie auch an einer Treppe in der besagten Privatbibliothek entdeckt. Bedauerlicherweise war genau in jenem Moment der Wachmann aufgetaucht, und deshalb hatte sie kaum Gelegenheit gehabt, sich das Muster für spätere Nachforschungen einzuprägen.

Schließlich führte sie ihre Wanderung in eine belebte Gegend mit vielen kleinen Läden, die wenig mit dem touristischen Angebot in ihrer Straße gemein hatte. Ein Schaufenster erregte Estelles Aufmerksamkeit, und kurz entschlossen öffnete sie die Tür des Ladens.

„Hallo, was kann ich für dich tun?", wurde sie begrüßt. „Oh, ich sehe schon!" Der junge Mann, der eine abenteuerliche Frisur hatte, trug einen Rock, was Estelle im ersten Moment irritierte, bis sie sich erinnerte, wo sie war, und sich gleich darauf eine Spur zu spießig schalt, weil sie seinen Anblick so komisch fand. Eigentlich sah er sogar ganz sexy aus, und sie versuchte, einen weiteren Blick auf seine Waden zu erhaschen, während er mit deutlich kummervollem Gesichtsausdruck ihre Frisur betrachtete. Männer sollten wohlgeformte Beine haben, fand sie. Und an diesen hier war nichts auszusetzen.

„Da muss man was tun! Gut, dass du zu uns gekommen bist", verkündete das Objekt ihrer Bewunderung schließlich laut über die ohrenbetäubende Musik hinweg und schob seine neue Kundin in einen Ledersessel, dessen Farbe Estelle an geronnenes Blut erinnerte. Da widmete sie sich doch lieber weiter den körperlichen Vorzügen des Friseurs. Bevor sie ihn jedoch genauer betrachten konnte, hing ihr Kopf bereits rücklings über einem Waschbecken, und sie genoss anstelle der Aussicht eine Kopfmassage. Auch nicht schlecht. Ihre Hand schlich sich zur Hosentasche und ertastete die Kreditkarte. Manon hatte gestern im Supermarkt große Augen gemacht, und erst da war Estelle die ungewöhnliche Farbe der polierten Plastikoberfläche aufgefallen: Sie war schwarz. Damit hätte sie vermutlich tatsächlich ein Schloss kaufen können, und sie besaß sogar noch eine zweite, burgunderfarbene Karte. Diese hatte sie am Abend beim Sortieren ihrer Reiseunterlagen entdeckt. Das kostbare Stück ruhte nun allerdings unter einer losen Bodendiele in ihrem Zimmer. Nicht auszudenken, wenn beide Karten einem Taschendieb in die Hände fielen.

Bei allen Vorschlägen, die der Friseur ihr unterbreitete, nickte sie automatisch, und als sie endlich wagte, ihre Augen zu öffnen, verstummte im selben Moment der Fön. Eine fremde Frau blickte sie aus dem Spiegel an.

Zufrieden zupfte er eine Strähne zurecht. „Du siehst entzückend aus!"

Sie konnte ihm nur recht geben. Dies hier war eine neue, attraktive Estelle, immer noch viel zu dünn zwar, aber mit ausdrucksvollen Augen und einem Haarschnitt, der ihrem schmalen Gesicht schmeichelte. Sie bezahlte und ließ sich noch die Adressen einiger Modeläden geben, wo sie wenig später ohne die Spur eines schlechten Gewissens ausgiebig Beute machte, anschließend mit Tüten beladen im nächstgelegenen Café einkehrte und zum ersten Mal seit langer Zeit wieder ein spätes Mittagessen genoss. Sogar ein Glas Chardonnay erlaubte sie sich zur Feier des Tages.

Inzwischen war das Wetter umgeschlagen. Estelle kaufte sich rasch noch eine eher traditionelle Outdoorjacke, die sie vorher im Schaufenster entdeckt hatte und die auch nicht eben billig war. Der Portier des Kaufhauses begleitete sie mit einem riesigen Schirm hinaus und pfiff nach einem Taxi. Diese Aufmerksamkeit war ihr durchaus recht, denn der Himmel hing tief, es goss in Strömen, und den Blitzen nach zu urteilen, die über den Dächern zuckten, hätte man meinen können, die Götter nähmen ihr die Ausschweifungen übel. „Gummistiefel wären auch nicht schlecht", murmelte sie, während das Wasser ungehindert durch ihre neuen Sandaletten floss. Gerade wollte Estelle das Taxi besteigen, da rempelte sie jemand an. Der Portier lieferte sich ein kurzes Gerangel mit dem Mann, in dessen Folge der Regenschirm den Besitzer wechselte. Nachdem der Fremde ein paar Worte in das Ohr des Portiers geflüstert hatte, gab dieser jeglichen Widerstand auf, nannte dem Fahrer ihre Adresse und rannte mit eingezogenem Kopf durch den Regen zurück auf seinen Posten.

Ehe Estelle sichs versah, saß sie inmitten ihrer Tüten im geräumigen Fond eines britischen Taxis, und neben ihr lümmelte der hinreißendste Elf, den sie je gesehen hatte. Nicht, dass ihr schon viele männliche Feenwesen über den Weg gelaufen wären, genau genommen handelte es sich hier sogar um die erste Begegnung mit einem ihrer im Verborgenen lebenden Verwandten – seit dem Tod ihrer Mutter. Trotzdem war sie überzeugt, dass er ein Elf sein musste. Sosehr sie sich auch bemühte, sie konnte ihn überhaupt nicht spüren, und wenn nicht ein naher Angehöriger mit besonderen Fähigkeiten, wer sonst wäre in der Lage, sich ihrem seherischen Talent zu entziehen? Während sich das Auto durch den Feierabendverkehr quälte, suchte Estelle angestrengt nach geeigneten Worten. Unsicher riskierte sie einen Blick unter ihrer neuen Frisur hervor und erntete dafür ein freches Grinsen vonseiten des ungebetenen Mitreisenden.

Aber wenn er ein Gespenst war? Sie kannte allerdings keinen Geist, der tagsüber derart real zu wirken vermochte und zudem die Dreistigkeit besaß, mitten in der Stadt ein Taxi zu entern. Üblicherweise hausten diese armen Seelen in alten Gemäuern und manifestierten sich dort bestenfalls zu einer transparenten Erscheinung. Aber um diese auch sehen zu können, musste jemand schon ziemlich viel Talent oder Übung mitbringen. Estelles einschlägige Erfahrungen waren auch in diesem Bereich begrenzt.

Ebenso wie ihre Kontakte zu Blutsaugern. Diese beschränkten sich weitgehend auf einige wenige Begegnungen mit ihrem „Schwager" Kieran. Ihn konnte sie nur „lesen", wenn er ihr freiwillig einen Einblick in seine Gedanken erlaubte. Dafür nahm sie aber bei jeder Begegnung deutlich das Dunkel wahr, das ihn umgab und das mit Sicherheit typisch für Vampire war. Denn auch Nuriyas Aura enthielt Spuren davon. Dem Mann neben ihr fehlten diese Merkmale, genau genommen schien er gar keine Aura zu besitzen. Behutsam öffnete sie sich für ihre Umgebung, wohl wissend, dass sie damit einen Anfall riskierte.

Nichts. Keine Gedanken, keine Gefühle, gar nichts.

Sie schaute noch einmal hinüber. Ahnte er, dass sein rotblonder Bartschatten zusammen mit der Kerbe im Kinn ihre Knie puddingweich werden ließ? Nicht ganz auszuschließen, denn kleine Fältchen bildeten sich um seine Augen, während er ihren Blick erwiderte und das Lächeln sich vertiefte. Aus dem kinnlangen Haar tropfte der Regen, und sein dunkler Mantel glänzte vor Feuchtigkeit. Eventuell war dies ein Indiz dafür, dass er vor dem Kaufhaus auf sie gewartet hatte. Sie sollte sich Sorgen machen, womöglich wurde sie gerade entführt. Aber sie konnte nur auf seinen Mund starren, der plötzlich nur noch wenige Zentimeter von ihr entfernt war. Erwartungsvoll senkten sich ihre Lider. Bremsen quietschten, der Wagen kam zum Stehen, und Estelle erwachte ungeküsst aus ihrem Traum.

Ungeduldig sah sich der Fahrer um. „Da wären wir, Mädchen! Oder soll's noch weitergehen für den Herrn?"

Erschrocken raffte sie ihre Einkäufe zusammen und stürzte hinaus. Anstelle des Regens ließen nun die letzten Sonnenstrahlen des Tages die alten Pflastersteine wie frisch lackiert glänzen, und sie floh in die schmale Gasse, die in ihren Hof führte. Zu spät fiel ihr ein, dass sie vergessen hatte zu bezahlen. Als sie sich umwandte, hatte der Fremde dies offenbar schon erledigt und stand nun im Schatten der Häuser dicht hinter ihr. Er war nicht viel größer als sie, denn dank ihrer neuen Schuhe, deren Absätze zehn Zentimeter hoch waren – eine Extravaganz, die sie sich privat nie zuvor erlaubt hatte –, wusste sie, dass er fast einen Meter neunzig maß. Dummerweise kam dadurch dieser verführerische Mund wieder in Reichweite, und Estelle fühlte bereits, wie ihre Knie nachgaben. Sie lehnte sich an die feuchte Hauswand, hob ihr Kinn erwartungsvoll und schloss die Augen vor dem Abendlicht, das plötzlich seinen Weg in die dunkle Gasse fand, als habe jemand die Laternen angezündet. Schon meinte sie die federleichte Berührung seiner Lippen zu spüren, da räusperte er sich. Mist! Sie hatte nicht einmal bemerkt, dass der Mann einen Schritt zurück in den Schatten getreten war.

„Verrätst du mir deinen Namen?", fragte er mit einer Stimme, die gut zu dem Bild des Traummannes passte, das sich ihre Fantasie in den letzten Minuten ausgemalt hatte. Sein Akzent klang irgendwie nordisch, Estelle fand ihn hinreißend. Selbstkritisch dachte sie: *In dem Zustand, in dem ich mich befinde, könnte er allerdings auch grunzen wie ein Eber, und ich fände ihn immer noch süß.* Laut gab sie zurück:

„Man sollte meinen, dass Sie sich zumindest vorstellen, wenn Sie schon zu einer Fremden ins Taxi steigen." Die Enttäuschung über den entgangenen Kuss verlieh ihrer Stimme einen scharfen Ton.

„Entschuldigung, wo sind nur meine Manieren geblieben? Ich bin Julen. Jetzt du."

Sie wusste von der Macht, die ein Name im falschen Augenblick haben konnte. Aber war dieser Fremde nicht einer von ihnen, ein naher Verwandter? Und wer wusste nicht sonst schon alles, wie sie hieß! *Niemand aus der magischen Welt kennt alle deine Namen*, flüsterte ihre innere Stimme. *Der Vampir kennt sie aber schon! Ich will ihm ja auch nur einen verraten*, dachte sie und sagte: „Ich heiße Estelle", bevor sie es sich noch einmal anders überlegen konnte.

„Der Name passt wunderbar zu dir!" Der Elf, *Julen*, korrigierte sie sich, sah sie durchdringend an, und es sprach für eine Rückkehr ihres Selbstbewusstseins, dass sie seinen Blick offen erwiderte. Dabei stellte sie fest: Seine Pupillen veränderten sich nicht. Wenn die Augen wirklich der Spiegel der Seele waren, wovon sie fest überzeugt war, dann herrschte hier völlige Leere. Unheimlich! Ein anderer Gedanke verhinderte, dass sie weiter über dieses Rätsel nachdachte. *Wenn er jetzt bloß keine falsche*

Bemerkung macht! Ein schmieriges Kompliment im Stil von „Deine Augen strahlen wie die Sterne am Firmament!" oder was Männer sich sonst einfallen ließen, sobald sie wussten, dass Estelle „Stern" bedeutete, hätte seine Attraktivität zweifellos enorm verringert.

Als ahnte Julen ihre Bedenken, lächelte er, und der Bann war gebrochen. „Soll ich dir helfen, sie hinaufzutragen?" Er schaute auf ihre feuchten Tüten.

Wollte ich mich eben tatsächlich von ihm küssen lassen? Estelle schämte sich. Einem Fremden – egal ob zum Anbeißen sexy oder nicht – erlaubte man keine derartigen Freiheiten, und man lud ihn auch nicht in seine Wohnung ein. Sie schüttelte den Kopf, über sich selbst und als Antwort auf seine Frage. Dann drehte sie sich um, lief über den Hof und versuchte dabei, nicht in eine der Pfützen zu treten. Ihre Füße waren sowieso schon nass, aber die Schuhe noch nicht ganz verloren, und sie würde sich mit dem Umziehen ohnehin beeilen müssen, wenn sie pünktlich im Pub sein wollte. Im Hausflur streckte sie die Hand aus, um das Licht einzuschalten – und ließ erschrocken ihre Tüten fallen.

Julen stand dicht neben ihr, sein Gesicht war in der Dunkelheit kaum zu erkennen. „So war das nicht gemeint." Er legte seine Hand auf ihren Arm. Estelle bereitete sich auf einen Sturm fremder Gefühle vor. Nichts. Sie konnte ihn einfach nicht spüren. Ein seltsamer Gedanke schoss ihr durch den Kopf. Würde sie mit diesem verführerischen Mann schlafen, könnte sie sich endlich einmal fallen lassen, ohne befürchten zu müssen, dass seine Fantasien ihr eine kalte Dusche verpassten oder die Intensität seiner Empfindungen unweigerlich einen Anfall zur Folge hatten. Ihre Wangen glühten.

Julen musste ihr Schweigen falsch verstanden haben, denn er ließ sie los, bückte sich, hob die am Boden verstreuten Einkaufstüten auf und reichte sie ihr. „Ich würde dich gern wiedersehen."

Vielleicht war es die Verbeugung, die er dabei andeutete, vielleicht auch eine wiedererwachte Abenteuerlust. Jedenfalls nahm sie allen Mut zusammen und sagte: „Ich bin später im Pub verabredet. Wenn du Lust hast, schau doch vorbei!" Sie nannte ihm Namen und Adresse, und ohne seine Antwort abzuwarten, rannte sie die Stufen bis in den fünften Stock hinauf. Oben angekommen stürzte Estelle in die Wohnung und warf sich, nachdem sie den Schlüssel sorgfältig zweimal im Schloss umgedreht hatte, japsend auf ihr Bett. Ihr fehlte es deutlich an Übung. Mit Treppen und mit Männern.

Der Uhr zufolge war doch noch ausreichend Zeit zur Verfügung, und so verbrachte Estelle eine vergnügliche Stunde vor dem Spiegel, bis sie ihr Abbild einigermaßen zufrieden betrachtete. Der Rock, für den sie sich schließlich entschieden hatte, betonte ihre Beine, die auch in flachen Schuhen ungewöhnlich lang waren, wie sie aus sicherer Quelle wusste. Schließlich hatte sie in Paris während der ersten Monate ihr Taschengeld mit kleinen Modeljobs – häufig für Strümpfe – aufgebessert, und ihr Booker war überzeugt, dass sie Chancen hatte, eines Tages für große Shows gebucht zu werden. Alles lief wunderbar. Bis zu dem Tag, an dem sie zum ersten Mal mitten im Fotoshooting eine Vision überwältigte, an deren Höhepunkt Estelle weinend zusammenbrach. Als sie wenige Tage später erneut einen Anfall bekam, bedeutete dies das Aus für ihre Karriere, bevor sie überhaupt richtig begonnen hatte. Zu viele Mädchen hofften auf die große Chance, und wo eine ausfiel, waren Dutzende bereits zur Stelle, ihren Platz einzunehmen.

Sie solle erst einmal wieder gesund werden, riet man ihr in der Agentur, hinter vorgehaltener Hand aber fiel das böse Wort „Drogen". Estelle war entsetzt, wie schnell sie fallen gelassen wurde, und das, obwohl sie in ihrem Leben nie geraucht und kaum einmal Alkohol getrunken hatte, von härteren Drogen ganz zu schweigen.

Die Anrufe ihrer Agenturchefin, die am Tag ihres Rauswurfs nicht in der Stadt gewesen war, hatte sie nie beantwortet. Was verstanden diese Leute schon von Estelles Problemen?

Unwillig schüttelte sie ihren Kopf, als wollte sie die schlechten Erinnerungen loswerden, was ihr auch gelang, denn nun verlangte der neue Haarschnitt nach ihrer ganzen Aufmerksamkeit. Die Haare flogen auf wie seidige Rabenflügel und legten sich anschließend wieder weich um ihr schmales Gesicht. Sie hatten einiges an Länge eingebüßt, aber die Veränderung gefiel ihr ausgezeichnet, und sie wünschte sich, ihre Schwester könnte sie so sehen. Auch der Rest gefiel ihr. Ihr T-Shirt zeigte gerade genug Dekolleté, um Interesse zu wecken, und die Taschen des Rocks verbargen ihre vorstehenden Hüftknochen. Sie nahm sich vor, in Zukunft mehr auf sich achtzugeben. In der Vergangenheit hatten die Anfälle und Visionen keinen Raum für ein gesundes Leben, für Leben überhaupt, gelassen. Das sollte sich ändern. Zufrieden mit sich und den gefassten Vorsätzen, griff Estelle nach ihrer Jacke und brach zu ihrer ersten Verabredung seit Monaten auf. Sie traf sich zwar nur mit Manon, aber insgeheim hoffte sie darauf, Julen wiederzusehen.

Nachdem sie einmal in eine falsche Gasse abgebogen war und etwas ratlos vor einem plätschernden Brunnen stand, fand sie das Pub im zweiten Anlauf und ging die wenigen Stufen hinab zum Eingang. Schon durch die geschlossene Tür war ein mächtiges Stimmengewirr zu hören, und beim Hineingehen schlug ihr der warme Geruch von Bier, Essen und menschlichen Ausdünstungen entgegen. Sie rümpfte die Nase, tröstete sich aber damit, dass hier zumindest der Genuss von Tabakwaren aller Art untersagt war. Ein fröstelnder Raucher, der ihr zurück in die Wärme folgte und mit großem Hallo von seiner Runde begrüßt wurde, zeugte davon. „Ich will doch glatt das Qualmen wieder anfangen, wenn ich dabei so leckere Beute machen kann!", witzelte ein tätowierter Typ und schob einen Hocker für Estelle zurecht. Menschenansammlungen bereiteten ihr stets Unbehagen, und auch wenn nicht immer ein Anfall drohte, so kostete es doch erhebliche Energie, die Gedanken, Wünsche und Sehnsüchte dieser Leute auszublenden. Die Fantasien des Mannes waren eindeutig und einfach nicht zu ignorieren, als er noch einmal auf den Sitz neben sich klopfte. Schnell wandte sie sich ab.

Manons Lachen erklang. Sie entdeckte ihre Mitbewohnerin mit anderen Gästen in einer Ecke des Lokals. Erleichtert winkte sie ihr zu und wurde gleich überschwänglich begrüßt. „Du siehst toll aus!" Manon drückte sie fest an sich. „Der Name deines Friseurs sollte unser Geheimnis bleiben. Nicht auszudenken, wenn plötzlich alle Frauen eine so beeindruckende Verwandlung erleben!"

Nachdem sie vorgestellt worden war, ließ sie sich, froh, dass die Aufmerksamkeit nun nicht mehr ihr galt, auf einen der Holzstühle sinken. Während Manon mit einem Mann namens Ben zur Bar ging, um die nächste Runde Drinks zu holen, blickte sie sich um. Das Pub sah aus wie viele andere seiner Art, mit rustikaler Einrichtung und einem von verschüttetem Bier dunkel gewordenen, rot karierten Teppich. Einige ältere Gäste unterhielten sich in ihrem Dialekt, den Estelle im Laufe des Tages mehr als einmal vergeblich zu verstehen versucht hatte. Ein paar Touristen glaubte sie auch an ihrer praktischen Kleidung zu erkennen, die anderen waren wahrscheinlich Studenten und Nachbarn. Dicht am Eingang saßen fünf Frauen, die sicher nicht ihr erstes Bier an diesem Abend tranken. Plötzlich aber verstummte deren Gekicher, und sie starrten wie gebannt zum Eingang. Estelle ahnte, wen sie erblickt hatten. Der Luftzug, der entstanden war, als die Tür sich geöffnet hatte, war deutlich zu spüren, der Neuankömmling aber nicht. Verlegen betrachtete sie die Bierdeckel vor sich auf dem Tisch und fragte sich, wie sie so dreist hatte sein können, eine Zufallsbekanntschaft hierher einzuladen. Schließlich schaute sie doch auf und direkt in Manons Gesicht, die mit zwei randvollen Gläsern vor ihr stand. Sie machte eine Kopfbewegung zur Bar. „Die atemberaubende Erscheinung dort drüben scheint sich aber mächtig für dich zu interessieren. Du kennst ihn nicht zufällig?"

Estelle wollte erst schwindeln, gestand dann aber: „Wir sind uns heute über den Weg gelaufen. Ich habe nicht geglaubt, dass er wirklich kommt." Eine glatte Lüge. Seit ihrer Begegnung hatte sie kaum eine Minute an etwas anderes gedacht als an ein Wiedersehen mit Julen. Sie sah zur Bar hinüber und lächelte schüchtern. Das genügte ihm offenbar als Einladung, er griff seinen Wein und schlenderte auf ihren Tisch zu. Von Manon war ein anerkennender Pfiff zu hören. „Zum Teufel mit meiner Kurzsichtigkeit. Der wird ja immer heißer, je näher er kommt! Ich wusste, dass es eine gute Idee sein würde, an dich zu vermieten. Man stelle sich das nur vor: noch keinen ganzen Tag in der Stadt, und schon hat sie, sich dieses Zuckerstückchen geangelt." Die letzten Worte flüsterte sie, und kaum waren sie verklungen, stand Julen vor ihnen, warf Manon einen verschmitzten Blick zu, als habe er sie gehört, und fragte höflich, ob er sich setzen dürfe.

Estelle nickte leicht benommen. Als sie keine Anstalten machte, ihre Freundin vorzustellen, nahm diese das schließlich selbst in die Hand, lehnte sich dabei zu Julen hinüber und gestattete ihm einen interessanten Einblick in ihren Dessousgeschmack. Die Spitzenborte ihres apfelgrünen BHs lugte unübersehbar hervor und Estelle, die Manon noch kurz zuvor für ihre Unbekümmertheit und die originelle Art, sich zu kleiden, bewundert hatte, fand sie in ihrer kanariengelben Bluse und dem bunt karierten Mini auf einmal ziemlich billig, als sie Julen mit einem Augenaufschlag fragte: „Wie kommt es, dass ich dich noch nie gesehen habe?"

Als ob sie alle Männer der Stadt kenne. Aber vielleicht tut sie das ja sogar, dachte Estelle und schämte sich gleich darauf für ihre Gehässigkeit. Immerhin plauderten ihre Mitbewohnerin und die anderen in der Runde mit Julen, während sie selbst still daneben saß. Er sah nicht einmal mehr zu ihr herüber. Das war es dann wohl mit ihrer neuen Bekanntschaft!

Estelle schloss resigniert die Augen und erkundete die Gedanken der anderen so weit, wie sie es wagte. Rechts neben ihr saß Steve, ein dunkelhaariger, freundlicher Mann, dessen Miene im Augenblick jedoch deutliches Missfallen ausdrückte. Er war eifersüchtig auf den Neuankömmling. Aus gutem Grund, wie sie feststellte, denn seine Freundin neben ihm hatte nur noch Augen für Julen und überlegte, was sie Intelligentes sagen konnte, um den Fremden zu beeindrucken, da er ja offensichtlich an ihren körperlichen Reizen weniger interessiert war als an den Brüsten dieser rothaarigen Schlampe. *Oh!* Damit war offenbar Manon gemeint. Deren Freundin und Arbeitskollegin, wenn Estelle sich richtig erinnerte, hing ebenfalls wie gebannt an seinen Lippen. Die beiden anderen am Tisch, ein Pärchen, das sich unter der Tischplatte verstohlen an den Händen hielt, interessierten sich nicht für den Fremden, aber überraschenderweise für eine üppige Brünette, die ihnen verheißungsvolle Blicke zuwarf. Und Manon freute sich über den glücklichen Zufall, dass Julen gerade jetzt in der Stadt aufgetaucht war – aus beruflichen Gründen, wie er erzählte – und dass er gut zu Estelle zu passen schien. Dann wanderten Manons Gedanken zurück zu einem Paar roter High Heels, für das sie bereitwillig einen Ladendiebstahl begangen hätte, wäre das Geschäft, in dem sie sich befanden, nicht so gut gesichert.

Ein warmes Gefühl durchströmte die Feentochter. Sie nahm sich vor, ihrer Mitbewohnerin die Schuhe zu schenken. In ihr hatte sie zwar keine Feenverwandte, aber doch eine gute Freundin gefunden. Der Vampir würde die Ausgabe verkraften. Estelle war überrascht, wie viele Emotionen sie heute aus einer flüchtigen Berührung, einem raschen Blick lesen konnte, ohne selbst in Schwierigkeiten zu geraten. Eines irritierte sie jedoch – Julen schien an dieser Welt aus Wünschen, Sehnsüchten und Missgunst gar nicht teilzuhaben. Sie zog sich aus ihrer Gedankenwanderung zurück, sah auf und blickte direkt in seine Augen, die sie nachdenklich über den Rand eines gut gefüllten Glases hinweg zu mustern schienen. *Wer bist du?*, fragte sie lautlos. Aber es war, als habe sie in einen leeren Raum gesprochen, nur mit dem Unterschied, dass nicht einmal ein Echo zurückkam. Gruselig. Bei der Vorstellung, er könnte wirklich ein Elf sein – nannte man ein männliches Feenwesen überhaupt so? –, begann ihr Herz schneller zu schlagen. Am Nachmittag hatte sie diese Idee regelrecht elektrisiert, doch jetzt wirkte sie eher beunruhigend. Julen zog sie zweifellos in seinen Bann – und bei einem magischen Wesen, das sie nicht einmal spüren konnte, dürfte dies keine gute Sache sein. Estelle konnte nicht mehr klar denken, sie wollte raus aus diesem lauten, viel zu warmen Pub. Ihre Hände zitterten. Eine Vision war das Letzte, was sie jetzt gebrauchen konnte. Sie stand auf und flüsterte Manon zu: „Ich habe versprochen, meine Familie heute Abend anzurufen. Du kannst aber gern hierbleiben, ich finde allein zurück."

„Deine Familie?" Dann zeichnete sich das Verstehen in Manons Gesicht ab. „Aber ja, mach dir nur einen netten Abend! Ich werde nicht vor Mitternacht zu Hause sein", fügte sie zwinkernd hinzu, und Estelle bemerkte zu ihrem Entsetzen, dass sich Julen ebenfalls erhoben hatte und schon begann, sich zu verabschieden. Sie tat es ihm gleich, und danach blieb ihr nichts anderes übrig, als ihm an die frische Luft zu folgen. Draußen fröstelte sie und war nicht sicher, ob der kühle Wind oder Julens Nähe die Schuld daran trug. „Aber du hast nur ein Hemd an!", protestierte sie, als er ihr seinen Mantel um die Schultern legte.

„Ich friere nicht so leicht. Ist mit dir alles in Ordnung?" Seine Hand wirkte zwischen ihren Schulterblättern beruhigend und aufregend zugleich. Die beklemmende Enge in ihrer Brust, die einer Vision voranging, löste sich, und Estelle atmete tief durch. Julens Mantel roch gut. Wonach, das konnte sie nicht herausfinden. Aber der Duft gefiel ihr, und schließlich gab sie sich zufrieden, ihn „Julen" zu nennen. Wenn sie ihn schon nicht spüren konnte, so musste sie sich in Zukunft eben auf ihre Nase verlassen. In Zukunft?

„Darf ich dich nach Hause begleiten?"

In Zukunft also!, dachte sie und nickte. „Bis zur Tür."

Er lachte. „Wenn du mir dafür einen Gefallen tust."

„Und was soll das sein?"

„Komm morgen mit mir ins Kino."

„Das ist allerdings ein großer Gefallen. Ich möchte wetten, du liebst Actionfilme!"

„Du etwa nicht? Aber nein, du siehst am liebsten französische Sachen, habe ich recht?"

„Nur wenn sie im Original sind."

„Aha, Mademoiselle ist gebildet!" Julens Französisch war akzentfrei, dazu machte er eine übertriebene Verbeugung.

„Nein, sie hat in Paris gelebt", entgegnete Estelle ebenso mühelos in der fremden Sprache, und ihr war es in diesem Moment auch ganz egal, dass der Vampir ihr verboten hatte, über ihren Aufenthalt dort zu sprechen. Erfreut stellten die beiden im Laufe einer angeregten Unterhaltung fest, dass sie bestimmte Restaurants und Clubs ungefähr zur gleichen Zeit besucht hatten. Ein Wunder eigentlich, dass sie sich noch nie zuvor begegnet seien, bemerkte Julen, eine solche Schönheit wäre ihm bestimmt aufgefallen.

Ein wenig zu routiniert fand Estelle dieses Kompliment, aber nichtsdestotrotz freute sie sich. Gesehen hatte sie ihn tatsächlich nie. Vielleicht waren sie aber sogar irgendwo einmal aneinander vorbeigelaufen. Doch wie hätte sie sich daran erinnern sollen? Er wäre ja niemals zu spüren gewesen, selbst wenn er direkt neben ihr gestanden hätte.

Während sie Seite an Seite die Straße entlangschritten, beschloss sie, man könne die Situation genauso gut nutzen, um mehr über ihn zu erfahren. Von seinem Gespräch mit Manon hatte sie nur mitbekommen, dass er erst kürzlich in die Stadt gezogen war. „Und woher stammst du, wenn ich fragen darf?"

Er griff sich theatralisch ans Herz. „Du hast meinen Akzent herausgehört! Ich gestehe, meine Wiege war aus Eis, meine Amme eine weiße, haarige Matrone mit so großen Tatzen." Er breitete seine Hände weit aus.

„Du nimmst mich auf den Arm!"

„Das würde ich liebend gerne tun. Soll ich dich über die Schwelle tragen?"

Estelle sah sich überrascht um, sie standen tatsächlich vor ihrer Haustür. „Oh, wir haben unser Ziel erreicht!"

„Haben wir das?", murmelte Julen und beugte sich zu ihr hinab, bis sie die Wärme seines Körpers fühlte, während ein Hauch ihre Wange streifte und die Härchen auf ihrem Nacken zu zittern begannen. Jetzt gleich würde er sie küssen! Das Kribbeln im Bauch nahm zu, erwartungsvoll spannte sich ihr Körper, als sehne er sich genauso wie das Herz nach dem Moment, wenn sich ihre Lippen zum ersten Mal streifen würden, nach der Flut der Lust, die diese Berührung auslösen musste, und dem heißen Verlangen. Ihr Atem ging schneller – und plötzlich wusste sie:

50

Sie waren nicht mehr allein. Julen musste es im gleichen Augenblick bemerkt haben, denn er richtete sich auf und lauschte in die Nacht. Nichts war mehr von dem jungenhaften Charme übrig, sein Gesicht wirkte völlig ausdruckslos, und auch Estelle standen nun die Haare aus anderen Gründen als der Vorfreude auf ein erotisches Abenteuer zu Berge. Vielmehr war sie überzeugt, sich in absoluter Lebensgefahr zu befinden.

Julen trat einen Schritt zurück und hob dabei beide Hände zu einer Friedensgeste, fast so, als sei eine Waffe auf ihn gerichtet. Vielleicht war das sogar der Fall. Sie blinzelte in die Dunkelheit. „Geh hinein und öffne niemandem!", zischte er. Estelle ließ seinen Mantel von ihren Schultern gleiten und gehorchte, ohne zu fragen. Etwas Unheimliches lauerte in den Schatten der Häuser, und sie war froh, die Eichentür hinter sich ins Schloss fallen zu hören. Als sie kurz darauf aus einem der schmalen Fenster in den Hof hinabblickte, war Julen fort und mit ihm auch das Gefühl der Bedrohung. *Wie kann das sein?*

Was für ein Durcheinander! Estelle saß auf einem Schemel und hatte beide Hände um die längst erkaltete Tasse mit dem bitteren Tee gelegt, als erwarte sie, ihre verwirrte Seele damit wieder in Ordnung bringen zu können. Das Geräusch des Schlüssels in der Wohnungstür ließ sie zusammenzucken, und kurz darauf fand Manon ihre Mitbewohnerin in unveränderter Haltung inmitten der unbeleuchteten Küche.

„Was hat er dir angetan!" Sie ließ ihre Tasche fallen und kniete sich vor Estelle auf den Boden.

„Nichts", beeilte sie sich zu antworten, als sie das mordlustige Glitzern in Manons Augen sah. „Julen hat mich nur nach Hause gebracht. Er hat mir sogar seinen Mantel gegeben, wie ein echter Gentleman. Und als wir vor der Tür waren …" Sie stockte.

„Ja?"

„… wollte er mich küssen."

Manon sah sie erwartungsvoll an.

„Mir gefiel die Idee auch. Ausgesprochen gut sogar." Der Nachsatz entlockte der Freundin ein erstes Lächeln. Sie streichelte Estelles Hände, was eine merkwürdige Ruhe in ihr auslöste. Eine Weile saßen beide ganz still da, bis Manon sagte: „Aber das kann doch nicht so schlimm gewesen sein?"

„War es auch nicht, höchstens, dass es gar keinen Kuss gab."

„Höre ich da eine gewisse Enttäuschung heraus?"

Estelle ging nicht auf den neckenden Ton ihrer Freundin ein. „Plötzlich waren wir nicht mehr allein. Julen muss es auch gespürt haben. Er wurde ganz merkwürdig, schickte mich hinein und war schon verschwunden, bevor ich die zweite Etage erreicht hatte. Ich habe aus dem Fenster gesehen", gab sie zu.

„Das war alles?" Manon ging zum Herd und setzte Teewasser auf. „Ich hätte dir sagen sollen, dass sich nachts manchmal Leute in die Höfe verirren. Du weißt schon, für eine schnelle Nummer oder so. Normalerweise passiert das allerdings eher während der Festwochen im August und nicht im Spätherbst. Na ja, es ist noch warm. Kein Grund zur Panik."

„Du verstehst nicht. Da war nicht nur einfach jemand im Hof! Es fühlte sich an, als würde ein gefährliches Raubtier auf mich lauern."

Manon drehte sich zu ihr um. „Raubtier, ja?"

Nach einem Blick in das Gesicht ihrer Mitbewohnerin verzichtete Estelle darauf, ihre Ängste ausführlicher zu beschreiben. Worte konnten ohnehin nicht annähernd wiedergeben, was sie in dem Wesen noch alles gefühlt hatte. Einsamkeit, Hoffnungslosigkeit, so groß, dass ihre eigene Furcht daneben verblasste. „Wahrscheinlich sind meine Nerven einfach mit mir durchgegangen."

Manon erwiderte ihr Lächeln und kochte frischen Tee. Während sie reichlich Zucker in beide Tassen löffelte, sagte sie über die Schulter zu Estelle: „Dein Verehrer taucht sicher bald wieder auf! Man müsste ja blind sein, um nicht zu sehen, dass er ganz verrückt nach dir ist!"

4

Zwei Wochen später musste Manon zugeben, sich geirrt zu haben. Gemeinsam mit Estelle saß sie am späten Nachmittag in der Teestube, gleich gegenüber der Nationalbibliothek. Manon kam direkt aus dem Altersheim, wo sie als Pflegerin tätig war, Estelle hatte sich aus einer Vorlesung geschlichen. „Wo ist eigentlich Ben?"

Sie hatte Ben an ihrem ersten Abend im Pub kennengelernt. Auf der Suche nach dem Sekretariat in ihrer neuen Universität war sie ihm wieder begegnet, wobei die beiden erfreut festgestellt hatten, dass sie einige Vorlesungen gemeinsam belegt hatten. Er war sehr hilfsbereit und hatte sie herumgeführt. Seitdem stieß er häufiger zu ihnen, wenn sie sich hier trafen. Ben mochte die Freundinnen gern, sein wahres Interesse allerdings galt den männlichen Kommilitonen. Er machte kein großes Geheimnis daraus, obwohl seine Familie diesen Teil seines Lebens einfach totschwieg. Diese Informationen hatte Estelle ihm entlockt, während er neben ihr in der Vorlesung saß. Was das Lesen ihrer Mitmenschen betraf, so machte sie deutliche Fortschritte. Die neue Umgebung tat ihr gut, und bisher hatte sie keinen dramatischen Anfall mehr gehabt. Gelegentlich plagten sie Albträume, und Menschenmengen mied sie schon aus Prinzip, aber eigentlich fühlte sie sich recht wohl. Vermutlich sollte sie dem Vampir für seine Entscheidung, sie hierher zu verfrachten, dankbar sein. Aber so viel Großmut brachte Estelle doch nicht auf. Immerhin gestand sie sich diese Charakterschwäche in stillen Stunden ein.

„Jemand zu Hause?"

Manon fuchtelte vor ihrem Gesicht herum und Estelle beeilte sich, der Serviererin zu erklären, dass sie keinen weiteren Tee wünschte. „Ich weiß nicht, wo Ben ist. Die Vorlesungen hat er auch geschwänzt." Beide wussten, dass er für sein Leben gern segelte. Ben stammte aus vermögendem Hause und nutzte jede Gelegenheit, auf das Meer hinauszufahren.

„Das ist es! Bald wird es zu stürmisch zum Segeln sein, dann beginnt wieder die große Leidenszeit für unseren Freund", lachte Manon und schien ihn bereits vergessen zu haben, als sie fortfuhr: „Stell dir mal vor, was ich heute gehört habe! Es soll ein Mittel auf den Markt kommen, das den Alterungsprozess aufhält."

„Anti-Aging meinst du wahrscheinlich. Hormonbehandlung und Schönheits-OPs."

„Ach was! Das kennt ja jeder. Aber weißt du, in unserer Seniorenresidenz wohnt doch diese alte Lady."

„Du meinst die Verrückte, die sich ihre Haare jede Woche in einer anderen Farbe tönen lässt."

„Verrückt fand ich sie bisher nicht, höchstens ein wenig exzentrisch." Manon schmunzelte. „Momentan sieht sie aus, als hätte sie eine Portion rosa Zuckerwatte auf dem Kopf. Aber jetzt fängt sie wirklich an zu spinnen. Sie schwört Stein und Bein, sie werde bald wieder jung und schön sein."

„Das hätte sie wohl gerne, sie ist sicher schon ein wenig verdreht. Hast du nicht erzählt, sie hätten im vergangenen Jahr ihren achtzigsten Geburtstag gefeiert?"

„Den fünfundachtzigsten sogar, aber ich weiß nicht, bisher fand ich sie recht fit für ihr Alter. Seit letzter Woche, so habe ich es gehört, soll jeden Abend ein Arzt kommen, der ihr Injektionen verpasst." Nun senkte sie ihre Stimme. „Und weißt du was? Sie kommt mir schon irgendwie jünger vor! Aber ein wenig gruselig finde ich, dass sie ihre Steaks neuerdings nur noch blutig mag.

Gestern soll sie sogar einen Kollegen in die Hand gebissen haben. Ist das nicht irre? Womöglich ist sie eine Vampirprinzessin."

„Jetzt übertreibst du aber!" Estelle wurde es ungemütlich. Was, wenn tatsächlich jemand auf der Suche nach dem „ewigen Leben" erfolgreich gewesen war? Wie auch immer, sie musste Manon beruhigen. „Rohes Fleisch, also wirklich! Wenn überhaupt, dann ist sie in die Hände eines Vampirs gefallen. Eines sehr menschlichen allerdings. Ich wette, dass es da jemand auf ihr Geld abgesehen hat."

„Du hast recht, manchmal geht die Fantasie einfach mit mir durch! Aber dieser Arzt ist doch wirklich unheimlich, oder?"

„Hast du ihn denn schon einmal selbst gesehen?"

„Wie denn? Ich habe seit Wochen Tagdienst." Manons Lächeln wirkte etwas gekünstelt, und Estelle fragte sich nicht zum ersten Mal, was unter dem rot gefärbten Schopf ihrer Freundin wirklich vor sich ging. Natürlich hätte sie die Gedanken auch lesen können, aber so etwas tat man unter Freunden lieber nicht. Und außerdem gehörte sie zu den wenigen Sterblichen, die ihre Gedanken meist für sich behielten und nicht ungewollt in die Welt hinaussandten.

Wenig später brachen die beiden auf. Draußen sank die Sonne gerade hinter den Horizont, und ihre Strahlen tauchten die Felsenburg in ein gespenstisches Rot. Ein seltenes Schauspiel, denn oft hing der Himmel bleiern über der Stadt, während ein Regenschauer dem nächsten folgte. Manon beschloss, diese Gelegenheit zu nutzen. Sie fand immer einen Vorwand, um einzukaufen. Estelle, die keine Lust zum Bummeln hatte, versprach, auf dem Heimweg noch ein paar Besorgungen im indischen Supermarkt zu erledigen. Zu ihrem Bedauern war von dem eifrigen Tütenträger nichts zu sehen, lediglich seine Mutter hockte gewohnt missmutig hinter der Kasse. Also nahm sie anstelle der Wasserflaschen nur Manons Lieblingswein mit und stapfte schwer

56

beladen die Anhöhe zu ihrer Wohnung hinauf. Wie jeden Tag blieb sie vor der verwaisten Buchhandlung stehen und schaute sehnsüchtig durch die fast blinden Scheiben. Anders als die Male vorher bemerkte sie eine Bewegung im Inneren. Aufgeregt lief sie zum Eingang. Der Zettel, auf dem jemand mit eleganter Handschrift „Geschlossen" notiert hatte, war verschwunden. „Endlich!" Estelle drückte die Klinke herunter. Nichts geschah. „Ich weiß genau, dass jemand da ist!" Sie griff fester zu und stemmte sich mit der Schulter gegen die Tür. Das Holz knarrte und gab dann so plötzlich nach, dass sich Estelle gerade noch fangen konnte, um nicht mitsamt ihrer Einkäufe hineinzusegeln. Als sie ihr Gleichgewicht zurückgewonnen hatte, fiel ihr der geheimnisvolle Bannspruch wieder ein, der unauffällig – aber für jemanden wie sie unübersehbar – den verwitterten Türrahmen zierte. Auf alles gefasst, machte sie einen Schritt nach vorn. Aber der Zauber schien nicht mehr auszulösen als ein leichtes Kribbeln in der Magengegend, während sie die Schwelle überschritt. Und das konnte genauso gut ein Zeichen von Aufregung sein. Ein feines Klingeln ertönte – und sie stand mitten im Laden.

„Hallo?"

Es war so dunkel, dass sie kaum das Ende der vollgestopften Bücherregale erkennen konnte. Vorsichtig ging sie weiter. Etwas Weiches berührte dabei ihre Schulter, und vor Schreck ließ sie ihre Tüten fallen und stieß dabei auch noch einen Stapel Bücher um. Ein Klirren ließ nichts Gutes vermuten. „Mist!" Schnell bückte sie sich, um zu verhindern, dass der auslaufende Wein die Bücher durchtränkte. Irgendwo rumorte es, aber ehe sie herausfinden konnte, wer sich hinter den Regalen zu schaffen machte, stand der Besitzer auch schon vor ihr. „Was tun Sie da?" Jedenfalls nahm sie an, dass es der Inhaber war, der sie erst mit deutlicher Ungeduld, dann aber ziemlich überrascht und schließlich völlig ausdruckslos anstarrte. Sie teilte seine Verwunderung, denn anstelle des zauseligen Alten, mit dem sie gerechnet hatte, sah sie an einem Mittdreißiger hinauf. Natürlich, Manon hatte etwas in dieser Art erwähnt. Zur Jeans trug er einen dunklen Pullover der schon bessere Tage gesehen hatte. Dem Material nach zu urteilen dürfte er aber einmal ziemlich teuer gewesen sein. Dank ihrer Erfahrungen in der französischen Modewelt hatte Estelle inzwischen einen Blick für solche Details entwickelt. Deshalb ließ sie sich auch nicht vom Dreitagebart oder dem ungekämmten Schopf ihres Gegenübers täuschen. Der Mann war keineswegs verwahrlost, sondern nur ein wenig – wie sollte sie es nennen? – nachlässig in seinem Äußeren. Eine Brille hätte gut zum Gesamtbild des schusseligen Antiquars gepasst, aber die dunkelblauen Augen schienen keiner Sehhilfe zu bedürfen, während sie von oben herab ihre Musterung erwiderten. Endlich schien er aus seiner Starre zu erwachen, nahm ihr die Folianten aus der Hand und legte sie behutsam auf die Ladentheke zurück. Estelle sprang auf. „Es tut mir leid", stammelte sie. „Wenn Sie vielleicht ein Tuch hätten?"

Er griff in die Hosentasche, zog ein gefaltetes Herrentaschentuch hervor und reichte es ihr.

Ratlos blickte sie auf das feine Leinen in ihrer Hand, bis ihr dämmerte, dass er offenbar dachte, sie habe das Tuch für sich gewollt. „Nein, ich brauche einen Wischlappen und vielleicht etwas warmes Wasser. Sie wollen doch sicher nicht, dass es hier tagelang wie in einem Pub riecht."

„Natürlich." Der Hauch eines Lächelns ließ ihn jünger erscheinen, und sie revidierte ihre Schätzung nochmal um ein paar Jahre. „Irgendwo muss es doch in einem ordentlichen Laden so etwas geben, nicht wahr?"

Estelle sah sich dabei suchend um.

„Warten Sie, ich werde mich darum kümmern." Er zögerte. „Möchten Sie eine Tasse Tee?"

Diese 180-Grad-Wendung verblüffte Estelle, trotzdem folgte sie seiner Aufforderung und setzte sich vorsichtig auf die Kante eines abgewetzten Ledersessels. Sie sah ihm nach, als er geschickt einem Stapel Bücher auswich, bevor ihn die Dunkelheit verschluckte, die immer noch zwischen den Regalen hing, fast so, als wollten sie die wertvolle Last vor neugierigen Augen verbergen.

Meine Fantasie geht offenbar mit mir durch! Estelle wandte ihren Blick ab und sah direkt in die starren Augen einer Eule. *Okay, sicher nicht meine Schuld, dass ich anfange, Gespenster zu sehen!* Doch das Tier musste ausgestopft sein, beruhigte sie sich, so still wie dieses saß nicht einmal ein nächtlicher Räuber. Zumindest hoffte sie dies.

Überraschend schnell kam der Mann mit einem Tablett zurück, das er ihr mit einer Entschuldigung in die Hände drückte. Dann wischte er die Weinpfütze auf, bewegte sich dabei lautlos und sprach kein Wort. Die Stille zerrte an ihren Nerven. Estelle fühlte sich ungewohnt schüchtern und wusste nichts zu sagen. Steif saß sie da, das Tablett in den Händen, und wartete, bis er genügend Bücher von einem runden Tischchen geräumt und ausreichend Raum für zwei Tassen und eine dampfende Teekanne geschaffen hatte. Erwartungsvoll blickte sie der Buchhändler an, bis Estelle klar wurde, dass er von ihr erwartete, den Tee einzuschenken. *Wie altmodisch!* Gespannt auf das, was noch kommen würde, beschloss sie mitzuspielen: „Nehmen Sie Sahne, Zucker?"

„Nein, danke." Er schaute sich abwesend um, als suchte er etwas, und zuckte schließlich mit den Schultern.

„Wie Sie wünschen", sagte Estelle. Das Porzellan war alt und möglicherweise nicht weniger wertvoll als einige der Bücher. Geschickt goss sie das Gebräu durch ein silbernes Sieb in eine Tasse, die sie ihm reichte.

„Vielen Dank. Es tut mir leid, dass ich Ihnen keine weitere Erfrischung anbieten kann", antwortete er völlig ernsthaft.

„Ich bitte Sie, das macht doch nichts." Diese letzten Worte klangen gepresst, weil sie nur mühsam ein Kichern unterdrücken konnte. Die Situation war einfach zu merkwürdig. Estelle knetete das geliehene Taschentuch, um nicht laut loszulachen. Als sie seine konsternierte Miene sah, bemühte sie sich um Haltung. „Bitte entschuldigen Sie, dass ich Ihnen solche Umstände bereite. Ich bin übrigens Estelle. Als ich sah, dass heute geöffnet ist, konnte ich nicht widerstehen. Ich musste einfach hereinkommen – trotz des Abwehrzaubers." Erschrocken presste sie das Taschentuch auf ihre Lippen. Welcher Teufel hatte sie geritten, die magischen Ornamente am Eingang zu erwähnen? Wahrscheinlich befanden sie sich schon ewig dort – und er hatte keine Ahnung, was diese Zeichen bedeuteten. Wahrscheinlich wunderte er sich sogar, so wenige Kunden zu haben.

Sein Mundwinkel zuckte, während er sie eine Weile durchdringend ansah. Er überging ihre Bemerkung und stellte sich vor: „Mein Name ist – die meisten Leute nennen mich Asher."

Das kurze Zögern war ihr keineswegs entgangen. Noch mehr erstaunte sie allerdings seine fehlende Reaktion auf ihre Bemerkung über den Abwehrzauber. Schon wollte sie ihre Gedanken aussenden, um mehr über diesen eigenartigen Mann zu erfahren, da trafen sich ihre Blicke erneut, und sie hatte plötzlich die Befürchtung, dass sie nicht mögen würde, was immer sich hinter seiner freundlichen Fassade verbarg. Hastig leerte sie ihre Tasse und stand auf. „Es war nett, Sie kennengelernt zu haben, Mister, ähm, Asher." Sie reichte ihm jedoch nicht ihre Hand, raffte die Einkäufe zusammen und eilte zur Tür. Dort drehte sie sich noch einmal um und murmelte: „Tschüss." „Auf Wiedersehen" schien ihr plötzlich nicht passend zu sein. Dann floh sie in die klare Abendluft hinaus.

Erst zu Hause fiel ihr auf, dass sie kein einziges der Bücher näher betrachtet hatte, und der Wein für das gemeinsame Abendessen mit Manon fehlte ihr auch. *Pasta schmeckt mit Wasser ebenso gut,* dachte sie und begann, das Gemüse zu schneiden.

Die Wohnungstür klappte, Ein Schlüssel flog in die Ecke. „Wie gut es hier duftet!" Manon ließ ihre Tasche achtlos fallen und hob einen Topfdeckel an. „Mhm, das sieht köstlich aus. Warte, ich muss nur schnell meine Hände waschen."

Während sie vor ihrer Freundin einen vollen Teller auf den Tisch stellte, sagte Estelle: „Du ahnst nicht, was mir vorhin passiert ist!"

„Bist du wieder einem flüchtigen Traumprinzen begegnet? Wo ist eigentlich der Wein, den du besorgen wolltest?"

„Eher nicht!"

Manon hatte Anstalten gemacht aufzustehen, um nach der Flasche zu suchen, und hielt nun mitten in ihrer Bewegung inne. „Wie schade! Aber erzähl schon, was ist passiert?"

„Du erinnerst dich doch an den Buchladen, der gegenüber des Pubs liegt und nie geöffnet hat?"

„Der mit dem Abwehrzauber."

Estelle spuckte vor Überraschung fast das Wasser über den Tisch, das sie gerade trinken wollte. Behutsam stellte sie ihr Glas ab. „Genau der."

Manon tat, als habe sie nichts bemerkt. „Was ist denn nun mit dem Traumprinzen?"

Estelle erzählte, wie sie in das Geschäft gegangen war, sich dabei vor irgendetwas erschrocken und deshalb ihre Einkäufe fallen gelassen hatte.

„Aha, dort ist mein Wein also geblieben!"

„Allmählich mache ich mir Sorgen wegen deiner Trinkgewohnheiten. Willst du die Geschichte nun hören oder nicht?"

Manon öffnete eben ihren Mund, um zu antworten, da läutete es. Die beiden sahen sich an. Nachdem die Türglocke ein zweites Mal erklungen war, und Manon weiterhin keine Anstalten machte zu öffnen, stand Estelle in der Absicht auf, durch das Etagenfenster im Treppenhaus nach dem späten Besucher zu sehen. Die schwere Haustür dort unten wurde nämlich meist bei Einbruch der Dunkelheit abgeschlossen, einen elektrischen Türöffner gab es jedoch nicht. Normalerweise ließen die Mieter ihrem Besuch einfach einen Schlüssel am Bindfaden in den Hof hinab.

Als sie die Wohnungstür öffnete, gab sie einen kleinen Schrei von sich und schlug sie sofort wieder zu.

„Was ist denn los?", erkundigte sich Manon und kam, immer noch kauend, aus der Küche.

„Der Buchhändler! Ich glaube, er ist bewaffnet!", flüsterte Estelle.

„Das ist doch Unfug!" Manon schob sie beiseite und riss die Tür auf. „Tatsächlich, der … Buchhändler!" Dann lachte sie. „Und er hat sogar ein Gastgeschenk dabei. Wie aufmerksam." Ehe er reagieren konnte, hatte sie ihm die Flasche abgenommen und reichte sie an Estelle weiter. „Zweifellos ist es deine Schuld, dass sich meine arme Mitbewohnerin in deiner staubigen Höhle fast zu Tode erschreckt hat. Komm herein, Asher. Ich hoffe, du hast etwas Ordentliches mitgebracht. Gut, da ist ja der Rest." Damit zog sie erst ihren Gast und dann eine ganze Kiste herein und begutachtete das Etikett. „Nicht übel, du darfst bleiben. Möchtest du mit uns essen?" Der Mann runzelte die Stirn, als habe sie etwas Unsinniges gesagt. „Natürlich nicht, wo habe ich meine Gedanken! Wir werden heute mal in dein Zimmer umziehen, bei mir ist es zu chaotisch. Du hast doch nichts dagegen, Liebes?", wandte sie sich wieder an Estelle, die ein wenig Mühe hatte, ihrem Geplapper zu folgen.

Selten war ihr Manon derart aufgedreht vorgekommen. Sie

schien sich aber ehrlich über diesen Besuch zu freuen, und so
fügte Estelle sich. Sie lud Asher, oder wie auch immer der Mann
heißen mochte, ein, in ihrem Zimmer auf einem Stuhl Platz
zu nehmen, und öffnete die Balkontür einen Spalt. Nach dem
sonnigen Tag war der Abend ungewöhnlich mild.

Manon kam mit einer Schüssel voll dampfender Nudeln herein, das Besteck rutschte klappernd über die angestoßenen
Teller. Estelle verhinderte gerade noch ein Unglück und nahm
der Freundin die Soßenschale ab, bevor sich deren Inhalt über
den Boden ergießen konnte. Höflich bot sie Asher einen Teller
an, doch der lehnte ab. „Ich habe bereits diniert, vielen Dank!"

Sie lief hinaus und flüsterte Manon zu: „Er ist ein bisschen
pompös, dein Freund! Stell dir vor, er möchte nichts essen. Er
habe schon ‚diniert', sagt er!"

Manon kicherte. „Ich weiß, Asher spricht meistens so. Aber
still, er kann uns hören!" Sie kehrten mit seinem Wein und
Gläsern, einem Korkenzieher und einem zusätzlichen Stuhl für
Manon zurück. Estelle setzte sich auf ihr Bett.

„Wie schön, dich einmal wiederzusehen!" Manon überließ es
ihrem Gast, die Flasche zu öffnen und ihnen einzuschenken.

Der Wein war köstlich. Viel besser als alles, was es im Supermarkt zu kaufen gab, und Estelle lehnte sich wenig später
befriedigt zurück, um dem fortwährenden Gerede ihrer Freundin zu lauschen. Sie kannte den geheimnisvollen Antiquar also
persönlich und hatte ihr zuvor nichts davon gesagt. Irgendwie
war es ihr, als habe sie ein Déjà-vu-Erlebnis. Wieder saß sie fast
stumm dabei, während ihre Freundin mit einem attraktiven
Mann unbeschwert plauderte. Die Gefühle der beiden versuchte sie allerdings nicht zu ergründen. Der Augenblick in der
Buchhandlung war keineswegs vergessen, als allein Ashers Blick
genügt hatte, sie in die Flucht zu schlagen. Seine Gedanken
wollte sie lieber gar nicht kennen. „Was hat es mit dem Abwehr-

zauber auf sich?", platzte sie plötzlich heraus. Sie biss sich auf die Lippen und wappnete sich gegen einen eisigen Hauch auf ihrer Seele, so wie sie ihn im Geschäft gespürt hatte. Die beiden unterbrachen ihr Gespräch, doch nichts geschah. Asher schenkte Wein nach, die Gläser klirrten leise, und schließlich räusperte sich Manon. „Das ist eigentlich nur so ein Witz zwischen uns. Ich habe keine Ahnung, was diese komischen Zeichen bedeuten, und Asher wahrscheinlich auch nicht."

Estelle sah zu ihm hinüber, er verzog keine Miene.

„Aber irgendwie ist es schon komisch, dass die meisten Leute an dem Laden vorübergehen, ohne ihn überhaupt zu bemerken, und deshalb ziehe ich ihn gelegentlich damit auf."

„Ich finde es eher seltsam, dass du sie überhaupt sehen kannst", murmelte Estelle. Laut sagte sie: „Auf die Magie!", und nahm einen großen Schluck.

„Auf die Magie des Rotweins!", erwiderte Manon und schenkte sich noch einmal nach. Asher hob nur sein Glas und zeigte ein mildes Lächeln.

Am nächsten Morgen konnte sie sich an nichts mehr erinnern. Auch nicht daran, wie sie ins Bett gekommen war. Doch, halt! Der Antiquar war hier gewesen, hier in ihrem Zimmer. Keine gute Idee. Sie hatte doch nicht etwa …? Estelle sah sich prüfend um und verzog dabei das Gesicht zu einer gequälten Grimasse, während sie ihren Kopf gleichzeitig zu schnell bewegte. Natürlich nicht! Keine Spur von einem Mann, stattdessen saß ein Riesenkater in ihrem Genick. Es war ja auch völlig absurd anzunehmen, dieser Asher könnte sich für sie interessieren. Schließlich hatte er sich fast den gesamten Abend mit Manon unterhalten. Eine Manon, die weltgewandt, witzig und irgendwie „erwachsen" wirkte – und dies trotz ihrer unkonventionellen Art, sich zu kleiden. Warum ärgerte sie dieser Gedanke? Schließlich interessierte sie sich nicht für einen antiquierten Bücherliebhaber mit exzellentem Geschmack – zumindest wenn es um Wein ging.

Als sie sich auf die andere Seite drehen wollte, fiel ihr ein ungewöhnlicher Duft auf. Sie nahm Spuren von frischer Zitrone und Tabak wahr, einem exotischen Holz, Olivenblüte und – Asher. Bisher hatte sie nicht einmal gewusst, wie er roch. Aber was ihr auch immer in die Nase stieg, es war unverwechselbar, und sie war nicht wenig beeindruckt von ihrem plötzlich so exzellenten Geruchssinn. Vielleicht lag das aber einfach nur am Kater. Estelle hob ihr Kopfkissen – und darunter lag, säuberlich zusammengefaltet, sein Taschentuch. So sehr sie sich auch bemühte, sie konnte sich nicht erinnern, wie es dort hingelangt war.

Sie döste noch eine Weile, beschloss dann, die Uni zu schwänzen, und machte sich stattdessen einen faulen Tag im Bett. Am Nachmittag hatte sich ihr Kopfschmerz so weit gelegt, dass sie ein wenig lesen konnte. Manon schien Spätschicht zu haben, jedenfalls ließ sich ihre Mitbewohnerin nicht sehen, und Estelle genoss ausnahmsweise einmal das Alleinsein. Bis zu dem Moment, als etwas an ihre Balkontür knallte. Sollte ein Vogel dagegengeflogen sein und jetzt hilflos dort draußen auf der Terrasse liegen? Schnell warf sie sich ihren Morgenmantel über und öffnete die Tür.

„Julen!" Anstelle des Vögelchens hockte der Elf auf dem Geländer und rief: „Was für eine Aussicht!"

Nun, immerhin ist er am Leben – besser wäre, wenn es auch so bliebe, dachte sie. „Komm sofort da runter, du wirst dich zu Tode stürzen! Wie bist du überhaupt auf das Dach gekommen?"

„Oh, ich war schon öfter hier, gestern Abend zum Beispiel." Estelle spürte, wie die Hitze ihre Wangen zum Glühen brachte. „Lass dich mal ansehen, du hast dich verändert. Es steht dir ausgezeichnet", beeilte er sich zu sagen, als habe er ihre Röte falsch gedeutet. „Bist du verliebt?" Lässig schwang er seine Beine über das Geländer und kam näher. „Ist dieser nächtliche Besucher dein neuer Freund?"

„Spinnst du? Ich habe ihn gestern zum ersten Mal gesehen!"

„Und gleich in dein Schlafzimmer eingeladen? Du bist ein böses Mädchen."

Estelle wollte widersprechen, bis sie sein Gesicht im Schein der Zimmerlampe sah. „Ach, du Schuft! Als wüsstest du nicht ganz genau, dass Manon den ganzen Abend dabei war. Asher ist ein Freund von ihr", fügte sie sicherheitshalber noch hinzu. Dieses Geplänkel erinnerte sie an den gemeinsamen Heimweg vom Pub – und es hatte ihr gefehlt.

Erst jetzt schien er den Morgenrock zu bemerken. „Du wolltest schon zu Bett gehen?"

„Ich bin noch gar nicht aufgestanden", gestand sie lachend und drehte sich dabei im Kreis, bis die zarte Seide aufflog und ihre langen Beine zeigte. Was fiel ihr nur ein, so kokett zu sein?

Julen konnte seinen Blick kaum abwenden. Schließlich räusperte er sich. „Wunderbar. Dann kannst du ja gleich dein Versprechen einlösen."

„Ich habe nichts versprochen."

„Aber doch, du wolltest mit mir ins Kino gehen! Wenn ich mich richtig erinnere, hast du mich geradezu angefleht."

„Bestimmt nicht!" Aber sie erinnerte sich natürlich an ihr Versprechen, mit ihm ins Kino zu gehen, wenn er sie bis zur Haustür bringen würde. „Da ich aber nichts anderes zu tun habe, könnte ich mir die Sache noch einmal überlegen."

„Dann zieh dich an – und los!"

Estelle raffte in Windeseile ein paar Sachen zusammen und verschwand im Bad. Julen musste nicht lange auf sie warten.

„Komm her!" Seine Stimme hatte einen merkwürdigen Klang angenommen. Estelle lief zur Terrasse, um zu sehen, was los war. Ehe sie aber wusste, was mit ihr geschah, hatte er sie in seine

Arme gezogen. Und das beruhigende Nichts, das ihn umgab, hüllte Estelle ein, bis sie den Boden unter den Füßen verlor und zu fliegen glaubte. „Lass deine Augen geschlossen!", murmelte er. Und wenig später: „Jetzt kannst du sie wieder öffnen."

Der eigentümliche Schwindel ließ jetzt nach, aber sie hielt sich weiter Halt suchend an ihm fest. Als sie sich endlich umsah, standen sie in einer dunklen Gasse. Wenige Schritte weiter befand sich das größte Kino der Stadt.

„Ich wusste es!", keuchte sie.

„Was wusstest du? Dass ich Karten für eine Shakespeare-Verfilmung besorgt habe? Was für eine Enttäuschung. Meine Überraschung ist nicht gelungen. Wer hat dir das erzählt?"

Sie schubste ihn spielerisch. „Ich wusste, dass du nicht normal bist!"

„Das wird ja immer schöner", er hielt anklagend seinen Arm, als habe sie ihm ernsthaft Schmerzen zugefügt, „erst boxt du mich, und dann erklärst du mich auch noch für verrückt! Die Leute schauen schon her." Er hatte ziemlich laut gesprochen, und tatsächlich drehten sich einige Passanten nach ihnen um und lachten. Offenbar hielten sie die Situation für unterhaltsam. Um nicht noch mehr Aufmerksamkeit zu erregen, griff sie nach seiner ausgestreckten Hand und ließ sich widerstandslos durch das altmodische Kino bis in eine mit rotem Samt ausgeschlagene Loge führen. Der Saal war nicht besonders gut besucht, und in der Loge saß außer ihnen niemand. Weil der Vorfilm bereits begonnen hatte, flüsterte Julen: „Nicht so groß wie in Paris, dieses Kino. Provinz eben. Ich hoffe, du bist nicht enttäuscht!" Damit beugte er sich vor und schenkte ihr eine Schale Konfekt. Nach ihrer magischen Reise verwunderte Estelle nichts mehr. „Aber es ist doppelt so luxuriös! Was bist du?"

„Das Gleiche wie du", raunte er in ihr Haar, und Estelle hätte sich in diesem Augenblick wenigstens einen Hauch von

Emotionen gewünscht. Aber wenn sein Atem nicht gewesen wäre, hätte der Platz neben ihr genauso gut leer sein können. *Man bekommt nie das ganze Paket*, sagte ihre innere Stimme. „Das Gleiche wie ich?", fragte sie zurück und wünschte sich, er würde etwas präziser werden.

Sein „Genau!" war jedoch absolut nicht die erhoffte Antwort.

Vergeblich wartete sie auf weitere Erklärungen. „Dann muss ich aber noch eine Menge lernen!"

Leise lachte er: „Das musst du, mein Augenstern! Und jetzt still, der Film beginnt! Er soll übrigens sehr lehrreich sein."

Sofern sie dies bei einer Kreatur überhaupt sagen konnte, deren Emotionen noch weniger lesbar waren als ein Luftzug, schien Julen sich beim „Mittsommernachtstraum" bestens zu unterhalten.

Estelle dagegen schaute kaum auf die Leinwand und versuchte stattdessen zu begreifen, was mit ihr geschah. Sie war jedoch keine Spur klüger, als sich der Abspann seinem Ende näherte.

„Du siehst müde aus, ich bringe dich nach Hause." Julen hüllte sie in seinen wohlriechenden Mantel ein, und wenig später landeten beide sicher auf ihrer winzigen Dachterrasse. Estelle öffnete den Mund, um eine Erklärung für das Unmögliche zu verlangen, da legte er seinen Zeigefinger auf ihre Lippen. „Still, ich höre deine Freundin im Treppenhaus." Er wirkte angespannt und schob sie in ihr Zimmer. „Ein andermal!"

Und fort war er.

5

Nicht Manons Herannahen hatte Julen gespürt, sondern die Präsenz eines weitaus mächtigeren Wesens. Er verharrte dicht an die Hauswand gepresst in der Dunkelheit. Estelle schien in Sicherheit zu sein, und die Bedrohung ließ allmählich nach. So, als habe der Unbekannte lediglich, und jetzt schon zum zweiten Mal, verhindern wollen, dass sie sich küssten. Warum also machte Julen nicht einfach, was er immer tat, und verschwand unbemerkt? Er war wütend. Sein Plan hatte bestens funktioniert, bis dieser verdammte Vampir wie aus dem Nichts aufgetaucht war. Mit seiner mörderischen Eifersucht hätte der Kerl Tote verschrecken können.

Tot allerdings fühlte sich Julen absolut nicht. Die Kleine hatte ihm ganz schön eingeheizt. Vorsichtig, um nicht zu viel von sich selbst preiszugeben, lauschte er in die Nacht. Für einen Vampir war er noch jung und leider nicht talentiert genug, um seinesgleichen wahrzunehmen, wenn diese es vorzogen, unerkannt zu bleiben. Genau deshalb brauchte er ja unbedingt Estelles Hilfe. Damals im Regen hatte er sofort erkannt, was sie war. Ein Feenkind. Ein sehr hübsches sogar, und weil diese Geschöpfe als außerordentlich leidenschaftlich galten und er schon lange keine magische Geliebte mehr gehabt hatte, war er ihr gefolgt. Nur ein magisches Wesen wie sie konnte den nicht selten rauen Sex mit einem Vampir unbeschadet überstehen. Bei seinen sterblichen Geliebten musste er sich stets zurückhalten, und momentan hatte Julen Lust auf ein ungezügeltes Abenteuer und das süße Blut der Feen. Bereitwillig war die Kleine auf sein Flirten eingegangen – und so wunderte er sich über ihre anschließende Schüchternheit im Pub. Dort hatte er jedoch ein viel wichtigeres Talent in ihr entdeckt. Sie besaß die unbezahlbare Fähigkeit, in den Gedanken und Gefühlen der sie umgebenden Kreaturen wie in einem offenen Buch zu lesen. Obwohl sie noch ganz am Anfang ihrer Entwicklung stand und mit ihren Kräften nicht besonders gut umgehen konnte, war es die geringe Mühe allemal wert, sie zu umgarnen. Estelle war zu schade für eine flüchtige Affäre, befand er und überlegte, wie er sich ihre Fähigkeiten zunutze machen konnte. Ihr Versuch, ihn zu lesen, war natürlich von vornherein zum Scheitern verurteilt. Aber er wusste von früheren Begegnungen mit Kindern der Lichtelfen: Mit ein wenig Übung würde sie in naher Zukunft selbst Gegenständen ihr Geheimnis entlocken, sobald sie diese nur berührte. Verführt hätte er sie heute Nacht wahrscheinlich trotz all dieser Überlegungen, denn ihr Blut sang zu ihm auf eine ganz besonders erotische Weise. Sie war mehr als nur interessiert, das konnte er genau spüren.

Besonders ärgerte Julen deshalb die Einmischung des Unbekannten. Von einem Nebenbuhler hatte er sich allerdings noch nie aufhalten lassen – und für seinen ersten eigenen Job als Vengador konnte er jede Hilfe gebrauchen. Wenn alles gut ging, würde er der Jüngste seiner Profession werden, den es je gegeben hatte. Dank seines einzigartigen Talents, nicht spürbar zu sein, durfte er beim Besten lernen. Und selbst dieser erfahrene Vampir hatte nichts von Julens „Leseschwäche", wie er selbstironisch sein Handicap nannte, bemerkt.

Da nun aber der Abend ohnehin eine andere Wendung genommen hatte als geplant, konnte er sich genauso gut auf den eigentlichen Grund seines Hierseins konzentrieren. Julen verzog sein Gesicht bei dem Gedanken an das Gespräch, das er vor wenigen Stunden mit einem Spitzel geführt hatte. In der vergangenen Nacht war erneut ein Vampir verschwunden und ein Augenzeuge nur mit knapper Not davongekommen. Bereitwillig wollte der Spitzel seine Seele auf die Richtigkeit der Information verwetten, die er Julen für den Preis einer mit Blutkonserven gefüllten Kiste verkauft hatte. Nicht, dass irgendjemand für das bisschen schwarzer Materie Verwendung gehabt hätte, das bestenfalls noch in dem verschlagenen Kerl steckte. Der Informant lebte seit Jahrhunderten von Verrat und Betrug – wie die meisten seiner Art. Das ergaunerte Blut würde er zweifellos mit Drogen strecken, bis es zu einem minderwertigen, aber sehr wirkungsvollen Gift verkommen war, und danach an frisch Transformierte weiterverkaufen, die zu unerfahren waren, um selbst zu jagen. Kunden gab es ausreichend, denn nicht wenige Vampire verhielten sich gewissenlos genug und transformierten einen Sterblichen zu ihrem Vergnügen, um ihn als Sklaven zu halten, bis sie ihres Spielzeugs überdrüssig wurden und es kurzerhand dem Tageslicht preisgaben. Eine furchtbare Art zu sterben. Es gab aber auch Sklaven, die sich vor dem sicheren Sonnentod retten konnten oder denen die Flucht aus ihrer Gefangenschaft gelang. Sofern sie überlebten, endeten die meisten von ihnen als „Streuner", als Gesetzlose, die ihre Freiheit in der Anonymität der Metropolen suchten, um zu überleben. Diese Kreaturen waren selten stark genug, die Einsamkeit ihres Daseins lange zu ertragen. Viele wurden über das Blut ihrer Beute selbst zu Abhängigen und bald gute Kunden gewissenloser Verbrecher – so wie Julens Informant. Er hasste diese Typen zwar, aber er war auf sie angewiesen, weil sie ihre Augen und Ohren überall hatten. In den letzten Jahren hatte er unter Kierans Anleitung manch einen Streuner aus seinem Elend erlöst, sobald dieser – zumeist unwissentlich – eines der Gesetze des Rats brach.

Er spuckte aus. Geschaffene Vampire! Junkies und Dealer,

sie führten sich noch niederträchtiger auf als die übelsten Sterblichen. Eigentlich müsste es dem Rat gerade recht sein, dass sie plötzlich reihenweise verschwanden. Stattdessen hatte man ihn beauftragt herauszufinden, wer hinter den Entführungen steckte. Julen würde das Rätsel lösen, das hatte er sich geschworen. Ein eifersüchtiger Liebhaber konnte ihn gewiss nicht daran hindern, auch wenn er zugegebenermaßen eine lästige Störung darstellte. Dennoch beschloss er, kein Risiko einzugehen, und verschmolz mit den Schatten, die ihn umgaben, bis er sein Ziel erreicht hatte.

„Wer ist diese Frau?" Julen zeigte der gebückten Gestalt, die hinter einem Regal aus der Dunkelheit auftauchte, ein Bild von Estelle.

In Zeiten globaler Vernetzung hinkte der Rat ziemlich hinterher, fand er. Seine Quellen befanden sich in geheimen Bibliotheken, die über den Globus verteilt waren und von sogenannten „Hütern" verwaltet wurden. Hüter wurde niemand einfach so, man wurde berufen und genoss ein hohes Ansehen. Eine weitere Aufgabe dieser meist sehr alten Vampire bestand darin, zwischen Vengadoren und dem geheimnisvollen Rat zu vermitteln. Julens Kontaktperson glänzte nicht eben durch ihre sympathische Ausstrahlung – und er hasste es, ihr jede Information aus der Nase ziehen zu müssen. Wobei dies ein falsches Bild ergab. Die Kreatur vor ihm besaß keine Nase, und von dem dazugehörigen Gesicht war auch nicht viel übrig. Vermutlich haben sie ihm deshalb einen Schreibtischjob gegeben, dachte Julen gehässig. Jemand mit diesem Aussehen konnte sich schwerlich unbemerkt in der Welt der Sterblichen bewegen. Der Hüter blickte nicht einmal auf. „Für dich ist sie tabu."

„Oh, wunderbar. Und warum das?"

„Zwilling." Am liebsten hätte Julen ihn geschüttelt, um mehr zu erfahren. Aber er fürchtete, dass er nicht schnell genug sein würde, um auch nur einen Zipfel der übel riechenden Kutte des Kerls zu erwischen. Julen war von seinem Lehrer, einem mächtigen Vengador, eindringlich davor gewarnt worden, dem Hüter jemals zu nahe zu kommen. Aus Übermut hatte er es eines Tages natürlich trotzdem versucht. Aber der Wicht war blitzschnell im Nichts verschwunden. Den Schrei, den er dabei von sich gegeben hatte, würde Julen nie vergessen. Noch Tage später klirrten seine Ohren von diesem unirdischen Geheul.

„Ein paar zusätzliche Informationen brauche ich schon!", verlangte er. „Ein Vampir ist hinter ihr her – ein ziemlich eifersüchtiger, möchte ich behaupten, vielleicht ist sie in Gefahr."

Schrilles Lachen war die einzige Antwort, die er erhielt. Dann setzte sich der Hüter hinter seinen Schreibtisch, schob ein paar staubige Bücher beiseite und sah Julen aus wässrigen Augen an, bis dieser versucht war, seinen Blick abzuwenden. Eine solche Bewegung jedoch hätte das Ende der Audienz bedeutet, wie er aus Erfahrung wusste. Also bemühte er sich, die Blickrichtung vage beizubehalten und dabei an etwas besonders Schönes zu denken. Estelles Gesicht erschien vor seinem geistigen Auge.

„Die Kleine hat es dir aber angetan!"

„Was sagst du da?" Julen spürte einen kurzen Moment der Panik.

„Benutze endlich deinen Verstand, Dummkopf, anstatt dich blind auf deine Kräfte zu verlassen. Anderenfalls wird dein erster Job als Vengador auch dein letzter sein!"

Zum ersten Mal sah Julen die Hände seines Gegenübers und beobachtete fasziniert, wie dieser die Fingerspitzen aneinanderlegte, wobei sich ein Nagel nach dem anderen löste und auf den Tisch fiel. Das Geräusch, das dabei entstand, jagte ihm einen eisigen Schauer über den Rücken. Es wurde Zeit, dass er Antworten erhielt.

Ungerührt schob der Hüter die Nägel zusammen, bis sie ein Häufchen aus Horn und geronnenem Blut bildeten. „Sieh mich an, du Narr!" Julen gehorchte augenblicklich. „Estelle und Selena sind ganz besondere Zwillinge. Sie sind die Schwestern von Nuriya, der Auserwählten."

Vor Überraschung hätte Julen beinahe erneut den Blickkontakt und damit auch das Gespräch abgebrochen. Er nahm sich zusammen – und an seiner Stimme war erfreulicherweise nicht zu erkennen, wie sehr ihn diese Nachricht aufwühlte. Das hoffte er zumindest. Nuriya hieß die Seelenpartnerin von Kieran, der wahrscheinlich einer der mächtigsten Vengadoren – in jedem Fall der gefürchtetste – und unglücklicherweise auch sein Mentor und Trainer war.

Kieran galt als unberechenbar, im besten Fall als einschüchternd. Davon hatte Julen nichts gewusst, als Kieran ihn damals in der ersten Woche seiner Ausbildung an einen Pfahl gebunden und ihm dabei erklärt hatte, dass er bis zum Sonnenaufgang Zeit habe, sich seiner Fesseln zu entledigen. Julen war noch gerade so mit heiler Haut davongekommen. Als ein relativ junger Vampir vertrug er nur sehr wenig Tageslicht – und sein Lehrer hatte ihn mitten in der Wüste ausgesetzt. Es dauerte Wochen, bis seine schmerzenden Brandverletzungen geheilt und er wieder zu Kräften gekommen war. Sobald er sich regeneriert hatte, verlangte er eine Erklärung.

„Damit du deine Grenzen kennenlernst. Entweder du überlebst diese Ausbildung, oder du bist nicht gut genug, um ein Vengador zu sein."

Julen hatte sich nie wieder beklagt.

„Niemand, der alle Sinne noch einigermaßen beisammen hat, würde es wagen, den Feenschwestern zu nahe zu treten", überlegte er laut. „Wer ist dann dieser andere Vampir? Kieran kennt mich, er hätte solch einen Budenzauber kaum veranstaltet."

„Das wirst du noch früh genug herausfinden!" Der Hüter richtete sich zu seiner vollen Größe auf, dabei reichte er auch stehend kaum bis an Julens Ellenbogen heran. Dennoch war seine Präsenz überwältigend. Sein Lachen klang böse, als er ihn mit gekrümmtem Zeigefinger näher zu sich heranwinkte, wobei sich zwei Glieder mit einem vernehmlichen „Plop" aus ihren Gelenken verabschiedeten. Unwillkürlich folgte Julen seiner Aufforderung und beugte sich vor. Blitzschnell griff der Hüter nach seinem Hals, zog ihn zu sich herab und flüsterte: „Ich weiß, was du willst! Aber ich warne dich, lass die Finger von diesem Grimoire!" Sein Kichern ging in ein Husten über, ein fauliger Schneidezahn rollte über den Tisch.

Jetzt reichte es ihm! Julen drehte sich auf dem Absatz um und floh regelrecht in die zuweilen nicht weniger unheimliche Zwischenwelt. Vampire, sofern sie überhaupt dazu in der Lage waren, nutzten sie vor allem, um von einem Ort zum anderen zu reisen. Doch ein solcher Ausflug kostete sehr viel Energie, deshalb betraten selbst die Mächtigsten diese Welt nur mit äußerster Konzentration. Man erzählte sich, die alten Götter seien einst dort eingetaucht, als die Menschen gerade begannen, sie zu vergessen, und säßen in ihren unendlichen Tiefen jetzt wie Spinnen im Netz, die auf eine fette Beute warteten. Selten war jemand, der sich in ihre Weiten verirrt hatte, wieder daraus zurückgekehrt. Und es hieß, dass wer sich zu lange dort aufhalte, sich schließlich selbst vergesse.

Du wirst wiederkommen!, flüsterte die unheimliche Stimme des Hüters in seinem Kopf. Er hätte sich seine Finger am liebsten in die Ohren gesteckt, wie er es als kleiner Junge immer getan hatte, wenn seine Mutter wieder einmal ihrer Lieblingsbeschäftigung, dem Singen, nachgegangen war.

Der Hüter irrte nicht, Julen hoffte tatsächlich, das Grimoire zu finden. In diesem seit langer Zeit als verschollen geltenden Zauberbuch sollte unter anderem eine Formel niedergeschrieben worden sein, mit deren Hilfe jemand aus der Zwischenwelt befreit werden konnte.

Julen hatte Jahre gebraucht, um diese Dimension überhaupt betreten zu können, und auch heute war es ihm nur möglich, sich an der Peripherie zu bewegen. Wollte er sein Ziel erreichen, so musste er aber die Fähigkeit erwerben, tiefer in die trügerischen Weiten vorzudringen. Auch aus diesem Grund wollte er unbedingt ein Vengador werden.

Anfangs mochte der Rat ihn nicht einmal vorlassen, doch dann begegnete er zufällig Kieran, der den Wert seines außergewöhnlichen Talents sofort erkannte und schließlich die Erlaubnis erwirkte, den ehrgeizigen Vampir zu trainieren. Julen hatte ihm viel zu verdanken und hoffte inständig, sich nicht seinen Zorn zuzuziehen, wenn er weiter eine Verbindung zu Estelle unterhielt. Immerhin hatte er eine gute Ausrede parat: Der fremde Vampir stellte eindeutig eine Bedrohung dar, die Feentochter hatte sich sehr gefürchtet. Julen nahm sich vor, ein Auge auf Estelle zu haben. Sie sah ihm sehr nach der Sorte Mädchen aus, die rasch in Schwierigkeiten gerieten. Es half, dass er sie wirklich mochte.

Die Spur, die ihm sein Informant gewiesen hatte, war inzwischen allerdings längst erkaltet, und Julen strich nächtelang erfolglos durch die Straßen. Er fand keine Hinweise auf den Verbleib eines weiteren Entführten, geschweige denn auf die Täter. Die Streuner hielten sich versteckt und verweigerten jede Auskunft.

Julen hatte Estelles enttäuschten Gesichtsausdruck nicht vergessen, als sein Verführungsversuch so rüde unterbrochen worden war.

So kehrte er also in die Stadt zurück und musste mit ansehen, wie ein anderer versuchte, seinen Platz einzunehmen. Durch die angelehnten Türen der Dachterrasse beobachtete er den Konkurrenten genau und war schnell überzeugt, bloß einen langweiligen Sterblichen vor sich zu haben. Vielleicht war er ein Bekannter von Estelles Mitbewohnerin Manon. Obwohl sich Julen besonders anstrengte, gelang es ihm allerdings nicht, den Fremden zu lesen. Doch er war deshalb nicht beunruhigt, manchmal kam so etwas eben vor, oder es mochte auch daran liegen, dass ihn die Reise durch die Zwischenwelt stets schwächte und er ja ohnehin unter dieser unangenehmen „Leseschwäche" litt. Ein konventioneller Reiseweg wäre gewiss die bessere Wahl gewesen, aber er hatte es eilig gehabt, Estelle wiederzusehen, und wie es aussah, war er auch keine Sekunde zu früh zurückgekommen. *Wer weiß, ob dieses Nymphchen nicht vorhat, sich mit dem Sterblichen zu trösten.* Julen wusste: Feen und im Allgemeinen auch ihre Nachkommen galten als außerordentlich lebenslustig. Er zog sich zurück und bemerkte nicht, wie ihm Estelles Besucher nachdenklich hinterherschaute.

Hungrig durchquerte er die schlafende Stadt bis zu seinem Unterschlupf. Sein Informant hatte behauptet, in der Gegend wären besonders viele verdächtige Aktivitäten beobachtet worden. Dies war letztlich auch der Grund dafür, warum er sich hier ein Quartier besorgt hatte. Entdecken konnte Julen jedoch nichts, und er musste sich allmählich fragen, ob ihn der Spitzel nicht an der Nase herumführte. Im Eingang des heruntergekommenen Wohnblocks lungerten selbst zu dieser späten Stunde noch Jugendliche herum. Zwischen ihnen standen Flaschen mit Hochprozentigem, und sie bemerkten nicht einmal, dass er an ihnen vorbei durch die Tür schlüpfte. Nur seiner außerordentlichen Nachtsicht war es zu verdanken, dass Julen innen nicht über das Skelett eines Kinderwagens stolperte. Er probierte gar nicht erst aus, ob das Licht heute ausnahmsweise funktionierte, und statt den ohnehin meist defekten Aufzug zu benutzen, eilte er mit langen Schritten die Treppen hinauf bis in die obere Etage, in der sich am Ende eines finsteren Gangs seine winzige Studiowohnung befand. Durch die geschlossenen Türen, die er auf diesem Weg passierte, drangen die unterschiedlichsten Geräusche zu ihm heraus. Dieses Haus schlief nie. Irgendwo plärrte immer ein Kind, liefen Fernseher, stritten Menschen oder liebten sich. Das rhythmische Stöhnen einer Frau ließ seine Reißzähne beinahe hervorschießen. Wütend schlug er seine Wohnungstür so heftig hinter sich zu, dass der Putz rieselte, und riss die Kühlschranktür auf. Nur *eine* Blutkonserve lag noch darin. Die anderen hatte er dem Spitzel als Belohnung geben müssen. Er nahm den Beutel, schlug seine Zähne hinein und trank. Mit einem kehligen Laut zwischen Fauchen und Grollen warf er die schlaffe Packung anschließend in den Abfalleimer. Dieser Schluck war jedoch viel zu wenig gewesen, um seine Blutlust zu befriedigen. Unruhig ging er auf und ab. Durch den Teppich unter seinen Füßen schimmerte der billige PVC-Boden in einer Mischung zwischen Schlammgrau und einem Grün, dessen Ähnlichkeit mit anderen Dingen er lieber nicht genauer untersuchen wollte. Angewidert sah er sich in seiner schäbigen Behausung um. *Hierher kann ich Estelle auf keinen Fall einladen.* Woher kam dieser Gedanke? Julen trat gegen einen Stuhl, der daraufhin quer durch den Raum flog und schließlich mit drei Beinen in der Wand stecken blieb. Er hatte große Lust hinauszugehen und den erstbesten Sterblichen zu beißen, der ihm begegnete; ihn auszusaugen, bis kein Tropfen Blut mehr übrig bliebe. Die lästigen Bengel dort unten fielen ihm ein, und ehe er wusste, was mit ihm geschah, fand er sich schon am Fenster wieder. Nur noch ein Katzensprung trennte ihn von seinem Glück – und Sekunden später landete er wie auf Samtpfoten im Schatten eines Baums. Seine Augen nahmen das eisige Blau der Gletscher an, wie sie es immer taten, wenn er zum Angriff bereit war. *Komm!* Der Befehl war kaum ausgesprochen, als einer der Jugendlichen verkündete, er müsse mal pissen, und direkt auf den lauernden Vampir zuging. *So ist es recht!* Die langen Reißzähne glänzten im schwachen Mondlicht und Julen griff nach dem Hals seines Opfers. Eine Frau wäre ihm zwar lieber gewesen, aber nach Einbruch der Dunkelheit waren diese meistens klug genug, nicht mehr allein in dieser Gegend auf die Straße zu gehen oder sich womöglich von den schwach beleuchteten Wegen zu entfernen. Bevor der Junge wusste, wie ihm geschah, lag er schlaff in seinen Armen. Ohne Umstände kam Julen zur Sache und konnte ein leises Stöhnen nicht unterdrücken. Jedes Mal, wenn er die Haut eines Opfers durchstieß und den ersten Schluck trank, übermannte ihn ein unbeschreibliches Glücksgefühl. Nur die warme Flüssigkeit auf seiner Zunge und der heftige Herzschlag des Mannes in seinen Armen zählten noch. Doch plötzlich gesellte sich der Duft sexueller Begierde hinzu. Julen ließ sofort von seinem Opfer ab und stieß es angeekelt von sich. Männer entsprachen wahrlich nicht seinem Beuteschema. *Verdammt!* Die Trance hätte tiefer sein müssen. Aber nicht alle Sterblichen reagierten auf die hypnotischen Fähigkeiten eines Vampirs gleich, und dieser hier hatte eindeutig einen feuchten Traum gehabt, anstatt wie geplant sanft zu schlummern.

„Das nächste Mal, wenn du in die Büsche verschwindest, solltest du auch deine Hose öffnen!" Julen lachte leise, als der Junge aufheulte und davonlief. Nach wenigen Schritten hatte er sein Abenteuer bereits vergessen, nur die hämischen Kommentare seiner Kumpane hallten zu Julens Zimmer hinauf und waren noch zu hören, als dieser längst das Fenster hinter sich geschlossen hatte.

Seine Auftraggeber sahen es nicht gern, wenn sich ein Vengador ohne triftigen Grund an Sterblichen vergriff, und schauten bei Bewerbern wie ihm besonders genau hin. Hätte ihn jemand bei einer Entgleisung wie dieser erwischt, so wäre dies womöglich der Schlussakkord zu seiner Karriere gewesen. Ausgerechnet von seinen gnadenlosen Kriegern erwartete der Rat Zurückhaltung! Manchmal wünschte er sich die alten Zeiten zurück, als sich niemand dafür interessiert hatte, auf welche Weise ein Vampir seine Bedürfnisse befriedigte, solange er nicht die unliebsame Aufmerksamkeit irgendwelcher Sterblicher auf sich zog. Aber es war nicht klug, in der eigenen Nachbarschaft zu jagen, und deshalb zog er das Handy aus seiner Hosentasche und wählte eine Nummer, die in keinem Telefonverzeichnis zu finden war.

„Winterfield Lieferservice, mein Name ist Victoria, was kann ich für Sie tun?" Julen gab seine Bestellung auf. „Mein Lieblingskunde!", schnurrte es aus dem Telefon. „Möchtest du eine unserer Zusatzleistungen buchen? Bei dir mache ich jederzeit auch gern einen Hausbesuch."

Julen sah sich in seiner schäbigen Unterkunft um. Welch eine Enttäuschung würde auf die Gute warten, wenn er sie wirklich hierher bestellte. Außer einem Kühlschrank, auf dem die defekte Mikrowelle stand, war das einzige jetzt noch intakte Möbelstück ein schäbiger Sarg, der gut versteckt im Einbauschrank stand. Wegen dieses Schranks hatte Julen diese Bruchbude im heruntergekommensten Viertel der Stadt überhaupt nur gemietet. Er hasste Särge. Sie waren unbequem und die Luft darin war viel zu schnell verbraucht. Einen erholsamen Schlaf stellte er sich anders vor. Aber als Vengador brauchte er an vielen Orten sichere Schlupfwinkel, und nichts war anonymer als Vorstädte, in denen die Leute ihre Nachbarn weder kannten noch kennen wollten. In seinem eigentlichen Zuhause schlief er selbstverständlich in einem richtigen Bett. Nichts erschien dem Vampir in diesem Augenblick wünschenswerter, als eine schöne Frau im Arm zu halten und das Gefühl kühlen Leinens auf seiner Haut. Ersteres genoss er vorzugsweise in Hotels, sein Refugium jedenfalls war für erotische Abenteuer tabu. So nahe durfte ihm niemand kommen. Estelles Gesicht erschien vor seinem inneren Auge, wie sie mit geschlossenen Lidern seinen Kuss erwartet hatte. Für dieses wunderbare Geschöpf würde er womöglich eine Ausnahme machen.

„Was ist los, Herzchen? Glaubst du, du bist unser einziger Kunde?" Das klang nicht mehr ganz so verführerisch, aber Julen wusste ohnehin, dass die Stimme am anderen Ende der Leitung zu einem hundertneunzig Zentimeter großen, Blut trinkenden Transvestiten gehörte.

„Du kannst es einfach nicht sein lassen, Victor. Eines Tages findet Rolf noch heraus, was du da treibst, und dann gnade dir Gott!", warnte er. Victors Lebensgefährte hatte es vor seiner Transformation als Wrestler zu beachtlichem Ruhm gebracht. Bei den beiden war es Liebe auf den ersten Blick gewesen, und Victor würde nie im Leben daran denken, seinen Geliebten zu verlassen. Doch er spielte eben gerne mit dem Feuer und hatte sich damit schon mehr als einmal beinahe eine Tracht Prügel eingehandelt. Er wusste, dass Rolf ihm kein Haar krümmen würde, egal, wie wütend er über die Seitensprünge seiner „Victoria" sein mochte, und nutzte dessen Gutmütigkeit entsprechend weidlich aus.

„Spielverderber!", flötete er nun. „Na gut, dann eine Familien-Pizza mit Zwiebeln und extra Knoblauch, dazu dreimal ‚Sardelle deluxe', die doppelte Lasagne geht aufs Haus. Vielen Dank für Ihre Bestellung, sie wird spätestens in einer Viertelstunde geliefert!"

„Untersteh dich!", knurrte Julen, der Victor zutraute, ihm

diese Scheußlichkeiten tatsächlich statt des bestellten Blutes ins Haus zu schicken.

„Wir möchten Sie darauf aufmerksam machen, dass der Pizza-Boy nicht inklusive ist", erklang es ungerührt. Dann war die Leitung tot.

Nach exakt fünfzehn Minuten klopfte es an der Tür. Draußen stand ein spindeldürrer Teenager und hielt ihm eine Styroporbox entgegen. Misstrauisch sog Julen die Luft durch seine Nase, glücklicherweise nahm er dabei den deutlichen Duft von Blut wahr. Den Jungen hätte er nicht einmal angerührt, wenn er tatsächlich mit im Angebot gewesen wäre. Keine Ahnung, aus welchen Löchern Winterfield Ltd. die Lieferanten ausgrub, aber eines musste man ihnen lassen: Ein Übergriff auf die armen Teufel wurde je nach Schwere mindestens mit lebenslangem Lieferstopp geahndet – und das konnte für einen Vampir recht unangenehm werden, denn diese Blutbank galt nicht umsonst als Marktführer. Es gab keinen Ort, an den sie nicht binnen einer Stunde wohlschmeckendes – und sehr wahrscheinlich auch das reinste – Blut lieferten. Wenn es sein musste auch in einer Kühlbox mit 48-stündiger Haltbarkeitsgarantie. Wer wollte, konnte sich seine Lieferung sogar in Flaschen abfüllen lassen. Die Firma bot sogar Etiketten von Jahrgängen bester Weine als Tarnung an. Dieser Service war natürlich nicht ganz billig, aber die Ausgabe lohnte sich. Julen lief bereits das Wasser im Munde zusammen. Schnell gab er dem Bengel Trinkgeld, warf die Tür hinter ihm zu und trank zwei weitere Beutel leer. Nach der anstrengenden Suche fühlte er sich wie ausgedörrt. Kein Wunder, dass er seinen Nebenbuhler nicht hatte lesen können.

Oh, oh!, warnte die stets präsente innere Stimme. *Nebenbuhler? Du hast dich doch nicht etwa verliebt?*

„Was für ein Unsinn!", grollte er wenig später, als der Zweifel immer noch an ihm nagte, und schlug den Sargdeckel über sich zu. Seine letzten Gedanken galten der Feentochter.

Am nächsten Abend stand sein Plan fest. Seltsam, dass ihre Gefühle einmal völlig abgeschirmt waren, dann aber wieder ganz deutlich vor ihm lagen. Sie wirkte verletzlich – und Julen mochte das bei Frauen. Er nahm sich vor, gut auf sie aufzupassen. Bald nach Sonnenuntergang stand er auf Estelles Balkon und schob eine Nachricht unter der Tür hindurch. Von ihr unbemerkt konnte er beobachten, wie die Fee in die Hocke ging und den Umschlag aufhob. Sie drehte ihn erst auf die eine, dann auf die andere Seite, als erschließe sich ihr der Inhalt durch bloßes Draufstarren. Dann schien sie etwas gehört zu haben und sah in seine Richtung. Julen sprang lautlos auf die Dachzinnen außerhalb ihres Blickfeldes. Heute Abend befand er sich dank der reichhaltigen Blutlieferung auf dem Gipfel seiner Leistungsfähigkeit. Die Sinne geschärft, die Bewegungen geschmeidig wie die einer Katze, beobachtete er gespannt ihre Reaktion. Sie ging ein paarmal auf und ab, dabei fuhr sie sich mehrfach durch ihr Haar. Estelle schien zu wissen, dass diese Nachricht von ihm stammte. Natürlich, viele Besucher kamen ganz bestimmt nicht auf diesem Weg. Endlich öffnete sie seinen Brief, und obwohl ihre Gedanken selbst für Julen überdeutlich zu lesen waren, hätte er auch an der leichten Röte, die ihr Gesicht überzog, ablesen können, dass sie aufgeregt war und sich über seine Einladung in das Konzert einer bekannten Band freute.

Wie erwartet war es für ihn kein Problem gewesen, die VIP-Karten zu bekommen. Vermutlich hätte er sie der Mitarbeiterin des Veranstalters sogar abschwatzen können, wenn er kein Vampir gewesen wäre. Die Frau konnte ihren Blick während des gesamten Gesprächs nicht von seinem Lächeln lösen, und ihre Hand zitterte, als sie ihm schließlich drei Tickets überreichte, in dem Glauben, einem berühmten Filmstar einen unbezahlbaren Gefallen getan zu haben. Julen gab ihr einen formvollendeten Handkuss und musste die Arme anschließend zu ihrem Bürosessel begleiten, weil sie zu schwanken begann, sobald er ihre Finger berührte. Es tat dem Vampir beinahe leid, der Frau die Erinnerung an ihre Begegnung rauben zu müssen. Aber auch das hatte er im Laufe seines Daseins gelernt: „Hinterlasse niemals Spuren deiner Magie."

Die Karten garantierten nicht nur einen Platz in der Nähe der Bühne, sie gestatteten auch den Besuch der After-Show-Party im exklusivsten Club der Stadt – sowie ein Treffen mit den Musikern. Letzteres würde er zu vereiteln wissen. Estelle würde den Abend mit ihm so aufregend finden, dass sie wenig Interesse daran haben dürfte, andere Männer kennenzulernen oder aber – dabei dachte er an ihren männlichen Besuch – Bekanntschaften zu vertiefen.

6

Der Brief lag schwer in ihrer Hand. Wie war er hierher gelangt? Estelle musste lächeln. Der gestrige Ausflug schien also doch kein Traum gewesen zu sein. Sie hatte Manon zwar vom Kinobesuch und ihrem Wiedersehen mit Julen erzählt, die ungewöhnliche Reise dorthin aber wohlweislich verschwiegen. Die Freundin hätte ihr sowieso nicht geglaubt. Sie konnte es ja selbst kaum verstehen und hatte die halbe Nacht gegrübelt, ob sie nun endgültig verrückt geworden war. Aber natürlich wusste sogar Estelle – als in magischen Angelegenheiten reichlich ungebildete Feentochter – genug über die Welt jenseits der menschlichen Vorstellungskraft, um zu erkennen, wie unterschiedlich die Talente einzelner Geschöpfe sein konnten. Ihre ältere Schwester Nuriya beispielsweise hatte sich vom widerspenstigen Pummelchen zu einer geradezu charismatischen Persönlichkeit entwickelt. Selena wanderte am liebsten in der Natur herum, konnte stundenlang die Schönheit einer einzelnen Blüte bewundern und besaß zudem ein außerordentliches Geschick im Umgang mit Tieren. Estelle wiederum liebte Bücher über alles. Und dies nicht nur, weil sie auf eine geheimnisvolle Weise mit ihr zu sprechen schienen. Aber jetzt ging es um den Brief in ihrer Hand. Der Umschlag duftete nach ihm. Unentschlossen drehte sie ihn einige Male hin und her. Es knisterte. So sehr sie ihn auch anstarrte, der Inhalt wollte sich ihr auf diesem Weg nicht erschließen. Also riss sie das elegante Kuvert schließlich doch auf, und als sie den Bogen auseinanderfaltete, fielen ihr zwei Konzertkarten entgegen. Neben klassischer Musik schwärmte sie momentan auch für britischen Pop. Zugegeben, ihr Musikgeschmack änderte sich gelegentlich dramatisch. Noch im vergangenen Jahr hatte sie liebend gerne gemeinsam mit Selena die Gothic-Clubs ihrer Heimatstadt besucht, aber zurzeit pflegte sie neue Vorlieben, und plötzlich hielt sie die Tickets für einen Auftritt ihrer Lieblingsband in den Händen. Dazu eine Einladung für Manon. Sie sollte also die zweite Karte bekommen. Mit gleichmäßig geschwungener Handschrift, die schon fast an Kalligrafie erinnerte, bat Julen, ihn gegen 21 Uhr in dem Pub zu treffen, das zur Konzerthalle gehörte.

„Manon, sieh nur, was ich hier habe!" Ihre Mitbewohnerin teilte glücklicherweise ihre musikalischen Interessen – beide hatten sich an vielen Abenden ihre Lieblingslieder gegenseitig vorgespielt. Estelle sprang aufgeregt durch die Küche und hielt Manons Augen zu. „Rate!", forderte sie.

„Du hast im Lotto gewonnen?"

„Unsinn, versuch es noch mal!"

„Deine Hausarbeit ist fertig?"

„Das ist nicht fair! Darf ich daran erinnern, dass der Professor einem späteren Abgabetermin ausdrücklich zugestimmt hat?"

„Ja, weil du ihm die Ohren so lange vollgejammert hast, wie schwierig Umzug und Wohnungssuche gewesen wären, bis er dir diesen Aufschub schließlich gewährt hat. Ich bitte dich, wenn du etwas nicht suchen musstest, dann war das doch wohl eine passende Unterkunft!"

„Spielverderberin!" Estelle gab Manon frei und hielt ihr den Brief unter die Nase. Die Freundin las schweigend und sagte nur: „Wahnsinn, das Konzert ist seit Wochen ausverkauft!" Dann schaute sie auf die Uhr und zurück auf die Tickets und verkündete: „Vierzig Minuten Zeit, um dich zu stylen. Das schaffst du nie!"

„Wetten, doch?"

Die Mädchen kicherten und verschwanden in ihren Zimmern. Estelle hatte sich erstaunlich schnell entschieden. Während Manon noch ein T-Shirt nach dem anderen aus ihrem Kleiderschrank zerrte, streifte sie sich ein schwarzes Kleid über. Ein begeisterter Fotograf hatte ihr nach einem Shooting eine Tüte mit Klamotten aus einer der teuersten Pariser Boutiquen mit den Worten in die Hand gedrückt: „Du bist sensationell, Baby! Danke für diesen großartigen Job!" Im Grunde war das Kleid ganz schlicht. Doch die raffinierte Schnittführung, zusammen mit einem Material, das sich wie eine zweite Haut an ihre – dank des unermüdlichen Einsatzes ihrer Freundin in der gemeinsamen Küche – doch schon etwas weniger knochige Gestalt schmiegte, verlieh ihr einen Hauch von Hollywood. Jedenfalls waren das Manons Worte, als sie Estelle mit ihrem Ellenbogen vor dem Spiegel verdrängte. „Göttinnen brauchen kein Make-up, in meinem Alter dagegen darf eine Frau nichts unversucht lassen". Estelle fragte sich, wie viel älter Manon sein mochte. Doch höchstens ein oder zwei Jahre. Sehen konnte diesen Altersunterschied bestimmt niemand.

Fröhlich machten sich die Freundinnen auf den Weg zum Konzert.

Asher, der ihnen unbemerkt folgte, fühlte sich deutlich älter als Manon. Und sehr müde. Dunkelelfen wie er hielten zwar gemeinhin länger durch als geschaffene Vampire, aber auch sie wurden früher oder später ihres Daseins überdrüssig. Irgendwann gab es kaum noch etwas, das ihre Sinne reizen, ihre Fantasie beflügeln konnte. Nur eines blieb: die Lust, einer anderen Kreatur das Leben zu nehmen, sie ihres Blutes und ihrer Seele zu berauben, in dem verzweifelten Versuch, die eigene Leere zu füllen. Es gab nur eine Hoffnung, die Verbindung mit einem wahren Seelengefährten. Diese schien jedem Vampir Frieden und neuen Lebensmut zu schenken. Asher hatte dieses Glück nie gehabt. Für ihn war die außergewöhnliche Liebe bisher lediglich eine Theorie geblieben, von der die Vampire glaubten, nur sie könne die tief in ihnen beheimatete dunkle Kraft bändigen.

Das Angebot des Rats, die Position eines Bibliothekars zu übernehmen, kam gerade noch rechtzeitig, bevor er vom Jäger zum Gejagten wurde. Immer häufiger hatte er seither darüber nachgedacht, sich wie so viele magische Wesen vor ihm in die Zwischenwelt zurückzuziehen. Sein jüngerer Bruder Kieran brauchte Ashers Unterstützung in dem ewigen Ringen mit dem Wahnsinn jedoch ebenso wie ihre Schwester Vivianne. Also blieb er. In der Welt der geschriebenen Worte war es ihm leichter gefallen, der täglichen Versuchung zu widerstehen. Meistens. Durch das zurückgezogene Leben kam ihm der Kontakt zur Realität allerdings abhanden. Jedenfalls behaupteten das seine Geschwister. Kieran erlaubte sich gelegentlich kritische Bemerkungen. Vivianne wurde noch deutlicher: „Die Frau deiner Träume findest du bestimmt nicht zwischen den Seiten eines dieser langweiligen Bücher, mit denen du dich jede Nacht beschäftigst!"

Seine Beteuerungen, er suche nichts weniger als eine Gefährtin für die Ewigkeit, ließ sie nicht gelten. Vielleicht wäre dies anders gewesen, hätte sie die Gründe dafür gekannt. Doch das war ein Kapitel seiner Geschichte, über das Asher mit niemandem sprach.

„Geh doch mal aus, du bist so ein Langweiler geworden! Mit einer Seelengefährtin käme endlich wieder etwas Bewegung in deine alten Knochen." Vielleicht ahnte sie, dass ihr Bruder sein Leben satthatte. Selbst die von ihr geschmähten Bücher bereiteten ihm längst keine außergewöhnliche Freude mehr. Jede Nacht langweilte er sich aufs Neue, fast alles hatte er in den vergangenen Jahrhunderten schon einmal gesehen, erlebt und gelesen. Selbst das kokette Spiel schöner Frauen hatte längst seinen Reiz verloren. Einzig die Jagd und das Töten vermochten ihn noch aus dem Ennui zu reißen. Gelegentlich gab er diesem ständig präsenten Verlangen auch nach, ermordet hatte er bisher aber noch keines seiner unfreiwilligen Opfer. Der Rausch jedoch, in den er geriet, wenn das Herz eines Sterblichen immer stärker schlug, um das verbliebene Blut durch die Adern zu pumpen, wurde mit jedem dieser geheimen Ausflüge überwältigender, und Asher wusste: Es war nur eine Frage der Zeit, wann er den Kampf gegen seine vampirische Natur verlöre. Zu häufig hatte er als aktiver Vengador selbst einen dieser gefährlichen Serienkiller zur Strecke bringen müssen, die ihre Selbstkontrolle verloren hatten und der Blutlust endgültig erlegen waren. Sobald er die Hintergründe recherchierte, stieß er immer wieder auf das gleiche Muster. Diese Vampire waren häufig sehr alt und hatten sich in den Jahrzehnten vor ihrer schrecklichen Verwandlung meist aus der magischen Gemeinde in die Einsamkeit zurückgezogen. Asher konnte sich noch gut an den Wahnsinn erinnern, der in ihren Augen loderte, wenn er sein Schwert erhob, um ihnen den ewigen Frieden zu schenken.

Das Auftauchen der drei Feentöchter hatte seine tristen Nächte allerdings durcheinandergewirbelt und schenkte ihm für die Dauer eines Wimpernschlags sogar wieder Hoffnung. Er mochte am Abgrund stehen, aber noch spürte Asher festen Boden unter den Füßen. Eine heimliche – und im Nachhinein betrachtet auch äußerst peinliche – Begegnung mit Estelles Zwilling Selena hatte gezeigt, dass sie nicht seine Seelengefährtin war. Kieran, der damals mit seinen eigenen Dämonen zu kämpfen gehabt hatte, bat ihn, ein Auge auf Estelles Sicherheit zu haben. Dabei erfuhr Asher mehr über ihre privaten Probleme, als einem Wächter lieb sein konnte. Allmählich begann er, seine Aufgabe als rettenden Strohhalm zu betrachten, und lernte die verstörte Fee langsam besser kennen, obwohl sie nicht einmal ahnte, welch dunkler Schutzengel über sie wachte.

Ein Plan formte sich im Kopf des Strategen. Seine Geschwister hatten ausnahmsweise einmal recht, er brauchte in der Tat dringend Ablenkung. In naher Zukunft, so hoffte er, würde sich ein Seelenfreund finden, der Vivianne liebte und sie ebenso glücklich machte, wie Kieran es seit Kurzem mit Nuriya zu sein schien. Sobald er sie wohlversorgt wusste, würde Asher in die Ewigkeit der Zwischenwelt gehen und dort seiner diesseitigen Existenz ein Ende setzen. Und bis dahin war ihm jedes Mittel recht, um dem Wahnsinn nicht vorzeitig zu verfallen.

Estelle war hübsch, keine üppige Schönheit zwar, wie er sie bevorzugte, aber mit ihren langen Beinen und dem vollen, weichen Mund durchaus einen zweiten Blick wert. Ihm gefiel auch ihre Art, sich zu kleiden – und die neue Frisur betonte die verborgenen Vorteile der Feentochter ausgezeichnet. Zudem schien sie nicht dumm zu sein. Dies waren alles in allem gute Voraussetzungen, um seinen Ansprüchen zumindest für eine Weile zu genügen, befand er. Außerdem besaß sie eine liebende Familie und würde selbstverständlich sein Vermögen erben, sobald er in die Ewigkeit ginge. Wenn sie erst einmal Witwe war, wäre sie ordentlich versorgt und konnte sich einen Partner suchen, der weniger gefährlich war. Asher wusste, wann er Verantwortung zu übernehmen hatte.

Und nun tauchte plötzlich ein kaum flügge gewordener Konkurrent in seinem Revier auf und durchkreuzte diesen genialen Plan. Anfangs hatte er versucht, den unerwünschten Mitstreiter durch seine bloße Anwesenheit zu vertreiben. Ebenso wie die zahllosen Sterblichen die *seine* Fee begehrten. Er hatte sich in letzter Zeit mehrerer entledigen müssen. Ein zufriedenes Lächeln umspielte die wie aus Stein gemeißelten Lippen, als er daran dachte, wie er die geilen Kerle räudigen Hunden gleich davongejagt hatte. Allmählich wurde ihm jedoch klar, dass diese Strategie hier nicht funktionierte. Der Junge war zäh, und, noch schlimmer, Estelle fühlte sich augenscheinlich von seinem Charme angezogen. Asher war nicht unerfahren, was das weibliche Geschlecht betraf. Tatsächlich hatte er sich in den Jahrhunderten vor seinem Rückzug eine gewisse Reputation erworben. Diese neue Herausforderung gefiel ihm, und so nahm er sie an. Über den Ausgang des Wettstreits hegte er nicht den geringsten Zweifel. Es war zwar lange her, dass er eine Frau umgarnt hatte, aber manche Dinge verlernte ein Mann, unsterblich oder nicht, nie. Etwas wehmütig dachte er an die Zeiten im 18. Jahrhundert zurück. Damals genügte es, seiner vampirischen Natur ein wenig Freiheit zu erlauben – und die Weiblichkeit jener Zeit lag einem zu Füßen. Sie liebten doch das Geheimnisvolle. Hier und da ein Bonmot sowie nicht zuletzt sein unbestreitbares Talent im Bett taten ein Übriges, und Asher litt keinen Mangel an schönen Gespielinnen. Heute besaßen selbst bürgerliche Frauen das Selbstbewusstsein der Adligen aus vergangenen Epochen. Aber sie waren auch kritischer. Dies galt offenbar ebenfalls für die magische Welt, jedenfalls wenn er unterstellte, dass die Partnerin seines Bruders für eine neue Feengeneration ganz typisch war. Die Vermieterin – und neuerdings auch Freundin – seiner Fee kannte er schon lange, sie würde ihm keine Steine in den Weg legen. Dafür hatte er gesorgt.

Nun allerdings musste der Vampir feststellen, dass er sich offenbar zu viel Zeit gelassen hatte. Sein übereiltes Auftauchen in ihrer Wohnung vor einigen Tagen war ebenfalls nicht nach seinen Vorstellungen verlaufen. Obwohl sie während des überraschenden Besuchs in seinem Laden selbstbewusst gewesen war und sogar ein wenig geflirtet hatte, hatte sich die Feentochter am Abend erstaunlich schüchtern gezeigt – und draußen lauerte ein Konkurrent. Asher hatte ihn zwar nicht spüren können, aber seine Versuche, die eigenen mentalen Barrieren zu überwinden, durchaus registriert. Er hatte ihm eine einfache Schimäre geboten – und der unerfahrene Vampir war darauf hereingefallen. Jetzt hielt er Asher für einen Sterblichen. Er lachte leise.

„Du hast keine Ahnung, worauf du dich da einlässt, mein Kleiner!", flüsterte er und beobachtete den Aufbruch der Freundinnen aus der Ferne. Sie stiegen in einen Bus, erklommen die obere Etage und zogen sofort die Blicke mehrerer Sterblicher auf sich. Glücklicherweise waren sie so sehr mit sich selbst beschäftigt, dass sie in Ruhe gelassen wurden. Asher war es unbegreiflich, warum sich junge Frauen ohne Begleitung in der Öffentlichkeit bewegten, noch dazu in dieser Kleidung. Doch offenbar hatten seine Geschwister recht, und er war einfach nicht mehr auf dem Laufenden. Im Vergleich zu einigen weiblichen Mitreisenden wirkten die beiden geradezu diskret.

Der Bus hielt, sie stiegen aus und reihten sich in eine Gruppe Wartender ein. Bald darauf verschwanden sie Arm in Arm in einem hässlichen Backsteinbau. Sahen so die Konzerthallen von heute aus? Asher folgte ihnen ungesehen. Seine Nasenflügel blähten sich, aber kein Vampir war zu spüren. Die Frauen steuerten auf eine Bar zu. Julen wartete schon auf sie. Asher war nicht überrascht, seine Aura erst im letzten Moment gespürt zu haben. Gewiss, hierbei handelte es sich um eine außergewöhnliche Gabe, aber einmal erkannt, bedeutete dies für jemanden wie Asher lediglich eine weitere Variation seiner Herangehensweise. Er zog sich vorsichtig zurück und beobachtete die drei.

Estelle genoss die Fahrt in der oberen Etage des Busses. Von hier aus hatte sie einen wunderbaren Blick auf das abendliche Geschehen in ihrer neuen Heimatstadt. Hinter Manon war sie die steile Treppe hinaufgestiegen, während der Bus bereits weiterfuhr. Die Garderobe der Freundin ließ wenig Fragen offen. Jedermann konnte erkennen, dass sie wohlgeformte Beine besaß. Weniger deutlich war ihre modische Orientierung. Das Orange des Rocks biss sich mit den lilafarbenen Strumpfhosen – und Estelle hätte sich bestimmt auch für ein anderes Oberteil entschieden. Nicht nur, dass dieses schrille Pink womöglich Blinde hätte sehend machen können, die Korsage unter ihrem hellgrünen Kunstpelz war zudem auch noch skandalös tief dekolletiert. Daneben wirkte das schlichte Schwarz ihrer eigenen Kleidung deutlich deplatziert, aber Manon hatte ihr versichert, sie sähe hinreißend aus. Die Blicke der anderen Passagiere schienen der Freundin nicht zu widersprechen.

Als sie die Stufen zum Eingang der Halle gemeinsam erklommen, glaubte Estelle einen Moment lang, ein magisches Wesen hinter sich zu spüren. Aber das war vermutlich nur ihre lebhafte Einbildungskraft, und so betrat sie an Manons Seite die alte Fabrik, die vor Kurzem für große Veranstaltungen umgebaut worden war. Wie verabredet steuerten die Freundinnen auf die Bar zu. Und da saß er. Seine abgewetzte Lederhose hatte gewiss schon bessere Tage gesehen, das schwarze T-Shirt ebenfalls, aber Julen trug beides mit einer Eleganz, die alle anderen Gäste in den Schatten stellte.

„Willkommen, mein Augenstern!", flüsterte er ihr zu, nachdem er Manon höflich begrüßt hatte.

Rasch hielt jeder von ihnen ein Getränk in den Händen und Julen machte ein höfliches Gesicht zu Manons Geplapper. Estelle, die sich ihren Kopf unterdessen in der Hoffnung zermarterte, etwas Außergewöhnliches zum Gespräch beitragen zu können, nutzte eine kurze Pause, um fast beiläufig zu sagen: „In Manons Altersheim wohnt ein Vampir."

„Seniorenresidenz", korrigierte die Freundin sofort und machte dabei eine abwehrende Handbewegung, als wäre es die Angelegenheit nicht wert, erwähnt zu werden. Doch Julen schien ehrlich interessiert zu sein, und deshalb erzählte sie ihm schließlich von der geheimnisvollen Behandlung, der sich eine der Bewohnerinnen unterzogen hatte. „Inzwischen ist sie in dieses Edelsanatorium am Stadtrand überstellt worden. Wenn ihr mich fragt, gehört sie ins Krankenhaus. Die Arme behielt zum Schluss kein Essen mehr bei sich und verfiel zusehends."

„Dann hat das Vampirserum vielleicht schon gewirkt. Man sollte sie mal mit Käfern füttern oder gleich mit Blut!" Estelle schüttelte sich. „Igitt! Können wir bitte über etwas anderes sprechen?" Ihr Blick fiel auf Julen, der sie fasziniert anstarrte. „Habe ich denn etwas so Aufregendes gesagt?", fragte sie verwirrt.

Julen schien wie elektrisiert von der Geschichte, er sprang auf und küsste sie auf den Mund. Ihr wurde ganz warm. Ob das vom Kuss oder von seiner Frechheit kam, konnte sie nicht sagen. Im Hintergrund übertrugen Monitore den letzten Song der Vorband. „Wollen wir?" Mit diesen Worten geleitete er sie in den Saal, gerade noch rechtzeitig, um zu sehen, wie die Stars des Abends die Bühne betraten. Am liebsten wäre er den Hinweisen, die ihm die beiden ahnungslos gegeben hatten, auf der Stelle nachgegangen, anstatt sich zwischen mehreren Hundert Sterblichen, deren Blut überwältigend duftete, in Selbstdisziplin zu üben. Sein Instinkt sagte ihm, dass in dem Sanatorium wichtige Informationen zu seinem Fall warteten. Doch dann fiel sein Blick auf Estelle – und er fand, es wäre eine Gemeinheit, ihr diesen Abend zu verderben. Die Alte im Heim musste eben noch warten. Estelle liebte die Musik. Sie sang, tanzte und klatschte begeistert im Takt. Manon wich nicht von ihrer Seite, aber das störte sie ebenso wenig wie das Wissen, sich in einer feiernden und tobenden Menschenmenge zu befinden.

Und dann, ganz plötzlich, war die Angst doch da. Greifbar und mörderisch. Die Panik ergriff so schnell von ihr Besitz, dass

94

sie nicht einmal mehr ihre Hand nach Julen ausstrecken konnte. Alle Barrieren brachen, die Emotionen Hunderter Menschen stürzten auf sie ein. Estelle schrie auf. Eiseskälte umfing sie, und Blut quoll aus ihrem Mund.

Und genauso schnell, wie das Grauen gekommen war, verließ es Estelles Seele auch wieder. Jemand legte seinen schützenden Arm um ihre Schultern und führte sie hinaus – frische Luft strömte durch ihre Lungen, ihr Herzschlag normalisierte sich.

„Atme!" Ihr Retter machte es ihr vor, und sie folgte seinen Anweisungen. Dabei spürte sie seinen Atem auf ihrer empfindlichen Haut. Schließlich wagte Estelle einen kurzen Blick und sah in ein Paar nachtblauer Augen, die sie bereits kannte.

„Asher?" Sie roch ihr eigenes Blut. Es löste eine Reaktion aus, mit der sie nicht gerechnet hatte. Einerseits wollte sie mit ihrer Zunge das Rinnsal fortlecken, das ihren Mundwinkel zähflüssig hinablief, andererseits wünschte sie sich in diesem Augenblick nichts mehr, als dass er von ihren Lippen trank. Was war das? Sie hasste Blut!

„Du musst gleichmäßig Luft holen", riss er sie aus ihren Überlegungen.

Nach einigen tiefen Atemzügen konnte sie klarer denken: „Was tust du denn hier? Gibt es im Backstagebereich einen geheimen Buchbasar, von dem ich nichts weiß?"

Warum war ihr eigentlich sein hinreißendes Grübchen noch nicht aufgefallen? Bestimmt verstieß es gegen das Gesetz, wenn ein ausgewiesen langweiliger Typ ein dermaßen verführerisches Lächeln besaß. Ashers Mund schwebte nah über dem ihren, zum Küssen nah, und einen winzigen Augenblick lang glaubte sie, ihre Lippen würden sich tatsächlich berühren. Erneut spürte sie etwas Feuchtes im Mundwinkel. War das seine Zunge oder ihr eigenes Blut, sie wusste es nicht, und es war ihr auch egal, wenn er sie nur endlich küsste!

95

Asher war schockiert. Lust, so intensiv wie nie zuvor, wallte in ihm auf, kaum dass er ihre zarte Gestalt in seinen Armen hielt. Dann sah er das Blut und beobachtete fasziniert, wie ihre kleine Zunge blitzschnell darüberfuhr und den winzigen Tropfen ableckte. Sein Körper reagierte sofort, und er konnte nur hoffen, dass Estelle in ihrem Zustand nichts davon bemerkte. Asher wusste, dass es besser gewesen wäre, sie sofort freizugeben. *Nur eine kurze Berührung.* Der ständig präsente Hunger lockte ihn mit verführerischen Erinnerungen daran, wie sich warmes Blut in seiner Kehle anfühlte, wenn man den Puls eines rasenden Herzens auf seinen Lippen spürte. Er streckte die Hand aus. Behutsam zeichnete der Vampir die Konturen ihres Gesichts mit dem Daumen nach, berührte ihre vollen Lippen und fragte sich dabei, wie sich die zarte Haut wohl anfühlen mochte, wenn er sie küsste. Ihr Atem ging schneller, und der Mund öffnete sich leicht. O ja, sie wollte es auch!

„Estelle!" Die Fee zuckte in seinen Armen zusammen und richtete sich mit schlechtem Gewissen auf.

„Asher?" Manons Stimme klang scharf. Bisher hatte sich die Freundin noch gar nicht durch ungünstiges Timing hervorgetan, dachte Estelle. Sie würden darüber sprechen müssen. Später.

Jetzt mischte sich auch Julen ein. „Was ist hier los?" Estelle glaubte, ein verächtliches Schnaufen zu hören, und erinnerte sich plötzlich daran, dass sie sich immer noch in sehr intimer Weise an Asher schmiegte. Sie trat einen Schritt zurück und versuchte, so harmlos wie möglich zu wirken. Natürlich brannten ihre Wangen. Aber war das denn ein Wunder? Welche Frau würde nicht ein Problem mit dem Blutdruck bekommen, wenn sie an *einem* Abend von zwei verführerischen Männern geküsst wurde. Und Asher hätte sie geküsst, auch wenn er nun wieder wie der etwas zerzauste Antiquar wirkte, als den sie ihn kennengelernt hatte.

„Was ist passiert?", wiederholte Julen und machte Anstalten, sie in seine Arme zu schließen. Estelle wich instinktiv zurück, obwohl seine Berührungen sonst doch Balsam für ihre aufgewühlten Sinne waren. Tränen schossen in ihre Augen, und sie wandte sich ab, doch nicht rechtzeitig genug, um in Asher eine Zufriedenheit zu spüren, die sie verunsicherte. Gleich darauf nahm sie wieder den beruhigenden Geruch uralter Bücher, Spuren von frischer Zitrone und exotischen Hölzern wahr. Unwillkürlich tat sie einen Schritt auf ihn zu, ihre Hände zitterten. Manon ergriff rasch die Initiative und führte Estelle in eine abgelegene Ecke. Dabei lag ihre warme Hand federleicht auf ihrem Arm. Anstatt wie erwartet erneut in Panik zu geraten, meinte Estelle geradezu fühlen zu können, wie die Wogen in ihrer Seele einer heiteren Gelassenheit Platz machten. Ein Blick zurück zeigte ihr, dass das Konzert inzwischen beendet war, denn immer mehr Menschen strömten aus der Halle hinaus in die Nacht. Asher und Julen starrten sich wortlos an. Nichts davon berührte Estelle, und als Manon fragte, was denn geschehen sei, konnte sie sich für einen Augenblick nicht einmal mehr an den Zwischenfall erinnern.

„Hallo! Jemand zu Hause?" Manon fuchtelte mit ihren Armen in der Luft herum, um Estelles Aufmerksamkeit auf sich zu lenken. „Ich war keine drei Minuten weg, weil ich uns was zu trinken besorgen wollte, und du kippst einfach um. Nicht auszudenken, was passiert wäre, wenn Asher nicht aufgetaucht wäre. Die Leute hätten dich totgetrampelt! Und wo war eigentlich Julen?"

Estelle sah sie aus großen Augen an. Es stimmte, Julen hatte kurz vor dem Zusammenbruch noch neben ihr gestanden – und doch war es Asher gewesen, der sie aufgefangen und in Sicherheit gebracht hatte. Sie sah an sich herab: keine zerrissenen Strümpfe, das Kleid war völlig in Ordnung, und ihre Hände zeigten nicht die geringste Spur eines Sturzes.

„Ich finde, ich habe eine Antwort verdient!", unterbrach Manon ihre Gedanken. Schuldbewusst sah Estelle sie an und beschloss, dass es an der Zeit sei, ihr Geheimnis zu lüften. „Das hast du. Aber bitte lach mich nicht aus!"

„Nun erzähl schon! Bist du vielleicht krank?"

„Es mag unglaublich klingen", begann die Feentochter. Ihre Stimme wurde dabei so leise, dass Manon sich vorbeugen musste, um sie zu verstehen. „Ich kann die Gefühle der Menschen spüren. Manchmal kommen diese Bilder auch, wenn ich Gegenstände berühre, die ihnen besonders wichtig sind." Als Manon kein Wort sagte und sie weiter erwartungsvoll ansah, fuhr sie fort: „Leider sehe ich ihre Sorgen und Nöte dabei besonders deutlich. Und ihr Schicksal", fügte sie noch kaum hörbar hinzu.

„Klingt nicht gut. Kannst du den Krempel nicht aussortieren?"

Estelle musste wider Willen lachen. „Der ‚Krempel', wie du das nennst, ist die Essenz des menschlichen Lebens. Nein, ich kann nichts aussortieren – obwohl ich es können *sollte*", fügte sie nachdenklich hinzu.

„Dann hast du ein Problem!", stelle Manon fest. „Hast du es schon mal mit Meditation versucht?"

„Mein ganzes Leben lang. Ich fürchte aber, das genügt schon lange nicht mehr."

„Mach dir keine Sorgen, wir kriegen das irgendwie hin! Aber jetzt solltest du erst mal nach Hause gehen und dich gründlich ausschlafen."

„Das sehe ich ganz genauso!" Asher stand vor ihnen. Mit seinen ausgebeulten Cordhosen und dem grauen Rollkragenpullover wirkte er ziemlich fehl am Platz. *Eben wie ein Literaturfreak auf einem Pop-Konzert*, dachte Estelle. Die Idee, dass dieser Mann sie hatte küssen wollen, erschien ihr auf einmal ebenso abwegig wie ihr Verlangen danach. Er begleitete die Freundinnen zum Taxi und verabschiedete sich. Bevor sich der

Wagen noch in den abendlichen Verkehr eingefädelt hatte, war er bereits zwischen den Passanten verschwunden.

Asher hätte sich ohrfeigen können. Nicht nur hatte er durch das überstürzte Eingreifen seine Tarnung als harmloser Sterblicher riskiert, jetzt schien ihm auch noch Julen entwischt zu sein. Glücklicherweise hatte Manon ihn trotz ihrer offensichtlichen Missbilligung gedeckt. Warum aber hatte dieser verflixte Jungspund eigentlich Estelles Panik nicht rechtzeitig bemerkt? Schließlich war er als Gastgeber des Abends für ihre Sicherheit verantwortlich. Asher jedenfalls hatte ihre Vision so heftig getroffen, als wäre es seine eigene Angst gewesen, die ihm die Seele verdunkelte. Er sah sich um und entdeckte, was er gesucht hatte: eine einsame Gasse, fern der Flaneure, die nach der Musikaufführung nun den regenfreien Abend nutzten und es nicht besonders eilig zu haben schienen, in einem der zahlreichen Pubs zu verschwinden. In Gruppen standen sie im Licht der Straßenlaternen an Hauswände gelehnt, schwatzten, tranken Bier aus hohen Gläsern, rauchten billigen Tabak und schienen sich trotz der kühlen Nacht köstlich zu amüsieren. Fröhliches Gelächter wehte zu ihm hinüber, und wieder einmal spürte der Vampir die Last der Jahrhunderte schwer auf seinen Schultern. Warum waren Frauen nur so kompliziert? Noch vor wenigen Dekaden hätte er sich einfach genommen, was er begehrte. Seine Geliebten waren seinem Charme früher oder später alle erlegen, auch wenn die eine oder andere anfangs vielleicht ein wenig widerspenstig gewesen sein mochte. So etwas gehörte eben zum Spiel der Frauen. Doch als er den Fehler gemacht hatte, diese logische Strategie seiner Schwester zu erläutern, war sie wütend geworden. „Testosterongesteuerter Egoist!", lautete noch eine der freundlicheren Bezeichnungen, die sie ihm an den Kopf geworfen hatte. Und danach hetzte sie Kieran auf ihn, der seinem „stockkonservativen Bruder", wie der unverschämte Bengel es nannte, die jüngsten gesellschaftlichen Entwicklungen der westlichen Welt näher zu bringen versuchte. „Sieh es mal so", hatte er seine Ausführungen zur Emanzipation schließlich leicht verzweifelt beendet: „Eine unabhängige, selbstbewusste Frau ist nicht nur die aufregendere Partnerin im Bett, sie kommt auch ganz gut allein zurecht, wenn du ihrer eines Tages überdrüssig wirst."

Asher blies zischend die Luft durch seine Lippen, was bei einem Sterblichen als abfällige Meinungsäußerung interpretiert worden wäre. Wenn es auch nicht zwingend erforderlich war, so hatte er das Atmen doch immer beibehalten, denn es gab Situationen, da wäre sein geringer Sauerstoffbedarf verdächtig gewesen. Heute hatte sich diese Fähigkeit sogar als nützlich erwiesen. Kierans Erklärung jedenfalls klang in seinen Ohren keineswegs frei von der männlichen Überheblichkeit, die ihre Schwester ihnen beiden seit Jahrhunderten vorwarf. Wie auch immer, Ashers einstige Geliebte hatten nie Not leiden müssen, auch nicht, wenn er sich längst mit einer anderen vergnügte. Doch mit den Frauengeschichten war es schon seit Langem vorbei. Seit Ewigkeiten war er keiner mehr begegnet, die ihn länger als eine Nacht halten konnte. Estelle, davon war er nach dem Zwischenfall überzeugt, hatten ihm die Götter gesandt, um seine Einsamkeit so lange zu lindern, bis seine Schwester unter der Haube war. Die Erinnerung an den Duft ihres Blutes ließ nicht nur seinen Kiefer schmerzen, in dem es die Reißzähne nach Freiheit verlangte, es kam noch schlimmer: Auch andere Regionen seines Körpers versuchten, sich seiner Kontrolle zu entziehen. „Ganz so, als wäre ich noch grün hinter den Ohren! Ein bisschen hinderlich bei einer Verfolgungsjagd", murmelte er und musste dabei lächeln. Estelle hatte definitiv das Potential, ihn mehr als nur ein paar Wochen zu faszinieren. Plötzlich wünschte er sich, seine Schwester würde es mit ihrer Suche nach einem Seelenpartner nicht allzu eilig haben. Er schob alle persönlichen Gedanken beiseite und machte sich die Dunkelheit zunutze. Geschmeidig sprang er auf das nächstgelegene Dach und hielt nach Julen Ausschau. „Da bist du ja!" Er schwang sich in die Luft und folgte seinem ahnungslosen Konkurrenten. Während ihm der Wind das Haar zerzauste, fühlte er sich zum ersten Mal seit Jahrhunderten wieder lebendig – und die Verfolgungsjagd, einst eine seiner bevorzugten Disziplinen, begann ihm wie zu seinen besten Vengador-Zeiten Spaß zu machen.

Derweil hatte Julen sein Ziel erreicht. Er war für menschliche Wesen nicht mehr als eine kurze Irritation im Augenwinkel, als er durch den Torbogen huschte. Der Pförtner sah nicht einmal auf, aber Asher entging nichts. Er beobachtete, wie der junge Vengador im Schutz einer Baumgruppe auf das Gebäude zulief, dessen Besitzer es offenbar für angebracht hielt, sein Anwesen mit einer nahezu drei Meter hohen Mauer zu umgeben. Ein Schild am Tor lieferte die Begründung. Die Villa beherbergte ein über die Landesgrenzen hinaus bekanntes Sanatorium für besondere Fälle. Ende des 17. Jahrhunderts, erinnerte sich Asher, hatte ein ortsansässiger Lord seine Frau unter dem Vorwand, sie sei eine Ehebrecherin, in das Jagdschlösschen verbannt. Die Wahrheit war allerdings, dass sich die verzweifelte Gattin geweigert hatte, seine Mätresse unter ihrem Dach zu dulden, und er sie zur Strafe kurzerhand für verrückt erklärte. Die Unglückliche durfte das Tor, vor dem er nun stand, nie mehr durchschreiten und war sogar in dem gleichen Park beerdigt worden. In später Reue gründete der Ehemann nach ihrem Tod eine Stiftung und in den folgenden Jahrhunderten lebten vorwiegend Abkömmlinge des Adels hinter diesen fest verschlossenen Türen, deren Ticks selbst ihre exzentrischen Familien nicht mehr tolerieren konnten oder wollten. Geflohen war bis zum heutigen Tage niemand. Das Areal erschien ihm immer noch bestens gesichert. Umso erstaunlicher, dass der vampirische Eindringling dort vor ihm noch keinen Alarm ausgelöst hatte. Julen hatte inzwischen das Gebäude erreicht und bewegte sich lautlos hinter den dunklen Fenstern. Asher trat in die Zwischenwelt ein und beobachtete kurz darauf von dort aus, und selbstverständlich von Julen unbemerkt, wie sich dieser behutsam einer älteren Dame näherte, die beim Schein einer einzelnen Lampe in ihrem Sessel döste. Der Vampir bückte sich und hob die Wolldecke auf, die von ihren mageren Knien gerutscht war. Sein Verfolger atmete auf. Julen schien nicht vorzuhaben, sie zu beißen, aber was wollte er dann? Interessiert beobachtete Asher, wie er vor der Schlafenden in die Hocke ging und ihre Hand berührte. Nach einem Augenblick der Stille runzelte er die Stirn, als begreife er nicht, was in ihr vorging, und obwohl Asher die Privatsphäre anderer üblicherweise respektierte und nicht in ihren Köpfen herumspionierte, konnte er nun doch nicht widerstehen. Schnell sah er, was Julen verwirrt haben mochte. In ihren Gedanken fand er wenig Brauchbares, die alte Schachtel war völlig verrückt. Aber dann, als er sich gerade schon aus dem Wahnsinn zurückziehen wollte, entdeckte er doch etwas – Blut! Allmählich klaubte Asher sich die ganze Geschichte zusammen und konnte es kaum fassen: Sie hielt sich tatsächlich für einen Vampir. Jemand, ein Arzt oder Wissenschaftler, er war sich da nicht ganz sicher, hatte ihr regelmäßig ein Medikament injiziert, von dem er behauptete, es handle sich um ein Verjüngungsmittel. Der Kerl verlangte ein Vermögen für jede Spritze. Doch sie war nicht immer so verwirrt gewesen und auch nicht ohne Verbindungen. Als die Ergebnisse auf sich warten ließen, hatte sie einen Privatdetektiv beauftragt, und der war mit der unglaublichen Geschichte von einem geheimen Zauberbuch und der Essenz des ewigen Lebens zurückgekehrt.

Die Geschichte klang äußerst merkwürdig, und Asher hatte nun keine Skrupel mehr, die Gedanken anderer zu erforschen. Dieses Experiment erwies sich wie schon beim letzten Mal als nicht ganz einfach, besonders da er ihn zwar sehen, aber nicht spüren konnte. Es schien, als existiere er überhaupt nicht. Asher konzentrierte sich und starrte ihn forschend an. Schließlich gelang es ihm, in Julens Gedanken vorzudringen, weil dieser dermaßen auf die alte Frau fokussiert war, dass er dabei unbeabsichtigt viel von sich preisgab. Was Asher entdeckte, war immer noch schwierig genug zu lesen, doch das Bild schien eindeutig. Julen war ein Vengador! Oder wollte es zumindest werden. *Welch eine Torheit, der Grünschnabel ist doch noch viel zu unerfahren für diesen Job!* Doch dann entdeckte er Kierans Spuren in Julens Gedanken. Asher glaubte sich zu erinnern, dass dieser kürzlich einen jungen, besonders talentierten Schüler erwähnt hatte. Kieran war, ebenso wie er selbst, beim Besten in eine harte Schule gegangen, bevor er erst Vengador und später Mentor für ausgesuchten Nachwuchs wurde. Eine einsame Profession. Die einzelnen Mitglieder ihrer Elitetruppe pflegten untereinander in den seltensten Fällen freundschaftliche Beziehungen und hielten, wenn sie sich doch einmal begegneten, meist Abstand voneinander. Ein Raubtier traut eben nie einem Rivalen, und Alpha-Vampire schwächten sich zudem gegenseitig, sobald sie zu lange beisammen waren. Bei seinem kurzen Treffen mit Julen war nichts davon zu bemerken, was vermutlich daran lag, dass der Vampir noch jung war.

Je mehr er an Informationen fand, desto mehr ließen ihn diese an der Weisheit der Ratsmitglieder zweifeln. Der hilflose Gesichtsausdruck des Vampirs zeugte nicht vom Erstaunen über die Fantasien der Frau, er rührte vielmehr daher, dass Julen nur mit größter Anstrengung lesen konnte, was Asher in Sekunden erfahren hatte. Immerhin schien sein junger Kollege irgendetwas über den Privatdetektiv erfahren zu haben, denn er schickte sich nun an, das Zimmer nach einem Hinweis auf dessen Identität zu durchwühlen, während sein Beobachter längst wusste, wo er zu suchen hatte.

Asher war hin- und hergerissen. Einerseits fand er die Mission zu heikel, um sie einem Anfänger zu überlassen, andererseits hatte Julen doch eine Chance verdient. Dessen Unlesbarkeit war zweifellos im Umgang mit seinesgleichen ein Vorteil, aber sein bisher nur rudimentär entwickeltes Talent, sogar die geheimen Gedanken anderer Wesen aufzudecken, stellte ein mächtiges Handicap dar. Doch irgendwie musste es dem jungen Dachs gelungen sein, Kieran zu täuschen, und das wiederum sprach für ihn – wenn auch nicht für Kieran als Ausbilder. Asher nahm sich vor, demnächst ein Wörtchen mit seinem Bruder zu reden. Vorerst aber reichte es aus, als Beobachter zu agieren. Im Zweifel hatte er jederzeit die Möglichkeit einzugreifen.

Diese Überlegungen wurden unterbrochen, als er spürte, dass sich jemand näherte. Ein Sterblicher, vermutlich eine Nachtschwester.

Julen hob nun ebenfalls lauschend seinen Kopf und griff dann in eine Schatulle, die er im Schrank entdeckt hatte. Diese Bewegung kam selbst für seinen erfahrenen Beobachter zu schnell, als dass er sehen konnte, was in der Tasche des Vampirs verschwand. Julen verschmolz lautlos mit der Dunkelheit. „Bravo!", murmelte Asher und war halbwegs mit den Ausbilderqualitäten seines kleinen Bruders versöhnt. Anstatt aber dessen Schüler zu folgen, machte er sich direkt auf den Weg in das Büro des Privatdetektivs. Die Angaben im Kopf der Alten waren zwar tief verschüttet, aber, nachdem er sie erst einmal entdeckt hatte, erstaunlich präzise gewesen.

Elegant landete er auf einer ruhigen Straße und sah sich um. Die Adresse stimmte. Zwischen einer Apotheke und dem Eingang eines griechischen Restaurants, das ganz verwaist wirkte, führte eine altersschwache Tür ins Treppenhaus. Erwartungsgemäß war sie nicht einmal abgeschlossen, und Asher betrat unbehelligt den Flur. Ein Geruch von Bratfett und mediterranen Speisen lag in der Luft. Davon kaum verdeckt reizte sofort ein weiterer Duft seine Sinne: Blut! Asher folgte der deutlichen Fährte, die mit jeder Etage, die er erklomm, stärker wurde. Schließlich stand er vor einem Schild mit dem Hinweis „Detektei", der in einzelnen Buchstaben aufgeklebt war. Das Ganze wirkte dabei nicht besonders professionell. Die Tür hätte trotz der zahlreichen Schließmechanismen kein Hindernis für den erfahrenen Vengador dargestellt, doch sie war ohnehin nur angelehnt. Sekunden später sah er mit eigenen Augen, dass dem Mann zu seinen Füßen niemand mehr helfen konnte. Die Blutlache um den kopflosen Torso war noch warm, doch sie übte keinerlei Anziehungskraft auf ihn aus. Ein widerlicher Geruch hing in der Luft. Die Sterblichen neigten zu dem unappetitlichen Verhalten, im Todeskampf Körperflüssigkeiten abzusondern.

Plötzlich spürte Asher eine Bewegung hinter sich und fuhr herum. Ein Blutstropfen fiel dicht an ihm vorbei nach unten. Dort hatte sich bereits eine kleine Lache auf dem schäbigen Boden gebildet. Der Tropfen schlug auf der Oberfläche auf, und das Geräusch, das dabei entstand, klang überlaut in Ashers Ohren. Seine Augen brannten sich in die Quelle dieser unwillkommenen Störung hinein. Der Kopf des Toten thronte auf der Krone eines Garderobenständers und schien von diesem erhöhten Platz aus die Verwüstung seines Büros missbilligend zu betrachten. Bevor Asher noch weitere Überlegungen darüber anstellen konnte, welch kranker Humor den Täter zu diesem Späßchen bewogen haben mochte, hörte er, wie sich jemand näherte. „Aha, das wird der Nachwuchs-Vengador sein!" Mit diesen geflüsterten Worten zog er sich zurück.

Julen hatte es einige Mühe gekostet, die Gedanken der alten Frau zu lesen. Immerhin hatte er die Adresse der Detektei gefunden, doch bereits im Treppenhaus wurde ihm klar, dass er zu spät kam. Der Mörder hatte ganze Arbeit geleistet. Der Unordnung nach zu urteilen, die im Büro des Detektivs herrschte, musste er nach irgendetwas gesucht haben. Es gab zwar keine Beweise, aber Julens Intuition sagte ihm, dass er am Ende dieser Spur nicht nur die Vampirentführer, sondern auch das Grimoire finden würde. Er wagte kaum zu hoffen, dass es sich um das gleiche Buch handeln könnte, das er selbst bereits seit Jahrzehnten suchte, um mit dessen Hilfe seinen Bruder zu befreien. Hier waren die Bilder im Kopf der Alten erstaunlich präzise gewesen. Dieser Spur würde er auf jeden Fall nachgehen.

Systematisch machte er sich an die Aufgabe zu suchen, was der Täter übersehen haben könnte. Obwohl mit Sicherheit nie ein Sterblicher Julens Fingerabdrücke nehmen würde, zog er, wie schon zuvor bei der alten Frau, ein Paar Handschuhe aus seiner Tasche. Das Material dehnte sich bis zum Zerreißen, als er es zum Gelenk hochzog. Und der Puder, mit dessen Hilfe auch eine feuchte Hand leichter hineinschlüpfen sollte, löste einen Widerwillen in ihm aus. Julen ignorierte dieses Gefühl jedoch.

Wie bei jeder anderen Untersuchung auch hielt er sich genau an die Anweisungen seines Lehrers. Zuerst betrachtete er die Stelle, an der vor wenigen Stunden noch ein Kopf gewesen war. „Glatter Schnitt!" Julen tippte auf ein Schwert. Wer aber lief mit einer solchen Waffe durch die Gegend, die zudem noch groß genug sein musste, um einen menschlichen Kopf so sauber abzutrennen? Hierfür bedurfte es neben einer scharfen Klinge auch einer ganz erheblichen Kraft. Alle Fakten sprachen also dafür, dass kein Sterblicher diesen Mord begangen haben konnte.

Sosehr er sich auch bemühte, Julen konnte nichts spüren, was ihm einen Hinweis auf den Täter gegeben hätte. Estelle wäre sicherlich erfolgreicher gewesen, aber natürlich hätte er das Feenkind niemals hierher bringen können. Bei dem Gedanken daran, wie Kieran darauf reagieren würde, wurde ihm ein wenig mulmig.

Ratlos strich Julen sein Haar zurück, richtete sich auf und sah direkt in das Gesicht des Toten auf dem Hutständer. Irgendetwas an dieser bizarren Szenerie ließ ganz schwach eine Saite in ihm erklingen. Er war sich sicher, schon einmal etwas Ähnliches gesehen oder gehört zu haben. Nachdenklich betrachtete er ein Foto des Privatdetektivs aus glücklicheren Tagen, das auf dem Schreibtisch stand. „Armer Kerl!" Sein grausiger Tod schien der Schlusspunkt einer traurigen Entwicklung zu sein.

Auf dem Bild hielt der Detektiv lachend eine Blondine und ein kleines Kind im Arm, das seiner Mutter wie aus dem Gesicht geschnitten schien. Der Vater wog zwar gut dreißig Pfund weniger als die Leiche dort am Boden, und deutlich mehr Haare zierten den dazugehörigen Schädel – doch eines konnte er mit Gewissheit sagen: Es handelte sich eindeutig um denselben Mann.

„Identifiziert", murmelte Julen, bevor er weitersuchte: nach einem Brief, einer Notiz, irgendeinem Hinweis auf die Identität der Mörder.

Schließlich ließ er sich auf den Schreibtischsessel sinken. Nichts. Und dann, einer Eingebung folgend, tastete er erneut den Boden der Schublade zu seiner Linken ab. Da. Eine kleine Unebenheit ließ ihn die Lade herausziehen und umgedreht auf den Tisch legen. Das`Fach war zwar kaum zu sehen, aber erst einmal entdeckt, ließ es sich schnell öffnen. Heraus fiel ein flacher USB-Stick, den er einsteckte, bevor er eiligst das Büro verließ. Der Gestank war wirklich kaum auszuhalten.

Asher hatte die Durchsuchung genau verfolgt und war mit

dem Ergebnis sehr zufrieden. Er brauchte vorerst nicht zu wissen, welche Geheimnisse der Fund des Vengadors barg. Dessen nächste Schritte würden ihm zweifellos den Weg weisen. Im Gehen stellte er das umgestürzte Foto des Toten wieder auf und stutzte. Kurzerhand ließ Asher das Bild in seine Tasche gleiten und machte sich auf den Heimweg.

7

„Was wollte dein Freund bloß bei diesem Konzert?" Estelle sah zum dritten Mal durch die Küchentür, wo Manon das Abendessen vorbereitete.

„Nun setz dich schon hin!"

„Zum Teufel mit dem Ding!" Estelles Stimme klang leicht gedämpft, während sie sich aus den Trümmern der Sitzgelegenheit hervorkämpfte, die Manon ihr angewiesen hatte. „Wolltest du den Hocker nicht leimen?"

„Nein, das war dein Plan. Und hör auf, die Schuld für dein Missgeschick bei anderen zu suchen!"

„Was soll das denn heißen?"

Manon nahm den Topf vom Herd, griff nach einer Kelle und füllte zwei Teller mit der dampfenden Suppe, die sie auf dem wackligen Küchentisch abstellte. Im Ofen blubberte eine Lasagne mit besonders viel Käse, wie Estelle vermutete. Ihre Mitbewohnerin hatte es sich zur Gewohnheit gemacht, üppig zu kochen, sofern es ihr Schichtdienst erlaubte. Sie schien es darauf abgesehen zu haben, sie beide in kugelrunde Matronen zu verwandeln. Mit mäßigem Erfolg, wie Estelle feststellte, als Manon ihre Schürze mit der Aufschrift „Hier zaubert der Chef" ablegte, unter der eine unverändert schmale Taille zum Vorschein kam. Sie selbst allerdings hatte nachweislich ein paar Kilo zugenommen. *Ein wenig Sport täte mir ganz gut*, dachte sie und nahm sich vor, den geplanten abendlichen Einkauf wenigstens mit einem kleinen Lauf zu verbinden.

„Nimm dir den Schemel dort." Manon reichte ihr ein Stück

von dem warmen Baguette. „Hör mal, dein Hellseherinnen-schicksal ist wirklich unangenehm, und du solltest unbedingt versuchen, das in den Griff zu bekommen. Aber es gibt keinen Grund, Asher dafür anzufeinden."

„Das hab ich doch gar nicht getan!" *Im Gegenteil!* Estelle erinnerte sich daran, wie sie ihm beinahe erlaubt hätte, sie zu küssen. Im Nachhinein völlig unbegreiflich, genau genommen wusste sie nicht einmal mehr genau, wie er aussah. Hatte er braune oder blaue Augen? Blau waren sie, daran konnte sich Estelle auf einmal doch wieder erinnern, und irgendwie gefähr-lich. Woher kam denn jetzt dieser Gedanke? Egal, eigentlich war er nicht ihr Typ. „Ich zeige deutliche Zeichen von ver-zweifelter Einsamkeit."

Manon schien nicht zugehört zu haben. „Die Wahrheit ist, dass ich ihn angerufen und ihm erzählt habe, wo wir hingehen. Ich dachte, es wär vielleicht ganz nett, wenn wir uns nach dem Konzert noch in einem Pub treffen würden."

„Wollte Julen nicht zu dieser After-Show-Party? Da wäre Asher doch nie hineingekommen, so wie er aussieht."

Manon ignorierte geflissentlich ihren Einwurf. „Er ist ein net-ter Kerl, wenn auch zugegebenermaßen etwas weltfremd. Aber er hat es verdient, dass ihm jemand auf seinem Weg zurück aus der staubigen Welt der Bücher in die Realität unter die Arme greift."

Estelle kostete gerade die Suppe und sog scharf Luft ein, um ihre verbrannte Zunge zu kühlen. „Natürlich", lispelte sie. „Ganz wie du willst, ich werde nett zu ihm sein!" Und sie ver-traute darauf, dass sie dem Langweiler so schnell nicht wieder begegnen würde.

Anders verhielt es sich mit Julen. Sie runzelte die Stirn. Wo-hin war er nach dem Konzert verschwunden? Ihre Erinnerung schien doch getrübter zu sein, als sie geglaubt hatte. Wahrscheinlich hatte sie es einfach nur nicht bemerkt, als er sich verabschiedet hatte.

Nach dem Abendessen wollte sie ihre guten Absichten in die Tat umzusetzen und lief eilig die Treppe hinunter, um vor dem Einkauf wenigstens noch eine halbe Stunde zu joggen.

Ihr Herz schlug schneller, als eine Gestalt aus den Schatten des Innenhofs trat. „Julen?"

„Mein Augenstern!"

„Lass das doch! ‚Augenstern' klingt irgendwie schräg!" Tatsächlich war sie aber geschmeichelt und – weiß Gott, es gab schlimmere Kosenamen! Der Vampir beispielsweise nannte ihre Schwester „Kleines", und obwohl Nuriya ihr selbst bestenfalls bis zur Schulter reichte, fand sie diese Bezeichnung für die ältere Schwester unpassend. Julen jedoch schien ihre Kritik ernst genommen zu haben und versuchte sich an einem Gesichtsausdruck, der vermutlich signalisieren sollte: „Ich bin zerknirscht!" Was Estelle nun wirklich zum Lachen brachte.

„Ich bin froh, dass es dir wieder gut geht!" Er strich über ihre Wange. „Was war gestern nur mit dir los?"

Estelle fand, da sie Manon schon reinen Wein eingeschenkt hatte, sollte sie auch Julen die Wahrheit nicht vorenthalten. Zumal er möglicherweise der Einzige war, der eine Lösung für ihr Problem kannte. Hatte er nicht selbst behauptet, er gehöre zum Feenvolk? „Komm mit herauf, ich möchte das nicht zwischen Tür und Angel besprechen."

„Ich hab eine bessere Idee." Ehe sie wusste, was er plante, hatte er Estelle so fest umarmt, dass sie nicht viel mehr sah als die Fasern eines Pullovers. Er roch ein wenig nach Wolle, Meer und sehr nach – Julen. Estelle schlang ihre Arme um ihn und streifte dabei sein muskulöses Hinterteil. „Mhm!", entschlüpfte ihr ein anerkennender Laut. Daran konnte sie sich gewöhnen.

Seine Stimme klang amüsiert, als er sie anwies: „Halt dich nur gut fest!" Gleich darauf fühlte sie sich körperlos und frei wie ein winziger Stern am Nachthimmel.

„Mon dieu! Que-est ce que c'est?" Dieser erstaunte Ausruf in bestem Französisch holte sie in die Gegenwart zurück. Festen Boden unter den Füßen spürend, löste sie sich hastig aus Julens Umarmung und drehte sich um. „Pardon!", murmelte der Passant, der sie aus ihrer angenehmen Trance gerissen hatte, und sah sie einen Moment lang ratlos an. „Bienheureux ceux qui croient à l'amour! *Glücklich, wer an die Liebe glaubt.*" Sie meinte zu hören, wie er im Weitergehen murmelte: „Ich hätte schwören können, die beiden Turteltauben sind aus heiterem Himmel auf die Straße geschwebt …"

„Touristen!", lachte Julen, ergriff ihre Hand und zog sie hinter sich her.

Linksverkehr. Estelle war erleichtert. Einen Augenblick lang hatte sie schon geglaubt, Julen hätte sie nach Paris entführt. Das Bistro, das sie nun gemeinsam betraten, hätte sich jedenfalls ohne Weiteres auch im Quartier Latin befinden können. Galant rückte der Kellner ihren Stuhl zurecht, bevor er mit den Mänteln und der Bestellung verschwand. Julen entzündete mit wenig mehr als einer Handbewegung eine Kerze und grinste jungenhaft über dieses Zauberkunststück.

„Angeber! Wie hast du das nun wieder gemacht?" Als er seinen Mund zu einer Antwort öffnete, schüttelte Estelle den Kopf. „Ich will es gar nicht wissen. Aber danke sehr, du hast es wieder mal geschafft, mich völlig aus dem Konzept zu bringen." Sie beugte sich vor und flüsterte: „Wo sind wir?" Sie kam sich in Sweatshirt und Jogginghosen reichlich deplatziert vor.

„Glasgow hat großartige Restaurants, findest du nicht auch?"

Estelle setzte sich rasch auf, als sie jemanden neben sich bemerkte. Etwas verspätet zog sie ihre Finger unter Julens Hand hervor. „Oh! Ganz entzückend." Sie nahm ihren Schal ab und legte ihn zusammen.

Der Kellner sah von einem zum anderen und zwinkerte ihnen zu. Offenbar hielt er sie für ein Liebespaar. „Eine gute Wahl, Madame!" Ob er den Wein, sein Lokal oder Julen meinte, blieb dabei offen.

Julen hob sein Glas und sah ihr über den Rand so tief in die Augen, als wolle er ihre Gedanken lesen. Tatsächlich hätte er das auch gerne getan, aber wenn sie sich nicht gerade in einer extremen Stresssituation befand, war das Aufrechterhalten ihrer Schutzschilde Estelle längst zur zweiten Natur geworden. Seit sie sich geradezu fluchtartig dem direkten Einfluss Kierans und ihrer Schwestern entzogen hatte, ging es ihr viel besser, und der gestrige Rückfall war bereits überwunden. Was nichts an der Tatsache änderte, dass sie ihr Leben dringend in den Griff bekommen musste. „Also gut, hier ist meine Geschichte", begann sie und erzählte von ihren beklemmenden Visionen.

Julen hörte zu, ohne sie zu unterbrechen, und als Estelle am Ende ihrer Erzählung das Glas in einem Zug leerte, schenkte er wortlos nach und betrachtete anschließend einen Tropfen, der den Flaschenhals langsam hinabglitt, bis er das Tuch erreichte, das der Kellner sorgfältig darum herumgebunden hatte. Anschließend sah Julen direkt in ihre Augen. „Dieser 1985er Saint-Julien hat etwas mehr Respekt verdient."

„Entschuldige."

„Du hast ein Problem."

Estelle stellte fest, dass Julens Glas noch gut gefüllt war. „Glaub mir, ich schütte den Wein normalerweise nicht so herunter, es tut mir leid!" Sie griff nach einer Serviette und wollte das steife Leinen schon weich kneten, bis kräftige Hände ihr Einhalt geboten. Seine Finger waren sehnig, und Estelle stellte sich vor, wie sie über ihre Haut strichen und sie erregten. Schließlich riss

113

sie sich zusammen und verscheuchte ihren Wunschtraum. Eine leichte Röte breitete sich über ihrem Gesicht aus.

Julen lächelte. „Ich meine nicht den Wein. Mir bereitet es Sorge, wie du auf diese Visionen reagierst."

„Ich weiß, das ist nicht gut." Estelle nahm das Kneten wieder auf.

„Das stimmt leider. Aber ich bin sicher, es gibt eine Lösung." Und dann erzählte er ihr von dem magischen Grimoire, den geheimen Formeln, die dieses Zauberbuch enthielt, und davon, dass er einen ersten Hinweis entdeckt hätte, wo es zu finden sei.

Estelle lauschte gebannt. „Glaubst du wirklich, dass es mir helfen kann?"

„Ich bin davon überzeugt."

Doch so einfach gab sie sich nicht zufrieden. „Und aus welchem Grund suchst *du* dieses Grimoire?"

„Wegen meines Zwillingsbruders."

Estelle ließ nicht erkennen, ob sie die Eröffnung, er sei ebenfalls ein Zwilling, überraschte. Und so fuhr Julen einen Moment später fort: „Seit ich denken kann, wussten wir Brüder immer, wie es dem anderen ging. Sobald einer ein Problem hatte – und das kam, wie bei allen kleinen Jungen, ziemlich häufig vor –, war der andere zur Stelle.

Wir lebten an einer Steilküste, und eines Tages kletterte Gunnar über die Klippen, um einen dieser Papageientaucher zu fangen, die dort im Sommer zu Hunderten nisteten. Er wollte unserer Mutter, die schöne Dinge liebte, die bunten Federn zum Geburtstag schenken. Dabei muss er abgerutscht sein. Er stürzte auf einen Felsvorsprung und schlug sich den Kopf an. Im selben Moment, in dem er ohnmächtig wurde, wusste ich, dass etwas geschehen sein musste."

Estelle glaubte, die Furcht des kleinen Jungen von damals noch immer in seiner Stimme zu hören, und streckte ihre Hand nach ihm aus. Julen sollte wissen, dass sie seine Gefühle verstand. Wehmütig dachte sie daran, wie sie einst selbst eine derart enge Verbundenheit zu ihren Schwestern gespürt hatte. Doch das war lange vorbei. Und sie selbst trug die Schuld daran. Sie war es gewesen, die alle Brücken hinter sich abgebrochen hatte, und es kostete zuweilen beinahe mehr Kraft, als sie aufbringen konnte, den mentalen Kontakt zu ihren Schwestern weiter zu blockieren.

Julen blickte an ihr vorbei, als er weitersprach: „Ich führte unsere Knechte bis zur Absturzstelle. Gerade noch rechtzeitig konnten die Männer Gunnar mithilfe von Seilen vor der schnell steigenden Flut in Sicherheit bringen." Er räusperte sich und trank einen Schluck. „Mit zwölf Jahren wurden wir getrennt und in unterschiedlichen Pflegefamilien untergebracht. Unser Vater hatte uns ermahnt, dort zu bleiben, bis er uns wieder abholen würde. Und er hatte versprochen, uns jedes Jahr zu besuchen. Er kam aber kein einziges Mal. Ich weiß nicht, warum wir ihm trotzdem gehorchten … es war eben eine andere Zeit."

Estelle hätte gern gewusst, von welcher Zeit genau er sprach, aber sie wagte es nicht, ihn zu unterbrechen.

Julen blickte an ihr vorbei, auf irgendeinen Punkt in weiter Ferne. „Als ich längst erwachsen war, plagte mich eine große Unruhe, und schließlich verließ ich meine Pflegefamilie, um Gunnar zu suchen. Wie ein Faustschlag traf mich unterwegs die tiefe Verzweiflung, die plötzlich von ihm auszugehen schien. Als ich seine neue Familie endlich gefunden hatte, war er fort. Er sei mitten in der Nacht verschwunden, erzählte man mir. Niemand wusste, was geschehen war. Und das Schlimmste: Sosehr ich mich bemühte, ich konnte ihn auch mental nicht mehr erreichen. Der Verlust war so schmerzhaft, als hätte jemand meine Seele herausgerissen.

Viel später erst erkannte ich, was damals geschehen sein

musste. Als sich meine Gabe zum ersten Mal zeigte, hatte Gunnar mich auf einmal nicht mehr spüren können. Er muss geglaubt haben, ich sei tot. In seiner Trauer war er davongelaufen. Später erfuhr ich von den Gerüchten, genau zu jener Zeit wäre jemand in die Zwischenwelt verschleppt worden."

Zum ersten Mal entdeckte Estelle eine Gefühlsregung in Julens Augen. Kaum merklich erweiterten sich bei diesem letzten Satz seine Pupillen. Davon, dass sie seine Emotionen auch jetzt nicht fühlen konnte, ließ sie sich nicht entmutigen. Estelle hatte von der Zwischenwelt, einer Dimension, die den unterschiedlichsten Kreaturen als Refugium, manchmal aber auch als Ort der Verbannung diente, schon gehört. Doch als sie mehr darüber erfahren wollte, war Nuriya in ihren Erklärungen vage geblieben, als wisse sie selbst nicht alles darüber.

„Soweit ich weiß, ist es kein Sonntagsspaziergang, jemanden daraus zu befreien."

„Aber es ist möglich!" Julen berührte eine Kette mit einem muschelförmigen Anhänger.

Diese Geste war ihr schon häufiger aufgefallen. „Vorausgesetzt, man besitzt etwas, was dem Verschollenen lieb und teuer war", sagte sie gleich darauf.

„Woher …?" Dann lächelte er. „Natürlich, du bist schließlich eine Feentochter. Was soll ich sagen? Mutter hat uns die Glücksbringer zum zehnten Geburtstag geschenkt. Als Beweis unserer Zusammengehörigkeit haben wir sie untereinander ausgetauscht."

Er erinnerte sich wehmütig an das feierliche Ritual, das die beiden Kinder zur Mittsommernacht im hellen Mondlicht begangen hatten. „Der Talisman ist alles, was mir von Gunnar geblieben ist." Doch ohne den Zauber war der Anhänger nicht mehr als eine Erinnerung an glücklichere Tage, dachte er und bemerkte nicht, wie sich ihre Miene verfinsterte.

„Und du glaubst nun, der Schlüssel zur Befreiung Gunnars befände sich in dem Grimoire! Hast du mir deshalb davon erzählt? Julen, ich weiß nicht, was das für ein Spiel ist, das du mit mir spielst. Aber ich lasse mich ungern benutzen. Hättest du mich um Hilfe bei der Suche nach dem Grimoire gebeten, ich hätte dich auf jeden Fall unterstützt. Aber mir vorzugaukeln, es gäbe darin auch eine Lösung für meine Probleme, das finde ich …“ Ihre Stimme versagte. „Bring mich hier fort!“

„Estelle …!“

„Jetzt! Und wage es ja nicht, mich irgendwo in der Zwischenwelt auszusetzen!“ Wortlos verließen beide das Bistro.

Sobald Julen sie vor ihrem Haus abgesetzt hatte, riss sich Estelle los.

„Warte!“

Sie tat jedoch, als habe sie nichts gehört. Weil er ihr den Weg zum Hauseingang versperrte, drehte sie um und lief über den Hof. In der schmalen Gasse, die zur Straße führte, hatte Julen aufgeholt und hielt ihren Arm fest. „Bitte!“

Sie fuhr herum. „Ich weiß, dass du keine Gefühle hast. Also gaukle mir nicht den zerknirschten Sünder vor!“ Estelle hatte kurz den Eindruck, Julen weiche vor ihr zurück. Das war ein Irrtum. Stattdessen trat er einen Schritt vor.

„Wie kommst du darauf, dass ich keine Gefühle hätte, nur weil du sie nicht lesen kannst?“ Seine Stimme klang bitter. „Ja, ich habe gehofft, dass mir deine Fähigkeiten auf der Suche nach meinem Bruder helfen würden. Aber das war nicht der Grund, warum ich dich angesprochen habe.“ Eine warme Hand umfasste ihr Kinn. „Estelle, du bist ein wunderbares Geschöpf, ich würde dich niemals hintergehen. Und ganz bestimmt nicht, nachdem ich dich besser kennengelernt habe.“ Es schien, als wolle er noch mehr sagen, aber dann änderte sich sein Tonfall erneut. „Ehrlich gesagt, du hast deine Visionen so wenig unter Kontrolle – das funktioniert nie im Leben." Er ließ sie los. „Also glaub mir bitte, in der Suche nach dem Grimoire liegt auch deine Chance. Vertrau mir, du wirst es nicht bereuen." Mit diesen Worten beugte er sich vor, und seine Lippen berührten ihren Mund.

Nach dem Streit hatte Estelle mit solch einer Reaktion nicht gerechnet. Seine Berührungen jagten warme Schauer durch ihren Körper. Nicht die kalten Lippen, nicht die falsche Zunge eines Betrügers spürte sie, sondern die lebendige Sehnsucht eines ebenso einsamen Zwillings, wie sie selbst einer war, vereinte sich mit ihrer Seele. „Selena!", hauchte sie in seinen Mund und fuhr erschrocken zurück.

Julen legte den Arm um ihre Schultern. „Zwillinge sind untrennbar. Wer, wenn nicht ich, kann besser verstehen, wie sehr du deine Schwester vermisst? Und bevor du fragst: Auch ich habe, wie höchstwahrscheinlich jeder in der magischen Welt, von deiner Familie gehört. Du bist die Schwester der Auserwählten."

„Das ist Nuriya. Aber Selena ist kein mörderischer Vampir!" Sie hätte sich auf die Zunge beißen können, aber dafür war es schon zu spät, denn Julen fragte: „Du magst Vampire nicht besonders, oder?"

„Ich hätte es nicht besser ausdrücken können."

Er sah sie einen Moment lang an, als wolle er das Thema noch vertiefen, doch dann lächelte er. „Frieden?"

Estelle seufzte. Wie konnte man einem Mann lange böse sein, der so wundervoll küsste? „Frieden!", bestätigte sie. „Und jetzt muss ich laufen." Sie zupfte an ihrem Sweatshirt. „Ich vermute, du möchtest mich nicht begleiten?"

Julen wäre überall mit ihr hingegangen, der Kuss hatte ihn völlig verzaubert. Aber eine innere Stimme warnte ihn, es gut sein zu lassen und stattdessen der Spur zu folgen, auf die ihn ihre hasserfüllte Bemerkung über Vampire gebracht hatte. Er kannte nämlich noch jemanden, der für seinesgleichen nicht viel übrig hatte. Und dieses Gefühl beruhte auf Gegenseitigkeit.

Estelle sah unter ihrer Bettdecke hervor und beobachtete den Sonnenaufgang. Der Heizkörper in ihrem Zimmer gab zwar erstaunliche Geräusche von sich, Wärme produzierte er aber leider kaum. Der Himmel wechselte im Sekundentakt seine Farbe, und schließlich wölbte er sich blau und unendlich über der Stadt. Zumindest schloss sie dies aus den Sonnenstrahlen, die winterlich flach in ihr Zimmer fielen. „Aufstehen!", befahl sie sich selbst und berührte mit bloßen Füßen vorsichtig den Boden vor ihrem Bett. Die nun folgenden Verwünschungen gehörten zu ihrem morgendlichen Ritual. Sie schlüpfte in einen Morgenmantel aus Jugendtagen und wünschte sich nicht zum ersten Mal seit ihrer Ankunft in der neuen Heimat, dass statt des dünnen Stoffes zumindest ein Kaschmirschal ihre Schultern wärme. Sie nahm sich vor, sobald wie möglich eines dieser kuschelig aussehenden Plaids zu kaufen, die in der Weberei weiter oben in ihrer Straße angeboten wurden. Auf dem Weg in die Küche begleitete sie das Schlurfen ihrer Pantoffeln. Estelle drehte das Gas auf, bis es zischte, entzündete mit einem langen Streichholz eine Flamme im Backofen und auf dem Herd, dann setzte sie Wasser auf und trat einen Schritt zurück, damit ihre Ärmel nicht, wie schon einmal geschehen, Feuer fingen. Dabei stieß sie mit dem Fuß an einen Schemel und erreichte gleichzeitig mit dem scheppernden Möbel die gegenüberliegende Wand, wo sie sich gerade noch rechtzeitig abstützte, um nicht der Länge nach hinzufallen.

Leicht lädiert und mit schmerzendem Zeh gönnte sie sich in dem ebenfalls winzigen Bad eine ausgiebige Dusche, bearbeitete ihre Zähne, bis die Hightech-Bürste Alarm gab, und kehrte in die Küche zurück.

„Mist!" Das Teewasser war fast verdampft, und die Fensterscheiben waren völlig beschlagen, sodass der leuchtend blaue Himmel hinter einem dichten Schleier verschwand und grau wirkte. Aber immerhin hatte die Küche eine erträgliche Temperatur angenommen. „Umweltfreundlich ist das nicht unbedingt", ermahnte sie sich. Doch wen kümmerte so etwas schon, wenn er von Albträumen ganz anderer Art gepeinigt wurde? Ganz zu schweigen von einem Zeh, der inzwischen leicht angeschwollen war. Für eine Selbstbehandlung war jedoch keine Zeit mehr. Sie spülte ihren Toast mit Tee herunter, nahm sich dabei vor, auf dem Rückweg endlich einzukaufen, um ihren gemeinsamen Kühlschrank mit dem Notwendigsten aufzufüllen, und humpelte bald darauf über den Campus ihrer Universität.

Der Literatur-Professor betrat wenige Sekunden nach ihr den Raum, als erwarte er Applaus. Estelle ließ sich seufzend auf einem unbequemen Stuhl nieder und sah seinen üblicherweise äußerst erhellenden Ausführungen entgegen. Ihr Sitznachbar Ben grinste: „Nett, dich wieder mal zu sehen!"

„Dito!", zischte Estelle zurück, und prompt hörte sie eine Reihe weiter unten: „Pst!"

„Hab ich was verpasst?", fragte sie leiser.

„Nö, nichts hat sich geändert!" Ben schlug mit seinem Notizheft auf den Kopf der unter ihnen sitzenden Mary. „Stimmt doch, oder?"

„Halt den Mund!", war die Antwort.

Heute war, was Estelle ihren „Marathontag" nannte. Die Hörsäle lagen weit auseinander, und sie musste sich dieses Mal sogar aus der Vorlesung „Mittelalterliche Erzählmodelle" schleichen, die wie üblich zu spät begonnen hatte, weil der Dozent seine Pfeife neuerdings nicht mehr im Gebäude genießen durfte und deshalb gemeinsam mit anderen Rauchern in einer trostlosen Ecke am Rande eines kleinen Parks qualmte. Atemlos erreichte sie ihre letzte Veranstaltung für diesen Tag, als der Professor gerade die Türen schließen wollte. Unter seinem strengen Blick ließ sie sich auf einen Stuhl fallen, den Ben ihr frei gehalten hatte. Eine gute Stunde später begleitete er Estelle hinaus. „Geht es dir nicht gut?" Als sie nicht antwortete, sagte er nach einem weiteren prüfenden Blick: „Ich sterbe für einen Kaffee mit extra viel Sahne."

Im selben Moment spürte Estelle die Präsenz eines magischen Wesens.

„Mist!"

„Du musst es nur sagen, dann lass ich dich in Frieden", Ben legte den Kopf schräg und sah sie an.

„Unfug, komm schon!" Sie zerrte den verwunderten Freund hinter sich her und gab keine Ruhe, bis beide an einem blank polierten Tisch saßen. Wer hier einkehrte, genoss die Kaffeehausatmosphäre. Das Gemurmel der Gäste wurde nur gelegentlich vom Klirren eines Kaffeelöffels auf edlem Porzellan gestört, die Kellner bewegten sich nahezu lautlos zwischen den Tischen und servierten mit elegantem Flair kontinentale Köstlichkeiten. Normalerweise trafen sie sich mit Rücksicht auf Manons Finanzen in der einfachen Teestube, die ein paar Häuser entfernt zu finden war. Aber manchmal musste dieser Luxus eben einfach sein.

„Vor wem bist du nun wieder auf der Flucht?" Es war nicht das erste Mal, dass Ben sie so nervös erlebte. Von ihren Visionen ahnte er allerdings nichts. „Vor einem Verehrer oder", er beugte sich vor, „einer finsteren Kreatur?"

„Weder noch!" Estelle sandte ihre Gedanken aus und fand nichts. Dennoch hatte sie das Gefühl, beobachtet zu werden. „Deine Fantasie geht mit dir durch. Erzähl mir lieber, wo du dich in den letzten Wochen herumgetrieben hast."

Er fuhr sich mit der Hand über die Augen. „Keine Ahnung. Da war dieser unglaublich gut aussehende Mann", begann Ben und ignorierte ihren Kommentar. „Jedes Mal, wenn ich ihn ansprechen wollte, war er verschwunden. Erst dachte ich, es sei ein Spiel und er würde mit mir flirten, aber irgendwann lief das Ganze aus dem Ruder. Ich träumte von ihm und – glaub mir oder nicht – ich könnte schwören, dass er eines Nachts in mein Schlafzimmer kam und mir befahl, von hier fortzugehen. Ich kann dir das nicht erklären, es war wie ein Zwang, ich habe meine Sachen gepackt und bin abgehauen."

„Wohin?"

Ben lachte verlegen. „Zu einer Freundin. Sie wohnt in einem Cottage oben in den Bergen, man kann dort prima fischen und überhaupt seine Ruhe haben. Sie ist zwar etwas verrückt, hat es aber geschafft, mich diesen unheimlichen Fremden vergessen zu lassen. Voilà, da bin ich wieder!"

Estelle war sich nicht sicher, was sie von der Geschichte halten sollte. „Na ja, vielleicht hast du einfach mal eine Auszeit gebraucht." Dann lächelte sie. „Da wir gerade bei finsteren Gestalten sind, ich müsste in der Seanachas-Bibliothek etwas nachsehen und habe keine Ahnung, ob ich mit meinem Studentenausweis überhaupt Zugang habe."

„Ah, ja. Da brauchst du natürlich mich. Bibliothekare, das weiß man doch, sind ein gefährliches Völkchen!", witzelte er und Estelle dachte nur: „Hast du eine Ahnung!"

„Das ist dein Glückstag." Ben zog eine Karte aus der Brieftasche. „Ich wollte sowieso dorthin."

Estelle erspähte den Namen eines bekannten Historikers, mit dem Ben, wie er behauptete, eine rein platonische Freundschaft verband. „Weiß er davon?" Als Angehörigem des britischen Hochadels öffneten sich für Bens Freund Türen, von deren Existenz ein Normalsterblicher selten überhaupt etwas ahnte.

„Das wird er schon verkraften. Komm, lass uns gehen, außerhalb der Öffnungszeiten habe auch ich keine Chance hineinzukommen."

Der Weg über die marmornen Stufen des Bibliotheksgebäudes verlieh ihr wenig später ein Gefühl von Erhabenheit, das zarteren Gemütern in der riesigen Eingangshalle zwischen überlebensgroßen Statuen allerdings wieder abhandenkommen konnte. Neben dem Eingang zur eigentlichen Bibliothek schaute ein Philosoph milde von seinem Gemälde auf die Besucher herab und stützte sich dabei auf einen Stapel Bücher, deren Inhalt nicht für die Augen anderer bestimmt zu sein schien. „Das werden wir ja sehen!", flüsterte Estelle, folgte Ben durch die hohen Türen und blieb wie angewurzelt auf dem dicken Teppich stehen, der gewiss jeden Laut verschluckte, sollte jemand es wagen, hier etwas herunterfallen zu lassen. Der Anblick einer Ansammlung geballten Wissens verschlug ihr regelmäßig den Atem. Regale aus poliertem Holz, gefüllt mit Hunderten von Büchern, bedeckten die Wände und bildeten Nischen, die mit Lesepulten ausgestattet waren, an denen sich manch ein Kopf im warmen Licht der Schreibtischlampe über Folianten oder Handschriften beugte. Wendeltreppen führten zur Galerie hinauf, auf der im Dämmerlicht unter der gewölbten und prächtig ausgemalten Decke weitere Regale ausgewählte Kostbarkeiten der Buchkunst beherbergten.

Ein Räuspern ließ sie herumfahren und direkt in das Gesicht eines Bibliotheksmitarbeiters blicken, der hinter seinem mächtigen Schreibtisch stand und die beiden Besucher von oben herab musterte. „Wenigstens braucht der keine Leiter, um die oberen Regalreihen zu erreichen", flüsterte sie Ben zu. Die Mundwinkel des Mannes senkten sich noch weiter, was Estelle nicht für möglich gehalten hätte. Widerwillig zog er Bens Chipkarte durch ein Lesegerät, auf dem ein grünes Licht erschien.

„Pst, habe ich dich nicht vor den Ungeheuern gewarnt?", entgegnete der Freund. Laut sagte er: „Meine Bekannte hätte gern einen Tagesausweis." Er nahm seine Karte entgegen, und Estelle reichte dem Mann ihre Papiere.

„So einfach ist das nicht, sie ist ja Ausländerin", stellte er nach einem kurzen Blick fest und hielt ihren Ausweis spitz zwischen zwei Fingern, ein wenig so, als habe er ihn gerade aus einer ekligen Flüssigkeit gefischt.

„Ich bürge für sie." Ben klang ärgerlich.

„Das darf nur ein Vollmitglied." Der Bibliotheksmitarbeiter tat so, als sähe er sich suchend um. „Und soweit ich weiß, ist Ihr ‚Bekannter' nicht in der Stadt." Seine Mundwinkel senkten sich bei diesen Worten noch ein wenig mehr herab. *Das war nicht nett.* Nachdem Estelle seine Gedanken kurz berührt hatte – einen tieferen Blick wagte sie aus Angst vor einem Anfall nicht –, war ihr klar, dass er zwar die Wahrheit sagte, sie aber sowieso in jedem Fall für ihre freche Bemerkung bestrafen wollte. Eine Entschuldigung würde ihn vielleicht milde stimmen, einen Versuch war es jedenfalls wert. „Es tut mir leid. Das hätte ich nicht sagen sollen."

„Meine junge Dame, ich entscheide nicht nach Sympathie", und seine Miene machte deutlich, dass die beiden Besucher in diesem Fall nie eine Chance bekommen hätten, die „heiligen Hallen" zu betreten. „In unserem Haus hat alles seine Ordnung, und Ausländern ist der Zugang nur gestattet, wenn mindestens zwei Vollmitglieder bürgen."

„Was ist das hier? Ein High-Society-Golfplatz, oder was?" Ein Zischen von einem der Leseplätze war die prompte Antwort auf Bens Ausbruch. Köpfe hoben sich, und strafende Blicke trafen sie.

Er ignorierte es jedoch und fuhr fort, nun allerdings wieder mit gedämpfter Stimme, mit dem Bibliothekar zu diskutieren.

Die Köpfe senkten sich, doch Estelle wurde die Situation allmählich peinlich. Irgendwie würde sie schon Zutritt zu der Bibliothek bekommen, vielleicht wusste Manon Rat – oder Asher. Ein warmer Hauch strich bei diesem Gedanken durch ihren Kopf. Am liebsten hätte sie sich zurückgelehnt, die Augen geschlossen und sich ganz von seinem Duft einhüllen lassen. Ihre Hand ertastete das Taschentuch, das sie seit ihrer ersten Begegnung stets mit sich herumtrug. Estelle hatte es inzwischen gewaschen und sorgfältig gebügelt. Auf dem Rückweg würde sie am Buchladen vorbeigehen und es seinem rechtmäßigen Besitzer zurückgeben. Sie erinnerte sich daran, wie Asher sie zum Tee eingeladen hatte – so unsicher, als wäre er davon ausgegangen, dass sie ohnehin ablehnte; und wie er sie über den Tassenrand angesehen hatte, wenn er glaubte, sie bemerke es nicht. Manons Bücherwurm war so ganz anders als der freche Julen – geradezu rührend in seiner altmodisch zurückhaltenden Art.

„Komm schon!" Bens Stimme holte sie in die Bibliothek zurück. „Du hast es dir doch jetzt nicht etwa anders überlegt?"

Erstaunt nahm Estelle eine Tagesberechtigung mit ihrem Namen entgegen, und zwar ordentlich abgestempelt, und folgte ihrem Studienfreund in den Saal, wo sie wisperte: „Was war das denn?"

„Während du geträumt hast, ist eine sehr merkwürdige Wandlung in dem Zerberus dort an der Pforte vorgegangen. Ich war schon drauf und dran, ihm seinen mageren Hals umzudrehen, da bekam er plötzlich einen Blick, als habe ihn der Heilige Geist gestreift, und ehe ich noch wusste, was los war, hatte er schon dieses Papier unterschrieben. Du musst demnächst nur noch ein Passbild vorbeibringen, dann bekommst du einen hochoffiziellen Ausweis."

Magie. Estelle argwöhnte, dass hier jemand mithilfe von Magie dem langen Kerl die Sinne verdreht hatte. Sie selbst konnte es nicht gewesen sein, bedauerlicherweise gingen ihre Fähigkeiten auch an guten Tagen selten über einen kleinen Vergessenszauber hinaus. Ob da Julen seine Finger im Spiel hatte? Suchend sah sie sich um, konnte aber niemanden sehen oder spüren und gab es bald auf. Wenn sich der Elf zu erkennen geben wollte, täte er es irgendwann. Bis dahin hatte sie Wichtigeres zu tun, schließlich war sie hier, um Hinweise auf sein Grimoire zu finden. Dabei musste sie sich auf ihre Intuition verlassen und konnte keine Zeugen brauchen. Auch Julen nicht.

Zu ihrer großen Erleichterung ließ sich Ben auf einen Stuhl fallen, knipste das Leselicht an und tippte auf einen abgegriffenen Krimi, den er aus seiner Hosentasche gezogen hatte. „Gut, dass ich immer was zu lesen dabeihabe! Nimm dir so viel Zeit, wie du brauchst."

Liebe Güte, er brachte ein eigenes Buch mit, um es inmitten dieser fantastischen Bibliothek zu lesen. Estelle schüttelte sich innerlich. Nach kurzer Überlegung beschloss sie, auf der Galerie mit ihrer Suche zu beginnen. Dort oben, das war dem Bibliotheksplan zu entnehmen gewesen, der im Stil einer alten Karte am Eingang aushing, wurden die weniger begehrten Bände aufbewahrt, und genau auf diese Quellen hatte sie es abgesehen. Heutzutage befasste sich kaum jemand mit Alchemie und den dunklen Künsten selbst ernannter Zauberer. Dieses Desinteresse war der magischen Welt gerade recht. Wenn es stimmte, dass, wie Julen erzählt hatte, durch die Jahrhunderte immer wieder nach den Aufzeichnungen gefahndet worden war, dann gab es mehrere Möglichkeiten. Entweder die Hinweise auf den Verbleib des Grimoires waren sehr gut versteckt – dann würden sie kaum in dieser Bibliothek zu finden sein –, oder sie standen so offensichtlich zwischen den Zeilen längst vergessener mystischer Schriften, dass sie deshalb bisher niemand entdeckt hatte. An eine weitere Möglichkeit wollte sie lieber nicht denken, denn dann war ihr Unternehmen hier hoffnungslos. Sie wollte mithilfe des Zaubers ihre Kräfte endlich beherrschen können, und für Julen war das Buch vielleicht die einzige Hoffnung, seinen in der Zwischenwelt gefangenen Zwillingsbruder jemals wiederzusehen. *Also hinauf!* Lautlos zog sie sich zwischen die Regale zurück, wo sie unbeobachtet ihre Schuhe auszog. Die dicken Sohlen verhinderten ihre Erdung. Schon als Kinder waren die Feenschwestern am liebsten barfüßig herumgelaufen, und ihre wunderbare Mutter hatte, anders als die Eltern ihrer Freundinnen, nie darüber geschimpft. Bevor die Erinnerung sie überwältigen konnte, eilte sie mit den Schnürstiefeln in der Hand die nächstgelegene Wendeltreppe hinauf und verharrte einen Augenblick, um in den Saal hinabzublicken. Dort unten saß Ben. In seiner typischen Vorlesungshaltung lümmelte er im Stuhl und las. Sie lachte leise und genoss noch für einen Moment die Atmosphäre der wunderbaren Bibliothek. Die Luft war schwer vom Aroma der ledernen Einbände, es roch nach altem Papier und Staub. Sosehr man sich auch mithilfe moderner Technik bemühte, der Zauber gesammelten Wissens war immer auch eine Geschichte von Vergessen und Vergehen. Doch für Estelle kam es einer Zen-Meditation gleich, von alten Büchern umgeben zu sein. Und die Ruhe, die sie dabei fühlte, war die perfekte Vorbereitung für das, was nun kommen sollte.

Für ihre Schuhe fand sich ein Versteck hinter einer Holzleiter. Die würde schon niemand benutzen, beruhigte sie ihr Gewissen und spähte in einen dunklen Gang hinein, den sie von unten gar nicht gesehen hatte. Womöglich führte er in verborgene Schatzkammern der Bibliothek, ihn würde sie später erkunden. Solange sich aber keiner auf der Galerie befand, wollte Estelle die vorderen Regale durchgehen. Mit halb geschlossenen Augen begann sie schließlich ihre Mission. Die Handflächen nach oben, mit ihren bloßen Füßen tief im plüschigen Teppich versunken, ging sie langsam seitwärts an den Regalen entlang und öffnete sich den Geheimnissen der Bücher, an denen sie vorüberschritt. Manche entlockten ihr ein Lächeln, andere wirkten in ihrer Einsamkeit tragisch. Zu lange war es her, dass jemand sie in der Hand gehalten, sie abgestaubt und behutsam geöffnet hatte, um ihre Botschaften zu empfangen. Das eine oder andere Mal berührte sie die gekrümmten Rücken, fühlte das trockene Leder unter den Fingerspitzen und hätte am liebsten Erste Hilfe geleistet, wenn sie unter ihrer Berührung ächzten. Hier oben wohnten wahrlich die verlorenen Seelen der Bibliothek. Hatte der lange Kerl am Eingang wirklich nichts Besseres zu tun, als Besucher zu schikanieren? Manchmal zog sie auch ein Buch heraus, strich über den Einband, schlug ihn sogar ein- oder zweimal auf und lauschte den Worten in fremden Zungen, die eingesperrt zwischen Leder und Leim ein Schattendasein fristeten. Eine Holzdiele knarrte, erschrocken wandte sie sich um. Nichts. Es war wohl der eigene Schritt, der ihre Konzentration zerriss, als wäre sie ein feines Netz. Das heftige Herzklopfen verwehrte den Weg zurück, und enttäuscht ließ Estelle ihre Arme sinken. Doch als sie sich umblickte, stellte sie fest, dass sie fast die gesamte Galerie umrundet hatte. Sie beugte sich über das Geländer und spähte hinab. Richtig, dort unten saß Ben in unveränderter Haltung. War er über dem angeblich so faszinierenden Krimi etwa eingeschlafen? Die Armbanduhr signalisierte, dass noch eine ganze Stunde Zeit blieb, bis die Bibliothek schließen würde, und Estelle beschloss, den Seitengang zu erkunden, der ihr am Anfang aufgefallen war. Zielstrebig löste sie das rote Seil, an dem ein Messingschild baumelte, auf dem in geschwungener Schrift das Wort „Privat" eingraviert war. Sie hängte es hinter sich wieder ein und betrat den Gang. Irgendetwas schien hier anders zu sein. Das mulmige Gefühl, das sie befiel, als sie weiter in das verbotene Terrain vordrang, wurde mit jedem Schritt intensiver. Für einen Augenblick fürchtete Estelle, dass ihre Schonzeit damit vorüber war und sich ein neuer Anfall ankündigte. Doch vom bisherigen Erfolg ermutigt, lauschte sie dennoch in die Dunkelheit und lief im selben Moment gegen eine Mauer. Während die mentale Barriere, mit der sie kollidierte, kalt und abweisend in unendliche Höhen wuchs, erwies sich das reale Hindernis als sehr lebendig, warm und – männlich. Bevor er mit gedämpfter Stimme fragte, was sie hier zu suchen habe, wusste Estelle, wem diese erstaunlich breite Brust gehörte, an die sie nun ein kräftiger Arm drückte. Ihre Nasenflügel bebten. „Asher, was tust du hier? Lass mich sofort los!" Ihre Stimme enthielt eine Spur Panik, wurde aber vom feinen Kaschmir seines Pullovers gedämpft.

„Ich arbeite hier." Sie glaubte Belustigung in seiner Stimme zu hören und kam sich ein wenig idiotisch vor. Von einem Bücherwurm hatte sie wahrlich wenig zu befürchten. Doch hinter ihm schien etwas anderes zu lauern, ein mächtiges magisches Geschöpf. Estelle war noch nie zuvor einer ähnlich perfekten mentalen Barriere begegnet wie der des Ungeheuers, das sich im Dunkel vor ihr verbarg. Oder doch! Der finstere Gefährte ihrer Schwester fühlte sich ganz ähnlich an, wenn er es vorzog, nicht von ihr gelesen zu werden, was bei ihren seltenen Begegnungen meistens der Fall war.

Ein Vampir!

Zwischen den Regalen lauerte ein blutrünstiges Wesen, doch der Bibliothekar hatte keine Ahnung von der Gefahr, in der er schwebte. Estelle erinnerte sich an ihr Versprechen, nett zu ihm zu sein. Besser, sie brachte ihn in Sicherheit. Doch dafür musste sie sich erst einmal befreien. Sie stemmte beide Hände gegen seine Brust: Ihre Finger fühlten zu ihrer Überraschung nichts als harte Muskulatur. Manche Leute hatten einfach unverschämtes

Glück. Sie selbst quälte sich mit täglichen Übungen, während andere offenbar schon vom Herumtragen antiken Lesestoffs einen so durchtrainierten Körper wie den seinen bekamen. „Wir müssen hier raus!" Ihre Stimme klang atemlos, als Asher sie noch näher heranzog, so als wolle er Estelle beschützen und nicht umgekehrt. Ein Macho schlummerte sogar noch im harmlosesten Bücherfreund, falls er denn männlich war.

„Warum willst du fort, geht es dir nicht gut?" Sie konnte sich das Grübchen genau vorstellen, das in seiner linken Wange entstand, sobald er lächelte, doch in seiner Stimme klang nun Besorgnis mit.

Wenn ihn eine Notlüge in Sicherheit brachte, warum nicht? „Bitte ...", flüsterte Estelle und registrierte erfreut, wie sich der Griff um ihre Schultern leicht lockerte. Statt aber mit ihr in den hellen Saal der Bibliothek zu gehen, zog er sie tiefer in den Gang hinein, weit fort von allem Licht, direkt in die Arme des Ungeheuers. Hinter einem dicht gefüllten Regal, das im schwachen Schein der Laternen seltsam bedrohlich wirkte, machte er halt. Ehe sie begriff, was mit ihr geschah, fand sich Estelle in einem Sessel wieder und hielt eine Tasse Tee in der Hand. Die unheimliche Bedrohung war verschwunden. Asher stand hinter ihr, seine Hand lag kühl auf ihrer Stirn. Dann entdeckte er ihre bloßen Füße und lachte auf. „Ist das nicht ein wenig kühl zu dieser Jahreszeit?" Erfahrene Hände massierten nun ihre Schultern. Hoffentlich hörte er nicht so bald wieder damit auf! Sie nahm einen Schluck von dem köstlich duftenden Tee und bemühte sich zu ignorieren, dass seine Berührungen gewisse Regionen in ihrem Körper in Aufruhr versetzten. Schließlich stellte sie die Tasse beiseite und stand auf. „Ich suche das Grimoire." Manchmal war die Wahrheit das beste Mittel, jemanden in die Irre zu führen. „Du weißt nicht zufällig, wo ich es finden kann?" Natürlich erwartete sie keine Antwort von ihm und war verblüfft, als er entgegnete: „Es ist nicht gut, in der Öffentlichkeit über diese Dinge zu sprechen."

„Du machst dich über mich lustig!"

„Warum sollte ich? Du wärst nicht die Erste, die bei der Suche nach Zauberformeln Dinge entdeckt, die einem Normalsterblichen besser verborgen bleiben."

„Aber ich ..." Rasch biss sie sich auf die Zunge. Was hatte Asher nur an sich, dass sie regelmäßig ihre Vorsicht über Bord warf? Fast hätte sie sich verplappert. Als Feentochter war sie zwar durchaus sterblich, aber von „normal" konnte wohl kaum die Rede sein. Ein Lächeln erschien auf ihrem Gesicht, als sie sich vorstellte, wie er es aufnehmen würde, wenn sie ihm die Wahrheit über ihre Herkunft verriet.

Asher starrte wie gebannt auf ihren verführerischen Mund und versuchte, seine Gedanken zu ordnen. Merkwürdig, dass Estelle nun auch auf der Suche nach dem Grimoire war. Dann ging ihm ein Licht auf, und er wurde wütend. Julen musste sie in seine Nachforschungen eingespannt haben, das war aber nicht nur dumm, sondern auch außerordentlich verantwortungslos. Wie viel hatte er ihr erzählt? Asher meinte sich zu erinnern, dass er einst über ein Dokument gelesen hatte, das angeblich zahllose verloren geglaubte magische Formeln enthielt. Der Verfasser sei ein Dämon gewesen, der, da er unter den Menschen lebte, dem Rat reichlich Ärger bereitet hatte, bevor er zur Strecke gebracht worden war. Bedeutende Aufzeichnungen waren damals nicht gefunden worden, aber Unterlagen dieser Qualität versteckte niemand unter seinem Kopfkissen. Asher hielt nicht viel von heilsbringenden Büchern, ob sie nun existierten oder nicht. Doch sollte sie dem Grimoire tatsächlich auf der Spur sein, dann wäre es seine Aufgabe als Hüter, es in den Besitz des Rates zu bringen, bevor es in die falschen Hände geriet.

Er verschränkte seine Arme vor der Brust, um zu verhindern,

dass er seinem Wunsch nachgab, die entzückende Fee an sich zu ziehen, um sie zu küssen. Wollte er mehr herausfinden, dann war seine Tarnung als verhuschter Gelehrter jetzt außerordentlich wichtig; sie durfte seine wahre Natur nicht erkennen. Solange sie Asher für ungefährlich hielt, würde sie ihm hoffentlich vertrauen – dabei traute er sich in diesem Moment selbst nicht. Ein schöner Protektor war er, der bei der ersten Gelegenheit schwach wurde und an nichts anderes mehr dachte, als seine Schutzbefohlene zu verführen. Bis auf ein kurzes Aufleuchten seiner Augen verriet nichts den Tumult in seinem Herzen und glücklicherweise noch viel weniger die Reaktionen einige Etagen tiefer. Er war froh, dass Estelle nicht seine Fähigkeit besaß, selbst bei einem Minimum an Licht perfekt sehen zu können. Die Hose spannte sich unter dem weiten Pullover, bis es schmerzte. Nie zuvor hatte ein weibliches Wesen ein derartiges Begehren in ihm ausgelöst. Hunger, Lust, das kannte Asher, aber dieses süße Sehnen, das ihm schier den Verstand zu rauben schien, war geradezu unheimlich. Seine Stimme klang infolge der Anspannung rau, als er versicherte: „Hier gibt es keine geheimnisvollen Bücher. Glaub mir, ich kenne sie alle!"

Estelle fuhr wie beiläufig mit ihren Fingerspitzen über einige Buchrücken, dabei fragte sie über die Schulter: „Alle?"

„Gewissermaßen." Er wollte ihr Gesicht sehen, wenn er sie fragte, was sie sich davon versprach, das Grimoire zu finden, und berührte leicht ihre Schulter. Sie wandte sich im Zeitlupentempo zu ihm um. Ihr Haar glitt dabei wie eine seidige Liebkosung über seine Hand, und Ashers Schutzschilde wurden von einer überwältigenden Gefühlsexplosion weggefegt. Vielleicht konnte sie doch besser sehen, als er gedacht hatte, oder, er wagte es kaum zu hoffen, sie hatte Ähnliches gespürt. Ihre Pupillen wurden vor Erstaunen riesig, und dieser Blick allein wirkte wie eine unwiderstehliche Versuchung. Die rosigen Lippen öffneten sich, und eine Wolke einzigartiger Aromen raubte ihm fast den Verstand. Sie duftete nach ägyptischem Jasmin, Immortelle, und als raffiniertes Detail umgab sie ein Hauch von wilden Kräutern und frisch geschnittenem Gras. Diese atemberaubende Mischung besaß dazu noch eine persönliche Note erdigen Waldbodens. Er war verzaubert. Seine Selbstbeherrschung zerbrach endgültig, als er sah, dass – anders als ihre damals noch unberührte Zwillingsschwester, die er versehentlich einmal geküsst hatte – Estelle ganz genau wusste, was als Nächstes geschehen würde. Sie leckte sich mit ihrer Zunge über die Lippen und beugte sich vor, bis sich ihre Nasenspitzen fast berührten. Da war es um sie beide geschehen. Wie Verdurstende fielen sie übereinander her, das Rascheln ihrer Kleidung in den Ohren, bemüht, keinen Laut von sich zu geben, der ihr verbotenes Tun verraten konnte. Asher zog Estelles Kleid nach oben und warf es achtlos in die Ecke. Beim Anblick der dunklen Haare auf ihrer Alabasterhaut stöhnte er leise auf. Er wollte mehr sehen und begann, die dünnen Träger des Unterkleides beiseitezuschieben. Doch sie ließ ihm keine Zeit, ihre Brüste, die sich unter dem dünnen Seidengewebe abzeichneten, zu betrachten. Ungeduldig zerrte sie sein Hemd aus der Hose, schob es samt Pullover hoch und verlangte: „Jetzt du!" Er ließ sich nicht zweimal bitten.

Estelle starrte ihn an, bis sie bemerkte, dass ihr Mund offen stand und wahrscheinlich eine Reihe perlweißer Zähne zeigte. Schnell schloss sie ihn – nicht schnell genug allerdings, um das sehnsüchtige Seufzen zu unterdrücken, das ihr unwillkürlich entschlüpfte. Dass Asher ganz gut in Form war, davon hatte sie sich ja schon zuvor überzeugen können, aber der Anblick, der sich ihr nun im Dämmerlicht bot, schien ihr in diesem Moment geradezu überirdisch. Adonis und Belenus hatten hier einen ernsthaften Konkurrenten. Diesen Körper berühren zu dürfen, war jede Sünde wert.

Mit zitternden Fingern strich sie über seine breite Brust. Ihre Fingerkuppen streiften erst die dunklen Haare, dann seine Brustwarzen, die sich bei dieser Berührung zusammenzogen, was ein Lächeln auf ihre Lippen zauberte, die noch von seinen Küssen prickelten. Mit den Fingerspitzen fuhr sie weiter hinab und folgte der Mittellinie, die ein begnadeter Bildhauer in den muskulösen Körper gemeißelt zu haben schien. Seine Bauchdecke zitterte, als sie nach einer kurzen, lustvollen Pause die Linie aus dunklem Haar weiter in Richtung Gürtel nachzeichnete. Ungeduldig versuchte sie die Knöpfe seiner Jeans zu öffnen, da legten sich warme Hände über die ihren. Asher hielt es nicht mehr aus und befreite sich selbst. Estelle zog scharf die Luft ein, als seine Erektion hervorsprang.

„Leise!", warnte er und beobachtete fasziniert, wie die Fee völlig unbefangen ihren Rock öffnete und zu Boden gleiten ließ. Dann stand sie regungslos vor ihm, das schwarze Haar hüllte ihre schmalen Schultern ein und glitt über die Brüste mit den festen, kleinen Knospen, die danach zu verlangen schienen, geknetet und geküsst zu werden.

Das Unterkleid schmiegte sich wie eine zweite Haut um ihren schlanken Körper, modellierte ihn wie eine kostbare Statue, und er hätte Estelle in diesem Augenblick alle Reichtümer dieser Welt zu Füßen gelegt, nur um zu erfahren, ob es ihr Höschen oder etwas anderes war, dessen dunklen Schatten er unter dem dünnen Stoff zu erahnen glaubte. Estelles Beine steckten in schwarzen Strümpfen und bildeten einen reizvollen Kontrast zu dem hellen Streifen Haut, der über dem Spitzenrand hervorblitzte, als sie das Hemdchen hochzuschieben begann. Asher erwachte aus seiner Starre und fiel vor ihr auf die Knie. „Warte!", raunte er und schob seine Hand unter den Stoff. Die Wärme ihres Körpers hüllte ihn ein, ihr Duft raubte ihm die Sinne, und als er das Blut unter ihrer zarten Haut roch, merkte er, wie seine Reißzähne länger wurden. Das durfte nicht geschehen! Asher vergrub seinen Kopf in ihrem Schoß, spürte die zarten Hände in seinem Haar und rang um Fassung. Schließlich gelang ihm das Unmögliche, die Zähne blieben vorerst, wo sie waren. Er umfasste ihre Taille und setze Estelle wie eine kostbare Porzellanpuppe in den Sessel, um sie zu küssen und ihr zu huldigen, wie er es noch nie zuvor in seinem fast 1400-jährigen Dasein getan hatte. Als der Saum ihres Kleides dabei höher rutschte, offenbarte sich ihm ihr Geheimnis. Dunkles Haar formte ein Dreieck, dessen Spitze zwischen weißen Schenkeln verschwand, nur bedeckt von einem winzigen Fetzen Stoff. Ein kleiner Ruck – und seine Hand wurde auf dem Weg zum Paradies von überhaupt nichts mehr behindert.

Mit einem Lächeln spreizte sie quälend langsam ihre Beine und gab den Blick frei auf rosige Haut und feucht glänzende Locken. Estelle war ebenso bereit wie er selbst und streckte beide Hände nach ihm aus. „Komm! Ich will dich in mir spüren!", verlangte die sinnliche Schönheit. Sie war wild, seine Fee.

Der Gedanke wirkte wie Eiswasser. Was dachte er sich eigentlich dabei, Estelle hier auf dem schäbigen Sessel einer Bibliothek nehmen zu wollen – wie eine dahergelaufene Hure, die nur für die schnelle Befriedigung seiner Gelüste herhalten musste, der männlichen sowie der vampirischen. Wenn er jetzt weitermachte, dann würde er von ihr trinken. Das Pochen im Kiefer, dort, wo die tödlichen Reißzähne lauerten, konnte der Vampir nicht ignorieren, während er erneut versuchte, seiner Blutgier Herr zu werden. Lange jedoch hielt die Scham über sein unwürdiges Tun nicht vor. Asher kniete sich zwischen ihre Beine, legte behutsam eines nach dem anderen über die Armlehnen des Sessels und schob seine Hände unter ihre runden Pobacken. Fast in Trance hob er ihre Hüften an und hielt sie wie einen kostbaren Kelch. Seine Zunge fand schnell die kleine Knospe und umkreiste sie. Gleichzeitig massierte er ihren Po und registrierte zufrieden das leichte Zittern, das die zarten Schenkel immer häufiger erbeben ließ. Er küsste die geschwollenen Lippen und trank den herben Nektar ihrer Erregung, bis er sein Ziel erreicht hatte und sie sich ihm weiter entgegenbog. Asher wusste genau, was sie wollte, konnte es in ihren völlig ungeschützten Gedanken lesen. Estelle erbebte unter seinen Berührungen immer wieder aufs Neue, bis sie mit flatternden Lidern schließlich in den Sessel zurückglitt.

Er betrachtete die Geliebte, während ihr Atem allmählich gleichmäßiger wurde. Dann erst flüsterte Asher schweren Herzens einen Vergessenszauber und half ihr dabei, sich anzuziehen. Es war das erste Mal, dass er Magie dieser Art bei einer Feentochter anwendete. Ob seine Kräfte bei ihr ebenso gut wirkten wie bei jeder anderen Sterblichen, das wusste er nicht. Asher hoffte aber, dass sie lange genug vorhielten, bis er eine gute Erklärung für diese stürmische Begegnung gefunden hatte.

Estelle nahm ihre Stiefel aus dem Versteck hinter der Leiter und stieg hinein. Jede ihrer Bewegungen fachte Ashers Leidenschaft aufs Neue an. Er konnte der Versuchung nicht widerstehen und zog sie noch einmal in den Gang zurück, küsste ihren wundervollen Mund, atmete den köstlichen Duft ihrer warmen Haut und suggerierte ihr dann mit sanftem Nachdruck, sofort nach Hause zurückzukehren und sich dort ins Bett zu legen. Als ihre Augen sich öffneten, und bevor er es sich noch anders überlegen konnte und ihre feenhafte Unschuld endgültig raubte, verschwand der Vampir in die Zwischenwelt.

8

„Ben, aufwachen!" Die Suche nach Hinweisen über den Verbleib des Grimoires war ergebnislos verlaufen, und ihr Wunsch, nach all der Anstrengung ein heißes Bad zu nehmen, um sich anschließend einmal richtig auszuschlafen, wirkte geradezu übermächtig. „Ben, nun komm schon!" Sie rüttelte an seiner Schulter. Die starke Konzentration, die sie hatte aufbringen müssen, um all die Bücher zu untersuchen, hatte sie zwar erschöpft, aber seltsamerweise auch irgendwie beflügelt. Während Ben allmählich erwachte, schaute sie noch einmal hinauf, dorthin, wo sie die Absperrung frech ignoriert hatte. Ein übermütiges Kichern stieg in ihr auf. Estelle fühlte sich wie eine Katze, die nach einem ausgiebigen Mahl nichts anderes im Sinn hatte, als sich ein sonniges Plätzchen für ihren Verdauungsschlaf zu suchen. Satt, faul und ein wenig anlehnungsbedürftig. Wahrscheinlich lag dies daran, dass sie ihre Magie zum ersten Mal seit langer Zeit sinnvoll eingesetzt hatte, ohne von einer Vision heimgesucht worden zu sein.

Ben stemmte sich aus dem Stuhl hoch, streckte seine Gliedmaßen – und sie hätte es ihm am liebsten gleichgetan. Als aber sein Pullover dabei hochrutschte und gebräunte Haut zeigte, weckte dieser Anblick ein sanftes Vibrieren tief in Estelles Bauch. Sehnsüchtig streckte sie die Hand aus, um ihn zu berühren. „Ben!", flüsterte sie mit rauer Stimme.

Einen Moment lang sah er sie irritiert an, dann zog er den Wollstoff betont langsam herunter. „Cara Mia, komm mir bloß nicht auf falsche Gedanken!" Sein herzhaftes Gähnen holte sie wieder in die Realität zurück. Der strenge Blick des Bibliotheks-mitarbeiters brannte in ihrem Genick. Schlafen und räkeln war hier nicht gern gesehen, das erkannte nun auch Ben und steckte rasch seinen Krimi ein. Dann griff er nach dem Ärmel seiner Freundin, die, wie er fand, ein eigentümliches Grinsen im Gesicht trug, und zog sie hinter sich her zur Garderobe. Sie sah ihren Mantel in der Hand so ratlos an, dass er ihr schließ-lich hineinhalf und sie danach die Treppen hinab auf die Straße führte.

„Wir nehmen ein Taxi", entschied er und winkte. Es dauerte eine Weile, bis es ihm gelang, im Feierabendverkehr ein freies Taxi anzuhalten. Estelle trat von einem Bein auf das andere und wäre jetzt liebend gern durch die Zwischenwelt gereist. Als endlich doch ein Wagen am Straßenrand stoppte, hatte der Regen Asphalt und Bürgersteig bereits in spiegelnde Flächen verwandelt und die beiden bis auf die Haut durchnässt. Mit klammen Fingern öffnete Ben die Tür für sie, und kaum saßen beide im Warmen, beschlugen auch schon die Scheiben. Estelle malte lächelnd Gesichter mit ihrem Zeigefinger darauf, und als sich der Fahrer nach ihrem Ziel erkundigte, antwortete sie: „Nach Hause!"

Weil sie auf weitere Nachfragen nicht reagierte, nannte ihm Ben schließlich die Adresse. Ein wissendes Lächeln breitete sich auf dem Gesicht des Taxifahrers aus, und er zwinkerte ihm verschwörerisch zu. Ben hatte so eine Ahnung, was der Mann dachte, und hätte ihm gern widersprochen. Er trug gewiss keine Schuld an Estelles verklärtem Zustand, aber es interessierte ihn brennend, was wohl passiert war. „So, E. T., jetzt sag mir sofort, was du mit meiner Freundin gemacht hast! Gib es zu, du hast sie in eine Grinsekatze verwandelt."

Estelle machte ein ratloses Gesicht.

„Was ist los? Hast du gefunden, wonach du gesucht hast?"

Dies wenigstens rief eine Reaktion hervor, wenn es auch nur ein Kopfschütteln war.

„Komm schon! Du siehst aus, als ob dich der Heilige Geist gestreift hat. Oder – du hattest den besten Sex deines Lebens!" Er sah sie genauer an, dabei fielen ihm ihre vom Küssen leicht geschwollenen Lippen auf. Ben lachte. „Das ist es, stimmt's? Du hattest zwischen all den verstaubten Büchern heißen, hemmungslosen Sex!" Der Taxifahrer starrte in den Rückspiegel. „Vorsicht!", mahnte Ben und beugte sich vor, um das kleine Fenster der Glaswand zu schließen, die den Fahrgastraum vom vorderen Bereich trennte. Die Ampel sprang auf Rot, und er musste Estelle festhalten, damit sie nicht vom Sitz rutschte, als der Wagen mit quietschenden Reifen zum Stehen kam. „Du glühst ja immer noch." Er strich über ihre Wange. „Sag nicht, du hast es mit einem dieser bebrillten Buchbinder getrieben?" Normalerweise brachte er Estelle mit solchen Formulierungen zum Lachen. Aber jetzt berührte sie ihre Lippen mit den Fingerspitzen und flüsterte kaum hörbar: „Ich weiß es nicht!"

Da begann er sich ernsthaft Sorgen zu machen. Erst der begehrliche Blick, mit dem sie ihn beinahe dazu gebracht hätte, seine sexuelle Orientierung noch einmal zu überdenken, und nun diese ganz besondere Verträumtheit, die vermutlich jeden anderen Mann völlig verrückt gemacht hätte. Er begleitete Estelle bis in ihre Wohnung hinauf, wo Manon ein Bad für sie einließ und die Freundin schließlich mit einer Wärmflasche ins Bett steckte. Danach setzte sie sich zu Ben in die Küche, der bereits eine halbe Flasche Wein geleert hatte. „Was hat sie gemacht?"

„Ich hab keine Ahnung. Wir waren zusammen in der Seanachas-Bibliothek, du weißt schon, wo sie nur Mitglieder hereinlassen … und alles."

„Und alles …?"

„Entschuldige, ich bin ein wenig aufgeregt."

„Und dann redest du immer so, verstehe! Alte Internats-gewohnheiten, nehme ich an?"

„Nein. Ja. Willst du nun die Geschichte hören oder eine Diskussion über die klassenlose Gesellschaft vom Zaun bre-chen?"

Manon sah ihn nur an.

„Na also!" Er nahm einen Schluck und räusperte sich. „Gibst du mir mal das Brot rüber?" Schnell duckte er sich, als sie erbost einen Kanten nach ihm warf, den nächsten fing er dann ge-schickt auf. Nachdem er einen Bissen hinuntergeschluckt hatte, war ihm klar, dass selbst Manons sprichwörtliche Geduld nicht endlos sein würde. „Soweit ich weiß, wollte sie dort nach einem Buch suchen, also habe ich sie mit hineingenommen. Ich muss wohl eingenickt sein. Zu viel Wissen kann einem den Kopf ver-wirren – und alles."

„Dann müsstest du eigentlich völlig klar sein." Manon nahm ihm das Glas aus der Hand. „Trink nicht so viel, du verträgst keinen Alkohol."

„Wer sagt das?", verlangte er mit schwerer Zunge zu wissen.

„Du. Und jetzt erzähl weiter!"

„Da gibt es nicht viel zu erzählen. Irgendwann hat sie mich geweckt und war in diesem merkwürdigen Zustand." Er wurde plötzlich blass. „Meinst du, es hat jemand – mit Gewalt und so?" Sein Entsetzen war ehrlich, und Manon beruhigte ihn: „Opfer sehen anders aus. Estelle saß mindestens auf Wolke sieben, sie hat sogar gesungen!"

„Und das bedeutet?"

„Unsere hinreißende Freundin versteht sich gewiss auf viele Dinge. Singen gehört allerdings nicht zu ihren Stärken – und zum Glück weiß sie das auch. Sie hat erzählt, das letzte Mal habe sie mit vier Jahren gesungen, weil ihr Vater ihr einen Teddy ge-

140

schenkt hat, den sie sich von ganzem Herzen gewünscht hatte. Kurz darauf sind ihre Eltern gestorben."

„Wie tragisch!"

„Ja, es ist schlimm, so früh seine Eltern zu verlieren."

„Das auch, natürlich! Ich meine aber – stell dir das doch mal vor, du triffst einen Liebhaber, von dem andere ein Leben lang träumen, und kannst dich anschließend nicht mehr erinnern, wer dieser Götterbote war!"

„Sie weiß nicht, mit wem sie …?" Manon beschlich eine böse Ahnung. Doch anstatt Ben ihre Vermutung anzuvertrauen, stand sie auf und ging zur Tür. „Das wird ihr morgen bestimmt wieder einfallen. Frauen sind so."

„Du spinnst." Ben tippte sich an die Stirn. „Im Ernst? Da bin ich aber froh, dass wir ganz anders sind. Mich hat noch keiner vergessen!"

Das mochte zwar stimmen, aber war er nicht selbst vor Kurzem erst von einem unheimlichen Fremden wie besessen gewesen, bis ihn dann seine Freundin in den Highlands von dessen Zauber befreit hatte? Es erschien ihm ein wenig seltsam, dass nun Estelle von einem Unbekannten verführt worden war. „Typisch, mein Pech!", dachte er. Wenn er schon besessen gewesen sein musste, warum hatte er dann nicht auch diesen sensationellen Sex erleben dürfen?

Während Estelle in dieser Nacht von zärtlichen Händen auf ihrer Haut träumte, widerstand Asher der Verlockung, einen tieferen Blick in ihre Gedanken zu werfen, und versuchte stattdessen, sein Wissen über das Grimoire aufzufrischen. Die Nachforschungen in den Bibliotheken des Rats erwiesen sich als wenig erfolgreich. Er erfuhr nichts Neues. Diverse Quellen zweifelten überhaupt an dessen Existenz. Im frühen achtzehnten Jahrhundert, so hieß es, habe sich eine Gruppe von Sterblichen auf die Suche gemacht, deren Nachfahren sich seither in einem Geheimbund organisierten. *Zweifellos, um in dunklen Nächten von den Möglichkeiten zu träumen, die ihnen ein Buch voller Zaubersprüche verhieß.* Asher musste zugeben, dass sich die magische Welt in diesem Punkt kaum von der Welt der Sterblichen unterschied. Auch deshalb hatte er Estelle seit geraumer Zeit nicht mehr aus den Augen gelassen. Er fand den jungen Vengador ziemlich dreist, ausgerechnet eine Schwester der Auserwählten zu umgarnen, außerdem war eine Reise durch die Zwischenwelt nie ganz ungefährlich. Asher runzelte die Stirn. Der Junge riskierte viel, um sie zu beeindrucken. Vielleicht zu viel.

Er lehnte sich in seinem Sessel zurück, hob ein Glas und betrachtete das Kerzenlicht, wie es sich in den geschliffenen Facetten brach und dem Getränk Leben einzuhauchen schien. Dieser Anblick konnte einen Vampir fast dafür entschädigen, dass der Genuss direkt aus der Quelle sogar in den eigenen vier Wänden kaum mehr möglich war, wollte er nicht unnötige Aufmerksamkeit erregen. Asher liebte die Jagd nach wie vor und mehr, als gut für ihn war, genoss aber auch den Luxus, den ein gut gefüllter Kühlschrank mit sich brachte. So gesehen hatten die neuen Zeiten durchaus ihre Vorteile. Mit halb geschlossenen Lidern sog er den Duft des Blutes ein, seine Zähne verlangten danach, frei zu sein, und er gestattete ihnen dieses harmlose Vergnügen. Mit einem Fauchen hob der Vampir schließlich das Glas an seine Lippen und trank. Das Blut war von bester Qualität, aber mit dem köstlichen Nektar der kleinen Fee nicht zu vergleichen. Schon der Gedanke daran schürte sein Verlangen. Asher setzte sich auf. Zugegeben, es mochte eine Weile her sein, seit er das letzte Mal die Jagd mit anderen Vergnügen verbunden hatte, aber das rechtfertigte weder die pulsierende Hitze, die sein Denken beeinträchtigte, sobald er die Feentochter auch nur von fern spürte, noch das Drängen der Reißzähne in seinem Mund. Der Vampir stürzte das Blut hinunter und schenkte sich nach, bis seine Vorräte aufgebraucht waren. Die letzte Flasche warf er in die sterbenden Flammen seines Kamins, als sich die Nacht verabschiedete, um ihrer strahlenden Schwester die wenigen Winterstunden zu überlassen.

Der Lifestyle-Mediziner Gralon trommelte mit dem Kugelschreiber auf antikem Mahagoni und ließ den Blick über Papiere gleiten, die auf dem Boden verteilt waren. Er hatte sie in einem Wutanfall vom Schreibtisch gewischt. Die Ergebnisse der letzten Versuchsreihe konnten nicht anders als katastrophal genannt werden. Gralon wollte nicht nur einfach die Jugend seiner Klienten länger erhalten, das taten schon zahllose Kollegen. Nein, er hatte Visionen und die sichere Überzeugung: Ewiges Leben war möglich. Nichts Geringeres versuchte er mit seiner außerordentlich spezialisierten Genforschung zu erreichen. Ethische oder ganz pragmatisch bevölkerungspolitische Überlegungen interessierten ihn nicht, diese Probleme sollten andere lösen. Der Professor wusste, dass er sich mit seiner Theorie auf dem richtigen Weg befand, aber weder die Tierversuche noch seine Tests an Freiwilligen zeigten auf Dauer den gewünschten Erfolg. Anfangs war alles gut gegangen, der Alterungsprozess war zwar noch nicht reversibel, konnte dank des von ihm entwickelten Serums jedoch zumindest für eine gewisse Zeit aufgehalten werden.

Spätestens nach ein paar Wochen, bei einigen Testpersonen schon nach wenigen Tagen oder Stunden, traten dann aber Komplikationen auf. Die Tiere gingen relativ schnell ein, seine menschlichen Probanden reagierten völlig unterschiedlich: Einige wurden apathisch und fielen später ins Koma, andere entwickelten Wahnvorstellungen oder verhielten sich extrem

143

aggressiv. Eines hatten sie alle gemein, wie auch immer sie auf das Mittel reagierten: Früher oder später starben sie, und es wurde für sein Team immer schwieriger, diese Rückschläge geheim zu halten.

Inzwischen ahnte Gralon, dass neben seinem zweifelsfrei vorhandenen wissenschaftlichen Genie auch etwas ganz anderes erforderlich war, um den größten Coup der Menschheitsgeschichte zu landen. Den Schlüssel zum Erfolg vermutete er in einem Grimoire, das er seit Wochen erfolglos suchen ließ. Natürlich kursierten, wie bei jeder geheimen Aufzeichnung, auch Abschriften davon, sogar im Internet konnte jeder darin lesen. Aber wie es bei allen *Libri Nigri* der Fall war, hatten die Originale dieser geheimnisvollen *Schwarzen Bücher* entweder nie existiert und gehörten ins Reich der Legenden, oder sie waren längst in Privatsammlungen verschwunden, zu denen kaum jemand Zugang hatte. Seinen Auftraggeber einzuschalten hätte bedeutet zuzugeben, dass seine Forschungen längst nicht so weit gediehen waren, wie er bisher behauptet hatte. Und das war ein weiterer Punkt, der ihm Sorgen bereitete: Dieser Auftraggeber begann allmählich ungeduldig zu werden.

Seit seiner frühesten Jugend glaubte Gralon an Vampire. In nahezu allen Kulturen wurde die Macht des Blutes beschworen. Ohne einen wahren Kern in diesen zahllosen Mythen und folkloristischen Erzählungen über Vampire wäre es einfach ein zu großer Zufall. Und an Zufälle glaubte er nicht – aber an Magie. Bei seinen Nachforschungen hatte Gralon erste Hinweise auf das Grimoire erhalten. Seiner Suche nach dem Geheimnis ewiger Jugend und Schönheit opferte er seit Jahren beträchtliche Summen, aber einer Lösung war er bisher dennoch kein Stück näher gekommen. Bis zu jenem Tag im letzten Winter, an dem er erfuhr, dass die Realität seine kühnsten Fantasien bei Weitem übertraf. Es begann alles mit einer Karte aus Büttenpapier. Die

Einladung zum Jahrestreffen einer exklusiven Bruderschaft. Dem höflichen Schreiben war zu entnehmen, dass ihm keine weiteren Kosten entstünden und er diesen Brief bitte bereithalten sollte, um sich dem Fahrer gegenüber auszuweisen.

Gralon hielt das Ganze für eine Verwechslung und legte die Einladung samt Begleitschreiben beiseite. Doch ein paar Tage später klingelte sein Telefon, und eine ihm unbekannte Stimme sagte: „Guten Abend, Professor. Wir interessieren uns für Ihre Forschungen und möchten Ihnen ein Angebot machen."

Gralon wurde neugierig, und der Anrufer fuhr fort: „Bitte nehmen Sie unsere Einladung an. Es soll nicht zu Ihrem Schaden sein."

„Wer zum Teufel sind Sie?" Aber statt einer Antwort hörte er nur das Freizeichen. Er hätte alles getan, um seine Forschungen fortsetzen zu können, eine bereits bezahlte Urlaubsreise war dafür ein vergleichsweise geringer Aufwand.

Eine Woche später fand er auf den kommenden Tag datierte Flugtickets auf seinem Schreibtisch. Am Flughafen Roissy erwartete ihn ein livrierter Chauffeur, der, nachdem sich Gralon mithilfe der Einladung ausgewiesen hatte, die Tür zu einem Rolls-Royce öffnete. Kurz darauf setzte sich das Fahrzeug lautlos in Bewegung, selbst der Champagner stand ganz ruhig in seinem Kühler.

Inzwischen kannte Gralon die Strecke, aber bei seiner ersten Fahrt schaute er immer wieder aus den getönten Scheiben und rätselte, wohin ihn der Fahrer bringen würde. Als sie schließlich einer geschwungenen Auffahrt folgten und der Kies unter den Reifen knirschte, traute er seinen Augen kaum. Bei genauerem Hinsehen stellte sich zwar heraus, dass die prächtige Schlossanlage innen wie außen schon bessere Tage gesehen hatte, den ersten Aufenthalt aber würde der Wissenschaftler nie vergessen. Er wurde in einen Raum geführt, dessen morbider Charme an alte Hollywoodfilme erinnerte. Hinter seinem Schreibtisch erhob sich ein hochgewachsener Mann, der über die selbstbewusste Präsenz all jener Menschen verfügte, die es gewohnt sind, Entscheidungen von großer Tragweite zu treffen. Er mochte Anfang vierzig sein und trug die lässige Kleidung eines britischen Landedelmanns, was so weit im Norden Frankreichs nicht unüblich war. Der Professor schob seine missgünstigen Gedanken rasch beiseite, doch offenbar nicht rechtzeitig genug, denn der Mundwinkel seines Gegenübers zuckte, als wisse dieser genau, was in seinem Gast vorging. Obwohl Gralon selbst bei einem guten Schneider arbeiten ließ, wirkte seine gedrungene Gestalt niemals auch nur annähernd so elegant wie die des Mannes ihm gegenüber. Und mit einem Dreitagebart hätte er wie ein Clochard ausgesehen. Seinem Gastgeber aber verlieh der dunkle Schatten auf seinen Wangen zusammen mit der Haarsträhne, die ihm in das markante Gesicht fiel, ein verwegenes Aussehen. Amüsiert erwiderte er die Musterung mit einem eindringlichen Blick, der Gralon in Sekunden zu durchleuchten schien. Offenbar war er mit dem, was er in seinem Gast entdeckte, zufrieden und forderte ihn mit einer Handbewegung dazu auf, im dunklen Sessel vor seinem Schreibtisch Platz zu nehmen. Der Professor setzte sich. Wie erleichtert er sich fühlte, diese erste Klippe überwunden zu haben! Dabei wusste er doch nicht einmal, was man von ihm wollte.

Die Sitzposition war nicht besonders glücklich. Er fühlte sich wie damals im Internat, als er vor den Rektor zitiert wurde, und konnte sich nicht entscheiden, ob er sich tief in das Leder zurückfallen lassen oder auf der vorderen Kante sitzen bleiben sollte, um seinem Gegenüber wenigstens halbwegs auf Augenhöhe zu begegnen. Schließlich entschied er sich für die souveränere Lösung, lehnte sich zurück und schlug ein Bein über. Allein die weißen Knöchel der ineinander verschränkten Hände verrieten seine Anspannung. Seine Finger schlichen sich zum Hemdkragen, der auf einmal unerträglich eng geworden war.

Der Gastgeber wandte seinen Blick schließlich von dem flatternden Pulsschlag an Gralons Hals ab, und erneut umspielte ein frostiges Lächeln seine Lippen, als genieße er dessen Unbehagen. „Ich freue mich, dass Sie unserer Einladung folgen konnten!", sagte er mit einem fremdartigen Akzent, den der Professor keineswegs einordnen konnte. Seinen Namen nannte er nicht, doch in der Aufregung fiel dies dem Professor nicht weiter auf.

Die unangenehme Spannung legte sich im Lauf der nächsten Minuten, als er erkannte, welche Chance ihm hier geboten wurde. Sein Gastgeber zeigte sich über die bisherigen Versuche, das Altern seiner betuchten Klienten zu verlangsamen, ausgesprochen gut informiert. „Mit unserer Hilfe bekämen Sie die Möglichkeit, dem Geheimnis ewiger Jugend auf die Spur zu kommen. Wir würden ein Labor am Ort ihrer Wahl einrichten und die Kosten, gleichgültig in welcher Höhe, übernehmen – inklusive eines angemessenen Gehalts."

„Und was verlangen Sie im Gegenzug von mir?" Gralon war klar, dass ihm ein solches Angebot nicht ohne Bedingungen gemacht wurde. Eine kalte Stimme riss ihn aus seinen Überlegungen. „Wir suchen jemanden, der ergebnisorientiert arbeitet und sich mit unseren Zielen identifizieren kann."

Bevor er antworten konnte, ertönte Mozarts Kleine Nachtmusik. Sein Gastgeber starrte ausdruckslos auf Gralons Brusttasche, die leicht vibrierte, und schließlich begriff auch der Professor, dass sein Handy klingelte.

„Gehen Sie schon dran!"

„Mit zitternden Fingern zog er das Telefon aus der Tasche. „Ja?", blaffte er hinein. Kurz darauf wechselte seine Gesichtsfarbe von erhitztem Rot zu Kalkweiß. Am anderen Ende der Leitung war der Anwalt seiner Frau, und dieser ließ sich nicht

beirren, selbst als Gralon ihm versicherte, später zurückzu-
rufen.

Gralon hörte eine Weile zu, dann sagte er: „Natürlich ist es
eine gute Investition!"

Aus dem Hörer war Widerspruch zu vernehmen.

Bereits sein gesamtes Privatvermögen hatte er schon in die
Forschung investiert. Als dies nicht mehr ausreichte, war mithilfe eines geschickten Anwalts das testamentarisch als unantast-
bar bestimmte Erbe seiner Frau für weitere Anschaffungen und
Untersuchungen ausgegeben worden. Eine gute Wertanlage für
die Zukunft hatte er ihr versprochen – und anfangs hatte sie ihm
auch geglaubt. Doch inzwischen war auch dieses Geld fast verbraucht, und er hatte in seinem Haushalt drastische Sparmaß-
nahmen einführen müssen.

„Ich kenne den Vertrag, schließlich habe ich ihn unterschrieben", Gralon warf seinem Gastgeber einen entschuldigenden
Blick zu und wandte sich zur Seite, als dieser keine Anstalten
machte, ihm etwas Privatsphäre für das Telefonat zu gönnen.

„Unser Haushalt wird nach ökonomischen Gesichtspunkten
geführt." Gralon hustete. „Ich würde es eher Verschwendungs-
sucht nennen." Die Stimme des Anrufers wurde lauter, bis es
Gralon reichte. „Von mir aus, dann eben die Scheidung. Lassen
Sie sich einen Termin von meinem Büro geben, sobald die
Papiere fertig sind."

Dieses verwöhnte Weib wollte nie verstehen, wie viel ihm
seine Arbeit bedeutete, und nun verlangte sie die Scheidung
„wegen seelischer Grausamkeit", und ihre Familie forderte ihr
Geld zurück. Keine angenehme Situation und sowohl in gesell-
schaftlicher als auch in finanzieller Hinsicht eine ausgesproche-
ne Katastrophe.

„Gericht? Ich bitte Sie! Ja, Ihnen auch. Guten Tag!" Wütend
drückte er mehrere Tasten seines Handys.

„Probleme?", riss ihn sein Gastgeber aus den Gedanken, und wieder erschien dieses wissende Lächeln in seinem Mundwinkel.

„Frauen!", sagte Gralon um Zustimmung heischend.

„Ich verstehe!" Der Mann sah nicht danach aus, als interessierten ihn Gralons Ansichten. Er legte die Fingerspitzen zusammen und runzelte die Stirn. „Sollten wir uns einig werden, verlangt das Projekt Ihre volle Aufmerksamkeit. Sind Sie sicher ..." Er machte eine Handbewegung zum Handy hin, das nun wieder in Gralons Tasche steckte.

„Selbstverständlich. Diese Angelegenheit ist keine große Sache!", beeilte sich Gralon, ihm zu versichern.

„Nun gut. Wir stellen Ihnen unsere bisherigen Forschungsergebnisse sowie ein erfahrenes Team zur Verfügung. Im Gegenzug erwarten wir absolutes Stillschweigen über das Projekt." Er schwieg und sah Gralon ausdruckslos an. „Ihnen sollte bei allem, was Sie in Zukunft tun, bewusst sein, dass Diskretion oberste Priorität hat."

Die Finger des Professors fuhren noch einmal in seinen schweißnassen Hemdkragen, um ihn weiter zu lockern. „Ich verstehe!"

„Gut ..." Sein Gegenüber lehnte sich zurück und verschränkte die Arme vor seiner Brust. „Sollten Sie verwertbare Ergebnisse erzielen, wovon wir ausgehen, dann erhalten wir achtzig Prozent des Gewinns. Ich muss wohl nicht erwähnen, dass Ihr Anteil Sie zu einem der reichsten Männer der Welt machen wird."

Die Umsätze der Anti-Aging-Industrie waren schon heute enorm, Gralon musste da nicht lange überlegen. Hier war die Chance, einer ausweglos erscheinenden Situation zu entkommen, sich die gierige Noch-Verwandtschaft vom Hals zu schaffen und endlich unter idealen Bedingungen arbeiten zu können. Er schlug ein, als der Mann seine Hand ausstreckte, so, als habe er nie am Ausgang des Gesprächs gezweifelt.

Plötzlich riss ihn ein Klopfen aus seinen Erinnerungen, und sein Assistent kam hereingewieselt. „Professor, ein Anruf für Sie", flüsterte er und hielt das Mundstück des Handys verdeckt. „Er!"

Beklommen ergriff Gralon das Telefon und scheuchte den Mann mit einer Handbewegung hinaus. „Ja?" Schweißperlen auf der Stirn und ein nervöser Tick unter dem rechten Auge verrieten seine Anspannung.

„Die Quelle ist geschlossen!", teilte ihm eine dunkle Stimme mit, und er wusste, dass der Detektiv, den ihm eines seiner letzten Versuchskaninchen auf den Hals gehetzt hatte, nicht mehr reden würde. Der Schnüffler hatte sich eingebildet, ihn erpressen zu können. Gralon hatte etwas unternehmen müssen, um das geheime Forschungsprojekt nicht zu gefährden, so beruhigte er sein schlechtes Gewissen. „Er wusste von Ihrer Suche nach dem Grimoire." Der Anrufer war kein Freund vieler Worte und überraschte mit diesem kompletten Satz.

„Wie konnte er das herausfinden?"

„Unbekannt!"

Vor seiner Abreise aus dem maroden Schloss hatte Gralon ein Handy erhalten, mit dem er nun in regelmäßigen Abständen mit dem Mann Kontakt aufnahm. Nur eine Telefonnummer war darin gespeichert, und von dieser aus wurde er jetzt angerufen. Der Unbekannte, so hieß es, sei ein „Sicherheitsfachmann" und sorge zudem dafür, dass es ihm niemals an Testmaterial mangeln werde. Und so war es dann auch. Gralon hatte von Anfang an den Verdacht gehabt, dass der Kerl Kontakte zur Unterwelt besaß, und hatte deshalb keine Skrupel, ihn damit zu beauftragen, den Detektiv überprüfen zu lassen.

Keiner von ihnen legte Wert auf eine persönliche Begegnung, und die exorbitante Summe, die er im Voraus verlangt hatte, war an eine exotische Bank in der Südsee überwiesen worden.

Gralon hatte den Verdacht, dass sein Kontaktmann den Auftrag selbst ausgeführt hatte, aber das war ihm gleich. Er wollte sich allerdings vergewissern, ob er sein Geld auch gut angelegt hatte, und fragte: „Existieren irgendwelche Aufzeichnungen?"

„Vernichtet!"

„Sehr gut." Eine Sorge weniger. „Ich brauche zum Monatsende neues Material."

„Der Markt hat sich verändert."

Augenscheinlich wollte er auch hier größere Gewinne einfahren. „Wie viel?"

Der Mann gab eine Art Bellen von sich, das man auch als Lachen deuten konnte. „Geld ist kein Problem. Untersuchungen wurden eingeleitet."

„Das ist doch nichts Neues, die Polizei …"

„Lieferbedingungen wie immer", unterbrach ihn der Killer. „Erst die Bezahlung, dann die Ware." Damit war die Leitung tot.

9

Schneeflocken wirbelten in der Luft umher und setzten Estelle eine weiße Krone auf, die schmolz, sobald sie die Seanachas-Bibliothek betrat und ihre Sonnenbrille abnahm. Heute schmerzte sie das Tageslicht in ihren empfindlichen Augen besonders. Obwohl sie sicher war, am Vorabend nicht getrunken zu haben, fühlte sie sich ziemlich schlapp.

Hinter dem langen Tisch am Eingang saß eine junge Frau. Sie versprach mit einem schüchternen Blick, der Leseausweis wäre in einer halben Stunde fertig. Dieses Mal wollte Estelle im unteren Raum mit ihrer Suche fortfahren. Zum Glück waren nur wenige Pulte besetzt und die Leser dermaßen in ihre Lektüre vertieft, dass ihnen Estelles merkwürdiges Verhalten bestimmt nicht auffiel. Die leichten Schuhe, die sie trotz der Kälte trug, verschwanden hinter einem freien Schreibtisch. Behutsam strich sie mit ihren Händen über Buchrücken, und es dauerte nicht lange, bis die Bücher begannen, ihr Geschichten vergangener Jahrhunderte zuzuflüstern. Ein dicker Band mit lateinischer Goldprägung brummte in tiefem Bass eintönige Sequenzen, das Heft neben ihm gab sich dagegen maniert – und ein paar Meter weiter reimte ein schmales Bändchen Limericks, deren obszöner Inhalt seiner Zuhörerin das Blut in die Wangen trieb. Schon wollte sie sich abwenden, da hörte sie unter all dem Geflüster und Getuschel plötzlich drei dunkle Stimmen. Anfangs waren sie nur ganz leise, und sie bemühte sich vergebens, Sinn in die Worte zu bringen. Bald aber wurden sie lauter und lauter, überlagerten alles und dröhnten schließlich wie die Bässe

152

eines Höllenkonzertes in ihrem Kopf. Verzweifelt hielt sich Estelle die Ohren zu. Hände berührten sie, Schatten tanzten vor ihren Augen, schließlich war es das Aroma ihres eigenen Blutes, das einen nie gekannten Kampfgeist in ihr weckte, und sie stemmte sich mit aller Kraft gegen das Tosen, bis es nachließ, der Sturm sich legte und zu guter Letzt nur noch ein laues Lüftchen geheimnisvolle Worte säuselte.

Estelle wurde klar, dass sie reagieren musste, als eine gedämpfte Stimme zum dritten Mal sagte: „Hallo? Bleiben Sie ganz ruhig liegen, ich rufe einen Arzt!" Sie zwang sich, ihre Augen zu öffnen, und blickte in ein besorgtes Gesicht – es war die Bibliothekarin.

„Es geht schon!" Ihr Körper schmerzte, sie erinnerte sich vage an einen dumpfen Schlag. Frustriert setzte sie sich auf und tastete ihren Kopf ab. Glücklicherweise fand sich nach der Inspektion kein Blut an den Fingerspitzen, aber zweifellos würde morgen eine mächtige Beule ihren Scheitel zieren. „Ich …", begann sie und hoffte auf eine Eingebung, um ihr zweifellos befremdliches Verhalten erklären zu können. Ringsherum lagen zahllose Bücher. Estelle stand auf und strich ihren Rock glatt. Am Gesichtsausdruck ihres Gegenübers konnte sie erkennen, dass die beruhigenden Gedanken, die sie dabei aussandte, schließlich zu wirken begannen. Ihr war von dieser Anstrengung schwindelig, also holte sie tief Luft, bevor sie erklärte: „Ich wollte ein Buch herausziehen, und plötzlich purzelten alle anderen hinterher." Die Lüge kam ihr erschreckend routiniert über die Lippen.

Die Frau entspannte sich und erwiderte schließlich sogar ihr Lächeln. „Das kann schon passieren, wir haben einfach nicht genügend Platz, und die Bücher stehen hier viel zu dicht. Lassen Sie nur!" Sie legte eine Hand auf Estelles Arm und ging selbst in die Hocke. Ein besonders altes Exemplar lag aufgeschlagen da, die Seiten nach unten. „Sie haben Glück, dass um diese Zeit

153

außer mir niemand vom Personal hier ist. Mein Kollege hätte einen Herzschlag bekommen." Beinahe liebevoll entfernte sie ein Eselsohr, das zweifellos auf den Sturz zurückzuführen war, klappte das Buch zu und strich über jeden Einband, bevor sie eines nach dem anderen ins Regal zurückstellte.

Unauffällig griff Estelle nach ihren Schuhen und folgte ihrer Retterin zum Ausgang, nahm den Leseausweis entgegen und bedankte sich noch einmal bei ihr. Zu ihrer Überraschung blinzelte diese ihr daraufhin zu. „Wir Frauen müssen doch zusammenhalten!"

Draußen hatte der Sonnenuntergang die grauen Steinquader der hoch über ihr thronenden Altstadt in ein erhabenes Gold getaucht. Estelle blieb einen Augenblick stehen, um das Farbenspiel zu genießen. Diese Stadt überraschte sie jeden Tag mit neuen Ansichten, und ihre Bewohner waren weit herzlicher, als sie es aus Paris kannte. Hier könnte sie sich wohlfühlen – wenn, ja wenn nur die Anfälle nicht wären. Langsam kroch ein dunkles Rot über die Hauswände, bis sie schließlich ganz schwarz wurden. Die Sonne war untergegangen, und wie auf Bestellung begann es zu nieseln.

„Hier muss man seinen Schirm so häufig auf- und zuklappen, dass das allein schon eine gute Erklärung für den ständig wehenden Wind wäre."

Estelle zog eine Wollmütze aus der Tasche, setzte sie auf und drehte sich um. „Ich bin unschuldig, ich besitze keinen Schirm. Julen, was tust du denn hier?"

„Das Gleiche könnte ich dich fragen, ich dachte du wärst an der Uni."

„Ich habe nach Hinweisen auf das Grimoire gesucht." Sie verspürte wenig Lust, ihm zu gestehen, dass sie verschlafen hatte und sich nicht erinnern konnte, was während ihrer gestrigen Suche in der Bibliothek vorgefallen war. Wenn sie sich in Zukunft an jedem Morgen wie nach einer langen Liebesnacht fühlte, dann verlor die Aussicht, allmählich den Verstand zu verlieren, beinahe ihren Schrecken. Um ihm nicht ins Gesicht sehen zu müssen, schritt sie kräftig aus und das Glück war ihr hold, denn ihr Bus bog in diesem Augenblick um die Ecke. Sie rannte los, Julen folgte ihr mühelos und stieg ebenfalls ein.

Das schwankende Gefährt zählte nicht zu seinen bevorzugten Aufenthaltsorten, aber in den Kurven an die Feentochter gepresst zu werden, machte ihre Wahl des Verkehrsmittels schon wieder wett. Er genoss einen Augenblick länger als notwendig die Wärme ihres Körpers. Ihren verführerischen Duft begann er inzwischen schon zu vermissen, sobald er am Abend auf seinem spartanischen Lager in der schäbigen Wohnung erwachte. Julen war vor ein paar Tagen sogar so weit gegangen, eines ihrer T-Shirts zu stehlen, das, wahrscheinlich zum Lüften, auf dem Balkon hing. Estelle hatte am nächsten Morgen angenommen, es sei vom Wind davongetragen worden, und ahnte nicht, dass es neben seinem Kopfkissen lag. Die Nasenflügel leicht gebläht, genoss er das Original und – erstarrte. Etwas war anders. Eine neue Note war hinzugekommen, und die gefiel ihm überhaupt nicht. Julen sandte seine mentalen Kräfte aus, er musste herausfinden, was hier vor sich ging. Der Weg zu Estelles Gedanken präsentierte sich ihm in Gestalt einer nächtlichen Landschaft. Behutsam überquerte er eine Wiese, die vom Mond in silbernes Licht getaucht war. Über ihm funkelten Sterne, doch er gönnte ihnen nur einen kurzen Blick. Ihr Geheimnis lag dort hinten, in einem Wald, der dunkel und immer höher vor ihm in den Nachthimmel ragte, je näher er kam. So konzentriert war er, die Quelle zu erreichen, dass er die Veränderungen um sich herum gar nicht bemerkte, bis es zu spät war.

„Tu das nie wieder!" Estelle fuhr herum. Ihre Augen schienen Blitze zu schleudern. Die liebliche Landschaft verschwand, stattdessen taten sich dunkle Krater auf, und ein Feuer versperrte den Weg.

Zwei Männer waren aufmerksam geworden und sahen Julen feindselig an. „Wenn wir dir helfen sollen, Schätzchen, brauchst du das nur zu sagen", bot einer von ihnen an, ein bulliger Mittzwanziger mit kurz geschorenem Haar, und machte Anstalten aufzustehen.

Sie zwang sich zu einem Lächeln. „Alles in Ordnung, er ist mein Freund!" Sichtlich enttäuscht setzte sich der Mann wieder hin, konnte sich aber nicht verkneifen zu drohen: „Du behandelst deine Perle besser anständig, sonst kriegste schnell mal was auf die Fresse!"

Julen nickte, um die Situation nicht eskalieren zu lassen, legte besitzergreifend seinen Arm um Estelles Schulter und hielt sie an sich gepresst, bis ihre Station kam. Als sie ausstiegen, grölten die Männer ihnen noch ein paar anzügliche Bemerkungen hinterher, die ihren Puls in die Höhe schnellen ließen und ein verräterisches Ziehen in Julens Kiefer auslösten. Es dauerte einen Moment, bis er seine Blutlust so weit im Griff hatte, dass er wieder ohne das lästige Zischen reden konnte, das entstand, wenn Eckzähne zu lang wurden, um noch als kleine Anomalie der Natur gelten zu können. Eilig lief Estelle die Straße entlang. Ob sie dies wegen des stärker werdenden Regens tat oder ob sie immer noch wütend auf ihn war, konnte er nicht erraten.

„Es tut mir leid!" Die Entschuldigung klang auch in seinen eigenen Ohren etwas glatt. Rasch fügte er hinzu: „Das hätte ich nicht tun dürfen, aber ich hab mir Sorgen gemacht."

„Warum?" Inzwischen hatte Estelle den Hauseingang erreicht und stieß die Tür auf.

Julen wartete im Regen.

„Komm schon rein!" Wortlos folgte er ihr die Stufen hinauf in ihre Wohnung. Oben angekommen warf sie ihm ein Handtuch zu, damit er seine Haare trocknen konnte, und setzte Tee auf. Bis sie ihm eine dampfende Tasse über den Tisch zuschob, sprachen beide kein Wort. „Hör zu, wenn du etwas wissen möchtest, dann frag mich. Aber ich will nie wieder, dass du dich in meine Gedanken schleichst!" Sie sah ihn prüfend an. „Wobei von Schleichen keine Rede sein kann. Daran solltest du dringend arbeiten!" Sie war immer noch ärgerlich, auch über ihre eigene Nachlässigkeit, sonst hätte sie ihren Finger niemals in diese Wunde gelegt. Beim reflexhaften Versuch, seine Gedanken zu erkunden, erwachte ihr Gewissen – und Estelle zog sich sofort zurück. Sie war ja um keinen Deut besser. Alles, was sie aus seiner Miene lesen konnte, war ehrliche Sorge. Sie streckte ihre Hand aus. „Frieden?"

Julen schlug ein. Die steile Falte auf seiner Stirn glättete sich wieder. „Hast du etwas in der Bibliothek gefunden?"

Wenn er wüsste! Sie erzählte ihm von ihrem gemeinsamen Besuch mit Ben. Dessen Mutmaßungen über ihr Sexualleben verschwieg sie dabei wohlweislich, selbst wenn er recht haben sollte, was sie nicht glaubte oder glauben wollte, wäre dies bestimmt kein Thema, das sie mit Julen diskutieren wollte. Ben hatte ihre Erschöpfung von der magischen Suche einfach falsch interpretiert. Schließlich hatte er keine Ahnung, was sie auf der Galerie getan hatte. *Du auch nicht!*, wisperte eine kleine Stimme, doch Estelle war entschlossen, sie nicht zu beachten. „Gestern habe ich nichts entdecken können, deshalb bin ich heute noch einmal dorthin gegangen – und habe tatsächlich etwas gefunden."

Julen war zu begierig zu erfahren, was sie entdeckt haben mochte, um Estelle wegen ihres Alleingangs zu tadeln. *Es ist ja alles gut gegangen*, beruhigte er sein Gewissen. Leichtsinnig war es aber doch, denn die Fee hatte ihre magischen Kräfte nicht genügend im Griff, um eine derartige Anstrengung, noch dazu in der Öffentlichkeit, alleine riskieren zu dürfen. Gespannt sah er sie an.

„In einem der Bücher war ein Hinweis, da bin ich ganz sicher."

„Was stand darin?"

„Ich habe es nicht gelesen."

Julen schaute skeptisch. „Woher willst du dann wissen, ob sich darin Informationen über den Verbleib des Grimoire befinden?"

„Das kann ich nicht erklären. Es ist einfach so, nenn es Intuition." Während sie das sagte, kam sie sich plötzlich albern vor. Wie sollte sie ihr besonderes Talent jemandem erklären, der kaum einen einigermaßen vernünftigen Schutzschild überwinden konnte, um sein Gegenüber zu lesen?

„Zu den Sternen – auf ehrliche Weise."

Julen sah sie ratlos an. „Bitte?"

„Das war die Nachricht des Buches. Leider habe ich keine Ahnung, was das bedeuten soll."

Er fuhr sich mit der Hand über das Gesicht und schüttelte den Kopf, doch plötzlich begannen seine Augen zu leuchten. „Ich habe das schon einmal gehört!"

„Wirklich? Warte, ich hol den Laptop, dann können wir im Internet nachsehen!" Estelle wollte schon aufspringen, doch er hielt sie zurück. „Dublin. Das ist das Motto der Universität von Dublin. Nicht viel, aber immerhin ein Anfang. Dort gibt es eine großartige Bibliothek, vielleicht finden wir einen weiteren Hinweis."

Jetzt hielt sie nichts mehr auf ihrem Stuhl. „Wann geht der nächste Flieger?" Dann sah sie Julen an und lachte. „Wir brauchen gar kein Flugzeug, ich habe ja dich!"

„Langsam!" Doch es war deutlich, dass er ebenfalls aufgeregt war. „Die Reise durch die Zwischenwelt kostet eine Menge Kraft, besonders wenn ich jemanden mitnehme. Zu häufig darf ich das nicht machen." Er blickte finster. „Dort lauern überall Gefahren."

Tatsächlich reagierte die Zwischenwelt auf jeden der Durchreisenden, und seit er angefangen hatte, Estelle von einem Ort zum anderen zu transportieren, meinte er, so etwas wie Missbilligung zu spüren. Mit jedem Eintritt in diese Dimension präsentierte sie sich ihm feindseliger, ganz so, als habe er ein lebendiges Wesen verärgert. *Und wer weiß*, dachte er, *vielleicht habe ich das sogar getan.*

Estelle setzte sich wieder. Natürlich, ihre Schwester hatte ihr davon erzählt und hinzugefügt, dass selbst der mächtige Vampir Kieran diese Passage nur nutzte, wenn es ihm absolut notwendig erschien. Julen mochte ein Elf sein, und vielleicht galten für ihn andere Gesetze, aber sie war sofort bereit zu glauben, dass er ein unnötiges Risiko in Kauf nahm, um einer Frau zu imponieren. Obwohl sie deshalb besorgt war, fühlte sie sich geschmeichelt. „Dann fliegen wir eben gleich morgen früh." Dabei wedelte sie mit ihrer Kreditkarte. Hier war eine weitere willkommene Gelegenheit, den Vampir zu schröpfen, sie hatte schon lange keine größere Summe mehr ausgegeben.

Julen schenkte ihr ein lausbubenhaftes Lächeln, das Estelles Herz wie immer etwas schneller schlagen ließ. Dies wiederum schien er sehr wohl zu spüren, und es erfreute ihn offenbar so sehr, dass er aufsprang und sie umarmte. „Ich bin gleich zurück, du kannst ja schon mal packen!" Damit zog er sein Handy aus der Tasche und verschwand auf den Balkon. Estelle hätte einiges dafür gegeben zu hören, mit wem er telefonierte, aber alles Ohrenspitzen half nichts, und so zog sie ihre Reisetasche aus dem Schrank und warf ihre schönste Wäsche hinein – man wusste ja nie, wofür das gut sein konnte –, griff nach kurzem Zögern noch nach einem Abendkleid und passenden Schuhen, bevor sie ins Bad lief und neben der Zahnbürste auch ihr neues Make-up und was ein Mädchen sonst noch brauchte, zusammenraffte. Keine Sekunde zu früh erschien Julen wieder in der Wohnung. „Fertig? Es kann losgehen, unser Taxi ist schon unterwegs."

Am Flughafen eilte er zum Schalter der irischen Fluggesellschaft. Estelle blieb mit dem Gepäck zurück und sah ihm nach. Sie konnte nicht widerstehen und ließ ihren Blick etwas länger auf seinem Hinterteil verharren. Ihr juckten die Finger: Nicht so muskulös wie bei einem Tänzer, aber doch nett gerundet, füllte es die Jeans wunderbar aus und lud dazu ein, einmal kräftig hineinzukneifen. Estelle kicherte, als sie sich seinen verwirrten Gesichtsausdruck vorstellte. Er war Macho genug, um auf diese Form weiblichen Selbstbewusstseins irritiert zu reagieren. Aber reagieren würde er, da war sie sich ganz sicher und nahm sich vor, demnächst einmal den Beweis dafür anzutreten.

Weniger Gefallen fand sie an der Szene, die sich ihr gleich darauf bot. Sie hatte noch nie zuvor besser beobachten können, wie manche Frauen auf einen gut aussehenden Mann reagierten. Die Bodenstewardess blickte auf und schaltete sofort auf „Beute-Modus", wie ihre Schwester Selena es immer nannte. Sie nahm die Schultern zurück und schien ein paar Zentimeter zu wachsen. Ihre Augen bekamen so einen unerklärlichen Ausdruck zwischen „Beschütz mich" und „Vamp" – und ihr Lächeln stand dem einer Diva in nichts nach. Estelle traute ihren Augen nicht. Hatte das Biest gerade Julens Hand gestreift, während sie ihm die Tickets über den Tresen schob?

„Wie lautet ihre Telefonnummer?", fragte sie, als er zurückgekehrt war, und stellte beschämt fest, dass ihre Stimme ein klein wenig zu spitz klang.

„Wie bitte?" Julen hielt mitten in der Bewegung inne und sah sie verblüfft an. Dann lachte er laut auf. „Frauen! Ich habe keine Ahnung", fügte er sicherheitshalber hinzu, als er Estelles empörten Gesichtsausdruck sah. Er griff nach ihrer Hand, und gemeinsam gingen sie zum Check-in, Estelle hätte wetten mögen, die feindseligen Blicke der Frau würden sie jeden Moment durchbohren.

Die komfortablere Klasse, für die er Tickets besorgt hatte, unterschied sich in dem kleinen Flugzeug kaum vom Rest der Plätze, nur ein Vorhang trennte beide Abteile. Vielleicht waren die Sitzreihen in einem etwas größeren Abstand montiert, aber ihr Begleiter schien sich dennoch nicht ganz wohlzufühlen und tat sich schwer, als er versuchte, seine langen Beine irgendwie unterzubringen. Sein Oberschenkel presste sich gegen ihr Knie, und Estelle verspürte das dringende Bedürfnis, die Lüftung über sich weiter aufzudrehen. Ihre unberechenbare Libido würde bestimmt noch einmal ihr Untergang sein! Unauffällig nahm sie ihre Hand von der Armlehne, die sie von Julen trennte, und versuchte, an etwas anderes zu denken. Eine Flasche mit kühlem Quellwasser täte jetzt gut. Allerdings bekäme sie sicherlich Ärger mit dem dunkelhaarigen Steward, der für ihren Teil der Maschine zuständig war, wenn sie sich das Nass über ihr glühendes Dekolleté gießen würde. Sie sah ihn genauer an. Nur nicht an den Mann neben sich denken! Das Namensschild wies ihn als Tony Steward aus, was Estelle, die ihn auf Ende zwanzig schätzte, ein Lächeln entlockte. Er kam direkt auf sie zu und bat Julen, sich anzuschnallen, dabei legte er seine Hände auf die Kopfstütze vor ihrer Nase, und sie hatte ausreichend Gelegenheit, eine Reihe gepflegter Fingernägel zu bewundern. Kurz vor dem Start tänzelte er noch einmal den Gang entlang und schaute streng in jede Sitzreihe, als glaube er, die Passagiere hätten die wenigen Minuten seiner Abwesenheit genutzt, um ihre Gurte blitzschnell wieder abzulegen. Neben Estelle, die tatsächlich noch nicht angeschnallt war, blieb er stehen und beugte sich weit über sie, um sich persönlich vom richtigen Sitz des Sicherheitsgurtes zu überzeugen, der direkt unter Julens Gürtel lag. Der starrte ihn ungläubig an und fand seine Sprache erst wieder, als sie schon zur Startbahn rollten.

Tony Steward zeigte das gleiche Verhalten wie seine Kollegin am Boden, und Estelle kicherte, als sie sah, wie Julen ob der deutlichen Avancen, die der Mann ihm während des gesamten Fluges machte, die Augen verdrehte. Sie amüsierte sich so gut, dass ihre eigenen Begehrlichkeiten dort blieben, wo sie hingehörten, nämlich gut verschlossen in ihrem Herzen.

„Wohin jetzt?" Estelle blickte gerade noch rechtzeitig über die Schulter, um sehen zu können, wie Julen völlig unbehelligt an den Passkontrolleuren vorbeiging, die gerade noch ihren eigenen Ausweis gründlich geprüft hatten. Die uniformierten Sicherheitskräfte schienen ihn überhaupt nicht wahrzunehmen. Doch ehe sie sich weiter darüber wundern konnte, saß sie bereits im Fond eines luxuriösen Fahrzeugs deutscher Herkunft und rollte darin lautlos durch den Abend. Keine zwanzig Minuten später hielt der Wagen vor dem hell erleuchteten Eingangsportal eines Hotels. Sie hatte noch nicht die Hand nach dem Türgriff ausgestreckt, da wurde der Schlag bereits geöffnet, und ein behandschuhter Arm streckte sich ihr entgegen. Sie warf Julen, der draußen stand und es fertig brachte, lässig und trotz ausgewaschener Jeans irgendwie nicht fehl am Platz zu wirken, einen verdrossenen Blick zu. Nicht ohne Humor dachte sie an ihren schlichten karierten Rock und die nicht mehr ganz sauberen Stiefel. Sie kam sich wie Aschenputtel vor. Am liebsten wäre sie überhaupt nicht ausgestiegen und hätte sich stattdessen in das nächste Einkaufszentrum fahren lassen. Julen sah sich fragend nach ihr um, und weil sie weiß Gott nicht mehr Aufmerksamkeit als unbedingt notwendig erregen wollte, stieg sie doch aus. Draußen zog sie den Gürtel des Trenchcoats enger und hob ihren Kopf. Schäbige Kleidung liegt gerade voll im Trend, sollte ihr strahlendes Lächeln ausdrücken, das sie dem Portier schenkte.

Julen hakte sich bei ihr unter und flüsterte: „Mein Augenstern, du siehst einfach hinreißend aus!" Damit geleitete er sie in die Halle. Estelle, die es nicht gewohnt war, in teuren Hotels abzusteigen, blickte sich mit großen Augen um. Wohin jetzt? Toskanische Säulen aus Marmor, ein blank polierter Parkettboden, riesige Blumengestecke und nagelneue Stilmöbel, das kam ihr doch alles etwas zu sehr wie Disneyland vor, um authentisch zu wirken. Julen schien ihre Gedanken zu ahnen und erklärte, dass sie sich in einer ehemaligen Bank befänden, die finanzkräftige Investoren vor einigen Jahren zu einem First-Class-Hotel hatten umbauen lassen. Fast entschuldigend fügte er hinzu: „Das Trinity College befindet sich direkt gegenüber."

Sie hätte sich nicht einmal beschwert, wenn die Bibliothek auf der anderen Seite der Stadt gewesen wäre. Anmeldeformalitäten schien es hier nicht zu geben, sie erhielten ihre Zimmerschlüssel und eine EC-Karte, mit der auch in den Restaurants sowie in der Boutique des Hotels bezahlt werden konnte, erklärte der Concierge und wünschte ihnen eine gute Nacht. Eine seltsame Wortwahl, fand Estelle, denn es war erst früher Abend. Ein junger Mann in tadellos sitzender Livree erschien mit ihrem Gepäck und begleitete sie zu Estelles Zimmer. Vor der Tür erinnerte sie sich an ihre Einkaufspläne und blieb abrupt stehen.

„Ich brauche etwas zum Anziehen!"

Julen sah sie von oben bis unten an. „Und ich hatte gehofft, das Gegenteil wäre der Fall." Der Bellboy grinste, fing sich aber rasch und setzte ein möglichst ausdrucksloses Gesicht auf.

Estelle beschloss, den Kommentar zu ignorieren, schließlich war sie eine Lady, oder etwa nicht? „Ich habe das Wetter falsch eingeschätzt und werde für morgen etwas einkaufen müssen."

Julen zuckte mit den Achseln. „Gut, ich komme mit."

„Ganz sicher nicht! Mit einem Mann einzukaufen dauert Stunden."

Er lachte und wirkte nicht besonders unglücklich. „In Ordnung. Nimm aber bitte ein Taxi, und wenn du schon dabei bist, dann bring dir auch gleich etwas für heute Abend mit. Wir gehen aus."

„So, tun wir das?" Sehr begeistert war sie nicht darüber, dass er über ihren Kopf hinweg entschied, aber eigentlich hatte sie schon Lust, sich abzulenken, um nicht unentwegt über die Suche nach neuen Hinweisen nachzudenken, die für morgen geplant war. Das Nachtleben der Stadt zu erkunden war eine willkommene Abwechslung, besonders nachdem ihr letzter Ausflug so unglücklich im Streit geendet hatte. Der Junge räusperte sich. „Die Geschäfte schließen in einer Stunde", gab er zu bedenken, und seine Stimme ließ deutlich erkennen, wie gering er die Chancen einschätzte, dass dieser kapriziöse Gast in entsprechend kurzer Zeit seine Einkäufe würde erledigen können. Hatte der eine Ahnung!

Estelle drehte sich herum. „Na, dann los, wir sehen uns später!", rief sie über die Schulter zurück.

Bei ihrer Rückkehr eilte Estelle eine Rezeptionsmitarbeiterin entgegen und überreichte ihr einen Umschlag. Julen ließe sich entschuldigen, las sie auf der darin steckenden Karte. Er würde sie gegen 23 Uhr in ihrem Zimmer abholen.

Obwohl sie sich fragte, was er wohl zu erledigen habe, wenn er vor wenigen Stunden noch nicht einmal wusste, dass sie nach Dublin reisen würden, störte sie seine Abwesenheit nicht weiter. Irland war schließlich Feenland, und was wusste sie schon von den Sitten und Gepflogenheiten eines Elfs?

Nach dem dritten Versuch, ihre Zimmertür mit der Karte zu öffnen, leuchtete endlich ein grünes Licht auf, und sie betrat die Suite. Da hatte sie doch, das kleine Schäfchen, in ihrer Naivität geglaubt, das Teuerste der Reise befände sich in den Papiertaschen, auf denen ein dezentes Designer-Logo prangte und die jetzt unbeachtet zu Boden glitten. Spätestens der Chauffeur-Service hätte sie eines Besseren belehren sollen.

„Hihi!", klang es vorsichtig in die Stille hinein, und dann etwas kräftiger: „Ha!" Rücklings warf sie sich auf ein Bett, das breiter war, als es in der Länge maß, und fühlte gestärktes Linnen unter den Händen. Unwillkürlich entstanden vor ihrem inneren Auge Bilder. Fee mit Mann. Mann mit Fee – wer war der Unbekannte? Und war er überhaupt „unbekannt"? Er fühlte sich vertraut an. Dieser Mann kannte sie, ihre intimsten Wünsche, und – hier riss sie erstaunt die Augen auf und blickte eine makellos gestrichene Decke an – er kannte die geheimsten Stellen ihres Körpers!

„Julen?", fragte sie unsicher in die Dunkelheit hinein. Doch keine irgendwie geartete Präsenz war zu spüren. Die Fantasie spielte ihr einen Streich.

„Auch gut, dann amüsiere ich mich eben allein!" Mit diesen Worten sprang sie auf, bestellte beim Zimmerservice einen kleinen Imbiss, holte sich einen Musiksender auf den riesigen Flachbildschirm und genoss es, gleichsam mitten im Song zu stehen. Die Anlage war phänomenal! Währenddessen gelang es ihr, die bereitgestellte Champagnerflasche zu entkorken – leider nicht, ohne dabei Schaden anzurichten. In einem Schwall ergoss sich die Flüssigkeit auf den flauschigen Teppich unter ihren Füßen. Kritisch betrachtete sie die Flasche in ihrer Hand, aus der immer noch Blasen quollen. „Schaumwein!" Selten hatte Estelle sich so albern glücklich gefühlt. Richtig besoffen war sie von dem Luxus rundherum und hatte doch noch keinen Schluck getrunken. Nach einer Besichtigungstour ins Bad entschied sie, dass die hiesigen Möglichkeiten keinesfalls ungenutzt bleiben durften. Sie nippte an ihrem Glas und stellte es behutsam auf dem breiten Beckenrand ab. Die Hähne waren schnell bis zum Anschlag aufgedreht. Dann entzündete sie die bereitstehenden

Kerzen und beobachtete, wie Dampf und Wärme den Raum allmählich in eine tropische Grotte verwandelten. Nebenan sang ein melancholischer Sänger von ewiger Liebe, während sich Estelle in die duftende Landschaft aus Seifenblasen gleiten ließ. Noch ein Schluck – und ihre Gedanken begannen zu fliegen.

Die Fingerspitzen waren schon schrumpelig, das Wasser kalt, als sie aus ihrem Tagtraum erwachte, und Estelle gab das Dasein als Badenixe nur widerstrebend auf. Eingehüllt in einen weichen, viel zu großen Bademantel, den das Hotel seinen Gästen zur Verfügung stellte, tänzelte sie zu den Klängen von „Dancing with Myself" zurück in den Salon. Ihr Abendessen stand bereit, doch ein Blick auf die Uhr gemahnte Eile. In Rekordzeit schlang sie ein paar Happen hinunter und war wenig später schon fertig frisiert und geschminkt. Das seidene Unterkleid umschmeichelte leise raschelnd ihren Körper, als sie einen Fuß auf das Sofa stellte und hauchdünne Strümpfe über ihre Beine rollte. Sie genoss die Wärme ihrer Hände, die sich durch das glatte Material wie die Berührungen eines Geliebten anfühlten. Da klopfte es. Estelle eilte auf bloßen Füßen zur Tür, öffnete und hielt mitten in der Bewegung inne. „Komm herein!" Ihre Stimme klang eine Spur ehrfürchtig, und sie fügte noch kräftiger hinzu: „Setz dich doch! Ich bin gleich so weit!" Mit diesen Worten floh sie ins Bad und lehnte ihre Wange einen Augenblick an die kühlen Kacheln, um sich zu sammeln. Bisher hatte sie Julen eher für den lässigen Typ Mann gehalten. Jeans, T-Shirt und neulich die Lederhose, das war sein Stil. Nie hätte sie geglaubt, er könne einen eleganten Abendanzug mit der gleichen Selbstverständlichkeit tragen. Er konnte aber durchaus – und dass sein Haar gewohnt strubbelig war und er offenbar auch eine zweite Rasur an diesem Abend nicht für erforderlich gehalten hatte, verlieh ihm in ihren Augen mehr denn je das Flair eines verwegenen Draufgängers. Schnell füllte sie einen Zahnputzbecher mit kaltem Wasser und stürzte es hinunter. „Auf in den Kampf!", flüsterte sie, zog sich eilig an und trat ihm entgegen.

Das anerkennende Aufblitzen in seinen Augen schenkte ihr genügend Selbstvertrauen, um an seiner Seite das Foyer des luxuriösen Hotels zu durchqueren und bald darauf die strengen Blicke der Türsteher eines Clubs kokett zu erwidern. Julens Hand lag zwischen ihren Schulterblättern und weckte eine Energie in ihrem Körper, die sich wie ein Steppenbrand ausbreitete und sie von innen leuchten ließ. Ein Umstand, der den anderen Gästen nicht verborgen blieb. Männer sahen sich nach ihr um, und die anwesenden Frauen strahlten eine Ablehnung aus, die Estelle an weniger guten Tagen in die Flucht geschlagen hätte. Sie bemühte sich, ihre Schutzschilde sicher zu schließen, und hielt sich sehr aufrecht. Julen schien hier kein Unbekannter zu sein. *Er kommt offenbar viel herum*, dachte sie. Eine junge Frau, kaum älter als ein Mädchen, begrüßte sie und führte sie an einen freien Tisch ganz in der Nähe der Tanzfläche. Dabei hatten beide, Julen und Estelle, ausreichend Gelegenheit, die geschmeidigen Bewegungen des makellosen Körpers unter der blutroten Seide ihres Kleides zu bewundern. Julen flüsterte Estelle ins Ohr: „Glaubst du, sie trägt noch etwas unter diesem sündigen Nichts?" Dabei sah er sie an, als hoffe er das Gleiche von ihr.

„Versuch lieber nicht, es herauszufinden!" Sie ließ es wie eine scherzhafte Drohung klingen und war selbst überrascht, wie sehr sie der Gedanke störte, Julen könnte sich heute Abend für eine andere Frau interessieren. Doch dagegen ließ sich etwas unternehmen! Ihre Anspannung ließ nach, und sie erlaubte sich einfach, seine Nähe zu genießen. Ohne tatsächlich berührt zu werden, war sie sich seiner Gegenwart deutlich bewusst. Eine Erinnerung wurde wach und verlangte danach, in ihr Gedächtnis zurückzukehren.

War Julen womöglich ihr Seelenpartner?

„Romantischer Unsinn!", so hatte sie die Wunschträume ihrer Zwillingsschwester noch wenige Wochen zuvor abfällig kommentiert. „Ein völlig veraltetes Konzept ist es obendrein, heute sucht man sich seinen Partner bewusst aus und lässt sich eine Beziehung nicht von launischen Schicksalsgöttinnen diktieren." Selena liebte ihren Freund sehr, aber sie wurde immer wieder von Zweifeln geplagt, ob er wirklich „der Richtige" war. Estelles harsche Worte klangen in der Erinnerung spöttisch und verletzend, plötzlich schämte sie sich für ihre Arroganz. Es war für Selena gewiss nicht einfach gewesen, ihr diese Sorgen anzuvertrauen, besonders nachdem ihr älterer Zwilling, Estelle, nach der Rückkehr in die Heimat auf all die Veränderungen in der Familie derartig feindselig reagiert hatte. Sicher, sie fand Vampire abscheulich, und daran würde sich auch nie etwas ändern, aber war das Grund genug, die Schwestern ständig anzugreifen? Nuriya, die selbst zu einem dieser elenden Blutsauger geworden war – vielleicht. Selena jedoch bemühte sich sehr um eine neutrale Haltung und hatte die Hoffnung auf Versöhnung nicht aufgegeben. Sie, die sanfteste der drei Feenschwestern, war stets um Ausgleich bemüht. Nein, Selena hatte ihren Spott wirklich nicht verdient. Und überhaupt, was wäre eigentlich, wenn die himmlischen Damen ausnahmsweise einmal einen exquisiten Geschmack bewiesen und ihr Julen zur Seite stellten? Immerhin war er von der gleichen Art wie sie, das hatte er doch selbst gesagt, ein Elf – und ein vielseitig talentierter obendrein. Estelle spürte das elektrisierte Knistern ihrer Nerven bis in die Fingerspitzen, als sich ihre Hände in diesem Augenblick wie zufällig berührten. War die Idee, dass jede Kreatur einen Seelenpartner besaß, der irgendwo da draußen auf sie wartete, wirklich so völlig abwegig?

„Lass uns tanzen!" Dankbar für diese Ablenkung folgte sie

ihm auf die Tanzfläche, wo sie sich nach wenigen Takten voll und ganz in der Musik verlor.

Julen genoss den Anblick der geschmeidigen Bewegungen, mit denen sie sich dem Rhythmus der Musik hingab – und er war nicht der Einzige. Andere Männer starrten sie unverhohlen lüstern an, und er zog Estelle besitzergreifend näher an sich heran. Früher wäre eine Fee als Gefährtin für ihn niemals infrage gekommen, jetzt allerdings war er geneigt, diese Entscheidung zu überdenken. Insgeheim träumte er zwar immer noch von einer Vampirprinzessin, die er eines Tages erobern würde, und wusste doch, wie gering seine Chancen waren, denn von den Nachtelfen hatten praktisch keine Frauen überlebt. Warum auch sonst sollten Krieger wie er sich mit einer Fee oder Lichtelfe, wie sie auch genannt wurden, abgeben? Doch Estelles offene Art begeisterte ihn, und er spürte, wie seine Erregung wuchs, als sie sich bei einem langsamen Lied an ihn schmiegte. Gegen ein Abenteuer wäre eigentlich nichts einzuwenden, gäbe es da nicht Kieran, ihren Schwager, wenn man so wollte. Selbst dieses verführerische Geschöpf war es nicht wert, sich den Groll dieses Vengadors zuzuziehen.

Dummerweise ahnte sie nichts von seinen Bedenken und flirtete nun ganz offen mit ihm. Julens Körper scherte sich ebenfalls nicht um die Konsequenzen, er war froh, früher am Abend nicht nur von den Blutkonserven getrunken zu haben, die das in Vampirkreisen so beliebte Hotel seiner nachtaktiven Klientel selbstverständlich zur Verfügung stellte, sondern in einem Anfall von Schwäche auch auf die Jagd gegangen zu sein. Die Nähe zu Estelle hatte ihn ungewöhnlich nervös gemacht, und sein Blutrausch war entsprechend heftig gewesen. Die Hure, von der er in einem billigen Bordell getrunken hatte, während sich seine arglose Begleiterin in einer Luxusboutique einem wesentlich unschuldigeren Rausch hingegeben hatte, hatte keines seiner

169

Gelüste befriedigen können, und so hatte sie ihr Leben nur der eisernen Disziplin zu verdanken, die ihn vor einem fatalen Ausrutscher bewahrt hatte. Einen derartigen Fehler konnte er sich mit seiner ungefestigten Stellung als Vengador-Novize nicht erlauben. Jeder normale Vampir hätte sie ungeachtet des Verbotes getötet, da war sich Julen sicher. Während er wütend in den verbrauchten Körper stieß und sich schließlich auch darin ergoss, hatte er an Estelle gedacht, und selbst das kokainschwangere Blut der bedauernswerten Kreatur hinterließ nach einem kurzen Hochgefühl nur den schalen Nachgeschmack unbefriedigter Lust. Julen hatte mehr getrunken als üblich, und trotzdem spürte er schon wieder, wie das unersättliche Tier in seinen Adern Witterung aufnahm und seinen Kopf auf der lüsternen Suche nach neuer Beute hob. Wäre er klug gewesen, hätte er den Club auf der Stelle verlassen, doch stattdessen ließ er es zu, dass Estelle ihre Arme um seine Taille schlang, und während seine Hände über ihren Rücken glitten, stellte er sich vor, es sei ihre nackte Haut und nicht die Seidenbluse, deren Berührung seinen Körper in Aufruhr versetzte. Estelle blieb das nicht verborgen, aufreizend rieb sie ihre Hüften an ihm und öffnete ihre Lippen, um sie mit der Zungenspitze langsam zu befeuchten. Mehr brauchte es nicht, um Julen jeglicher Vernunft zu berauben, und bald begann er, ihre Mundwinkel sanft zu küssen. Gott, wie ihr Blut duftete! Jetzt biss ihn das kleine Biest auch noch in die Unterlippe, und ihre Küsse wurden drängender, ihr Körper schmiegte sich an den seinen. Sie schmeckte nach Versuchung und nach Frau – nach einer Frau, die offensichtlich genau wusste, was sie wollte, stellte er überrascht fest, während ihre Hand immer tiefer seinen Rücken hinabglitt.

„Hey, Leute. Sucht euch ein Zimmer!"

Der Sterbliche neben Julen zwinkerte ihnen unverschämt zu und verschwand danach in der Menge. Estelle machte eine Kopfbewegung zum Ausgang. Was hätte er anderes tun können, als ihrer Aufforderung zu folgen?

Vor dem Club stand kein Taxi, und so beschlossen sie, zu Fuß zu gehen. Julen war deutlich ernüchtert. Der Kommentar des Gastes hatte ihn aus seiner Trance aufgeschreckt. Er hatte nicht einmal gespürt, dass sich ihm jemand näherte, um diesen zweifellos guten Rat in sein Ohr zu flüstern. Derart die Kontrolle zu verlieren, konnte schnell zum tödlichen Fehler werden.

Und dann spürte er nur wenige Hundert Meter vom Club entfernt auch noch dieses einzigartige Kribbeln, das von seinem Genick aus langsam die Wirbelsäule entlangkroch. Ein unmissverständliches Zeichen dafür, dass sich andere Vampire in der Nähe befanden.

Er musste nicht lange warten. Drei geschaffene Vampire kamen auf sie zu. Wahrscheinlich waren sie schon vor ihrer Transformation Teil einer „Streetgang" gewesen, ihre Kleidung und das provokante Auftreten sprachen jedenfalls dafür. Außerdem wirkten sie ausgesprochen jung und hatten bisher kaum mehr als ein paar Jahre ihre kümmerliche Existenz durch die Finsternis gerettet. Trotz ihrer Unerfahrenheit erkannten sie Julen sofort als das, was er war: ein Mitglied des vampirischen Adels, ein Dunkelelf, der seine Vorfahren bis auf die Stammväter der vampirischen Rasse zurückverfolgen konnte.

Wie die meisten geborenen Vampire verachtete er insgeheim seine geschaffenen Brüder, deren menschliche Herkunft häufig auch nach der Wandlung nur zu deutlich war. Besonders diejenigen, die mit Gewalt zum Vampir gemacht wurden, fühlten sich ihren sterblichen Familien meist auch nach der Transformation so stark verbunden, dass sie das Dahinscheiden ihrer Liebsten nicht verwinden konnten und spätestens nach ein paar Generationen selbst ein freiwilliges Ende ihrer Existenz im Licht suchten. Anders als die geschaffenen Vampire entwickelten diese

Geschöpfe der Dunkelheit auch nach Jahrzehnten so gut wie keine Lichttoleranz und fielen mit jedem Sonnenaufgang in einen komatösen Zustand, aus dem sie erst zu Beginn der Dämmerung wieder erwachten. Dieser Schlaf mochte ein weiterer Grund für ihre relativ geringen Überlebenschancen sein. Einige erwiesen sich jedoch als widerstandsfähiger. Häufig war es eiskalte Skrupellosigkeit oder Hass, was diese Kreaturen antrieb, und nicht wenige von ihnen fielen schließlich, niedergestreckt von der Hand eines Vengadors, weil sie gegen die Regeln der magischen Gemeinschaft verstoßen hatten.

Estelle bewegten ganz andere Dinge. Sollte sie es für den Anfang beim Küssen belassen, oder konnte sie es wagen, Julen in ihr Zimmer einzuladen? So, wie er sie auf der Tanzfläche geküsst hatte, war ziemlich klar, was dann geschehen würde. Er war ja auch wirklich ein toller Mann und zum Niederknien sexy. Allein seinen Körper neben sich zu wissen, löste eine Welle unterschiedlichster Gefühle in ihr aus, darunter auch die Neugier, wie es sein würde, wenn sie sich liebten und sie dabei nicht spürte, was er empfand. Er würde andere Wege finden müssen, sie von seiner Leidenschaft zu überzeugen. *Eins nach dem anderen*, dachte sie und beschloss, einfach abzuwarten und jeden Augenblick ihrer Dublinreise so zu genießen, wie er war.

Drei Jugendliche bogen um die Ecke – Estelle erstarrte. Ihnen waren schon zahlreiche Nachtschwärmer begegnet, die in Gruppen durch die Straßen zogen. Einige davon deutlich alkoholisiert. Aber auf diese hier traf das nicht zu. Ihr Anführer, ein Typ mit Baseballkappe auf dem rasierten Schädel und Schenkeln, die nach übertriebenem Training an Kraftmaschinen aussahen, verfügte über eine deutliche Aura, wie sie nur Kreaturen der Anderswelt besaßen, und er war eindeutig auf Krawall aus.

Julen war auf einmal sehr präsent, und dies stellte sich keineswegs als eine angenehme Überraschung heraus. Er strahlte eine entschlossene Kälte aus, die ihr Angst machte. Plötzlich war er stehen geblieben. Beide Beine fest auf dem Boden, den Körper angespannt, so wirkte ihr Begleiter wie eine Raubkatze kurz vor dem Sprung.

Sie attackierten ohne Vorwarnung.

„Lauf!", zischte ihr Julen zu, und sofort rannte sie los. Das hier war kein Spaß, und im Gegensatz zu ihrer älteren Schwester, die sich schon als Sterbliche bestens auf die Geheimnisse asiatischer Kampfkunst verstanden hatte, hätte sie selbst sich nicht besonders effektiv verteidigen können, schon gar nicht gegen – was auch immer das für Kreaturen sein mochten, Sterbliche waren es jedenfalls nicht. Atemlos verlangsamte sie ihre Schritte. Julen stand ihnen ganz allein gegenüber! Wie wehrhaft war ein Elf? Sie machte umgehend kehrt, hielt sich im Schatten der Häuser verborgen und versuchte, ihre Umgebung zu erfühlen. Für einen Moment glaubte sie, noch eine vierte, fremde Präsenz zu spüren, aber das Gefühl verschwand sofort wieder und musste wohl eine Täuschung gewesen sein. Nein, hier war sie vorerst sicher, die drei Angreifer konzentrierten sich ganz auf den Kampf, wie ihr der vorsichtige Blick um eine Häuserecke verriet. Sosehr sie sich auch fürchtete, sie konnte sich nicht abwenden. Einer der jungen Männer lag bereits am Boden, während sein Kumpan den Rückzug antrat. Und dann sah sie den dritten, der zwar schon auf den ersten Blick etwas älter als seine Kameraden gewirkt hatte, jetzt aber nicht mehr wiederzuerkennen war. Nicht das Schwert, das im Licht der Straßenlaterne blitzte, nicht die Attacken, die er damit gegen Julen führte, etwas anderes ließ ihr das Blut in den Adern gefrieren: Seine Lippen waren so verzogen wie bei einem wütenden Hund, und von den langen Eckzähnen tropfte der Geifer. Sie begann am ganzen Leib zu zittern, als die Erkenntnis wie ein Blitz einschlug. Julen wurde von einem Vampir bedroht. Was aber noch viel unheimlicher war: seiner entspannten Körperhaltung nach zu urteilen schien ihn das überhaupt nicht zu beunruhigen.

Mit federnden Knien stand er da und erwartete den Angriff wie der Torero den Stier, nämlich in dem sicheren Bewusstsein, die Bestie früher oder später zu besiegen. „Sag der Nacht ‚Adieu', ich werde dich von deiner erbärmlichen Existenz befreien!" Seine Stimme klang eiskalt und ebenso unheilvoll wie die Waffe des Kontrahenten. Schneller, als dieser reagieren konnte, und so schnell, dass Estelle überhaupt nichts gesehen hatte, wechselte der tödliche Stahl den Besitzer. Julen erhob sich, das fremde Schwert in der Hand, wie ein strahlender Racheengel über dem Vampir. „Fahr zur Hölle!" Mit diesen Worten schlug er ihm in einer einzigen fließenden Drehung den Kopf ab. Kaum berührten seine Füße wieder den Boden, da versteifte er sich, als wüsste er, dass Estelle ihn aus ihrem Versteck heraus beobachtet hatte. Diesen Moment nutzte der andere Angreifer. Eben noch am Boden sprang er mit einem wütenden Schrei auf und schlug seine Zähne in Julens Arm. Gereizt packte dieser den Kopf des Jungen und schleuderte ihn weit von sich. Die gegenüberliegende Hauswand bremste seinen Flug, und der schlaffe Körper glitt langsam herab. Mit wenigen Schritten war Julen bei ihm und brüllte: „Steh auf, bevor ich dich an den Eiern hochziehe!" Als der Vampir jedoch nicht reagierte, packte er kurzerhand seinen Hals und drückte ihn an die Mauer. „Was, zum Teufel, habt ihr euch dabei gedacht?"

Anstelle einer Antwort wehrte sich der Vampir mit Klauen und Zähnen.

„Wie du willst!" Julen wollte seinen Gefangenen gerade aus dem Lichtkegel der Straßenlaterne in eine versteckte Hofeinfahrt zerren, um ihn zum Reden zu bringen, als er in der Ferne Schritte hörte. „Verflucht!" Estelle, sie kam zurück! Für Fragen war jetzt keine Zeit mehr, blitzschnell brach er mit einem einzigen Griff das Genick des Jungen. Bei seiner Transformation war dieser kaum mehr als ein Teenager gewesen, und auch sein vampirisches Dasein hatte der arme Kerl nicht länger als ein oder zwei Jahre fristen können. Die Streuner mussten lebensmüde gewesen sein, sich mit jemandem wie ihm anzulegen. Doch für Mitleid war jetzt nicht der richtige Moment. Mit einem Messer, das er immer bei sich trug, schnitt er das Herz des Vampirs heraus. Es zuckte in Julens Hand, als versuche es, den immer noch kostbaren Lebenssaft durch die Adern seines Besitzers zu pumpen. Er zischte einen weiteren Fluch, als er hörte, wie sich die Schritte rasch näherten, schlug seine Zähne in den sterbenden Muskel und trank hastig das darin verbliebene Blut. Dann warf er das Organ aufs nächstgelegene Dach und den Leichnam gleich hinterher. Niemand von ihnen war tatsächlich unsterblich, denn ohne Herz konnte sich der Körper nicht regenerieren, um vor dem neuen Tag in ein sicheres Versteck zu fliehen. Ein so junger und noch dazu geschaffener Vampir, das wusste Julen aus Erfahrung, würde schon bei der ersten Morgenröte zu Staub zerfallen. Normalerweise war er dennoch weniger nachlässig. Nach einem Kampf aufzuräumen stand ganz oben auf der Liste der Arbeitsregeln eines Vengadors. Doch jetzt hatte er andere Sorgen. Auf der Straße lag eine kopflose Leiche, und unter normalen Umständen hätte er dem dritten Vampir folgen und ihn stellen müssen. Aber die Sicherheit der Fee hatte Vorrang. Deshalb vertraute er auf seine einzigartige Gabe und kam blitzschnell und unbemerkt an Estelle vorbei, die jetzt mit ängstlicher Stimme seinen Namen rief. Er griff nach dem Torso und Kopf und zerrte beides durch die Zwischenwelt den kurzen Weg hinauf auf das Flachdach, auf dem schon der andere Vampir lag. In dieser Situation wäre es praktisch gewesen, die nützliche Gabe seines Mentors zu besitzen. Kieran nämlich hätte die beiden mit einem beiläufigen Fingerschnipsen zu Staub zerfallen lassen können. Er kannte keinen anderen Vampir, der diese Fähigkeit besaß. Unglücklicherweise erinnerte ihn dieser Gedanke wieder an das Dilemma, dem er nun entgegensah. Wie erklärte er das Geschehen, ohne seine wahre Identität als Vengador preiszugeben? Hastig wischte er sich mit dem Ärmel über seinen Mund und hoffte, dass keine Blutspuren in seinem Gesicht zu finden waren. Wie viel hatte sie gesehen?

Als er hinter ihr auftauchte, stand sie mitten auf der Straße, zitterte unkontrolliert und rief schluchzend seinen Namen.

„Hier bin ich, mein Augenstern!"

Estelle fuhr herum. „Julen, Gott sei Dank, du lebst! Das waren Vampire!"

Mit einem müden Lächeln strich er ihr beruhigend über das Haar. Es hatte Kraft gekostet, die hässliche Szene vor den Augen sterblicher Passanten zu verbergen. Dass er die Fee nicht täuschen konnte, war zu erwarten gewesen, dennoch wollte Julen versuchen, sie so weit wie möglich zu beruhigen, und begann zu einer harmlosen Erklärung anzusetzen, da wurden ihre Augen plötzlich ganz rund, und sie sah sich gehetzt um. „Wo ist die Leiche?"

Statt einer Antwort lauschte er in die Nacht. Sie waren nicht allein. „Wir sind hier nicht sicher, ich erklär dir alles später!" Und ehe sie noch etwas entgegnen konnte, war er gemeinsam mit ihr durch die Zwischenwelt in sein Hotelzimmer geeilt.

Sterblichen, also auch Feentöchtern, die wie Estelle ihren Platz in der magischen Welt noch nicht eingenommen hatten, war der Zutritt zu den luxuriösen Quartieren im Souterrain strengstens untersagt. Diese Regel galt in allen Häusern der weltweit vertretenen Hotelkette, die einem einflussreichen Ratsmitglied gehörte, und sie diente keineswegs nur dem Wohl der vorwiegend nachtaktiven Gäste, von denen die meisten besonderen Wert auf ihren Schlaf legten, der so frei von allem

UV-Licht war. Kein Hotelmanager der Welt konnte riskieren, dass seine Gäste einander aßen, aussaugten oder sonst wie beschädigten. Julen, der ohnehin nicht viel von Regeln hielt, setzte sich über das Verbot hinweg, denn hier ging es um ihre Sicherheit, und diese konnte er nur in seinem Quartier garantieren – zumindest bis zum Sonnenaufgang.

„Ist das dein Zimmer?" Ihre Stimme klang unsicher. „Natürlich, was sonst. Entschuldige, ich bin ..." Nervös strich sie sich eine Haarsträhne aus dem Gesicht und sah so verletzlich aus, dass es dem Vampir, der eben noch eiskalt zwei Artgenossen hingerichtet hatte, das Herz abschnürte.

Er setzte sich zu ihr aufs Sofa. „Du bist verwirrt, das ist nach einem Überfall nur natürlich", versuchte er sie zu beruhigen. „Was du da gesehen zu haben glaubst ..." Weiter kam er nicht.

„Komm mir nicht so! Ich weiß sehr genau, was passiert ist. Du hast den einen Vampir geköpft – nicht, dass er es nicht verdient hätte –, und den anderen hast du in diese Toreinfahrt gezerrt. Dort war er aber nicht mehr, als ich nachgesehen habe. Und dann drehe ich mich um ... und der Kopflose ist auch verschwunden, als ob es nie einen Überfall gegeben hätte!" Ihre Unterlippe zitterte. „Meine Güte, Julen, uns hat eine Horde blutrünstiger Ungeheuer überfallen, und du sitzt hier, als kämen wir von einem Spaziergang zurück."

Julen schloss für einen Augenblick mutlos die Augen. Ihm war klar, dass Leugnen jetzt nichts helfen würde. „Drei. Es waren nur drei Streuner, und ich habe keine Ahnung, was in sie gefahren ist, sich so aufzuführen!"

„Vampire sind Monster!"

Dazu hätte er einiges anzumerken gehabt, aber er nickte nur. „Vielleicht, aber es gibt Regeln, an die auch sie sich zu halten haben, und dazu gehört, keine Aufmerksamkeit in der Öffentlichkeit zu erregen."

„Oder jemanden zu beißen!" Entsetzt zeigte sie auf seinen blutigen Ärmel … und Julen verwünschte seine Nachlässigkeit. „Du bist verletzt! Wirst du jetzt auch …?" Ihre Stimme brach.

„Keine Sorge, das ist nur ein Kratzer. So einfach wird niemand transformiert, glaub mir."

Dennoch tat er gut daran, die Wunde zu reinigen, bevor sie sich endgültig schloss. Wer wusste schon, welche Scheußlichkeiten so ein Streuner in seinem Maul beherbergte. Julen hatte keine Lust, die Wunde später erneut aufreißen zu müssen, nur um irgendwelche unappetitlichen Schmutzpartikel aus seiner Haut zu entfernen. Die Organismen älterer Dunkelelfen tolerierten keine Fremdkörper, eine Pistolenkugel oder eine abgebrochene Pfeilspitze beispielsweise wurden regelrecht ausgeschieden, bevor sich die Wunde, die sie gerissen hatten, wieder schloss. Deshalb gehörte das Pfählen auch weitgehend ins Reich der Legenden. Sogar geschaffene Vampire konnten einen derartigen Anschlag überleben, sofern sie nicht dem Tageslicht ausgesetzt wurden, während ihr Körper sich selbst heilte. In seinem Alter aber hätte er sich sogar tätowieren lassen können, nur um am nächsten Abend wieder mit unversehrter Haut zu erwachen.

„Richtig, ich sollte die Stelle desinfizieren!" Damit nahm er ein Hemd aus dem Schrank, verschwand im Bad und schloss hinter sich die Tür. Es war wirklich nicht notwendig, dass die Fee die tiefe Wunde sah, die ihm der Streuner gerissen hatte. Sie ging bis auf den Knochen, und es war nicht so, als ob er keinen Schmerz verspürte, im Gegenteil. Alle Sinne eines Vampirs waren schärfer als die eines Normalsterblichen. Doch über die Jahre hatte er gelernt, dieses Gefühl ebenso vollständig auszublenden wie die anderen Reize in seiner Umgebung, denen er ständig ausgesetzt war. Nun gut, von jeder Regel gab es Ausnahmen, und Estelles erotische Anziehungskraft gehörte offenbar dazu. Er ließ kaltes Wasser über seinen Unterarm laufen und beobachtete dabei, wie sich die Haut über der Verletzung allmählich wieder schloss. Dieses Schauspiel faszinierte ihn immer aufs Neue, und er wusste, dass auch bald die darunterliegenden Gefäße ihren normalen Dienst wieder aufnehmen würden. Aber die Natur musste dieses Mal ihr Werk ohne seine Bewunderung vollenden. Julen zog das mitgebrachte Hemd an und schlenderte aus dem Bad, während er die Manschettenknöpfe schloss. Dabei fiel sein Blick auf den Mantel.

„Der ist hin!" Ärgerlich betrachtete er den zerfetzten Stoff, während ihm Estelles fassungsloser Gesichtsausdruck entging.

„Wenn das deine einzige Sorge ist!" Ihre Stimme hätte ihn warnen sollen, aber er war in Gedanken noch bei dem ruinierten Kleidungsstück, das eine ganze Menge Geld gekostet hatte. Obwohl er nicht arm war, schmerzte ihn der Verlust. „Diese Bastarde, das war mein Lieblingsmantel!"

„Ach, deshalb hast du sie getötet!"

„Wenn du wirklich alles beobachtet hast, dann weißt du auch, dass ich keine andere Wahl hatte. Aber ich habe dich nicht fortgeschickt, damit du dich zurückschleichst und den Kampf beobachtest." Ihr schnippischer Ton ging ihm ein bisschen auf die Nerven. „Warum hast du mir nicht gehorcht?" Das Wort war kaum ausgesprochen, da erkannte er, dass er einen Fehler begangen hatte.

„Was glaubst du eigentlich, wer du bist?" Estelle sprang auf. „Ich bin es so leid, von irgendwelchen Machos mit Über-Ego drangsaliert zu werden. Ich habe geglaubt, du bist anders, einer von uns eben. Aber du bist keinen Deut besser als Kieran!" Wütend rüttelte sie am Türgriff, der sich trotz ihres verbissenen Versuchs keinen Millimeter bewegte. „Mach sofort auf!"

„Estelle!"

„Ich will in mein Zimmer!"

Julen sah ein, dass momentan kein vernünftiges Wort mit

dieser hysterischen Feentochter zu wechseln war. Sie hatte Fürchterliches gesehen und stand unter Schock. Ihre Reaktion war völlig normal. Seine Anstrengungen, sie mental zu beruhigen, zeigten wenig Wirkung, schließlich aber gelang es ihm, ihre Hand vom Türgriff zu lösen und sie an sich zu ziehen. Er wiegte Estelle wie ein Kind in seinen Armen und flüsterte beruhigende Worte, bis das Schluchzen allmählich nachließ und sie sich nach Halt suchend an ihn schmiegte, um für einen Moment die Augen vor der grausamen Realität zu verschließen. Als sie sie wieder öffnete, standen beide in Estelles Suite. Draußen färbte die Morgenröte bereits rosa Streifen in den Himmel. Julen zog die Gardinen zu, dann drehte er sich zu ihr um. „Es war eine lange Nacht, du solltest dich ausruhen."

„Aber wir wollten in die Bibliothek gehen!"

„Das werden wir auch, sobald ich zurück bin."

„Wohin willst du?" Dafür, dass sie sich eben noch nichts mehr gewünscht hatte, als von seiner Gegenwart befreit zu werden, klang ihre Stimme in ihren eigenen Ohren verdächtig unsicher.

Er lächelte. „Ich versuche herauszufinden, was hinter dem Überfall steckt, und bis dahin bist du hier am sichersten. Versprich mir, dass du nichts auf eigene Faust unternimmst." Er legte seinen Finger unter ihr Kinn und küsste sanft ihre geschlossenen Lippen.

Dann war er fort.

Urian wandte sich ab. Sein Lächeln hätte selbst einem ausgekochten Dämon Schweißperlen auf die Stirn getrieben. Und „gekocht" durfte man in diesem Zusammenhang ruhig wörtlich nehmen. „Ihr könnt versuchen, meine Existenz zu ignorieren, wie ihr wollt – doch es wird schon bald euer Niedergang sein!", flüsterte er und umhüllte sich mit Dunkelheit, bis diese ihn verschluckte.

10

Als Estelle am frühen Nachmittag die Decke beiseiteschlug und aus ihrem kuscheligen Bett stieg, glaubte sie im ersten Augenblick, die Ereignisse der letzten Nacht nur geträumt zu haben. Aber dann sah sie das Blut auf ihrer Bluse – Julens Blut. Es war also kein Traum gewesen, den man, sobald man erwacht war, einfach so abstreifen konnte wie ein hässliches Kleid. Der Überfall hatte wirklich stattgefunden und, was sie noch schlimmer fand, Julen hatte wie selbstverständlich und ohne sichtbare Anstrengung zwei Vampire getötet, als wäre dies sein tägliches Geschäft. Woran sie sich ebenfalls erinnerte, war seine Anordnung, das Hotel keinesfalls ohne ihn zu verlassen. Sie hatte jedoch nicht vor, sich daran zu halten. Nach einem leichten Imbiss im Restaurant reihte sie sich in die Reihe der Wartenden ein, die gegenüber auf dem College-Gelände standen, um das „Book of Kells" mit seinen keltisch beeinflussten Tier- und Menschenfiguren sowie die mit Ornamenten und Zierbuchstaben reich geschmückten lateinischen Evangelien in der Bibliothek des Trinity College anzusehen. Die Sonne schien, die Wartenden kauften Punsch oder heiße Waffeln, und Estelle genoss die winterliche Atmosphäre, die um sie herum herrschte. Nachdem sie einmal den Eingang passiert hatte, ging sie eigene Wege. Rund um das Ausstellungsstück standen ohnehin so viele Besucher, dass jeder höchstens einen kurzen Blick darauf werfen konnte, bevor ein anderer Tourist sich vordrängte. Jeden Tag, so erfuhr sie von den in unzähligen Sprachen vorbeiziehenden Fremdenführern, blätterte man eine Seite des keltischen Buches um. Wie lange würde diese Kostbarkeit wohl diesen Menschenmassen, ihrem feucht zersetzenden Atem und der eigentümlichen Ausstellung standhalten?

Mehrere Stunden später gestand sich Estelle ein, dass die Suche im Longroom, dem Hauptschiff der Bibliothek, eine Herausforderung war. Zweihunderttausend alte Schriften ließen sich selbst mit ihren außergewöhnlichen Fähigkeiten nicht so ohne Weiteres untersuchen. Kurz bevor die Bibliothek schloss, hatte sie – beginnend bei „aa" – die Bücher aus fünf Regalen berührt und war völlig erschöpft. Als sie das Gebäude gemeinsam mit den letzten Touristen schließlich verließ, war sie froh, nur die Straße überqueren zu müssen, um dem schneidenden Wind zu entkommen, der neben allerlei festlicher Beleuchtung daran erinnerte, dass Weihnachten nicht mehr fern war.

Wehmütig erinnerte sie sich an die Vorweihnachtstage mit ihrer Familie. Obwohl sie keiner christlichen Kirche angehörten, hatte ihre Mutter immer Wert darauf gelegt, dass die Schwestern eine, wie sie es nannte, christliche Erziehung genossen. „Sie müssen sich auch in ihrem Heimatland und nicht nur in der Anderswelt zurechtfinden können", habe sie stets betont, erfuhren die Zwillinge später von ihrer Tante. Estelle erinnerte sich kaum an den allsonntäglichen Kindergottesdienst und den gemeinsamen Auftritt der Zwillinge als Engel im Krippenspiel der örtlichen Kirche. Auf ihre langen, weißen Gewänder hatte die Mutter glänzende Sterne aus Metallfolie genäht, auf dem Kopf trugen sie goldene Sternhauben. Auf diese Weise geschmückt, hatten die Mädchen wie himmlische Geschöpfe gewirkt. Ein Ereignis, über das die Gemeindemitglieder noch Jahre später sprachen. Estelle und Selenas aufgeregtes, inneres Leuchten hatte sie alle verzaubert. Zu Hause feierten sie die Wintersonnenwende eher schlicht. Ihre Mutter entzündete überall im Haus Lichter, und über die Feiertage besuchten sie nicht selten unirdische Wesen. Die große Schwester hatte häufig Mühe, ihr Zuhause in den Alltag zu integrieren, denn ihr war schnell klar geworden, dass es in anderen Familien weit weniger magisch zuging. Welche Mutter stand schon auf vertrautem Fuß mit den Heiligen Drei Königen, die am Ende der Raunächte gerne einmal auf einen Punsch vorbeischauten? Estelle wusste nie, ob es ihre eigenen Erinnerungen oder die Erzählungen ihrer Tante waren, in denen die Mutter stets eine wichtige Rolle spielte. Trotz ihrer Müdigkeit trat sie lächelnd in die von Menschen geschaffene Anderswelt des Luxushotels ein. Sie hatte eine gute Kindheit gehabt, wenn die Eltern auch viel zu früh gestorben waren.

Türen wurden ihr geöffnet, dicke Teppiche schluckten jeden Schritt, und die höfliche Stimme, die ihre Aufmerksamkeit erbat, rauschte anfangs an Estelles Ohr vorbei. „Madame, Sie haben eine Nachricht!" Sie nahm den Umschlag entgegen und riss ihn auf, während sie die Treppen zu ihrem Zimmer hinaufeilte. Wegen der dezenten Beleuchtung konnte sie die Karte nicht sofort lesen und kämpfte, oben angekommen, erst einmal wieder mit der elektronischen Verriegelung. Endlich sprang die Tür auf, Estelle kickte ihre Schuhe in eine Ecke und ließ sich auf das gepolsterte Sofa fallen.

Die Nachricht war kurz:

Warte auf mich!
Gruß Julen

Zu spät, dachte sie und schraubte die Wasserflasche auf, um ihren Durst zu löschen. Sie fühlte sich wie ausgedorrt. Buchsammlungen hatten diese Wirkung auf ihre Kehle.

„Du bist allein in die Bibliothek gegangen!"

Vor Überraschung spuckte Estelle das Wasser über den blank

polierten Tisch. Sie trocknete ihr Kinn mit einem Taschentuch. „Ich habe ewig auf dich gewartet. Dein Handy war offenbar auch ausgeschaltet, und als ich am Nachmittag annehmen musste, dass du nicht mehr auftauchen würdest, bin ich halt ohne dich in die Bibliothek hinübergegangen, um mich schon mal umzusehen." Julen wollte zu einer Erklärung ansetzen, als Estelle weitersprach: „Ich soll nichts auf eigene Faust unternehmen, aber wenn man dich braucht, dann bist du unerreichbar." Sie versuchte, die Wasserlache vor sich mit einem zweiten Papiertaschentuch wegzutrocknen. „Ich versteh ja, dass du bei diesem herrlichen Wetter keine Lust hast, in einer Bibliothek zu sitzen! Meinetwegen hätten wir den Tag gerne auch anderswo gemeinsam genießen können. Doch du hüllst dich in Schweigen und tauchst einfach nicht auf."

„Hör zu …"

„Du hast mich versetzt!"

„Der Sonnenschein wird das Problem gewesen sein!"

Estelles Kopf ruckte so herum, dass ihre Haare flogen. In der Tür stand Asher und wirkte keineswegs freundlich. Der Blick, den Julen ihm zuwarf, spiegelte diese Stimmung ganz genau wider.

Estelle blickte von einem zum anderen. Die Frage, die ihr unwillkürlich entschlüpfte, machte ihren halbherzigen Versuch, nach dem ersten Schrecken einigermaßen souverän auf Ashers plötzliches Auftauchen zu reagieren, zunichte. „Sonnenschein? Willst du mich auf den Arm nehmen?"

„Er ist ein Dunkelelf." Asher schlenderte in den Salon und blieb dicht vor Julen stehen, der hörbar mit den Zähnen knirschte. „Sag nicht, du hast vergessen, diese Kleinigkeit zu erwähnen."

„Aber", sie schluckte, „dann ist er nichts anderes als …"

Julen trat vor. „Estelle, lass dir erklären … bitte!"

Doch da gab es nichts zu erklären. Die wie durch Geisterhand verschwundenen Leichen vom Vorabend, sein Fernbleiben während des Tages, das waren alles deutliche Zeichen, die sie übersehen hatte. Vielleicht hatte übersehen wollen, weil sie sich in Julens Gesellschaft so wohlgefühlt hatte.

„Du hast mich die ganze Zeit getäuscht!"

„Estelle!"

„Raus! Ich will dich nie wieder sehen!" Julen wusste, wann Schweigen am Platze war. Im Augenblick war ganz klar nicht mit ihr zu reden. Die Luft um ihn herum schimmerte silbern, dann war er fort.

„Und jetzt zu dir!" Estelle starrte Asher wütend an. „Hat Manon dich geschickt? Ich habe ihr eine Nachricht hinterlassen, sie hätte doch einfach nur anzurufen brauchen. Wie bist du hier hereingekommen?" Anklagend wies sie auf die geschlossene Tür, dann dämmerte es ihr langsam. „Nein!"

Asher war klar, dass sie kurz vor einem Nervenzusammenbruch stand, und da tat er etwas für ihn sehr Ungewöhnliches. „Sieh selbst!", sagte er und öffnete ihr Teile seiner gut gehüteten Gedankenwelt.

Sofort fand sie sich auf einer Wiese wieder, die ihrer eigenen inneren Landschaft zum Verwechseln ähnlich sah. Allerdings herrschte in seiner Welt heller Tag. Am Himmel stand, anders als bei ihr selbst, keine schmale Mondsichel, sondern eine goldene Sonne, Vögel zogen über das blaue Firmament, Insekten summten und labten sich an bunten Blumen. Ein Stern fiel vom Himmel, und als sie geblendet blinzelte, kam Asher ihr aus dem Licht entgegen und breitete seine Arme aus. Estelle lief los und sprang regelrecht in seine Umarmung, wie sie es als Kind schon bei ihrem Vater getan hatte. Er hielt sie fest umschlungen, drehte sich mit ihr im Kreis, bis er das Gleichgewicht zu verlieren schien und beide lachend in einen Strudel fielen. Statt der erwarteten Angst ließ ein Glücksgefühl ihr Herz schneller

185

schlagen. Sie spürte, wie sein muskulöser Körper zum Leben erwachte, warme Hände gaben sie frei, doch sie genoss seine Nähe zu sehr, um auf die ängstliche Stimme zu hören, die ihr zuflüsterte, aufzustehen und zu fliehen, solange es noch ging. Er löste die Spangen, mit denen sie ihre Frisur am Morgen gebändigt hatte, und seine Finger breiteten die dunklen Haarsträhnen aus, bis diese sie beide wie ein seidiges Tuch bedeckten. Dabei sah er sie liebevoll an, und in seinen Augen spiegelte sich die Unendlichkeit des Himmels. Als sie hineinblickte, wusste Estelle, dass sie ihr Leben lang von dieser Oase des Friedens geträumt hatte.

„Du musst keine Angst vor mir haben!", flüsterte Asher, und sie waren wieder im Hotelzimmer.

„Du also auch!" Estelle konnte es nicht fassen. Wie hatte sie so blind sein können, nicht zu bemerken, dass sie die ganze Zeit von Vampiren umgeben gewesen war? „Manon?", fragte sie.

Er lächelte. Sein sonst so verschlossenes Gesicht schien mit einem Mal völlig verändert. Die tiefblauen Augen leuchteten, und spätestens als sie das Grübchen in seiner Wange wiederentdeckte, war es um sie geschehen. Es war, als ginge die Sonne nach einer langen Winternacht endlich wieder auf. *Vielleicht kein ganz glücklicher Vergleich bei einem Vampir*, dachte Estelle.

„Manon ist eine Freundin. Wenn du mehr wissen möchtest, solltest du sie selbst fragen."

„Kein Blutsauger?"

„Kein Vampir", bestätigte er – und sein Mund war auf einmal nur noch wenige Millimeter von ihren Lippen entfernt. Er zögerte, als warte er auf eine Erlaubnis, sie küssen zu dürfen. Doch Estelle wandte den Kopf zur Seite und trat einen Schritt zurück. Die Enttäuschung in seinem Gesicht war nahezu anrührend – und sie selbst fühlte sich, als hätte sie soeben etwas sehr Wertvolles verloren. Aber letztlich war er ein Vampir, Nachtelf oder wie auch immer diese Blutsauger sich nannten, und seine

Ernährungsgewohnheiten waren nicht das Einzige, was sie ablehnte. „Warum hast du mir deine Herkunft verschwiegen? Und was weißt du über mich?"

Asher seufzte innerlich. Bis zu seinem tölpelhaften Versuch, sie zu küssen, war alles gut gelaufen, und nun nahm sie wieder diese feindselige Haltung ein. Er verfluchte seine Ungeduld. Die Sehnsucht danach, sie unter seinen Berührungen lustvoll stöhnen zu hören, sie endlich wieder zu besitzen, brachte ihn noch um den Verstand. So fühlte es sich also an, wenn man in die Fänge einer sinnlichen Feentochter geriet. Die mühsam angeeignete Selbstdisziplin schwand dahin, und die Hormone begannen verrücktzuspielen. Ashers Verständnis für die zuweilen merkwürdigen Launen seines Bruders wuchs allmählich. Ahnte dieses begehrenswerte Geschöpf eigentlich, wie schwer es ihm fiel, nicht hier und jetzt fortzuführen, was in der Bibliothek zwischen ihnen begonnen hatte? Natürlich nicht, er selbst hatte sie ja mit einem Vergessenszauber belegt. Es war nicht einfach nur unfair gewesen, ihr die Erinnerung an ihre Begegnung in der Bibliothek zu nehmen, es war vor allem ein Fehler, den er längst bereute. Sie wären jetzt schon ein ganzes Stück weiter, wüsste sie, was zwischen ihnen geschehen war. Asher zuckte mit den Schultern, als ließe sich sein schlechtes Gewissen so abschütteln. Womöglich war es besser, dass sie keine Ahnung hatte, eine weitere Enthüllung schien im Moment jedenfalls nicht angebracht. Bedauernd schob er die Erinnerung an ihre leidenschaftliche Reaktion auf seine Berührungen beiseite und rückte ihr einen Stuhl zurecht. „Bitte setz dich." Er wartete, bis sie saß, und zog sich dann einen zweiten Stuhl herbei. Ruhig legte er seine Hände vor sich auf den Tisch. Kräftige Hände mit geraden Fingern und wohlgeformten Nägeln. Wenn Estelle ihre Augen schloss, dachte sie, würden diese Hände ihre Schenkel streicheln und dabei behutsam auseinanderdrücken. Sie würden ihre Taille umfassen und … Sie riss die Augen auf, schluckte und räusperte sich. Wenn sie nicht bald etwas gegen diese Fantasien unternahm, fiel sie demnächst den erstbesten Mann an, der ihr über den Weg lief. Was war nur mit ihr los?

Asher nahm ihre Gedanken so deutlich wahr, als habe sie diese laut ausgesprochen. Er unterdrückte den Impuls, ihr hier und jetzt jeden ihrer Wünsche zu erfüllen. Endlich hob er seinen Kopf und sah sie ernst an. „Du weißt, dass deine Schwester heute in einem kalten Grab läge, hätte Kieran sie nicht gerettet?"

Nein, das wusste sie nicht. Sie war zu schockiert gewesen, ihre Schwester als Vampir wiederzusehen, um überhaupt danach zu fragen, wie es eigentlich dazu gekommen war. Später hatte sich keine Gelegenheit mehr dazu ergeben. Estelle schüttelte stumm den Kopf, und Asher genoss nun ihre ungeteilte Aufmerksamkeit.

„Gemeinsam mit deiner Zwillingsschwester ist sie eines Abends auf dem Heimweg überfallen und durch einen Messerstich tödlich verletzt worden. Hat dir niemand erzählt, wie sehr sie anfangs mit ihrem Schicksal gehadert hat?

Ich weiß, du magst Kieran nicht, und es stimmt ja auch, er hat viele raue Ecken und Kanten, er ist arrogant, verschlossen und kann äußerst gefährlich werden, wenn er gereizt wird. Im Grunde genommen könnte ich genauso gut mit einem Skorpion befreundet sein. Es hat Jahrzehnte gedauert, bis ich ihn zum ersten Mal lachen hörte, aber seit ihm Nuriya ihr warmes Licht schenkt, ist er anders."

„Ich habe nichts davon gewusst!" Estelle sah ihn mit großen Augen an.

„Das dachte ich mir. Was ich aber nicht verstehe, ist, warum du eine solche Angst vor uns hast."

„Ich habe keine Angst!", widersprach sie vehement. „Ich hasse …" Estelle verstummte.

„Du hasst Vampire. Aber warum?"

Eine Träne lief über ihre Wange. „Es ist die Dunkelheit, die sie umgibt", gab sie schließlich zu.

Asher kam es vor, als verschweige sie ihm etwas Wichtiges, doch vorerst wollte er die Sache auf sich beruhen lassen. „Fürchtest du dich auch noch vor mir, nachdem du in meine Seele geschaut hast?"

„Vor dir hatte ich noch nie Angst!", gab Estelle schließlich stockend zu und wusste nicht genau, wie er ihr Geständnis aufnehmen würde. Lag es nicht in der Natur der Vampire, Angst und Schrecken zu verbreiten?

Aber Asher war nicht beleidigt. Ganz im Gegenteil, am liebsten hätte er ihre Tränen fortgeküsst. Stattdessen reichte er ihr ein sauberes Taschentuch, mit dem sie ihre Augen selbst trocknete. „Danke. Du bist der einzige Mann, den ich kenne, der immer noch edle Leinentücher benutzt – wie vor hundert Jahren."

„Was ist eigentlich verkehrt an einer guten Tradition und etwas Stil?" Er blinzelte. „Meine Geschwister halten mich für einen altmodischen Langweiler und werfen mir ständig vor, ich hätte außer Büchern gar nichts anderes mehr im Kopf."

„Mir gefällt Altmodisches, und Bücher sind das Schönste auf der Welt!" Sie faltete sein Taschentuch ordentlich zusammen und steckte es ein. „Keine Sorge, du bekommst es wieder!" Sie interpretierte seinen erstaunten Gesichtsausdruck aber ganz falsch.

Sie liebt Bücher! Asher erinnerte sich daran, wie erschrocken Estelle bei ihrer ersten Begegnung gewesen war, als der billige Rotwein aus ihrer Tasche in eines seiner Bücher zu laufen drohte. Vielleicht hatte Kieran doch recht, und die Partnerschaft mit einer unsterblichen Gefährtin war mehr als verrücktspielende Hormone und heißer Sex – Seelenpartner oder nicht. „Was verbindet dich mit Julen?" Er fühlte sich, als überquere er ein Minenfeld. Jetzt bekam er auch noch Probleme, weil seine Reißzähne ihr Versteck im Kiefer verließen. Der Gedanke an den Nebenbuhler machte ihn wütend. Glücklicherweise war Estelle dieser kurze Ausrutscher aber entgangen.

„Ich dachte, er sei ein Freund. Aber das …" Sie machte eine vage Handbewegung. „Warum hat er mich belogen?"

Wer würde nicht das Blaue vom Himmel lügen, wenn er dadurch das Vertrauen einer so bezaubernden Fee erschleichen konnte. *Du bist keinen Deut besser!*, mahnte Ashers schlechtes Gewissen, und er sagte: „Vielleicht wollte er dich nicht beunruhigen."

„Mag sein, aber er wollte mich auch benutzen, um an dieses Grimoire heranzukommen. Wahrscheinlich stimmt es überhaupt nicht, dass darin ein Zauber gegen meine Anfälle zu finden ist."

Den gab es gewiss nicht, denn ihre *Anfälle*, wie sie es nannte, hielt er für einen wichtigen Teil ihrer Magie. Asher war sich sicher: Sie würde bald lernen, ihre Kräfte zu beherrschen. „Visionen?", fragte er trotzdem, um mehr zu erfahren.

„Wie neulich, als ich während des Konzerts einfach umgekippt bin. Sie kommen ganz plötzlich und fangen immer auf die gleiche Weise an. Ich sehe Sterne am Himmel. Sie sind wunderschön. Auf einmal wird einer von ihnen größer, heller und heißer, bis er mich verbrennt und zu einem Strudel aus rot glühender Lava werden lässt. Dann beginnen die Kopfschmerzen, und die Stimmen um mich herum werden lauter. Schreckliche Bilder tauchen vor mir auf, und manchmal sehe ich auch Ereignisse voraus – nie angenehme, immer nur fürchterliche Schicksale. Diese Bilder von Tod und Blut verfolgen mich bis in meine Träume, und was während des Anfalls mit mir passiert, hast du ja selbst gesehen." Sie hatte das Taschentuch wieder hervorgezogen und wischte sich damit über die Augen. „In dem Grimoire soll ein Zauber stehen, der dagegen hilft."

Asher sah sie nachdenklich an. „Seit wann hast du diese Anfälle?"

Sie überlegte. „Es fing vor etwa einem Jahr an. Zuerst waren sie nicht so schlimm … und ich dachte, wenn ich ein wenig Zeit für mich selbst hätte und nicht immer auf meine kleine Schwester aufpassen müsste, dann würden sie schon wieder verschwinden.

„Deshalb bist du nach Paris gegangen."

„Das weißt du also auch. Dort wurde aber alles nur noch schlimmer. Nach einer Weile konnte ich auch meine empathischen Kräfte nicht mehr wie früher kontrollieren." Sie erinnerte sich an die Stimmen und Emotionen, die sie wie eine aufgewühlte See überrollt hatten.

Asher nickte verständnisvoll. Wie jeder Vampir hatte er vor langer Zeit lernen müssen, seine nach der Transformation plötzlich übersensiblen Sinne mithilfe eines mentalen Schildes zu schützen und sämtliche Eindrücke jederzeit zu filtern.

„Was hat dir Manon noch erzählt?" Asher hatte schon eine passende Lüge auf der Zunge, als sie ihn auf einmal starr ansah.

„Deine Augen!" Plötzlich erinnerte sie sich, woher sie seine ungewöhnliche Augenfarbe kannte. Bei genauerem Hinsehen entdeckte sie noch weitere Parallelen. „Nicht Manon. Du weißt es von Kieran. Ihr seid Brüder! Natürlich, jetzt erkenne ich es. Selena hat von dir gesprochen."

Überrascht sah er sie an. „So groß finde ich unsere Ähnlichkeit eigentlich gar nicht."

Das klang fast ein wenig eitel und entlockte ihr trotz der erschreckenden Neuigkeiten, die sie gerade Stück für Stück erfuhr, ein kleines Lächeln. „Nach dem, was du über seinen Charakter gesagt hast, wundert mich deine Reaktion nicht. Vielleicht hast du recht, aber ihr besitzt die gleiche ungewöhnliche Augenfarbe."

„Ein Teil unseres Familienerbes", gab er zu. *Oder ein Fluch.* Ihre Beobachtungsgabe machte ihm Sorgen. „Was weißt du über uns?"

„Über euch als Familie oder als Gattung?"

„Wenn du es so ausdrücken möchtest, über beides."

„Selena hat gesagt, wir, also Feen und Vampire, seien über drei Ecken miteinander verwandt. Wir sind uns aber wegen irgendwelcher Vorkommnisse in der Vergangenheit nicht besonders grün und neigen zu kriegerischen Auseinandersetzungen, weswegen meine Schwester mit Kieran zusammen sein muss. Quasi als Friedensgarant. Euch nennt man auch Dunkelelfen, meine Mutter war dagegen eine Lichtelfe."

„Die geborenen Vampire, zu denen meine Familie gehört – Julen übrigens auch –, mögen zwar die Bezeichnung Dunkelelf nicht, weil sie ungern an diese Verwandtschaft erinnert werden, aber sonst stimmt, was du gesagt hast. Dass unsere Geschwister freiwillig zusammen sind, scheint jedoch kaum zu übersehen zu sein."

Estelle dachte an die eindeutigen Geräusche, die sie aus dem Schlafzimmer der beiden gehört hatte, und verzog das Gesicht. „Allerdings, das muss man wohl annehmen."

„Zurück zu dir. Ich glaube nicht, dass man diese Visionen mit einem Zauber in den Griff bekommen kann. Aber wenn es ein Grimoire gibt, dann finden wir es auch. Und danach sehen wir weiter. Vertraust du mir?" Sein Gesichtsausdruck ließ nicht erkennen, wie wichtig ihm ihre Antwort war.

Estelle war unsicher, was sie darauf antworten sollte. Hatte sie nicht eben noch geglaubt, Vampire zu hassen? Es stimmte schon, Julen hatte sie belogen. Aber was auch immer seine Gründe dafür sein mochten, dies war nicht geschehen, um ihr

Blut zu rauben. Dazu hätte er häufiger Gelegenheit gehabt, als sie sich eingestehen mochte, und er hatte sie nicht ein einziges Mal genutzt. Von Asher hatte sie sich tatsächlich noch nie bedroht gefühlt, stellte sie überrascht fest. Im Gegenteil, sie fühlte sich in seiner Gesellschaft entspannt und war auf einmal auch sehr zuversichtlich, gemeinsam eine Lösung für ihre Probleme finden zu können.

Ihr war zwar immer noch rätselhaft, was ihre Schwester an Kieran fand, aber immerhin hatte ihr der verschlossene Vampirkrieger das Leben gerettet, und wann war Liebe schon begreiflich? Selenas Partnerwahl konnte ebenfalls getrost als ungewöhnlich bezeichnet werden. Werwölfe galten als unberechenbar und gewalttätig, Erik schien die Ausnahme zu sein. *Was würdest du tun?*

Diese Frage galt niemandem im Besonderen, deshalb war sie völlig überrascht, als jemand antwortete: *Er sagt die Wahrheit. Vertraue ihm.*

Mama? Estelle hätte schwören können, ihre Mutter gehört zu haben. Als sie kleiner gewesen war, hatte sie sehr oft mit dieser warmen Stimme in ihrem Kopf gesprochen, ihr von allen großen und kleinen Sorgen erzählt. Anfangs hoffte sie sogar, dass die Beraterin ihr sämtliche Entscheidungen abnehmen würde. Auch wenn es um so unbedeutende Kleinigkeiten wie die Auswahl des richtigen Bleistifts oder Kaugummis ging. Als sie älter wurde, lernte sie unter dieser liebevollen Anleitung jedoch, allmählich Vertrauen in ihre Intuition zu haben und selbst zu entscheiden. Vielleicht waren deshalb in den letzten Jahren die Zwiegespräche mit dem Geist ihrer Mutter immer seltener geworden, und Estelle hatte eines Tages verstanden, dass sie allmählich in ihr eigenes Leben entlassen wurde.

Asher wird alles in seiner Macht Stehende tun, um dir zu helfen, dein Schicksal anzunehmen.

Estelle wusste, dass dies ein ehrliches Versprechen war, und doch hakte sie nach. *Welches Schicksal?*

Ihre Mutter sandte eine sanfte Brise, die sie in Liebe und Vertrauen hüllt, wie in eine weiche Decke. Aber ihre Frage beantwortete sie nicht. Damit war dieser intime Moment vorüber, und die Welt schien ein wenig kälter und einsamer zu sein. Was hatte sie schon zu verlieren? Estelle nickte, erst zögernd zwar, aber dann mit Nachdruck. „Vielleicht bin ich zu gutgläubig, aber ich hatte bisher keinen Grund, dir zu misstrauen." Das Erstaunen über diese Tatsache war in ihrer Stimme deutlich zu hören. Ashers Anspannung ließ nach. Ein wichtiger Schritt war getan. Ihre nächste Frage ernüchterte ihn allerdings wieder. „Glaubst du wirklich, Julen wollte mich nicht täuschen, sondern beschützen?"

„Liebst du ihn?" Die Frage kam heraus, bevor er nachdenken konnte. Ihr Lachen war die schönste Melodie, die er je gehört hatte.

Estelle fühlte sich so leicht, als wäre ihr eine große Last von den Schultern genommen worden. *Danke, Mama!* Sie bemühte sich um einen harmlosen Gesichtsausdruck und fand beinahe zu ihrer alten Form zurück. Asher war eifersüchtig! Ja, sie hatte sich richtig entschieden. Der Schalk saß ihr im Nacken, als sie sagte: „Julen ist schon süß!" Dabei beobachtete sie entzückt, wie sich Ashers Blick verfinsterte. „Er – *kann* sehr charmant sein." Eine steile Falte entstand zwischen seinen Augenbrauen. „Und er ist auch ziemlich sexy!" Hatte sie gerade ein tiefes Grollen in Ashers Brust gehört? Estelle erkannte, dass sie mit dem Feuer spielte, und beschloss, den wichtigsten Punkt vorerst zu verschweigen. Nämlich, dass Julen darüber hinaus ausgezeichnet küsste. Stattdessen führte sie einen letzten und weniger verfänglichen Pluspunkt an: „Und man kann ihn nicht spüren!"

Die Stirn des Vampirs glättete sich erwartungsgemäß. „Das ist ein Vorteil?"

„Sein größter sogar. Immerhin sorgt diese Eigenschaft dafür, dass meine Anfälle seit unserer ersten Begegnung viel seltener geworden sind. Es ist einfach nichts da, was sie auslösen könnte, nur Stille. Wunderbar!" Damit sah sie tief in seine Augen, und ihre Stimme senkte sich. „Um deine Frage zu beantworten: Nein, ich liebe ihn nicht!"

„Wie traurig, das zu hören!" Estelle fuhr zusammen, schaute sich um. Julen lehnte mit verschränkten Armen am Türrahmen. Wie lange stand er schon dort?

Asher sah ihn ernst an. „Gut, dass du zurück bist. Wir sollten über deinen Auftrag sprechen."

Julen hatte mit seiner Flucht nach Estelles wütendem Ausbruch rein intuitiv gehandelt, denn Ashers plötzliches Auftauchen hatte ihn mehr als nur ein wenig erschreckt. Äußerst beunruhigt war er in sein Quartier geeilt, um sich zu sammeln. *Kieran bringt mich um, wenn ich sie jetzt im Stich lasse!* Estelle mochte denken, was sie wollte, aber er musste sie beschützen. Vor dem anderen Vampir und – wenn es sein musste – auch vor sich selbst. Also war er zurückgekehrt.

Um seinen Auftrag nicht zu gefährden, war es wichtig zu wissen, was dieses arrogante Mitglied ihrer aristokratischen Kaste plante. Und dies ging am besten, wenn er Asher nicht aus den Augen ließ. *Verdammt, wie konnte er mich die ganze Zeit täuschen?* Es schien ganz offensichtlich, dass sich Asher einmischen wollte, ohne mehr als unbedingt notwendig von sich selbst preiszugeben. Aber zum Pokern gehörten immer mehrere Spieler. Julen, der seinen Stammbaum problemlos bis zu den einflussreichsten Sippen der Dunkelelfen zurückverfolgen konnte, hob fragend eine Augenbraue. „Ich wüsste nicht, was dich mein Job angeht!"

„Sei nicht dumm. Die Zeit drängt, und ich kann dir helfen, die Entführer zu finden."

Estelle ballte die Fäuste. „Entführer? Ich dachte, wir suchen nach einem Grimoire. Was hast du mir noch verschwiegen?" Julen hätte sie küssen können, so süß fand er die wütende Fee. Doch weil ihre Frage berechtigt und jetzt auch nicht der passende Zeitpunkt für Komplimente war, ignorierte er ihren Einwurf und ließ sich auf den nächstbesten Stuhl fallen. Wie viel wusste Asher wirklich? Er sollte es erfahren.

„Wenn ich richtig informiert bin, ist unser Freund hier in einer geheimen Mission unterwegs." Auffordernd sah er Julen an. Als dieser keine Miene verzog, fuhr Asher fort: „Seit geraumer Zeit verschwinden in einigen Städten auffällig viele junge Vampire. Sogenannte Streuner, die keine Familie und auch sonst niemanden haben, der sie ausbildet und beschützt. Irgendjemand scheint ihre Unerfahrenheit auszunutzen, um sie in eine Falle zu locken. So, wie ich das sehe, ist das Problem viel zu lange unterschätzt worden." Er sah zu Julen hin, der langsam nickte. „Besorgte Eltern eines geborenen Vampirs haben den Stein schließlich ins Rollen gebracht. Sie gaben an, ihr Sohn sei mitten im Wandlungsprozess verschleppt worden. Andere wandten sich ebenfalls an den Rat, bis dieser Julen beauftragte, den oder vielleicht auch die Entführer zu finden."

Estelle unterbrach ihn. „Verstehe ich das richtig, dieser Rat hat so lange nichts unternommen, wie es nur um unbedeutende Jugendliche ging. Als aber die Sprösslinge einflussreicher Familien betroffen waren, haben sie endlich reagiert?"

„So ist es. *Leider*, muss ich hinzufügen. Es ist illegal, wenn ein Blutpate, ganz gleich aus welchem Grund, sein Geschöpf im Stich lässt. Kein Wunder also, dass die meisten geschwiegen haben. Einige aber besaßen immerhin so viel Anstand, ihr Vergehen auf Nachfrage zuzugeben. Sie erklärten, die mentale Verbindung, die naturgemäß zwischen Paten und Novizen besteht, sei bald nach deren Verschwinden abgebrochen."

„Also sind sie tot?"

„Davon muss man wohl ausgehen", bestätigte Julen, der nun endlich seinen Mund aufmachte. „Wenn die Entführten auch nicht gerade, sagen wir mal, zu den Honoratioren gehören, so können wir derartige Vorgänge doch nicht tolerieren." Er wurde den Verdacht nicht los, Asher bisher unterschätzt zu haben. Woher kannte er diese Details? Offenbar hatte er Verbindungen in die höchsten Kreise. Womöglich war sogar er es gewesen, der jeden seiner Annäherungsversuche bei Estelle vereitelt hatte. Wie auch immer, der Vampir wachte über die Feentochter. Erst das schnelle Eingreifen, als sie beim Konzert einen Anfall bekommen hatte, und nun seine Anwesenheit in Dublin – alles sprach dafür. Julen erinnerte sich genau an seine Worte: „Wenn du ihr auch nur ein Haar krümmst, wirst du wünschen, nie geboren worden zu sein!", hatte Asher ihm damals zwischen zusammengebissenen Zähnen zugezischt. Die einzige Möglichkeit herauszufinden, was ihn zu diesem ritterlichen Verhalten gebracht haben mochte, und gleichzeitig selbst für die Sicherheit der Feentochter zu sorgen, schien ihm, mit Asher zusammenzuarbeiten. Solange er in ihrer Nähe blieb, konnte er seinen Gegner beobachten. Zog er sich jetzt zurück, würde der andere mit ihr womöglich irgendwohin verschwinden, wo Julen ihnen im Notfall nicht rechtzeitig beistehen konnte. Er hatte also keine Wahl. Da seine Tarnung ohnehin aufgeflogen war, entschied er sich zu tun, was der Vampir wollte. Aber vorher wollte er wissen, mit wem er es zu tun hatte. „Wer bist du?", platzte es wenig diplomatisch aus ihm heraus.

Estelle sah die beiden irritiert an. „Ihr kennt euch nicht?" Asher warf ihr einen warnenden Blick zu, und seine Stimme erklang in ihrem Kopf: *Mein Bruder möchte nicht, dass unsere Verwandtschaft bekannt wird.*

Warum? Schämte sich der Vampirkrieger für seinen bibliophilen Bruder? Sie warf ihm einen Blick zu. Zugegeben, wie ein gefährlicher Kämpfer sah er wirklich nicht aus. *Also gut, wie du willst, aber ich mag diese Spielchen nicht.*

Julen sah von einem zum anderen, er hatte von ihrer lautlosen Konversation nichts mitbekommen. „Was ist nun?"

„Ich bin Asher. Wie du weißt, ist Manon eine gute Freundin von mir, daher kenne ich Estelle. Wenn ich sie richtig verstanden habe, dann seid ihr beide auf der Suche nach einem Buch. Ich bin Bibliothekar, vielleicht kann ich helfen."

Dieses Angebot konnte Julen nicht ablehnen. Jemand, der sich auf Bücher verstand, war genau das, was er brauchte, und dass der Vampir nicht auf seine Abstammung hingewiesen hatte, legte den Verdacht nahe, dass diese weit weniger pompös war, als er sich gab. Julen vermutete, dass es sich bei Asher um Estelles eifersüchtigen Beschützer handelte, und wenn dies stimmte, dann hatte er es mit einem weit mächtigeren Vampir zu tun, als dessen unauffällige Erscheinung und Aura vermuten ließen. Er würde auf der Hut sein.

Mehr als das Eingeständnis der bereits bekannten Verbindung zu Manon hatte er sich schon erhofft, aber der Name „Asher" ließ sich in den Annalen der Vampire sicherlich finden. Julen war überzeugt, bald hinter dessen Geheimnis zu kommen, doch die Nachrichten, die ihn heute über seinen Spitzel erreicht hatten, waren beunruhigend. So konnte er jede Hilfe brauchen, um schnell hinter das Geheimnis der Entführungen zu kommen.

Er entschloss sich zu kooperieren. „Ich habe Grund zur Annahme, dass die Entführer ebenfalls Interesse an dem Grimoire haben." Die Hinweise aus dem Büro des Detektivs waren deutlich gewesen.

„Und du hoffst nun, den Entführern mithilfe des Buches auf

die Spur zu kommen." Asher sah ihn an, als denke er darüber nach. „Das könnte funktionieren."

Julen ignorierte seinen Kommentar. „Es gibt Gerüchte, dass sich die Streuner zusammentun. Sie scheinen zu glauben, der Rat plane eine groß angelegte Säuberungskampagne."

„Was für eine Wortwahl, wir sind doch keine Faschisten!" Asher klang ehrlich empört.

Julen überging das „wir", nahm sich aber vor, es nicht zu vergessen. „Natürlich ist das völliger Unsinn, aber irgendjemand scheint ihnen genau dies einzureden."

Estelle meldete sich zu Wort. „Welchen Sinn soll so ein Aufstand haben? Wäre es nicht besser, sie gäben aufeinander acht?"

Asher tat es leid, dass Estelle in die Vampirpolitik hineingezogen worden war. Am liebsten hätte er Julen für diesen egoistischen Leichtsinn den Hals umgedreht. Doch in seinen Worten war die Verärgerung nicht zu hören, als er erklärte: „Vampire sind Einzelgänger, Streuner machen da keine Ausnahme. Aber wenn sie sich nun zusammenschließen und womöglich gemeinsam jagen, erregen sie früher oder später die Aufmerksamkeit der Sterblichen, und zudem könnten sie in der Gruppe unvorsichtig werden und dadurch leichter aufzustöbern sein."

Sie dachte darüber nach und gab schließlich zu: „Das klingt … plausibel. Ich hätte jedenfalls nie geahnt, dass Vampire in dieser Stadt leben, wären sie uns nicht auf offener Straße begegnet; als sei es das Normalste der Welt, dass sich Blutsauger abends in der Stadt zu einem Glas Wein treffen."

„So ungewöhnlich, wie du vielleicht meinst, ist es gar nicht." Asher griff nach ihrer Hand. „Aber jetzt zu dem Überfall, was genau ist da passiert?"

„Warst du nicht dabei?", fragte Julen trotz seines Entschlusses mitzumachen ziemlich aggressiv.

„Würde ich dann fragen?"

199

„Aber irgendjemand war dort. Ich habe neben den drei Jungs deutlich eine vierte Präsenz gespürt", mischte sich Estelle noch einmal ein. Gestern hatte sie zwar geglaubt, sich getäuscht zu haben, doch wenn Julen ebenfalls jemanden bemerkt hatte, dann war es mehr als wahrscheinlich, dass sie tatsächlich beobachtet worden waren.

„Ich bin nicht dort gewesen." Asher, der den beiden zwei Abende zuvor bis zu Estelles Wohnung gefolgt war, hatte sich damit zufriedengegeben, die Fee sicher zu Hause zu wissen. Anschließend suchte er seinen Bruder auf, um von ihm mehr über Julen zu erfahren.

Als Asher kurz vor Sonnenaufgang nach Hause zurückkehrte, bemerkte er Estelles Verschwinden sofort und ärgerte sich über seine Nachlässigkeit. Kieran hatte ihn gewarnt: „Julen würde nie zulassen, dass ihr etwas zustößt. Doch täusche dich nicht, er mag als Vengador unerfahren sein, für Frauen gilt das keineswegs!"

„Vielleicht wäre es besser, wenn Estelle vorerst zu ihrer Familie zurückkehrt", unterbrach Julen in diesem Augenblick Ashers Gedanken und bewies damit zu dessen Freude, dass er im Umgang mit der Weiblichkeit keineswegs so unfehlbar war, wie Kieran behauptet hatte.

„Vergiss es!", protestierte Estelle erwartungsgemäß und stellte sich auf eine längere Diskussion ein. Aus diesem Grund blickte sie ebenso verwundert wie Julen, als Asher trocken befand: „Dann also nicht." Ein strahlendes Lächeln belohnte ihn, und Asher spürte ein wenig verunsichert, wie sich die Feentochter immer weiter in sein Herz schlich. Seine Verwirrung überspielte er perfekt. „Also gut, da wir diesen Punkt nun geklärt haben, erzählt mir bitte von dem Abend gestern."

Julen überließ es der Feentochter, die Ereignisse zusammenzufassen. Er wollte sie nicht zusätzlich belasten, indem er etwa ein unappetitliches Detail enthüllte, das ihr entgangen war. Als sie geendet hatte, stand er auf. Ashers Gegenwart machte ihn nervös. „Wie ihr seht, habe ich zu tun. Estelle, bitte entschuldige mich!" Von seinem üblichen Charme war heute wenig zu spüren, und bevor er die Tür hinter sich schloss, sandte er Asher noch eine eindeutige Warnung: *Sollte ihr etwas zustoßen, werde ich nicht ruhen, bis du dafür bezahlt hast.*

Ich sage es gern noch einmal: Das Gleiche gilt auch für dich, kam die prompte Antwort. Ashers Stimme fauchte wie ein eisiger Polarwind durch seine Seele.

Mit diesem Dunkelelf war wirklich nicht zu spaßen. *Wie zum Teufel,* fragte sich Julen, *hatte Asher den Weg in seine Gedanken finden können?*

11

„Und jetzt?" Estelle sah Asher erwartungsvoll an. Sein unvergleichliches Lächeln würde eines Tages noch ihr Untergang sein, befand sie und fühlte sich in seiner Gegenwart unerwartet schüchtern.

„Ich habe eine Verabredung, die ich besser einhalten sollte. Es wäre schön, wenn du mitkämst. Ich glaube, der Club könnte dir gefallen", fügte er noch hinzu.

Sie betrachtete seinen dunkelgrauen Pullover, dessen Saum sich aufzulösen begann, genauso übrigens wie die eine Kragenspitze, die über den löchrigen Rand lugte, sie streifte die Krawatte nur mit einem Blick und starrte dann voller Zweifel auf seine klassisch geschnittene Hose. Die Schuhe waren zwar ungeputzt, schienen aber einigermaßen in Ordnung zu sein. „Hast du denn dafür etwas zum Anziehen mitgebracht?" Sie grinste bei der Vorstellung, wie er womöglich mit einem Koffer durch die Zwischenwelt gereist war. Aber selbst wenn er seinen halben Kleiderschrank mitgebracht hätte, wäre ganz bestimmt nichts nach ihrem Geschmack dabei gewesen. „Wann warst du das letzte Mal einkaufen?"

Asher sah an sich herunter. „Was ist mit meiner Kleidung nicht in Ordnung?", fragte er schließlich irritiert. Er hasste Geschäfte, sein letzter aktiver Einkauf lag also lange zurück. Wenn er genau darüber nachdachte, konnten es auch Jahrzehnte sein. Regelmäßig fiel seine Schwester bei ihm ein und entrümpelte seinen Kleiderschrank, was unweigerlich zur Folge hatte, dass er nichts mehr wiederfand und Lieblingsstücke durch irgendwelche modischen Verrücktheiten ersetzt wurden, von denen Vivianne behauptete, sie seien der letzte Schrei. Anschließend musste er seinen Vorrat an zeitlosen Pullovern – und neuerdings auch Jeans – in der Savile Row aufstocken, wo sein Schneider seit fast zweihundert Jahren zu Hause war. Glücklicherweise genügte dafür ein Anruf. Er schien zu glauben, sie habe einen Scherz gemacht, und erst als sie ihren Mantel anzog und nach einer kleinen Handtasche griff, wurde ihm klar, dass sie es doch ernst meinte.

„Wegen des Geldes musst du dir keine Sorgen machen, ich bin sicher, dein Bruder bezahlt gerne für dich!", sagte sie auf dem Weg hinaus. Er beeilte sich, mit ihr Schritt zu halten. Es fehlte noch, dass Kieran über seine Kreditkartenabrechnung erfuhr, was hier mit ihm passierte. Das schadenfrohe Gelächter des kleinen Bruders, der von sich selbst glaubte, stets modisch auf der Höhe zu sein, konnte Asher sich schon jetzt vorstellen.

Zwei Stunden später stand er mit dem Rücken zu einem Modegeschäft im Licht der Straßenlaternen und schwor sich, nie wieder einkaufen zu gehen.

„Siehst du, es war gar nicht so schlimm!", lachte Estelle und kam mit einem kleinen Beutel in der Hand durch die Tür auf ihn zu. Er hatte keine Ahnung, was es war, das sie „unbedingt" noch kaufen musste, nachdem sie nahezu den ganzen Laden leer geräumt hatten, jedenfalls der Anzahl der Einkaufstüten in seiner Hand nach zu urteilen. Ihr fröhliches Lachen versöhnte ihn jedoch sogleich mit seinem Schicksal. Und wenn sie ihn so ansah, das ahnte er in diesem Moment, würde er jede Tortur auf sich nehmen, um dieses wunderbare Lächeln wiederzusehen, vielleicht sogar eine weitere Shoppingtour.

„Ich sterbe vor Hunger!", riss sie ihn aus seinen Gedanken. „Dort drüben ist ein Restaurant, lass uns was essen. Ich liebe Italiener!"

Asher begleitete sie über die stark befahrene Straße und fragte sich, ob er ihr erzählen sollte, dass er in Verona geboren war. Aber vielleicht meinte sie ja nur die italienische Küche und nicht die männlichen Einwohner seines Heimatlandes. Es war wirklich an der Zeit, dem Rat seiner Geschwister zu folgen und etwas mehr auf die Entwicklung der Welt um ihn herum zu achten, wenn er sich weiter in ihr zurechtfinden wollte. Sein letzter Restaurantbesuch lag Jahrzehnte zurück. So war er ein wenig bang, was ihn erwarten würde, als er die Tür öffnete. Wärme, der Geruch von geröstetem Brot und das Gemurmel vieler Menschen schlugen ihnen entgegen. Darüber lag der unverkennbare Duft ihres Blutes und – leider auch von Knoblauch. Asher verzog das Gesicht, er hatte das Gewürz schon vor seiner Transformation nicht besonders geschätzt.

Eine Kellnerin erschien, erfasste mit einem Blick seine Aufmachung und wollte gerade erklären, das Restaurant sei bereits voll besetzt, da machte sie den Fehler, Estelle anzusehen – und plötzlich geschah etwas Merkwürdiges mit ihr. Die heruntergezogenen Mundwinkel verschwanden. Mit einem freundlichen „Willkommen!" bat sie die beiden, ihr zu folgen, und führte sie zu einem etwas ruhiger gelegenen Tisch.

„Unartiges Mädchen!", flüsterte Asher Estelle ins Ohr, nahm ihr den Mantel ab und wartete höflich, bis sie sich gesetzt hatte, bevor er ebenfalls Platz nahm. Nachdem die Kellnerin ihnen die Speisekarte gebracht und sich anschließend zurückgezogen hatte, sah er sie streng an. „Keine Magie in der Öffentlichkeit!"

„Du bist schuld."

„Ich?" Verwundert legte er die Karte beiseite.

„Hast du nicht gesehen, dass sie uns rausschmeißen wollte? Das scheint hier ein Laden mit Stil zu sein, da bedient man nur gut gekleidete Leute." Damit schien das Thema für sie erledigt zu sein. Estelle schlug die Karte auf und verharrte plötzlich in der Bewegung. „Du kannst doch – ich meine, kannst du eigentlich essen oder nur …" Sie machte ein schlürfendes Geräusch, hielt sich dann aber schnell die Hand vor den Mund und sah sich besorgt um. „Entschuldige!"

Asher musste lachen. „Du isst, und ich sehe dir zu. Später …" Er machte das Geräusch nach, und ihre Augen wurden ganz groß. „Keine Sorge, ich hatte an einen völlig harmlosen Drink gedacht."

„Keine ‚Bloody Estelle'?"

„Nichts dergleichen, ich schwöre es!" Genau in diesem Moment wehte ihr unvergleichliches Aroma zu ihm herüber, und seine Kiefer prickelten. Auf einmal war er sich nicht mehr so sicher, das Versprechen halten zu können. Er täte gut daran, vor einem gemeinsamen Ausflug in die Nacht noch etwas Nahrhaftes zu sich zu nehmen. Ob ein einfacher Imbiss allerdings gegen seine überwältigende Lust helfen würde, wagte er zu bezweifeln. *Nimm sie dir!* Eine diabolische Stimme, die aus seinem Unterbewusstsein aufgestiegen zu sein schien und ihm in letzter Zeit häufiger unerwünschte Ratschläge erteilt hatte, verlangte, dieses leichtfertig gegebene Versprechen zu ignorieren. Asher ließ sich nicht gern etwas vorschreiben. Schon gar nicht von irgendwelchen Stimmen. Kaum hatte sich dieser Gedanke formuliert, verlegte sich der Quälgeist in seinem Inneren aufs Bitten. Er fuhr sich durchs Haar, als könne er seine Sehnsucht, Estelle zu besitzen, damit fortwischen. *Sie gehört dir!*, flüsterte es in ihm, und am liebsten hätte er seinem Verlangen auch nachgegeben. Doch dann dachte er an die Warnung seiner Geschwister, nichts zu überstürzen, und riss sich zusammen. Estelle brauchte Zeit, schließlich hatte sie gerade erst erfahren, wer er wirklich war.

Vorerst begnügte er sich also mit dem angebotenen Glas Champagner und erfreute sich an dem Anblick, der sich ihm bot. Diese Fee verstand augenscheinlich etwas von Genuss. Das

Dressing des Salats hinterließ mit jedem Bissen weiße Perlen auf ihren vollen Lippen, die sich öffneten, um einer mit Gemüse beladenen Gabel Einlass zu gewähren. Wann hatte er sich zuletzt gewünscht, grüner Spargel zu sein? Das war doch lächerlich! Sein Körper schien diese Meinung nicht zu teilen und rutschte unruhig auf der Bank hin und her. Zum Abschluss bestellte die Feentochter einen Espresso, schaufelte mehrere Löffel Zucker hinein und trank das schwarze Gebräu in einem Zug. „Der Kaffee ist immer das Beste an so einem Essen!"

Asher bezweifelte dies. Sie hatte fast jeden Bissen mit einem euphorischen Seufzen begleitet und schließlich auch noch von seinem Gericht genascht, das er bestellt hatte, um keine unwillkommene Aufmerksamkeit auf sich zu ziehen. Er konnte sich, weiß Gott, ein besseres Finale vorstellen und war ausnahmsweise einer Meinung mit seiner inneren Stimme. Ganz Kavalier bestand er darauf, die Rechnung zu begleichen, und ging zur Bar.

Als der Vampir an ihren Tisch zurückkehrte, hätte Estelle auffallen können, dass seine Augen unnatürlich glitzerten, aber sie war damit beschäftigt, die Tüten zu durchsuchen, bis sie sich schließlich erleichtert zurücklehnte. „Ich dachte schon, der Verkäufer hätte vergessen, das Hemd einzupacken", erklärte sie.

„Welches von den mindestens zwanzig Hemden, die du ausgesucht hast, meinst du?"

„Jedes einzelne hätte einen dramatischen Verlust bedeutet", lachte sie und stand auf. Folgsam trug Asher die Tüten hinter ihr her und erntete von manch einem der männlichen Gäste mitfühlende Blicke. Plötzlich fühlte er sich diesen Sterblichen auf eigenartige Weise verbunden; wenn sie auch das Ausmaß seiner Qualen nicht erahnen konnten, tat ihm ihre offensichtliche Anteilnahme doch gut.

Erleichtert warf er wenig später seine teure Last auf das Bett

in Estelles Schlafzimmer. Wahrlich gab es bessere Möglichkeiten, das bequem aussehende Möbel zu nutzen, aber wenn er
die Dinge wieder überstürzte, wie vorhin bei dem Versuch sie
zu küssen, würde er niemals ihr Vertrauen gewinnen und ihr die
Furcht nehmen können. Die Frauen heutzutage waren verrückt.
Wie konnten sie einen nahezu fremden Mann in ihr Schlafzimmer lassen und darauf vertrauen, er würde sich beherrschen?
Das Ziehen zwischen seinen Beinen verursachte Schmerzen,
die eines Alpha-Vampirs unwürdig waren. Für Estelle aber wollte Asher auch das ertragen. Selbst wenn er nicht durch den
Türspalt gesehen hätte, wie die Fee ihr rabenschwarzes Haar
hochsteckte und auf ihn zukam, hätte er gewusst, dass sie sich
näherte. Er konnte jede ihrer Bewegungen so genau spüren, als
läge seine Hand auf ihrer Taille. Schnell beugte er sich über die
Einkäufe und tat, als suche er Kleidung für den Abend heraus,
um die Erregung zu verbergen, die erneut von ihm Besitz ergriffen hatte, nachdem er ihren elegant geschwungenen Nacken
erblickte.

    „Ich dusche nur schnell!" Damit zog sie die Tür hinter sich
zu und ließ Asher mit seinen Fantasien allein. Jetzt war eine
gute Gelegenheit, seine Blutlust ein zweites Mal zu stillen. Der
kleine Schluck, den er der Kellnerin in einer dunklen Kammer
des Restaurants geraubt hatte, war längst vergessen. Dieser
Gedanke reichte aus, und er fand sich in seinem Zimmer wieder. Dort riss er die Kühlschranktür so vehement auf, dass sie
aus den Angeln sprang. Bevor er den Inhalt eines kompletten
Beutels hinunterstürzte, machte er sich nicht einmal die Mühe
das Blut aufzuwärmen. Danach spülte er mit leichtem Bedauern
den köstlichen Geschmack mit einer Kräuterlösung aus seinem
Mund und war rechtzeitig zurück, um seine Badefee erhitzt
und nach einem exotischen Parfum duftend aus dem Schlafzimmer kommen zu sehen. „Der Nächste bitte!" Asher ließ sich

nicht zweimal bitten. Kaltes Wasser schien angebracht, wenn es auch wenig Erfolg versprach. Selbst verborgene Seen in der Antarktis hätten die Flammen, die in ihm loderten, nicht löschen können.

Estelle hatte ihre Strümpfe vergessen und schlich schnell zurück, um sie zu holen. Da sah sie, dass Asher die Badezimmertür nicht richtig geschlossen hatte. Dieser Versuchung konnte sie einfach nicht widerstehen. Neugierig spähte sie durch den Spalt und verwünschte die Duschkabine, die an den interessanten Stellen mit geeisten Scheiben ausgestattet war. Doch was sie sehen konnte, gefiel ihr ausgesprochen gut und bestätigte zudem ihre Vermutung. Warum sie allerdings so sicher gewesen war, dass sich unter dem schlabberigen Pullover des Bibliothekars ein perfekt durchtrainierter Körper verbarg, konnte sie sich in keiner Weise erklären. Asher drehte den Wasserhahn ab und sah einen Schatten an der Tür.

„Das neugierige Kätzchen!", dachte er erfreut und trat hoffnungsvoll aus der Dusche. Estelle schnappte nach Luft, griff nach ihren Strümpfen und floh ins Wohnzimmer. Dort zog sie hastig das sündhaft teure Kleid an, das sie vorhin gekauft hatte, während Asher in einer Umkleidekabine mit den Tücken moderner Herrenbekleidung kämpfte. Sie focht ihren eigenen Kampf mit dem Reißverschluss aus, als sie hinter sich ein Räuspern hörte. Da lehnte er in der Tür, nur mit einem Handtuch bekleidet, die Haare standen vom Frottieren in alle Richtungen ab. Das war mehr, als sie verkraften konnte. Dieses einseitige Grinsen ließ ihren Puls an Stellen schlagen, an denen kein Arzt ihn jemals gemessen hatte. „Kann ich helfen?"

„Nein! Ja! Doch, dieser verflixte Reißverschluss klemmt!"

Langsam stieß er sich vom Türrahmen ab und kam näher. Mehr ein Barbar als ein Mann. Estelle fühlte sich wie eine junge Antilope, die vor Angst starr und unfähig war, vor dem Leoparden zu fliehen. Stattdessen bewunderte sie das Spiel seiner Muskeln unter der leicht gebräunten Haut. *Sollten Vampire nicht totenbleich sein?* Unwillkürlich beschleunigte sich ihr Atem, sie sah zu ihm auf. Estelle war in diesem Augenblick überzeugt: wenn er versuchen sollte, sie zu küssen, würde sie es ihm gestatten – und alles andere auch. Schließlich stand er so dicht vor ihr, dass sie von seinem Duft eingehüllt wurde. Er roch nach herben Hölzern, nach Wildnis und nach Mann. Ein Tropfen löste sich aus seinem feuchten Haar, seine Lippen glänzten, und ihr war deutlich bewusst, dass sich nur ein Handtuch und ihr dünnes Kleid zwischen ihren Körpern befanden. „Dreh dich um!" Der Befehl kam unerwartet, doch sie befolgte ihn prompt. Oh, liebe Göttin, was kam jetzt?

Die Wärme seiner Hände überraschte sie, Vampire waren für sie immer eiskalte Geschöpfe gewesen, seine Sanftheit aber jagte ihr köstliche Schauer über den Rücken. Behutsam zog er den Reißverschluss hoch, und seine Hände verweilten einen Moment länger als notwendig an ihrem Nacken.

„Das war schon alles, bitte schön." Dieses Spiel konnten auch zwei spielen.

Als sich Estelle umsah, verschwand Asher gerade im Schlafzimmer, und sie hätte schwören können, dass er sein Handtuch absichtlich von den Hüften gleiten ließ, kurz bevor sich die Tür lautlos hinter ihm schloss. Am liebsten hätte sie den gläsernen Aschenbecher nach ihm geworfen, der gerade in Reichweite stand. „Worauf wartest du? Etwa darauf, dass er sich in dich verliebt und nie mehr Blut trinkt? Eher friert die Hölle zu!", flüsterte sie ihrem Spiegelbild zu.

Du hast keine Ahnung von Abaddon, süße Fee. Atemberaubender Sex wäre für den Anfang völlig ausreichend, und er ist gut, du weißt es!, schien ihr der Spiegel zu antworten. *Gib es zu, gestern hättest du bei Julen auch nicht Nein gesagt und heute bist du scharf auf Asher. Keiner von beiden würde lange zögern. Du bist eine Feentochter, warum verleugnest du dein Erbe?*

Ihr Gesicht glühte und sie wandte sich ab. Stimmen zu hören war die neueste Variation ihrer verdrehten Begabung, und sie musste sich beruhigen, anderenfalls drohte womöglich noch ein Anfall. Über den Inhalt dieser bizarren Unterhaltung wollte sie lieber gar nicht nachdenken.

Asher betrachtete sich inzwischen zufrieden im Spiegel. Nicht nur, weil es ihm gelungen war, die Leidenschaft in der kleinen Fee zu wecken, sondern auch, weil sich das Martyrium des Einkaufs gelohnt hatte. Vampire haben kein Spiegelbild? Ja, natürlich! Dies galt sicherlich nicht für Dunkelelfen wie ihn. Er beschloss, dass es Zeit wurde, seine Tarnung als unscheinbarer Buchliebhaber aufzugeben. Und als er genauer hinsah, blickte ihm aus dem geschliffenen Glas ein scheinbar völlig Fremder entgegen, der den Vergleich mit seinem stets gut gekleideten Bruder Kieran nicht zu scheuen brauchte. Zufrieden schlenderte er aus dem Zimmer und erstarrte in der Bewegung. Kalte Duschen hielten bei Vampiren offenbar nicht lange vor. Mein Gott, diese Fee trug ihren Namen zu Recht. Sie strahlte wie ein Stern, und ihr Anblick raubte ihm jedes Mal erneut den Atem. Sie balancierte jetzt auf zierlichen Sandalen, die ihre Beine noch länger erscheinen ließen und ihr erlaubten, ihm gewissermaßen auf Augenhöhe zu begegnen. In seiner Jugend hatte er mit seiner Größe Aufsehen erregt, wann immer er durch die Straßen Veronas geschritten war, heute waren ihm die Frauen in ihrem Wuchs ebenbürtig. Das herrliche Haar hatte Estelle leider hochgesteckt, doch schon befreiten sich erste Strähnen aus der Gefangenschaft und weckten in Asher den Wunsch, alle Spangen und Nadeln zu entfernen, so, wie er es in ihrer gemeinsamen Vision getan hatte.

Stattdessen half er ihr in den Mantel und raunte dabei: „Du bist wunderschön!"

„Du siehst aber auch nicht übel aus!" Dieses Kompliment fiel Estelle nicht schwer. Sie hatte zwar gehofft, die richtige Wahl getroffen zu haben, als sie ihm gemeinsam mit dem Verkäufer ein Outfit nach dem anderen ausgesucht hatte, aber einen solchen Erfolg hatte selbst sie nicht voraussehen können. Hätte sie geahnt, dass sein unauffälliges, geradezu langweiliges Aussehen Teil der Tarnung des ehemaligen Vengadors war, wäre sie vielleicht an diesem Abend weniger selbstgefällig die Stufen zu einem sehr exklusiven Club hinaufgeschritten. Auch hier winkten sie die Türsteher durch, während andere Gäste im kalten Wind der Dezembernacht erwartungsvoll fröstelten. Kaum hatten sie es sich in den Polstern einer Sitzecke bequem gemacht, da erschien ein Mann in eleganter Abendkleidung und raunte Asher etwas ins Ohr. Die Musik verhinderte bedauerlicherweise, dass sie seine Worte verstand, aber Asher nickte und streckte seine Hand nach ihr aus. „Ich möchte dir jemanden vorstellen." Lautlos flüsterte er: *Wir wurden schon erwartet. Lass mich reden und lächle.*

Dazu hätte sie einiges zu sagen gehabt und auch zu seinem Eindringen in ihre Gedanken. Doch der Mitarbeiter des Clubs sah grimmig aus, und sie entschied, für Fragen wäre später noch ausreichend Zeit. Hoffentlich. Gemeinsam gingen sie zu einer unauffälligen Tür, die sich wie von Geisterhand öffnete, und standen wenig später vor einem breiten Schreibtisch. Alles an dem Mann, der die Neuankömmlinge musterte, schrie: „Vampir", und Estelle musste sich beherrschen, um keine Anzeichen von Panik zu zeigen. Dieser Bluttrinker machte keinen Hehl aus seinen Vorlieben und starrte unverhohlen auf ihren rasenden Puls. Als spürte er ihre aufkeimende Panik, legte Asher seine Hand beruhigend auf ihre Taille. Sofort entspannte sie sich.

„Willkommen!" Der Mann beendete seine unverschämte Musterung, erhob sich und deutete eine Verbeugung an. „Es ist mir eine Ehre, Sie und Ihre Begleiterin", er warf einen fragenden Blick in ihre Richtung, „begrüßen zu dürfen."

Sie widerstand der Versuchung, seine Gedanken zu ergründen, reagierte aber sofort, als der Vampir seinerseits probierte, in die ihren einzudringen. Blitzschnell verstärkte sie ihre Schutzschilde und registrierte erfreut, wie sich die Augenbrauen ihres Gegenübers für eine Sekunde zusammenzogen.

Asher verstärkte den Druck seiner Hand. „Wir sind gekommen, um unsere Aufwartung zu machen, wie es sich geziemt."

Der Vampir lachte. „Allein Besuche dieser Art sind es wert, dass ich unsere irische Dependance übernommen habe." Der Akzent verriet seine Herkunft. Er stammte aus dem tiefsten Süden der USA. Nachdem er mit den Fingern geschnippt hatte, erschien ein weiterer Vampir. „Drinks für meine Gäste!" Sekunden später standen zwei Gläser vor den beiden. Misstrauisch roch Estelle an ihrem Getränk, der Vampir lachte dröhnend. „Keine Sorge, das ist Champagner. Wenn du etwas anderes möchtest …"

„Vielen Dank", antwortete Asher an ihrer Stelle und hob sein Glas, dessen Inhalt niemand mit Cassis verwechselt hätte.

Ihr Gastgeber nahm selbst einen Schluck und fragte mit einer Stimme, die seine vorangegangene formale Höflichkeit Lügen strafte: „Was wollt ihr in Dublin?"

Asher sah ihn ruhig an. „Wie Sie zweifellos wissen, begleitet mich heute eine Vertreterin der Lichtelfen." Er beugte sich vor und gab seiner Stimme einen vertraulichen Ton. „Meine Freundin hatte Lust einzukaufen, und da sie noch nie das Book of Kells gesehen hat, fiel unsere Wahl auf diese Stadt." Der Vampir schien nicht überzeugt, und Asher fuhr fort: „Ich hatte anderweitig Geschäfte zu tätigen, ein Bekannter unserer Familie war so freundlich, sie zu begleiten." Damit, so hoffte er, war Julens Anwesenheit ausreichend erklärt.

„Wir leben in einem freien Land." Er sah nicht danach aus, als begrüße er dies. „Sollte es allerdings Schwierigkeiten geben, kann ich für eure Sicherheit nicht garantieren!" Er stand auf. Offenbar war die Audienz damit beendet, und Asher verabschiedete sich trotz des deutlichen Affronts überaus höflich. Estelle wurde völlig ignoriert. Draußen wollte sie ihn fragen, was eigentlich gerade geschehen war, aber er zischte nur: „Nicht jetzt!"

Sie kehrten an ihren Platz zurück und beobachteten wortlos die anderen Gäste. Es war offensichtlich, dass dieser Club den Anspruch erhob, nur die einflussreichsten Personen zu unterhalten. Das hatte erfahrungsgemäß nicht unbedingt einen guten Einfluss auf die Stimmung, und deshalb erhielten auch solche Gäste Einlass, die sich im Ruhm der Adligen und Reichen sonnen wollten, vorausgesetzt, sie sahen überdurchschnittlich gut aus. Estelle hatte den Verdacht, dass sie beide aus völlig anderen Beweggründen vorgelassen worden waren.

Etwa eine halbe Stunde später sagte Asher: „Sternchen, sollen wir weiterziehen?"

Sie konnte sich ein Lachen über diesen Kosenamen kaum verkneifen und stand auf. „Gerne."

Draußen griff er sofort nach ihrer Hand und zog sie in eine dunkle Gasse. „Was denkst du, was du hier tust?" Estelles eben noch gute Laune drohte umzuschlagen.

Mach einfach mit. Und schon küsste er sie. Anfangs war sie überzeugt, bei irgendeiner Farce mitzuspielen, die er offenbar für erforderlich hielt, um einem heimlichen Beobachter zu beweisen, dass sie tatsächlich seine Freundin war. Doch schnell war ihr das gleichgültig, und sie öffnete hungrig die Lippen, um so viel wie möglich von ihm zu spüren. Asher presste sie mit seinem Körper an die Mauer. Im Rücken spürte Estelle kalte Ziegel, von vorn die unverkennbare Hitze eines erregten Mannes. Seine Hände schienen überall zu sein, ihre Nerven flatterten unter seinen Berührungen. Auf einmal wurde sie von starken Händen hochgehoben, die ihren Hintern kneteten. Halt suchend schlang sie ihre Beine um seine Taille, während ihre Finger mit den Knöpfen seines Hemdes kämpften. „Langsam, Sternchen!" Ashers Stimme klang dunkel vor Leidenschaft. Er küsste sie, löste dann aber behutsam ihre Beine, bis sie wieder festen Boden unter den Füßen spürte. „Hast du gerne Publikum?", hauchte er in ihren Mund. Und als sie den Kopf schüttelte, fuhr er fort: „Ich auch nicht. Warte, ich habe eine Idee!" Schon spürte Estelle das inzwischen vertraute Gefühl der Schwerelosigkeit und fand sich wenig später in einem spartanisch eingerichteten Schlafzimmer wieder. Das Bett allerdings war keineswegs bescheiden. Ashers Lippen schienen gleichzeitig überall auf ihrem Körper zu sein. Er fand die Stelle hinter ihrem Ohr, die sie willenlos machte, hauchte zarte Küsse auf die empfindliche Haut, und von diesem Augenblick an vergaß sie alle Bedenken. Mit ihren Händen erforschte sie die glatte Haut seines Rückens, unter der bei jeder Bewegung harte Muskeln rollten. „Zieh dich aus!" Ihre Stimme klang fremd und verlangend. Asher gehorchte. Langsam knöpfte er sein Hemd auf und streifte es ab. Sie konnte sich an seinen Schultern und der breiten Brust, deren Muskeln sich in einem flachen, steinharten Bauch zu sammeln schienen, nicht sattsehen. Fasziniert beobachtete sie, wie seine kräftigen, männlichen Hände den Reißverschluss öffneten. Schnell beugte sie sich vor und half ihm, die Hose abzustreifen. Sie drückte ihre heißen Lippen auf seinen Bauch, der bei dieser intimen Berührung leicht zu beben schien. Asher zog Estelle wieder auf die Füße und küsste sie wild. Seine Hände fanden den Verschluss ihres Kleides und

zogen daran. Geschmeidig wand sie sich aus dem seidigen Stoff.
Estelle hatte es eilig, das störende Material zwischen seinem
Körper und ihrer glühend heißen Haut endlich loszuwerden.
Er verharrte in der Bewegung, um diesen Anblick für immer in
sich aufzunehmen. Schließlich streifte er die dünnen Träger des
BHs langsam über ihre Schultern und küsste das schneeweiße
Dekolleté. Im Nu bildeten auch ihre restlichen Kleider einen
dunklen Haufen am Fußende. Er lachte, umfasste mit beiden
Händen ihre Taille und legte sie sanft aufs Bett. Seine Augen
schienen sich gar nicht von dem Anblick der bezaubernden Fee
losreißen zu können. Er kniete vor ihr hin und zog ihre Arme
weit auseinander. „Nie zuvor habe ich etwas so Wunderbares
wie dich gesehen!" Seine Blicke schienen jeden Millimeter ihres
Körpers wie einen edlen Wein zu trinken, und unter halb geöffneten Lidern sah sie das stürmische Blau seiner Augen wie
einzigartige Saphire leuchten. Estelle wusste nicht, ob er die
Wahrheit sagte, aber ihrem Körper war das vollkommen egal. Er
reagierte, als würden die rauen Hände sie bereits liebkosen, und
wollte dem Magier gehören. „Berühre mich!", verlangte sie mit
kehliger Stimme, die nicht ihre eigene zu sein schien.

Asher tat, was sie verlangte. Er ließ ihre Handgelenke los und
zeichnete die Linien ihres Körpers andächtig nach. Estelle hätte
am liebsten geschrien, stattdessen gab sie unterdrückte kleine
Geräusche von sich, die ihn in seinem Tun bestätigten. Nach
einer Ewigkeit beugte er sich über ihren Bauch und umfuhr mit
seiner Zunge den Nabel, während er gleichzeitig ihre Brüste liebkoste, bis sie glaubte, sie wären zu doppelter Größe angeschwollen, so sehr spannten sie unter seinen erfahrenen Händen. Estelle
bog sich ihrem Liebhaber entgegen, der ihre Signale verstand.
Seine Finger strichen über die Innenseite ihrer Schenkel. Nach
einer schier unerträglich langen Odyssee fand er endlich sein
Ziel. Sie stöhnte, verlangte mehr – und er gab es ihr gern. Schließ-

lich schob er mit einem Knie ihre Beine auseinander, bis sie seine Hitze deutlich spürte, die Schenkel weiter spreizte und ungeduldig ihr Becken hob, um ihm Einlass zu gewähren. Asher folgte ihrer Einladung, ohne zu zögern. Behutsam bewegte er sich vorwärts und verharrte so lange regungslos in der köstlichen Wärme, bis sie selbst die Initiative ergriff und ihre Hüften an ihn presste. Mehr bedurfte es nicht. Wieder und wieder bäumte er sich über ihr auf, angefeuert von ihren Schreien, aber immer noch mühsam kontrolliert – bis zu dem Moment, als sie ihn in die Schulter biss. Da verließ den Vampir die Selbstbeherrschung. Er gab einen animalischen Laut von sich und stieß in sie hinein, bis sie aufschrie, ihr Orgasmus die letzte seiner Barrieren einriss und Asher schließlich in einem Taumel der Lust über ihr zusammenbrach.

Als sie wieder zu Atem kam, wusste Estelle zwei Dinge: Sie hatte mit einem Vampir geschlafen. Und seine Gedanken waren die ganze Zeit bei ihr geblieben, etwas, was den wenigen sterblichen Liebhabern, die es in ihrem Leben gegeben hatte, nie geglückt war. Aber ein Vampir! Sie wartete darauf, dass das Entsetzen eintrat, aber als nichts dergleichen geschah, stützte sie sich auf einen Ellenbogen und betrachtete ihren Verführer. Asher lag mit geschlossenen Augen neben ihr, das Heben und Senken seiner Brust geschah gleichmäßig, und was sie im Schein der Kerzen sonst noch sehen konnte – wann hatte er die eigentlich angezündet? –, war mehr, als sie in ihren kühnsten Fantasien je zu hoffen gewagt hätte. Wenn dieser Mann auch nur im Entferntesten seinem Bruder ähnelte, dann wusste sie spätestens nach dieser erschütternden Erfahrung, warum ihre Schwester dem Vampirkrieger völlig verfallen war. Keine Frau mit auch nur einigermaßen funktionierendem Verstand würde ein solches Sahnestückchen freiwillig wieder hergeben. Sie legte ihre Hand auf seinen Bauch, und langsam erwachte er zu neuem Leben. Der Anblick seiner wachsenden Erregung faszinierte sie, glatt und seidig spannte sich die Haut, und Estelle beugte sich über ihn, um zu kosten, wie sich diese Pracht in ihrem Mund anfühlte. Asher stöhnte, verunsichert bewegte sie sich langsamer. *Hör nicht auf!* Sie nahm ihre Hand zu Hilfe. Anfangs folgte sie seinen Anweisungen, doch allmählich merkte sie genau, was ihm gefiel – und wurde sich der Macht bewusst, die sie hier über einen gefährlichen Vampir besaß.

Schließlich konnte Asher die süße Qual nicht länger ertragen. Er zog sie zu sich hinauf, küsste ihre Brüste, und als er den grauen Sturm sah, der in ihren Augen aufzog, hob er seine leidenschaftliche Geliebte in die Höhe, so dass sie zu fliegen glaubte, lächelte wissend und ließ sie dann langsam auf seinen Schoß hinabsinken, bis sie ihn ganz in sich aufgenommen hatte. Estelle liebte es, seine Hände an ihren Hüften zu spüren, aber bald fiel sie in einen eigenen Rhythmus, der ihr Blut zum Kochen brachte, bis sie mit einem befreienden Schrei über ihm zusammenbrach und schwer atmend ihren Kopf an seiner Schulter barg. Er genoss die Wellen, die durch ihren Körper tobten … und auch deren allmähliches Verebben. In diesem Moment drehte er sich mit der erhitzten Fee im Arm um, hielt sie unter seinem athletischen Körper gefangen und hatte sie mit wenigen Stößen zu einem neuen Höhepunkt getrieben, dem er folgte und den sie gemeinsam so tief erlebten, dass Estelle glaubte, sie müsse ohnmächtig werden. Und vielleicht hatte sie wirklich für einen Augenblick das Bewusstsein verloren, denn als sie ihre Augen wieder aufschlug, sah sie direkt in Ashers Gesicht.

„Das war …", begannen beide gleichzeitig und mussten lachen. „Wahnsinn!", hauchte Estelle später in seinen Mund, gab ihm einen weiteren kleinen Kuss und setzte sich auf. „Können wir das bitte noch mal machen?"

„Jetzt?" Asher tat entsetzt. „Ich bin ein alter Mann!"

Sie lachte. „Das habe ich befürchtet. Aber ich bin jung, neugierig und ziemlich hungrig. Na gut, dann eben später!" Ihr Magen knurrte wie zur Bestätigung, sie schwang ihre Beine aus dem Bett, und ehe Asher begriff, was sie plante, hatte sie schon die Küche entdeckt. „Igitt!" Angeekelt starrte sie auf säuberlich aufgereihte Beutel, deren Aussehen wenig Spielraum für Deutungen ließ.

Schnell folgte er ihr und schlug die Kühlschranktür zu. „Es tut mir leid …", begann er.

Estelle war ebenso blass geworden wie die Wand, an der sie lehnte. „Blut!", war alles, was sie herausbrachte.

„Komm zurück ins Bett, ich erklär dir alles!"

„Das halte ich für keine gute Idee, das Bett meine ich."

Wenig später stand sie geduscht und in einen Morgenmantel gewickelt vor riesigen Fensterscheiben und starrte in das nächtliche Manhattan hinab.

Asher hatte sich ihr lautlos genähert, sie zuckte zusammen, als er ihren Nacken küsste. Entmutigt ließ er seine Hände von ihren Schultern gleiten. „Bereust du es?"

„Bereuen? Nein." Sie drehte sich um und lächelte zaghaft. „Es ist nur verwirrend, wie sich mein Leben innerhalb weniger Stunden so völlig verändert hat. Ich habe so viele Fragen."

Asher führte sie zu einem besonders modernen Sofa und setzte sich neben sie. „Was möchtest du wissen?"

„Alles!"

Er lachte. „Okay, ich fange mal mit unserem gestrigen Besuch beim grimmigen George an." Sie runzelte fragend die Stirn, und Asher beschloss, weiter auszuholen. „In den meisten Städten lebt ein Vertreter des Rats. Du kannst ihn dir als eine Art Statthalter vorstellen, bei dem sich alle Vampire anmelden müssen, falls sie vorhaben, länger in seinem Gebiet zu verweilen. Das dient sowohl dem Schutz der dort lebenden Sterblichen als auch der Sicherheit der magischen Bewohner. Nicht jeder von uns ernährt sich immer ganz vorschriftsmäßig, und gelegentlich kommt es zu Unfällen, die in der heutigen Zeit schwierig zu vertuschen sind."

„Du meinst, Menschen werden ermordet!"

Das war keine Frage gewesen, und Asher sagte schließlich: „Das will ich nicht bestreiten. Der Rat hat schon vor langer Zeit verboten, mehr als nur ein paar wenige Schlucke von Sterblichen zu trinken, und dies auch nur in Notsituationen, oder wenn die Spende freiwillig gegeben wird. Gelegentlich aber verlieren besonders junge Vampire die Beherrschung, obwohl die Strafe dafür ebenso hoch ist wie für das gewaltsame Transformieren." Er verschwieg, dass ein solcher Kontrollverlust bei Dunkelelfen ungleich bedrohlicher war. „Beides wird vom Rat mit dem Tod geahndet."

Estelle zog den Morgenmantel enger um ihren Körper. „Wer vollstreckt diese Urteile?", fragte sie leise und kannte doch schon seine Antwort.

„Vengadore sind dafür zuständig."

„Kieran."

Er hätte ihr gestehen müssen, dass er selbst ebenfalls mehrere Jahrhunderte lang für den Rat getötet hatte und sogar immer noch als einer der Besten in diesem Metier galt. Aber Asher brachte es einfach nicht fertig, die Wahrheit zuzugeben, und wechselte schnell das Thema. „George vertritt die Interessen des Rates in ganz Irland, das macht ihn zu einem mächtigen Statthalter. Leider ist er unberechenbar, und die Gerüchte um einen Aufstand der Streuner haben ihn nervös gemacht."

„Du kannst ihn nicht leiden!" Estelle war erstaunt, wie klar sie seine Gedanken lesen konnte. Er schien tatsächlich auch außerhalb des Bettes keine Geheimnisse vor ihr haben zu wollen.

„Das beruht durchaus auf Gegenseitigkeit. Deshalb war es mir auch so wichtig, dich vorzustellen. Wenn er zufällig bemerkt hätte, dass wir uns kennen, wärst du in Dublin nicht mehr sicher gewesen. Jetzt weiß er, dass du unter meinem Schutz stehst, und wird sich jeden Schritt zweimal überlegen."

Sie dachte, dass Asher sehr einflussreich sein musste, wenn dieser George ihn respektierte. Auch Julen hatte sich ihm gegenüber bisher erstaunlich diplomatisch verhalten, dabei wusste er nicht einmal etwas von seiner kriegerischen Verwandtschaft. „Wenn mir George aber gar nichts tun kann, warum sind wir dann in New York, in einem Apartment, in dem jedes Möbelstück Kierans Handschrift trägt und wo es", sie roch in die Luft, „nach dem Parfüm meiner Schwester duftet? Sag jetzt aber bitte nicht: ‚Weil die Stadt niemals schläft‘!"

Da war wieder dieses Grübchen, er hatte immerhin den Anstand, verlegen zu blicken. „Ich dachte, es wäre vielleicht ganz nett, etwas mehr Zeit zu haben."

„Du hast von Anfang an vorgehabt, mich zu verführen!" Sie war nicht sicher, ob sie dies als Kompliment auffassen sollte.

„Seit ich dich zum ersten Mal gesehen habe, kann ich an nichts anderes mehr denken."

„Als an Sex?"

„Nein!" Asher schaute sie entrüstet an, dann wechselte sein Gesichtsausdruck, und er griff nach ihren Händen. „Natürlich habe ich auch daran gedacht. Hätte ich das nicht getan, so wäre ich kein Mann. Aber Estelle, kannst du es nicht auch fühlen? Es ist mehr als eine erotische Anziehung, mehr als die gemeinsame Nacht – uns verbindet etwas Unbeschreibliches." Meine Güte, da hatte er viele Hundert Jahre gelebt und reichlich Gelegenheit gehabt, die einschlägige Weltliteratur zu studieren, und nun kam er schon bei ein paar freundlichen Worten ins Stocken. „Wir sind Seelenpartner!" Er klang ebenso erschrocken, wie sie sich fühlte.

Diese Worte aus seinem Mund hörten sich fast wie eine Drohung an, und Estelle bekam Angst vor dem, was sie in seinen

Augen sah. Dominanz war da zu lesen, Sehnsucht vielleicht und gleichzeitig eine finstere Entschlossenheit, aber keine Spur von Liebe. „Ich lasse mir vom Schicksal nicht vorschreiben, wen ich zu lieben habe. Diese selbstgefälligen Göttinnen haben sich in der Vergangenheit oft genug geirrt." Ihre Stimme schnitt tief ins eigene Herz, als sie aufstand. „Du weißt doch, was man sich erzählt. Feen sind leicht zu haben, und eine Feentochter, glaub mir, braucht man auch nicht mit falschen Versprechungen ins Bett zu locken. Wie du siehst, habe ich auch ohne großes Kino mit dir geschlafen. Und jetzt bring mich zurück!"

Asher hätte sich ohrfeigen können. Wo blieb nur seine Selbstbeherrschung, auf die er immer so stolz gewesen war? Wo waren Geduld und diplomatisches Geschick, die ihn zu einem erfolgreichen Vengador gemacht hatten? Seine wertvollsten Eigenschaften schienen bei der ersten Berührung mit der Feentochter in die Brüche gegangen zu sein. In Estelles Nähe blieben nur noch seine Instinkte lebendig und von denen auch eher die weniger nützlichen. Wie würde er reagieren, wenn ihm eine Geliebte nach ihrer ersten gemeinsamen Nacht schon die Ehe antrüge? Und eine Seelenpartnerschaft war einzigartig. *Wie konnte ich das nur behaupten?* Sie hatte mit diesem Bund der Sterblichen, der bestenfalls für ein paar Jahrzehnte geschlossen wurde, wenig gemein. Sie ging viel tiefer. „Ewig", das wusste er, währte nichts, aber es dauerte bei seinesgleichen erfahrungsgemäß etwas länger, als man sich gemeinhin vorstellte. Und diese Zeit hatte Asher nicht. Sobald seine Schwester versorgt war, würde er sich aus dieser Welt verabschieden. Das Beste würde sein, er entspräche Estelles Wunsch und hielte auch in Zukunft deutlich Abstand. Dummerweise war es für die Reise durch die Zwischenwelt notwendig, diesen zweifellos guten Vorsatz zu brechen und ihren verführerischen Körper fest an sich zu pressen. „Du hast recht!" Asher streckte seine Hand aus und wappnete sich gegen die Flut von Emotionen, die ihn erwarteten. Sie legte zögernd ihre langen, schmalen Finger hinein und – nichts geschah. Er fühlte nur kühle Distanz und war überrascht, wie erfolgreich sie ihre Emotionen maskieren konnte. Oder empfand Estelle am Ende überhaupt nichts für ihn? Sie trug nun das exotische Parfum, an dem man einen Vampir erkennen konnte, wenn dieser unvorsichtig genug war, seiner Leidenschaft freien Lauf zu lassen, und Asher kam sich wie ein Idiot vor. Das kleine Biest hatte ihn benutzt! Estelles erhitztes Gesicht sagte mehr als ihre Worte. Feen zogen Energie aus sexuellen Begegnungen, und jetzt, da sie erhalten hatte, was sie begehrte, war er nichts mehr als eine weitere Trophäe in ihrer zweifellos umfangreichen Sammlung.

Etwas grober als nötig zog er sie durch die Zwischenwelt und setzte das Luder in der Suite ab, die vermutlich ihr anderer Liebhaber bezahlt hatte. Julen. Ein bitteres Bedauern breitete sich in seiner Brust aus. Er hatte kein Recht, sich zu beklagen. Sie hatten sich gegenseitig missbraucht, doch dies zu wissen, verschaffte dem brennenden Gefühl, etwas besonders Wertvolles verloren zu haben, keine Linderung. Er wollte gerade einen Schritt zurücktreten, um so viel Abstand wie möglich zwischen sich und Estelles verführerischen Körper zu bringen, den ein Morgenmantel nur unzureichend bedeckte, da stellte sie sich auf die Zehenspitzen und gab ihm einen Kuss auf die Wange. „Danke für den unvergesslichen Abend, das sollten wir bei Gelegenheit wiederholen." Schelmisch fügte sie hinzu: „Wenn du dich wieder erholt hast."

„Warum nicht!" Tatsächlich, warum eigentlich nicht? Sie ergänzten sich offenbar bestens. Zwei betrügerische Diebe. Seine Stimme war kaum mehr als ein dunkles Grollen, und er verschwand, bevor er Worte sagen konnte, die unverzeihlich gewesen wären.

Draußen schlug die Uhr am Trinity College zwölfmal, und als Estelle die Vorhänge aufzog, blickte sie blinzelnd in den sonnenhellen Mittag. Kein Wunder, dass Asher so merkwürdig gewesen war. Sonnenschein bereitete ihm mit Sicherheit Kopfschmerzen.

„Ich werde allmählich selbst zum Nachtmahr." Sie fuhr sich mit der Hand über die müden Augen und beschloss, wenigstens einen Teil des verlorenen Schlafs nachzuholen, um etwas Energie für eine weitere Suche in der Bibliothek zu sammeln.

12

Julen nutzte die Nacht, um nach dem Streuner zu suchen, der ihm während des Überfalls entwischt war. Doch der Flüchtige war kein Dummkopf. Dies hatte bereits sein rechtzeitiger Rückzug bewiesen. Der junge Vampir hielt sich offenbar gut versteckt, denn der Weg durch die Zwischenwelt war für ihn ganz bestimmt nicht gangbar. Selbst wenn er von dieser Möglichkeit gewusst hätte, wäre er viel zu schwach und jung gewesen, sie zu nutzen.

Nach einer vergeblichen Suche schlug Julen den Rückweg ein und klappte unterwegs seinen Kragen hoch. Vom Meer wehte ein eisiger Wind und – er hatte heute noch nicht getrunken. Dies und seine finstere Stimmung ließen ihn die Kälte spüren. Da ihn neuerliche Reisen durch die Zwischenwelt aber unnötig erschöpft hätten, nahm er den kürzesten Weg durch die Stadt, zu Fuß. Er vergrub seine Hände in den Hosentaschen und erfühlte darin einen Gegenstand. Der Fund aus dem Büro des ermordeten Detektivs. Der kleine Datenspeicher in seiner Hand erinnerte ihn daran, dass es ihm immer noch nicht gelungen war, die darauf gespeicherten Informationen zu entschlüsseln. Es war wie verhext. Julen gestand sich ein, viel zu viel Zeit mit Estelle vertrödelt zu haben, anstatt nach Hinweisen auf die Entführer zu suchen. Hinweisen, die sich unter Umständen sogar in seiner Tasche befanden. Er beschleunigte seine Schritte. Im Hotel angekommen, ging er trotz bester Vorsätze direkt zu Estelles Suite. Jede Nacht, die sie darin verbrachte, kostete ihn ein Vermögen. Dieses Detail hatte ihn bei der Buchung nicht interessiert und war ihm auch jetzt gleichgültig. Aber dass die Räume dunkel und verwaist dalagen, registrierte er sehr wohl, und es brauchte nur einen kurzen Moment der Konzentration, bis die schwere Zimmertür, wie von Geisterhand bewegt, aufsprang. Lieblicher Feenduft hing in der Luft, doch auf Ashers Anwesenheit gab es keinen Hinweis. Er stieß einen leisen Fluch aus. Dieser Buchfreak war gut. Hätte Julen nicht mit eigenen Augen gesehen, dass der Vampir noch vor wenigen Stunden hier gestanden hatte, er hätte sich täuschen lassen. Er nahm sich vor, seinen Hüter so schnell wie möglich aufzusuchen, um mehr über den Konkurrenten herauszufinden.

In seinem eigenen Zimmer machte er sich nicht einmal die Mühe, das Licht einzuschalten. Er warf den Mantel aufs Bett und klappte seinen Laptop auf. Leise surrend fuhr die Festplatte hoch. Anders als die Werwölfe, die inzwischen nicht nur in der Computerindustrie führend waren, sondern, wie es hieß, auch über exzellente Datenbanken verfügten, lehnte das Gros der Vampire Technik ab. Die wenigen, die sich auskannten, votierten regelmäßig gegen die Digitalisierung ihrer Bibliotheken und gegen andere Neuerungen. Ein wenig mehr Fortschrittlichkeit hätte seine Arbeit als Vengador erheblich erleichtern können und – was wirklich sehr wünschenswert gewesen wäre – seine Besuche beim Hüter möglicherweise auf ein Minimum reduziert. Die Vorstellung, mit magischen Wesen per E-Mail zu kommunizieren, mochte auf den ersten Blick absurd klingen, aber wenn man es genauer betrachtete, dann war es keine Überraschung, dass einige jüngere Vampire sogar eine geheime Internetplattform ins Leben gerufen hatten. Sich den Entwicklungen der Sterblichen anzupassen, um so unerkannt unter ihnen leben zu können, zählte zu den wichtigsten Überlebensstrategien ihrer Art. Große Hoffnung, dort etwas zu finden, hegte er nicht. Zu seiner Überraschung entdeckte er ein neues

Dechiffrier-Tool. Julen lud es sofort herunter, fischte den Stick aus der Tasche und versuchte sein Glück. Mehrere Stunden und zwei Beutel B-Negativ später lehnte er sich zurück und starrte ebenso müde wie frustriert auf den Bildschirm. Noch immer ratterten Zahlen und Zeichen in einem Fenster, aber der Inhalt des Dokuments blieb im Verborgenen.

Plötzlich klopfte es. Die Anzeige seines Computers informierte ihn darüber, dass es wenige Minuten nach zwölf war und draußen die Sonne bei trockenen sieben Grad Celsius strahlte. Wer auch immer ihn um diese Zeit besuchte, war ungeduldig, denn die Tür vibrierte beim zweiten Klopfen.

„Ich weiß, dass du dort drinnen bist."

Zweifelsfrei war dies Asher, Julen erkannte die Stimme sofort wieder. Er war mit drei Schritten an der Tür und riss sie rasch auf. „Was willst du?"

„Guten Tag! Da du dir die Mühe gemacht hast, mir zu öffnen, kannst du mich genauso gut auch hereinlassen." Ashers altertümlicher Akzent war wesentlich deutlicher als am Abend zuvor, und Julen fragte sich, wo er die letzten Jahrzehnte verbracht haben mochte. Der Vampir schlenderte an ihm vorbei, ließ seinen Blick über die im Zimmer herrschende Unordnung schweifen und sah schließlich auf den Bildschirm. „Diese Datei hast du in hundert Jahren noch nicht entschlüsselt", sagte er beiläufig, schob ein zerknülltes Hemd beiseite und ließ sich in den einzigen Sessel fallen.

Vollständig schien er den Kontakt zur Welt der Sterblichen jedoch nicht abgebrochen zu haben, sonst gäbe er sich jetzt sicherlich nicht so selbstgefällig. Erstaunt registrierte Julen die Veränderung, die mit dem Bibliothekar vor sich gegangen war. Die Zurückhaltung eines langweiligen Bücherwurms hatte ihm weit besser gefallen.

„Du hältst dich wohl für einen Fachmann?" Allmählich wurde

er ärgerlich, und der Feenduft, der Asher umwehte, trug nicht gerade dazu bei, seine Stimmung aufzuhellen.

„Keineswegs. Aber du solltest vielleicht einmal dies hier probieren!" Er zog einen Zettel aus der Tasche. Julen zuckte mit einer Schulter. Ein Versuch würde nicht schaden, so oder so konnte er nur gewinnen. Er stoppte den Entschlüsselungsversuch und hantierte mit der Maus. Ein Fenster erschien und verlangte ein Passwort.

Asher reichte ihm das Papier. „Estelle wird dank ihrer außergewöhnlichen Begabung den Inhalt eines Tages möglicherweise durch bloßes Berühren der Hardware erkennen können." Er sah Julen ausdruckslos an, und der junge Vengador unternahm nicht einmal den Versuch, ihn zu lesen. „Aber ich sage dir natürlich nichts Neues. Warum sonst hättest du ihre Sicherheit gefährden und sie als Spürhund missbrauchen sollen?"

„Das ist ein idiotischer Vorwurf!"

„Nicht, wenn man dein kleines Geheimnis kennt: Du besitzt zwar den unschätzbaren Vorteil, nicht spürbar zu sein. Aber leider kannst du zuweilen deine Umgebung weniger gut lesen, als es für einen Vengador gesund sein dürfte."

„Wer hat dir diesen Unsinn erzählt?"

Asher ignorierte die Frage. „Erkläre mir bitte, warum du das Grimoire schon vor dem Mord an diesem bedauernswerten Detektiv gesucht hast. Wolltest du deine Defizite mit einem kleinen Zauberspruch ausbügeln?"

Julen ignorierte seine Frage, tippte das oberste Wort auf der Liste ein, die ihm Asher gegeben hatte, drückte die Returntaste, und eine Melodie erklang, dabei erschien ein neuer Ordner. Die Verschlüsselung war aufgehoben. „Woher hast du das?"

„Ein wenig Glück ist immer dabei. Ich war auch in seinem Büro und habe gefunden, was du übersehen hast."

Er sah ziemlich zufrieden aus, fand Julen. „Hast du ihn umgebracht?"

„Sei nicht dumm, warum sollte ich das tun?" Asher zeigte auf den Bildschirm. „Vielleicht gibt es hier einen Hinweis."

Dem war leider nicht so, und auch sonst fanden sie in dem Ordner nicht sehr viel. Einen Bericht über den Krankheitsverlauf der alten Dame, seiner Auftraggeberin, den der Detektiv zweifellos in der Klinik gestohlen hatte und den die beiden Vampire bereits in groben Zügen aus den Erinnerungen der Patientin selbst kannten. Eine Telefonnummer und sonst nur Notizen zu anderen Fällen waren ihre gesamte Ausbeute. Den Hinweis, wie der Mann von dem verschollenen Grimoire erfahren hatte und in welchem Zusammenhang es mit den Entführungen stand, suchten sie vergebens.

Julen gab einen enttäuschten Laut von sich, aber dann öffnete er ein neues Fenster und tippte die Nummer auf einer Telefonbuchseite ein. Den Teilnehmer erfuhren sie dadurch zwar nicht, wohl aber den Ort, der hinter der Vorwahl steckte: Cambridge.

„Na also, das ist doch schon etwas." Er schaltete den Computer ab.

Asher setzte sich in den einzigen Sessel und legte seine Fingerspitzen aneinander. „Sehr gut, alles Weitere erfahren wir gewiss vor Ort."

„Wir? Bedeutet das, du willst mitkommen?"

„Der Mangel an Enthusiasmus, den du zeigst, wird nur noch durch deine Unhöflichkeit übertroffen. Haben dir deine Eltern nicht beigebracht, wie man Gäste behandelt?"

Ashers überheblicher Ton trug nicht dazu bei, Julen für ihn einzunehmen. „Ich wüsste nicht, dass ich eine Einladung ausgesprochen hätte."

„Das meine ich." Asher hob seine Hand, und Julen schluckte den Kommentar, der ihm geradezu sichtbar auf der Zunge lag, herunter. „Ich habe Kontakte in Cambridge, die uns bei der Suche nützlich sein werden."

Er leerte sein eigenes Glas und machte keine Anstalten, Asher etwas anzubieten. Stattdessen griff er zum Telefon und traf Vorbereitungen für eine Reise zum Flughafen London-Stansted, von wo aus Cambridge schnell zu erreichen war. Während am anderen Ende jemand Verbindungen heraussuchte, die nach Sonnenuntergang starteten, hielt er die Hand über die Sprechmuschel. „Dort scheint es kein geeignetes Hotel zu geben. Bist du sicher, dass du Estelle mitnehmen willst?"

„Absolut sicher. Du hast selbst gesehen, wie sie auf deinen Vorschlag, nach Hause zurückzukehren, reagiert hat. Feen können, entgegen landläufiger Meinung, außerordentlich eigensinnig sein, und ich wette, sie würde sich auf eigene Faust auf die Suche nach dem Grimoire machen. Was willst du ihrer Familie sagen, wenn ihr etwas zustößt?"

Julen wollte gar nicht wissen, was sein Mentor mit ihm anstellen würde, sollte der Schwester seiner Seelenpartnerin etwas geschehen. „Drei Personen", blaffte er anstatt einer Antwort in den Hörer. „Ja, ich warte!"

„Vor Ort werden wir schon eine Unterkunft finden." Asher wirkte unangenehm selbstsicher. „Ein Auto wäre praktisch", fügte er hinzu und: „Ich sehe euch am Flughafen." Damit verschwand Julens ungebetener Gast und überließ es ihm, die Fee über die neuen Pläne zu informieren.

„Asher kommt mit?" Estelle zerrte am Reißverschluss ihrer Tasche. In ihrem Bauch krabbelten Tausende von kleinen Glückskäfern. Etwas beunruhigend war, dass sie keine Ahnung hatte, wie sie Julen erklären sollte, was zwischen ihr und Asher geschehen war. Bei Tageslicht betrachtet erschienen die letzten Stunden noch ungeheuerlicher. Nicht nur war sie mit einem

nahezu Fremden ins Bett gestiegen, nein, es musste auch noch
ein blutgieriges Monster sein! Sie, die noch vor wenigen Tagen
nicht einmal freiwillig mit einem Vampir gesprochen hätte, war
mit dem einen Blutsauger verreist, um sich dann von einem
anderen verführen zu lassen. Dass sie auf Julen hereingefallen
war, konnte noch mit ihrer Arglosigkeit erklärt werden, aber mit
Asher hatte sie sich sehenden Auges eingelassen. Und wenn sie
ehrlich war, so bereute sie auch keine Sekunde davon. Im Gegenteil, schon beim Gedanken an ihn drängten sich Bilder auf, die
sie tief in ihrem Herzen rasch verschloss. Kein Grund, Julen versehentlich auch noch einen mentalen Dokumentarfilm über ihr
hemmungsloses Liebesleben zu präsentieren. Unbewusst strich
Estelle mit den Fingerspitzen über ihren Hals, zog die Hand
aber wie ertappt fort, als sie seinen Blick auf sich spürte. Die
Haut war unverletzt, das hatte ihr nach dem Erwachen ein Blick
in den Spiegel bereits verraten. Jede Berührung löste jedoch ein
Begehren aus, das wie Feuer in ihren Adern brannte und von
dem ihr Körper überzeugt zu sein schien, nur Asher besäße die
Macht, ihr Sehnen zu befriedigen. Hatte er sie etwa gebissen?
Nein, das hätte sie merken müssen! Was auch immer neben dem
Offensichtlichen geschehen war, der Gedanke, ihn bald wiederzusehen, beschleunigte ihren Puls – und sie wusste: Nicht nur in
ihren Körper, sondern auch in ihre Seele war der charismatische
Vampir – Asher, korrigierte sie sich hastig – eingedrungen und
hatte seine Spuren dort hinterlassen. Solange es ihr gelang zu
verdrängen, um was es sich bei ihm handelte, schwebte sie im
siebten Himmel. Vielleicht stimmte, was Nuriya behauptete, und
ihre vehemente Ablehnung war tatsächlich überzogen. Sie fragte
sich beklommen, ob sie aus Eifersucht am Ende eine Abneigung
gegen Nuriyas Geliebten entwickelt hatte. Estelle wandte sich
von Julen ab, um die verräterische Röte, die ihren Hals hinauf-
stieg, vor seinem prüfenden Blick zu verbergen. Außer einer

leichten Gereiztheit, die sie in seinen abrupten Bewegungen zu lesen glaubte, gab es keinen sichtbaren Hinweis, dass er ahnte, wo und mit wem sie die vergangene Nacht verbracht hatte. Julens Gedanken, die er in letzter Zeit häufiger bereitwillig mit ihr geteilt hatte, blieben ihr heute verborgen. Er hatte sie ausgesperrt, einfach so. Das verhieß nichts Gutes.

Der Flug war kurios – und nichts, was Estelle so rasch vergessen würde. Sie fand sich zwischen zwei schweigsamen Vampiren wieder, die der dramatischen Charakterisierung „untot" durchaus Ehre machten. Die beiden hätten ebenso gut einem Agentenfilm entstiegen sein können. Die passende Attitüde besaßen sie allemal und die dazugehörigen Sonnenbrillen ebenfalls.

Eine Stewardess bot das Abendessen an. Die Männer lehnten zwar ab, doch Estelle nahm eines der kleinen Plastiktabletts entgegen, die die Frau austeilte. Dieses Mal wagte keine Sterbliche einen Flirt, dachte sie und stocherte gelangweilt in einem weitgehend geschmacksfreien Salat herum. Dabei rutschte ihr das Messer vom Tablett. Asher fing es so schnell auf, dass sie nicht einmal einen Hauch seiner Bewegung bemerkt hatte. Unheimlich, in einem Augenblick entglitt ihr das Besteck, im nächsten reichte er es ihr schon wieder herüber.

„Danke." Estelle spießte betont gleichgültig eine Tomate auf. „Schön zu wissen, dass du noch lebst", sagte sie beiläufig.

„Ich fliege nicht gern."

Dieses Geständnis entlockte ihr ein Lächeln, und sie lehnte sich entspannt zurück. Der Vampir litt unter Flugangst. Ein warmes Gefühl breitete sich in ihrer Brust aus, und sie freute sich über diese sympathische Schwäche. Warum sollte es unter den Blutsaugern nicht ebenso viele Heilige und Halunken geben wie unter den Normalsterblichen? Wieder erklangen die Worte ihrer Mutter: *Vertraue ihm!* Ihr Herz wünschte sich so sehr, sie würde den Mut dazu aufbringen.

Nach der Landung, die Asher in völliger Regungslosigkeit ertragen hatte, strömten die Reisenden in einen langen Gang. Einmal wurde sie angerempelt und wäre beinahe gestolpert. Es war Julen, der sie am Ellenbogen ergriff und ihr Gleichgewicht wiederherstellte. Der Gang endete ganz plötzlich vor Metalltüren. Statt in den dahinter vermuteten Aufzug zu steigen, fand sie sich in einer U-Bahn wieder, die sie in das Hauptgebäude des Flughafens brachte, unmittelbar vor Laufbänder, die nicht für die Reisenden, sondern für deren Gepäck gedacht waren. Estelle sah sich um.

„Und jetzt?"

Asher wirkte, als erwache er aus einem langen Schlaf. Er deutete auf ein Schild: „Die Mietwagen sind dort."

„Keine Limousine, die auf uns wartet? Ich bin enttäuscht!"

Ihre Begleiter hielten es nicht für nötig zu antworten, und Estelle folgte Julen, wohlwissend, dass Asher, der direkt hinter ihr ging, ihre Nackenlinie sehr genau studierte. Am liebsten hätte sie den Kragen hochgeschlagen, doch ihr Stolz verlangte etwas anderes. Kokett warf sie ihren Pferdeschwanz mit einer Kopfbewegung über die Schulter, um ihm eine freie Aussicht auf den galoppierenden Puls zu gönnen. Schon glaubte sie, seine Lippen auf ihrem Hals zu spüren, den kurzen Schmerz, wenn messerscharfe Zähne die zarte Haut verletzen, um sich an ihrem Blut zu laben.

„Estelle?"

Auf einmal wurde sie aus ihrer Fantasiewelt geworfen und fand sich vor einem Mietwagen der Luxusklasse wieder. Eine Mitarbeiterin der Verleihfirma, jedenfalls behauptete dies ihr Namensschild, hielt ihr einen Schlüssel unter die Nase. „Sind Sie diese Marke schon einmal gefahren?"

„Gewiss!" Eine glatte Lüge, aber so schwierig konnte der Wechsel von ihrem kugelrunden Kleinstwagen zu einer Limousine doch nicht sein. „Automatik?", fragte sie und bemühte sich um einen blasierten Ton.

„Selbstverständlich!" Die Frau konnte es besser.

Estelle schnappte sich den Schlüssel und öffnete die Tür. „Auf geht's, Jungs!" Tatsächlich ließ sich das Auto erstaunlich gut fahren. „Hat eigentlich einer von euch einen Führerschein?" Sie erhielt keine Antwort und gab es auf, Konversation zu machen. Nachdem es ihr bald darauf gelungen war, sogar Asher einen Ausruf zu entlocken, der verdächtig nach erschrecktem Fauchen klang, weil sie während eines riskanten Überholmanövers in den dichten Gegenverkehr geraten war, entspannte sie sich allmählich und genoss die Fahrt. Beinahe zärtlich umfasste sie das Lenkrad, sog den Duft des edlen Leders ein und beobachtete, wie sich die Nadel im dezent beleuchteten Tachometer immer weiter nach rechts bewegte. Mit wenigen Handgriffen verband sie ihren MP3-Player mit der Musikanlage. Asher auf dem Beifahrersitz warf ihr einen fragenden Blick zu, als ausgerechnet ein Lied über Vampire und den Zauber der Dunkelheit erklang. Im Rückspiegel sah sie Julen das erste Mal an diesem Tag lächeln und drehte den Regler weiter auf. So glitten sie, von britischer Popmusik begleitet, durch die Nacht, und Estelle genoss es, endlich einmal etwas besser zu beherrschen als ihre beiden Begleiter. Und die Götter wussten, dass sie mit ziemlicher Wahrscheinlichkeit die schlechteste Autofahrerin westlich des Urals war.

Der Blinker war schon gesetzt, als Asher plötzlich aus seiner Trance zu erwachen schien und in die entgegengesetzte Richtung wies. „Wir müssen dort abbiegen." Sie folgte seinen Anweisungen und war schließlich überzeugt, mindestens dreimal im Kreis gefahren zu sein, als plötzlich ein eisernes Tor den Weg versperrte.

„Wartet hier!" Mit diesen Worten verschwand ihr Beifahrer, und Julen nahm seinen Platz ein. Kurz darauf öffnete sich das

Gitter. Sie folgte der schmalen Fahrspur, die nicht aussah, als werde sie häufig benutzt. Wurzeln und Schlaglöcher zwangen zum Schritttempo und ließen das Scheinwerferlicht unruhig durchs Unterholz tanzen, bis ein Cottage sichtbar wurde. Asher stand von Kerzen beleuchtet im Türrahmen. Irgendwie gelang es ihm, wie ein altertümlicher Fürst der Finsternis zu wirken, der seit Jahrhunderten auf den Moment gelauert hatte, bis sich endlich sterbliche Opfer in seinem komplizierten Spinnennetz verfingen. Nur dass Julen kein Sterblicher war und sich auch absolut nicht beeindruckt zeigte. „Nette Inszenierung! Wo genau sind wir jetzt?"

„Cambridgeshire."

„Ach was!" Julen verdrehte die Augen, dann sah er Estelles gerunzelte Stirn und erklärte: „Es gibt viele Gerüchte um dieses Haus, nur eines ist sicher: Niemand hat je versucht es zu kaufen, um darin zu leben. Es ist ein Geisterhaus."

„Ich finde, es sieht ganz gut in Schuss aus." Estelle sah sich neugierig um.

„Kannst du sie nicht spüren?" Julen senkte seine Stimme. „Geister! Sie machen das Gemäuer unsicher und wahren Geheimnisse jenseits unserer Vorstellungskraft."

Ein frostiger Hauch legte sich auf Estelles Haut und sank langsam hinab, als bestünde ihr Knochenmark plötzlich aus Eis. „Hör auf", verlangte sie. „Julen, ich verstehe das Konzept!"

„Ich hab nichts getan. Das sind die Geister!"

„Oder ein besonders wirksamer Abwehrzauber." Asher griff nach Estelles Hand, und sofort verließ sie alle Furcht, als besäße sie durch seine Berührung eine Schutzschicht. „Tretet ein!" Er führte sie in einen spartanisch eingerichteten Raum und entzündete mit einem Fingerschnippen beiläufig ein Feuer in dem hohen Kamin. Im Schein der Flammen sah sie ihren Atem in kleinen Wölkchen aufsteigen, und der Geruch alter Möbel reizte sie zum Niesen. Vorsichtig setzte sie sich auf die vordere Kante eines Stuhls, der unter ihrem Gewicht ächzte.

Julen sah sich skeptisch um. „Vielleicht hätten wir doch nach London fahren sollen. Besonders komfortabel sieht die Hütte nicht aus."

Estelle aber stellte erstaunt fest, dass sie sich hier wohler fühlte als in all dem Luxus zuvor. Ein wenig wärmer hätte es allerdings schon sein können. „Mir gefällt es. Aber ich bezweifle, dass sich hier irgendwo ein Kühlschrank mit euren Spezialitäten befindet." Unwillkürlich legte sie die Finger in den Nacken. Beide Vampire folgten der Bewegung mit hungrigem Blick. „Gebt es zu, ihr habt auch noch etwas anderes Wichtiges vergessen." Estelle lachte nervös. „Oder hat etwa einer von euch daran gedacht, dass wir Sterblichen regelmäßig essen?"

Asher wirkte konzentriert. Langsam machte er einen Schritt auf sie zu, dann einen zweiten, den Blick starr auf sie gerichtet. Estelles Herzschlag fiel in einen unregelmäßigen Trab. Julens Adamsapfel hüpfte, als schlucke er krampfhaft.

Plötzlich erstarrte er und ließ sich rücklings auf das Sofa fallen. Seine Stimme klang heiser. „Estelle, lass das!" Asher blinzelte, als erwache er aus einer Trance, und wich in eine entfernte Ecke des Raumes zurück. Seine Lippen bewegten sich wie bei einem Fluch, vielleicht war es aber auch ein Stoßgebet, das er flüsterte. Und plötzlich entspannte sich die Atmosphäre, er griff in seine Tasche und zog eine Papiertüte hervor. „Wie könnte ich vergessen, was du bist, wo doch dein Magen schon seit Stunden knurrt."

Estelle bemühte sich, so zu tun, als hätte sie die angespannte Stimmung nicht bemerkt. „Dem also diente der Halt an der Tankstelle. Und ich dachte schon, du hättest selbst Appetit bekommen." Sie wickelte die zerquetschten Sandwiches aus.

„Im Keller gibt es Wein, ich bin gleich zurück." Damit war Asher fort.

„Dieses ständige Verschwinden und Auftauchen macht mich ganz nervös", beklagte sie sich bei Julen, der, nun ebenfalls um Normalität bemüht, mit dem Zipfel seines Hemdes ein Glas auswischte, als ginge es um sein Leben. „Hast du nicht gesagt, es sei nicht gut, allzu häufig durch die Zwischenwelt zu reisen?" Er stellte das Glas behutsam ab und griff nach dem nächsten. „Das stimmt. Jeder Eintritt in diese Dimension birgt eine gewisse Gefahr und schwächt uns. Aber was du gesehen oder besser nicht gesehen hast, liegt daran, dass wir uns ein wenig schneller bewegen können, als mit dem menschlichen Auge wahrzunehmen ist."

„Du meinst, Asher ist gerade in den Keller gerannt, um Wein zu holen, und ich habe ihn einfach nur nicht gesehen?"

„Genau!" Julen saß so plötzlich auf ihrer Sessellehne, dass ihr beinahe das Sandwich aus der Hand gefallen wäre.

„Tu das nie wieder! Du hast mich erschreckt."

Julen beugte sich ganz dicht zu ihr herab. „Dann solltest du künftig besser nicht mit dem Feuer spielen!" Ihre Haut kribbelte dort, wo sein Atem sie gestreift hatte. Genauso schnell, wie er gekommen war, stand er auch schon wieder im äußersten Winkel des Raums, als wäre er derjenige, der sich fürchten sollte.

Asher ließ sich Zeit, bis er endlich mit einer Flasche zurückkehrte, aber das Warten hatte sich gelohnt. Der Wein war dunkel und schwer, und Estelle ertappte sich bei der Überlegung, ob menschliches Blut ähnlich schmeckte, für einen Vampir zumindest. Als sie die leere Sandwichtüte schließlich zusammenknüllte, zitterte sie leicht.

Asher legte seine Hand auf ihre Schulter, und, so absurd es klang, er schenkte ihr damit Sicherheit. „Wir bleiben heute Nacht hier. Ich zeige dir, wo du schlafen kannst. Die letzten Tage waren anstrengend für dich." Estelle war zwar wirklich müde, aber auf seinen väterlichen Tonfall konnte sie gut verzichten. Julen, der jetzt wieder entspannt wirkte, warf ihr einen verständnisvollen Blick zu.

Im Kamin der winzigen Schlafkammer, in die Asher sie begleitete, brannte ein Feuer. Sie wünschte sich, er würde irgendetwas Zärtliches sagen. Selbst jetzt, da sie allein waren, wirkte er distanziert, und sie wagte es nicht, ihn auf die gemeinsam verbrachte Nacht anzusprechen. Jäh drehte er sich um. Die Tür fiel bereits hinter ihm ins Schloss, als sie seine Stimme in ihrem Kopf hörte, warm wie der Sommerwind: „Gute Nacht, Sternchen!"

Sie schlief mit einem Lächeln auf den Lippen ein.

Am nächsten Tag brachen sie gleich nach Sonnenuntergang auf, und Estelle fand nicht zum ersten Mal, dass die Vampire um ihre Lichtempfindlichkeit nicht zu beneiden waren. Sie selbst fühlte sich einigermaßen erholt, aber ihre Begleiter wirkten zerknautscht. Sie dachte über das Cottage nach und fragte sich, wie viele Schlafzimmer es haben mochte. Nach ihrer Ankunft hatte sie nicht damit gerechnet, ein eigenes Zimmer zu bekommen, es aber doch ein wenig gehofft. Wie schön wäre es gewesen, in Ashers Armen aufzuwachen. „Wo habt ihr geschlafen?", erkundigte sie sich schließlich.

„Frag nicht!" Julen erinnerte sich nur widerwillig an den unbequemen Platz auf dem schlecht gepolsterten Sofa und sehnte sich fast nach seinem Nachtlager im Sarg. Er warf einen misstrauischen Blick zu Asher hinüber. Der Antiquar schien guter Dinge zu sein, obwohl er in seinem Sessel kaum besser geruht haben dürfte. Nachdem Estelle ins Bett gegangen war, hatte er Julen nach seinen Plänen für das weitere Vorgehen gefragt und ihm dabei sogar ein Glas Blut angeboten, das in einem verborgenen Kühlschrank lagerte. Julen wusste, dass es Zufluchtsorte gab, die ausschließlich Ratsmitgliedern oder Vengadoren zur Verfügung standen. Dank eines besonderen Zaubers nahmen

237

Sterbliche sie nicht wahr, und nur die wenigsten Vampire kannten ihre genaue Lage oder konnten sich gar Zutritt verschaffen. Dieses Haus war ein solches Refugium und der Antiquar nicht zum ersten Mal hier, was Julen verblüffte. Einer direkten Frage wich Asher aus. Stattdessen schlug er vor, zuerst den Besitzer der Telefonnummer ausfindig zu machen, bevor sie weitere Schritte planten.

Estelle ließ sich von der Einsilbigkeit ihrer Begleiter nicht irritieren. Sie genoss die kurze Fahrt in die Stadt und das geliehene Luxusfahrzeug inklusive der exzellenten Musikanlage, die Asher mehr als einen gequälten Seufzer entlockte. Der Vampir bewegte sich während der Fahrt so gut wie gar nicht und verbarg seine Augen hinter einer dunklen Sonnenbrille. Estelle bekam allmählich den Verdacht, dass er nicht nur unter Flugangst litt, sondern auch das Autofahren nicht besonders schätzte. Ihm schienen sämtliche modernen Verkehrsmittel ein Gräuel zu sein. Vielleicht lag es aber auch nur an ihrem Fahrstil, der – zugegeben – ziemlich rasant war.

Nachdem sie das Auto abgestellt hatten, folgten sie Asher. Er bewegte sich wie selbstverständlich durch die schmalen Gassen. Julen jedoch sah sich aufmerksam um, als wittere er überall Gefahr. Schnell erreichten sie ein Pub, über dessen Eingang das typische Holzschild baumelte, auf dem ein mächtiger Adler prangte. Von innen fiel Licht durch die mit Blei gefassten Scheiben. Es strahlte britische Gemütlichkeit aus und war rustikal eingerichtet, mit Holzbalken und zahllosen Bildern an den Wänden – und wirkte, als befände es sich schon seit ewigen Zeiten an diesem Ort.

„Was tun wir hier?" Estelle fand es merkwürdig, in Begleitung zweier Vampire in ein Pub zu gehen, als sei dies die normalste Sache der Welt.

„Ich dachte mir, du würdest gern etwas essen!"

Sie seufzte, er hatte recht. Der Duft von Roastbeef ließ ihr das Wasser im Munde zusammenlaufen, die Sandwiches waren zwar sehr gut gewesen, aber nicht besonders nahrhaft. Schon wollte sie sich an einen freien Tisch setzen, da hob Asher plötzlich seinen Kopf und ging zielstrebig auf eine halb verborgene Nische zu. Irritiert hastete sie hinter ihm her. In der Ecke saß ein Mann, den sie wegen der spärlichen Beleuchtung erst bemerkte, als sie dicht vor ihm stand. Trotz des großen Lärms, der hier herrschte, arbeitete er konzentriert an einem Laptop der neuesten Generation. Ohne aufzusehen trank er einen Schluck aus seinem Tonbecher, tippte weiter und sagte plötzlich: „Der Bibliothekar erweist mir die Ehre seines Besuches." Damit klappte er den Computer zu und sah auf. Ein Grinsen breitete sich auf seinem Gesicht aus und zeigte Eckzähne, die größer aussahen, als es gemeinhin üblich war. Seine Züge erinnerten Estelle an alte Zeichnungen ägyptischer Schakale, die sie einmal in einem ziemlich gruseligen Buch gesehen hatte. „Darf man gratulieren?"

Sie verstand nicht, was er damit meinte, wusste aber sofort, dass er eine mächtige Magie in sich trug. Und er scherte sich augenscheinlich überhaupt nicht darum, ob sein ungewöhnliches Aussehen jemandem auffiel oder nicht.

Asher ging nicht auf diese merkwürdige Frage ein und stellte weder sie noch Julen namentlich vor. Stattdessen sagte er: „Setzt euch dort drüben hin! Ich komme gleich nach."

Das war eindeutig ein Befehl. Sie bemühte sich, seine Anweisung als Bitte zu verstehen, und folgte ihr. Auch Julen verhielt sich kooperativ und bot sogar an, Getränke zu holen und ein Abendessen zu bestellen. Sobald er fort war, begann Asher in einer seltsamen Sprache mit dem Fremden zu reden. Weil sie ohnehin nichts verstand, ging sie an den Tisch, der ihr vorher schon gefallen hatte, und zwar gerade noch rechtzeitig, denn ein

Paar hatte ihn im gleichen Moment entdeckt. Sie lächelte entschuldigend, die beiden gingen weiter, und Estelle schaute sich interessiert um, während sie wartete. Immer wieder öffnete sich die Tür, und neue Gäste kamen herein. Eine Uhr schlug sechs, und sie vermutete, dass die meisten Besucher aus den umliegenden Instituten der Universität kamen, um noch ein Feierabendbier zu trinken, bevor sie nach Hause zu ihren Familien fuhren. Die Mitarbeiter hinter der Theke trugen einheitliche Polohemden und wirkten sehr professionell: Sie arbeiteten zwar zügig, aber trotzdem schien die Schlange vor ihrem Tresen nicht kleiner zu werden. Estelle beobachtete Julen, der darauf wartete, seine Bestellung aufgeben zu können, als er plötzlich den Kopf hob, als habe er etwas entdeckt. Sie folgte seinem Blick und sah eine dunkelblonde Frau, die sich suchend umschaute. Sie knöpfte ihren Mantel auf, der schon bessere Zeiten gesehen hatte, und Estelle fand, dass das schlichte Businesskostüm, das darunter zum Vorschein kam, die zweifellos vorhandenen attraktiven Rundungen der Frau unvorteilhaft verbarg. Alles an ihr schien „graue Maus" zu schreien. Ihre glatten Haare waren zu einem Knoten geschlungen, die klaren Augen hinter der randlosen Brille signalisierten jedoch, dass keine Spielchen mit ihr zu spielen waren. Julens Augenbrauen zogen sich kaum merklich zusammen, Estelle bemerkte es dennoch und sah wieder zu der Fremden hin. Ein Sterblicher winkte ihr zu, stand auf und gönnte sich bei seiner herzlichen Begrüßung einen langen Blick auf ihr Dekolleté.

Augenscheinlich findet Julen diesen etwas unscheinbaren Frauentyp anziehend. Estelle war überrascht, dass sie dabei einen eifersüchtigen Stich spürte. Schließlich hatte sie sich ebenfalls anderweitig umgetan und konnte keinerlei Ansprüche darauf erheben, seine ausschließliche Aufmerksamkeit zu genießen, wie es ihr in den vergangenen Wochen zur Selbstverständlichkeit geworden war. Es gab ja schließlich nichts daran auszusetzen, dass sich ein gut aussehender Junggeselle für Frauen interessierte. Vielleicht hatte er auch einfach nur Hunger, dachte sie mit einem Frösteln.

Wenig später stellte Julen die Getränke vor ihr auf den Tisch, und eine Kellnerin erschien, um das Roastbeef zu servieren. Hastig spießte sie mehrere Pommes auf ihre Gabel und versuchte, die sperrigen Stäbchen in den Mund zu stopfen. Julen verschränkte seine Arme vor der Brust und sah sich gelangweilt um. Doch damit konnte er sie nicht täuschen. Sie war sicher, er registrierte jede Bewegung der Frau, die sich angeregt mit ihrem Begleiter unterhielt. Estelle hatte gerade den letzten Bissen geschluckt und fühlte, wie eine wohlige Wärme ihren Bauch füllte. Da verließ die Blondine das Pub. „Du siehst besser aus als dieser geschniegelte Möchtegern-Manager!"

„Bitte?" Julen sah sie irritiert an.

„Kennst du die Frau?"

Nun begriff er. „Nein. Das heißt – ich bin mir nicht ganz sicher. Sie erinnert mich an jemanden."

Sie glaubte ihm kein Wort. „Sehr wahrscheinlich ans nächste Abendessen", murmelte Estelle und sah gerade noch, wie der unheimliche Fremde einen Zettel über den Tisch zu Asher hinschob, der das Papier wortlos einsteckte. „Es war mir eine Freude, unsere Bekanntschaft zu erneuern", hörte sie ihn sagen.

„Ganz meinerseits!"

Estelle beobachtete, wie Julen bei der förmlichen Verabschiedung der beiden die Augen verdrehte, und plötzlich fühlte sie sich ihm weitaus näher als Asher, in dessen Gegenwart sie sich wie ein unerfahrenes Schulmädchen vorkam – zumindest, wenn er sich so steif gab wie jetzt gerade. Andererseits hatte sie nichts dagegen, die Tür aufgehalten oder ihre Einkäufe getragen zu bekommen. Ihre Finger berührten das Leinentuch in ihrer

Tasche, und sie dachte daran, wie sie sich zum ersten Mal begegnet waren. Altmodische Manieren besaßen durchaus einen ganz eigenen Charme.

Asher glitt neben sie auf die Bank und legte einen Finger auf ihren Mund, dabei sah er tief in ihre Augen. *Still, er kann uns hören.*

Julen quittierte diese vertrauliche Geste mit einem kaum merklichen Zusammenpressen seiner Lippen und räusperte sich. „Hast du den Inhaber der Telefonnummer?"

„Natürlich, die Adresse ist ganz in der Nähe. Seid ihr fertig? Dann kommt!" So nah fand Estelle es dann doch nicht. Sie hatten auf ihrem Weg vermutlich alle Colleges passiert. Von diesem Ort ging eine ganz besondere Atmosphäre von Tradition und Gelehrsamkeit aus, die sie begeisterte. Seit Jahrhunderten versuchte jedes College, seine Konkurrenten zu übertrumpfen, und so konnten Besucher heute eine ganz erstaunliche Architektur bewundern, wie es sie in dieser Art und Häufigkeit wahrscheinlich an keinem anderen Ort der Welt gab. Doch ihr blieb keine Zeit, die alten Gebäude in Ruhe zu betrachten, denn das unebene Kopfsteinpflaster forderte ihre ganze Aufmerksamkeit. Die neuen Schuhe waren zwar schick, aber ziemlich unpraktisch. Endlich blieb Asher stehen. „Hier ist die Earl Street. Das Haus dort drüben muss es sein!"

Beide Vampire blickten gleichzeitig zu Estelle hinüber. „Okay! Ich bin euch im Weg! Warum habt ihr mich dann nicht in diesem kuscheligen Pub gelassen, wo ich euch nicht zur Last fallen kann? Dort gab es wenigstens leckere Drinks, und vielleicht hätte ich mich ja auch mit deinem Computerfreak unterhalten können."

„Gewiss nicht!" Asher klang, als habe sie eine öffentliche Kopulation mit dem Fremden in Betracht gezogen. „Hör zu, dieser ‚Freak' ist, gelinde gesagt, instabil. Es empfiehlt sich nicht, sein

Interesse zu wecken, und ich wäre nie mit dir in den ‚Eagle'
gegangen, hätte ich gewusst, dass er neuerdings dort residiert."

„Ist das auch wieder so ein Statthalter?"

„Allerdings."

„Und war das Blut auf seinem Hemd?"

„Wenn du es genau wissen willst: Ja! Es ist besser, du vergisst
diese Begegnung so schnell wie möglich." Dann fuhr er mit seiner gewohnt aristokratischen Stimme fort: „Und damit dürften
alle Fragen geklärt sein."

„Nicht ganz. Was hast du jetzt vor?"

„Estelle!"

„Ich habe schon verstanden, die kleine Fee bleibt hier, und
ihr erlebt die Abenteuer."

Julen musste lachen. „Ich glaube eher, er meint, wir bleiben
hier, und e r erlebt die Abenteuer!" Dann wurde er ernst.
„Schon gut, wir beobachten den Eingang."

Asher gab ein Schnauben von sich, das eher nach verzwei-
feltem Mann als nach einem mächtigen Vampir klang, und verschwand in der Dunkelheit. Gemeinsam mit Julen zog sie sich
in die Schatten zurück und sah zu dem Gebäude hinüber, das
verlassen und fast ein wenig feindselig wirkte. Julens Nähe, die
sie noch vor zwei Tagen auf eindeutige Ideen gebracht hatte,
ließ Estelle jetzt an einen anderen Vampir denken – und daran,
wie er in ihr ein Feuer geweckt hatte, von dem sie bis dahin nicht
einmal geahnt hatte, dass es existierte. Sie spürte eine Hand
auf ihrer Wange. „Es ist gut", flüsterte Julen, und gerade als sie
fragen wollte, was er damit meine, öffnete sich eine Tür im Haus
gegenüber und die Blondine aus dem Pub stürmte heraus. „Was
macht die denn hier?"

„Ich hab keine Ahnung, aber ich werde es herausfinden."
Weg war er.

„Halali!" Ohne Julen fühlte sich Estelle auf einmal sehr ver-

243

wundbar und zog sich weiter in den Schatten der Toreinfahrt zurück. Gerade noch rechtzeitig, bevor sich die Tür gegenüber erneut öffnete und ein dunkel gekleideter Mann heraustrat. Er sah sich kurz um, und Estelle glaubte, ein Raubtier dabei zu beobachten, wie es Witterung aufnimmt, um seinem Opfer zu folgen. Sie verhielt sich ganz still und legte all ihre Gedanken lahm, um nur nicht selbst seine Aufmerksamkeit auf sich zu ziehen. Dabei war sie sich ziemlich sicher, dass Julens Blondine das Wildbret dieses unheimlichen Jägers werden sollte.

Ich bin gleich bei dir! Ashers Stimme beruhigte ihre Nerven. Sekunden später spürte sie seine Hände auf ihren Schultern.

„Julen ist ihr gefolgt!"

„Wem?" Leise berichtete sie von ihren Beobachtungen. Asher stieß einen Fluch aus, bei dem Estelle froh war, dass sie nicht einmal die Hälfte seiner Worte verstand. Ehe sie begriff, was mit ihr geschah, hatte er sie in die Zwischenwelt gezogen und in einem sehr vertrauten Raum abgesetzt. „Hier bist du sicher." Während er das sagte, lösten sich bereits seine Konturen auf, und er verschwand.

„Estelle? Was tust du in meinem Schlafzimmer?", erklang die Stimme ihrer Zwillingsschwester Selena schlaftrunken unter voluminösen Kissen.

„Ich hab keine Ahnung. Asher hat mich offenbar gerade bei dir abgegeben!" Während sie diese Worte sprach, spürte sie Wut in sich aufsteigen. Was bildete sich der Kerl eigentlich ein?

„Asher – meinst du Kierans Bruder?" Selena setzte sich auf. „Du bist ihm begegnet?"

Estelle glaubte, einen freudigen Unterton zu hören, und ließ sich auf die Bettkante fallen. „Hast du mir etwas zu erzählen?"

„Gar nichts." Die Stimme ihrer Schwester hatte einen verdächtig harmlosen Ton angenommen. „Egal. Wie schön, dass du hier bist!"

„Wie geht es dir, kleine Schwester?"

„Klein?" Selena stieg aus dem Bett und zog sich ihren Morgenmantel an. „Genau genommen bin ich einen halben Zentimeter größer als du." Sie umarmte Estelle. „Glucke! Gut geht es mir – und es wäre sicher noch besser, wenn ich wüsste, was du so treibst."

„Selena, ich hab keine Ahnung, was mit mir passiert." Estelle erzählte mit leiser Stimme von der Begegnung mit den beiden Vampiren und ihrer gemeinsame Suche. „Warum kann ich nicht einfach einem netten, normalen Mann begegnen?"

„Weil er dich schon sehr bald schrecklich langweilen würde." Selena klang überzeugt. „Du warst doch immer die Abenteuerlustigere von uns beiden. Darf ich dich daran erinnern, wie du diesen Einbrecher damals nur mit einem Besen vertrieben hast?"

Estelle winkte ab. „Der war doch schon längst verschwunden, als ich in den Laden kam!"

„Wenn du mich fragst, Julen mag vielleicht ein netter Kerl sein, aber für dich ist er nichts. Asher dagegen …" In diesem Augenblick hob sie ihre Hand erstaunt zum Mund und beobachtete fasziniert, wie die Luft hinter Estelle vibrierte, als habe sie mit der Nennung seines Namens den Vampir herbeizitiert.

„Guten Abend!"

„Asher! Schön, dich wiederzusehen", sagte sie schüchtern und wurde prompt mit einem Lächeln belohnt.

„Hallo, Selena, bitte entschuldige uns. Wir müssen gehen!" Sekunden später starrte sie schlaftrunken ins Leere – und ihre Schwester fand sich in ihrem Mietwagen in einer kaum beleuchteten Seitenstraße von Cambridge wieder.

„Sag jetzt nichts!" Ashers Lippen schmeckten nach Versuchung und geheimen Versprechen, als er sie plötzlich küsste. Er hatte lange mit sich gerungen und schließlich eingesehen,

245

dass er ihr nicht widerstehen konnte, solange sie gemeinsam in diese Suche nach den Entführern und dem Grimoire verstrickt waren und sie ihm so nahe war. Zweifellos wäre es das Vernünftigste gewesen, Estelle bei seinem Bruder in Sicherheit zu bringen. Doch dies gegen ihren Willen durchzusetzen, brachte er einfach nicht übers Herz. Es war die schlimmste Folter gewesen, die er jemals erlebt hatte, während des Fluges und anschließend im Auto so dicht neben ihr sitzen zu müssen, ohne sie berühren zu dürfen. Auch als sie schlief, hatte er kein Auge zugetan, weil ihn jede Bewegung, die sie nebenan in dem glatten Leinen machte, aufs Neue erregte. Julen beobachtete er mit Argusaugen, obwohl dieser klugerweise während der Reise alles vermieden hatte, was Ashers Misstrauen erwecken würde. Sein Interesse an Estelle schien tatsächlich besonders ihrer magischen Begabung zu gelten. Womöglich war er doch zu voreilig gewesen, und Julens Versuche, sie zu küssen, gehörten lediglich zur Strategie des jungen Vengadors, die Feentochter für seine Zwecke zu gewinnen. Nicht, dass ihn dies sympathischer machte.

Er vertiefte seinen Kuss und genoss ihre hingebungsvolle Reaktion darauf. Doch dann löste er sich behutsam von ihr. Erst der Zwischenfall in der Bibliothek – und nun drohte er auch noch, ihren Reizen in einem Mietwagen zu erliegen. Wie weit war es mit ihm gekommen, dass er in Estelles Nähe so gar keine Spur von Verstand mehr zu besitzen schien?

Sie hatte Mühe, ihre Gedanken zu sortieren. Asher sah aus, als kämpfe er mit seinen Dämonen, und sie fragte sich nicht zum ersten Mal, warum sie seine Stimmungen jederzeit wahrnahm, während Kieran gleichermaßen ein immerwährendes Geheimnis und eine Bedrohung darstellte. Ihre Fingerspitzen berührten seine Wangen, ohne eine Spur des bezaubernden Grübchens wahrzunehmen. Die Sache schien ernst zu sein.

„Später!" Eine ganze Welt sinnlicher Versprechen lag in diesem einen Wort.

Julen öffnete die Wagentür und glitt auf den Rücksitz. Asher wandte sich um. „Du solltest bei Estelle bleiben!" Er klang ungeduldig. „Nun?"

„Während du fort warst, kam eine Frau aus dem Haus. Sie wirkte aufgebracht."

Estelle wollte verhindern, dass die beiden stritten. „Was hast du über den Inhaber der Telefonnummer herausgefunden?"

Asher ließ sich glücklicherweise von ihrer Frage ablenken und sah sie an. „Wir sind auf der richtigen Spur. Das Haus ist außerordentlich gut geschützt, und bestimmt hätte ich schlafende Hunde geweckt, wäre ich eingedrungen. Julen, deine Talente dürften hier gefragt sein. Aber ich muss dich warnen, wer auch immer die magischen Siegel an diesem Haus angebracht hat, versteht sein Handwerk." Er legte wie beiläufig einen Arm um Estelles Schulter: „Und was kannst du von der Sterblichen berichten?"

Julen starrte mehrere Minuten lang aus dem Fenster. „Als ich sie sah, nahm ich an, dass sie für uns wichtig sein könnte. Darum bin ich ihr gefolgt. Und ich war nicht allein … der Dämon hat mich aber nicht bemerkt."

„Dämon?"

„Meinst du den Typ, der nach ihr herauskam?" Estelle rutschte unruhig auf ihrem Sitz hin und her. *Dämonen? Was kommt nun denn noch dazu?*

Julen sah sie an und schien doch Asher zu meinen, als er sagte: „Gesehen habe ich den Kerl nicht, aber das war auch nicht notwendig. Er fühlte sich nach einem Vampir an, aber da war noch etwas anderes. Wenn wir es mit i h m zu tun haben, dann wäre jede Nachlässigkeit tödlich! Es würde zudem die Magie erklären, die du rund um das Haus gespürt hast."

„Du meinst Urian!"

„Woher …?" Julen verstummte. Natürlich wusste jemand, der vertrauten Umgang mit einem Vampir wie dem Statthalter von Cambridge pflegte, auch über wichtige Ereignisse in der magischen Welt Bescheid. „Was weißt du von ihm?"

Estelle mischte sich ein. „Kann mir bitte jemand erklären, von wem hier die Rede ist?"

„Urian ist ein Bastard!" Julens Stimme klang eine Spur dunkler als üblich.

Fragend hob sie eine Augenbraue, und Asher erklärte: „Das darf man ruhig wörtlich nehmen. Sein Vater war ein Dämon, seine Mutter eine geborene Vampirin." Er blickte Julen an, als wolle er noch mehr über Urians Familienverhältnisse sagen, entschied sich dann aber dagegen. „Er scheint einen persönlichen Rachefeldzug gegen seine vampirischen Verwandten zu führen, die ihn nach dem Tod seiner Eltern verstoßen haben.

Estelle schob Ashers Arm beiseite und lehnte sich in ihrem Sitz zurück. Julen wollte gerade seinen Mund öffnen, da sagte Asher: „Zunächst möchte ich wissen, wohin Urian, falls er es denn überhaupt gewesen ist, der Sterblichen gefolgt ist."

„Sie ging direkt zu ihrem Hotel. Er hat das Gebäude eine Zeit lang beobachtet und ist dann verschwunden. Ich mache mir ernsthaft Sorgen um ihre Sicherheit."

„Was schlägst du vor?"

„Dass wir heute etwas komfortabler wohnen werden."

Dagegen hatte Estelle nichts einzuwenden, sie startete den Motor und folgte Julens Anweisung.

Es dauerte nicht lange, bis sie in der Rezeption des Hotels in einem riesigen Ledersessel saß. Neben ihr stand Julen, der nur scheinbar gelangweilt an der Wand lehnte. Sie war sich ziemlich sicher, dass er das Kommen und Gehen in der Halle genau beobachtete. Asher kam mit zwei Schlüsseln in der Hand auf sie zu, und als Julen nach einem davon greifen wollte, zog er beide rasch weg. „Die gute Nachricht ist, dass wir ein Zimmer bekommen haben, die schlechte ist, dass es nur *eines* ist."

„Nur eines? Das ist doch nicht dein Ernst!", stöhnte Julen. „Ich hasse Sofas!"

„Du kannst gern im Cottage schlafen!"

„Vielen Dank!", fauchte Julen, der genau wusste, dass er das Haus ohne Ashers Hilfe nicht wiederfinden würde.

Es stellte sich heraus, dass dieses freie Zimmer die einzige Suite des Hauses war, von der aus die Bewohner zwar einen hübschen Ausblick hatten, deren Fenster sich aber trotz der schweren Samtgardinen nicht so weit verdunkeln ließen, um einem Dunkelelf auch tagsüber einen angenehmen Aufenthalt zu bieten.

„Meinst du, der Sessel passt in den Schrank?" Julen wirkte skeptisch.

„Sei nicht albern!" Asher öffnete die Badezimmertür. „Kein Fenster! Das muss zur Not genügen. Aber jetzt sollten wir schleunigst deine Blondine finden, bevor sie jemand anderem in die Arme läuft. Sie wohnt auf unserer Etage." Julen nickte und verschmolz mit den Schatten. Estelle hätte einiges für diese Fähigkeit gegeben, die sie immer wieder aufs Neue beeindruckte.

„Ich wünschte, du wärest nicht hier."

„Hat dir unsere Nacht denn gar nichts bedeutet?" Der Satz war raus, bevor sie nachdenken konnte. Jetzt schämte sie sich für das klägliche Zittern in ihrer Stimme.

„Ach, mein Stern. So meine ich das doch nicht!" Asher war im Nu bei ihr und küsste eine einzelne Träne fort, die über ihre Wange rollte. Er schien Gefallen am Küssen zu finden, denn seine Lippen liebkosten ihren Mundwinkel, bis sie mit einem Seufzer nachgab und sich in seine Arme schmiegte. Wenn er sie so hielt, dann schien die ganze Welt um sie herum zu verschwinden, und es gab nur noch sie beide, ihre Körper, seine Zärtlichkeiten. Mit der Zunge erkundete sie seinen Mund, bis sie plötzlich etwas Spitzes fühlte.

Estelle gab einen erschreckten Laut von sich und ließ ihn los. „Deine Zähne!"

Asher schloss für einen Moment die Augen, als zwinge er sich zur Ruhe. „Du bringst mich noch um den Verstand!"

„Ein fragwürdiges Kompliment!" Estelle musste lachen, als sie seinen zerknirschten Gesichtsausdruck bemerkte. „Du bist süß! Oje, habe ich dich jetzt beleidigt?" Sie gab ihm einen flüchtigen Kuss auf die Wange. „Ich fürchte, mir geht es nicht anders, ich kann in deiner Gegenwart auch nicht mehr geradeaus denken." Dann wurde sie ernst. „Wer ist Urian?"

Asher zog sie auf seinen Schoß und erzählte ihr die Geschichte des Halbdämons.

„Er ist ein Ausgestoßener; für die dunkle Welt zu dämonisch, für die Dämonen hatte er ‚zu wenig Feuer', wie es einer von ihnen einmal so verletzend formuliert hat. Sein Vater hat eine der wenigen überlebenden Dunkelelfen geschwängert und lange genug in seiner Gewalt behalten, um sicherzugehen, dass sie den Wechselbalg auch austrug. Anschließend durfte sie zwar zu ihrer Familie zurückkehren, doch es verging keine Nacht, in der sie Urians Vater nicht verflucht hätte. Nachdem ihn die Vampire vertrieben hatten, wollte er sich in den Dienst des Herrn von Abaddon stellen, doch der herrschende Dämon hat ihn nicht einmal vorgelassen. So erzählt man sich."

Estelle war selbst überrascht, wie gelassen sie die Nachricht von der Existenz einer Hölle mitsamt ihrer dämonischen Bewohner aufnahm. *Warum auch nicht? An Feen glaubt ja auch kein Mensch mehr.* „Eigentlich kann er einem leidtun", sagte sie laut. „Von allen abgelehnt zu werden und nirgendwo wirklich dazuzugehören, das muss schrecklich sein."

„Es war ein fataler Fehler, ihn nicht zu akzeptieren. Aber die allgemeine Empörung darüber, dass sein Vater es gewagt hatte, eine hoch geschätzte Dunkelelfe zu schänden, war groß, und sie ist es immer noch. Damals konnte nur mit Mühe vermieden werden, dass es zu kriegerischen Auseinandersetzungen mit der Dämonenwelt kam."

„Das klingt, als sei diese Geschichte schon ziemlich lange her."

Asher überlegte. „Nicht so sehr. Wenn ich mich nicht irre, müsste Urian etwas über fünfhundert Jahre alt sein."

„Nicht so sehr? Und was genau verstehst du dann unter ,lange'?"

Julens Rückkehr enthob ihn einer Antwort. „Im Zimmer habe ich leider nichts gefunden, was etwas über sie verraten könnte. Meinst du nicht, es wäre günstig, Estelle würde versuchen, etwas mehr herauszufinden?"

„Eine gute Idee!"

„Auf keinen Fall, das ist viel zu gefährlich!", sagte Asher im selben Augenblick.

Estelle rutschte von Ashers Schoß und zog ihren Rock glatt. Sie schämte sich ein wenig, Julen so eiskalt abserviert zu haben und nun vor seinen Augen zu turteln. „Es ist gut", hatte er vorhin gesagt. Vielleicht wollte er ihr damit signalisieren, dass er ihr den Wankelmut nicht übel nahm. „Eigentlich bin ich noch satt, aber was tut man nicht alles im Dienste der Wahrheitsfindung." Froh darüber, etwas zu den Nachforschungen beitragen zu können, griff sie nach ihrer Handtasche und war aus dem Zimmer, bevor jemand protestieren konnte.

„Da geht sie hin!"

„Eine fabelhafte Idee!" Asher fuhr Julen wütend an, sobald sich die Tür hinter Estelle geschlossen hatte. „Sieht der Verfolger die beiden zusammen, kann das für Estelle lebensgefährlich werden!"

Julen wirkte zerknirscht. Daran hatte er nicht gedacht. „Ich bin sicher, dass er nicht mehr hier ist."

„Auf dein Gefühl würde ich mein Leben nicht unbedingt verwetten!"

„Nun mal langsam!" Jetzt wurde auch Julen ärgerlich. „Wer bist du, dass du glaubst, alles besser zu können, und überhaupt – was läuft da zwischen euch?"

Den letzten Teil der Frage konnte Asher sogar sich selbst nicht zufriedenstellend beantworten – und gewiss würde er seine Gefühle nicht mit irgendeinem Jungspund diskutieren. Aber er fühlte deutlich, wie Julen begann, die Geduld zu verlieren. Und obwohl er Kieran versprochen hatte, ihre verwandtschaftliche Verbindung möglichst zu verschweigen, schien ein kleines Stück von der Wahrheit angeraten, um dessen Schützling weiter beobachten zu können und gleichzeitig ein Auge auf Estelle zu haben. „Ich bin Kierans Bruder."

Julen öffnete den Mund, um etwas zu entgegnen, schloss ihn aber wieder und starrte Asher an, als hoffte er, sein Gegenüber würde dadurch in Flammen aufgehen. Als er endlich sprach, war es mehr ein wütendes Zischen. „Das glaube ich nicht! Er hat mir einen Bücherwurm auf den Hals gehetzt." Julen ging zum Fenster und sah schweigend hinaus. „Was denkt ihr eigentlich? Dass ich ein … Kindermädchen brauche?"

Asher spürte, dass der Vampir verzweifelt sein musste. Schließlich sollte die Aufklärung der Entführungen seine Bewährungsprobe als Vengador sein. In dieser Situation hatte es niemand gern, wenn ihm jemand ins Handwerk pfuschte. Zumal er inzwischen unter enormem Zeitdruck stand. Lange konnte es nicht mehr dauern, bis der Rat weitere Vengadore hinzuzog, um die Streuner zur Räson zu bringen. „Im Gegenteil, er war nicht besonders begeistert davon, dass sich unsere Wege gekreuzt haben. Offenbar kennt er dich ganz gut."

Julen drehte sich schnell herum. „Und warum bist du dann trotzdem hier?" Kaum hatte er die Worte ausgesprochen, da zeichnete sich eine Art Begreifen auf seinem Gesicht ab. „Estelle!"

„Mach dich nicht lächerlich! Sie gehört zur Familie. Es ist meine Pflicht, sie zu schützen. Eine Aufgabe, die, nebenbei gesagt, nicht leichter geworden ist, seit sie glaubt, die Kur gegen ihre Anfälle sei in diesem verflixten Grimoire zu finden."

„Du willst behaupten, du interessierst dich nur professionell für sie? Interessant, dann hast du bestimmt nichts dagegen, wenn wir sie fragen, mit wem von uns sie dieses Mal das Schlafzimmer teilen möchte. Ist sie so gut im Bett, wie man es Feentöchtern nachsagt?"

Es wurde totenstill. Nicht einmal die alltäglichen Geräusche des Lebens um sie herum drangen mehr an sein Ohr. Es schien, als hielte die Welt den Atem an.

Asher ging betont langsam auf Julen zu und blieb schließlich so dicht vor ihm stehen, dass ihre angriffsbereiten Körper nur wenige Zentimeter voneinander entfernt waren. Die tiefblaue Iris seiner Augen verdunkelte sich, bis sie fast schwarz wirkte. Ein Sturm braute sich in ihm zusammen, und seine Pupillen verlängerten sich zu Schlitzen. Julen gelang es nur mit äußerster Mühe, seinem Instinkt nicht nachzugeben, sich umzudrehen und zu fliehen, und zwar möglichst bis ans Ende der Welt, an irgendeinen Platz, wo ihn der mörderische Hass dieses Irrsinnigen nicht verfolgen konnte. Doch er wusste genau: Eine einzige Bewegung hätte den Killerinstinkt ausgelöst, der in jedem von ihnen dicht unter der Oberfläche lauerte. In diesem Augenblick dankte er den Göttern dafür, dass Asher ihn nicht spüren konnte, und starrte regungslos an ihm vorbei. *Jetzt bloß nicht in die Augen sehen!* Ein direkter Blickkontakt, das wusste Julen aus Erfahrung, wurde vom jeweils Ranghöheren als offene Provokation empfunden, und im Moment konnte er nicht darauf vertrauen, dass die während mehrerer Jahrhunderte geübte Disziplin den Älteren davon abhalten würde, sofort anzugreifen. Kierans Bruder besaß die Augen eines Raubtiers, doch er wirkte noch tausendmal todbringender. Und das, ohne seine mit Sicherheit mindestens genauso bedrohlichen Zähne zu zeigen, als er jetzt den Mund öffnete. „Niemand, hörst du, niemand legt Hand an sie, ohne sich vor mir zu verantworten!"

Die Drohung hing wie dichter Rauch im Raum, ein Rauch, der alles Leben auslöschte. Julen erinnerte sich daran, wie er versucht hatte, Estelle vor ihrer Haustür zu küssen. „Du warst das! Du bist uns nachgeschlichen und hast den bösen Geist gespielt, um mich zu vertreiben!" Er trat einen Schritt zurück und verschränkte seine Arme vor der Brust. „Ich bin nicht sicher, ob Estelle diese Einmischung gefallen würde."

„Ich rate dir, achte auf deine Worte, wenn dir deine Zunge lieb ist!" Asher fauchte diese Worte mehr, als dass er sie sprach. „Und jetzt schlage ich vor, du erledigst deine Aufgabe in der Earl Street, falls du noch weißt, was gut für dich ist!"

Julen nutzt diese Chance, das Weite zu suchen. Während er bald darauf ein kompliziertes, magisches Ornament betrachtete, das kaum sichtbar über den Fenstern des Hauses flimmerte, beruhigte er sich allmählich. Jede noch so kleine Öffnung war damit versiegelt, und widerwillig musste er zugeben, dass Asher mit seiner Einschätzung nicht verkehrt lag. Es würde schwierig werden, diese Magie zu entschlüsseln, und er wollte wetten, dass auch im Gebäude noch weitere hässliche Überraschungen auf einen Eindringling warteten. Der Dämon gehörte allerdings nicht dazu. Dessen war sich Julen sicher, und zwar trotz Ashers Skepsis, was seine Fähigkeiten anging, andere magische Kreaturen zu spüren. Urian hatte sich noch nie Mühe gegeben, seine Präsenz zu verschleiern, und Julen hätte ihn ohnehin überall wahrgenommen: Schließlich trug der Dämon das Blut seiner Familie in sich. Es war die Schwester seines Vaters gewesen, die diese Ausgeburt der Hölle zur Welt gebracht und sich wenige Jahre später aus Scham darüber umgebracht hatte. Julen wusste lange Zeit von all diesen Ereignissen gar nichts, die Jahrhunderte vor seiner Geburt stattgefunden hatten, bis er auf seinen Wanderungen durch die Welt seine Mutter wiedergetroffen hatte und von ihr erfuhr, warum sein Vater seine Söhne nie besucht hatte.

„Er ist ermordet worden. Von Urian." Seine stolze Mutter hatte bei diesen Worten geweint. „Euer Vater hat sich damals besonders für Urians Ausschluss aus der Gemeinschaft der Vampire eingesetzt. Der Bastard war eine unerträgliche Erinnerung an die Schande, die seiner Schwester angetan worden war."

Ungeachtet dieser aufwühlenden Erinnerung prüfte Julen die Umgebung des Hauses besonders gründlich. Er durfte sich keinen Fehler erlauben. Anschließend begann er, das Muster aus rötlich schimmernden Linien zu entwirren. Nach gut einer Stunde hatte er es endlich geschafft – und wäre Julen kein Vampir gewesen, ihm hätten gewiss die Schweißperlen auf der Stirn gestanden. So aber bewegte ihn nach der langen Konzentration nur eine gewisse Unruhe, als er das kraft seiner Gedanken entriegelte Fenster behutsam hinter sich schloss und das Büro eines, wie er bald entdeckte, Wissenschaftlers zu durchsuchen begann.

13

Nachdem Julen fort war, machte Asher einen kurzen Anruf. Zehn Minuten später klopfte jemand an die Zimmertür. Zwei Männer grüßten und warteten höflich seine Einladung ab, bevor sie den Raum betraten. Einer von ihnen trug eine Kiste aus Styropor unter dem Arm. Er eilte zur Minibar, ging davor in die Hocke, öffnete sie und machte Platz für mehrere Beutel Blut. „Soll ich den Kühlschrank versiegeln?" Asher nickte. Der kleine Zauber würde verhindern, dass Angestellte des Hotels womöglich schreiend Alarm schlugen, weil sie den ungewöhnlichen Inhalt entdeckt hatten. Ihr Gehirn würde die Beutel nun einfach nicht mehr registrieren.

Er beobachtete, wie der Mann seine Arbeit erledigte, und wandte sich dann zu dem anderen um, der aus einer mitgebrachten Rolle eine dünne Folie zog. „Das Material ist selbstklebend und kann mehrfach wiederverwendet werden. Nur wenig Magie ist notwendig, damit Sterbliche es nicht bemerken."

„Sehr gut. Bringen Sie den Schutz in beiden Räumen an." Asher war zufrieden. Seit der Rat von ihnen verlangte, auf das Beißen Sterblicher zu verzichten, weil es dabei immer wieder zu Unfällen kam, hatten sich einige Anbieter am Markt etabliert, die Blutkonserven ins Haus brachten. „Winterfield Ltd." lieferte seit wenigen Wochen diese neuen Folien, mit deren Hilfe dem schlafenden Vampir kein unerwünschter Sonnenstrahl mehr seine wohlverdiente Tagesruhe raubte, wie sie sagten. Glasscheiben, die den gleichen Effekt hatten, konnte sich ein jeder mit ausreichend Geld schon seit Längerem einbauen lassen. Im derart ausgestatteten New Yorker Penthouse seines Bruders hatte Asher tagelang aus den hohen Fenstern gesehen und das brodelnde Leben der City beobachtet, ohne auch nur ansatzweise Schaden zu nehmen. Im Gegensatz zu den geschaffenen Vampiren vertrugen Dunkelelfen wie Asher zwar direktes Tageslicht und fielen auch nicht bei Sonnenaufgang in eine komaähnliche Starre, aber eigentlich war die Nacht sein wahres Element. Ultraviolettes Licht schädigte die Haut eines Vampirs in noch weit stärkerem Maße als die der Sterblichen, und er benötigte Blut, um diese Verletzungen auszugleichen. Stand es ihm nicht rechtzeitig und in ausreichender Menge zur Verfügung, so konnte sich sein Körper so sehr überhitzen, dass er früher oder später in Flammen aufging oder einfach vertrocknete. Einen trüben Wintertag, wie ihn der Wetterbericht für morgen vorausgesagt hatte, überstand er zwar weitgehend unbeschadet, aber um einen möglichen Angriff des Dämons zu verhindern oder um im schlimmsten Fall auch zurückschlagen zu können, würde er glasklare Sinne und einen Körper in Höchstform brauchen. Sollten ihn seine Geschwister ruhig verspotten, Asher war gern gut vorbereitet. Und die Tatsache, dass er bereits mehr Jahrhunderte auf dieser Erde wandelte als die meisten seiner Artgenossen, sprach für seine Überlebensstrategie.

Estelle allerdings stellte ein schwer zu kalkulierendes Risiko dar. Er konnte nicht voraussagen, was sie als Nächstes tun würde, und – obwohl er es sich nicht eingestehen wollte – ihn faszinierte und verunsicherte dies gleichermaßen. Er fragte sich nicht zum ersten Mal, warum ihm das Schicksal eine halsstarrige Fee in Obhut gegeben hatte, die, statt bei ihrer Schwester sicheren Unterschlupf zu finden, lieber ihre eigenen Wege ging. Asher besaß eine genaue Vorstellung davon, wie seine ideale Partnerin zu sein hatte. Estelle besaß keinerlei Ähnlichkeit mit dieser Traumfrau. Die Feentochter war weder sanftmütig noch folgsam – und von Tugendhaftigkeit, musste er schmunzeln, war sie weit entfernt.

Jenen Abend, als er Estelle während des Konzerts aus der Menschenmenge gerettet hatte, weil ein Anfall sie fast hatte besinnungslos werden lassen, würde Asher nie vergessen. Er konnte sich nichts Erotischeres vorstellen als den Anblick einer sinnlichen Schönheit, auf deren Lippen Blut glänzte. Und sehr wahrscheinlich hätte er ihr damals wenigstens einen winzigen Kuss gestohlen, wäre in jenem Moment nicht ihre Zunge erschienen, um einen roten Tropfen aufzulecken. Als eine neue glitzernde Perle hervorgequollen war, hatte er diese blitzschnell mit seinem Daumen aufgefangen und von ihrem Blut gekostet. Sein Körper hatte sofort reagiert. Der Hunger war in ihm gewachsen, die Zähne hatten in seinem Kiefer geschmerzt, und dann hatte glücklicherweise Manon verhindert, dass er sie ungeachtet der Konsequenzen in aller Öffentlichkeit biss. Seither wurde seine Selbstbeherrschung täglich auf die Probe gestellt, und der Tag schien nicht fern, da die dunkle Kraft in seinem Inneren hervorbrechen, den zarten Schleier von Zivilisation und Disziplin zerreißen und in Fetzen zurücklassen würde. Ihn erschreckte, wie stark ihn Estelle in ihren Bann zog. Noch größer jedoch war sein Schock, als er erkannte, dass er sich danach sehnte, den Kreis zu schließen, indem er sie von sich trinken ließ. Aber was dachte er sich eigentlich? Trotz ihrer äußeren Gelassenheit saß ihre Furcht vor der Dunkelheit, die er in sich trug, sehr tief. Egal, wie sehr er sich wünschen mochte, dass sie ihm ganz vertraute, dies würde nie geschehen. Und vielleicht war es auch besser so. Glücklicherweise besaß wenigstens Estelle gute Instinkte. Sie zumindest behielt eine gewisse innere Distanz, während er zum Spielball seiner Leidenschaften geworden war. Seine Entgleisung hatte aber auch etwas Gutes, nun konnte Asher jederzeit ihre Stimmungen und Launen spüren, obwohl er nicht versuchte, ihre Gedanken zu lesen. Er klammerte sich an diesen letzten Rest Würde, der von ihm verlangte, ihre Privatsphäre zu respektieren. In die Landschaft ihrer Gedanken einzudringen, erlaubte er sich genauso wenig, wie sie zu beißen und damit weiter an sich zu binden. Aber diese Überlegungen waren auch müßig, Estelle konnte ohnehin nicht seine Seelengefährtin sein. Sie durfte es einfach nicht werden, denn sein Weg war längst vorgezeichnet.

„Können wir sonst noch etwas für Sie tun, Sir?"

„Vielen Dank, das war alles." Asher ließ nicht erkennen, welch trüben Gedanken er nachgehangen hatte. Er verabschiedete die Männer mit einem großzügigen Trinkgeld, folgte ihnen und betrat kurz darauf Zimmer 211. Von Julens früherer Untersuchung konnte er keine Spuren entdecken. Gut. Rasch sicherte er die Fenster mit einem leichten Zauber, der praktisch nicht zu bemerken war, aber als eine Art Alarmanlage funktionieren würde. Sollte jemand versuchen, hier einzudringen, wäre er gewarnt und könnte der Bewohnerin zu Hilfe kommen. Anschließend ging er die Treppe hinab und setzte sich in die gut besuchte Bar. Von seinem Platz aus sah Asher seine Fee, die sich tatsächlich mit einer blonden Frau unterhielt. Estelles Gesprächspartnerin hatte bei der Auswahl ihrer Herberge Geschmack bewiesen. Die Inneneinrichtung schaffte den Spagat zwischen Tradition und Moderne, ohne an Individualität zu verlieren. Trotzdem war er über den hohen Zimmerpreis erstaunt gewesen. Doch dafür hatte ihn der Anblick Estelles entschädigt, als sie die zwei Ebenen der großzügigen Suite erkundet hatte, über grob gemauerte Wände und edle Stoffe gestrichen hatte und sich dabei vorzustellen schien, in einer ähnlich eingerichteten Wohnung zu leben. Asher war nicht geizig, doch für sich selbst gab er wenig Geld aus. Statussymbole bedeuteten ihm nichts, obwohl er sich jeden Wunsch, der mit Geld zu bezahlen war, erfüllen konnte. So lange in dieser Welt zu überleben, wie er es getan hatte, und dabei nicht wenigstens ein mittelmäßiges Gespür für Finanzgeschäfte zu entwickeln, das war so gut wie unmöglich. Asher wusste zwar nicht, wie viele Reichtümer sich durch geschickte Investitionen auf den verschiedensten Konten angesammelt hatten. Aber für ein Lächeln von Estelle hätte er das alles und dazu noch sein letztes Hemd gegeben.

Ein höflicher Sterblicher erschien und unterbrach seine Gedanken. Der rasche Blick auf die Karte zeigte, dass man sich in diesem Haus auf exzellente Weine verstand. Asher stieg dank seiner guten Wahl deutlich im Ansehen des Kellners, der ihm einen eleganten und nicht eben preiswerten Rosé servierte. Er nahm gelegentlich einen Schluck und ließ seine Fee nicht aus den Augen. *Wann hast du begonnen, in dieser besitzergreifenden Art und Weise von ihr zu denken?* Er ignorierte die provozierende Stimme in seinem Inneren. Endlich erhob sie sich und gab der Fremden die Hand, dabei warf sie einen Blick zu ihm herüber. Er schüttelte unmerklich den Kopf. Ihm war nicht daran gelegen, die Bekanntschaft der Fremden zu machen. Das konnte Julen übernehmen, falls es notwendig werden sollte.

Als Estelle an seinen Tisch trat, erhob er sich. Sie bewunderte die Eleganz seiner fließenden Bewegungen. Kaum vorstellbar, dass sie diesen selbstbewussten Vampir jemals für einen etwas weltfremden und ungeschickten Büchernarr gehalten hatte.

„Möchtest du etwas trinken, mein Stern?" Asher sah sie mit einem solchen Hunger an, dass sich Estelle gut vorstellen konnte, auf welche Art von Getränk er selbst Lust hatte. Ihr Nacken prickelte.

Julen besaß den Anstand, sein Kommen anzukündigen, und allmählich begann Asher, diese Seite des Jungspunds zu schätzen. Er hatte zweifellos Stil, was man von ihm selbst während der vergangenen Tage nicht immer hatte behaupten können. *Julen wird gleich hier sein!* Er war schnell angezogen, und sie hörte nur noch das leise Zuklappen der Tür, als er sie hinter sich zuzog.

„Nun?" Asher hatte den obersten Knopf seiner Jeans nicht geschlossen, das Hemd hing lose über seinen breiten Schultern.

Julen warf einen missbilligenden Blick auf seine bloßen Füße, entschloss sich dann aber, diese eigenartige Wandlung unkommentiert zu lassen. „Ich habe eine ganze Menge. Aber die Sache ist so unglaublich, dass ich den Rat hinzuziehen möchte." Er ging zum Fenster und sah in die Nacht hinaus. Draußen schlug eine Turmuhr dreimal. „Du hast Folie anbringen lassen?" Er befühlte die Fensterscheiben.

„Ich dachte, es wäre nicht verkehrt, wenn wir tagsüber zusammenblieben und unsere Kräfte für wichtigere Dinge aufheben würden, als einen Sonnenbrand auszukurieren."

Julen sah sich nach Asher um. Estelles Geruch schien überall an ihm zu haften. Er gab sich nicht einmal die Mühe zu verbergen, dass zwischen ihm und der Fee mehr als nur ein Händchenhalten stattgefunden hatte. „Du wirkst sehr zufrieden. Hat Estelle etwas über die Blondine herausgefunden?" Die Frau hatte ihm gefallen und wäre genau das Richtige, um seine verletzte Eitelkeit zu lindern. Was fand Estelle nur an diesem undurchsichtigen Buchfreak, dass sie all ihre Ängste über Bord warf, um sich mit ihm einzulassen?

Asher unterbrach seine Überlegungen. „Eins nach dem anderen. Was hast du entdeckt?"

„Es sieht so aus, als ob jemand nach einer Formel für das ewige Leben sucht!"

„Das wäre wahrlich nicht das erste Mal!"

„Stimmt, doch diese Leute experimentieren mit Vampirblut; soweit ich weiß, hat dies bisher noch niemand getan!"

„Wir sind also auf der richtigen Spur!"

„Es sieht so aus. Hinweise auf den Verbleib der verschwundenen Streuner habe ich allerdings nicht gefunden. Dieser Professor scheint sehr vorsichtig zu sein."

„Und er bekommt Hilfe."

Estelle kam herein. „Wer bekommt Hilfe?"

Julen roch dunkle Erde, frisch aufgeblühten Jasmin und – Sex. Der Duft von Wald und frisch geschnittenem Gras, der sie immer umgab, hatte eine weitere Note angenommen. Seine Nüstern blähten sich, und instinktiv machte er einen Schritt auf sie zu, nur um Asher direkt vor sich zu finden. Beschwichtigend hob er die Hände, ließ sich auf das Sofa fallen und legte betont lässig die Füße auf den niedrigen Tisch. „Du hast nicht zufällig auch etwas Nahrhaftes bestellt?"

Asher wies mit dem Kopf zum Kühlschrank. „Später."

„Wie überaus vorausschauend von dir! Man will schließlich nicht in Gegenwart einer so *reizenden*", bewusst betonte er dieses Wort, „Lady die Beherrschung verlieren." Für Sekundenbruchteile glaubte sie, Reißzähne durch sein charmantes Lächeln blitzen zu sehen. Unwillkürlich rückte sie näher an Asher heran.

Sie tat gut daran, nicht zu vergessen, dass sie es mit gefährlichen Kreaturen zu tun hatte.

Keine Angst, mein Stern! Er tut das nur, um mich zu provozieren. Julen täte dir niemals etwas zuleide. Ashers warme Stimme und seine Selbstsicherheit besänftigten ihre Nerven. Schließlich begann sie mit ruhiger Stimme von ihrem Gespräch mit der Fremden zu berichten. „Die Frau heißt Sara Anderson, lebt in London und färbt ihre Haare. Okay, Letzteres scheint euch nicht zu interessieren, aber wisst ihr was? *Ich* fand es wichtig. Sie war sehr nett, aber sie weiß auch etwas für sich zu behalten. Ich war überrascht, wie ungewöhnlich gut ihre Instinkte sind. Wann immer ich versuchte, ihre Gedanken zu lesen, schien sie nervös zu werden. Was auch immer sie nach Cambridge geführt hat, es scheint ihr wichtig zu sein. Alle anderen Erinnerungen waren weit weniger geschützt. Also habe ich es vorerst gelassen." Estelle beschloss, ihre Ahnung bezüglich Saras Abstammung vorerst für sich zu behalten. Sie war sich ziemlich sicher, dass in ihren Adern Feenblut floss. Und es musste relativ unverdünnt sein, wenn sogar Estelle es riechen konnte. Vielleicht hatte Julen deshalb so intensiv auf sie reagiert. Seltsam nur, dass er nichts davon erwähnt hatte.

Fragend hob er eine Augenbraue.

„Also gut, ich habe nicht herausfinden können, was sie hier will."

„Das bringt uns nicht weiter." Julen wollte aufstehen.

„Vielleicht doch. Ich weiß, wie der Mann heißt, mit dem sie sich im Pub getroffen hat: David Barclay. Und jetzt haltet euch fest: Er arbeitet als Assistent für einen Biogerontologen namens Gralon. Und der betreibt ein Privatlabor in der Earl Street."

„Bingo! Gralon ist unser Mann – und Hilfe bekommt er, um auf deine ursprüngliche Frage zurückzukommen, von einem äußerst unangenehmen Zeitgenossen: Urian, auch ‚der Schlächter' genannt."

„Das klingt ja widerlich!"

Julen nahm die Beine vom Tisch und stand auf. „Und er ist auch kein schöner Anblick, glaub mir!"

Asher beobachtete jede seiner Bewegungen aufmerksam. „Wir werden unserem Meisterdetektiv ein wenig Privatsphäre gönnen. Im Kasten unter dem Sofa liegen übrigens Kissen und eine Decke", sagte er über die Schulter gewandt und schob Estelle sanft in Richtung Schlafzimmer.

„Und jetzt?", fragte sie. „Willst du hier etwa übernachten, mit Julen als Wachhund vor unserer Tür?"

„Ich könnte in der Badewanne schlafen", schlug er mit seinem unverwechselbaren einseitigen Grübchenlächeln vor, das stets ein warmes Summen in Estelles Adern zu zaubern schien.

„Da habe ich eine bessere Idee!" Sie entzog sich seiner Umarmung, um nicht auf der Stelle schwach zu werden. Wenn eine Seelenpartnerschaft so aussah, dann konnte sie sich gewiss an diesen Teil gewöhnen. Sorgen machten ihr eher andere Aspekte, die es so sicher gab wie Moskitos im Paradies.

Asher ließ sie ziehen. Wenig später hörte er die Dusche rauschen und folgte ihr. „Mir scheint, mit dir bekommt ein Mann niemals seinen wohlverdienten Schlaf." Er schäumte ihren Rücken ein, und nichts an ihm wirkte ruhebedürftig, als er die Fee umdrehte, ihre langen, dunklen Haare beiseiteschob, um sie unter dem warmen Wasserregen zu küssen.

Inzwischen stürzte Julen ein Glas Blut hinunter, verfluchte sein ausgezeichnetes Gehör und wünschte sich ans andere Ende der Welt. Die Feentochter war ihm tiefer unter die Haut gegangen, als er gedacht hatte, und was nebenan geschah, entsprach überhaupt nicht seiner Vorstellung von gepflegter Abendunterhaltung – zumindest, wenn er selbst nicht beteiligt war. Genauso wie übrigens auch sein Getränk. Asher hatte den Kühlschrank mit der weit verbreiteten Blutgruppe 0+ füllen lassen. Der stets latent vorhandene Hunger meldete sich nach den Anstrengungen der letzten Stunden vehement – und jedes Blut war ihm recht. Dennoch hätte er sich gern etwas Schmackhafteres gegönnt. „Geiziger Buchhalter!" Er griff den dritten Beutel und trank dieses Mal direkt daraus. Er war keineswegs erpicht darauf, noch mehr Energie zu verschwenden, indem er eine weitere Reise durch die Zwischenwelt antrat. Aber dieser Ausflug war unumgänglich, er musste seine Entdeckungen weiterleiten. Nicht alle gefundenen Informationen sagten ihm etwas, und so war ein Fachmann gefragt, der die Daten auswerten und korrekt interpretieren konnte. Für ihn persönlich reichte es allerdings zu wissen, dass dieser verrückte Professor versuchte, ein Unsterblichkeitsserum für Kreaturen zu schaffen, die nach Julens Auffassung nicht ohne Grund ein vergängliches Dasein fristeten. Man sah doch schon an den geschaffenen Vampiren, wohin es führte, von Natur aus mental instabilen Sterblichen Kräfte und Fähigkeiten zu verleihen, mit denen die meisten von ihnen überfordert waren. Es fiel ihm nicht leicht, seine geschaffenen „Verwandten" als gleichwertig anzuerkennen, wie der Rat es von ihm als Vengador verlangte. Immerhin aber hatten diese den gnadenlosen Gesetzen der Natur zu gehorchen, die sie beim ersten Sonnenstrahl in einen todesähnlichen Schlaf schickte. Und ihre Anzahl war begrenzt. Unsterbliche, sonst aber allzu menschliche Despoten hätten dagegen ohne diese Einschränkungen das Potential, das sensible Gleichgewicht noch mehr zu stören, als ihre Art es ohnehin schon tat. Schenkte er den alten Überlieferungen und diversen Weissagungen Glauben, befand sich die Welt, so wie er sie kannte und liebte, im Sommer eines goldenen Zeitalters, und Julen hatte wahrlich keine Lust, sich in einer neuen Dimension einzurichten, bloß weil die Menschheit größenwahnsinnig geworden war und den Planeten lange vor seiner Zeit vernichtete. Gern würde er noch ein paar Jahrhunderte hier verbringen, bevor er sich, wie die meisten seiner Vorfahren früher schon, für immer verabschiedete. „Großartig!" Nun plagten ihn auch noch Gedanken über sein Ende. Er warf den leeren Beutel fort, die Luft um ihn herum schimmerte, und nach einer unerfreulichen Reise durch die Nebel der Zwischenwelt landete er direkt vor den Füßen des Hüters.

„Unruhige Reise gehabt?"

Julen schüttelte sich. Tausende Wassertropfen glitzerten wie ein Meteoritenschwarm und verschwanden in der Unendlichkeit. „Warum interessierst du dich dafür?"

„Weil die Welt aus den Fugen gerät."

„Tut sie das nicht täglich?" Julen berichtete von seinen Entdeckungen.

„Du willst mir erzählen, dass wieder einmal ein Sterblicher versucht, das Geheimnis des ewigen Lebens zu lüften. Und wo bitte ist die Neuigkeit?"

„Dieser hier scheint Vampirblut als Basis zu verwenden."

Der Hüter winkte ab. „Das wird nicht gelingen. Ist es nicht wunderbar? Die Sterblichen müssen innerhalb eines einzigen Daseins nicht nur die gesamte Evolution durchlaufen, sondern auch alle Erfahrungen ihrer Vorfahren erneut machen, um die Fähigkeit zu erwerben, daraus zu lernen." Er kicherte. „Wenn sie endlich so weit sind, sich weiterentwickeln zu können, ist ihr Leben bereits so gut wie zu Ende."

„Wäre es so, wie du sagst, gäbe es keinen Fortschritt!"

„Aber ja, drei Schritte vor, zwei zurück, denk doch nur an die Nobelpreisträger ihrer Wissenschaft. Sie alle sind am Ende ihrer Kraft und hätten doch vieles zu geben, hörte die Jugend ihnen zu. So liebe ich unsere sterblichen Freunde!" Er humpelte zum Schreibtisch, kritzelte etwas auf einen Zettel und schob ihn Julen zu, der erleichtert registrierte, dass die Hände seines Gegenübers heute völlig normal aussahen. „Hier findest du einen Fachmann. Er ist zwar sterblich, kooperiert aber mit uns. Liefere ihm alle Daten. Weißt du schon, wo sie unsere verschollenen Streuner versteckt haben?" Als Julen den Kopf schüttelte, sagte der Hüter: „Das wird der Rat nicht gerne hören." Er griff sich in den Schritt und machte ein paar eindeutige Bewegungen. „Du solltest dich nicht von dem niedlichen Arsch einer Fee ablenken lassen. Denk daran, noch bist du kein Vengador!" Er wartete Julens Antwort nicht ab, als habe er seine Gedanken gelesen. „Mein lieber Freund, da hast du dir aber einen netten Konkurrenten eingehandelt!"

Bevor er fragen konnte, was genau der Hüter mit dieser Bemerkung meinte, war dieser schon verschwunden. Eine Sonate dröhnte, als habe Julen seinen Kopf direkt in das Klavier des Musikus gesteckt. Welch ein Abgang.

„Pathétique!", knurrte er und kehrte ins Hotelzimmer zurück. Gegen das „Zusammenbleiben", wie Asher es vorgeschlagen hatte, war nichts einzuwenden. Dass er allerdings allein auf einer unbequemen Schlafstatt landete, traf nicht exakt seine Vorstellung einer netten Dreisamkeit. Immerhin, dieses Sofa war bequemer als die altertümliche Chaiselongue, auf der er zuletzt geruht hatte. Draußen ergab sich die Dunkelheit der Göttin des Tages, und Julen spürte jeden Atemzug der ungleichen Schwestern, bis sich Nyx endlich geschlagen zurückzog. *Sara, ein schöner Name!*, dachte er müde. Irgendetwas hatte ihnen Estelle verschwiegen. *Danach werde ich sie morgen fragen.* Er schloss die Augen, dankbar dafür, dass der Sonnengott seine tödliche Hand auch heute vergeblich nach ihm ausstreckte.

Genau in dieser Sekunde erwachte Estelle aus ihrem Schlaf. Eine tödliche Gefahr näherte sich. Ihr Puls galoppierte, und ihr Herz überschlug sich fast bei dem Versuch, diesen Rhythmus weiter anzutreiben. Sie starrte in die Dunkelheit und lauschte dem beängstigenden Rauschen, unfähig zu entscheiden, ob es ihre Ohren waren, die verrücktspielten, oder eine geheime Macht, die gerade von ihr Besitz ergriff. Sie wollte davonlaufen, entkommen, der Todesgefahr entfliehen und erwachte endlich in der besitzergreifenden Umarmung ihres nahezu leblosen Liebhabers. Die gefürchteten Visionen stellten sich nicht ein. Schlaftrunken stemmte sie sich auf, und die Geister der Nacht flohen im Angesicht der herannahenden Morgenröte. Bereit, dem neuen Tag die Stirn zu bieten, schlich sie sich aus dem Bett unter die erfrischende Dusche, zog sich wenig später an und befand, dass ein kostenloses Frühstück dazu geschaffen war, es auch zu nutzen.

„Guten Morgen!" Sara Anderson wirkte müde, als sie sich zu ihr setzte.

„Hoffen wir, dass es einer wird!" Estelle war üblicherweise keine Pessimistin, doch sie ahnte, dass dieser Tag einige unangenehme Überraschungen bereithalten würde. Und es begann auch gleich damit, dass Sara ankündigte, abreisen zu wollen. Wer würde sich jetzt um ihre Sicherheit kümmern? Estelle ärgerte sich, weil sie Asher nicht danach gefragt hatte, ob ein Halbdämon wie dieser Urian auch tagsüber gefährlich war. Auf jeden Fall könnte er aber Sterbliche engagieren, überlegte sie, die schmutzige Arbeit für ihn zu erledigen. Dann traf sie eine Entscheidung: „Darf ich Sie begleiten? Mein, ähm, Mann ist heute den ganzen Tag über beschäftigt, und ich würde zu gerne die Zeit nutzen, um einige Einkäufe in London zu machen. Vielleicht können wir gemeinsam etwas unternehmen?" Sie wagte gar nicht zu hoffen, dass Sara auf ihren Vorschlag eingehen würde.

Die junge Frau schien sich jedoch sehr über ihren Vorschlag zu freuen. „Eine wundervolle Idee! Ich sollte nur kurz etwas erledigen und habe den Nachmittag frei!"

Estelle musste sich heute Morgen nicht besonders anstrengen, um zu erkennen, dass sich Sara nach einer Freundin sehnte, mit der sie einen Schaufensterbummel machen, den Tag im Museum verbringen oder einfach nur eine gute Tasse Tee trinken konnte. Estelles Auftauchen erschien ihr wie ein Geschenk des Himmels. Die Seele der jungen Frau fühlte sich vom Ballast einer einsamen Kindheit ganz schwer an. Sara war bei ihrer Mutter aufgewachsen, die hart arbeiten musste, um den Lebensunterhalt für sich und die kleine Tochter zu verdienen. Vom Vater bekamen sie nur Geld, wenn er selbst etwas übrig hatte, was nicht häufig vorkam. Trotzdem liebte sie ihn und hatte sich schon als Kind vorgenommen, später auch einmal Privatermittlerin zu werden. Sie träumte davon, mit ihm gemeinsam eine gut gehende Detektei zu führen. Das Mädchen war brillant, was ihr einige Stipendien verschaffte: Erst hatte es das für eine gute Schule und Uni gegeben, später sogar eines für ein Aufbaustudium in Cambridge. Dabei war sie aber immer eine Fremde geblieben. Sara galt als verschlossen und irgendwie anders, nicht wenige neideten ihr den Erfolg, einige aus sogenanntem „gutem Hause" empfanden ihre offensichtliche Armut als störend. Bei Ausflügen besaß sie kein Geld für ein Eis, ging später nie mit den anderen Studenten ins Pub oder auf Partys. Stattdessen saß sie zu Hause und lernte. Nicht einmal die Schuluniform hatte sie sich leisten können, sondern musste die abgelegten Sachen älterer Jahrgänge anziehen und kaufte ihre restliche Kleidung ebenfalls nur in Secondhandshops. Doch ihre Abschlüsse waren exzellent, und seit Kurzem arbeitete sie als einzige weibliche Anwältin in einer renommierten Kanzlei. Aber auch hier galt sie als Außenseiterin. Die männlichen Kollegen schätzten zwar ihren Verstand, fürchteten aber gleichzeitig die Konkurrenz. Die Sekretärinnen erkannten nicht, dass Unsicherheit der Grund für ihre manchmal schroffe Art war, und machten Sara ebenfalls das Leben schwer. Und erst in der letzten Woche hatte ihr ein Mandant die Wange getätschelt und gesagt: „Lauf, Mädchen, hol mir eine Tasse Tee!" Ihr Chef hatte den Irrtum nicht aufgeklärt, sondern wie über einen besonders guten Witz herzlich gelacht. Sie war folgsam hinausgegangen, und anstatt den Auftrag an eine Sekretärin weiterzugeben, die in diesem Augenblick alle sehr beschäftigt taten und hinter ihrem Rücken feixten, war sie mit dem gewünschten Getränk ins Büro zurückgekehrt. Der Mandant hatte sie keines weiteren Blickes gewürdigt. Und dennoch fand sie seinen Fall am nächsten Tag zur Vorbereitung auf ihrem Schreibtisch liegen und tat wie immer ihr Bestes, um ihn zu gewinnen. Einmal mehr hatte sich Sara für ihre Schwäche gehasst.

Und dann war ihr Vater ermordet worden. Der Gedanke löste einen so tiefen Seelenschmerz aus, dass Estelle zusammenzuckte, als sie ihn streifte, und eilig den Rückzug antrat. Trotz alledem, die junge Referendarin wirkte heute entspannter und war vielleicht deshalb auch weit besser zu lesen als gestern. Die Angst, die Estelle am Vorabend wahrgenommen hatte, schien wie weggewischt. Während Sara, nicht ahnend, dass ihre Gedanken gelesen worden waren, ihre Rechnung an der Rezeption beglich, eilte Estelle in ihr Zimmer zurück, um Mantel und Handtasche zu holen.

Julen lag ausgestreckt auf dem Sofa. Sein Gesicht wirkte im Schlaf beinahe verletzlich. Niemand wäre bei diesem Anblick auf die Idee gekommen, er könnte etwas anderes sein als ein junger, lebenslustiger Mann, der sich vielleicht gerade von einem nächtlichen Abenteuer erholte. Sie bückte sich, um die Wolldecke zurechtzuziehen, die halb herabgerutscht war, und wich Sekunden später erschrocken zurück. Seine Hand war hervorgeschnellt und hatte sie gepackt, bevor er noch die Augen geöffnet hatte. Julen stieß ein kehliges Fauchen aus, dann erkannte er in letzter Sekunde Estelle und ließ sie frei. Er sank auf sein unbequemes Lager zurück. „Komm niemals einem ruhenden Vampir zu nahe, wenn dir dein Leben lieb ist, mein Augenstern", war sein schlaftrunkener Rat. Dann blinzelte er und sah den Mantel in ihrer Hand. „Wohin willst du?"

„Die Sonne scheint, ich möchte ein wenig spazieren gehen", schwindelte sie. „Es dauert nicht lange!"

„Sei wieder hier, bevor es dunkel wird, hörst du?" Julen warf ihr eine Kusshand zu und schlief schon in der Bewegung wieder ein. Estelle schlich sich so leise wie möglich hinaus und war froh, dass nicht auch noch Asher auftauchte. Sie ahnte, dass er nicht so leicht zu täuschen wäre.

Es war ein eisiger Tag, aber die Winterlandschaft, durch die der Zug in Richtung London fuhr, entschädigte für die klammen Finger der Passagiere. Alles da draußen war von einer dicken Schicht Raureif wie mit Puderzucker überzogen, und die Bäume reckten ihre Zweige in den tiefblauen Himmel. Kristalle hingen daran wie kleine Eisbärte, die in der Sonne glitzerten. Estelle konnte sich gar nicht sattsehen und empfand mit ihren vampirischen Begleitern Mitleid, ganz besonders mit ihrer Schwester Nuriya, die einen solchen wunderbaren Anblick nie mehr würde genießen können. Als sie London näher kamen, verschwanden die winterlichen Spuren, und an ihre Stelle traten die typischen Rückansichten der Millionenstadt. In einem Meer aus rußigen Ziegelmauern flatterte vergessene Wäsche, blinde Fenster verwehrten den Einblick in graue Wohnungen. Und zugemüllte, winzige Gärten ohne eine Spur von Grün zeigten ein Bild, wie es nicht weniger einladend hätte sein können. Der Zug passierte rumpelnd Abzweigungen und Weichen, dass es krachte und Estelle mehr als einmal glaubte, er müsse gleich aus den Schienen springen, bevor er schließlich in King's Cross einfuhr und mit kreischenden Bremsen in der Bahnhofshalle zum Halten kam. Die beiden Frauen stiegen aus. Estelle folgte Sara den Bahnsteig entlang und sah sich sehnsüchtig nach den Hinweisschildern zur britischen Nationalbibliothek um, die wenige Hundert Meter entfernt lag und in der gut achtzehn Millionen Bände nur auf sie zu warten schienen. Wie gerne hätte sie den Tag in dem gläsernen Turm verbracht, in dem sich die Sammlung König Georges III. befand, der sich nach seiner Thronbesteigung entschlossen hatte, eine einzigartige königliche Bibliothek einzurichten. Aber dieses Vergnügen musste noch warten, denn schon eilten sie zur U-Bahn hinab. Welch ein Unterschied zum beschaulichen

Cambridge. Menschen schoben sich an ihnen vorbei, immer mit einer Entschuldigung auf den Lippen, aber deshalb nicht weniger ungeduldig. Geschäftsreisende, Touristen und Müßiggänger bevölkerten die Halle, und eine Vielzahl verschiedener Sprachen surrte durch die Luft. Sie fragte sich, ob es wirklich eine gute Idee gewesen war, Sara in die Metropole zu begleiten. In der Gesellschaft der beiden Vampire hatte sie sich beschützt gefühlt und, wie sie erst jetzt erkannte, sogar sicher. An Ashers Seite war selbst die Furcht vor den ständig im Hintergrund lauernden Anfällen fast vergessen. Doch nun kämpfte sie gegen eine aufsteigende Panik an, dass ihr ganz schwindelig wurde. Sie biss die Zähne zusammen und versuchte sich darauf zu konzentrieren, an einem der Automaten ein Tagesticket zu kaufen. Nervös drückte sie die Knöpfe, aber das Gerät verweigerte seinen Dienst, bis Sara helfend einschritt und Estelle schließlich doch noch ihre Fahrkarte in der Hand hielt. Anschließend folgte sie dem endlosen Strom der Menschen die Stufen hinab zur Circle Line und spürte den herannahenden Zug lange, bevor die Lichter in der dunklen Tunnelröhre auftauchten.

Ihre Begleiterin sah sie beunruhigt an und raunte ihr zu: „Ich hasse diese Menschenansammlungen auch!" Ungeschickt versuchte sie, ihr einige beruhigende Bilder zu senden. Spätestens hier war Estelle klar, dass sie sich nicht geirrt hatte: Sara war eine Feentochter. Die junge Frau hatte zwar das Bedürfnis zu helfen, aber überhaupt keine Ahnung, wie sie das anstellen sollte und welchen Einfluss ihre Abstammung auf ihr zukünftiges Leben haben konnte.

An der Station Temple stiegen die beiden Frauen aus, passten sich dem eiligen Schritt der Mitreisenden an, deren blank geputzte Schuhe über den schwarzen Boden und an stählernen Säulen vorbeieilten, bis sie die Aufgänge endlich wieder ins Tageslicht entließen. Estelle spürte Saras Unsicherheit zurückkehren, als sie gemeinsam die Kanzlei betraten. Erhabene Größe und Eleganz begrüßte sie so, dass man schon nervös werden konnte. Aber dies war Saras Arbeitsplatz, und sie hätte nicht so heftig reagieren dürfen, es sei denn, sie war hier unglücklich. Estelle sandte ihre Gedanken aus und tat, was an guten Tagen zu ihren Stärken gehörte, nämlich in ihren Mitmenschen das Gefühl von Ruhe und Zuversicht auszulösen. Es gelang auch – und gemeinsam stiegen sie die geschwungenen Treppen in die erste Etage hinauf, in der sich das Büro der Anwältin befand. In dem winzigen Raum stapelten sich Berge von Akten auf dem Schreibtisch. Sara blieb stehen und flüsterte: „O nein!"

„Stimmt etwas nicht?"

„Doch, doch! Ich schätze, so etwas ist für einen Anfänger wie mich ganz normal. Sie legen mir ihre Fälle zur Analyse vor, um mich zu testen."

Estelle zeigte auf den zweiten Schreibtisch, der völlig leer war. „Dann arbeitest du mit einem erfahrenen Kollegen zusammen?"

„James? Nein, er hat mit mir hier angefangen. Der Arme hat es nicht leicht. Sein Vater ist vor Kurzem gestorben – und er muss sich zurzeit in die Regularien des House of Lords einarbeiten."

Estelle sah, wie ihr die Röte ins Gesicht stieg, und wusste sofort: Sara mochte diesen James mehr, als sie es zugeben wollte. In diesem Augenblick trat der frischgebackene Lord durch die Tür und betrachtete ihre verlegen lächelnde Begleiterin wie ein widerliches Insekt. Er wollte schon den Mund öffnen, zweifellos, um eine Gemeinheit loszuwerden, da bemerkte er Estelle und zeigte zwischen schmalen Lippen eine Reihe strahlend weißer Zähne. „Wir haben Besuch?"

Sie erwiderte seine Begrüßung, bevor ihre neue Freundin etwas sagen konnte, und ging auf ihn zu. Seine ausgestreckte

Hand berührte sie nur mit den Fingerspitzen. „Wie nett, Sie kennenzulernen, Mister …?" Bevor er antworten konnte, fuhr sie fort: „Meine Freundin hat mir schon viel von Ihnen erzählt."

„Tatsächlich?" Er besaß immerhin so viel Anstand, kurz beiseitezublicken, als erwarte er für sein Verhalten Schelte. „Nur Gutes, will ich hoffen?"

Sie schmunzelte, was ihn zu irritieren schien. Eingebildeter Laffe! Estelle konnte seine Erregung geradezu riechen. Offenbar hielt er sie für eine betuchte Mandantin der verachteten Sara – herzlichen Dank an ihr Designer-Kostüm – und wollte sie für sich gewinnen. Er schien überzeugt, so entnahm sie es seinen deutlich lesbaren Gedanken, Estelle noch heute in seinem Bett wiederzufinden. Fast hätte sie laut losgelacht, senkte stattdessen aber die Lider und entgegnete: „Aber nicht gut genug, wie ich jetzt erkenne." Damit hatte sie ihn an der Angel – und was nun? „Ich bin ein wenig in Eile." Estelle sah ihn bedeutungsvoll an.

„Sie erreichen mich jederzeit – falls Sie es sich anders überlegen." Saras Kollege klang nicht, als hege er den geringsten Zweifel daran, dass sie bei der nächsten Gelegenheit die Nummer wählen würde, die er mit raumgreifender Handschrift niederschrieb. Immerhin zog er sich mit einer angedeuteten Verbeugung zurück, als sie seine Visitenkarte wortlos entgegennahm. Eine konservative Erziehung konnte durchaus auch ihre Vorteile haben. „Bevor du fragst, ich habe kein Interesse daran, meine Bekanntschaft mit diesem Schnösel zu vertiefen!", sagte sie an Sara gewandt. „Aber ich habe meine Pläne geändert. Wenn du hier fertig bist, möchte ich zum Friseur und dann so richtig einkaufen. Das Essen kann warten." Gegen die Liebe konnte sie nichts unternehmen, aber wenn ihre neue Bekannte sich schon mit ihm einlassen wollte, dann sollte sie dies wenigstens als unwiderstehliche Schönheit tun. Dieses Potenzial besaß jede Feentochter, bei einigen musste es jedoch erst geweckt werden. Insgeheim hoffte Estelle, eine elegante Sara würde schnell erkennen, dass es durchaus bessere Partner für sie gab als ausgerechnet diesen Kollegen.

Keine Stunde später gab sie in einem Day Spa in Kensington leise Anweisungen. Während Sara eine Generalüberholung erfuhr, wie sie die Behandlung mit einem nervösen Gesichtsausdruck nannte, genoss Estelle ihre Massage und die Annehmlichkeiten eines Ruheraums.

„Ah, da bist du ja! Lass dich mal ansehen!"

Die Anwältin drehte sich schüchtern um die eigene Achse. „Ich weiß gar nicht, wie ich dir danken soll!"

„Indem du deine Haare nicht mehr färbst?", schlug Estelle lachend vor und stellte fest, dass es Spaß machte, ihrer Feenschwester, wie sie Sara in Gedanken nannte, das Rüstzeug mitzugeben, das ihr noch fehlte, um in der oberflächlichen Welt da draußen zu bestehen. „Warte, jetzt kommt das Finish!" Wie auf Befehl wurden elegante Modelle der verschiedensten Designer hereingebracht, und Estelle traf eine Auswahl, mit der sie Sara in die Umkleidekabine schickte. Sie hatte sich nicht geirrt, was deren Figur betraf, und in kürzester Zeit waren Kleider, Kostüme, Hosen, Schuhe und selbst Dessous ausgesucht. Von Saras wiederholten Protesten wollte sie nichts hören. Schließlich fragte Estelle nach ihrer Adresse, um die Sachen dorthin schicken zu lassen. Sie rechnete es den Mitarbeiterinnen dieses exklusiven Hauses hoch an, dass sie nicht die Nase rümpften, als sie die Anschrift notierten, die in einem wenig repräsentativen Teil der Stadt lag. Sie vergaß auch nicht, ein stattliches Trinkgeld zu geben, als sie sich für den zuvorkommenden Service bedankte. Niemand in Saras Nachbarschaft konnte davon träumen, jemals hier einzukaufen. Kieran würde der Schlag treffen, wenn er die nächste Kreditkartenabrechnung erhielt. Dieser Gedanke bereitete ihr weit weniger Freude, als sie geglaubt hatte.

„Ich habe mich noch nie so elegant gefühlt!" Sara betrachtete ihr Spiegelbild, das eine wohlgeformte Brünette in dezenter Kleidung zeigte.

Estelle fand, dieser außerordentlich befriedigende Ausflug schreie geradezu danach, ihn mit einem ausführlichen Fünf-Uhr-Tee zu beenden. „Ich verhungere", bekräftigte sie ihren Vorschlag.

Sara ließ sich nicht lange bitten. „Eine fantastische Idee!"

Ein Blick auf die Uhr zeigte, dass es später war als gedacht, und Estelle beschlich ein ungutes Gefühl. Asher würde wahrscheinlich bald erwachen und nicht glücklich sein, wenn er feststellte, dass sie nach London gefahren war. Sie war sich nicht sicher, wie weit seine Kräfte reichten und ob er sie hier aufstöbern konnte, aber vorsichtshalber kaschierte sie alle Gedanken, die ihren Aufenthaltsort verraten konnten. Wenn er herausfand, wo sie war, würde er ihr gewiss sofort folgen, und das Letzte, was sie brauchen konnte, war ein eifersüchtiger Vampir, während sie versuchte, einen gelungenen Tag zu genießen.

Das Mandarin Oriental, ein Hotel, das für seinen hervorragenden Nachmittagstee bekannt war, befand sich nur ein paar Schritte weiter, und die beiden Frauen genossen den aufmerksamen Service, während sie dick geschlagene Sahne und köstliche Erdbeermarmelade auf ihre Scones luden und anschließend noch eine beachtliche Anzahl leckerer Sandwiches mit Tee hinunterspülten.

„Wir hätten die Kleider eine Nummer größer nehmen sollen", lachte Estelle schließlich und wischte sich etwas Sahne aus dem Mundwinkel. „Ich hatte gar keine Ahnung, dass Einkaufen so hungrig macht! Aber nun muss ich allmählich ans Aufbrechen denken."

„Ich begleite dich noch zum Bahnhof."

Estelle wollte widersprechen.

„Das ist doch das Mindeste, was ich tun kann! Estelle, solltest du jemals eine Anwältin benötigen, so bin ich immer für dich da!"

„Danke sehr! Man kann nie wissen, wann ein Rechtsbeistand vonnöten ist." Sie verließen das Hotel und überquerten in einem Pulk von Menschen die Straße. An dieses Feierabendchaos hatte Estelle überhaupt nicht gedacht. Während sie sich von der Menge mitnehmen ließen, ließ sie die Hoffnung auf einen glimpflichen Ausgang ihres Abenteuers in ein lautloses Mantra einfließen: *Lass mich jetzt bloß keinen Anfall bekommen!* Alles ging gut.

Die U-Bahnen verkehrten im Minutentakt, so mussten sie nicht lange auf dem überfüllten Bahnsteig warten. Ziemlich überwältigt ließ sie sich auf einen unverhofft frei gewordenen Platz fallen. Vermutlich war es der einzige im gesamten Zug. Aber vor Schreck wäre sie im selben Moment beinahe wieder aufgesprungen, denn der ihr gegenübersitzende Mann starrte sie nicht nur aus schwarz geschminkten Augen, ohne zu blinzeln, an, ihn umgab noch dazu eine finstere Aura, wie sie sie selten zuvor gespürt hatte. An den Türen standen offenbar seine Freunde. Jedenfalls tauschte er einen kurzen Blick mit ihnen, der ihr nicht entging. Die jungen Männer warfen allen Mitreisenden prüfende Blicke zu, doch Estelle und Sara hatten ganz offensichtlich ihr Interesse geweckt. Ihr Gothic-Styling bereitete ihr keine Sorge, schließlich war sie selbst gemeinsam mit ihrer Zwillingsschwester häufig in den einschlägigen Clubs ihrer Heimatstadt unterwegs gewesen und wusste, dass hinter einem exotischen Äußeren oft die kreativsten Köpfe zu finden waren. Ihr Gegenüber aber machte sie nervös, und so senkte sie den Blick, um möglichst keine Aufmerksamkeit zu erregen. Ein paar Stationen später sah sie wieder auf. Er saß immer noch dort. Ebenso wie die ältere Frau neben ihm, die sich die ganze Zeit leise mit ihrer Handtasche unterhielt. Sie musste lächeln, aber unwillkürlich kehrte ihr Blick zu dem Mann zurück. Irgendetwas stimmte mit seinen Augen nicht, und sie hoffte, dass deren violetter Schimmer speziellen Kontaktlinsen zu verdanken war. Goth oder Vamp, die Frage schien durchaus berechtigt, um diese Zeit konnte es sowohl ein Vampir als auch ein Sterblicher sein, der sich viel Mühe mit seinem Styling gegeben hatte. Verdächtig spitze Zähne blitzten, als er ihr neugieriges Interesse jetzt auch noch mit einem Grinsen quittierte. „Also doch ein Sterblicher", dachte sie erleichtert. Niemand aus der magischen Welt, der noch ganz bei Sinnen war, würde sich in aller Öffentlichkeit derart exponieren. Dann fielen ihr die drei Vampire ein, die sie in Dublin angegriffen hatten. Sie waren ganz bestimmt weit entfernt von jeder Form der Zurückhaltung gewesen, dafür hatten zwei von ihnen mit dem Leben bezahlt. Jetzt allerdings war kein Julen in der Nähe, um sie zu beschützen. Estelle beschloss, ganz sicherzugehen, und begann, die Gedanken ihres Gegenübers behutsam zu ertasten. Der Schock kam nach Sekunden. Der Mann verfügte über solide Schutzschilde, die auf ihren halbherzigen Versuch sofort reagierten und ihr nichts als stahlgraue Wände zeigten. Für einen kurzen Augenblick glaubte sie jedoch, ein Echo ihres eigenen Erschreckens in seinem Gesicht zu lesen. Sie hätte sich ohrfeigen können. Jetzt wusste er, dass sie ihn erkannt hatte. Wegsehen hatte wenig Sinn, schon spürte Estelle, wie er seinerseits versuchte, mehr über sie herauszufinden. Erleichtert stellte sie allerdings fest, dass sie ihm durchaus ebenbürtig war. Konnte er tatsächlich einer von diesen geschaffenen – wie hatte Julen sie noch einmal genannt – „Streunern" sein, die es darauf anlegten, den Rat herauszufordern? Sie hatte keine Lust, diese Frage persönlich zu klären, und zerrte die verstörte Sara an der nächsten Station aus der U-Bahn, bevor sich die Türen wieder schlossen. Der „Vampir" schien es nicht geschafft zu haben. Vielleicht war es ja doch ein ganz normaler

Sterblicher gewesen. Touristen und elegant gekleidete Theaterbesucher schoben die beiden Frauen in Richtung Ausgang.

„Was ist los?", wollte Sara wissen. „Ist dir nicht gut?"

Estelle öffnete den Mund, um irgendeine Ausrede vorzubringen, da sah sie ihn: ohne Zweifel der Vampir aus dem Zug! Und – er war nicht allein!

„Frag jetzt nicht, lauf einfach nur, wir werden verfolgt!" Estelle packte Sara am Ärmel und rannte los. Dass dies nicht so einfach war, wie sie gedacht hatte, wurde ihr schnell klar. Die Menschen bewegten sich wie ein zäher Strom aus Sirup – und jeder Versuch, sich an ihnen vorbeizudrängen, schien aussichtslos. Sie kämpften sich trotzdem verbissen voran, denn ein Blick über die Schulter zeigte, dass die Vampire erfolgreicher waren. Sie näherten sich wie eine Schar dunkler Vögel, die Sterblichen schienen ihnen sogar bereitwillig den Vortritt zu lassen. Estelles Atem ging schneller – sie dachte daran, wie dringlich Julen sie gebeten hatte, vor Einbruch der Dunkelheit zurück zu sein. Jetzt bereute sie es, seine Warnung so leichtfertig ignoriert zu haben, und sandte ein Stoßgebet an die Götter, dass ihre Verantwortungslosigkeit wenigstens Sara keinen Schaden zufügen mochte. Gerade als sie die Aufzüge der U-Bahn-Station erreicht hatten, schlossen sich alle Türen gleichzeitig. Panisch sah sie sich um und erkannte die schnell näher kommenden Verfolger. Der Vampir grinste siegessicher, während ihr das Herz fast stehen blieb. „Los, die Treppen!", keuchte sie und schob ihre Begleiterin in eine neue Richtung. So schnell sie konnten, rannten beide Seite an Seite die ausgetretenen Stufen hinauf. Auf einmal rutschte Estelle aus. Gerade noch gelang es ihr, sich abzustützen. Ihre Handflächen brannten, und sie hatte sich das Schienbein angeschlagen. Mit zusammengebissenen Zähnen humpelte sie weiter, drängte sich rücksichtslos an protestierenden Menschen vorbei. Es half alles nichts. Schon glaubte sie, den fauligen Atem der Verfolger in ihrem Nacken zu spüren, da griff plötzlich jemand ihren Arm. Dunkelheit umgab sie, ihr Schrei wurde von einer rauen Hand erstickt. „Sei still!"

Blind und taub für ihre Umgebung spürte sie, wie sich Zeit und Raum veränderten. Als das Rauschen in ihren Ohren nachließ, öffnete sie die Augen. Sie stand in einem kaum beleuchteten Hinterhof. Immerhin hatte sich der magische Schleier – denn nichts anderes war es, was sie eingehüllt und ihr die Sicht genommen hatte – gehoben. Irgendwo hörte sie Stimmen, Menschen unterhielten sich in einer fremden Sprache, Geschirr klapperte, es roch nach exotischen Currymischungen und – weit weniger ausgefallen – nach Müll. Eine Durchfahrt, die so schmal war, dass sie sich fragte, wie der Jeep hier hereinkommen konnte, filterte die Straßengeräusche. Im Rücken spürte sie das kalte Blech des Autos, als ihr Kidnapper sich zu ihr herabbeugte. Das Herz schlug ihr bis zum Hals.

„Asher!", hauchte sie in seinen Mund und erwiderte seinen rauen Kuss ebenso leidenschaftlich. Erst als sie sich an den gespannten Körper schmiegte, der ihr Schutz und Sicherheit versprach, wurden seine Lippen weicher. Schließlich hob er seinen Kopf, und ein wachsamer Blick ersetzte das unheilvolle Leuchten aus seinen Augen. Gleich darauf kam Julen um die Ecke, er trug Sara und blickte grimmig. „Die Streuner haben sie verletzt!"

Estelle wollte ihnen entgegenlaufen, doch Asher hielt sie zurück. „Wenn sie blutet, haben die Angreifer ihre Witterung aufgenommen und sind euch gefolgt."

Er hatte seinen Satz noch nicht beendet, da tauchten im Tordurchgang auch schon vier Gestalten auf. Die schwarzen Mäntel, das lange Haar, sie wirkten wie die Figuren aus einem blutrünstigen Roadmovie, das sie vor einigen Jahren im Kino gesehen hatte.

„Hey", rief einer von ihnen, und sie erkannte den Goth, der

ihr gegenübergesessen hatte, „die Mäuse gehören uns! Wir teilen nicht."

Julen, pass auf die Frauen auf! Asher schob Estelle hinter sich. *Geh und hilf ihm, eure Präsenz zu maskieren!* Seine Stimme in ihrem Kopf gestattete keinen Widerspruch. Sie wunderte sich nicht zum ersten Mal, wie viel Autorität er besaß, um einen erfahrenen Kämpfer wie Julen nicht nur einfach so herumkommandieren zu können, sondern sogar mit dem nicht zu spürenden Vampir mental zu kommunizieren. So unauffällig wie möglich bewegte sie sich rückwärts, bis Julen sie zu sich hinter einen stinkenden Müllcontainer zog.

Mithilfe seines außergewöhnlichen Talents und einer gehörigen Portion Magie hoffte er, die beiden Frauen beschützen zu können. *Fass mich an, dann können sie dich zumindest schlechter spüren als sonst.* Julens Eckzähne kribbelten, aber nicht die nahende Gefahr war es, die seine Selbstbeherrschung derart herausforderte, sondern Saras Blut. Kein Wunder, dass die Streuner ihrer Spur gefolgt waren: Sie roch wie aufblühende Glockenblumen in der Morgensonne. Und am liebsten hätte er von ihrem Nektar gekostet, dessen Aroma ihm seltsam vertraut vorkam.

„Hat euch niemand Manieren beigebracht?" Ashers Stimme durchbrach seine Fantasien. *Wollte er etwa mit den zerlumpten Vampiren diskutieren?*

Die Gothics schienen keine Lust auf gepflegte Konversation zu haben. Ihr Anführer lachte. „Du gehörst wohl noch nicht lange zur Truppe. Ich werde es dir erklären!" Er sprach betont langsam. „Wenn du die Weiber nicht sofort herausgibst, wirst du es bereuen, das versprech ich dir."

„Gegen uns hast du keine Chance, Bruder! Wir sind das Böse", kicherte ein anderer und bewegte sich katzengleich seitwärts.

„Ich denke nicht, dass dein Plan aufgeht, Streuner!" Asher klang wenig beeindruckt.

„Wie hast du mich genannt?" Der Vampir fauchte, und Geifer spritzte aus seinem weit aufgerissenen Rachen, als er sich auf Asher stürzen wollte. Der war allerdings erheblich schneller, schlug ihm so ins Gesicht, dass er durch den Hof gegen eine Mauer flog und dort benommen liegen blieb. Die nächsten beiden Angreifer streckte er ähnlich effizient nieder, und als der vierte zu fliehen versuchte, verstellte ihm Asher den Weg, packte ihn am Kragen und warf den Kerl zu seinem Boss hinüber, der sich gerade aufrappeln wollte und von dem Aufprall erneut zu Boden ging.

„Das war für die schlechten Manieren, und jetzt kommt bitte einmal her zu mir!"

Julen, der Saras Gesicht vorsichtshalber an seine Brust gedreht hatte, um sie vor dem Anblick des wie erwartet blutigen Kampfes zu schützen, traute seinen Augen nicht. Die Streuner erhoben sich folgsam und kamen näher, bis sie wie reuige Schuljungen in einer Reihe vor ihrem strengen Lehrer standen. Es fehlte nur noch, dass Asher begann, ihre Fingernägel auf schwarze Ränder zu kontrollieren. Fast hätte Julen laut herausgelacht, als er das entsetzte Gesicht des Rädelsführers sah, der augenscheinlich nicht mehr Herr seiner Handlungen war und dies auch wusste, ohne sich im Geringsten gegen die Magie seines Gegners wehren zu können. Plötzlich hörte Julen Ashers Stimme in seinem Kopf, und zwar so deutlich, als habe er ihn gewissermaßen zugeschaltet. *Ihr werdet mir jetzt meine Fragen beantworten, nicht wahr?* Die Vampire nickten, jeder Widerstand schien gebrochen. *Sehr gut.* Er wandte sich an den Anführer: *Sag mir, warum habt ihr die Frauen verfolgt?*

Wir wollten ein wenig Spaß haben, und die eine, der Vampir sah sich suchend um, konnte aber niemanden entdecken und zuckte mit den Schultern, *diese Dunkelhaarige schien auch zu wissen, was ich bin.*

Spaß? An einem Freitagabend in der voll besetzten U-Bahn vor Hunderten von Sterblichen? Ashers Stimme klang ungläubig.

Der „Maighstir" sagt, wir müssen aus dem Schatten treten, damit der Rat sieht, dass er nicht einfach einen nach dem anderen von uns verschwinden lassen kann.

Und wer ist dieser ominöse „Meister", von dem du da sprichst?

Keine Ahnung.

Kaum war die Antwort gegeben, hatte der Vampir allen Grund, sie zu überdenken. Er lief, von einer unsichtbaren Macht gewürgt, blau an und schnappte verzweifelt nach Luft. „Wir wissen es wirklich nicht", krächzte einer, und ein anderer ergänzte, um Atem ringend: „Er ist kein Vampir – er ist etwas Einzigartiges, und wir werden eines Tages so sein wie er."

„Das glaube ich kaum." Asher lächelte milde. „Bleibt zusammen, wenn ihr euch dadurch sicherer fühlt, aber vergesst die wichtigste Regel nicht: ‚Keine Aufmerksamkeit bei den Sterblichen erregen!' Niemand von uns wünscht sich die alten Zeiten zurück, als die Welt von selbst ernannten Vampirjägern nur so wimmelte. Und glaubt mir, ihr wollt wirklich nicht wissen, wozu der Rat fähig ist, wenn es gilt, eine neue Vampirhysterie zu vermeiden." Asher entließ die verstörten Vampire aus ihrer Starre. Bevor sie in die Nacht entfliehen konnten, gab er ihnen einen weiteren Rat mit auf den Weg: *Und noch etwas. Ihr seid nicht das Böse. Aber ich mache euch gerne damit bekannt, sollte einer von euch jemals wieder meinen Weg kreuzen!*

Julen war überzeugt, dass diese Worte ihren Zweck erfüllen würden, und wünschte sich, niemals selbst Adressat einer von Asher formulierten Drohung zu werden. Nach dieser Szene zumindest verspürte er wenig Lust auf eine Konfrontation mit einem Vampir, der über derartige Kräfte verfügte. Welch eine Vergeudung, dass der Bibliothekar am liebsten zwischen seinen Büchern zu sitzen schien. Er wäre der geeignete Vengador gewesen. Obwohl – in den letzten Tagen hatte sich sein Verhalten doch grundlegend geändert. Erst das Verhältnis mit der Feentochter und nun diese unerhörte Machtdemonstration. Von dem angeblichen Bücherwurm war nicht viel übrig geblieben.

„Und nun?" Estelle löste sich als Erste aus ihrer Erstarrung und lief auf Asher zu, der sie auffing und fest in seine Arme schloss. Er gab ihr einen Kuss auf die Stirn, und sie war heilfroh, dass er wegen ihres Ausfluges nicht böse zu sein schien.

Darüber reden wir noch! Seine Stimme erklang in ihrem Kopf, während er Saras Verletzungen untersuchte. „Julen, dort, wo wir jetzt hingehen, sollte sie besser nicht nach", er machte eine Pause, „Blut riechen."

Julen sah ihn fragend an, doch Asher hatte nichts mehr hinzuzufügen. Also beugte er sich schließlich vor und fuhr in einer einzigen Bewegung mit seiner Zunge über den langen Schnitt an ihrem Unterarm. Ein verzückter Ausdruck erschien auf seinem Gesicht, und Estelle wusste sofort, dass er es geschmeckt hatte: Sara war eine Feentochter. Ihre Haut glänzte, das Blut war verschwunden, und die rot geränderte Wunde schloss sich zusehends. Asher murmelte einige Worte, damit sie erwachte.

„Oh!", war ihr erster Laut. Und ein weiteres „Oh!" folgte, als sie sich Julens intimer Nähe bewusst wurde. Er beeilte sich, sie auf ihre Füße zu stellen.

„Dir ist übel geworden!", improvisierte Estelle, als sie sah, wie die kleine Feentochter begann, über die Geschehnisse nachzudenken. Asher schenkte ihr einen anerkennenden Blick. Mit Vampiren mochte er sich vielleicht auskennen, aber mit sterblichen Frauen wusste er nichts anzufangen. *Das ist auch nicht notwendig!* Estelle spürte einen eifersüchtigen Stich in ihrem

Herzen und beschloss, sich lieber wieder auf Sara zu konzentrieren. „Glücklicherweise habe ich mich daran erinnert, dass mein ‚Mann' heute hier zu tun hat." Sie warf einen entschuldigenden Blick zu Asher, der sich deutlich um einen neutralen Gesichtsausdruck bemühte. Trotzdem entdeckte sie das Grübchen in seiner Wange. „Er ist nämlich …" Sie überlegte kurz.

„Buchhändler", fiel er ihr ins Wort, bevor sie sich irgendeine absurde Beschäftigung für ihn ausdenken konnte. Der Schalk tanzte in ihren Augen, und Asher war erstaunt, wie gut sie die Aufregung um den Überfall verbarg. Offenbar gewöhnte sich seine Fee recht schnell an die neuen Herausforderungen. Stolz erfüllte ihn.

„Meine Frau", Asher umfasste ihre Taille, „hat recht. Ich habe in London, wie sie so nett sagt, ‚zu tun'. Und wenn wir uns jetzt nicht beeilen, dann verpasse ich meinen Termin." Er sah ihr tief in die Augen. „Sie begleiten uns doch?"

„Gern", kam ihre prompte Antwort.

14

Deine Zeit ist abgelaufen. Urian sah in den dunklen Hinterhof hinab. Gestern hatte sein Auftraggeber die Anwältin nur beobachten lassen wollen – und heute beschloss er plötzlich, sich ihrer zu entledigen. Ihm sollte es recht sein, irgendetwas an der Kleinen war sowieso faul. Aber was am gestrigen Abend überhaupt kein Problem gewesen wäre, stellte sich einige Stunden später als äußerst kompliziert heraus.

Am Morgen hatte sie, nicht ganz überraschend, Cambridge verlassen, und Urian hatte etwas Zeit gebraucht, um sie wiederzufinden. Doch dann stellte sich diese ursprünglich unwillkommene Verzögerung sogar als Glücksgriff heraus, denn in ihrer Begleitung befand sich die Feentochter, die schon in Dublin sein Interesse geweckt hatte. Er entdeckte die beiden nach langem Suchen in einem Salon des Mandarin Oriental und beobachtete, wie sie dort Tee tranken und Berge von Süßigkeiten vertilgten. Bald nach Sonnenuntergang tat er in der Nähe ein paar Streuner auf. Sie zeigten sich wie erwartet willig, als er ihnen suggerierte, ein Überfall in aller Öffentlichkeit wäre nicht nur unterhaltsam, sondern würde darüber hinaus auch ihrer Sache dienen. Natürlich erwartete er nicht, dass die Sterbliche diese blutige Belustigung überlebte. Die idiotischen Streuner hatte er für die unersättlichen Labors des Professors vorgesehen. Alles schien bestens zu funktionieren, bis Julen auftauchte. Und er war nicht allein. Urian wunderte sich, Asher hier zu sehen. Es hieß, er habe sich vor Jahrzehnten schon aus dem Geschäft zurückgezogen, aber dort stand der Ex-Vengador und gab

286

eine Lehrstunde, wie man sie sich nur wünschen konnte. Und was redete er da, die Fee sei seine „Frau"? Urian dankte den Göttern für das unerhörte Glück. Wenn sich Asher wirklich für die Kleine interessierte, befand sich jeder, der ihr auch nur zu nahe kam, in tödlicher Gefahr. *Alle Achtung, Julen. Ich wusste gar nicht, dass du das Spiel mit dem Feuer liebst!* Widerwillig zollte er seinem verhassten Halbcousin Anerkennung für den Mut, auf offener Straße mit Estelle zu flirten, wie er es in Dublin getan hatte.

Leider war durch das Eingreifen des Vengadors vorerst die Chance vertan, sich die Anwältin vorzunehmen. Das musste eben warten. Die Bezahlung war bescheiden, und er folgte ohnehin stets seiner eigenen Agenda, gleichgültig, was der Professor glaubte. Zufrieden, dass er nicht bemerkt worden war, entschwand Urian. Er suchte nach Ersatz für die Streuner, die spurlos in der Dunkelheit verschwunden waren.

Julen runzelte die Stirn und blickte dem Dämon hinterher. *Urian!*, warnte er Asher. Der nickte kaum merklich. Mit diesem Beobachter würde er sich später befassen, jetzt galt es erst einmal, die Frauen in Sicherheit zu bringen. Er legte seinen Arm um Estelles Schultern und bedeutete Julen, ihnen mit Sara zu folgen. Sie betraten eine schmale Gasse, an deren Ende das Licht eines Pubs leuchtete. „Olde Nell's Tavern" stand in antiken Lettern auf einem alten Holzschild, und die hohen Fenster rechts und links des Eingangs waren nahezu komplett von herabhängendem Efeu bedeckt, das in Blumenkästen in der ersten Etage wucherte.

Kaum schloss sich die Tür hinter ihnen, da überwältigte Estelle die beklemmende Angst, keine Luft mehr zu bekommen. Ohne Asher an ihrer Seite wäre sie bestimmt geflohen. Ihm entging ihre Reaktion nicht, und so beglückwünschte er sie zu ihren ausgezeichneten Instinkten. *Atme ganz ruhig, es geht bald vorüber!*, versicherte er ihr. Doch trotz seiner beruhigenden Stimme sah sie sich ängstlich um. Das Pub war gut besucht. Erfreulicherweise interessierte sich niemand für die Neuankömmlinge, und so bemühte sie sich ebenfalls um einen gleichgültigen Gesichtsausdruck, ganz so, als käme sie jeden Tag hierher. Keine leichte Aufgabe, denn die einzigen Sterblichen unter den Anwesenden waren ein kleinwüchsiger Mann hinter der Bar, Sara und sie selbst. Obendrein mochte Nell weit älter sein, als es das Schild über dem Eingang suggerierte, aber ansehen konnte dies der Vampirin niemand. Estelle hielt sie für eine der schönsten Frauen, die sie je gesehen hatte. Ein kurzer Blick auf ihre Begleiter bewies, dass sie nicht die Einzige war, die die Wirtin eingehend betrachtete. Eine Haut wie Alabaster, das kastanienrote Haar hochgesteckt, näherte sie sich ihren neuen Gästen wie eine Königin. Ein aufmerksamer Blick streifte Julen und Sara, blieb einen Moment länger an Asher hängen, als es Estelle angenehm sein konnte, und nahm dann sie selbst in Augenschein.

„Seid willkommen!"

Was für eine Stimme! Klar und doch warm verführte sie dazu, sich bedingungslos in ihr zu verlieren. Estelle hoffte, dass Asher nicht genauso empfand. Julen berührte leicht ihre Schulter. „Worauf wartest du?"

Sie erwachte aus der Erstarrung und folgte den anderen in einen Raum im hinteren Teil des Pubs.

„Mein Name ist Eleanor Gwynn, für meine Freunde bin ich ‚Nell'", stellte sich ihre Gastgeberin vor und lächelte Asher an. „Wen hast du mir mitgebracht?"

Er stand nahe hinter Estelle. „Darf ich dir meine", nur sie konnte das Lächeln in seiner Stimme hören, „‚Frau' vorstellen? Estelle ist eine Schwester von Nuriya, der Auserwählten."

Nell zog eine Augenbraue hoch. „Seit wann heiratet man in

unseren Kreisen?" Estelle spürte die Wärme in ihre Wangen steigen.

„Wir sind nicht …", begann sie, aber Asher unterbrach ihr Gestammel: „Du weißt, wie es ist. Derzeit ist die magische Gemeinde schrecklich konservativ. Wie auch immer, sie gehört zu mir."

Das klang furchtbar besitzergreifend, doch Estelle hatte es sich selbst zuzuschreiben. Schließlich war es ihre Idee gewesen, ihn als Ehemann auszugeben. Und wenn sie ganz ehrlich war, gefiel ihr der Gedanke auch. Sie hob den Kopf und sah der Vampirin direkt ins Gesicht. „Das ist eine Frage der Perspektive. Ich würde sagen, Asher gehört zu mir." Dabei legte sie ihre Fingerspitzen leicht auf seinen Unterarm und fühlte sich ihm sehr nahe. Eine Illusion vielleicht, aber deshalb nicht weniger aufregend. Die Vorstellung, er könnte sich für eine andere interessieren, weckte Gefühle in ihr, die dem Wort Eifersucht zu einer neuen Qualität verhalfen.

Asher ließ nicht erkennen, dass ihn ihre Reaktion außerordentlich befriedigte. „Sara ist eine Freundin und – Julen kennst du?"

„Aber natürlich! Es ist noch gar nicht so lange her, dass wir uns begegnet sind, nicht wahr?" Ein Glitzern in ihren Augen verriet, dass sie ihre zweifellos erotische Begegnung noch in guter Erinnerung hatte. Estelle hätte in diesem Augenblick wirklich gern ihre Gedanken gelesen, wagte es aber nicht, aus Furcht, dabei erwischt zu werden.

Die Vampirin klatschte in die Hände. „Die Getränke gehen natürlich aufs Haus!" Mit einem Blick auf Sara fuhr sie fort: „Was darf ich bringen lassen?"

„Ich hätte gerne einen Tee, falls das möglich ist", bat diese, als niemand anders antwortete.

„Einen Rotwein bitte." Estelle brauchte definitiv etwas Stärkeres. Sie klappte die vor ihr liegende Karte auf. „Oh!", hauchte sie angesichts der seitenweisen Auflistung ihr völlig unbekannter Weine. „Ich weiß nicht so recht, trocken soll er sein, zartbitter und komplex, konzentriert zwar, aber am liebsten mit einem – unendlichen Abgang."

„Eine exzellente Wahl!" Nells Augen glitzerten, sie schien innerlich zu lachen und warf Estelle einen anerkennenden Blick zu. Dann wandte sie sich an die beiden Vampire. „Ich möchte wetten, euer Geschmack hat sich nicht verändert – Asher?"

B-Negativ, bitte! Mit Rücksicht auf Sara sprach er diese Worte nicht laut aus.

„Für mich auch!", bat Julen.

„Aha, es gibt etwas zu feiern!" Sie klatschte in die Hände – und eine junge Frau, fast noch ein Kind, erschien. „Warte den Herrschaften auf und … Juliette – niemand hat hier Zugang!" Das Mädchen nickte und lief wieder hinaus. „Darf ich hoffen, dass du später ein wenig Zeit für mich hast?", fragte Nell.

Julen schenkte ihr sein charmantestes Lausbubenlächeln. „Natürlich. Zuerst würde ich allerdings gern ein paar Worte mit meinem ‚Kollegen' hier wechseln."

Sie sah zwischen den beiden hin und her. „Geh nicht, ohne mir zuvor Bescheid zu geben!" Damit verließ sie lautlos den Raum, während das Serviermädchen zurückkehrte. Sie brachte Tee und einen Teller mit kleinen Kuchen für Sara, eine Karaffe Rotwein und Brot sowie Salzgebäck für Estelle und stellte dann jeweils einen Pokal aus kostbarem Glas vor den Vampiren ab.

Die Tür fiel hinter ihr ins Schloss. „Ich würde gerne mit dir reden!", sagten Julen und Estelle gleichzeitig zu Asher.

„Einer nach dem anderen!" Er wirkte belustigt. „Auf die Gesundheit!" Estelle, die neben ihm saß, konnte sehr gut riechen, was sich in seinem Glas befand – und bekam große Augen.

„Du bist mir eine Erklärung schuldig!" Julen ging nicht auf den leichten Ton ein.

„Meinetwegen, aber das besprechen wir später. Zuerst sollten wir einmal herausfinden, warum die Taugenichtse ausgerechnet Estelle und Sara überfallen wollten."

„Das ist meine Schuld", Sara rührte rhythmisch in ihrer Teetasse und schien von dieser Beschäftigung ganz eingenommen. „Wenn ich nicht so unglaublich dumm gewesen wäre, hätte ich Estelle niemals in Gefahr gebracht."

„Wie meinst du das?"

Behutsam legte sie ihren Löffel auf die Untertasse und begann stockend zu erzählen: „Mein Vater ist – war Detektiv. Er lebte oben im Norden. Wir alle haben dort gewohnt, als ich noch klein war. Er ist dann in seinem Büro ermordet worden, bestialisch hingerichtet. Und es gibt überhaupt keine Hinweise auf den Täter."

Julen tauschte einen unergründlichen Blick mit Asher. „Ich habe in der Zeitung davon gelesen. Eine schreckliche Geschichte, es tut mir sehr leid!", sagte er schließlich.

Sara nestelte in ihrer Handtasche, bis sie ein Papiertaschentuch fand und sich schnäuzte. Irgendwo schlug eine Uhr, ein Stuhl knarrte, sie schreckte kurz zusammen und fuhr dann fort: „Einige Tage später bekam ich Post. Er muss diesen Brief kurz vor seinem Tod abgeschickt haben." Sie wühlte erneut in der Tasche und holte einen zerknitterten Brief hervor.

Julen nahm ihr das zerlesene Papier aus der Hand und faltete es behutsam auseinander. „Und deshalb warst du in Cambridge." Wortlos gab er es an Asher weiter, der die Zeilen ebenfalls überflog.

„Ich habe angerufen und Professor Gralons Mitarbeiter Mr. Barclay schlug mir ein Treffen im Pub vor. Er hat abgestritten, dass mein Vater jemals Kontakt mit seinem Chef aufgenommen hätte, und behauptet, alles sei ein bedauerliches Missverständnis." Sie griff nach dem Brief und hielt ihn Estelle unter die

Nase. „Sieh doch! Hier steht es schwarz auf weiß: Gralon schuldete ihm Geld, und als er es einforderte, hat dieser Mörder ihn einfach umgebracht."

Julen sprach ganz sanft. „Sara, nichts dergleichen steht dort." Sie sah ihn an, als begreife sie seine Worte nicht. „Dein Vater schreibt hier, dass er dem Professor ein Geschäft vorgeschlagen hat. Er wusste etwas über ihn und wollte sich sein Schweigen bezahlen lassen. Es tut mir leid, das sagen zu müssen, aber alles sieht danach aus, dass er eine Erpressung plante."

Sie schüttelte vehement den Kopf. „Nicht mein Vater, er würde so etwas niemals tun!"

„Du bist doch Anwältin und nicht auf den Kopf gefallen. Du weißt, dass ich recht habe." Julen fasste ihre Hand. „Aber als einziges Kind deines Vaters wolltest du Gerechtigkeit für ihn und hast damit schlafende Löwen geweckt. Das versteht jeder von uns. Dieser Professor wird geglaubt haben, du wolltest ihn ebenfalls erpressen."

„Mein Vater war ein ehrlicher Mann!" Sara sprang auf und rannte aus dem Raum. Estelle war im Nu hinter ihr her.

Bring sie zurück, sie darf dieses Pub nicht verlassen!, folgte ihr Ashers Stimme.

Sie fand Sara in einem dunklen Gang am Boden sitzend und bitterlich weinend. Estelle setzte sich zu ihr und nahm sie in den Arm. „Wir werden herausfinden, was passiert ist", versprach sie und hatte doch wenig Hoffnung, dass jemand den Detektiv entlasten könnte. Julen hatte bisher nicht den Eindruck erweckt, als würde er leichtfertig etwas behaupten. Und sie vertraute dem Urteil der beiden erfahrenen Vampire mehr als dem einer liebenden Tochter. Behutsam versuchte sie, Saras Gedanken zu erkunden, und kam dieses Mal auch ein gutes Stück weiter. Was sie sah, machte ihr jedoch Angst. Die junge Frau hing an dem Bild, das sie sich im Laufe ihrer Kindheit von ihrem Vater geschaffen hatte. Für sie war er der Held, der gute Papa, obwohl alles dafür sprach, dass der Mann wenig Interesse für Frau und Kind zeigte, nachdem er herausgefunden hatte, wer ihre Mutter war. Hier wurden die Erinnerungen undeutlich. Sara schien sich die Meinung ihres unwürdigen Erzeugers zu eigen gemacht zu haben. Sie war überzeugt, ihre Mutter habe eine große Schuld auf sich geladen und sei deshalb von ihrem Ehemann verlassen worden. Die tatsächlichen Geschehnisse hatte sie entweder tief in ihrem Inneren vergraben, oder sie wusste nichts davon. Estelle konnte nichts sehen als eine große Leere. Sie beschloss, bei nächster Gelegenheit mit Asher zu besprechen, wie der unglücklichen Feentochter zu helfen wäre. Jetzt aber musste sie die immer noch Weinende zurückbringen.

„Was haben wir denn da?" Eine männliche Stimme unterbrach ihre Überlegungen. Erschrocken sprang sie auf und zerrte auch Sara auf die Beine. In einem Vampirnest wie diesem war sie besser auf der Hut. Vor ihr stand Julen. Estelle hätte ihm trotz ihrer Erleichterung am liebsten eine Ohrfeige verpasst, um das unverschämte Grinsen aus seinem Gesicht zu entfernen. „Du hast wohl einen Schlag auf den Kopf bekommen? Mich so zu erschrecken!", fuhr sie ihn an.

„Bitte?" Verwirrung zeichnete sich auf seinen Zügen ab. Dann lachte er. „Ja, so etwas in der Art, kleine Fee!"

Und fort war er.

Sie blinzelte ein paarmal und sah sich suchend um. Aber natürlich hätte sie ihn nicht einmal gespürt, wenn er direkt über ihr unter der Decke gehangen hätte. Mit einem ängstlichen Blick nach oben fasste sie Saras Ärmel und zog sie einfach hinter sich her, zurück zu Asher und – Julen. Die Tür fiel laut hinter ihr ins Schloss. Unsanfter als geplant stieß sie ihr Mitbringsel auf den nächsten Stuhl und ging auf den Vampir los. „Wenn du mir noch einmal einen solchen Schreck einjagst, kannst du was erleben!"

Er sah sie erstaunt an. „Bitte?", imitierte er seinen eigenen Tonfall.

Sie zeigte zur Tür. „Was, zum Teufel, war das gerade für ein Auftritt dort draußen?"

„Was ist denn passiert?" Asher stand auf und legte seine Hände auf ihre Schultern. „Estelle, beruhige dich!"

Sofort fiel alle Anspannung von ihr ab. „Gestaltwandler?", fragte sie mit unsicherer Stimme.

„Hier? Unwahrscheinlich."

„Astralprojektion?"

„Wovon redest du?"

Sie zeigte anklagend auf Julen, der völlig konsterniert vor ihr stand. „Er war eben dort draußen im Gang und hat uns dumm angequatscht!"

„Du musst dich irren, er war die ganze Zeit hier bei mir." Fragend wandte sich Asher um und sah statt Julen nur noch eine halb geöffnete Tür, eine aufgebrachte Fee und die weinende Sara. Er fuhr sich über die Augen, als wolle er einen unangenehmen Traum wegwischen. „Erzähl mir genau, was geschehen ist."

Estelle nahm nur undeutlich wahr, wie sie auf einen Stuhl gedrückt wurde und ihr jemand das Weinglas in die Hand gab. Sie trank einen zu großen Schluck und hustete. Als sie sich wieder gefangen hatte, erzählte sie mit stockender Stimme: „Wir saßen in einem dunklen Gang, da tauchte er plötzlich auf und fragte: ‚Was haben wir denn da?' Genau das waren seine Worte, als habe er uns noch nie im Leben gesehen. O mein Gott, glaubst du, das war er gar nicht?"

„Gut möglich." Asher blickte nachdenklich.

„Gunnar!" Sie erhob sich halb von ihrem Stuhl.

„Was weißt du darüber?"

Sie ließ sich zurücksinken, ihre Finger trommelten leise auf den Tisch. „Sein Bruder. Er ist nach seiner Transformation in die Zwischenwelt gegangen, und seitdem sucht Julen nach einer Möglichkeit, ihn wieder zurückzuholen."

„Das Grimoire!"

„Genau." Estelles Hände wurden ruhig.

Asher blickte Sara, die ihre Konversation staunend verfolgte, nicht einmal an. „Schlaf!" Dieses Wort genügte, um sie mit geschlossenen Augen zurücksinken zu lassen.

„Was geht hier vor, Asher?"

„Ich habe keine Ahnung!" Er klang ehrlich verärgert. Offenbar gehörte Ratlosigkeit nicht zu seinen üblichen Gefühlszuständen. „Ah, Nell! Gut, dass du da bist!" Asher wirkte jedoch nicht wirklich erfreut. „Wann genau hast du Julen das letzte Mal getroffen?"

Auf seinen feindseligen Ton hin reagierte sie prompt. „Ich wüsste nicht, was dich das angeht!"

„Bitte, es ist wichtig!"

„Also gut. Das war etwa vor drei Wochen. Er ist plötzlich in London aufgetaucht, und ein Gast, offenbar ein Freund von früher, brachte ihn mit. Anfangs kam er mir etwas verwirrt vor, aber das legte sich dann schnell." Sie erlaubte sich ein kleines Lächeln.

„Verwirrt?"

„Ist das hier eine offizielle Befragung?" Sie verschränkte die Arme, was ihre Brust noch mehr zur Geltung brachte.

„Bitte, Nell!"

„Also gut, er schien wenig über unsere Gepflogenheiten zu wissen, aber, wie gesagt, das war nur in den ersten Tagen so. Was stimmt denn nicht mit ihm?"

„Ich denke, er ist nicht derjenige, der er zu sein vorgibt."

„Mich täuscht niemand ungestraft! Was denkt sich dieser Hurensohn eigentlich?" Ihre Stimme klang nun überhaupt nicht

295

mehr kultiviert. Kaum aber waren die letzten Worte verklungen, da begann sie zu lachen. „Was rede ich da? Nun mal im Ernst, was geht hier vor?"

„Wir hatten Probleme mit Streunern, bevor wir hierherkamen, und ich bin ziemlich sicher, dass Urian hinter diesen Aufständen steckt."

„Der Dämon ein Rebell?" Sie klang skeptisch.

„Er selbst ist sicher kein typischer Insurgent, aber die Streuner, die ihm folgen, sind es sehr wohl."

„Was weißt du über Urian?" Nell war jetzt ganz Geschäftsfrau. „Als Repräsentantin des Rats bin ich für die Londoner Gemeinde verantwortlich – und für unsere Gäste. Ich bin dem Dämon noch nie begegnet."

„Das ist kein großer Verlust, das kannst du mir glauben. Ich weiß leider auch nicht viel mehr, als schon immer allgemein bekannt war. Offenbar ist er neuerdings auch noch in einen ziemlich hässlichen Handel mit jungen Vampiren verwickelt, und wenn ich mich nicht irre, lässt er sich von diesen Streunern als ‚Maighstir‘ huldigen."

„Meister?" Sie lachte schrill. „Er scheint einen Hang zur Selbstüberschätzung zu haben."

„Ihn zu unterschätzen, wäre ein großer Fehler." Asher schien einen Moment zu überlegen. „Du weißt nicht, dass Julen einen Zwillingsbruder hatte, der etwa zum Zeitpunkt seiner Transformation verschwunden ist? Der Junge hieß …", Asher korrigierte sich, „er heißt Gunnar und ich bin nicht sicher, warum er sich hier als Julen eingeführt hat."

„Tatsächlich? Was für ein Durcheinander. Wenn das wirklich so zutreffen sollte, dann kann ich nur sagen, die Brüder ähnln sich in mehr als einer Hinsicht." Ein träumerisches Lächeln ließ ihre Züge jung und weich erscheinen, doch der Moment war rasch vorüber, und sie wurde wieder zu der kühlen Vampirin, die ihre Gefühle zweifellos im Griff hatte. „Was gedenkst du zu tun?"

„Ich kann gar nichts unternehmen."

„Unfug, du …" Sie stoppte mitten im Satz, und ein wissender Ausdruck erschien auf ihrem Gesicht. „Du könntest ihn unterstützen", schlug sie nach einigem Überlegen vor. „Kann ich irgendwie helfen, braucht er Leute?"

„Wenn du uns einen Moment entschuldigst?" Asher nahm Estelle, die dem Gespräch aufmerksam gelauscht hatte, zur Seite. Er sprach ganz leise. „Ich muss mich unbedingt um Julen kümmern, das Auftauchen seines Bruders zu diesem Zeitpunkt beunruhigt mich."

„Hätte ich nur nichts gesagt! Aber ich war so überrascht!"

„Du darfst dir keine Vorwürfe machen, mein Stern. Wie solltest du wissen, dass dies nicht einer seiner Streiche war? Aber ich brauche deine Hilfe. Sara ist in großer Gefahr. Ich fürchte, Urian wird versuchen, sie zum Schweigen zu bringen."

„Deshalb also der Überfall. Es klingt logisch, dass er sich lieber seiner ‚Gefolgschaft' bedient, als selbst in Erscheinung zu treten. Aber was hat das mit mir zu tun?" Sie sah ihn an. „Ich weiß, was du sagen willst! Glaub bloß nicht, dass du mich noch einmal einfach so in Selenas Schlafzimmer abstellen kannst. Es wäre sowieso ziemlich peinlich geworden, hätte ich an ihrer Stelle ihren Freund Erik angetroffen. Womöglich hätte er uns verwechselt!" Tief aus Ashers Brust stieg ein dunkles Grollen auf, und Estelle verkniff sich ihr Lächeln. Sollte er nur eifersüchtig sein … solange es ihren Zwecken dienlich war. „Ich gehe auf keinen Fall zu meiner Schwester und – zu Kieran!" Es war deutlich, dass sie einen anderen Namen für ihn in Erwägung gezogen hatte.

„Das musst du auch gar nicht. Ihr bleibt hier."

„In diesem Pub? Viel lieber würde ich mit ihr nach Hause

zu Manon gehen. Dir ist wohl entgangen, dass da draußen ein gutes Dutzend Vampire sitzt und Sara keine Ahnung hat, wer oder was sie in Wahrheit … ist. Das Blut in ihren Adern singt geradezu von ihrer Feenherkunft. Es duftet ungewöhnlich", Estelle schluckte, „und ziemlich verführerisch."

„Du kannst es riechen?" Asher, dem Saras Abstammung von Anfang an kein Geheimnis gewesen war, sah sie nachdenklich an. Dann schien er eine Entscheidung getroffen zu haben und sagte: „Wir sollten Manon da nicht auch noch mit hineinziehen. Hier seid ihr beide sicher, und um Nell brauchst du dir überhaupt keine Sorgen zu machen."

Nells Umgang mit ihm war für Estelles Geschmack viel zu vertraulich. „Was macht dich da so sicher?", fragte sie spitz.

„Sie ist die Statthalterin von London."

„Etwa in der Art wie der grimmige George in Dublin? Das klingt nicht gerade vertrauenerweckend." Estelle erinnerte sich noch gut an ihre Begegnung mit dem unheimlichen Vampir.

„Keine Sorge, die beiden kann man nicht vergleichen. Doch du hast natürlich recht. Verlass dich immer auf deine Instinkte, in der Nähe von Vampiren ist niemand wirklich sicher."

„Auch in deiner nicht?"

„Am wenigsten in meiner!" Ein Räuspern holte sie in die Gegenwart zurück.

„Also?" Nell sah die beiden aus schmalen Augen an. Mit ihrer vampirischen Natur hätte sie eigentlich in der Lage sein müssen, das Gespräch mühelos zu verfolgen. Doch Asher hatte sie irgendwie ausgetrickst, und das gefiel ihr gar nicht.

Estelle konnte ihre Missbilligung nahezu greifen. Wahrscheinlich ahnte er nicht einmal, wie besitzergreifend ihn die Wirtin musterte. Zumindest gab er vor, nichts zu bemerken. „Ich könnte Julen natürlich beratend zur Seite stehen. Dafür müsste ich allerdings ein paar Dinge in Erfahrung bringen." Seine Stimme wurde tiefer. „In diesem Fall erbitte ich deine wohlbekannte Gastfreundschaft."

Sie kannte seinen Charme, der immer dann zum Einsatz kam, wenn er etwas von ihr wollte, und schmunzelte wider Willen. „Gewährt! Allerdings …", begann sie und schaute zu Sara hinüber, die immer noch schlief und von der ganzen Diskussion nichts mitbekam.

Asher verstand, dass eine ahnungslose Sterbliche die Sicherheit aller Vampire hier gefährden konnte. Also beeilte er sich zu versichern: „Estelle wird sich um sie kümmern. Wir brauchen ein sicheres Zimmer für Sara und, nun ja, ich hätte auch nichts gegen ein bequemes Tagesbett." Das strahlende Lächeln galt ausschließlich seiner – und was das betraf, schien er keinen Zweifel zu hegen – zukünftigen Gastgeberin.

Neben diesem irritierenden Selbstbewusstsein entdeckte Estelle jedoch auch Sympathien für die Vampirin in Ashers Gedanken. Er machte keinen Hehl daraus. Sie wünschte, ihrer Neugier nicht nachgegeben zu haben. Eifersucht schnitt wie kaltes Eisen durch ihr Herz, als Nell näher kam und seinen Arm kokett berührte. „Du weißt, dass ich dir noch nie etwas abschlagen konnte!" Ihr Lachen klang wie das Gurren einer Taube, der eine gewisse Fee schon allein aus diesem Grund gerne das Gefieder gerupft hätte. Estelle bedankte sich zwar freundlich, mörderische Fantasien bemächtigten sich aber trotzdem ihrer Seele. Das Objekt ihrer Feindseligkeiten sah sie einen Moment lang durchdringend an, als ahnte Nell, was Estelle bewegte. Diese beschloss, ihre Schutzmechanismen für die Dauer des Aufenthaltes zu verstärken.

Nell schnippte mit den Fingern und verschwand im selben Augenblick. Sofort erschien Juliette, die ihnen bereits die Getränke serviert hatte, und bat die drei, ihr zu folgen. Erstaunt beobachtete Estelle, wie sie gegen ein Paneel in der Wand drückte und dieses lautlos beiseiteschwang. Dahinter eröffnete sich ihnen eine märchenhafte Welt. Sie betraten eine Halle, an deren Ende die Stufen jedoch nicht, wie in einem Herrenhaus dieser Art üblich, nach oben, sondern hinabführten. Staunend blieb Estelle einen Moment lang am Geländer stehen und blickte in die Tiefe.

„Beeindruckend, nicht wahr?" Asher stand neben ihr. „Eleanor hat das Geld des Königs gut angelegt."

„Kennst du sie schon länger?"

„Komm, wir müssen uns beeilen", wich er ihrer Frage aus. Seite an Seite schritten sie die breite Treppe hinab, dicht hinter ihnen folgte Sara, die wirkte, als träume sie. Tatsächlich war das nicht ganz verkehrt, denn Asher hatte sie mit einem wirkungsvollen Zauber belegt, der verhinderte, dass sie in dieser beunruhigenden Situation die Nerven verlor. Estelle dagegen hatte kein magisches Beruhigungsmittel nötig. *Sie nahm die Ereignisse der letzten Tage mit erstaunlicher Gelassenheit hin*, fand Asher. Nichts anderes aber hatte er von ihr erwartet, und doch wallte Stolz in ihm auf. *Seine Fee* war stark und besaß den Mut einer Löwin. Den würde sie allerdings auch in Zukunft benötigen. Er legte einen Arm um ihre Schultern und begann mit leiser Stimme zu erklären, dass der unterirdische Palast, in den sie hinabstiegen, das eigentliche Machtzentrum dieser Weltmetropole darstellte. Sie war geneigt, ihm zu glauben. Gemeinsam durchquerten sie eine mit Marmor ausgekleidete Säulenhalle. An den Wänden hingen riesige Gemälde, und Leuchter verbreiteten ein unwirkliches Licht. Schließlich öffnete sich vor ihnen eine hohe, barocke Tür wie von Geisterhand, und sie betraten einen schier endlos wirkenden Gang, der von zahllosen Türen flankiert war. „Es ist wie ein unterirdisches Versailles", staunte Estelle und sah sich nach Sara um, die sich an den prunkvollen Kandelabern, Malereien und Tapisserien gar nicht sattsehen konnte. Eine weitere Tür öffnete sich, sie betraten ein barockes Schlafzimmer. Bis zu dem üppigen Himmelbett, das einer Königin würdig gewesen wäre, vermittelte die Einrichtung ein Bild von Pracht und Reichtum.

„Gefällt es dir?", fragte Asher.

„Es ist … imposant." Estelle strich über den dicken Samt der Bettvorhänge. „Aber ein bisschen schlichter wäre mir lieber! Ihr …", sie räusperte sich, „ihr habt einen deutlichen Hang zu pompösen Inszenierungen. Für eine einfache Studentin kann das etwas überwältigend sein. Ehrlich gesagt wäre ich jetzt lieber in meiner eigenen Wohnung."

Asher teilte ihre Ansicht, allerdings wäre er überall gern gewesen, sofern er dort mit Estelle zusammen sein konnte, und zwar möglichst ungestört.

Das Mädchen knickste. „Madame sagt, dieses Zimmer ist für die junge Lady. Dort ist das Bad", sie zeigte auf eine schlichtere Tür, „und hier geht es zum Appartement." Gegenüber befand sich ein weiterer Durchgang, der sich lautlos öffnete, als sie die Klinke herunterdrückte. Dieser Raum war zu Estelles Erleichterung modern eingerichtet und wirkte eher weitläufig. Sie atmete auf. An den Wänden sah sie gut gefüllte Bücherregale, es gab einen Kamin, und mehrere Türen vermittelten den Eindruck, als befänden sie sich im zentralen Punkt einer Wohnung und nicht im Gästezimmer einer Vampirkönigin, die weit exzentrischer war, als Estelle das im ersten Augenblick für möglich gehalten hatte. Zumindest, wenn man sie nach ihrem Einrichtungsstil beurteilen wollte. Ein geheimer unterirdischer Palast – unfassbar!

„Darf ich Ihnen die anderen Räume zeigen?" Asher nickte Estelle zu, und sie wurde den Verdacht nicht los, dass er sich hier ungeachtet seiner gewohnt ausdruckslosen Mimik bestens auskannte. Die Vampirin in Dienstmädchenuniform zeigte

301

nacheinander zwei moderne Schlafzimmer mit angeschlossenen Bädern, von denen jedes größer zu sein schien als ihre gemeinsame Wohnung mit Manon. In einer Küche nebst gefülltem Kühlschrank machte sie halt. Estelle folgte und sah sich um. Alles wirkte ganz normal, so normal, wie Räume von der Wohnfläche eines Einfamilienhauses dies eben waren. Von Blutkonserven jedenfalls keine Spur, stellte sie nach einem Blick in den gut gefüllten Kühlschrank überrascht fest. Da zog ihre Begleiterin eine Schublade auf, in der ebenfalls mindestens zehn gekühlte Flaschen standen. Estelle nahm eine heraus und sah auf das Etikett. „Dizzy Danes (AB+) Vegetarier/30", war darauf zu lesen. Sie stellte die Flasche schnell wieder zurück. „Danke, ich glaube, ich habe genug gesehen." Hastig floh sie aus der Küche.

„Sollten Sie etwas benötigen, können Sie jederzeit läuten." Das Mädchen zeigte auf ein Telefon. „Einfach nur die ‚0' wählen."

„Danke, Juliette!" Asher steckte ihr etwas zu. Sie sah unauffällig in ihre Hand und schenkte ihm anschließend ein strahlendes Lächeln. Danach zog sie sich rückwärtsgehend zurück. Vielleicht gar keine so schlechte Idee, bedachte man, in was für einem Haushalt sie beschäftigt war.

„Was hast du ihr gegeben?", wollte Estelle wissen.

„Trinkgeld. Es mag zwar nicht so aussehen, aber diese Welt unterscheidet sich weniger von der, die du kennst, als man denken könnte." Seine tiefe Stimme jagte einen Schauer der Erwartung über ihre Haut. „Mein Stern!" Ein einziges Wort – und schon flog sie in seine Arme. Nach einem hungrigen Kuss fuhren sie auseinander. *Sara!* Der Gedanke wurde gleichzeitig in ihnen laut. Aber sie hätten sich keine Sorgen zu machen brauchen. Die Anwältin lag vollständig bekleidet auf ihrem königlichen Bett und schlief seelenruhig. Behutsam zog Estelle ihr die Schuhe aus und deckte sie sorgfältig zu. Danach sah sie sich suchend um. Die Eingangstür war inzwischen von magischer Hand versiegelt und nicht mehr zu entdecken. Auch gut, dann konnte die verwirrte Feentochter wenigstens nicht unbemerkt hinausschlüpfen und womöglich von einem herumirrenden Blutsauger vernascht werden. Aus Erfahrung wusste sie, wie schwierig es war, sich an derart beunruhigende neue Lebensumstände zu gewöhnen. Leise zog Estelle die Verbindungstür zu und kehrte zu Asher zurück, der gerade den Telefonhörer auflegte. Sie sah ihn fragend an.

„Ich habe Arrangements getroffen, dass unser Gepäck aus Cambridge hierher gebracht wird."

„Aha! Du hast also Gefallen an deinen neuen Klamotten gefunden?"

Asher bemühte sich um einen neutralen Gesichtsausdruck, doch dann spürte er ihre Enttäuschung und sah sie verschmitzt an. „Sie sind ganz in Ordnung."

„Oh, du …!" Estelle lachte. „Gib zu, mein Geschmack ist vollkommen."

Alles an dir ist vollkommen!, dachte er und fragte dann laut: „Du weißt nicht zufällig, wo Sara wohnt?"

„Doch, zufällig schon." Sie nannte ihm die Adresse.

„Ich werde mich dort einmal umsehen."

„Dann kannst du ihr gleich die Sachen mitbringen, die wir heute Nachmittag gekauft haben."

„Dann sollte ich vermutlich auch jemanden mitnehmen, der mir beim Tragen hilft."

„Das wäre sicher nicht verkehrt … aber *ich* könnte doch mitkommen."

Er strich ihr sanft über die Wange. „Es tut mir leid, mein Stern, aber das wäre viel zu gefährlich."

„Dann schick jemanden von Nells Leuten."

„Ich möchte mir selbst ein Bild machen."

Estelle bemühte sich, ihre Enttäuschung zu verbergen. Sie traute Nell nicht und blieb ungern allein zurück. Ihr Gesicht verriet jedoch keines dieser Gefühle, als sie ganz ruhig sagte: „Keine Angst, ich komm schon zurecht, aber ich mache mir große Sorgen um Sara. Sie verdrängt nicht nur die Wahrheit über ihren nichtsnutzigen Vater, sie unterdrückt auch das Wissen um ihre Abstammung."

„Ich will sehen, was ich tun kann. Vielleicht gelingt es mir, ihre Mutter zu überzeugen, mit ihr zu reden. Zuerst jedoch muss ich Julen finden."

Er gab ihr einen Kuss auf die Nasenspitze: Das schien ihm am sichersten, um nicht wieder in Versuchung zu geraten. Dann ging er zur Tür.

„Go dtuga Shalim slán abhaile thú"

Asher blieb wie angewurzelt stehen. „Wie bitte?"

„Das ist Gälisch."

„Ich weiß, aber ich hatte keine Ahnung, dass du diese Sprache sprichst."

Estelle legte ihre Hand auf den Mund und sah ihn mit großen Augen an. „Ich auch nicht! Was war das?"

Diese Frage konnte er ihr nicht beantworten, und es schmerzte ihn, sie in ihrer offensichtlichen Verwirrung allein zurücklassen zu müssen. „Ich bin so schnell wie möglich wieder da!", versprach er und öffnete ein Portal, um sich auf die Suche nach Julen zu machen.

Insgeheim verfluchte er seine Entscheidung, nach dem Überfall bei Nell Schutz gesucht zu haben. Der Preis für einen Gefallen wie diesen würde nicht gering ausfallen, das wusste er von früheren Begegnungen. Damals allerdings hatte er seine Schulden stets bereitwillig in einer ganz besonderen Währung beglichen. Doch der Gedanke hatte viel von seinem einstigen Charme verloren. Obwohl die Statthalterin von London zu Recht den Ruf besaß, eine raffinierte Liebhaberin zu sein, bereute er keine Sekunde lang, dass ihre erotischen Künste in Zukunft anderen vorbehalten blieben.

15

Nachdem er die Tür zu seinem Laden hinter sich geschlossen hatte, atmete er mit geschlossenen Augen die staubtrockene Luft ein. Im Kühlschrank wartete noch eine gute Flasche auf ihn. Er stellte sie in den Topf, den er bis zum oberen Rand mit Wasser füllte und zum Herd hinübertrug. Das Blut musste langsam auf Körpertemperatur erhitzt werden, wollte er vermeiden, dass sein Aroma verloren ging. Zeit war nichts, woran es ihm gewöhnlich mangelte. Heute dagegen ging er ungeduldig durch den Raum und räumte einige Bücher vom Tisch, während die Flüssigkeit sich erwärmte und ihr köstliches Aroma zu verströmen begann. Das Wasser blubberte, er zog die Flasche heraus und drehte den Schalter auf null. Anschließend schenkte er großzügig ein und ließ sich mit dem Glas in der Hand in das dunkle Leder gleiten, das seinen Lieblingssessel überzog. An den Armlehnen ragten einzelne Stofffetzen hervor. *Schon kaputt*, dachte er, bis ihm einfiel, wann er das Möbel gekauft hatte: Seit 1924 leistete ihm dieser Sessel bereits gute Dienste. Asher schaute sich in dem engen, ebenfalls mit wertvollen Büchern vollgestopften Raum um, in dem er seit geraumer Zeit hauste. Dabei wurde ihm eines klar: Mit der Geruhsamkeit würde schon bald für eine nicht absehbare Zeit Schluss sein. Im Grunde war es das bereits seit Estelles Einzug bei Manon. So gut wie vom ersten Tag an hatte sie ihn auf Trab gehalten, und es tat Asher um keine Sekunde davon leid. Er nahm einen großen Schluck Blut und ließ die lauwarme Flüssigkeit genießerisch über seine Zunge rinnen.

Die vergangenen Stunden hatten ihm eines deutlich vor Augen

geführt: Er würde Estelle nicht mehr gehen lassen. Zu seiner besonderen Freude spürte er auch in der Feentochter mehr als nur die Lust auf ein erotisches Abenteuer. „Nur" war in diesem Zusammenhang ohnehin eine mächtige Untertreibung, fand er und strich das Wort aus seinen Überlegungen. Die freimütige Art, mit der sie ihre erotischen Begegnungen genoss, begeisterte Asher immer wieder aufs Neue, und der Gedanke an ihre bedingungslose Hingabe erregte ihn so sehr, dass er am liebsten sofort wieder zu ihr geeilt wäre. Doch das war nicht alles. Estelle teilte auch seine Freude an Büchern und besaß eine unersättliche Neugier sowie Lebenslust. Zudem hatte sie ihm ihre geheimsten Sorgen anvertraut, und wenn sie getrennt waren, kam es Asher so vor, als riefen ihre Seelen einander. Er war sicher, sie spürte die magische Anziehungskraft, die zwischen ihnen bestand, ebenfalls. Widerstrebend gab er seinen Geschwistern recht, die ihm vorgeworfen hatten, er sei ein unerträglicher Macho und hoffnungslos altmodisch. Eine erzwungene Verbindung, wie er sie ursprünglich geplant hatte, nachdem er des Wartens überdrüssig geworden war, hätte nicht nur seine Partnerin ins Unglück gestürzt. Der Vampir trank das Glas bis zur Neige leer und erhob sich. Estelle hatte etwas Besseres verdient – er sah sich um: und ein schöneres Zuhause ebenfalls. Das würde sie bekommen, auch wenn es für ihn wieder einmal das Abschiednehmen von einer lieb gewonnenen Umgebung bedeutete. Er mochte diese kleine Ladenwohnung.

Sein nächster Weg führte ihn zu Manon, die zu schreien begann, als in ihrer Küche so plötzlich ein missmutiger Vampir auftauchte. Sie griff nach dem nächstbesten Gegenstand, um ihn damit zu schlagen. Geschickt nahm er ihr die Flasche aus der Hand und warf einen Blick auf das Etikett. „Bisher hast du meine Weine mehr geschätzt."

„Was hast du mit Estelle gemacht? Sie hat sich seit Tagen nicht mehr gemeldet."

„Setz dich!" Er klang nicht, als würde er lange fackeln, sollte ihr einfallen, ihm nicht zu gehorchen.

Erschrocken ließ sich Manon auf einen Stuhl sinken. So bestimmt hatte sie ihren langjährigen Freund noch nie erlebt. Also betrachtete sie ihn aufmerksam. Die hohe Gestalt, das ebenmäßige Gesicht, das nichts von seinem Inneren preisgab, alles schien wie immer, und doch strahlte es nun einen eigentümlichen Frieden aus, der dem Vampir bisher gefehlt hatte. „Du wirkst verändert." Sie überlegte und sah ihn dabei prüfend an. „Ich kann es nicht in Worte fassen. Sag bloß, unserem Füllen ist es gelungen, dein totes Herz zu berühren!"

Asher ließ sich schwer auf den anderen Küchenstuhl fallen. Nur an Estelle zu denken, weckte bereits ein – bis zu ihrer ersten Begegnung ungekanntes – Sehnen in ihm, das mit jeder Minute, die sie getrennt waren, stärker zu werden schien. „‚Totes Herz?' Meiner Treu, du redest aber wirr."

„Ach, wirklich?" Manon nahm ihn augenscheinlich nicht ernst. Asher fand das fast noch irritierender als seine Gefühlswelt, die aus den Fugen geraten zu sein schien. Diese Diskussion mit einer Fee war seiner nicht würdig und musste sofort enden. *Ein Krieger zeigt keine Gefühle*, ermahnte er sich, seine Miene erstarrte zu einer unlesbaren Maske. „Es geht doch gar nicht um irgendwelchen romantischen Unfug." *Das klingt schon besser*, dachte er zufrieden und berichtete knapp von den Ereignissen der letzten Tage.

Manon sagte glücklicherweise nichts mehr und hörte stattdessen aufmerksam zu. Als er von Sara zu sprechen begann, fragte sie einige Male gezielt nach.

„Ich glaube, ich kann helfen", sagte sie schließlich, und Asher war erleichtert, das zu hören. Manon überlegte. „Ich könnte morgen nach London fliegen, wo wohnt ihr denn?"

„Bei Nell Gwynn."

„Ist das klug?"

Was ging sie seine Affäre mit der Statthalterin an, und woher wusste sie überhaupt davon? Diese Lichtelfe wusste mehr, als ihr guttat. Anstelle einer Antwort erklärte Asher den Weg zur Taverne und versicherte ihr, sie würde dort erwartet werden und habe nichts zu befürchten. Er versprach, ein Ticket für Manon zu hinterlegen, und verschwand so lautlos, wie er gekommen war.

Nun folgte der unangenehmste Teil seiner Mission. Der Vengador wurde bereits erwartet, und er bedauerte Julen ein wenig dafür, ausgerechnet Veytt zugeteilt worden zu sein. Der Hüter genoss keinen guten Ruf, er war für seine Intrigen berüchtigt.

„Wurde auch Zeit!", begrüßte ihn die gesichtslose Kreatur, die am Rande der Zwischenwelt residierte. Womöglich war er dadurch dem Wahnsinn nahe und deshalb so unberechenbar, jedenfalls nahm sich Asher in Acht. Er ignorierte die zur Begrüßung ausgestreckte Hand und sah ihn stattdessen über den Schreibtisch hinweg starr an.

„Du willst mir nicht die Hand geben? Auch gut." Der Hüter ließ ein meckerndes Lachen hören.

„Ich nehme an, es macht dir großen Spaß, junge Vengadore ins Messer laufen zu lassen."

„Im Gegenteil, ich hege große Sympathien für euch."

Wenn Veytt ihn für jung hielt, was sagte das dann über sein eigenes Alter aus? Er wollte lieber nicht darüber nachdenken. „Wie auch immer, der Rat wird nicht begeistert sein zu erfahren, dass du die Ermittlungen in dem Entführungsfall behinderst."

Der Hüter gab ein Fauchen von sich, das Asher erwiderte. Dabei glitzerten seine langen Reißzähne, und ein Schwert erschien in seiner Hand.

„Alte Gewohnheiten lassen sich schwer ablegen, wie ich sehe."

Asher hob die Klinge leicht an und Veytt zeigte beschwichtigend seine Handflächen. „Schon gut! Du kannst dir deine Drohgebärden sparen! Es ist nicht viel, was ich erzählen kann: Urian führt immer noch einen privaten Rachefeldzug gegen seine vampirische Familie. Er hat es irgendwie geschafft, Julens Bruder Gunnar in die Falle zu locken. Zweifellos, weil er dachte, den Jungen so für immer los zu sein. Julen hatte ihn, nehme ich an, schon seit geraumer Zeit in Verdacht, aber ihre Mutter war von Anfang an von Urians Schuld überzeugt und kam zu mir." Er lachte erneut, und Asher sträubten sich die Haare. „Wer kann einer so schönen Frau schon etwas abschlagen? Hast du sie jemals singen hören?" Er schien keine Antwort zu erwarten. „Ich habe mich auf ihre Bitte hin ein wenig um den verloren geglaubten Sohn gekümmert und ihn bei einem unserer ältesten Vengadore, der sich noch nicht vollständig in die Zwischenwelt zurückgezogen hatte, in eine gute Schule geschickt. Gunnar ist jemand, mit dem man rechnen muss!"

„Und jetzt ist er in London."

„Als Rückendeckung für Julen. Der Bengel scheint ja ganz betört von dieser Kleinen. Wie heißt sie noch gleich?"

„Sprich ihren Namen aus, und du wirst es bereuen, jemals geboren worden zu sein!"

„Aha, dann habt ihr zwei Turteltauben euch also gefunden. Ich gratuliere!"

Asher steckte sein Schwert zurück. „Wenn du weiter nichts zu sagen hast, empfehle ich mich."

In London schlossen gerade die Pubs. Die Zeit in der Zwischenwelt konnte trügerisch sein. Es war vielleicht schon zu spät, um Saras Mutter einen Besuch abzustatten, aber er wollte sich selbst ein Bild von der Fee machen, die in diese Welt gekommen war, um die Liebe zu finden – und die schwer enttäuscht worden war. Er verstand nicht, warum sie nach der gescheiterten Ehe überhaupt hiergeblieben war, statt in ihre Feenwelt zurückzukehren. Aber vielleicht gab es dafür gute Gründe. Er selbst hatte sich dort zwar noch nie aufgehalten, aber warum sollten sich die Feen, die seine nächsten Verwandten waren, egal, ob ihm dies nun gefiel oder nicht, in emotionalen Angelegenheiten anders verhalten? Auch im Kreis der Dunkelelfen war nicht jeder willkommen, wie Urians Schicksal bewies, und vielleicht hatte Saras Mutter ihr Scheitern vor neugierigen Verwandten nicht zugeben wollen. Oder sie litt unter der Trennung von ihnen. Normalerweise suchten sich abenteuerlustige Feen nur deshalb einen sterblichen Gatten, weil sie ein ähnliches Problem hatten wie die geborenen Vampire. Es gab nur noch ganz wenige Elfen oder Elben, wie sich die männlichen Feen auch nannten, und diese waren entweder nicht an ihren eigenen Frauen interessiert, oder sie konnten keine Kinder zeugen. Man munkelte sogar, dass manchen von ihnen ihre Magie verloren gegangen war. Doch das hielt Asher für ein Gerücht. Also kamen Feen in diese Welt, suchten sich einen attraktiven Mann und bändelten mit ihm an. Dies fiel ihnen nicht schwer, denn sie galten als äußerst charmant. Sobald sie sicher waren, schwanger zu sein, kehrten sie nach Hause zurück, um dort im Kreise ihrer Familie ihre Kinder zu gebären und aufzuziehen. Nicht selten aber kam es vor, dass sich eine von ihnen ernsthaft verliebte. Für Menschen gab es keinen Platz in der Feenwelt. Den Abtrünnigen wurde von der Königin der Lichtelfen nur eine vergleichsweise kurze Lebensspanne gewährt. Ansonsten wurden sie so alt, dass man schon fast von Unsterblichkeit sprechen konnte. Mit den direkten Nachkommen, den Feenkindern, war die Feenkönigin nicht so streng: Sie durften in den Schoß ihrer magischen Familie zurückkehren, sofern sie sich in einem bestimmten Alter zur Magie bekannten.

Endlich hatte er Saras Wohnung in einer Seitenstraße des Londoner East End gefunden. Keine der Straßenlaternen funktionierte. Aus der Ferne wehten die Geräusche der Stadt herüber, irgendwo weinte ein Kind, ein Fernseher lief, jemand schnarchte. Hier wagten sich um diese Zeit offenbar nicht einmal Vampire auf die Straße. Außer dem Obdachlosen, der zusammengekauert unter Pappkartons in einem Ladeneingang schlief, spürte Asher keine Menschenseele in dieser kalten Dezembernacht.

Lautlos schlich er sich zu ihrem Haus, stieg über verrottendes Gerümpel, das neben der Treppe lag, und lauschte. Das schmale Gebäude war leer. Links und rechts spürte er menschliches Leben. Er lauschte. Nichts. Keine Anzeichen menschlicher oder magischer Präsenz. Wie immer, wenn er ein fremdes Gebäude uneingeladen betrat, fühlte er einen leichten Widerstand. Nichts zwar, was seinesgleichen aufgehalten hätte, aber es war doch so stark, dass der Vampir wusste: Hier galt er als unerwünschter Eindringling. Drinnen nahm Asher schwach den typischen Feenduft wahr. Bis auf wenige Ausnahmen – Manon gehörte dazu – konnten sie ihre Herkunft nicht verleugnen. Ihre Gärten gediehen, Tiere fühlten sich in ihrer Gesellschaft wohl, und die meisten verströmten diesen typisch erdigen Duft, ergänzt von einer immer einzigartigen, sehr individuellen Note. Saras Anwesenheit konnte er kaum wahrnehmen. Asher vermutete, dass dies etwas damit zu tun hatte, dass sie ihre Abstammung entweder nicht kannte oder sie sogar vor sich selbst leugnete. Er tippte auf Letzteres.

Der Vampir durchsuchte das gesamte Haus, was recht schnell ging, denn im Obergeschoss befanden sich nur zwei Zimmer. Die winzigen Kammern waren unbeheizt, der Kamin zugemauert. Damit endeten die Parallelen aber auch schon. Während der eine Raum trotz der billigen Möbel wohnlich wirkte, war der andere kahl und unpersönlich. Ein Bett, ein Tisch, eine Kommode. Nicht einmal eine Tapete. Von der Decke hing eine nackte Glühbirne, als habe es die Bewohnerin nicht für nötig gehalten, sich zumindest mithilfe von Licht ein wenig Behaglichkeit zu schaffen. Der Duft der Mutter war hier zwar stärker, roch aber irgendwie unfeenhaft. Ob sie krank war?

Asher stieg die Stufen wieder hinab, öffnete eine Tür unter der steilen Treppe – doch statt des erwarteten Kellerzugangs fand er nur eine Toilette. Immerhin, die gab es – und einen Hinterausgang auch. Der war unverschlossen und führte in einen handtuchschmalen Hof, der nach Müll und Katzendreck stank. Angeekelt schloss er die Tür. In der Wohnküche hatte jemand versucht, etwas Gemütlichkeit zu erzeugen. Billige Kitschtiere bevölkerten Häkeldeckchen, die abgewetzte Auslegware zierte ein fadenscheiniger Läufer, und im Fenster stand eine einsame Topfpflanze, die immerhin gedieh. Das gesamte Haus atmete Armut und Resignation. Die eleganten Tüten zu seinen Füßen, offenbar die Einkäufe, von denen Estelle gesprochen hatte, wirkten wie Fremdkörper. Schnell sah er sie durch und entdeckte darin mehr, als er im Kleiderschrank oben gesehen hatte. Er ging trotzdem noch einmal hinauf, zog fadenscheinige Jeans und zwei T-Shirts aus dem Schrank und griff zum Schluss nach einem ziemlich neu aussehenden Paar Stiefel. Die konnte Sara sicher brauchen. Beim Hinausgehen sah er den geflickten Teddy auf dem Bett sitzen, und aus einem Impuls heraus steckte er das räudige Ding in die Tasche, kehrte zurück und stopfte die Einkäufe zusammen in eine besonders große Tüte. Für nichts in der Welt wollte er bei Nell so auftauchen wie in Dublin, als er Estelles Einkäufe durch die halbe Stadt hinter ihr hergeschleppt hatte. Er durfte nicht vergessen, seinem Bruder die horrenden Ausgaben zu ersetzen. Ein letztes Mal sah er sich vor dem Eintritt in die Zwischenwelt um, da fiel ihm ein Zettel auf, der am

Küchenschrank steckte. „Soeben sind deine hübschen Kleider angekommen, ich freu mich für dich. Jetzt bist du erwachsen und hast einen Job, mehr kann ich nicht für dich tun. Leb wohl!" Er las es und war schon versucht, den Brief zusammenzuknüllen und fortzuwerfen. *Wie konnte sie ihrer Tochter so einen Abschiedsbrief schreiben!* Doch dann überlegte er es sich anders, steckte den Zettel ein und fand sich wenig später am Eingang zu Nells Nachtclub wieder. Der sterbliche Türsteher wollte ihn mit seinem Paket unter dem Arm erst nicht einlassen. Bevor Asher ein wenig nachhelfen musste, erschien jedoch ein Vampir und winkte ihn herein. „Wir haben auch noch einen offiziellen Zugang zum Haus", erklärte er säuerlich.

„Ich war gerade in der Nähe", behauptete Asher, der diesen Eingang gewählt hatte, weil er Nell sprechen wollte. „Könntest du dafür sorgen, dass dies in mein Zimmer gebracht wird? Ist Nell im Club?"

„Ich werde nachsehen, ob sie Gäste empfängt."

„Für meinen Lieblingsvengador habe ich immer Zeit." Die Vampirin schob ihren Assistenten beiseite und hakte sich bei Asher unter. Der Vampir, der schon für Eleanor tätig gewesen war, und zwar lange bevor sie die Stellvertreterin des Rats wurde, hatte Asher nie besonders geschätzt. Das mochte daran liegen, dass er den Platz in Nells Bett zu häufig hatte räumen müssen, wenn der Vengador in die Stadt kam.

Sie entließ ihn mit einer ungeduldigen Handbewegung. „Du kannst gehen … und bring dem Mädchen dieses merkwürdige Paket!"

Nell wandte sich wieder Asher zu. „Was kann ich für dich tun?" Das hatte er befürchtet. Sie sah aus, als dachte sie schon jetzt über die Bezahlung der Gefälligkeiten nach, die sie ihm heute zweifellos erwiesen hatte.

„Die alten Zeiten sind vorbei, Nell!"

Sie schob die Unterlippe vor, als wollte sie schmollen, aber dann sah sie ihn genauer an. „Es ist dir tatsächlich ernst. Glückliche kleine Fee. Wollen wir hoffen, dass sie die Transformation übersteht."

„Was weißt du davon?"

„Keine Sorge, es gehört zu meinen Aufgaben, solche Dinge zu wissen, nicht sie zu verbreiten. Ahnt sie schon etwas von ihrem Glück?"

„Niemand in der Familie ahnt etwas."

„Nicht einmal dein Bruder? Meine Güte, das wird diesem Kontrollfreak aber gar nicht gefallen!"

Asher musste lachen. „Du bist eine echte Freundin Nell, es wäre schön, wenn das auch in Zukunft so bliebe."

„Dummkopf, du bist einer der wenigen geborenen Vampire, denen ich vertraue, und du weißt, dass ich für Dunkelelfen ansonsten wenig übrig habe. Die meisten von euch führen sich auf, als stecke ihnen ein Besenstiel im Arsch, ganz so wie die feinen Pinkel zu meiner Zeit. Für eine lockere Runde im Bett waren sie immer zu haben. Aber wehe, man begegnete ihnen ‚bei Tageslicht', dann wollten sie einen plötzlich nicht mehr kennen. Du aber warst schon immer anders. Und ich weiß sehr genau, wem ich meinen Job als Statthalterin in London zu verdanken habe." Sie legte ihre Hand auf seine Schulter. „Warum sollte ich das alles aufs Spiel setzen?"

„Du überschätzt meinen Einfluss; diesen Job hast du nur, weil du die Beste dafür bist. Du weißt, ich vertraue dir ebenfalls!"

„Selbstverständlich, sonst wärst du ja nicht hier. Also, was gibt es noch?"

„Sara ist auch eine Feentochter, und sie … braucht Hilfe", begann er, unsicher, wie er die Situation erklären sollte.

Nell war überrascht, sie hatte das Mädchen für eine Sterbliche gehalten. Ärgerlich, dass ihr dieser Fehler unterlaufen war, fragte sie: „Was ist mit der Mutter?"

„Das ist eines der Probleme. Die Fee scheint krank zu sein, und nun ist sie auch noch verschwunden. Estelle hat eine Freundin, die sich auf diese Dinge versteht. Manon kommt morgen nach London."

„Und du willst, dass sie auch bei mir wohnt. Allmählich werden die Zimmer knapp, ich hab in den nächsten Tagen eine Zusammenkunft hier im Haus. Allerdings, wenn die Feen bei euch im Appartement schlafen, ist es kein Problem. Sag dieser Manon, dass sie sich im Pub melden soll, ich werde meinen Leuten Bescheid geben. Ach, und noch etwas, sorg bitte dafür, dass dein Harem nicht allein im Haus herumgeistert. Ich kann für das gute Benehmen aller Gäste leider nicht garantieren."

„Das mache ich. Danke, Nell!"

„Wegen der Bezahlung werden wir uns schon einig werden."

„Geldgieriges Luder", Asher kniff ihr in den Hintern, dass sie kreischte.

„Lass das, du ruinierst meinen guten Ruf!"

Er hauchte einen Kuss auf ihre gepuderte Wange und raunte: „Der ist doch schon lange dahin."

Sie schlug mit dem Fächer nach ihm. „Und daran trägst du eine nicht unerhebliche Schuld, mein Lieber! Komm, lass uns auf die alten Zeiten trinken und – auf deine Zukunft!" Sie reichte ihm ein Glas vom Tablett eines Kellners und nahm sich selbst auch eines. „Das ist ein einzigartiger ‚Jungfrauen-Cocktail'. Genieß ihn, Darling!" Asher stieß mit ihr an. Er war erleichtert, dass sie seine Entscheidung so gut aufgenommen hatte.

„Auf die schönste Herrscherin Londons!" Nell nahm sein Kompliment wie selbstverständlich entgegen, trank und küsste ihn dann völlig überraschend mitten auf den Mund. Er schmeckte Nells Leidenschaft durch das Aroma von Blut, das in ihrem Atem war, und genoss einen Augenblick lang die vertrauten Zärtlichkeiten, bevor er ihre besitzergreifenden Hände behutsam von seinem Nacken löste.

„Sei kein Spielverderber!" Nun schmollte sie wirklich. „So einen kleinen Abschiedskuss wirst du mir doch gönnen." Asher kannte ihre Launen und wollte sie nicht verärgern. „Natürlich!" Er schenkte ihr ein schmales Lächeln. „Und jetzt erzähl mir, ob es weitere Zwischenfälle mit den Streunern gegeben hat."

Glücklicherweise ging sie darauf ein und war wieder ganz die kühle Herrscherin. „Ja, das hat es. Nicht in London, aber Dublin, Berlin und Paris melden Übergriffe, und in der vergangenen Nacht gab es einen Zwischenfall in New York." Sie zog einen Umschlag aus ihrem Dekolleté und reichte ihn Asher. Das Papier in seiner Hand knisterte förmlich vor Magie. So steckte er den Brief, ohne einen weiteren Blick darauf zu werfen, in die Tasche. Sie konnte ihn noch so süß anlächeln, eine Depesche des Rats würde er niemals vor Dritten lesen. Asher leerte sein Glas. „Vielen Dank, mit deiner Erlaubnis werde ich mich nun zurückziehen."

Nell wedelte mit ihrer kleinen, weißen Hand. „Geh schon, ehe ich es mir anders überlege."

16

Estelle hatte genug gesehen. Sie machte auf dem Absatz kehrt und ging hoch erhobenen Hauptes in ihr Appartement zurück. Der Weg dorthin erschien ihr unendlich lang. Die letzten Meter wäre sie am liebsten gerannt. „Der ganze Zirkus kann mir gestohlen bleiben!" Schluchzend warf sie die Tür hinter sich zu. Asher hatte ihre Gastgeberin nicht nur in den drallen Hintern gekniffen, er hatte sich auch noch von ihr küssen lassen!

Es war nur wenige Minuten her, da war die Welt noch in Ordnung gewesen. Sie hatte mit einem guten Buch vor dem Kamin gesessen, als jemand an ihre Tür klopfte. Estelle dachte, dass es etwas früh wäre, um schon ihr Gepäck aus dem Hotel in Cambridge zu erwarten, aber für Vampire definierte sich der Zeitbegriff ja bekanntlich in einer anderen Qualität. Also öffnete sie und nahm eine große, aber ziemlich ramponierte Einkaufstüte entgegen. Sie sah hinein und stellte fest, dass jemand Saras nachmittägliche Einkäufe lieblos hineingestopft hatte. Obenauf lag ein schmutziges Paar Stiefel. *Asher!* Mächtige Alpha-Vampire unterschieden sich, wenn es um Kleidung ging, augenscheinlich wenig von sterblichen Männern. Die meisten hatten einfach keinen Sinn für edle Stoffe, es sei denn, sie schmückten eine schöne Frau und waren im passenden Moment leicht auszuziehen. Der Playboy vor ihrer Tür gehörte bestimmt in die gleiche Kategorie, auch wenn er sich um einen verständnisvollen Gesichtsausdruck bemühte. Er sah nicht aus wie der Typ „Trinkgeldempfänger", sondern wirkte trotz aller Lässigkeit ziemlich wichtig. Also behielt sie ihre Münzen in der Tasche und fragte stattdessen, ob Asher zurückgekehrt sei. Dem sei so, bestätigte er, und dass er ihr gerne zeigen könne, wo dieser sich aufhalte. Estelle folgte ihm zurück in die Halle, die sie schon kannte, und durch eine andere Tür, die in einen modern gestalteten Gang führte. Die unterschiedlichen Baustile dieser unterirdischen Anlage irritierten sie ein wenig. Bei genauerer Überlegung war es aber nicht weiter verwunderlich. Ein verborgener Palast wie dieser entstand nicht in wenigen Monaten oder Jahren, sondern war ganz sicher über Jahrhunderte gewachsen. Der Vampir ging weiter voran, sie durchschritten mehrere Türen, einige davon aus Stahl, und der Gedanke an ein Labyrinth drängte sich ihr auf, als er endlich stehen blieb.

„Diese Tür führt direkt in Nells Nachtclub", erklärte er, und dass dies ein beliebter Treffpunkt der Londoner Partyszene sowie des dunkleren Publikums der Stadt sei. „In unserem Club ist jeder Besucher absolut sicher. Wir überwachen jeden Winkel, damit es nicht zu unerwünschten Zwischenfällen kommt."

Damit wies er in einen Raum, der wie die Schaltzentrale der Londoner Verkehrsbetriebe wirkte. Die Tür stand offen, Estelle sah mehrere Männer vor zahllosen Monitoren sitzen, die sie nur kurz aus den Augen ließen, um ihren Begleiter ehrerbietig zu begrüßen. Weiter hinten gab es noch ganz andere Ansichten zu bewundern, und Estelle fragte sich, ob ihre Zimmer möglicherweise auch überwacht wurden. Sie wollte gerade eine entsprechende Bemerkung machen, als sie Asher entdeckte. Nicht auf einem der Monitore, sondern zum Greifen nah durch eine riesige Scheibe ... direkt vor ihr.

„Das Fenster ist von der anderen Seite verspiegelt." Ein feines Lächeln umspielte seinen Mund. „So weiß man gleich, was einen erwartet." Estelle hörte ihm nicht mehr zu, und als Nell und Asher sich küssten, machte sie wortlos auf dem Absatz kehrt. Der eigentümliche Ausdruck auf dem ebenmäßigen Gesicht des Playboy-Vampirs gab ihr den Rest. Mit eiserner Disziplin hielt sie ihre Tränen zurück und ging hoch erhobenen Hauptes, anstatt, wie sie es am liebsten getan hätte, schluchzend in ihr Zimmer zu rennen. Die ganze Angelegenheit war ohnehin schon demütigend genug. Ihre Selbstbeherrschung reichte genau bis ins Schlafzimmer ihres Appartements, dann aber flossen die Tränen. Plötzlich spürte sie eine Hand auf ihrer Schulter und fuhr herum. Sara war lautlos hereingekommen und kniete nun hinter ihr auf dem riesigen Bett. „Was ist passiert?"

Estelle nahm sich zusammen. Erstens wollte sie nicht über ihre Beobachtungen sprechen, und zweitens war sie sich auf einmal gar nicht mehr so sicher, ob sie da nicht in eine Inszenierung gelaufen war. Im Nachhinein mochte sie nicht mehr so recht an eine zufällige Entdeckung glauben. Das änderte allerdings nichts an dem, was sie gesehen hatte. Sie bemühte sich um eine Erklärung. „Das ist bestimmt der Schock. Was heute passiert ist – ich glaube, das war etwas viel für mich." Sie griff nach Saras Hand. „Wie schrecklich muss dir dies alles vorkommen!"

„Schon in Ordnung. Dieser Tag war der aufregendste in meinem ganzen Leben, und ich möchte keine Minute davon missen – auch wenn es morgen in der Firma sicher schrecklichen Ärger geben wird, weil ich die Unterlagen nicht rechtzeitig vorbereitet habe."

„Du kannst morgen nicht ins Büro gehen."

„Kann ich nicht? Oh, auch gut. Weißt du, ob das meine Sachen sind?" Sie zeigte auf die prall gefüllte Tüte.

Estelle war von Saras Gedankensprüngen ein wenig überrascht. Sie begann sich ernsthafte Sorgen zu machen. Die mentalen Schutzwände der Feentochter waren hauchdünn, und in ihrem Kopf herrschte ein größeres Durcheinander als während Alice' Reise durch das Wunderland. Sie beschloss, vorerst mitzuspielen und später mit Asher zu sprechen. Da war es wieder: dieses Gefühl, dass die Dinge sich regelten, sobald er sich ihrer annahm. Wenn dies ein weiteres Zeichen für ihre angeblich schicksalhafte Zusammengehörigkeit war, dann wollte Estelle eine solche Abhängigkeit gar nicht. „Das sind deine Einkäufe", beantwortete sie Saras Frage. „Und leider sind die schönen Kleider völlig zerknautscht. Komm, lass sie uns aufhängen, vielleicht kann man damit etwas retten."

„Eigentlich komisch, ich hab noch nie von einem Pub namens ‚Olde Nell's Tavern' gehört." Sara faltete eines der seidenen Hemden nun schon zum dritten Mal. Offenbar war sie mit dem Ergebnis nicht zufrieden, denn sie nahm es erneut auseinander und begann von vorn.

„Du willst mir aber nicht erzählen, dass du alle Londoner Pubs kennst!"

„Doch!" Sara lachte spitzbübisch. „Okay, während des Studiums habe ich für ein Marketingunternehmen gearbeitet, das eine Untersuchung über die Londoner Gastronomie machte. Dafür musste ich unter anderem eine Liste durchgehen, auf der alle Namen und Adressen von Pubs verzeichnet waren. Ich habe ein recht gutes Gedächtnis und sage dir, dieses war nicht dabei."

„Vielleicht ist es neu?"

„Möglich, aber weißt du, was das Verblüffende ist? Die Inhaberin sieht wirklich ein wenig wie Eleanor Gwynn aus."

„Und wer soll das sein, eine Schauspielerin?" Estelle fand, das wäre ein passender Beruf für diese verschlagene Person, die sich ihr gegenüber so freundlich verhalten hatte, bloß um im nächsten Moment Asher zu umgarnen. Und der Lump hatte sich nicht einmal gewehrt! Die Tränen begannen schon wieder ihren Blick zu trüben, also wischte sie sich unauffällig mit dem Handrücken über die Augen.

Sara schien nichts zu bemerken. „Schauspielerin war sie tatsächlich, aber bekannt ist sie als Kurtisane geworden und als Charles' Mätresse."

„Ich dachte, der hat Camilla, seine Dauergeliebte, geheiratet."

„Du meinst den Herzog von Wales? Nein, natürlich nicht d e r Charles. Sie hat sich König Charles II. geangelt."

Estelle kramte in ihren Erinnerungen an die britische Geschichte. „Das ist aber schon eine ganze Weile her", meinte sie schließlich. Unsicher, wie lange dessen Regentschaft genau zurücklag, nahm sie Sara das malträtierte Hemd aus der Hand und legte es zu der restlichen Wäsche. „Es ist völlig in Ordnung so. Du bist nervös. Komm, ich gebe dir ein Spezial-Hausmittel, das beruhigt und lässt dich bestimmt gut schlafen." Alkohol war gewiss nicht das Richtige, um Ordnung in ihren Kopf zu bekommen, aber ihr fiel so schnell nichts ein, was sie sonst hätte tun können, um Sara zu beruhigen. Die junge Frau hatte angesichts der gut sortierten Bar mächtig gestaunt und ihr erzählt, dass sie nie etwas Stärkeres als ein Bier getrunken hatte, und selbst dieses Erlebnis hatte sie niemals wiederholt, weil sie sich vor dem bitteren Gebräu geradezu ekelte. Das hatte Estelle auf die Idee gebracht. Kein Bier natürlich, etwas anderes musste es sein. Einen Versuch war es wert. Sie füllte zwei schwere Gläser mit schottischem Single Malt und reichte Sara eines.

Diese roch daran und verzog ihr Gesicht. „Das ist aber voll, sollte man nicht Wasser dazugeben?"

„Dann wird es ja noch mehr. Du musst alles auf einmal trinken, sonst wirkt es nicht." Wie um ihre Worte zu bekräftigen, trank Estelle ihr Glas selbst in einem Zug aus. Sofort schossen ihr Tränen in die Augen, sie wandte sich rasch ab – aus Angst, sie würde den scharfen Schnaps gleich wieder über Saras Schuhe spucken. Die Warnung, es ihr nicht nachzumachen, verkam zu einem kaum hörbaren Krächzen. Durch ihr Schweigen offenbar ermutigt, stürzte Sara die goldgelbe Flüssigkeit ebenfalls hinunter und bekam sofort einen Hustenanfall.

Estelle sah sie erst hilflos an, dann stellte sie sich vor, wie vampirische Retter der betrunkenen Fee zu Hilfe eilten, musste lachen und bekam einen Schluckauf. Sie hielt sich die Nase zu und hielt die Luft an, so, wie sie es gelernt hatte. Der Hals wurde ihr trocken, aber der Schluckauf war fort, und sie näselte: „Soll ich Hilfe rufen?" Dies war glücklicherweise nicht notwendig, heftiges Klopfen auf den Rücken der nach Luft Ringenden tat es auch. Und als sich beide von dem Lachanfall erholt hatten, der sich dieser einzigartigen Erfahrung unweigerlich anschloss, fragte Estelle noch einmal, was es mit der Kurtisane auf sich habe.

„Eleanor Gwynn, also Nell, ist hier in Covent Garden aufgewachsen und war ein ‚Orangenmädchen', wenn du weißt, was ich meine." Sie hielt ihr Glas auffordernd hoch, und Estelle schenkte ihr noch einmal nach, sich selbst gönnte sie ebenfalls einen Schluck. Eigentlich schmeckte das Zeug gar nicht so übel, sie trank dieses Mal vorsichtiger und spürte schon wieder ein Kichern in sich aufsteigen.

„Sie hat ihre eigenen ‚Orangen' angeboten", erklärte Sara, umfasste ihre Brüste von unten und hob sie ein wenig an.

Estelle prustete los. „Okay, ich hab's kapiert."

Sara trank, musste husten und erzählte dann weiter. „Nell wurde Schauspielerin, kam zu einigem Ruhm und fand reiche Gönner, was mich nicht wundert, denn ich finde, sie ist eine außergewöhnliche Schönheit." Saras Stimme klang jetzt etwas undeutlich.

„War", nuschelte Estelle. „Sie war vielleicht schön, jetzt ist sie aber tot." Estelle bekam das Gefühl, sich auf äußerst glattem Parkett zu bewegen. Sara konnte unmöglich etwas von der Existenz unsterblicher Kreaturen wissen, wenn sie ihre eigene Geschichte nicht einmal kannte – und dabei sollte es für heute auch bleiben. Die Situation war ohnehin schon kompliziert genug. „Wahrscheinlich hat ihr irgendjemand mal erzählt, dass sie dieser Kurtisane ähnlich sieht, und sie hielt es für eine gute Idee, ihre Kneipe nach der Frau zu benennen. Immerhin ist das Theater Covent Garden nur zwei Straßen weiter.

„Wie auch immer." Sara gähnte. „Dein ‚Schlafmittel' scheint allmählich zu wirken."

Das wurde auch Zeit, fand Estelle. Sie hatte sich ganz schön ins Zeug gelegt, um der neuen Freundin bleierne Müdigkeit zu suggerieren, und war dabei selbst ganz schläfrig geworden. Außerdem hatte sie einen gehörigen Schwips. „Ich gehe auch ins Bett. Gute Nacht!"

„Schlaf schön!" Sara winkte ihr noch einmal zu und schloss die Tür hinter sich.

Nell Gwynn war also lediglich eine Hure. Kein Wunder, dass Asher nichts Genaueres über seine Bekanntschaft mit der Vampirin erzählen wollte. Ob er ihre Dienste wohl häufig in Anspruch nahm?

Estelle ging in die Küche, um sich ein Glas Wasser zu holen. Dabei fiel ihr auf, dass das Kühlfach ein wenig offen stand. „Es wär doch schade um die ‚Köstlichkeiten'." Sie wollte die Schublade schon schließen, als ihre Neugier plötzlich aufflammte. *Nur einmal hineinsehen*, nahm sie sich vor und zog fest am Griff. Im Kühlschrank ihrer Schwester hatte sie Blutkonserven gesehen, die – anders als diese Bezeichnung vermuten ließ – aus einem flachen Plastikbeutel bestanden, wie man ihn auch aus dem Krankenhaus kannte. *Eher aus Krankenhaus-Serien,* korrigierte sie sich. Ihre Schwestern, und auch sie selbst, hatten niemals eine Klinik oder Arztpraxis von innen gesehen. Wenn ihnen etwas gefehlt hatte, dann war eine Cousine ihrer Mutter gekommen, um sie zu heilen. Die Fee brauchte nur eine Hand auf ihre Stirn zu legen, und sie waren schnell wieder gesund. Eine Tatsache, die ihnen nicht immer gefallen hatte. Welches Kind hat nicht schon einmal Bauchweh vorgetäuscht, um von der Mutter besonders umsorgt zu werden? Eine magische Heilung war dabei eher hinderlich. Estelle schüttelte die Erinnerungen an ihre Kindheit ab und versuchte, sich wieder auf die Gegenwart zu konzentrieren. Sie schwankte leicht, als sie sich bemühte, die Worte auf den Etiketten zu entziffern. Ihr kam es vor, als tanzten die Buchstaben absichtlich, um unlesbar zu bleiben. Schließlich entdeckte sie aber doch, dass die Flaschen unterschiedlich etikettiert waren. Sie zog eine von ihnen heraus und kniff einige Male die Augen zusammen. „Aha! Den vegetarischen Dänen kenne ich ja schon, und was haben wir sonst noch Schönes?" Damit stellte sie die Flasche zurück und griff nach der nächsten.

„,Draconic Death'? Igitt, wer trinkt denn so was?"

Estelle hielt eine weitere ins Licht, um besser sehen zu können. „AB-Negativ" las sie und meinte einmal gehört zu haben, dass diese Blutgruppe äußerst selten vorkam. „Autumn Adonis" klang auch nicht schlecht, und die rote Blüte hinter dem Ohr des „herbstlichen Schönlings" wirkte irgendwie wagemutig. Sie drehte am Schraubverschluss. „Kein Korken?" Estelle kicherte, dabei schwankte sie ein wenig und musste sich an der Tischkante festhalten. „Der Fusel ist wohl vom Discounter – würde mich nicht wundern, bekannterweise wird im Bordell ja häufig Minderwertiges angeboten." Sie freute sich. Vorabendserien waren doch ein unerschöpflicher Quell nützlichen Wissens. „Warum lese ich überhaupt noch? Egal! Hau weg das Zeug!" Diesen Spruch kannte sie aus ihrer Schulzeit, als die männliche Jugend versucht hatte, sich im Beweisen ihrer Trinkfestigkeit gegenseitig zu übertreffen. Estelle runzelte die Stirn. Aber sie war nicht betrunken, sondern wissensdurstig. Sie freute sich über ihr vermeintlich brillantes Wortspiel und schnupperte am Flaschenhals. Der Duft war längst nicht so eklig, wie sie vermutet hatte, im Gegenteil, ihr lief das Wasser im Mund zusammen, und sie musste mehrmals schlucken. Vorsichtig setzte sie den gekühlten Flaschenhals an ihre Lippen und ließ einige Tropfen über ihre Zunge laufen. „Nicht schlecht!" Aber warm wäre besser, befand sie, goss kurzerhand das mitgebrachte Whiskyglas bis zum Rand voll und stellte es in den Mikrowellenherd. „Deckel nicht vergessen – und los!" Interessanterweise ließ sich die gewünschte Temperatur voreinstellen. Sie drehte auf 36,5 Grad, die besonders markiert waren, und beobachtete fasziniert, wie ihr Experiment hinter dem dicken Glas wie ein Karussellpferdchen im Kreis fuhr. Als sie die Tür wieder öffnete, raubte ihr der betörende Duft des Adonis-Getränkes ein wenig die Sinne, und sie beschloss, es im Schlafzimmer zu genießen. Dabei murmelte sie vor sich hin:

„O dreimal schöner du …

Die Schöpfung, die in dir sich überboten;

zählt, wenn du stirbst,

das Leben zu den Toten!"

Auf der Bettkante sitzend, hielt sie kurz inne, ihr war ein wenig schwindelig, und rasch nahm sie einen Schluck. „Das war Shakespeare, der kannte den Adonis auch schon", erklärte sie der Nachttischlampe. „Halt mal!" Die Lampe widersprach nicht. Estelle grinste, zog sich hastig aus und kroch unter die Decke. „Auf das Leben!" Sie trank den Rest, ihr Mund formte ein lautloses „Oh!", dann kippte sie nach hinten um. Das Glas entglitt ihrer Hand und rollte im Zeitlupentempo übers Bett bis zum Fußende, wo es einen blutigen Fleck hinterließ, bevor es auf dem Boden zerschellte. Estelle schnaufte einmal, rollte sich auf die Seite und schlief ein.

Nachdem Asher vergeblich nach Spuren von Julen oder seinem Bruder gesucht hatte, kehrte er im Morgengrauen erschöpft nach London zurück. Er hatte eine Anzahl alter Kontakte reaktiviert. Einen Vampir zu finden, dessen Gegenwart niemand spüren konnte, war allerdings ein ziemlich aussichtsloses Unterfangen, wenn dieser nicht gefunden werden wollte. Selbst für Asher.

Er mochte zwar altmodisch sein, wenn es um Frauen ging, aber als Hüter des Rates war er gezwungenermaßen halbwegs auf dem Laufenden, was moderne Technik betraf. Persönlich hielt er wenig von solchen Spielereien, doch einige der jüngeren Vengadore schienen ganz versessen darauf zu sein, und die Wanze, die er Julen unbemerkt angehängt hatte, war in der Tat eine nützliche Erfindung. Ärgerlich nur, dass sich der Punkt auf seinem Hightech-Handy seit einiger Zeit nicht mehr bewegte. Julen hatte offenbar seine Kleidung gewechselt. *Man müsste ihm das Ding implantieren*, dachte Asher verdrossen, während er das Appartement in Nells unterirdischem Refugium durch einen verborgenen Eingang betrat. Die Räume waren tatsächlich einmal die seinen gewesen, doch offenbar wurden sie inzwischen auch von anderen bewohnt, schloss er aus der Tatsache, dass die Einrichtung komplett modernisiert worden war. Ihm gefiel der neue Stil, und auch Estelle schien nichts dagegen zu haben, jedenfalls hatte sie sich nicht negativ darüber geäußert. Asher lehnte sich gegen die kühle Wand. Wie wenig er immer noch über sie wusste! Aus seinen Beobachtungen ergab sich zwar allmählich ein Bild, doch es besaß wie ein erst kürzlich begonnenes Puzzle noch viel zu viele leere Stellen.

Sie schlief nebenan, und er spürte die Erschöpfung ihres zarten Körpers. Doch da war noch etwas anderes. Aufmerksam fühlte sich Asher in ihre Gedanken ein, das Bild ihrer nächtlichen Seele erschien vor seinen Augen, ihr Verlangen nach

Erfüllung und Glück überschwemmte seine Sinne – wer sehnte sich nicht danach! Und dann traf er auf einen beunruhigenden Unterton. Eifersucht? Lust? Sofort eilte der Vampir in sein, nein, in ihr gemeinsames Schlafzimmer und erstarrte. Blut! Der ganze Raum roch nach Blut, aber es war nicht ihr köstliches Aroma, das er wahrnahm. Erleichterung breitete sich aus, doch schnell hob eine neue Sorge ihren grauen Kopf. Deutlich konnte er Estelles rasenden Puls spüren und beugte sich über seine Fee. „Mein Stern?" Ihr Duft umhüllte ihn, vertraut und doch eigenartig exotisch. Sie hatte getrunken. Whiskyrauch stieg in seine Nase, Torffeuer und eisige Bäche erschienen vor seinem inneren Auge. Ein guter Tropfen. Whisky aus seiner Destillerie. Aber daneben bewegte sich noch etwas Animalisches, etwas, das er sonst nur von seinesgleichen kannte. Bilder von Reißzähnen, unendlichen Weiten und tödlichen Massakern überschwemmten seine Sinne – und Asher fühlte sich, als wate er an ihrer Seite knietief im Blut der Opfer. Dann sah er die Glassplitter am Fußende des Bettes, nahm Witterung auf und fand sich in der Küche wieder. Auf dem Tisch stand eine Flasche „Autumn Adonis". Nein! Sie hatte davon getrunken. Dieses Gemisch war Gift für Sterbliche und selbst für Vampire bestenfalls ein Medikament, in höheren Dosen vergleichbar mit einem gefährlichen Flirt mit dem Tod. Eine gefährliche Droge.

Blitzschnell war er zurück, fühlte Estelles Puls. Ihr Herz galoppierte wie ein Vollblüter auf den letzten Metern vor dem Ziel. Asher legte seine Hand auf ihre Stirn. Die Temperatur war viel zu hoch. Estelle stöhnte und warf sich auf die andere Seite, dann begann sie zu reden. Es war zwar kaum etwas zu verstehen, ihm schien aber, als spräche sie in Versen über Feen, Nymphen und die Liebe. „Mein Gott, sie träumt die Geschichte von Adonis und Venus!" In der griechischen Mythologie war diese Liebesbeziehung einseitig gewesen und nicht gut ausgegangen.

Adonis hatte die Liebe seiner Göttin zurückgewiesen. Asher versuchte Estelle zu wecken, jedoch vergeblich. Schließlich wusste er sich nicht mehr anders zu helfen, als sie in ein kaltes Bad zu setzen. Aber kaum hatte er sie entkleidet, da begann sie zu zittern, ihre Haut war im Nu von kaltem Schweiß bedeckt. Die Temperatur stieg weiter bedrohlich schnell an, obwohl ihre Lippen kalt blieben und so blass waren, dass sie bläulich schimmerten. Unkontrolliert schlugen ihre Zähne aufeinander, und als er alles probiert hatte, wusste er sich nicht mehr zu helfen. Asher legte sich zu ihr und nahm die Geliebte in seine Arme, während er beruhigende Worte flüsterte. Ihr schmaler Rücken lag an seiner Brust, die langen Beine schlangen sich um seine, als hätte sie nur auf ihn gewartet. Das Zittern ließ allmählich nach, und schließlich passte sich ihre Temperatur der seinen an. Nie war sie offener für ihn gewesen als in diesem Augenblick der Not.

Der Traum begann wie immer täuschend friedlich in einer klaren Nacht. Estelle stand im Licht der hellen Mondscheibe und blickte in den Himmel, als die Sterne ganz langsam, einer nach dem anderen, anfingen, sich von ihrem angestammten Platz zu entfernen. Immer schneller näherten sie sich der Erde, sie spürte ihre Wärme, die anfangs angenehm schmeichelte, im Nu aber zur sengenden Hitze wurde und ihre Haut wie unter der heißen Wüstensonne verbrannte, Blasen werfen und schließlich aufbrechen ließ. Doch der Schmerz interessierte Estelle nicht. Während sie ihre Augen mit schwarzen Händen vor dem gleißenden Licht schützte, versuchte sie vergeblich die Stimmen zu verstehen. Erst war es nur ein undeutliches Säuseln, dann ein lauter werdendes Raunen, das in Sekundenschnelle zu nicht enden wollenden Schreien aus tausend Kehlen anschwoll, um dann gemeinsam mit dem Licht wie ein Feuersturm über sie hinwegzufegen.

Zurück blieb ein absolutes Nichts, das Estelles Seele zu verschlingen drohte, wie die schwarzen Löcher es mit der Materie taten. Sosehr sie sich auch wehrte, die Leere nahm von ihr Besitz, und sie wusste: Irgendwann würde das Blut wie ein Tsunami über sie kommen, sie mit sich fortreißen, in ihre Nase spülen, jede Pore ihres Körpers erobern und die verzweifelten Schreie seiner Beute schließlich ersticken.

Asher erwachte mitten im Eis der Arktis. Neben ihm kämpfte Estelle um ihr Leben.

„Wach auf!" Jemand rüttelte an ihrer Schulter. „Estelle, es ist nur ein Traum, komm zurück!" Starke Arme hielten sie, wiegten sie sanft hin und her, bis ihr ersticktes Schluchzen allmählich nachließ und sie sich erschöpft an Ashers Brust lehnte. „Ich bin bei dir, hab keine Angst!"

Während der Vampir über sie wachte und dabei den Geräuschen eines geschäftigen Wintermorgens in der Stadt über sich lauschte, fühlte er noch immer die Nachwehen ihres Albtraums. Er hatte jede Sekunde ihrer Pein miterlebt, als wäre es seine eigene gewesen. Und er erinnerte sich plötzlich wieder an eine lange zurückliegende Zeit, in der er selbst unentwegt von ähnlich beängstigenden Träumen und Visionen gequält worden war. Wie alle geborenen Vampire war auch Asher in seiner Kindheit und Jugend kein Vampir gewesen. Weniger anfällig für Krankheiten zwar und mit einem gut entwickelten Instinkt für Gefahren ausgestattet, aber dennoch durchaus sterblich. Ein Dolchstoß wäre für ihn ebenso tödlich gewesen wie für seine adligen Freunde, mit denen er eine unbeschwerte Zeit verlebt hatte.

Zärtlich strich er über Estelles Stirn. Asher wusste, dass sie noch einige Tage wie diesen gemeinsam durchstehen mussten, bevor er sicher sein konnte, dass sie überleben würde. Das war im Prinzip nichts Ungewöhnliches für eine Transformation, aber es zerriss sein Herz, sie so leiden zu sehen. Die Zwillinge ahnten augenscheinlich nicht, dass sie, anders als ihre ältere Schwester, von einem Vampir gezeugt worden waren. Weil er dies jedoch schon eine ganze Weile vermutet hatte, hatte er sich kundig machen wollen. Während der vergangenen Wochen hatte er sich eingehender mit ihrer Familiengeschichte befasst und im Haus der Feen in einem verborgenen Winkel Tagebücher der Mutter gefunden. Die Journalistin war auf einer Reise tatsächlich einem geborenen Vampir begegnet und hatte mit ihm eine kurze Affäre gehabt. Feen galten als sinnliche Geschöpfe, da blieb so etwas nicht aus, auch wenn sie ihren sterblichen Partner liebten. *Vampire*, dachte Asher, *sind eben doch die besseren Liebhaber.* Von weiblichen Nachkommen konnte man, bis auf wenige Ausnahmen, in den Annalen der Dunkelelfen nichts lesen. Seit Jahrhunderten hatte es keine Hinweise auf ein derartiges Ereignis gegeben. Estelles Mutter, so entnahm er ihren Notizen, wollte erst gar nicht glauben, dass ihr Abenteuer so kostbare Früchte getragen hatte. Bald aber war sie ganz sicher – und beschloss, ihr Geheimnis für sich zu behalten. Er mochte es ihr nicht verübeln. Asher wusste nicht, woher der Vampir stammte oder wie alt er war, aber offenbar ahnte er gar nicht, dass er Nachkommen gezeugt hatte. *Der Rat*, dachte Asher, *würde diese Nachricht begeistert aufnehmen und sicherstellen, von diesem außerordentlichen Ereignis zu profitieren.* Umso wichtiger war es für ihn, Estelle zu beschützen. Die Tatsache, dass bisher niemand ihr Geheimnis herausgefunden hatte, war eine ebenso große Sensation wie die Geburt der Zwillinge. Bei Julen war er sich allerdings nicht ganz sicher: ein weiterer Grund, den jungen Vengador so schnell wie möglich finden zu müssen. Nell ahnte glücklicherweise nichts.

Gegen Mittag erwachte Estelle. Ihre Kehle war wie ausgedörrt. Sie hätte gerne einen Schluck Wasser getrunken, vielleicht fände sich sogar eine Kopfschmerztablette in dem luxuriösen Bad, dachte sie. Doch Ashers Arm erlaubte ihr keine Bewegung, er hielt sie dicht an seinen athletischen Körper gepresst. Als sie versuchte, sich unter ihm fortzuschlängeln, wurde sein Griff fester. „Wohin willst du, Sternchen?"

Ihr wurde warm ums Herz, schließlich war er also doch zu ihr gekommen. „Ich habe Durst."

„Du hast einen Kater!", stellte er richtig, und sein Mundwinkel zuckte.

Asher war versucht, den Göttern auf Knien dafür zu danken, dass ihre Vergiftung nur leicht gewesen war und sie die Nacht überstanden hatte. Wahrscheinlich würde sie sich noch ein oder zwei Tage lang schlecht fühlen, aber das Schlimmste war vorüber. Er hätte gern gewusst, ob sie sich daran erinnerte, was genau sie getrunken hatte, mochte sie mit einer entsprechenden Frage aber nicht beunruhigen. Der Vampir rollte sich auf den Rücken und sah sie an. „Definitiv ein Kater!", bemerkte er und fuhr mit dem Zeigefinger die feinen Linien nach, die das Kopfkissen in ihrem bleichen Gesicht hinterlassen hatte.

Sie runzelte die Stirn und schien nachzudenken. „Ich wüsste nicht …", begann sie, da aber glomm eine Erinnerung in ihren Augen auf. „Der Single Malt!"

Neugierig sah Asher sie an. Würde sie sich an noch weitere Einzelheiten erinnern können? Es schien nicht so. „M e i n Single Malt."

„Wusste ich es doch." Sie stützte sich auf. „Du bist nicht nur keineswegs zum ersten Mal hier, du hast sogar ein komplettes Appartement, eine Wohnung in diesem verrückten unterirdischen Bau."

Er hätte sich ohrfeigen können. „Es war einmal meins", gab er schließlich zu, „aber das ist schon lange her, und inzwischen bringt Nell alle möglichen Gäste hier unter."

„Und die dürfen *deinen* Whisky trinken?"

Asher lachte. „Natürlich dürfen sie das, solange sie dafür bezahlen. Die Brennerei gehört mir."

„Dann schulde ich dir vermutlich einen Haufen Geld. Jedenfalls fühlt sich mein Kopf so an, als hätte ich eine ganze Flasche getrunken."

„Das wären dann, lass mich überlegen, vierhundertfünfzig Pfund, meine Dame!"

„Kann ich auch in Naturalien zahlen?"

„Zeigen Sie mal her, was Sie zu bieten haben!" Er zog ihren Kopf zu sich hinab und gab ihr einen zarten Kuss. „Es ist heller Tag, lass uns das auf später verschieben."

Estelle sah ihn seltsam an, stand dann aber auf und ging ins Bad. Ihr Gang wirkte unsicher, die Haut fast transparent. Das waren deutliche Zeichen dafür, dass ihr zarter Körper die Anstrengungen der Nacht längst nicht verarbeitet hatte. Er seufzte. Selbst tagsüber fiel es ihm schwer, sich in ihrer Nähe zu beherrschen, er mochte dann vielleicht müde sein, aber bestimmt nicht tot. Ashers Körper jedenfalls war in diesem Augenblick hellwach und voller Erwartung auf eine erotische Begegnung mit seiner Geliebten. Doch das wäre egoistisch und rücksichtslos. Beides wollte Asher ganz gewiss nicht sein, und so rollte er sich zur Seite und gab vor zu schlafen, als er Estelles tastende Hand spürte. Wieder einmal flehte er die Götter um Selbstbeherrschung an und war erleichtert, als sie ihre zaghaften Versuche, ihn zu verführen, schließlich aufgab und er bald darauf ihren gleichmäßigen Atem hörte. Lautlos erhob er sich, um nach Sara zu sehen. Sie wirkte entspannt und schien fest zu schlafen. Asher wollte sich zurückziehen, zufrieden darüber, dass es ihr gut zu gehen schien. Da fiel sein Blick auf den Teddy, der zusammengesunken am Boden lag. Gedankenverloren hob er das Stofftier auf und trug es zum Bett. Kaum hatte die kahle

Pfote Saras Hand berührt, da griff sie schon danach und zog den stummen Trostspender an sich, als hinge ihr Leben von dieser Umarmung ab.

Endlich ging die Sonne unter. Nach einer ausgiebigen Dusche bediente er sich reichlich an seinem Blutvorrat und goss nach kurzem Zögern das besondere Gemisch, das Estelle fast zum Verhängnis geworden war, in den Ausguss. Nebenan klopfte es. Erleichtert verließ Asher die ihn seltsam berührende Szene und nahm kurz darauf das nachgesandte Gepäck entgegen. Kaum hatte er es abgestellt, da sprang die Tür erneut auf. Manons kleine Gestalt schien den gesamten Rahmen auszufüllen. Asher blinzelte überrascht. Ihm kam es vor, als müsse er direkt ins Sonnenlicht blicken, während das Gelb ihres Mantels seine ganze Kraft im Licht des Appartements entwickelte. Die rote Mütze und der dazu passende Schal trugen nicht gerade zu seiner Entspannung bei.

„Hallo, mein dunkler Freund!" Sie stellte sich auf die Zehenspitzen und gab ihm einen Kuss auf die Wange. „Wo ist die Kleine?" Sie schob ihn beiseite und blickte sich überrascht um. „Ich muss schon sagen, deine Wohnung passt ausgezeichnet zu deinem neuen Outfit." Manon pfiff leise durch die Zähne. „Ist das ein Designeranzug, den du da trägst? Vom Mauerblümchen zum Model in nur sechsunddreißig Stunden. Alle Achtung, was für eine Karriere."

„Mauerblümchen?" Als er das mutwillige Funkeln in ihren Augen bemerkte, winkte er ab. „Im Vergleich zu dir gewiss." Staunend betrachtete er das farbenfrohe Ensemble, das nun zum Vorschein kam. Zum grünen Rock mit Sonnenblumenapplikationen trug sie gelbe Strümpfe und orangefarbene Schuhe, die gut zum Pullover passten. Manon ließ ihren rosa Koffer fallen und warf ihm den Mantel zu, der aussah, als sei er aus einem gefärbten Riesenpudel geschneidert worden. Asher schüttelte sich innerlich, aber er hängte das zottelige Ungetüm auf und stülpte ihren Hut darüber, wobei sich ein buntes Federbüschel löste und zu Boden segelte. „Was auch immer. Estelle geht es nicht besonders gut, und ich möchte, dass du auf sie achtest. Sara ist in ihrem Zimmer, sie schläft."

„Ich bin schon seit Stunden wach!", kam es von nebenan. Die Feentochter steckte ihren Kopf durch die Tür und sah auf die Wanduhr. „So spät? Ich muss schon sagen, ihr pflegt einen ziemlich gewöhnungsbedürftigen Lebensrhythmus!"

Manon fand sie sofort sympathisch und lachte: „Das kannst du wohl laut sagen!"

„Hallo, ich bin Sara", stellte sich die Anwältin vor. Man musste ihr zugutehalten, dass sie beim Anblick Manons keine Miene verzog. Sie wirkte in ihrem niedlichen schottischen Kilt und einem eng anliegenden Pullover, der schon bessere Tage gesehen hatte, deutlich jünger. Allerdings schien auch sie ziemlich blass, und heute war kaum zu übersehen, dass sie zum Feenvolk gehörte, wie Asher registrierte. „Sara, das ist Manon. Estelles Mitbewohnerin."

„Und ihre Freundin", ergänzte diese. „Asher hat mir von dem schrecklichen Überfall erzählt, und da dachte ich, ich komme einfach vorbei und vertreibe euch ein wenig die Zeit, bis die Luft wieder rein ist. Du musst dir keine Sorgen machen, hier seid ihr garantiert sicher. Wer auch immer hinter dir her ist, er würde eine Ewigkeit brauchen, um überhaupt den Eingang zu finden." Sie warf Asher einen vorwurfsvollen Blick zu. „Ich bin dreimal daran vorbeigelaufen. Es war wie verhext."

„Das tut mir leid!" Er musste zugeben, dass er nicht an den Zauber gedacht hatte, der über der Gasse lag, an deren Ende sich Nells Pub befand, und der jeden Fremden in die Irre führte.

„Egal, jetzt bin ich ja hier! Hast du nicht irgendetwas un-

335

geheuer Wichtiges zu tun? Ich hab nämlich vor, einen netten Weiberabend zu verbringen, sobald Estelle endlich aus den Federn kommt."

War das gerade ein Rausschmiss?, fragte sich Asher überrascht, aber Manon hatte sich schon bei Sara untergehakt. „Du musst mir unbedingt dein Zimmer zeigen", sagte sie. Und die beiden gingen davon, als seien sie seit ewigen Zeiten die besten Freundinnen. *Natürlich war es das, ich kann dich hier im Augenblick nicht brauchen*, erklang ihre Antwort in seinem Kopf.

Asher griff nach seinem neuen Mantel und verließ kopfschüttelnd das Appartement. Wenn seine häusliche Zukunft so aussehen sollte, dann gute Nacht!

Kaum hörte Manon die Tür, kicherte sie. „Den sind wir los! Ist er nicht sexy?"

Sara überlegte. „Ich finde ihn unheimlich, er ist so ernst. Julen gefällt mir besser." Ihre Augen strahlten bei diesen Worten, und Manon wusste einen Moment lang nichts zu entgegnen, was selten genug vorkam. Die kleine Fee hatte sich in den notorischen Schwerenöter Julen verguckt, das konnte ja heiter werden!

„Ist er auch hier?"

„Es ist seltsam, er war im Pub, daran kann ich mich genau erinnern. Aber danach habe ich ihn nicht mehr gesehen." Sie schüttelte ihren Kopf so, dass der Pferdeschwanz hin und her flog. „Vor dem Einschlafen hat mir Estelle einen Schlummertrunk gegeben", vertraute sie der erstaunten Manon an. „Ich glaube, ich hatte etwas zu viel davon."

„Aha!" Das erklärte zwar ihre Gedächtnislücken nur unzureichend, aber womöglich hatten die Vampire beschlossen, dass sie nicht wissen sollte, was mit Julen passiert war. Manon beschloss, Estelle zu wecken und sich bei ihr zu erkundigen. Diese Gelegenheit wollte sie auch nutzen, um ihr ein längst fälliges Geständnis zu machen. „Ich habe schrecklichen Hunger."

„Ich könnte uns etwas kochen", bot Sara sofort an, die keine Ahnung hatte, dass die nette Frau vor ihr nicht nur ihre Gedanken lesen, sondern sie auch ohne größere Probleme beeinflussen konnte.

„Gut. Inzwischen sehe ich nach unserem Murmeltier."

Estelle war gerade aufgewacht und sah sie ungläubig an. „Manon?" Dann kniff sie die Augen einmal zu und fasste sich an den Kopf. „Ich habe schon einen solchen Schädel – und jetzt sehe ich auch noch Gespenster."

„Keine Sorge, es ist nur ein normaler Kater. Himmel, Herzchen, was habt ihr bloß getrunken?"

„Whisky. Genauer gesagt, Ashers Single Malt. Er war aber gar nicht böse." Sie sah sich um. „Wo ist er überhaupt?"

„Warum sollte er in deinem Schlafzimmer sein?"

Estelle lief knallrot an. „Weil er … Ich meine, er, er hat hier halt geschlafen."

„Mit dir!"

„Eben nicht!"

Manon wäre vor Neugier fast geplatzt und wollte unbedingt mehr erfahren. Die beiden waren füreinander geschaffen, das hatte sie schon damals gespürt, als Asher mit einer Kiste Wein überraschend zu Besuch gekommen war, nachdem er ihre Mitbewohnerin erst kurz zuvor kennengelernt hatte. Sein Geständnis am gestrigen Abend war keine Überraschung für sie gewesen. Natürlich hatte er nicht wörtlich zugegeben, Estelle zu lieben, aber sein Verhalten war auch so eindeutig genug gewesen.

„Er hat vorgetäuscht zu schlafen!" Estelle hätte bei der Erinnerung an seine demütigende Zurückweisung am liebsten mit dem Fuß aufgestampft.

Manon fand, dass ihr bibliophiler Freund seine Galanterie übertrieb – oder er war einfach ein Narr. Doch wie ein solcher war er ihr trotz seines trügerisch harmlosen Äußeren in den vergangenen Jahrhunderten nie vorgekommen, und gestern war ihr wieder einmal bewusst geworden, warum er in der magischen Welt den Ruf genoss, dass mit ihm nicht zu spaßen sei. Seine Aura hatte sich dramatisch verändert. Sie strahlte eine gefährliche Energie aus, zudem wirkte er hoch konzentriert, aber irgendwie auch eine Spur selbstgefällig. Eben wie jemand, der sich in seiner Haut wohlfühlte und eins mit sich selbst war; wie ein Mann, der von einer wunderbaren Frau geliebt wurde und der – und das machte ihn Manon wieder sympathisch – diese ebenfalls liebte. Leider nur schien das Objekt seiner Anbetung momentan nicht allzu gut auf ihn zu sprechen zu sein. Manon beschloss, der Sache auf den Grund zu gehen. „Er hat nicht einmal versucht, dich ins Bett zu bekommen?"

Estelle schenkte ihr ein Koboldgrinsen. „ Doch, doch, das hat er, und weißt du was? Es war wunderbar!" Dann verdunkelten sich ihre Züge wieder. „Aber gestern hat er dieser Hure in den Hintern gekniffen, und sie haben sich geküsst, und als er später zu mir kam, hat er mich überhaupt nicht mehr wahrgenommen."

Manon ahnte, dass dies eine maßlose Übertreibung sein musste, doch die Vorwürfe klangen nicht, als seien sie völlig aus der Luft gegriffen. „Ihr solltet das unter euch klären, vorhin schien er jedenfalls sehr besorgt um dich zu sein."

„Wirklich? Ist er nicht süß?"

Das wäre nun ein Attribut, das Manon bestenfalls im Scherz für den – wie Sara vollkommen richtig spürte – so gefährlichen Vampir gewählt hätte. In dessen Seele vermutete sie mehr als nur einen dunklen Fleck. Estelles schneller Gefühlswechsel von beleidigt zu schwärmerisch bewies jedoch ganz klar: Sie war bis über beide Ohren in Asher verliebt. Egal, ob sie sich ihrer Gefühle bewusst war oder nicht. Draußen klapperte Geschirr, und Manon beschloss, ihr Geständnis hinter sich zu bringen, solange Sara noch beschäftigt war. „Ich muss mit dir reden. Am besten, du ziehst dich an, und wir unterhalten uns."

„Ist was mit Asher? Oder Julen?" Bang sah Estelle sie an.

„Keine Sorge! Aber zieh dir wenigstens einen Bademantel über, mir wird bei deinem Anblick ganz kalt."

Estelle sah an sich herunter und errötete. Sie trug keinen Faden auf dem Leib, und wenn ihr das auch vor Manon nicht peinlich war, so musste die Freundin sie doch für ein schamloses Luder halten, das sich nackt zu einem Mann ins Bett legte und obendrein noch darüber klagte, er habe nicht mit ihr schlafen wollen. Lieber Himmel, wie sollte sie Manon ihren Aufenthalt in diesem unterirdischen Luxustempel bloß erklären? Estelle floh vor dem Durcheinander in ihrem Kopf unter die Dusche und freute sich, als sie ihre Reisetasche im Bad fand. Rasch kramte sie einige bequeme Sachen heraus und zog sich an. Ihre nassen Haare schlang sie kurzerhand zu einem Knoten. „So, jetzt erzähl mal!" Sie setzte sich zu Manon auf die Bettkante. „Was willst du mir beichten?"

„Ich bin eine Fee." Jetzt war es heraus. Klar und unmissverständlich.

„Dem Himmel sei Dank!" Estelles Reaktion entsprach so wenig ihren Erwartungen, dass Manon ansetzte, um noch einmal zu wiederholen, was sie gerade gesagt hatte. Doch ihre Freundin nahm sie in den Arm und drückte sie ganz fest. „Das weiß ich doch längst!"

„Und du hast mir nichts gesagt?"

„Ich hab angenommen, es gäbe schon einen guten Grund, deine Herkunft zu verschweigen, und eine Erklärung lag ja auch auf der Hand: In unserer Umgebung wimmelt es gewissermaßen von Vampiren." Einer Fee gegenüber, so dachte Estelle, könnte sie diese Tatsache ruhig erwähnen. Sollte sie nun aber erwartet haben, mit ihrer Enthüllung Erstaunen auszulösen, dann hatte sie sich getäuscht. Manon nickte zustimmend. „In der Tat, seit ich dich kenne, treffe ich mehr Dunkelelfen als je zuvor. Manchmal glaube ich, du ziehst sie regelrecht an. Trotzdem ist das nicht der Grund für mein bisheriges Schweigen. Ich möchte dir alles erzählen, aber bitte sei mir nicht böse!"

Estelle rückte näher. „Sollten wir nicht etwas leiser sprechen?" Sie machte eine bedeutungsvolle Kopfbewegung in Richtung der Tür, hinter der es still geworden war.

„Das wäre bestimmt besser", flüsterte Manon, lauschte einen Moment lang und sagte dann: „Sie ist mit ihren Gedanken an einem völlig anderen Ort, das arme Mädchen! Also, es war so …" Und dann erzählte sie, wie Kieran sie aufgesucht hatte, weil er sich nicht erklären konnte, warum Estelle so unglücklich war. „Ich kenne ihn schon lange, doch das ist eine andere Geschichte." Estelles neugieriger Gesichtsausdruck ließ sie kurz auflachen. „Schon gut, davon erzähle ich dir auch irgendwann einmal. Kieran hat mir von deinen Vorbehalten gegen Nuriyas Transformation und deiner offenen Abneigung ihm gegenüber berichtet. Er bat mich, dich zu mir zu nehmen, ohne meine Identität dabei preiszugeben, weil er fürchtete, dass du dich anderenfalls manipuliert fühlen könntest und noch weiter in dein Schneckenhaus zurückziehen würdest. Schließlich habe ich mich trotz großer Bedenken bereit erklärt, es zu versuchen. Ich bin nicht gerne unehrlich, weißt du. Aber als Heilerin weiß ich, dass es manchmal hilft, Informationen wohldosiert weiterzugeben.

Als ich dich am Bahnhof sah, wusste ich, dass ich die richtige Entscheidung getroffen hatte. Du hast mein Herz sofort erobert, und ich war glücklich zu sehen, wie es dir langsam immer besser ging. Dann aber scharwenzelte plötzlich Julen um dich herum und machte mich anfangs ganz nervös. Deshalb habe ich Asher um Hilfe gebeten. Ich war überrascht, dass du so selbstverständlich mit seiner vampirischen Natur umgegangen bist, aber es hat mir gefallen."

Estelle lachte laut auf. „Das mag daran gelegen haben, dass ich ihn für einen Elf hielt."

„Hast du das? Oje!"

„Es war ein ziemlicher Schock, als Asher in Dublin auftauchte und mich mit der Wahrheit über Julen konfrontierte. Danach ist so viel passiert, dass ich kaum Zeit hatte, mich deswegen zu ängstigen. Und er hat auch nie versucht, mich zu beißen. Ich weiß noch immer nicht, ob er mich absichtlich getäuscht hat oder es einfach nur ein Missverständnis war. Wahrscheinlich von beidem etwas. Ich wollte so gerne glauben, dass es einen Mann gibt, der mich versteht, mit dem ich lachen kann und dessen Gedanken mich nicht andauernd überwältigen. Ihn nicht spüren zu können, war anfangs sein größtes Plus."

„Nicht etwa doch sein Aussehen?"

Estelle schmunzelte. „Eine willkommene Dreingabe, aber nicht so überzeugend wie bei Asher. Ich glaube, ich habe nie einen schöneren Mann gesehen als ihn, und du kannst mir glauben, in der Pariser Modelagentur, bei der ich war, hat es einige ganz ansehnliche Exemplare gegeben."

„Lass mich raten, keiner von ihnen hat dieses ‚gewisse Etwas‘, das ein mächtiger Vampir mit sich bringt." Manon fühlte einen winzigen Stich Eifersucht. Sie hätte gern einmal erlebt, was es bedeutete, von jemandem wie Asher geliebt zu werden. Sofort schämte sie sich dafür. Die junge Feentochter hatte ihr Glück verdient. „Und wie bist du hinter sein Geheimnis gekommen?"

„Er hat es mir erzählt, freiwillig. Du kannst dir vorstellen, wie ich mich gefühlt habe, als mir klar wurde, dass der harmlose Antiquar, für den ich ihn hielt, nicht nur ein erfahrener Verführer, sondern sehr wahrscheinlich auch der weitaus Gefährlichere von beiden ist." Sie setzte sich aufrecht hin. „Nur diese Seelenpartner-Geschichte, die er mir aufgetischt hat, kaufe ich ihm nicht ab, ich glaube, damit wollte er mich beruhigen."

„Wie das?" *Hier ist noch reichlich Beziehungsarbeit zu leisten,* dachte Manon.

„Alles ging ziemlich schnell an jenem Abend." Estelle lachte verlegen. „Du weißt, wie das ist. Die Hormone sind einfach mit mir durchgegangen, und ich hab mich anschließend ein wenig geniert, dass ich so schnell mit ihm im Bett gelandet bin. Aber er hat mich mit seinen Küssen dermaßen wild gemacht – wenn es nach mir gegangen wäre, hätten wir es schon vorher in einer schmutzigen Seitenstraße getrieben." Nun war sie wieder ganz der freche Kobold, den Manon so sehr mochte. „Dieser Mann – Vampir oder was auch immer – ist zum Sterben sexy! Er braucht mich nur anzusehen, und schon führe ich mich wie eine rollige Katze auf."

Bevor Manon darauf antworten konnte, sah Sara herein. „Wo bleibt ihr denn? Das Essen wird kalt."

Die Freundinnen entschuldigten sich und folgten ihr. Sara hatte eine wunderbare Suppe gekocht, und die drei Feen unterhielten sich während des Essens über belanglose Themen. Estelle bemerkte, dass Manon Sara genau beobachtete, und schloss daraus, dass Asher sie gebeten haben musste, sich um sie zu kümmern. Offenbar besaß er wirklich ein gutes Herz. Genauso wie sein Bruder Kieran übrigens. Wer hätte gedacht, dass er ihren Aufenthalt bei Manon organisiert hatte? Sie nahm sich vor, in Zukunft netter zu ihm zu sein, auch wenn ihr der Gedanke an seine finstere Ausstrahlung immer noch Schauer über den Rücken jagte. Asher wirkte so anders, mal war er zärtlich, immer sexy – und seine manchmal altmodische Art fand sie einfach unwiderstehlich. Dieser besondere Charme gefiel ihr mindestens so gut wie seine meist fruchtlosen Versuche, den Beschützerinstinkt – der bei ihm sehr ausgeprägt zu sein schien – nicht zu stark werden zu lassen. Es war, als wisse er genau, wie sehr sie das Gefühl verabscheute, kontrolliert zu werden.

„Fast hätte ich es vergessen!" Manon riss sie aus ihren Träumereien und zog ein Handy aus der Tasche. „Ich habe es für dich aufgeladen."

Estelle bedankte sich und schaltete das Telefon gleich ein. Sie hatte mehrere Mitteilungen auf ihrem Anrufbeantworter und entschuldigte sich, um diese abzuhören.

Die erste Nachricht war von Selena, die ihr von einer geplanten Reise nach Frankreich erzählte. „Stell dir vor", berichtete sie ganz aufgeregt, „dort gibt es eine Gegend, in der noch heute viele Feen leben sollen. Ich bin ja so aufgeregt!"

Feenwesen kannst du auch bei mir treffen, dachte Estelle. Doch sie freute sich, dass ihre Schwester sich nach einem arbeitsamen und aufregenden Jahr endlich einmal einen Urlaub gönnte.

Der nächste Anruf kam von ihrem Kommilitonen Ben. Er fragte nach, ob sie denn irgendwann wieder einmal in die Uni kommen wollte, und mutmaßte, sie sei mit dem Kerl durchgebrannt, mit dem sie diesen fantastischen Sex zwischen den Bücherregalen der Seanachas-Bibliothek gehabt hatte. „Typisch Ben!" Doch dann blieb ihr das Lachen im Hals stecken, denn die Erinnerung an jenen Nachmittag fegte wie ein heißer Wüstenwind durch ihre Seele. Sie musste sich an der Stuhllehne festhalten, weil ihre Knie nachzugeben drohten. Asher! Sie hatte ihn in der Bibliothek getroffen und sich ihm schamlos an den Hals geworfen. O ja, es war eine phänomenale Begegnung gewesen, besonders wenn sie bedachte, dass er ihr anschließend alle Erinnerungen daran genommen und es bis jetzt nicht für nötig gehalten hatte, ihr davon zu erzählen. Dies ließ nur einen Schluss zu: Er hielt sie für eine ebensolche Hure, wie ihre Gastgeberin

343

Nell eine war. Wer weiß, vielleicht hatte er sie nur aus diesem Grund hierher gelockt, um sich mit ihr zu vergnügen und sie, wenn er ihrer überdrüssig geworden war, an einen anderen Freier weiterzureichen. Estelle presste eine Hand auf ihren Mund, um das trockene Schluchzen zu unterdrücken, das sie zu ersticken drohte. Mit zitternden Fingern rief sie die nächsten Nachrichten auf. Sie kamen von Erik, dem Freund ihrer Zwillingsschwester. Er erkundigte sich, ob Estelle von Selena gehört habe. Im nächsten Anruf klang er schon besorgter, aber Estelles Gehirn registrierte erst, dass etwas nicht stimmte, als sie seine vierte Nachricht abhörte, in der er sie beschwor, sich bei ihm zu melden. Aufgeregt suchte sie seine Nummer heraus und drückte zweimal den falschen Knopf, bevor das Handy endlich eine Verbindung aufbaute. Schon nach dem ersten Klingeln meldete er sich. „Estelle? Den Göttern sei Dank, endlich! Ist Selena bei dir?"

„Ich dachte, ihr wolltet gemeinsam nach Frankreich fahren!"

„Das hatten wir auch vor, aber dann kam mir eine Familienangelegenheit dazwischen, und ich musste die Reise verschieben. Selena war schrecklich enttäuscht, wir haben gestritten, und am nächsten Tag war sie fort. Erst habe ich geglaubt, sie wäre zu dir gefahren, aber dann bekam Nuriya eine Postkarte. Ich habe in dem Hotel angerufen, in dem wir ein Zimmer reserviert hatten, sie ist aber nie dort angekommen."

„Warum sprichst du nicht mit Kieran?"

Erik schwieg. Nach einer Weile sagte er: „Die letzte Zeit war schwierig." Er hustete. „Selbst kann ich auch nicht fahren, in ein paar Tagen ist Vollmond … und meine Familie – ach, Estelle, wenn ihr nur nichts zugestoßen ist!" Estelle glaubte zu verstehen, was er meinte. Eriks Familie lehnte seinen Lebensstil ab. Erst kürzlich hatte sie erfahren, dass er der älteste Sohn eines mächtigen Clanchefs war und irgendwann einmal dessen

Geschäft übernehmen sollte. Sein Job als Barkeeper und die Beziehung zu Selena wurden nicht gern gesehen. Sie machte sich ebenfalls Sorgen und hoffte, dass mit ihrer Schwester alles in Ordnung war. Hätte sie es nicht spüren müssen, falls Selena in Schwierigkeiten steckte?

Sie ließ sich die Anschrift sowie die Telefonnummer des Hotels geben und versprach, sich bald zu melden. Wie sie ihre Schwester kannte, wanderte diese – völlig ahnungslos darüber, dass sich jemand Gedanken um sie machte – durch die Natur und hatte alles um sich herum vergessen. Was ihr allerdings Sorgen bereitete, war die Jahreszeit. Was suchte Selena kurz vor Weihnachten im Feenwald von Brocéliande? Wollte sie etwa in der längsten Nacht des Jahres, sobald sich der Schleier zwischen den Welten einmal mehr hob, einen sicheren Weg in die Anderswelt suchen? *Asher würde Rat wissen*, war ihr erster klarer Gedanke, den sie jedoch genauso schnell wieder verwarf, wie er gekommen war. Wo eigentlich trieb sich Julen herum, wenn sie ihn brauchte? Womöglich steckte er mit Asher unter einer Decke. Doch das war alles nicht so wichtig, sie musste nach Frankreich, und von den Vampiren hatte sie sowieso keine Hilfe zu erwarten. „Manon!"

Die Freundin kam sofort angelaufen. „Was ist passiert? Meine Güte, du bist ja weiß wie ein Gespenst."

Estelle erzählte ihr aufgeregt von ihrer verschwundenen Schwester und sagte: „Ich muss sofort nach Frankreich fahren und sie suchen."

„Wir sollten auf Asher warten."

Estelle lief ins Schlafzimmer und holte ihre Reisetasche. Eine Zahnbürste und das Notwendigste sowie T-Shirts, saubere Jeans, ein warmer Pulli und Wäsche waren schnell zusammengerafft und hineingestopft. „Nein, das ist eine Familienangelegenheit, um die ich mich alleine kümmern muss. Außerdem: Wer

weiß, mit wem er sich gerade herumtreibt und wann er zurückkommt!" Sie schloss den Reißverschluss.

„Ich lasse dich in diesem Zustand nicht alleine fahren!"

„Was ist mit Sara?"

„Das Risiko ist zu groß, sie bleibt hier. Wie willst du überhaupt über den Kanal kommen?"

„Mit der Bahn. Wenn ich mich beeile, erwische ich den letzten Zug noch." Manon spürte, dass Estelle es ernst meinte.
Noch etwas anderes schien sie neben dem Verschwinden der
Schwester zu beunruhigen, und so beschloss sie, die Freundin
auf keinen Fall alleine fahren zu lassen. Diese war schon zur
Tür hinaus, und Manon konnte Sara nur noch zuflüstern: „Wir
müssen nach Paris." Sie versprach, sich zu melden, sobald es
eine Gelegenheit dazu gäbe.

Eine Stunde später saß sie im Zug und war kein bisschen
klüger. Estelles Kräfte waren längst nicht mehr so schwach wie
noch vor einigen Wochen, als sie als Nervenbündel bei ihr einge-
zogen war. Eine angespannte Energie ging von ihr aus. Leider
besaß sie mentale Schutzschilde, die nicht einmal Manon durch-
dringen konnte. Wann immer sie einen Blick in ihre Gedanken
riskierte, kam es ihr vor, als überquerte sie ein Minenfeld. „Gib
es auf!", knurrte Estelle. „Ich werde dir früh genug alles erzählen, jetzt muss ich erst nachdenken."

Sie sah noch einmal aus dem Fenster, während der Zug aus
dem Bahnhof fuhr, und versuchte, Kontakt mit Selena aufzunehmen. Auf kurze Entfernung hatte der stille Gedankenaus-
tausch zwischen den Schwestern immer perfekt funktioniert,
aber dies hier war etwas anderes, und außerdem war sie sich
gar nicht so sicher, ob Selena überhaupt gefunden werden *wollte*. Von Erik gewiss nicht, aber möglicherweise auch nicht von
ihr. Ein zweiter Grund für ihre Verschlossenheit war die Angst,
Asher könnte sie aufspüren. Sie meditierte und versenkte sich

immer mehr in sich selbst, bis sie praktisch nicht mehr existierte. *Julen ist zwar besser, aber er ist nicht der Einzige mit diesem Talent*, dachte Estelle zufrieden. Ein wildes Lachen wuchs in ihr, aber sie unterdrückte es mühelos. Die Zeiten, in denen sie hilflos ihren Kräften ausgeliefert gewesen war, schienen vorüber zu sein. Die Sorge um ihre Schwester verlieh ihr eine ungeahnte Stärke.

17

Gunnar lebte! Und er war hier in London aufgetaucht, nur eine Armeslänge von ihm entfernt. Julen raste in den Gang, in dem Estelle ihn gesehen hatte, nahm in der Tat, wenn auch nur schwach, einen familiären Duft wahr und trat in die Zwischenwelt ein, um sich auf die Suche nach seinem verschollenen Zwilling zu machen.

Stunden später saß er in seiner spartanisch eingerichteten Unterkunft auf einem wackligen Schemel, den zertrümmerten Stuhl hatte er inzwischen weggeworfen, und stützte seinen Kopf in die Hände. Die überstürzte Suche war natürlich erfolglos gewesen. Er versuchte nachzudenken, aber in seinem Kopf surrte immer wieder nur ein einziger Gedanke: „Er ist zurückgekehrt!" Eine viel leisere Stimme gemahnte: „Gunnar hat sich nicht bei dir gemeldet, er will vielleicht nicht von seiner Familie gefunden werden."

Ihr Vater war tot, ermordet von Urian, wenn seine Informanten die Wahrheit sagten. Doch in diesem Fall hatte er keinen Grund, ihnen zu misstrauen. Ihre Mutter Himeropa trieb sich in irgendwelchen Küstenstädten herum, wo sie wie eh und je arglose Männerseelen stahl. Selbst Julens Vater, der Einzige, den die verführerische Sirene wirklich liebte, hatte sie nie lange treu bleiben können. Ihren Sohn traf sie nur selten, ihre Anziehungskraft war selbst für die eigenen Kinder nicht ungefährlich. Er verachtete sie, obwohl er natürlich wusste, dass sie im Grunde nichts anderes tat als er selbst: Die Sirene lebte von der leidenschaftlichen Selbstaufgabe ihrer Opfer, ebenso wie Julen vom

Blut der seinen. Aber was auch immer er von ihr hielt, sie hätte ihm niemals verschwiegen, dass Gunnar wieder unter ihnen weilte. Er bereute inzwischen, derart überstürzt aufgebrochen zu sein. Im Nachhinein betrachtet war es nicht unwahrscheinlich, dass Nell einiges über Gunnar wusste; er hätte sie fragen sollen. Julen hatte – anders als Asher – lediglich eine kurze Affäre mit der Statthalterin des Rats gehabt, und das lag bereits zwei Jahrhunderte zurück. Also war es nichts, was selbst eine gut vierhundertjährige Vampiresse als eine kürzlich stattgefundene Begegnung bezeichnen würde. Bei ihrer Begrüßung hatte er sich nichts dabei gedacht. Jetzt war er sicher, dass Gunnar ihr vorgegaukelt hatte, er sei Julen – und dann ihre Avancen dankbar entgegengenommen hatte. Welches Ziel sein Bruder damit verfolgte, konnte er nicht erkennen.

Der Abend war weit vorangeschritten, und es gab Wichtigeres zu tun, als hinter einem Phantom herzujagen. Morgen würde er Nell befragen, jetzt aber musste er dringend in Erfahrung bringen, wo die Entführer ihre Opfer gefangen hielten. In Cambridge hatte er bei seiner Hausdurchsuchung zwar keine Hinweise auf ein entsprechendes Versteck gefunden, dennoch kehrte er noch einmal in die Earl Street zurück. Das Haus des Wissenschaftlers lag dunkel am Ende der schmalen Gasse. Julen wartete eine Weile in den Schatten, um sicherzugehen, dass ihn niemand beobachtete. Deutlich spürte er Leben hinter einem der Fenster. Jemand bewegte sich im Haus, ohne sich die Mühe zu machen, ein Licht einzuschalten. Das ließ nur zwei Schlüsse zu. Entweder handelte es sich um eine Kreatur mit außerordentlich guter Nachtsicht, oder der Eindringling war mit den Örtlichkeiten bestens vertraut. Julen tippte auf Letzteres, denn von Magie konnte er nicht die geringste Spur entdecken, stattdessen spürte er deutlich den schnellen Herzschlag des Einbrechers. Es gab nur *einen* Weg, es herauszufinden. Mit einem ele-

349

ganten Sprung erreichte der Vampir die Dachrinne im zweiten Stock und zog sich daran hoch. Bei seinem ersten Besuch war ihm aufgefallen, dass die oberen Fenster weniger aufwendig gesichert waren, und dieses Mal dauerte es auch keine Minute, bis er das komplizierte Siegel entwirrt hatte und ins Haus eindringen konnte. Lautlos schlich Julen die Treppenstufen hinab. Der Herzschlag war hier deutlicher zu vernehmen, und was auch immer der Sterbliche gesucht hatte, er schien es gefunden zu haben. Triumph lag in der Luft – und Gier. Dies legte die Vermutung nahe, dass er auf der Suche nach Geld oder einem wertvollen Gegenstand gewesen sein musste. Jetzt erinnerte sich Julen auch, wo er diese ganz gewisse Aura schon einmal gespürt hatte. Es war in dem Pub „The Eagle" gewesen, in das Asher Estelle und ihn in Cambridge geführt hatte. Dort hatte er ein Treffen zwischen Sara und dem Mann beobachtet, von dem sie erst vorhin erzählt hatte, er sei Gralons Assistent. Eine heiße Welle der Ablehnung ergriff ihn, als er daran dachte, wie der schmierige Typ in Saras Ausschnitt gestarrt hatte, als wäre sie ein besonders leckerer Happen. Natürlich war sie das auch – doch Julen duldete nicht, dass sie von begehrlichen Blicken belästigt wurde. Der Feentochter war es gelungen, mehr als nur erotische Gefühle in ihm zu wecken, gestand er sich ein. Schneller, als das menschliche Auge seinen Bewegungen hätte folgen können, stand er vor dem Fremden. Dieser riss erschrocken eine Pistole aus der Tasche und zielte mit heftig zitternder Hand auf Julen.

Der Vampir lachte leise. „Leg das Ding weg! Oder willst du dir in den Fuß schießen?"

„Was haben Sie hier zu suchen, ich rufe die Polizei!"

„Gute Idee!" Julen zeigte ein sardonisches Lächeln, und ehe der Mann überhaupt begriff, was geschah, hatte er ihm die Waffe abgenommen und wie beiläufig eingesteckt. „Die Frage ist doch: Was tut ein Mitarbeiter, der hier jederzeit ein- oder ausgehen kann, um diese Zeit im Büro seines Arbeitgebers, noch dazu bei absoluter Dunkelheit?"

„Ich habe etwas gesucht."

„Ich nehme an, du hast es auch gefunden – der Umschlag in deiner Tasche?"

„Woher …? Das geht Sie gar nichts an!"

Julen hatte wenig Lust auf diese sinnlose Diskussion. Mit einem Grollen in der Kehle stürzte er sich auf sein Gegenüber, schob grob den Kopf des Mannes beiseite und biss zu. Sekunden später strömte das warme Blut in seinen Mund … und er hätte sich im Strudel des köstlichen Nektars geradezu verlieren können. Aber er war nicht ohne Grund ein Kandidat für die Position des jüngsten Vengadors, der, zumindest in diesem Millennium, seinen Dienst tun würde. Bevor er die tödliche Schwelle überschritt, hob er seinen Kopf und gab ein unmenschliches Fauchen von sich. Sekunden später – und es hätte keine Umkehr mehr gegeben. Das Blut tropfte von den langen Reißzähnen, seine Augen leuchteten wie Saphire in der Dunkelheit. Der Höhenflug, der jedem echten Biss folgte, verflüchtigte sich viel zu schnell, dann stieß er den hastigen Imbiss von sich. Julen, das wusste er selbst, war eine Spur homophob. „Das war gut, Brian, nun lass uns vernünftig reden." Er zog den Mann auf die Füße und stieß ihn in einen Schreibtischsessel. „Welche Untersuchungen werden hier durchgeführt … und woher stammt das Blut?"

Dem Assistenten klapperten die Zähne, er fror – und die Kälte schien geradewegs aus seinen Knochen zu dringen. „Ich weiß nicht, woher Sie meinen Namen kennen, und noch viel weniger habe ich eine Ahnung, was mit Ihrer Frage gemeint ist."

Während des Trinkens hatte Julen einen guten Teil der Persönlichkeit seines Opfers in sich aufgenommen. Normalerweise trennte er diese beiden Dinge, aber heute war ihm nicht nach Rücksichtnahme zumute. Dieser Mann machte ihn aggressiv und – eifersüchtig. Er tat einen Schritt auf Brian zu, der abwehrend beide Hände hob. „Sie bekommen das Geld!"

Im Nu war Julen bei ihm und zischte in sein Ohr: „Ich will kein Geld, ich will wissen, woher ihr das Blut habt!"

„Ich weiß es nicht!" Brian zermarterte sein Hirn darüber, was der unheimliche Fremde eigentlich von ihm wollte. Die Proben für ihr Labor wurden stets anonym geliefert, und obwohl er sich gern mit dem Titel eines wissenschaftlichen Assistenten schmückte, war er tatsächlich nicht viel mehr als der Laufbursche, bestenfalls der Sekretär des Professors. Genau aus diesem Grund war er ja heute auch hier. Es wurde seit geraumer Zeit getuschelt, dass die Experimente, die sein Chef durchführen ließ, ständig schiefgingen. So war es abzusehen, wann die Gelder der großzügigen Sponsoren nicht mehr fließen würden. Zudem häuften sich die Anrufe des unheimlichen Fremden, der für die „Lieferungen", wie Professor Gralon es nannte, zuständig zu sein schien. Und dann hatte sich vor einigen Tagen eine junge Frau gemeldet, die behauptete, ihr Vater sei ermordet worden und Gralon schulde ihm noch eine Menge Geld. Der Professor hatte ungewöhnlich aufgeregt auf die Vorwürfe reagiert und Brian beauftragt, die „Irre" abzuwimmeln. So absonderlich erschienen ihm ihre Anschuldigungen aber gar nicht, und als er schließlich gehört hatte, wie Gralon am Telefon von jemandem verlangte, die hübsche Anwältin mundtot zu machen, fand Brian, dass der Zeitpunkt gekommen war, sich aus dem Staub zu machen.

All das las Julen in seinen Gedanken, und ganz weit hinten, jenseits der aktiven Erinnerungen, sah er eine Schlossanlage, deren Architektur ihn vage an seine Vergangenheit erinnerte.

„Wollen Sie mich nun freilassen oder ermorden?", fragte Brian und störte seine Konzentration damit empfindlich. Ein dummer Fehler. Julen dachte nicht nach, sondern brach dem lästigen Sterblichen mit einer schnellen Handbewegung das

Genick. *Verdammt!*, fluchte er lautlos und überlegte, wie er sich des Toten unbemerkt entledigen sollte. Eine Idee streifte seine Gedanken. Ebenso gut konnte sich dieser Brian noch ein letztes Mal als nützlich erweisen. Kurzerhand zog er sein Schwert hervor, das er vorsorglich mitgenommen hatte, und schlug den Kopf des Leichnams ab, dekorierte damit den schweren Schreibtisch in der Mitte des Raums und verschwand mit dem übrigen Körper in der Zwischenwelt – natürlich nicht, ohne entgegen seiner sonstigen Angewohnheit eine deutliche magische Spur zu hinterlassen. Diese Aktion war hoffentlich spektakulär genug, um Urian aus seiner Deckung zu locken. Denn das Köpfen galt als *sein* Markenzeichen! Und wer lässt sich schon gern von Nachahmern einen Mord unterschieben, der seinem Auftraggeber ganz bestimmt nicht recht sein konnte? Die Leiche beschwerte Julen geschwind mit ein paar Steinen und versenkte sie im Flüsschen Cam, das sich hinter den Colleges durch weite Parkanlagen schlängelte. Mit ein wenig Glück würde er diesen „Arbeitsunfall" nicht einmal erklären müssen.

Seine Rückkehr zu Nell Gwynn hatte er sich allerdings anders vorgestellt. In Ashers Appartement fand er nur eine verwirrte Sara vor und hatte alle Hände voll zu tun, die Kleine zu beruhigen. Sie redete von Single Malt, Katzen und ominösen Anrufen. Ein Blick in ihr chaotisches Hirn brachte auch nicht viel mehr zutage. Immerhin erfuhr er, dass Manon hier gewesen und wenig später zusammen mit Estelle verschwunden war. „Die beiden sind nach Paris gefahren?", fragte Julen, um sicherzugehen, dass er Sara richtig verstanden hatte.

Mit leerem Gesichtsausdruck sah sie ihn an. „Warum nicht? Paris, Berlin, Kairo – wohin du willst."

Diese Fee war verrückter als ein Märzhase! Nun weinte sie auch noch. Julen hatte Tränen noch nie gut ertragen können, deshalb schloss er sie ein wenig hilflos in seine Arme und flüsterte Worte des Trostes in ihr Haar. Allmählich ließ ihre Anspannung nach, und Julens Hände, die eben noch einen zarten Rücken beruhigend gestreichelt hatten, begannen die Rundungen ihres warmen Körpers zu erkunden. Das kleine Gesicht hob sich ihm vertrauensvoll entgegen, rosige Lippen lockten, und Julen konnte nicht länger widerstehen. Alles in allem war er auch nichts anderes als eine Kreatur mit männlichen Bedürfnissen, und diese hatte er lange genug in Gegenwart einer anderen lebendigen Verlockung kontrollieren müssen. Er küsste Sara. Erst ganz sanft … doch ihre kleinen Seufzer brachten ihn schnell an den Rand seiner Selbstbeherrschung. Mit naiver Unschuld öffnete sie ihren Mund und gewährte ihm damit Einlass ins Paradies. Sie erwiderte seine Zärtlichkeiten bereitwillig, ihr weicher Körper schmiegte sich perfekt an seine muskulösen Formen. Julen bewegte sich Schritt für Schritt rückwärts, bis er die Seitenlehne des Sofas in den Kniekehlen spürte. Er ließ sich rücklings auf die Polster fallen und zog Sara dabei mit sich in die Horizontale. Erschrocken wand sie sich in seiner Umarmung. Aber nicht, um zu fliehen, wie er anfangs dachte. Nein, das kleine Luder zappelte, um eine bessere Position neben seinem Körper zu finden. Sie gab einen gutturalen Laut von sich, als sie den lebendigen Beweis seiner Erregung berührte. Ihre Finger verharrten einen Moment, als müsse sie sich erst zurechtfinden, dann aber begann sie damit, ihn langsam zu massieren. Unter ihrer sanften Berührung glaubte Julen explodieren zu müssen. Er schob ihren Pullover hoch und stellte erfreut fest, dass ihn weder Hemd noch BH von den vollen Brüsten trennten. Saras Schenkel umklammerten seine langen Beine, ihr karierter Rock war in die Taille gerutscht, sie rieb sich am rauen Stoff seiner Jeans. Er fühlte die feuchte Hitze, die ihn aufzufordern schien, endlich zu ihr zu kommen. Julen zögerte nicht, seine Finger bahnten sich einen Weg und tauchten tief in sie ein. Auf einmal spürte er den zarten Widerstand und erstarrte. Sie war noch Jungfrau. Aus klaren Augen sah sie ihn fragend an, als er in der Bewegung innehielt. Julen setzte sich auf und gab ihr einen zarten Kuss. „Nicht so!", flüsterte er und hob Sara in seine Arme, um sie ins Schlafzimmer zu tragen. In diesem Augenblick sprang die Tür auf, und Asher stürmte herein. „Wo ist sie?"

Julen hielt Saras Kopf dicht an seine Schulter gepresst, als wolle er die Feentochter vor den Blicken des anderen Vampirs schützen. Dabei fauchte er: „Verschwinde!"

Asher sah sich suchend um und wiederholte drohend: „Wo ist Estelle?"

Sara strampelte, bis Julen sie niedersetzte. „Asher! Du hast ein verfluchtes Timing, weißt du das?"

Der Vampir war im Nu bei ihm und packte ihn am Kragen. „Lass mich das nicht noch einmal fragen: Wo. Ist. Estelle?"

„In Frankreich!", kam ein ängstliches Piepsen von Sara, und Julen stellte sich schützend vor sie. Asher wandte sich ab. „Sag ihr, sie soll sich anziehen!", knurrte er, und Sara zog unter Tränen ihren Rock weit über die zusammengepressten Knie.

„Was willst du eigentlich? Deine ‚Seelengefährtin' hat augenscheinlich entdeckt, wie du zu der ehrenwerten Statthalterin Eleanor Gwynn stehst, und so hat sie ihre Konsequenzen gezogen! Das ist nur fair. Welche Frau mit ein wenig Selbstachtung lässt sich schon bei der Hure ihres Liebhabers einquartieren!" Einige Sekunden lang dachte Julen, nun habe sein letztes Stündlein geschlagen, dann hatte Asher seine mörderische Blutlust wieder unter Kontrolle. Er ignorierte Julen, bemühte sich um einen freundlichen Gesichtsausdruck und wandte sich der verängstigten Frau zu. Allmählich entspannten sich Saras Züge, bis sie sogar ein scheues Lächeln versuchte. Innerlich seufzte Asher und sagte mit einer Stimme, die nichts von seiner Anspannung verriet: „Du musst uns alles erzählen. Jedes Detail könnte wichtig sein."

355

Sara wischte sich eine Träne fort und schien nun wieder völlig klar zu sein: „Manon hat Estelles Handy mitgebracht. Sie ist nach nebenan gegangen, um die Nachrichten abzuhören. Als sie zurückkam, war sie ganz aufgeregt. Ich glaube, Estelle hat geweint. Und dann ist sie rausgelaufen. Manon hat gesagt, sie wolle sich melden, sobald sich die Gelegenheit dazu bietet."

Julen umschloss ihre Hände mit seinen sehnigen Fingern. Ohne sich abzustimmen verzichteten beide Vampire darauf, gewaltsam in ihre Gedanken einzudringen. In ihrem Zustand hätte der Kontakt mit einem von ihnen bereits dazu führen können, ihre mentale Gesundheit für immer zu ruinieren. „Kannst du dich an noch etwas erinnern?" Sie schüttelte den Kopf, und Asher öffnete schon seinen Mund, um die Befragung fortzuführen, da sah ihn Julen bittend an. Der Vampir schwieg, vielleicht funktionierte Julens Methode besser. Der junge Vengador setzte sich und zog sie auf seinen Schoß. Sanft streichelte er ihre Hände. Er versuchte es noch einmal. „Sicher hast du noch etwas anderes beobachtet!"

Sie legte ihren Kopf schräg. „Sie hat etwas von einem Zug gesagt."

„Der Eurostar!" Julen gab ihr einen schnellen Kuss auf die Wange.

„Mit einem Zug von London nach Paris?" Asher klang ungläubig.

„Mann, du hast aber wirklich lang und fest geschlafen! Seit ein paar Jahren verkehrt dieser Zug unter dem Ärmelkanal zwischen London, Paris oder Brüssel." Julen zog sein Handy aus der Tasche. „Das ist jetzt wichtig, Sara. Kannst du dich erinnern, wann die beiden aufgebrochen sind?"

„Gegen sechs Uhr, glaube ich", erwiderte sie unsicher.

„Moment, hier sind die Abfahrtzeiten", er sah auf sein Display. „Das kommt hin. Jetzt haben wir vier Uhr morgens. Mit etwas Glück haben sie sich entschlossen, in Paris zu übernachten." Er sah Asher erwartungsvoll an.

„Ich gehe allein, du bleibst bei Sara!" Ashers Stimme duldete keinen Widerspruch.

„Ich habe sie da hineingeritten, ich hole sie auch wieder raus! Sara, Liebes, das verstehst du doch?"

Die Fee nickte. „Natürlich!"

Julen schenkte ihr ein warmes Lächeln, dann wandte er sich Asher zu. „Und außerdem gibt es etwas, was du noch nicht weißt. Das Hauptquartier der Entführer befindet sich in Frankreich, und ich habe eine recht gute Vorstellung davon, wo die verschleppten Streuner gefangen gehalten werden." In knappen Worten berichtete er von seinen Entdeckungen in Cambridge. Den unglücklichen Ausgang seiner Nachforschungen verschwieg er allerdings. Kurz vor dem Ersten Weltkrieg hatte er, wenn ihn nicht alles täuschte, einige Monate in einem französischen Schloss verbracht und glaubte sich zu erinnern, dass sich der damalige Hausherr mit schwarzer Magie befasst hatte. Augenscheinlich führten seine Nachfahren das Erbe fort.

Asher sah Sara tief in die Augen. „Du möchtest dich ausruhen!", flüsterte er. „Sprich mit niemandem ein Wort, wir sind bald zurück!" Die Feentochter fiel in einen tiefen Schlaf, und Julen trug sie in ihr Zimmer, wo er sie behutsam auf ihrem Bett ablegte und zudeckte. Er hatte wahrlich Lust, mit Asher zu streiten. Stattdessen sagte er jedoch nur: „Wenn ihr etwas geschieht, bist du dafür verantwortlich!"

Asher lächelte kalt. „Wie du willst! Und nun komm schon!" Damit trat er in die Zwischenwelt ein. Julen folgte ihm auf dem Fuß. An manchen Tagen gab sich diese Dimension das Antlitz einer lieblichen Sommerlandschaft, manchmal zeigte sie sich aber eisiger als eine Polarnacht, und heute glich sie einsamen Moorlandschaften. Feiner Nebel stieg auf und verhüllte den sicheren Pfad, auf dem die Vampire Richtung Süden eilten. Seite an Seite durchquerten sie diesen trügerischen Sumpf, der Reisende zwischen den Dimensionen in seine Untiefen zu locken suchte. Nach einer Weile lernte Julen die Taktik des erfahrenen Vampirs zu schätzen, mit der es ihm gelang, magische Fallgruben und Fußangeln zu umgehen, um schneller voranzukommen. Dann öffnete sich die dünne Trennwand zwischen den Dimensionen, und unter ihnen erstreckte sich die französische Metropole. Sie materialisierten sich in einer dunklen Ecke des Gare Du Nord. Der Pariser Bahnhof war längst geschlossen, und so begannen sie unbeobachtet, nach Spuren der beiden Frauen zu suchen. Am Bahnsteig des Eurostars verharrte Asher in seiner Bewegung. „Sie waren hier."

Julen erkannte die typische Signatur von Estelle und einer zweiten Fee. „Manon ist auch eine Lichtelfe?" Er ärgerte sich, dass ihm dies bei ihren vorangegangenen Begegnungen entgangen war. Jetzt allerdings bestand überhaupt kein Zweifel, und zumindest Manons Spur leuchtete geradezu in der Dunkelheit, als wollte sie ihnen die Verfolgung erleichtern. An einem Taxistand endete ihr Glück. Frustriert fuhr er sich durch die Haare. „Wenn Estelle wirklich deine Seelengefährtin ist, dann müsstest du doch wissen, wo sie sich jetzt aufhält!"

Ashers Reaktion hätte einen Sterblichen getötet. Julen kam es vor, als habe ein tonnenschwerer Rammbock sein Brustbein getroffen; er taumelte, richtete sich aber rasch wieder auf. „Ich wollte dich nicht beleidigen!"

„Das kannst du gar nicht. Estelle verfügt über außerordentliche Kräfte, und es sieht so aus, als wäre sie nun in der Lage, davon Gebrauch zu machen."

„Du meinst, sie hat das Gröbste hinter sich?"

Asher blieb so abrupt stehen, dass Julen ihn fast angerempelt hätte. Körperlicher Kontakt mit einem magischen Wesen, das sich derzeit wenig von einem wütenden Dämon unterschied, schien ihm nicht geraten. Und dann war da ja noch seine Abneigung, Männer überhaupt zu berühren. Besagtes Wesen jedenfalls hatte sich besser im Griff als er selbst. Asher klang fast normal, als er antwortete: „Ich fürchte, sie hat es noch vor sich. Offenbar ist dir nicht entgangen, dass sich Estelle mitten in der Transformation befindet. Ich verlasse mich auf deine Diskretion."

Diese Feststellung klang in Julens Ohren fürchterlicher als jede Drohung. Glücklicherweise hatte er ohnehin nicht die Absicht, Estelles physischen Zustand zu thematisieren, und lenkte ab: „Was jetzt?"

Ashers Lippen formten lautlos ihren Namen. *Wo bist du?* Nichts. Nur ein schwaches Echo seines eigenen Rufs antwortete ihm.

Estelle fühlte seinen Ärger wie einen dumpfen Schmerz in ihrem Kopf. Für einen Moment war sie versucht, ihm zu antworten. Sie umklammerte das Lenkrad fester und trat das Gaspedal durch. Ihr wenig komfortables Fahrzeug entfernte sich stetig weiter von Paris, wenn auch längst nicht so schnell, wie Estelle gehofft hatte. Der Renault hustete und spuckte, wann immer sie die Gänge auf ihrer Fahrt in die französische Provinz wechselte. Aber mehr war mit Bargeld nicht zu bekommen gewesen, hatten sie bald nach ihrer Ankunft feststellen müssen. Vor ihrer Abreise aus London hatten beide Feen dem Geldautomaten am Bahnhof so viele Scheine wie möglich entlockt. Estelle bestand darauf, weil sie wusste, dass jede Buchung auf ihren Konten zurückverfolgt und damit ein brauchbares Bewegungsprofil erstellt werden konnte. Der Franzose am Autoverleih wollte ihnen anfangs überhaupt kein Auto ohne die Sicherheit einer Kreditkarte geben. Mit ein wenig mentaler Hilfe und gegen eine exorbitante Summe erklärte er sich immerhin bereit, ihnen diese Schrottschüssel zu überlassen. Der Tank war fast leer, und Estelle vermutete, dass sie im Privatwagen des Mannes saßen. Doch das war ihr egal. Hauptsache, Asher verlor ihre Spur – zumindest vorübergehend. Sie nahm sich vor, nachts nicht zu schlafen. Träume konnten scheußlich verräterisch sein. Ein Ortsschild tauchte auf. Laval, also nur noch kapp zwei Stunden Fahrt bis zum Ziel. Das behauptete jedenfalls die gleichbleibend freundliche Stimme aus dem Navigationsgerät.

Estelle konnte den exakten Moment spüren, als die Sonne ihr Haupt erhob und über den Horizont blickte. Vor ihr verschwommen die Begrenzungslinien der Fahrbahn. Nachdem Manon zum dritten Mal ins Steuer gegriffen hatte, um Schlimmeres zu verhindern, bestand sie auf einem Fahrerwechsel. „Wie heißt das Hotel, in dem du reserviert hast?" Schwungvoll verließ sie den kleinen Parkplatz bei Paimpont und gab couragiert Gas. Vielleicht hätte sie erwähnen sollen, dass sie zuletzt 1956 einen Wagen gesteuert hatte, aber der Moment für derartige Geständnisse erschien ihr irgendwie unpassend.

Estelle nuschelte schläfrig: „Es heißt ‚Le Relais de Brocéliande'."

Gerne hätte Manon Asher einen Fluch angehängt. Sie machte den Vampir dafür verantwortlich, dass ihre Freundin ihm nicht ausreichend vertraute, um seine Hilfe in Anspruch zu nehmen. Aber das lag leider nicht in ihrer Macht. Immerhin gelang es ihr, heil am Hotel anzukommen, die Freundin ins reservierte Zimmer zu bugsieren und die doppelt genähten Vorhänge zuzuziehen. Welch ein Glück! Leider aber war es jetzt so dunkel, dass sie selbst ihren Weg zum Bett nur durch behutsames Vorantasten finden konnte. Als ihr Fuß Bekanntschaft mit einem Stuhlbein machte, unterdrückte sie gerade noch so einen Schmerzensschrei. Doch sie hätte sich keine Sorgen machen müssen. Estelle lag regungslos da, wie Schneewittchen in ihrem gläsernen Sarg, ihre Aura war kaum wahrnehmbar, lautlos. Besorgt beugte sie sich über die Freundin und vernahm bei genauem Hinhören deren gleichmäßigen Atem. „Gott sei Dank!", Manon ließ sich erleichtert zurücksinken. Sobald ihr Kopf das Kissen berührte, fiel auch sie in einen tiefen Schlaf.

Urian hatte den eiligen Aufbruch der Feen mit Erstaunen beobachtet und war ihnen aus Neugier bis nach Paris gefolgt. Dort sah er sie in einem Hotel verschwinden, und während er noch überlegte, wie dies zu deuten sei, fiel ihm eine weibliche Gestalt auf, die mit unsicherem Schritt die Straße entlangging. Er verließ seinen Beobachtungsposten auf dem nahe gelegenen Dach eines Wohnhauses, das in der Zeit um die Jahrhundertwende gebaut worden sein mochte, mit einem einzigen Sprung, landete leichtfüßig auf dem regennassen Asphalt und richtete sich lächelnd vor ihr auf.

Sie erkannte in ihm sofort das, was er war: eine tödliche Gefahr. Finger wie Stahlspitzen krallten sich in ihrer Schulter fest, als sie zu fliehen versuchte. Ihre Gedanken rasten, aber der Körper verweigerte den Gehorsam. Wie versteinert ließ sie es geschehen, dass Urian sie ganz nah an sich heranzog und ihr ebenmäßiges Gesicht eingehend betrachtete. Ein hartes Leben hatte seine Spuren darin hinterlassen. Das gefiel Urian, außerdem genoss er den Druck ihre Brüste an seinem Körper. Eine Sekunde lang war er sogar versucht, sie für sich zu behalten, um wenigstens heute Nacht etwas Weiches in seinem Bett zu haben. Der Duft frischen Blutes in ihrem Atem erregte ihn, er schenkte ihr ein gefährliches Lächeln. Sie erwachte aus der Reglosigkeit, hob blitzschnell das Knie und versuchte, sich aus seiner Umklammerung zu befreien. Dabei drang ein Fauchen aus ihrer Kehle, das nicht von dieser Welt zu sein schien. Urian spürte keinen Schmerz und verzog seinen Mund zu einem kalten Lächeln. Er liebte es, wenn die Weiber Kampfgeist zeigten. Eine Sterbliche war leicht zu brechen, nicht aber eine Vampirin – und diese hier schien wirklich Esprit zu haben. Zum Schein gab er sie frei und erlaubte ihr ein paar Meter Vorsprung. Just als sie in einer Seitenstraße verschwinden wollte, hatte er seine Beute aber wieder eingeholt. „Willst du spielen, Kätzchen?" In ihren Augen sah er Panik aufblitzen, schnell gefolgt vom Ausdruck schicksalsergebener Resignation. Die Flucht vor einem Dämon war selten erfolgreich – und sie war erfahren genug, um die Aussichtslosigkeit ihrer Situation zu erkennen. Vielleicht wollte sie auch nur einfach nicht mehr vor ihrem Schicksal davonlaufen. Diese Streunerin hatte in ihrem Dasein offenbar zu viel erlebt, um nicht zu wissen, dass Widerstand die Qualen des Opfers nur verlängerte.

Urian interessierte sich nicht für ihr Schicksal. „Wie ist dein Name?"

„Nekane", flüsterte sie und versuchte ein verführerisches Lächeln. Eine unvernünftige Hoffnung klang in ihrer Stimme mit, als glaube sie, der unheimliche Fremde ließe sie gehen, wenn sie ihm zu Willen war.

Die Kleine wollte also doch leben. Sehr gut. „Wie passend, ich habe dich gesucht, Nekane." Und damit machte er sie mit einem äußerst nützlichen Gegenstand vertraut: dem Holzpflock. Ihre Augen wurden vor Entsetzen riesengroß, sie stieß einen gurgelnden Schrei aus, den er schnell mit der Hand erstickte, und sackte dann in Urians Armen zusammen.

Alles Weitere war Routine. Der Dämon zerrte Nekane durch die Zwischenwelt zum Schloss seines Auftraggebers. Dort legte er die stöhnende Vampirin auf einen extra dafür vorgesehenen Tisch und stellte mit geübten Handgriffen sicher, dass sie nicht fliehen würde.

Eigentlich war es egal, was er den elenden Kreaturen ins Herz stieß. Solange es dort steckte, blieben sie bewegungsunfähig. Leider galt dies nicht im gleichen Umfang für ältere oder gar geborene Vampire, deren Organismen sich durchaus ohne Zuhilfenahme der Hände des Fremdkörpers entledigen konnten, aber auf sie hatte es Urian auch gar nicht abgesehen, wenn er Nachschub für die Experimente in den nebenan liegenden Labors besorgte.

Oben im Haus war noch geschäftiges Treiben. Das Château de Blavet gehörte seit mehr als zwei Jahrhunderten dem Oberhaupt einer okkulten Vereinigung. Ein zufriedenes Lächeln erschien auf Urians Gesicht, als er daran dachte, wie viel er schon mit dem Irrglauben dieser Sterblichen verdient hatte. Es musste ein paar Jahre vor der Französischen Revolution gewesen sein, als ihn seine Suche nach einem lästigen Vampir in diese einsame Provinz gebracht hatte. Dieser war zwar nicht hier, doch an seiner Stelle fand er den Schlossherrn vor, der den dunklen Künsten zugewandt war. Nicht nur das, Urian platzte mitten in ein magisches Ritual. Er machte sich nicht die Mühe zu erklären, dass sein Auftauchen wenig mit dem lächerlichen Zauber zu tun hatte, der nicht einmal den geringsten aller Dämonen beschworen hätte. Selbstverständlich stimmte er zu, einen Blutpakt mit seinen vergänglichen Geschäftspartnern einzugehen. Sie hatten bis zum heutigen Tag nicht erkannt, dass dieser Kontrakt mit dem Bösen nur ihre Familie, nicht aber Urian band. Er selbst scherte sich keinen Deut um dessen Einhaltung. Die Sterblichen hatten sich und ihre unschuldigen Nachkommen sehenden Auges unauflösbar an ihn gebunden. Die Familie besaß beachtliche Reichtümer, von denen im Laufe der Jahre ein nicht geringer Teil in Urians Besitz übergegangen war. Um das Versiegen dieser Quelle zu verhindern, sorgte der Dämon dafür, dass das Schloss die Revolution unbeschadet überstand und seine Bewohner ihre Köpfe dort behielten, wo sie hingehörten, also auf ihren außergewöhnlich appetitlichen Hälsen. Damit war beiden Parteien gedient. Die Weibsstücke entwickelten sich meist ganz ansehnlich, und der Dämon ließ es sich nicht nehmen, die eine oder andere Frau gelegentlich heimzusuchen. Er hasste es, wie seine vampirischen Verwandten von menschlichem Blut leben zu müssen. So etwas war eines Dämons nicht würdig. Da eine regelmäßige Verköstigung aber nun einmal nicht zu vermeiden war, konnte er genauso gut ein wenig Spaß dabei haben. Lange währte sein Vergnügen allerdings selten, denn die Sterblichen siechten schnell dahin, sobald er begann, ihnen regelmäßig seine Aufwartung zu machen. Eigentlich war es ein Wunder, dass die Familie noch nicht ruiniert und ausgestorben war, denn dieses Schicksal traf normalerweise jede Kreatur, der Urian seine besondere Aufmerksamkeit schenkte. Aber der alte Comte de Blavet hatte einen Weg gefunden, sich und seinen Clan am Leben zu halten. Er bot Urian an, ihm einmal im Jahr einige junge Frauen zuzuführen, wenn er die Ehefrau des jeweiligen Familienoberhauptes verschonte. Die Mädchen wurden in einem verborgenen Zimmer des Schlosses gefangen gehalten, verköstigt, gepflegt und, wie es häufig nach Urians Besuchen notwendig war, medizinisch versorgt. Nicht wenige ihrer geschundenen Körper ließ das verschwiegene Personal irgendwann diskret verschwinden. Der Dämon hielt sich im Großen und Ganzen an die Abmachungen, besaß er doch damit über Jahrzehnte hinweg einen eigenen Harem. Darüber hinaus vermied er auf diese Weise Ärger mit dem Rat. Selbst er wagte es nicht, allzu offensichtlich die Regeln zu brechen. Egal ob Dämon oder Vampir, ihnen allen war es bei schwerer Strafe untersagt, Sterbliche zu versklaven. Ihn interessierte nicht, woher die Mädchen stammten, die dort gefangen gehalten wurden, und es war ihm auch egal, dass einige dem Ritual dienen mussten, das die Mitglieder des inneren Zirkels alljährlich im Dezember zu seinen Ehren zelebrierten und von dem sie glaubten, es gäbe ihnen Macht über Dämonen.

Der derzeitige Comte de Blavet war ein ebenso harter Mann wie jener Vorfahre. Seine Stimme verriet keine Gefühlsregung, als Urian wie aus dem Nichts vor ihm auftauchte. „Ist die Bestellung endlich da?"

Der Dämon betrachtete die Büste auf dem Schreibtisch des Comte und war fast versucht, sein Schwert zu ziehen, um nach einem sauberen Schnitt den Kopf des arroganten Adligen direkt daneben zu platzieren. Er schwieg.

Der Comte ließ sich nicht verunsichern. „Gralon hat immer noch keine Erfolge vorzuweisen?"

Sein unerwarteter Gast gab ein abfälliges Grunzen von sich. „Er glaubt, das Geheimnis sei in einem Grimoire zu finden. Der Dummkopf hat allerdings keine Ahnung, wo es zu finden ist. In seiner grenzenlosen Naivität hat er mich mit der Suche beauftragt. Deshalb bin ich hier." Der Dämon zeigte selten Heiterkeit, in diesem Augenblick jedoch schüttelte er sich vor Lachen.

„Tatsächlich? Ein solches Buch gibt es nicht!"

Urians gute Laune verschwand so schnell, wie sie gekommen war. Ob er es leid war, sich den arroganten Ton länger bieten zu lassen, den bisher noch keiner in dieser degenerierten Familie anzuschlagen gewagt hatte, oder ob es einfach nur die dreiste Lüge war, das wusste er nicht – jedenfalls ließ er ein tiefes Grollen hören. „Es gefällt mir nicht, wie du mit deinem Meister sprichst, sieh dich vor!"

Der Mann erbleichte, und seine Stimme glich einem heiseren Krächzen: „Ich schwöre bei allem, was mir heilig ist, es gibt kein Grimoire!"

Urian hätte beinahe laut aufgelacht. De Blavet glaubte, er ahne nichts von dem alten Buch, das die Erben der Familie seit

Generationen vor ihm verbargen, weil sie es für den Schlüssel zu seiner Macht hielten. Tatsächlich kannte er nicht nur das Versteck, sondern auch den Inhalt der Schriftsammlung. Und diesen sogar besser als die momentanen Besitzer. Das Grimoire war eine in bizarrem Latein abgefasste Fälschung, in der nicht eine Formel auch nur im Entferntesten echten magischen Beschwörungen ähnelte. Er musste es wissen, denn sein eigener Vater hatte das Original verfasst. Das Verbreiten geheimer Kenntnisse wurde in der magischen Gemeinde mit dem Tod bestraft, und dem Dämon wäre es ohnehin nicht im Traum eingefallen, Sterblichen eine derartige Macht an die Hand zu geben. Stattdessen hatte er einige Kopien seiner vermeintlichen Aufzeichnungen anfertigen lassen und sie gut betuchten Sammlern für viel Geld verkauft. Geschickt gestreute Gerüchte und die Unauffindbarkeit der wenigen Exemplare trugen ein Übriges zu seinem sogar unter Vampiren legendären Ruf bei. Soweit Urian wusste, besaß die Familie de Blavet das einzige noch existierende Exemplar, das schon aus diesem Grund unabhängig vom Inhalt ein Vermögen wert sein dürfte.

Der ahnungslose Comte gab einen wimmernden Laut von sich, für den er am liebsten vor Scham im Erdboden versunken wäre – der Dämon durfte ihn nicht verachten. Was dieser wirklich dachte, war aus seiner Mimik nicht zu erkennen. Glücklicherweise schien er jedoch vom Erfolg seiner Machtdemonstration befriedigt und gab ihn frei. Um Selbstbeherrschung bemüht, richtete er sich mit zitternden Knien wieder auf. „Wir haben alles für die Zeremonie vorbereitet, die meisten Brüder sind bereits eingetroffen."

Urian spielte kurz mit dem Gedanken, dieses Mal nicht zu der albernen Farce zu erscheinen und den Gastgeber vor seinen Bundesbrüdern bloßzustellen. Dessen außerordentliche Selbstbeherrschung machte ihn wütend. Aber merkwürdigerweise mochte er den aufgeblasenen Comte. Oder es war doch nur der Hunger, der in seinen Eingeweiden tobte, der ihn diese Idee wieder verwerfen ließ. Urian entschied sich also für die zweite Möglichkeit und die Aussicht auf ein diabolisches Blutmahl. Dämonen, das hatte er bereits als Kleinkind von seinem Vater gelernt, konnten keine Sympathie empfinden. Nach allem, was er für die de Blavets getan hatte, war es bestimmt sein gutes Recht, den ständig vorhandenen Hunger nach Blut und Leid heute Nacht zu befriedigen. Bedauerlicherweise waren die Räume, in denen seine Opfer gefangen gehalten wurden, zu dieser Jahreszeit buchstäblich wie ausgestorben. Also musste er sich gedulden. Wortlos verschwand er. Das klirrende Geräusch, das ihn verfolgte, hellte seine Stimmung etwas auf. De Blavet hatte eine kostbare Porzellanfigur nach ihm geworfen – und negative Emotionen waren sein liebstes Dessert. Eine Leckerei dieser Intensität servierte ihm der sonst so beherrschte Hausherr selten genug.

18

Asher und Julen taten ihr Möglichstes, um die Feen zu finden. Sie suchten systematisch jeden Winkel und jedes Hotel rund um den Bahnhof ab. Kurz vor Sonnenaufgang entdeckte Asher die schwache Spur. Sie führte in eine einfache Pension, doch als er versuchte, den schläfrigen Mann am Empfang um einige wichtige Informationen zu erleichtern, stellte er schnell fest, dass hier nicht viel zu holen war. Sie hatten sich lediglich ein Taxi bestellt und waren damit weitergefahren. Und dies lag Stunden zurück. Ohne die entsprechenden Kontakte war es aussichtslos, den Fahrer schnell zu identifizieren und das Fahrtziel herauszufinden. Er kehrte zu Julen zurück, der von einem Dach aus die Straße überwachte. In dieser Höhe blies ein unangenehmer Wind, den die beiden Vampire jedoch nicht spürten. „Sie war aufgeregt, und nach dem Telefonat hat sie geweint." Asher dachte laut nach. „Was könnte Estelle so in Sorge versetzt haben, dass sie, ohne nachzudenken, auf diese Reise gegangen ist?"

„Ihre Familie wahrscheinlich …", sagte Julen.

„Selena!" Der junge Vengador und Asher hatten gleichzeitig gesprochen.

„Natürlich! Eine Verbindung zwischen Zwillingen ist besonders intensiv, und wenn Selena Probleme hat, dann wird Estelle nichts davon abhalten, ihr zu Hilfe zu eilen! Aber wem sage ich das? Ich rede mit Kieran!" Asher wollte sofort ein Portal in die Zwischenwelt öffnen, doch Julen hielt ihn zurück.

„Vielleicht solltest du es erst einmal bei ihrem Freund versuchen."

„Dem Werwolf?"

„Ist er das wirklich? Welch seltsamen Geschmack diese Selena hat!" Julen schüttelte sich. „Egal, ich würde ihn trotzdem zuerst fragen, es hat wenig Sinn, auch noch die dritte Schwester mit hineinzuziehen …"

Asher stellte sich vor, wie sein Bruder darauf reagieren würde, wenn er ihm berichtete, dass ihm seine Seelengefährtin entwischt war. Er schloss das Portal wieder, das silbern hinter ihm schimmerte, und zog sein Handy aus der Tasche. Julen gab einen anerkennenden Pfiff von sich. „Ein Bibliothekar mit ultramodernem Smartphone, wer hätte das gedacht!" Sekunden später lauschte er seinem Telefonat mit Erik.

„Du hast es gehört. Ich möchte wetten, sie sind bereits auf dem Weg in die Bretagne."

„Und dort hinten geht gerade die Sonne auf." Julen wies über die Dächer der Stadt in Richtung Osten, wo sich der Horizont allmählich rosa färbte. „Wenn du nichts dagegen hast, würde ich jetzt gern von hier verschwinden. Ich steh nicht so auf diese Art von Erleuchtung." Er sah Asher prüfend an, dann traf er eine Entscheidung. „Wenn du willst, kannst du den Tag bei mir verbringen." Der Bibliothekar nickte, und gemeinsam traten sie in die Zwischenwelt ein. Ihr Weg durch die erwachenden Straßen von Paris hätte viel zu lange gedauert.

Julens Wohnung lag im 9. Arrondissement zwischen der Oper und den Grands Boulevards. Asher wusste nicht genau, wie er sich die Behausung seines jungen Kollegen vorgestellt hatte, aber dies hier hatte er nicht erwartet. Nicht nur waren die hohen Räume modern möbliert, sie wirkten auch gepflegt, und zu seinem größten Erstaunen gab es sogar Bücher – Hunderte. Als habe er Ashers Gedanken erraten, sagte Julen: „Etwas anders, als du es dir gedacht hast, nicht wahr?" Er betätigte eine Fernbedienung, Jalousien senkten sich, um die Morgensonne auszusperren, gleichzeitig ging das Licht an, und eine leise Musik ertönte im Hintergrund. Er lachte und öffnete den Kühlschrank. „Um ehrlich zu sein, ich habe die Wohnung von einem Freund übernommen. Die Einrichtung gefiel mir, und so habe ich sie behalten – ebenso wie die nette Dame, die hier regelmäßig für Ordnung sorgt."

Asher fing geschickt einen Beutel auf, den Julen ihm zuwarf, und sah sich nach einem Glas um. „Danke. Mir wäre es allerdings lieber, wir könnten sofort aufbrechen, anstatt den Tag hier zu vertrödeln."

„Wie alt bist du wirklich?" Julen hatte diese Frage schon seit Längerem stellen wollen. Ein Vampir, den das Sonnenlicht nicht daran zu hindern schien, quer durchs Land zu reisen, musste bereits außerordentlich lange auf dieser Welt sein. Er selbst fühlte sich abgeschlagen und müde, sobald der Tag anbrach, und hätte dort draußen unter einem so wolkenlosen Himmel wie heute nicht lange überlebt.

„Ich habe zwar keine Ahnung, warum mein Alter im Augenblick eine Rolle spielen sollte, aber wenn du es so gern wissen möchtest, bitte: Ich wurde im Monat des Mars im Jahre 609 der neuen Zeitrechnung geboren."

„Du bist Kierans älterer Bruder und – ein Vengador!"

„So ist es. Obwohl ich technisch gesehen nicht mehr aktiv bin. Und nun hätte ich gerne ein sauberes Glas, wenn es nicht zu viele Umstände macht."

Julen starrte ihn einen Moment lang ungläubig an und reichte ihm dann das Gewünschte. „Okay! Warum bist du wirklich hier?"

Asher trank, wischte sich den Mund mit einem sorgsam gefalteten Taschentuch ab und betrachtete einen winzigen roten Fleck auf dem weißen Leinen, als sinnierte er über dessen Form. Dann faltete er das Tuch sorgfältig zusammen und steckte es in seine Hosentasche zurück. Er gab einen Laut von sich, der verdächtig nach einem Seufzen klang, und setzte sich in einen futuristisch geformten Sessel. „Ich dachte, wir hätten diese Frage schon geklärt. Estelle hat das Potential zu einer wunderbaren Gefährtin, sie gehört zur Familie – und meine Aufgabe ist es, sie zu beschützen. Im Wesentlichen vor sich selbst, will mir scheinen."

„Aber warum hast du sie nicht einfach an dich gebunden? Dann hätten wir jetzt keine Probleme, sie zu finden, und außerdem wäre sie auch nicht so schrecklich – sterblich!"

„Du denkst wirklich, das würde funktionieren?" Hoffnung schimmerte in seinen Augen. Julens Antwort machte sie sofort wieder zunichte.

„Wahrscheinlich nicht. Sie ist viel zu sehr auf ihre Unabhängigkeit bedacht", gab er zu.

„In der Tat, das befürchte ich ebenfalls." Asher sah nicht einmal auf die Uhr, als er verkündete: „In spätestens sechs Stunden brechen wir auf, du stellst dir besser einen Wecker. Ich nehme an, heute gehört mir das Sofa?"

Julen war versucht, seine Frage zu bejahen. Schon allein, um sich für Ashers Bemerkung zu revanchieren. Einen Wecker sollte er sich stellen? Doch dann besann er sich. „Angesichts deines Alters werde ich dir diese Erfahrung ersparen. Ich habe ein Gästezimmer." Er stieß eine Tür auf. „Hier findest du alles, was du brauchst. Guten Tag." Er streckte sich und gähnte, schlurfte zu seinem Schlafzimmer und drehte sich noch einmal um. „Denk nicht einmal im Traum daran, ohne mich in die Bretagne zu gehen!" Damit war er verschwunden, das feine Lächeln seines Gastes sah er nicht mehr.

Asher lauschte, bis er den herannahenden Schlaf des anderen Vampirs vernahm. Wider Willen musste er schmunzeln und unternahm dann einen kurzen Ausflug. Bald darauf ließ er die mitgebrachte Tasche achtlos auf den Boden fallen, warf sich daneben aufs Bett, kreuzte die Füße übereinander und schloss die Augen. Noch fünf Stunden.

Etwa zur gleichen Zeit erwachte Estelle, sie hatte Durst und sah sich suchend um. Trotz der nahezu vollständigen Dunkelheit konnte sie die Umrisse ihrer Freundin neben sich sehen. Das Herz der Fee gleichmäßig schlagen zu hören, gefiel ihr, der Rhythmus hatte etwas sehr Belebendes. Sie beugte sich über die Schlafende und atmete tief ein. Bisher war ihr noch gar nicht aufgefallen, wie appetitlich Manon duftete. Tatsächlich stieg ihr ein so köstlicher Duft in die Nase, dass ihr das Wasser im Munde zusammenlief und sie unwillkürlich den Mund öffnete, um noch mehr von diesem Aroma aufzunehmen. Die feinen Knospen ihrer Zunge meldeten den zitronenfrischen Geschmack feinblättriger Melisse, der rasch von einer pfeffrigen Note verdrängt wurde. Sie beugte sich tiefer über die Schlafende, und eine unbändige Lust auf dunkle Schokolade überrollte sie. Ihr Herz pochte laut gegen den Käfig ihres Brustkorbs. Sie fuhr sich mit der Zunge über die Lippen, da änderte sich der Rhythmus des Klopfens. Nicht ihr Herz – jemand stand vor der Tür. Mit einem unwilligen Grollen hob sie ihren Kopf und hörte eine vertraute Stimme: „Ich bin es. Bitte öffne!"

Estelle riss die Tür auf und blickte zwischen der Klinke in ihrer Hand und Selena, die seelenruhig ins Zimmer spazierte, erschrocken hin und her. Unauffällig steckte sie das Eisen zurück und schloss behutsam die Tür. Dann umarmte sie ihre Schwester. „Ich bin so froh, dich gefunden zu haben!"

Schließlich befreite sich Selena. „Ich freue mich auch, dich zu sehen. Aber warum bist du hier?"

Anstelle einer Antwort beugte sich Estelle vor und schnupperte. „Du riechst gut, ist das ein neues Parfüm?"

„Wie kommst du darauf?"

Plötzlich bewegte sich jemand in der Dunkelheit, und Selena hielt ihre Hand vor den Mund, um einen erschreckten Laut zu ersticken.

Estelle wusste, auch ohne sich umzudrehen, was so Erstaunliches hinter ihr stattfand. Ihre „gute Fee", wie sie Manon in Gedanken nannte, war erwacht und blinzelte herüber. „Das ist meine Freundin, sie hat mich begleitet. Wir wohnen übrigens auch sonst zusammen."

Die so Vorgestellte zog die Bettdecke etwas höher und winkte fröhlich. „Hallo! Bitte entschuldige meinen Aufzug, wir hatten es ziemlich eilig, ins Bett zu kommen."

„Weiß Asher davon?"

„Hoffentlich nicht, er wäre schneller hier, als ich seinen Namen aussprechen kann. Aber wir waren sehr vorsichtig, mit etwas Glück entdeckt er uns nicht so schnell." Auf einmal wurde Estelle bleich, sie hielt sich am Türrahmen fest. „Ich glaube, mein Kreislauf spinnt." Damit schwankte sie zum einzigen Stuhl im Raum und ließ sich schwer darauffallen.

Manon war sofort auf den Beinen. Sie knipste das Licht an, lief rasch ins Bad und ließ einen Zahnputzbecher mit Wasser volllaufen, den sie Estelle anschließend in die Hand drückte. „Trink, das wird dir guttun!"

„Was ist mit dir?" Selena kam besorgt näher.

Doch anstatt ihrer Schwester antwortete Manon grimmig: „Sieht so aus, als hätte sich da jemand nicht zurückhalten können. Sie hat einen großen Flüssigkeitsverlust auszugleichen."

„Du meinst, Asher hat sie gebissen?"

„Ach, du kennst ihn?" Manon ließ sich auf das Bett fallen. „Ich bin sogar überzeugt davon. Dabei hielt ich ihn für vertrauenswürdig. Offenbar habe ich mich getäuscht. Der Kerl hat keinen Funken Verantwortungsgefühl im Leib."

„Da kannst du recht haben." Estelle fühlte sich schwach und unglücklich bei dem Gedanken an Ashers Verrat. Sie trank den Becher aus und schloss die Augen, weil sich alles um sie drehte.

Selena sah aus, als wollte sie widersprechen. Doch dann schlug sie nur vor: „Ein Spaziergang wird dir bestimmt guttun. Frische Luft ist nie verkehrt."

Kurz darauf spazierten sie zu dritt einen Weg entlang, der direkt in den verwunschenen Wald von Brocéliande führte.

Estelle fühlte sich tatsächlich besser, nachdem sie einige Meter gegangen war, obwohl selbst das wenige Licht, das sich durch die dunklen Wolken quälte, ihr schon zu hell erschien. Aber für diese Fälle hatte sie seit Längerem immer eine Sonnenbrille dabei. Manon wusste von ihren empfindlichen Augen, und Selena schwieg dazu. Was die wenigen Spaziergänger dachten, die ihnen entgegenkamen, war ihr herzlich egal. Wahrscheinlich hielten sie Estelle für eine überspannte Pariserin. „So, liebes Schwesterherz, nun, da wir dich gefunden haben, wirst du uns ganz genau erzählen, was eigentlich passiert ist."

Selena lachte. „Zuerst einmal: *Ich* habe euch gefunden."

„Stimmt", mischte sich Manon ein. „Und wie genau hast du das angestellt?"

„Es gibt nicht viele Hotels in der Gegend, und die schönsten waren wegen der nahen Feiertage schon ausgebucht. Also habe ich das Zimmer abgesagt, das ich für Erik und mich gebucht hatte, und es gleich unter neuem Namen reserviert. Ein bisschen nachhelfen musste ich schon, damit der Trick nicht auffliegt. Aber Erik spricht kein Französisch, und die Leute im Hotel kennen kaum eine andere Sprache. Als ich heute Morgen aufgewacht bin, hatte ich gleich einen Verdacht, und dann habe ich Estelle plötzlich gespürt, als ob sie direkt neben mir gestanden hätte." Sie sah ihre Schwester prüfend an. „Irgendetwas an dir ist anders, ich weiß nicht, was es ist, aber ich komm noch drauf!"

„Wahrscheinlich ist es die neue Frisur!" *Eine Menge mehr als mein Haarschnitt hat sich geändert*, dachte Estelle. Sie hatte sich unsterblich verliebt und war bitter enttäuscht worden. Kein Wunder, dass ihre Schwester eine Veränderung spürte, sie würde nie mehr dieselbe sein, die sie noch vor wenigen Tagen gewesen war. Um von sich und ihrem Kummer abzulenken, fragte sie: „Und warum bist du ohne Erik verreist? Er hat mir erzählt, ihr hättet euch gestritten."

„Ach, tatsächlich? Ich wundere mich, dass er überhaupt noch weiß, dass es mich gibt." Tränen liefen über Selenas Gesicht. „Er hat in letzter Zeit immer mehr zu tun, wir verbringen kaum noch Zeit miteinander. Deshalb habe ich mich so sehr auf den gemeinsamen Urlaub gefreut und dachte, ihm ginge es genauso. Und dann sagt er in letzter Minute ab."

Estelle konnte ihren Schmerz fühlen, als sei es der eigene. Sie legte ihren Arm um Selenas Schultern, der ungewöhnliche Duft der Schwester füllte ihre Lungen, und sie rückte näher.

Derweil hatten die drei den Wald erreicht, bereits seit geraumer Zeit war ihnen niemand mehr begegnet. Estelle sah sich um. Uralte Bäume streckten ihre kahlen Äste wie Finger in den bleigrauen Himmel. Kein Vogel sang, eine eigentümliche Stille lag über der Landschaft. „Warum wolltest du ausgerechnet zu dieser Jahreszeit hierher fahren? Ich kann nichts Feenhaftes an diesem Urwald finden; ehrlich gesagt, er macht mir sogar ein wenig Angst."

Selena blieb überrascht stehen, und Manon sah sie ebenfalls eigenartig an. „Kannst du wirklich nichts spüren?"

„Doch, mit jedem Schritt, den ich weitergehe, wird mir unheimlicher zumute. Wir sind hier nicht willkommen!"

„Im Gegenteil! Mir ist, als würde ich nach langer Zeit endlich nach Hause kommen." Selena hob ihre Arme in den Himmel und drehte sich um die eigene Achse. Manon zeigte auf eine Lichtung, nicht weit vom Weg. „Seht nur, wie wunderschön!"

Estelle sah den beiden fassungslos hinterher. Sie liefen durch das Dickicht, direkt auf einen Haufen Steine zu, als habe sich dort soeben das Paradies für sie geöffnet. Manon verschwand hinter einer riesigen Eiche, Selena aber drehte sich nach Estelle um. *Komm doch, es ist herrlich!*

Auf keinen Fall, ihr spinnt ja! Lasst mich hier bloß nicht allein.

Ihre Schwester zögerte, doch dann kam sie langsam zurück. Sie wandte sich mehrfach mit einem so sehnsüchtigen Blick um, dass Estelle vor Mitleid beinahe gerufen hätte, sie solle zu den Steinen gehen, wenn es ihr so viel bedeute. Plötzlich stieß Selena einen Schrei aus und fuchtelte wild mit den Armen. Estelle wollte sich umdrehen, um zu sehen, was sie nun schon wieder entdeckt hatte, da traf ein harter Schlag ihre Schläfe, und sie sackte ohnmächtig zusammen.

Als sie wieder zu sich kam, waren ihre Augen verbunden, und in ihrem Mund steckte ein Stofffetzen, der so widerlich stank, dass sie nur mit Mühe einen Brechreiz unterdrückten konnte. Estelle lag in einem Auto, der Kälte nach zu urteilen wahrscheinlich in einem Transporter, der mit ziemlich hoher Geschwindigkeit über eine unebene Straße fuhr. Sie wurden entführt.

Selena?

Hier bin ich! Etwas berührte ihre Hand, und sie schwankte zwischen Erleichterung und Entsetzen. Selena lebte, aber sie war ebenfalls gefangen und gefesselt worden.

Wo ist Manon?

Ich weiß nicht. Estelle, es ist alles so … unklar.

Hast du Schmerzen?

Bange Sekunden des Wartens begannen, bis sie endlich eine Antwort erhielt: *Es scheint zumindest nichts gebrochen zu sein.*

Bleib ganz ruhig, ich versuche herauszufinden, was passiert ist. Tu einfach so, als wärst du noch nicht wieder zu dir gekommen.

Estelle öffnete sich behutsam. Doch sie hätte sich damit keine so große Mühe geben müssen. Die zwei Männer, in deren Wagen sie nach einer heftigen Bremsung nun über einen Feldweg holperten, verfügten über gar keine Magie. Sie waren einfach nur sterbliche Verbrecher. Erleichterung überflutete sie einen Augenblick lang, bis die bange Frage zurückkam, aus welchem Grund sie wohl entführt worden waren. Die Antwort erhielt sie umgehend. Eine grobe Hand machte sich zwischen ihren Beinen zu schaffen. Sie hielt die Luft an und wagte es nicht, sich zu wehren. Es war niemandem geholfen, wenn sie Selena noch mehr beunruhigte.

„Die ist immer noch weggetreten. Du hättest nicht so hart zuschlagen sollen", sagte jetzt jemand mit einem so seltsamen Akzent, dass Estelle trotz ihrer guten Französischkenntnisse Mühe hatte, den Mann zu verstehen. Der andere war nicht viel besser. „Und du nimm deine Pfoten aus dem Honigtopf. Du weißt, dass sie die Mädchen frisch haben wollen."

Die Hand auf ihrer Jeans verschwand, und Estelle war froh, dass deren Knöpfe sich so extrem schwer öffnen ließen. Weiter als bis zum obersten war das Schwein nicht gekommen.

„Die geilen Bonzen werden ordentlich Geld rauslegen, wenn sie sehen, was wir ihnen gebracht haben. Mit so einem Doppelpack hatten die ihren Spaß bestimmt noch nie."

„Was weißt du schon von deren Vorlieben! Marcel sagt …" Estelle erfuhr nie, was dieser Marcel zu sagen hatte, denn der Transporter bremste scharf, sie wurde gegen ihre Schwester geschleudert, und etwas Hartes prasselte auf ihren Rücken.

„Sieh, was du gemacht hast. Jetzt ist das Brennholz umgekippt." Der Sprecher klang unwirsch und zog sie an ihren Fußfesseln über den harten Boden, schob einige Scheite beiseite und hob Estelle hoch, nur um sie gleich darauf wie einen Sack Mehl so über seine Schulter zu werfen, dass ihr die Luft weg-

377

blieb. Dennoch gab es etwas, was sie noch mehr erschreckte: Die Luft vibrierte plötzlich vor Magie. *Kannst du es auch fühlen?*, kam die bange Frage von Selena. *Maskiere dich, so gut du kannst,* raunte Estelle in die Gedanken ihrer Schwester hinein und hoffte, stark genug zu sein, um sie beide zu beschützen. Doch Selena hatte hinzugelernt, im Nu war ihre Präsenz selbst für sie kaum noch spürbar.

„Leicht wie eine Feder", murmelte ihr Entführer, während sein Brustkorb vibrierte. „Wenn die bloß nicht nur den halben Preis bezahlen. Da ist ja gar nichts dran."

„Halt den Mund und bring den Comte nicht auf dumme Gedanken."

Ihr Träger schwieg und ging mit schweren Schritten eine Treppe hinauf. Dem Geräusch nach zu urteilen, das seine Stiefel dabei machten, war sie aus Stein. Dabei fummelte er an ihrer Augenbinde herum. Sie hätte ihn beruhigen können. Der Stoff schnitt in ihre Haut, leider sah sie absolut nichts. Seinem Geruch nach zu urteilen hatte er sich seit Tagen nicht mehr gewaschen. Doch unter den Schichten von kaltem Schweiß und schmutziger Kleidung lag noch ein anderer Geruch, der längst nicht so widerlich war, wie man es in dieser Situation annehmen sollte. Eine Tür wurde geöffnet, sie knarrte leicht in den Angeln. Estelle stellte sich eine schwere Holztür vor. Jemand murmelte einige Worte, dann ging es voran. Der Schutzzauber über der Schwelle traf sie wie ein Schlag ins Gesicht. Die Entführer fluchten. Sie mochten unsensible Kerle sein, aber diesen Abwehrzauber bemerkten selbst sie. Natürlich ohne zu ahnen, woran ihr Unbehagen lag. Sie hätte wetten können, dass der Sterbliche, der ihnen geöffnet hatte, immerhin so viel von der Materie verstand, dass er über die Macht verfügte, jemanden einzulassen – oder eben auch nicht. Gern hätte sie seine Gedanken erforscht, wagte aber nicht, ihre eigenen Schilde zu diesem

Zweck durchlässiger zu machen. Stattdessen nahm sie sich vor, auf jeden Richtungswechsel ganz genau zu achten, um sich später besser orientieren zu können. Das war leichter gedacht als getan, und bald verlor sie die Orientierung. Immerhin verrieten die Schritte der Männer interessante Dinge. Den Geräuschen nach zu urteilen, durchquerten sie einen großen Raum, hoch und wahrscheinlich komplett gefliest, nein, eher aus Stein. Eine Halle? Hinter der nächsten Tür schienen Teppiche zu liegen, die Schritte klangen leiser, ein wenig so, als gäbe es Möbel und Gardinen, die jedes Geräusch dämpften. War nicht auch von einem Comte die Rede gewesen? Womöglich befanden sie sich in einem Schloss. Abrupt blieb ihr Entführer stehen, stellte sie auf die Füße und begann das Seil um ihre Knöchel zu lösen. Als er sie dabei kurz losließ, merkte Estelle, dass ihre Füße eingeschlafen waren. Sie konnte sich kaum aufrecht halten, und es schmerzte, als das Blut in ihre Zehen zurückfloss. Neben sich hörte sie Selena wimmern und hätte den Scheißkerlen dafür am liebsten die Augen ausgekratzt. Doch da wurde sie schon vorwärtsgeschoben, und als sie taumelte, packte der Entführer grob ihren Arm. „Steh gefälligst gerade, für Krüppel gibt es kein Geld."

Der Knebel verhinderte eine passende Antwort.

Eine kultivierte Stimme sagte: „Es wurde Zeit." Die darin liegende Drohung ging auch an Estelle nicht spurlos vorüber. Wer immer da vor ihr stand, er kannte seine Macht genau. „Nehmt den beiden diese ekligen Lappen ab. Ich will sehen, was ihr mir da bringt."

Sie hätte sich gewünscht, so eingewickelt zu bleiben, wie sie war. Vorsichtshalber ließ sie ihre Augen geschlossen, denn hatten Entführungsopfer erst einmal die Täter und deren Hintermänner gesehen, so gab es normalerweise kein Entrinnen mehr.

Als wüsste er, was in ihr vorging, lachte der Mann. „Sieh mich an!" Widerstrebend gehorchte sie, verängstigt von der Macht, die in seiner Stimme lag. Mit einem wie ihm verscherzte man es sich besser nicht. „Brav!" Er griff ihr Kinn und hob es an. Dann musterte er Selena und Estelle mit Kennerblick, wie es schien. „Herzlich willkommen in unserem bescheidenen Château. Meine Damen, darf ich mich vorstellen: Comte de Blavet." Er beugte sich über ihre Hand und deutete einen Handkuss an. Dann winkte er einen jungen Angestellten heran, der sich unauffällig im Hintergrund gehalten hatte und nun herbeieilte. „Du kannst sie auszahlen, doppelter Preis – plus Bonus. Das ist eine gelungene Überraschung. Gute Arbeit!", wandte er sich an ihre Entführer, die damit entlassen waren und so schnell wie möglich das Weite suchten, während sie noch das Geld in ihre Taschen stopften. Estelle konnte es ihnen nicht verübeln. Der Mann vor ihr wirkte kälter als flüssiger Stickstoff, aber genauso wenig greifbar. Sie tat alles, um ihre wahre Natur nicht zu verraten. Auf den ersten Blick wirkte er wie ein besonders grausamer Sterblicher, und dennoch fühlte sie tief in ihm eine Macht brodeln, die nur darauf wartete, endlich an die Oberfläche zu gelangen. Für eine Sekunde glaubte sie, sich unter seinem prüfenden Blick verraten zu haben. Sie hätte ihre Lider am liebsten fest zusammengekniffen. Stattdessen stellte sie sich die unendlichen Tiefen stürmischer Meere vor. „Du hast Mut, das macht dich noch wertvoller." Nachdenklich legte er die Finger an sein Kinn. Die Rückkehr der Assistenten unterbrach seine Überlegungen, und er wies sie an: „Hier haben wir unser perfektes Geschenk." Er entließ sie mit einer Handbewegung. Die beiden Feen wurden wie Verbrecherinnen abgeführt. Estelle glaubte, eine Spur von Mitleid in den Gesichtern ihrer Wächter zu sehen, als diese sie in den engen Aufzug stießen, der hinter einer Bücherwand verborgen lag. *Ich hätte nie geglaubt, dass es geheime Türen in Regalattrappen wirklich gibt!* Dieser Gedanke kam von Selena.

Still!

Insgeheim stimmte sie ihrer Schwester zu. Man könnte meinen, sie seien in einem Hollywoodfilm gelandet. Leider war dem nicht so, stellte sie wenig später fest, als sie den Keller des Schlosses erreichten. Hier unten befanden sie sich in einer völlig anderen Welt. In blaues Licht getauchte Zukunftsarchitektur statt historischer Kulisse. Vom neonbeleuchteten Korridor öffneten sich Türen zu verschiedenen Labors, im Licht der Leuchtdioden sah sie aufwendige Apparaturen, sonst aber schien die gesamte Anlage verwaist, da war nichts: kein Herzschlag, kein Atmen, nur Schritte – die weichen, zögerlichen ihrer Schwester, die eigenen, schnelleren und die ruhigen, lauten ihrer Gefängniswärter. Unwillkürlich sah sie an ihnen hinab. Beide trugen schwere Schnürstiefel. Am Ende des Gangs befand sich eine Tür, die sich erst öffnete, nachdem einer der Männer seinen Finger in die dafür vorgesehene Mulde gelegt hatte. Hinter ihnen fügte sie sich lautlos in die kalten Wände ein, als wäre sie nie durchschritten worden.

Leid und Schmerzen schlugen Estelle entgegen. Sie strauchelte, ihr Wächter zog sie mit einem harten Ruck wieder auf die Füße. Hastig versuchte sie, alle Emotionen um sich herum auszublenden, doch der überwältigende Geruch von Blut hing wie ein nasses Tuch in der Luft und ließ sich nicht so ohne Weiteres ignorieren. Der Mann neben ihr hatte damit offenbar keine Probleme. Im Gegenteil, er klang äußerst zufrieden, fast so, als habe er die Anlage selbst errichtet. „Klasse Technik! Hier ist noch nie jemand ohne Erlaubnis wieder herausgekommen. Wenn überhaupt, dann mit den Füßen voran." Er wirkte unaufgeregt, seine Stimme klang sogar sympathisch. Was, so fragte sich Estelle, brachte jemanden nur dazu, seine einzigartige Menschlichkeit, die Fähigkeit, Mitgefühl zu zeigen, abzustreifen und an einem organisierten Verbrechen teilzunehmen, wie es hier augenscheinlich stattfand. Die Haut der sogenannten Zivilisation war dünner, als sie sich das je hätte träumen lassen. Standen die Sterblichen den Dämonen und anderen Kreaturen der Finsternis weit näher, als jeder von ihnen ahnte oder wahrhaben wollte?

Im Augenblick gab es allerdings andere Probleme. „Was für ein ‚Geschenk‘ sollen wir denn werden?", fragte sie. Jede Information konnte wichtig sein, und der Mann schien sich in Plauderlaune zu befinden.

„Ihr seid das Highlight des Abends. Die anderen Frauen kann jeder haben, aber ihr zwei", er strich mit seinem Finger über ihre Wange, „ihr gehört dem Herrn ganz allein." Neid und Verlangen ließen seine Worte noch hässlicher klingen.

„Dem Comte?" Allein die Vorstellung, dass dieser Mann sie berühren könnte, schnürte ihr nahezu den Atem ab.

„Aber nein, ihr seid unsere Opfergabe an den Fürsten der Finsternis!" Selenas Augen weiteten sich vor Entsetzen, und sein Kollege klang wütend. „Halt den Mund!"

„Was willst du? Die Mädchen überstehen die Nacht mit dem Dämon sowieso nicht unbeschadet, warum sollen sie nicht wissen, dass sie ihre Seele für einen guten Zweck hingeben?"

„Der Tag ist nicht fern, da landest du selbst in einem dieser Käfige." Der zweite Wächter legte einen Schalter um: Gleißendes Licht blendete sie. Der Raum war viel größer, als Estelle anfangs hatte sehen können, und hatte eine gewisse Ähnlichkeit mit dem Raubtierhaus eines Zoos – dort, wo die Besucher nicht hingelangten. Rechts und links reihte sich Käfig an Käfig, jeder mit armdicken Gitterstäben bewehrt. Darin standen Pritschen, nein, eigentlich waren es OP-Tische, wie Estelle sie von ihren zahllosen Tierarztbesuchen mit irgendeinem der Vierbeiner kannte, die Selena immer auflas. Doch anstelle pelziger Haustiere lagen Vampire auf dem glänzenden Metall. Jeder einzelne mit einem Pflock paralysiert, der seine Brust durchstieß und entfernt an ein überdimensionales Fahrradschloss erinnerte. Jeder der Gefangenen hatte mindestens eine Kanüle im Arm. Die daran angeschlossenen dünnen Schläuche endeten vor den Käfigen bei etwas, das bei genauerem Hinsehen wie eine Art Hightech-Zapfanlage wirkte. Bildschirme zeigten, soweit sie es in der Eile erkennen konnte, Daten über den Zeitpunkt der Einlieferung sowie die Termine der jeweiligen Blutentnahmen. Ganz oben leuchtete das heutige Datum und ein Name. Er lautete „Nekane".

„Es ist nichts frei."

„Das ist doch egal." Der leutselige Wächter tippte eine Zahlenkombination in die Tastatur ein – und die Zellentür direkt neben ihm sprang auf. „Dieser Neuzugang hat sich bisher nicht ein einziges Mal bewegt. Blut gibt es auch nicht, wahrscheinlich ist das Vieh längst eingegangen." Er knotete erst Selenas und dann Estelles Fesseln auf, stieß die Zwillinge in den Käfig, und ehe sie sich umdrehen konnten, fiel die Tür hinter ihnen schon ins Schloss.

„Viel Spaß!" Mit einer obszönen Geste verschwanden die Kerkermeister. Das Licht erlosch. Der Raum war, vom schwachen Schein der Monitore abgesehen, unbeleuchtet. Ängstlich sah sich Estelle um. Die Dunkelheit verhüllte das Grauen um sie herum nur unzureichend. Je länger sie hineinblickte, desto mehr gab die lichtlose Schwester des Tages Bilder frei, die Estelle gar nicht sehen mochte. Von irgendwoher kam ein schauerliches Stöhnen. Und weniger als eine Armeslänge von ihnen entfernt lag „der Neuzugang": eine Vampirin. Auch sie war mit einem Pflock im Herzen paralysiert worden. Leblos und bleich lag sie auf dem silbern schimmernden Tisch. Ihr bedauernswerter Zustand tat der tödlichen Aura, die sie umgab, keinen Abbruch. Estelle trat behutsam einen Schritt zurück.

Hast du eine Ahnung, wo wir sind?

Nein, schwindelte Estelle und griff nach Selenas Hand. Gemeinsam zogen sie sich in die hinterste Ecke ihres Gefängnisses zurück. Die gefangenen Vampire, und nicht zuletzt die Erwähnung eines Dämons, bestätigten ihre Vermutung, dass sie mitten in dem Entführungsfall gelandet waren, den Julen so dringend aufzuklären wünschte. Dennoch sah sie keinen Grund, ihre Schwester mit diesen Befürchtungen weiter zu beunruhigen. *Hätte ich doch auf Julen – oder meinetwegen auch auf Asher – gewartet!* Jetzt konnte sie nur hoffen, dass einer der beiden ihrer geschickt verwischten Spur folgen würde. Zum ersten Mal seit langer Zeit dachte sie an die Götter ihrer Mutter und versuchte sich im Zwiegespräch. Die stillen Gebete wurden von einem Geräusch unterbrochen. Jemand hatte die Eingangstür geöffnet und näherte sich mit einer Taschenlampe in der Hand. Unruhig zitterte der Lichtkegel über die Gitterstäbe, der heimliche Besucher leuchtete in jeden Käfig, als suche er etwas Bestimmtes. Das Licht streifte die Vampirin in ihrer Zelle, und der Eindringling gab ein zufriedenes Grunzen von sich. Selena schien ihn für einen Retter zu halten und wollte sich schon bemerkbar machen. Doch Estelle hielt sie mit festem Griff zurück. *Still! Wir wissen nicht, wer das ist,* warnte sie lautlos und legte einen magischen Schleier über ihre Schwester und sich selbst, in der Hoffnung, dass sie nicht entdeckt werden würden. Ein Fluchen war zu hören und erneut die leisen Pieptöne des elektronischen Schlosses, dann schwangen die Gitter ihrer Zelle auf. Der unheimliche Besucher näherte sich der leblosen Gefangenen und schien die Feen, die in der Ecke kauerten, tatsächlich nicht wahrzunehmen.

Sterblich, ein Mann! Estelle war sich ganz sicher. Das Blut rauschte in seinen Adern. Der Puls beschleunigte sich, bis das Herz nach den Hufschlägen einer fliehenden Mustang-Herde klang.

Woher weißt du …? Selenas Stimme klang plötzlich aufgeregt in ihrem Kopf. *O mein Gott, sieh nur!*

Bevor sie ihr antworten konnte, hatte der Mann im schwachen Licht der Taschenlampe begonnen, die Fußfesseln der Vampirin zu lösen. Estelle spürte Konzentration, gepaart mit Blutlust. Sollte er versuchen, sie zu befreien, konnte dies gut sein eigenes Ende bedeuten. Doch schnell sah sie, dass der Mann andere Absichten verfolgte. Regungslos beobachtete sie, wie er die langen Beine der Frau auseinanderspreizte und ihren Rock hochschob. *Er wird doch nicht …!* Eine nahezu unheimliche Veränderung ging in diesem Augenblick vor sich und ließ die anderen Gefangenen reagieren. Die Luft war schwer von lauerndem Hass, der sich in scharf geschnittenen Wellen ausbreitete; so stark, dass die Feen sicher waren, ein Echo von den umliegenden Wänden zu hören. Der Sterbliche bemerkte von alldem nichts. Er schnalzte mit der Zunge und erkundete mit plumpen Fingern den schlanken Körper vor sich.

Tu doch irgendetwas! Selenas Stimme klang tränenerstickt, und Estelle beschloss, mentalen Kontakt mit der Vampirin aufzunehmen. Sie hatte sich noch nie zuvor in Telekinese versucht, wusste aber, dass ihre Mutter die Fähigkeit, Gegenstände mithilfe ihrer Gedanken zu bewegen, beherrscht hatte. In den vergangenen Wochen waren ihre Kräfte deutlich stärker geworden – und einen Versuch war es immerhin wert. Sie wandte sich an die reglos daliegende Frau. *Nekane?* Eine schwache Reaktion bestätigte ihre Vermutung, dass dies in der Tat der Name ihrer Mitgefangenen war. *Kannst du mich hören?* Als Antwort erhielt sie das Bild eines ausgestreckten Mittelfingers, konnte aber auch deutlich Panik spüren.

Hör zu, reden können wir später. Bist du stark genug, den Pflock aus deinem Herzen zu entfernen?

Glaubst du, wenn ich das könnte, wäre ich noch hier? Estelle merkte, wie ihr die Gedanken der Gepeinigten entglitten. Der Vergewaltiger beugte sich über sein Opfer.

Mach einfach mit! Ihr Gehirn schrie diese Worte fast, um noch bis zum Bewusstsein der Vampirin vorzudringen. Estelle gelang es dabei trotzdem, ihre Energien weiter zu bündeln.

Selena, hilf mir!

Lange Zeit geschah überhaupt nichts. Nekanes Panik wuchs. Und dann, als Estelle die Hoffnung schon fast aufgegeben hatte und auf dem Sprung war, um den widerlichen Kerl eigenhändig zu erwürgen, spürte sie eine winzige Bewegung in der Atmosphäre. Die Zeit schien vollkommen stillzustehen, und plötzlich löste sich eine Handfessel. Klirrend fiel sie zu Boden. Nekane half ihnen nicht, sie wirkte nun auch mental wie gelähmt.

Selena gab einen erstickten Laut von sich. *Der Pflock!*

Millimeter für Millimeter begann sich das Eisen zu bewegen. Inzwischen machte sich der Mann an dem Gürtel unter seinem dicken Bauch zu schaffen. Seine Finger zitterten, und schließlich nahm er beide Hände zu Hilfe.

Jetzt! Estelle ließ all ihre Kraft frei und spürte, wie Selenas Energien sich mit den ihren vereinten. Der Pflock zitterte, und dann tat es einen Schlag wie im Zentrum eines tropischen Gewitters. Heiße Energie ließ ihre Gefängniszelle in magischem Licht erglühen.

„Was zum Teufel …?" Der Mann taumelte zurück. Im selben Augenblick erhob sich Nekane von ihrer Folterbank wie eine ägyptische Rachegöttin aus dem ewigen Schlaf. Sie streckte die Arme aus und stürzte sich auf ihren Peiniger, der mit einem gurgelnden Schrei zu Boden ging. Das Schlürfen und Grunzen hatte nichts mit Estelles Fantasien zu tun, wenn sie von einer noch innigeren Verbindung mit Asher träumte. Sie konnte Nekanes Hunger fühlen, als sie sich über der leeren Hülle des widerlichen Sterblichen erhob und zu ihr umdrehte. Die Wunde in ihrer Brust begann sich bereits zu schließen. *Urian!*, hörte sie die Vampirin in ihren Gedanken flüstern und spürte, wie spitze Zähne über ihre Haut kratzten. Estelle glaubte für einen Moment, ihre letzte Stunde habe geschlagen. *Dein Blut ist süßer als Ambrosia*, doch anstatt sie zu beißen, hob Nekane den Kopf, fauchte und fuhr gerade noch rechtzeitig herum, um den Angriff eines hochgewachsenen Mannes zu parieren, der sich aus dem Nichts materialisiert hatte. Schnell wurde klar, dass sie ihm nicht gewachsen war. Da tat Selena etwas völlig Unerwartetes. Sie öffnete den Mund, um den Schrei einer Banshee, einer der gefürchtetsten Feen, von sich zu geben. Der fremde Vampir wich zurück und hielt sich seine gepeinigten Ohren zu. Dieser kurze Moment reichte aus, um Nekane zur Flucht zu verhelfen. *Ich komme wieder!* Ihre Konturen wurden unscharf, dann war sie fort. Estelle konnte nicht entscheiden, ob es eine Drohung oder ein Versprechen war, was sie soeben gehört hatte.

Wütend darüber, dass ihn die Weiber ausgetrickst hatten, drehte Urian sich zu den Zwillingen um, zweifellos, um sie zu töten. Doch dann erstarrte er in der Bewegung. „Was habt ihr hier verloren?" Auch ohne den verräterischen Feuerkranz um seine Pupillen, die zu länglichen Schlitzen geworden waren, und trotz der irreführenden Reißzähne, die den geöffneten Mund lang und gefährlich auszufüllen schienen, wusste Estelle, dass kein gewöhnlicher Vampir vor ihr stand. Er lächelte böse, offenbar erfreut über ihre Angst. Estelle griff nach der eiskalten Hand ihrer Schwester, und die gemeinsame Magie gab ihr Kraft genug, um mit fester Stimme zu sagen: „Hallo Urian! Ich fürchte, nun haben wir dir die Überraschung verdorben" Sie spürte seine Verwirrung. „Dabei hat der Comte eine Menge Geld für unsere Entführung bezahlt."

Urians Gedanken rasten, sie konnte jeden einzelnen davon lesen. *Dieser Idiot! Warum, zum Henker, hat er die Schwestern der Auserwählten entführen lassen?* Laut sagte er: „Was habt ihr in dieser Gegend zu suchen?"

„Verwandtenbesuch."

„Die Gesellschaft dominanter Alpha-Vampire kann einen zuweilen etwas überfordern", ergänzte Selena. Ihre Stimme war nicht wiederzuerkennen. Statt des eisigen Grauens, das ihr Schrei noch Sekunden zuvor verbreitet hatte, ging nun etwas seltsam Beruhigendes von ihr aus, fast so, als sänge sie ein Wiegenlied.

„Das kannst du wohl laut sagen!" Urian hätte sich am liebsten selbst geschlagen, als die Worte über seine Lippen huschten. Wie schafften diese Lichtelfen es, ihn ins Gespräch zu ziehen, als stünden sie auf einer Party und nicht in einem Gefängnis, umgeben von einem halben Dutzend regungsloser Vampire, die sich vielleicht nicht bewegen konnten, aber zweifellos jedes Wort ihrer Unterhaltung mithörten. Kurzerhand packte er die Schwestern und schob sie vor sich her zum Ausgang, der natürlich verschlossen war. Urian benötigte üblicherweise keine Schlüssel und besaß demzufolge auch nichts, was ihm den Durchgang erlaubt hätte. Seine eigenen Siegel verhinderten nun, dass er die Tür mithilfe mentaler Kräfte öffnen konnte. Sie zu lösen wäre zu zeitaufwendig gewesen und hätte ihn wenig souverän erscheinen lassen. Jetzt musste er die beiden auch noch auf dem Umweg durch die Energie raubende Zwischenwelt hinausschaffen! Dies ging glücklicherweise schnell – und jenseits der Stahltür angekommen, steuerte er auf den Aufzug zu. Diese Türen immerhin öffneten sich wie von Geisterhand, ganz als habe das Gefährt ihn bereits erwartet. Er schob die Feen hinein, bevor er ihnen folgte. Oben angekommen stieß er seine Beute wieder hinaus, direkt vor Blavets Füße. Dabei gab er ein tiefes Grollen von sich. „Hast du eine Ahnung, welche Folgen deine albernen Entführungsspielchen haben können?"

Ehe der Comte de Blavet antworten konnte, sprang die Tür auf, und ein kleiner Mann mit wirrem Haar erschien. „Man hat meinen Assistenten ermordet! Heute Morgen lag sein abgeschlagener Kopf auf meinem Schreibtisch. Haben Sie eine Ahnung, was das für unsere Geschäfte bedeutet, sobald die Presse davon Wind bekommt?"

„Professor Gralon, so bedauerlich Ihr Verlust auch sein mag, was habe ich damit zu tun?"

Blavet warf Urian einen fragenden Blick zu. Dieser aber schüttelte kaum merklich den Kopf. Gralon war die stille Kommunikation nicht entgangen, und erst jetzt schien er den Dämon und seine Gefangenen wahrzunehmen. „Wer sind diese Leute?"

Urian ließ die beiden Feen los und stand im selben Augenblick direkt vor Gralon. Er hatte diese Sterblichen so satt! „Du hältst am besten deinen Mund" Die Drohung dicht am Ohr des Professors klang wie in Seide gehüllter Stahl.

„Ich w-weiß, wer Sie s-sind." Gralon hätte die Stimme unter einer Million anderer erkannt, sie gehörte dem Auftragsmörder.

„Sehr gut. Und jetzt verschwinde, bis man dich ruft."

Der Professor nickte wie in Trance und verließ ohne Widerworte den Raum. Warum konnten die Feen nicht ebenso gehorsam sein? Urian sah sich suchend um und entdeckte sie in der Nähe des Fensters. Sie glaubten doch nicht wirklich, vor ihm fliehen zu können! Er ging auf sie zu und registrierte erfreut ihre Nervosität. Da hatte er die Erklärung für ihre vorherige Frechheit. Es war ihnen irgendwie gelungen, ihre Ängste zu beherrschen, und verspürte jemand keine Furcht vor ihm, so verlor er gleich seine Macht über diese Person. Gerade wollte er sich daranmachen, seine Position zu stärken, da erklang de Blavets Stimme zwar so kühl wie üblich, aber immerhin respektvoll, auch wenn er eine Erklärung verlangte. „Warum, um Himmels willen, hast du seinen Assistenten umgebracht?"

389

Hier war ein weiterer Kandidat, der früher oder später versuchen würde, seine Autorität zu untergraben. Besser, Urian machte seine Position unmissverständlich klar. „Wenn ich es getan hätte, wäre ich dir keine Rechenschaft schuldig. Belästige mich noch einmal mit einer derartigen Banalität ... und unser Pakt ist gebrochen."

„Ich habe dich gerufen, du musst mir dienen!" Die letzten Worte konnte de Blavet nur krächzen, denn Urian hatte ihn am Hals gepackt und so in die Höhe gehoben, dass seine Füße einige Zentimeter über dem Boden zuckten. Der Dämon erlaubte ihm einen Blick in die Tiefe seiner dunklen Seele, zeigte Bilder von Opfern und wie sie zu Tode gekommen waren. Dann ließ er ihn wissen, was er mit Menschen tat, die sich seinen Unmut zugezogen hatten. Als er sicher sein konnte, dass seine Botschaft angekommen war, stellte er den Comte beinahe behutsam wieder zurück auf seine Füße. „Niemand gibt mir Befehle!"

„Die ich rief, die Geister, werd ich nun nicht los", flüsterte eine der Feen. Fauchend wandte er sich nach ihr um. Hoch aufgerichtet standen die Zwillinge da und betrachteten ihn wie ein widerliches Insekt. Urian hätte die impertinenten Weiber rasend gern auf der Stelle getötet, aber einen Krieg gegen den rachsüchtigen Asher, der sich womöglich mit der Feenkönigin gegen ihn verbündete, die auch nicht gut auf Urian zu sprechen war, mochte er wahrlich nicht anzetteln. Und diese Feentöchter standen unter dem Schutz ihrer Königin, davon war er nach der beeindruckenden Demonstration ihrer magischen Kräfte überzeugt. Sie waren nicht viel mehr als Novizinnen und verfügten bereits über eine Magie, die andere nicht einmal im Laufe vieler Jahrhunderte erlangten. Doch am Ende der Nacht waren sie ihm unterlegen – und sterblich obendrein. „Verlasst euch nicht zu sehr auf euer vermeintliches Glück. Bisher habe ich noch nichts entschieden." Er wandte sich wieder an Blavet. „In gut einer Stunde ist Sonnenuntergang. Ich wette, wir werden Besuch bekommen, und dafür muss ich einiges vorbereiten. Und noch etwas: Ich will hier niemanden von deinem idiotischen Personal sehen. Du persönlich haftest mir mit deinem Leben, dass die Mädchen diesen Raum nicht verlassen, ist das klar?" Urian wartete seine Zustimmung nicht ab, sondern verschwand so schnell, wie er zuvor aufgetaucht war.

Julen schrak auf. Vor seinem Bett stand ein völlig verwandelter Asher. Wollene Pullover, aber auch die Designeranzüge, die er neuerdings zu bevorzugen schien, waren verschwunden. Anstelle des weich gespülten Bibliothekars starrte ihn ein ungeduldiger Rachegott an. „Es ist Zeit, steh auf."

„Die Familienähnlichkeit ist unverkennbar, warum habe ich das nur nicht schon früher gesehen?" Julen gähnte und fuhr sich durchs Haar, bis es in alle Richtungen abstand.

„Weil ich es nicht wollte?", schlug Asher mit einem ironischen Unterton vor. „Hier, das ist für dich!" Er warf die Tasche aufs Bett und machte auf dem Absatz kehrt.

Neugierig öffnete Julen den Reißverschluss und stieß angesichts des Waffenarsenals, das sich ihm präsentierte, einen Pfiff aus. „Wenn ich das alles mitschleppe, kann ich nur hoffen, nirgendwo einem Magneten zu begegnen!" Er sprang aus dem Bett, und in weniger als drei Minuten stand er bis an die Zähne bewaffnet bereit. „Hast du Neuigkeiten?"

Asher drehte sich um und musterte die athletische Gestalt des jungen Vengadors. Auch er war ganz in Schwarz gekleidet und trug einen langen Mantel, der ihn breiter und auch irgendwie gefährlicher wirken ließ. Geschickt hatte Julen sein Schwert und die anderen tödlichen Waffen darin verborgen, so wie er selbst. „Ich habe Estelles Magie gespürt", beantwortete er dessen Frage, „sie ist in Gefahr."

„Worauf warten wir also noch?"

Gemeinsam materialisierten sie sich wenig später nicht weit von einem gepflegten Gebäude. Es war das Hotel, dessen Adresse Erik ihnen gegeben hatte. Asher bedeutete Julen zu warten. „Ich gehe hinein und frage nach ihnen."

Julen beobachtete, wie er durch die Abenddämmerung auf das Haus zuging, und dachte, dass die hiesige Landbevölkerung vermutlich an eine Heimsuchung durch das Böse glauben würde, wenn sie den Vampir so sähe. Er trug die Dunkelheit nicht als schützenden Mantel, Asher war die Finsternis selbst, als entspränge tief in ihm ein Quell bedrohlicher Schatten. Glücklicherweise war die Dorfstraße wie leer gefegt und niemand kam zu Schaden. Seine Gedanken wanderten, und er fragte sich, wo sein eigener Bruder wohl sein mochte. Hoffentlich nicht bei Nell, wo er womöglich Sara begegnete. Die kleine Fee war ihm ziemlich unter die Haut gegangen. Himmel, er hätte sie mit Sicherheit flachgelegt, wäre Asher nicht rechtzeitig aufgetaucht. Kein guter Stil, eine jungfräuliche Fee zu verführen, die noch dazu ziemlich verrückt war.

„Sie sind nicht hier!"

„Mann, du hast mich erschreckt!" Julen gab nicht gerne zu, dass er völlig überrumpelt worden war.

„Das hätte dich den Kopf kosten können! Was ist mit dir los?"

Julen zuckte nur mit den Schultern. „Hast du etwas herausgefunden?"

„Sie wohnen tatsächlich hier, Selena auch." Er lachte leise. „Sie hat sich unter falschem Namen angemeldet und die Wirtsleute bestochen, um nicht an Erik verraten zu werden. Die drei sind am frühen Nachmittag in Richtung Wald gegangen und noch nicht zurückgekehrt." Er schaute grimmig. „In den vergangenen Jahren sollen hier häufiger junge Frauen verschwunden sein. Die Leute glauben, sie wurden von Feen entführt."

Julen fluchte leise. „Jetzt erinnere ich mich wieder. Vor vielen Jahren war ich schon einmal in der Bretagne. Da hieß es, der Comte de Blavet, der sich für einen Alchemisten hielt und unter dem Verdacht stand, schwarze Magie auszuüben, ließe Frauen entführen, um sie dem Teufel zu opfern. Ich kannte ihn nicht besonders gut, aber er war ganz besessen vom Okkulten und hat sogar eine geheime Vereinigung gegründet. Wenn ich mich nicht irre, gibt es die immer noch, und dieser Assistent, den Sara getroffen hat, trug ein Bild des Château Blavet in seinen Erinnerungen."

Asher sah ihn eindringlich an. „Wo ist das Schloss?"

„Auf der anderen Seite des Waldes", antwortete Julen und merkte, dass er ins Leere sprach. Rasch folgte er dem Vengador, der mit großen Schritten auf den Wald zuging, der dunkel und abweisend vor ihm aufragte. Als er ihn eingeholt hatte, erinnerte er sich an ein weiteres Detail. „Der Wald von Brocéliande ist Feengebiet, wir sind darin nicht besonders gern gesehen." Er zeigte auf den Mond, der voll und rund am Himmel stand. „Und morgen feiern sie Wintersonnwende."

„Weißt du, wie gleichgültig mir das ist?"

„Ich wollte es nur erwähnt haben." Julen blieb plötzlich stehen. „Hör mal!"

Auch Asher erstarrte. Er konnte deutlich Schritte hören, aber niemand war zu sehen.

Plötzlich stand Manon vor ihnen. „Den Göttern sei Dank! Ich dachte schon, ihr kommt überhaupt nicht mehr. Sie sind entführt worden."

Asher griff die Fee am Arm. „Wo sind sie?"

„Im Schloss – zusammen mit einem guten Dutzend Vampire."

„Was? Woher weißt du das?"

„Wir wollten zu den Steinen. Estelle weigerte sich mitzukommen, deshalb ist Selena vermutlich umgekehrt. Ich habe nicht

393

sofort bemerkt, dass sie nicht hinter mir waren. Es ist schon so lange her, dass ich meine Familie gesehen habe." Sie bekam einen verträumten Blick, und Asher hätte sie am liebsten geschüttelt, als Manon glücklicherweise weitersprach. „Als ich zum Weg zurückkam, waren sie schon fort. Ungünstigerweise hat Estelle ihre Aura maskiert." Sie sah Asher böse an. „Ich möchte gar nicht wissen, was zwischen euch vorgefallen ist! Wir sind den Reifenspuren gefolgt, sie führen direkt zum Schloss."

„Wir?", mischte sich Julen ein.

Manon winkte – und zwei hinreißende Geschöpfe traten hinter den Bäumen hervor. „Meine Schwestern haben mich unterstützt." Zu den Feen gewandt sagte sie: „Mädchen, gebt euch keine Mühe. Asher ist vergeben, und von dem hübschen Blonden hier lasst ihr auch besser die Finger." Die Konturen der Erdgeister verschwammen und schienen sich mit dem Wald zu verbinden. Plötzlich wirkten sie überhaupt nicht mehr wie Geschöpfe dieser Welt. Als Julen genauer hinsah, entdeckte er grüne Ohren unter ihrem üppigen Haar. Er war noch nie einer Lichtelfe begegnet und wusste nicht, was er von den drei Frauen da vor ihm halten sollte. Ihre erdgebundene Magie faszinierte ihn – und doch widersprach sie allem, was er bisher kannte. Er ahnte, dass die hübsche Hülle nur eine Fassade war, unter der sich etwas weitaus Unheimlicheres befand. Asher schien weniger beeindruckt, verbeugte sich jedoch leicht vor den Feen, die zur Antwort huldvoll nickten und zu berichten begannen, was sie über das Schloss wussten; viel war es nicht. „Niemand weiß sicher, was dort geschieht. Unsere Anweisung lautet, die Gegend zu meiden", gaben sie auf die erneute Nachfrage zögernd Auskunft. „Der Dämon hat einen mächtigen Schutzzauber über das Haus gelegt, andere Dämonen waren aber noch nie dort."

Julen gab ein abfälliges Schnaufen von sich. „Er weiß, dass wir kommen, aber wie er Vampire dazu gebracht hat, ihm zu helfen, ist mir ein Rätsel."

Als hätte sie seine Bemerkung nicht gehört, fuhr sie fort: „Er ergötzt sich am Leid der Gefangenen." Dann änderte sich ihre Stimme: „Eure ehemaligen Herren fürchten nichts mehr als die Macht der Unterschicht. Ihr habt nach Jahren unwürdigen Frondienstes ein Recht auf Wohlstand in Freiheit. Fordert es ein! Gemeinsam seid ihr eine Größe, mit der die gesamte vampirische Welt und sogar der Rat rechnen muss."

„Das ist Urian!", flüsterte Julen erschüttert. „Ich erkenne seine Stimme."

„Zu dumm, dass die magische Welt keine liberale Demokratie ist und die Aufständischen mit ihrem Blut dafür zahlen werden." Der Mund der Fee verzog sich in falscher Heiterkeit. „Ich habe mir viel Zeit genommen, deinen Vater sterben zu sehen. Du bist als Nächster dran. Ich kenne jetzt deine Achillesferse, Vampir!"

Niemand sagte etwas. Plötzlich öffneten sich ihre Augen, und sie sah sich einen Moment lang orientierungslos um, bis die andere Fee flüsterte. „Lass uns gehen!"

Asher verbeugte sich. „Habt Dank!" Die beiden nickten und verschwanden.

„In der Tat, herzlichen Dank", Julen schüttelte verständnislos den Kopf. „Was ist falsch an ein wenig Unterstützung, wenn wir zwei Feentöchter befreien wollen?"

„Meine französischen Schwestern leben hier sehr abgeschieden, man könnte Brocéliande mit einem Kloster vergleichen. Ich fürchte, sie sind Fremden gegenüber nicht allzu aufgeschlossen." Manon sah sie entschuldigend an.

Asher fragte: „Würden sie dir Zuflucht gewähren?"

„Natürlich. Warte mal, du glaubst doch nicht, dass ich euch alleine gehen lasse?"

„Genau dies wirst du tun. Wenn ich mich nicht irre, gibt es

von hier aus eine Passage, die in dein Zuhause führt?" Ähnlich wie in der Zwischenwelt konnte man auch im Reich der Feen weite Strecken rasant zurücklegen. Manche behaupteten sogar, Zeitreisen seien nicht nur möglich, sondern geradezu unproblematisch. Asher hoffte jedenfalls, dass Manon auf diesem Weg Sara in Sicherheit bringen würde – und bat sie darum.

„Dafür benötige ich Hilfe." Manon überlegte kurz. „Irgendwie krieg ich das schon hin, keine Sorge! Versprich du mir dafür, Estelle heil nach Hause zurückzubringen!"

„Das werde ich." Asher konnte nur hoffen, nicht zu viel versprochen zu haben. Eine Auseinandersetzung mit einem Dämon, der nicht zögern würde, alles Leben um sich herum auszulöschen, war kein Spielchen.

Gemeinsam mit Julen näherte er sich kurz darauf dem Schloss. Zwei Wachen patrouillierten um das Haus. Die Vengadore hielten sich in den Schatten der umliegenden Bäume verborgen.

Julen signalisierte ihm, er wolle die magischen Siegel erkunden.

„In Ordnung, aber geh nicht hinein, hörst du?"

Julen deutete einen militärischen Gruß an, zum Zeichen, dass er sich an Ashers Befehl halten würde. Und verschwand lautlos.

Asher sah zum Schloss hinüber. Die Fenster des alten Gebäudes waren hell erleuchtet. Hinter einem von ihnen mussten sich Estelle und auch ihre Schwester aufhalten. Nach wenigen Sekunden spürte er die Präsenz seiner Seelengefährtin ganz deutlich. Endlich versuchte sie nicht mehr, ihn aus ihren Gedanken auszusperren.

Asher?
Ist alles in Ordnung?
Es geht uns gut!
Wo seid ihr?

In einem Arbeitszimmer im Erdgeschoss. Ein ziemlich un-
heimlicher Typ bewacht uns.

Sie dachte an die gefangenen Vampire im Keller und konnte
Ashers Abscheu deutlich fühlen, als er die Bilder der armen
Kreaturen mit ihr teilte. Dabei beobachtete sie weiter beunru-
higt den Comte, der ihr immer seltsamer erschien, je nervöser
er wurde. Er hatte Selena und sie Rücken an Rücken an zwei
Stühle gefesselt und schenkte ihnen weiter keine Beachtung.
Estelle konnte aus dem Augenwinkel beobachten, wie er zum
wiederholten Mal aufsprang und im Raum auf und ab ging.
Etwas Dunkles brodelte in ihm, und er schien Schwierigkeiten
zu haben, dieses Etwas zu beherrschen. Es war wie ein unauf-
haltsamer Lavastrom, der mit Macht an die Oberfläche drängte.
Seltsamerweise richtete sich diese Wut aber nicht gegen seine
Gefangenen, sondern in erster Linie gegen Urian.

Ich kann ihn sehen, nimm dich vor ihm in Acht. Er hat Kräfte
in sich, die er nicht versteht. Wir holen euch da raus! Asher hatte
durch Estelle hindurch den inneren Tumult des Schlossherrn
gespürt und war ernsthaft beunruhigt. Dieser Mann wirkte
unberechenbar. Er beschloss, sich erneut zu konzentrieren, und
ließ allmählich einen Teil seines Selbst los, bis dieser fast wie
ein eigenständiges Wesen zu handeln vermochte. Eine extrem
gefährliche Unternehmung, aber weit weniger riskant als eine
Astralreise, bei der sein Körper als leere Hülle ungeschützt zu-
rückgeblieben wäre. Sein zweites Ich begann, das Schloss Raum
für Raum zu erkunden, er bediente sich dabei auch der Erinnerung der Sterblichen, die sich in einem Raum des Gebäudes
befanden, gefesselt und bewacht von einem Rudel hungriger
Streuner. Asher hatte genug gesehen. Er sammelte sich und
wurde wieder zu einem homogenen Geschöpf.

Julen war zurückgekehrt. „Urian hat fast die gleichen Siegel
wie in Cambridge verwendet. Sie sind kürzlich nur ein wenig

abgewandelt worden, offenbar weiß er von unserem Besuch in Gralons Büro und hat die Veränderungen in aller Eile vorgenommen." Er zeigte auf einen Balkon im ersten Stock. „Ich habe eines von ihnen dort oben so gut wie geöffnet."

Der ältere Vengador informierte ihn mit wenigen Worten. „Wir werden direkt zu Urian gehen und verhandeln."

„Spinnst du? Mit einem Dämon kann man doch nicht reden!" Julen war entsetzt.

„Wir haben keine andere Wahl, wenn wir ein Blutbad vermeiden wollen."

„Dann gehe ich zu ihm, und du kümmerst dich um die Mädchen. Wir haben ohnehin noch eine Rechnung offen."

„Und du glaubst, du kannst verhindern, dass diese ausgehungerten Streuner die Sterblichen schlachten? Nein, wir machen es so, wie ich sage."

„Aye!" Damit folgte ihm Julen auf den erwähnten Balkon, und dann waren sie im Handumdrehen im Schloss.

„Kannst du ihn fühlen?"

Julen nickte.

„Auf drei!" Die beiden Vengadore materialisierten sich gleichzeitig neben Urian, dessen Überraschung sich nur mit einem kurzen Zusammenziehen der Pupillen verriet. Julens Mundwinkel zuckte, während er den Dämon sonst bloß ausdruckslos fixierte: wie eine Schlange ihre Beute.

„Schön, dich wiederzusehen. Julen war der Name, nicht wahr?" Urian wandte sich Asher zu, sein Tonfall klang ausgesucht höflich. „Vengador, willkommen in meinem bescheidenen Refugium! Ich bin entzückt, deine Bekanntschaft zu machen."

„Du wirst verstehen, dass ich diese Freude nicht teile."

Urian schaute Asher direkt in die Augen, als wollte er seine Aufrichtigkeit damit beweisen. Was er dort entdeckte, zwang ihn allerdings beinahe dazu, den Blick abzuwenden. Das strah-

398

lende Blau der Iris erinnerte ihn an polares Eis, die glitzernden Punkte darin waren ständig in Bewegung und zeigten einen beängstigenden Wahnsinn, obwohl der Vengador völlig ruhig zurückschaute, als warte er geduldig auf etwas. Doch am verwirrendsten war, dass dieser Blick Urian geradezu aussaugte, fast als würde er ihn seiner Hitze und Energie berauben. Deutlich fühlte er seine Kraft schwinden und schaute nervös beiseite, während er erwartete, Triumph über sein Versagen in dem undurchsichtigen Gegenüber zu lesen. Stattdessen war da aber nichts. Der Vampir schien genauso „leer" wie sein junger Begleiter und bewegte keinen einzigen Muskel seines Körpers. Er verfluchte den Comte de Blavet für die wohlgemeinte Entführung von ganzem Herzen. „Ich wünschte, unsere Begegnung stünde unter besseren Vorzeichen. Der Sterbliche, dem dieses Schloss gehört, weiß nichts von der magischen Welt, sonst hätte er niemals Schwestern der Auserwählten behelligt." Asher schwieg, doch der Polarsturm in seinem Blick hatte sich keineswegs gelegt. „Ihnen ist nichts geschehen."

Julen lachte. „Denkst du etwa, wir nehmen die Mädchen mit und tun so, als sei nichts passiert? Vielleicht sollten wir der Horde hungriger Streuner, die du so gekonnt aufgehetzt hast, erzählen, wo sich ihre Freunde befinden?"

Asher stöhnte innerlich auf. Wieso hatte er auch geglaubt, dass alles gutgehen werde? Bevor sich Julen noch mehr in Rage redete, schritt er ein. „Gib sie heraus, über alles andere können wir später reden."

„Die Feentöchter interessieren mich nicht." Urian war nicht dumm: Sollten sich die beiden Vengadore nicht einig sein, konnte er womöglich ohne Schaden aus dieser verfahrenen Situation herauskommen. Dieser Gedanke gefiel ihm. „Mein Pakt mit de Blavet geht niemanden etwas an. Nehmt die Weiber und verschwindet."

Julen glaubte seinen Ohren nicht trauen zu können. „Du hast augenscheinlich vergessen, dass wir zwei noch eine Rechnung offen haben?"

Urian hatte den Mund noch nicht einmal zu einer Antwort geöffnet, da krachte es im Nebenraum, dort, wo die rebellischen Streuner ihre Geiseln bewachten. Donnerschläge, Pfeifen und Heulen war zu hören, als hätte jemand ein großes Silvesterfeuerwerk gezündet.

Die entsetzten Schreie, die aus vielen Kehlen gleichzeitig kamen, klangen nach Fegefeuer. Urian wurde bleich, sah sich panisch um und machte Anstalten, in die Zwischenwelt zu fliehen. Er öffnete ein Portal. Julen setzte zum Sprung an, um ihn aufzuhalten. Er verfehlte den Flüchtigen knapp und erstarrte mitten in der Bewegung. „Gunnar!"

„Hallo Bruder!", entgegnete sein Spiegelbild und schob den Dämon ins Diesseits zurück. Im selben Moment sprangen die Türen auf. Ein Knäuel aus Vampiren und Sterblichen wurde sichtbar – alle in ihren vergeblichen Anstrengungen, dem Grauen zu entkommen, blind für die neue Bedrohung. Asher zog sein Schwert.

Welchen Zauber Gunnar auch für seine Überraschungsaktion angewendet haben mochte, er hatte funktioniert. Jetzt war es an ihnen, das Beste daraus zu machen. Die Freaks erholten sich für seinen Geschmack ein wenig zu schnell von dem Schock, den die hellen Blitze des magischen Feuerwerks bei ihnen ausgelöst hatten. Ihre Bewegungen wirkten immer weniger unkoordiniert: Also begannen sie sich für einen Angriff zu formieren. Genau so, wie Urian es ihnen eingeschärft hatte.

„Sieh nach den Feen!", rief Asher. Julen tat unverzüglich, was er von ihm verlangte, und verschwand.

Der erfahrene Vengador spürte die mörderische Energie in Gunnar und überließ es ihm, sich mit Urian zu schlagen. Der

Hüter hatte nicht übertrieben, Julens verloren geglaubter Bruder schien mehr als fähig zu sein, es mit dem Dämon aufzunehmen. Während er die beiden im Blick behielt, sprach Asher, ohne sich umzudrehen, zu den Streunern: „Ihr geht besser nach Hause!" Die Meute erwiderte seine halbherzige Drohung mit einem wütenden Fauchen. Einige wenige allerdings hielten sich abwartend im Hintergrund, als spürten sie, mit welch mächtigem Gegner sie im Begriff waren, sich anzulegen.

„Ich hatte es schon befürchtet", sagte Asher mehr zu sich selbst und wandte sich mit einem eisigen Lächeln auf den Lippen langsam um. „Also gut, wer möchte als Erster sterben?" Drei der zerlumpten Gestalten schienen es besonders eilig zu haben und stürzten sich mit ausgestreckten Krallen und wutverzerrten Gesichtern auf den Vengador, bereit, ihn mit ihren langen Reißzähnen in Stücke zu reißen. Ein einziger eleganter Schwertstreich bescherte den Angreifern einen schnellen Tod. Während ihre Köpfe noch rollten, erwischte es zwei weitere Streuner, die von giftigen Wurfsternen getroffen zu Boden sanken. Danach wurde die Szene unübersichtlich. Während einige Vampire die Flucht ergriffen, versuchten andere, sich der Sterblichen zu bemächtigen, um sie als Schilde zu missbrauchen. Urian hatte offenbar aus reinem Selbstschutz dafür gesorgt, dass die Streuner keine Waffen besaßen, und den verzweifelten Kreaturen schien dies der einzig gangbare Weg. Tatsächlich erschwerte es Ashers Arbeit erheblich. Gerade zerrte er zwei der Vampire von ihren Opfern weg, da sprang ihn ein dritter an und schlug seine langen Zähne durch den ledernen Mantel in seine Schulter. Ärgerlich packte er den Angreifer, schleuderte ihn in eine Gruppe geifernder Monster und warf sie damit zurück. Aus dem Augenwinkel sah er, wie sich Gunnar in Urians Hals verbissen hatte und ihn wie einen räudigen Hund schüttelte. Hier war Unterstützung weder notwendig noch zu erwarten. Immer mehr

Vampire griffen ihn an, und mehr als einer hinterließ blutende Wunden. Plötzlich erschien der Comte, erfasste die Situation mit einem Blick und eilte dem Dämon erstaunlicherweise zu Hilfe. Aggressive Streuner kamen hinzu. Gunnar kämpfte wie ein Löwe, aber ganz allein – und seine Gegner waren Berserker. Die Situation drohte zu kippen. Doch da materialisierte sich eine Amazone an seiner Seite, zwinkerte ihm zu und versenkte wie beiläufig ihr Schwert in einem Angreifer, der den Fehler gemacht hatte, ihr zu nahe zu kommen. Gegen zwei Kämpfer hatten die unerfahrenen Streuner keine Chance. Messer flogen in ihre Richtung, und Wurfsterne trafen mit tödlicher Präzision. Asher hielt immer wieder nach Julen Ausschau, konnte ihn aber nicht entdecken. *Julen?* Wie auf Befehl erschien der junge Vengador und stürzte sich in den Kampf gegen Urian, dem es in derselben Sekunde gelang, Gunnar mit einer langen Klinge zu durchbohren. Julen gab einen unmenschlichen Schrei von sich und würgte den Dämon. Dabei versuchte er gleichzeitig, sich des wie verrückt auf ihn einstechenden Comte de Blavet zu erwehren.

Gunnar ging schwer getroffen in die Knie und beobachtete mit leeren Augen die mörderische Szene, die sich vor ihm abspielte. Mit letzter Kraft zog er das Schwert aus seinem Körper und sackte in sich zusammen. Obwohl sich die Wunden sofort zu schließen begannen, blieb er vorerst kampfunfähig.

Asher hörte im selben Moment einen überraschten Ruf der Feenzwillinge. „Geh nur!" Seine Kampfgefährtin drehte sich nach ihm um und schlug dabei einem weiteren Angreifer den Kopf ab. Mehr war gar nicht nötig. Asher dematerialisierte sich.

Er kam gerade noch rechtzeitig. Eine dunkle Gestalt beugte sich über die Schwestern, und Asher hob sein Schwert. Blind vor Wut und Angst, dass Estelle etwas zustoßen könnte, setzte er zum Sprung an.

„Bleib, wo du bist!", drohte eine weibliche Stimme, die er sofort erkannte. Nuriya. Die Gefährtin seines Bruders sah nicht einmal auf, sie löste mit wenigen Schnitten die Fesseln ihrer Schwestern, die ihr anschließend dankbar um den Hals fielen. Estelle schaute dabei über Nuriyas Schulter zu Asher hinüber und lächelte schüchtern. „Ich habe dich vermisst."

Du wirst gebraucht! Die Stimme seiner unbekannten Kampf-gefährtin klang drängend, und Asher gab einen Fluch von sich, der zweifellos in die Geschichte eingegangen wäre, hätte sich ein Chronist in der Nähe befunden. Anstatt die Geliebte in seine Arme zu ziehen, machte er auf dem Absatz kehrt.

Urian hatte den schwer blutenden Julen nach zähem Ringen überwältigt. Er entwand ihm seine tödliche Klinge und hielt sie an den Hals des Vampirs. Gunnar, der diese Szene voller Entset-zen beobachtet hatte, erwachte aus seiner Erstarrung und griff nach einem Katana, dem gebogenen Schwert eines Samurai, von dem sein eigenes Blut tropfte. „Gib ihn frei!"

Urian lachte. „Nur über meine Leiche!"

Asher erschien direkt hinter dem dämonischen Geiselnehmer und hätte ihm diesen Gefallen auf der Stelle getan. Doch er konnte nichts weiter tun, als stumm die blutige Szene vor sich zu betrachten, wollte er nicht auch Julen in den sicheren Tod schi-cken. Gunnar hielt sich schwankend auf den Beinen. Voller Hass wollte er sich auf den Dämon stürzen, selbst wenn dies seine letzte Tat gewesen wäre. Doch er erstarrte in der Bewegung, als er begriff, dass es dem Dämon ernst war. „Scheiße!"

„Das ist zwar nicht meine bevorzugte Wortwahl, Vampir. Aber ich stimme dir zu, es sieht nicht gut für deinen Bruder aus." Urian wischte sich Blut von der Stirn und bewegte sich vor-sichtig seitwärts. „Bruder oder Gerechtigkeit – ich sollte dich wählen lassen, aber ich ahne schon, wofür du dich entscheidest. Genau das, Vampir, ist eure Schwäche, und deshalb werde ich dir die Entscheidung abnehmen." Urian lächelte böse und war bereits im Begriff, die Klinge in Julens Hals zu stoßen, da schrie der Comte: „Vater, hinter dir!"

Urian fuhr herum und sah, wie Asher das Schwert zum tödlichen Schlag erhob. Beide verharrten in der Bewegung, und in quälender Langsamkeit sah Urian zu Blavet hinüber. „Was hast du gesagt?" Seine Nasenflügel blähten sich, und unerwartet traf ihn ein familiärer Duft. Er wirkte verwirrt und dabei beinahe menschlich. Doch Dämonen besaßen keine Gefühle und keine Seele, die sich über dieses überraschende Vaterglück hätte freuen können. Urian war sich sicher, dass das merkwürdige Ziehen in seinem Herzen nichts weiter war als der bösartige Trick einer Chimäre. Also schenkte er dem unwillkommenen Zeugen dieser peinlichen Szene lediglich einen eisigen Blick und stieß Julen wie eine zu schwer gewordene Bürde von sich. „Wir sehen uns wieder!" Damit griff er den Sterblichen, der vorgab, sein Sohn zu sein, und verschwand in der Unendlichkeit.

„Netter Abgang!" Die Vampirkämpferin neben Asher wischte ihr Schwert mit dem Hemd eines zu Staub zerfallenen Gegners ab. „Wenn das nicht ein guter Kampf war, dann weiß ich auch nicht …"

„Wer bist du?" Asher war ziemlich sicher, dieser Akzent gehöre einer anderen Zeit an. Und er glaubte, die meisten Vengadore zu kennen. Andererseits hatte er sich anfangs auch bei Julen geirrt. Wer also war diese Frau, deren exzellente Kampftechnik selbst ihn beeindruckt hatte.

„Nekane." Als sei dies Erklärung genug, wollte sie sich abwenden, doch Asher hielt sie zurück. „Ich danke dir, Nekane, dass du die Feen gerettet hast."

Sie hielt in der Bewegung inne und lachte. „Machst du Witze? Sie haben mir das Leben gerettet! Und nicht nur das", fügte sie leise hinzu. „Wenn du mich fragst, sind sie die erstaunlichsten Feenkinder, die ich seit …", hier zögerte sie unmerklich, „… langer Zeit gesehen habe."

„Und wie lange mag das wohl sein?"

„Du traust mir nicht viel zu." Nekane sah ihn erst feindselig an, doch dann entspannten sich ihre Züge. „Meine Worte und Werke habe ich auf Gottes Geheiß vollbracht." Ihr Lächeln enthüllte die gesamte Kraft ihrer Magie. „Fünfhundertsiebenundsiebzig Jahre, um ganz genau zu sein. Gerade du solltest wissen, dass der Rat nie ohne Rückversicherung arbeitet. Die Einmischung eines erfahrenen Vengadors war nicht vorhersehbar, als ich meinen Auftrag erhielt. Ich bin gut in Undercover-Ermittlungen und ohnehin meist in der Gegend zu finden."

Eine Art Begreifen zeichnete sich auf Ashers Gesicht ab. „Und dein ursprünglicher Name lautet …" Die Vampirin legte ihm ihren Zeigefinger auf die Lippen. „Lass uns nach den bedauernswerten Kreaturen dort unten im Keller sehen."

19

Gemeinsam erlösten sie die im Keller Eingeschlossenen aus der Blutsklaverei und nahmen ihnen den Schwur ab, die Kunde von ihrer Befreiung weiterzutragen. Niemand widersprach. Außerdem warnten sie alle Streuner davor, den Aufstand fortzusetzen.

Anschließend machten sie sich daran, den überlebenden Sterblichen positive Erinnerungen an diesen Abend einzupflanzen. Professor Gralon erwies sich dabei als besonders widerspenstig, und schließlich blieb ihnen nichts anderes übrig, als ihn so umfassend seines Gedächtnisses zu berauben, dass er in Zukunft vermutlich nie wieder eine Chance haben würde, in der Welt der Wissenschaft Gehör zu finden. „Der Typ ist Schaschlik!", brachte es Nekane erstaunlich zeitgemäß auf den Punkt und zeigte dabei keinerlei Mitgefühl. Sie versprach den Vengadoren, weiterhin ein Auge auf das Château zu haben, und zog sich zurück.

Am Tag darauf

Estelle saß in eine warme Decke gewickelt auf Manons Sofa. „Natürlich macht es mir nichts aus, dass Sara in meinem Bett schläft!", versicherte sie zum dritten Mal.

Endlich allein, nahm sie einen großen Schluck aus der Teetasse und genoss die Stille. Dabei überließ sie sich ihren Gedanken: Nachdem Nuriya ihre Schwestern befreit hatte, brachte sie beide unter Aufbietung all ihrer Kräfte durch die Zwischenwelt in ihr luxuriöses Zuhause, das sie mit Kieran teilte. Er hatte bereits auf sie gewartet und bewies einmal mehr, wie unheilvoll es sein konnte, einen Dunkelelf zu verärgern. Als er erfuhr, welch großes Risiko sie eingegangen war, ohne ihn zu Hilfe zu rufen, sah es einen Augenblick lang so aus, als würde er den Verstand verlieren. Ein irres Leuchten erschien in seinen Augen, mit einem Satz war er bei ihr und presste sie gegen die Wand. „Tu so etwas nie wieder!", zischte er. Doch Estelles Schwester lächelte nur, und der gefährliche Vampirkrieger schmolz buchstäblich wie ein Sahnetörtchen in der Sommersonne dahin.

Dass sie bei ihrer Rettungsaktion beinahe von seinem Bruder erschlagen worden wäre, verschwieg Nuriya wohlweislich. „Du warst mit deiner Aufgabe beschäftigt und ich mit meiner!" Sie entzog sich ihm und stemmte ihre Arme in die Taille, wie sie es immer tat, wenn ein Streit aufzog. Dabei sah sie ihn kampflustig an. Die Zwillinge blickten gebannt auf Kieran, und Estelle bereitete sich darauf vor einzugreifen, falls er gewalttätig werden würde. Seiner Miene nach zu urteilen war dies keineswegs unwahrscheinlich.

„Nicht!", flüsterte sie. Kieran fuhr herum. Seine Augen funkelten, und obwohl sie heller waren als die seines Bruders, las sie darin doch ebenso viel Humor und die gleiche Leidenschaft. Die Lachfältchen in seinem Gesicht verliehen ihm dabei eine nahezu menschliche Ausstrahlung. Er beugte sich zu Nuriya hinab und murmelte in ihre roten Locken: „Eines Tages wird man mir jedes einzelne Jahr meines Lebens ansehen, wenn du so weitermachst, Kleines!" Danach küsste er sie, als wollte er beweisen, dass es noch längst nicht so weit war. Ungeachtet der peinlich berührten Zuschauerinnen erwiderte Nuriya seine Zärtlichkeiten, als hätte sie die Welt um sich herum vergessen. Estelle dachte an Asher und dessen ganz andere Reaktion auf ihr Wiedersehen. Tränen traten in ihre Augen, sie blinzelte heftig. Asher hatte sie überhaupt nicht beachtet und war sofort nach ihrer Rettung verschwunden, als täte er nur seine Pflicht, um sicherzustellen, dass sie in Sicherheit waren. Nuriya hatte die Liebe ihres Lebens gefunden, aber sie selbst hatte mit ihrem Alleingang alles aufs Spiel gesetzt. Sie wollte nach Edinburgh zurück.

Ihre Schwestern Nuriya und Selena versuchten sie zum Bleiben zu überreden, doch schließlich war es wieder Kieran, der ihr ihren Wunsch erfüllte. Im dunklen Treppenhaus vor Manons Wohnung hielt er Estelles Hand fest und sah sie forschend an. „Asher liebt dich." Sie wollte schon widersprechen, verstummte aber angesichts seiner ernsten Miene. „Mein Bruder war viel zu lange allein und hat es schließlich aufgegeben, auf eine Seelenpartnerin zu warten. In letzter Zeit habe ich mir deshalb große Sorgen um ihn gemacht. Glaube mir, ich weiß, was er durchgemacht hat. Lass ihm ein wenig Zeit, um zu erkennen, wie wertvoll deine Liebe ist. Du liebst ihn doch auch, nicht wahr?"

Estelle sah auf den Boden und hauchte kaum hörbar: „Ja!" Als sie dann wieder aufsah, war der Vampir verschwunden.

Er liebt dich! Kierans Worte glitten durch ihre furchtsame Seele. Manon hatte sie nichts davon erzählt, aber sie klammerte sich an diesen Strohhalm.

„Du hörst mir gar nicht zu!"

„Natürlich, ich …" Estelle schrak zusammen und kehrte in die Gegenwart zurück.

„Du hast von Asher geträumt!" Manons Augen glänzten. „Er ist ein wunderbarer Mann, für einen Dunkelelf jedenfalls", fügte sie lachend hinzu. „Ich wusste gleich, dass ihr füreinander bestimmt seid!"

„Glaubst du das wirklich?"

„Aber natürlich, du Dummchen!" Manon wischte eine Träne

aus Estelles Gesicht. „Was ist nur passiert, dass du so verzweifelt bist?" Sie hörte schweigend zu, als ihre Freundin leise erzählte, dass Asher ihr die Erinnerung an ihre Begegnung in der Bibliothek genommen hatte. Und wie sehr seine Reaktion nach ihrer Befreiung durch Nuriya sie verletzt hatte. „Ich weiß überhaupt nicht, was in ihn gefahren ist. Als er sah, dass wir in Sicherheit waren, hat er scheußlich geflucht und ist einfach verschwunden!"

„Asher hätte dir deine Erinnerung niemals rauben dürfen. Aber jeder macht Fehler, und ich bin sicher, dass er diesen längst bereut. Gib ihm eine Chance!" Sie schwieg lange. „Zugegeben, ein Fluch ist nicht das, was man von seinem Geliebten hören möchte. Aber nach einer Schlacht reagieren Männer eben unterschiedlich. Wie auch immer, wenn du mich fragst, dann klärt sich alles auf. Ihr müsst nur miteinander reden, sobald er zurückkommt."

Estelle wollte nicht mehr darüber sprechen und lenkte ab. „Feen können wirklich in ihrem Reich von Ort zu Ort zu reisen, so wie Vampire in der Zwischenwelt? Meinst du, ich bringe das eines Tages auch fertig?"

Manon stand auf, ohne zu antworten, und ging hinaus. Sie kehrte mit einem Schlüssel zurück, den sie Estelle in die Hand drückte. „Für Ashers Laden, ich seh dort manchmal nach dem Rechten, wenn er länger unterwegs ist." Sie setzte sich wieder. „Ihr solltet unbedingt miteinander sprechen! Aber vielleicht sieht er es ja auch nicht."

„Was sieht er nicht? Manon, wenn du mir jetzt auch noch etwas verschweigst, wem soll ich dann überhaupt vertrauen?"

„Also gut, ich sag es dir. Aber du musst mir versprechen, mich bis zum Ende anzuhören." Weil sie nicht weitersprach, sagte Estelle schließlich: „Ich verspreche alles, was du willst, nur sag endlich, was los ist!"

„Anfangs hat mich deine Wut auf Vampire irritiert. Ich war

mir nicht sicher, aber deine Visionen und Albträume sind ganz typisch. Du steckst mitten in der Transformation."

„Transformation in was?" Estelle hielt sich die Hand vor den Mund.

„Du wirst ein Vampir."

„Das ist unmöglich, mein Vater war ein Sterblicher. Bin ich denn gebissen worden? Etwa von Asher?"

„Ein Biss macht noch keinen Vampir. Es tut mir leid, aber ich weiß nicht, warum du dich wandelst. Ich kann nur Vermutungen anstellen, immerhin habt ihr beiden wenig Ähnlichkeiten mit eurer älteren Schwester …"

Es dauerte eine Weile, bis Estelle begriff, was die Fee damit sagen wollte. „Niemals! Mama hat unseren Vater nicht betrogen. Sie haben sich geliebt!" Jetzt schrie sie beinahe.

„Wir Feen nehmen es mit solchen Dingen nicht so genau …" Manon hätte noch mehr sagen wollen, aber Estelle hielt sich die Ohren zu. „Ich will das nicht hören!", rief sie und rannte in den klirrend kalten Morgen hinaus. Dick eingepackte Menschen stemmten sich auf ihrem Weg zur Arbeit gegen den Wind. Die Straßenlaternen leuchteten noch, aber der Horizont wurde schon von den ersten Sonnenstrahlen erhellt. Bald würden sie den wolkenlosen Himmel über ihnen in dasselbe Blau färben, das auch Ashers Augen strahlen ließ. Estelle fror in ihrem dünnen Pullover, ihre Zehen schmerzten sogar schon. Pantoffeln eigneten sich weder für einen Winterspaziergang, noch waren sie besonders kleidsam. Die Passanten warfen ihr merkwürdige Blicke zu, und zwei Schulmädchen kicherten bei ihrem Anblick. Sie war noch nicht bereit, wieder in ihre warme Wohnung zurückzukehren, wo eine Fremde in ihrem Bett schlief und ihre Freundin – oder was sie dafür gehalten hatte – gemeine Lügen über ihre Mutter verbreitete. Wütend ballte sie die Faust. Der Schlüssel! Ashers Buchladen war nur noch wenige Schritte ent-

410

fernt. Estelle fasste einen Entschluss. Sie öffnete die Tür, und das leichte Kribbeln der Abwehrmagie erinnerte sie daran, dass Asher keine Fremden in seinem Refugium duldete. Doch inzwischen kannte sie ihn gut genug, um zu wissen: Hätte der Zauber ihr gegolten, sie wäre nie in das Geschäft hineingekommen. Sie lauschte. Nichts. Behutsam tastete sie sich durch die Regalreihen, bis sie vor Ashers Bett stand. Im schwachen Schein einer Nachttischlampe, die er offenbar vergessen hatte auszuschalten, sah sein Gesicht geradezu jung aus. Die feinen Linien um seine Augen waren nicht zu sehen, der strenge Mund wirkte weich und sinnlich. Sie konnte nicht widerstehen, beugte sich vor und presste ihre Lippen darauf. Sein Arm schnellte hervor und zog sie blitzschnell zu sich hinab. Zärtlich erwiderte er ihren Kuss. „Sternchen, endlich bist du da!" Seine Hände strichen über ihren Körper: Estelle hatte das Gefühl, nach einer langen Odyssee zu Hause angekommen zu sein. Ashers Bewegungen waren langsam und konzentriert, während er ihren Körper systematisch erkundete.

„Du bist verletzt!" Estelle betrachtete voller Entsetzen die tiefen Bissspuren in seinem Arm, und bei genauerem Hinsehen entdeckte sie noch weitere Wunden, die von nichts anderem als einer großen Klinge stammen konnten.

„Das ist nichts!", murmelte er und wollte sie schon wieder an sich ziehen. Estelle erkannte, wie schwer der Kampf gewesen war. Er brauchte dringend den Schlaf, der seinen geschundenen Körper wirksamer heilen mochte als jedes Medikament. Sie würde ihn nicht allein lassen. Rasch zog sie sich bis aufs Hemd aus und kuschelte sich vorsichtig an ihn, um ihm nicht wehzutun. Er legte seinen Arm um ihre Taille und zog sie an seine Brust. „Schlaf, Sternchen!", murmelte er und tauchte in die geheimnisvolle Welt jenseits seines Bewusstseins ein.

Exakt in der Sekunde, als die längste Nacht des Jahres ihre

Tentakel nach allem Lebendigen ausstreckte, flatterten seine Lider. Draußen war es längst dunkel, so spät war er schon seit Ewigkeiten nicht mehr erwacht. Asher nahm die magische Präsenz, die wenige Zentimeter von ihm schlummerte, sofort wahr. Nicht mehr ganz Fee, noch nicht Vampir. Estelle. Seine Seelengefährtin.

Als vor wenigen Stunden ihre Lippen seinen Mund zart berührt hatten, hatte er während der ersten Sekunden zu träumen geglaubt. Hätte es noch eines Beweises bedurft, hier war er: Niemand außer seiner Seelenpartnerin, der Gefährtin für die Ewigkeit, hätte sich jemals, von ihm unbemerkt, so nahe heranschleichen können, egal, wie erschöpft er sein mochte. Und obwohl einige Wunden am vergangenen Abend noch ganz schrecklich ausgeschaut hatten, war nun keine Spur mehr davon zu sehen. Er war schon viele Male weitaus angeschlagener aus einer Schlacht heimgekehrt, mit Verletzungen, die manch ein jüngerer Vampir wegen des heftigen Blutverlustes nicht überlebt hätte.

Asher machte sich an diesem klaren Winterabend keine Illusionen mehr. Sein Herz gehörte der bezaubernden Fee, die da vertrauensvoll neben ihm ruhte. Und wenn er überhaupt noch etwas wünschen durfte, dann war es nichts weniger, als dass sie ihre Transformation überstünde, denn er wusste: ohne sie wäre sein Dasein unerträglich. Ausgerechnet also Mittwinter sollte zur Nacht der Wahrheit für ihn werden. Aber warum auch nicht? Vor langer Zeit war auch er in dieser Nacht zum Vampir geworden, heute würde sich sein Schicksal erneut entscheiden. Er stützte sich auf einen Ellenbogen und betrachtete die Schlafende.

„Guten Abend, Faulpelz!" Jemand blies über diese ganz bestimmte und besonders empfindliche Stelle an ihrem Hals. „Aufwachen!"

Estelle räkelte sich wohlig unter der warmen Decke, bevor sie endlich die Augen aufschlug und ihm direkt ins Gesicht sah. „Wie geht es dir?"

Er blickte sie verwirrt an. Noch nie hatte sich eine Frau für sein Befinden interessiert, während sie in seinen Armen lag. Zumindest nicht für diese Art von Wohlergehen.

„Du musst doch schreckliche Schmerzen haben ..." Estelle klang ohne Zweifel besorgt.

„Alles verheilt." Knapp kam die Antwort, als sei es ihm peinlich, darauf angesprochen zu werden. „Estelle, wir müssen ..."

„... reden!", vollendete sie seinen Satz mit einem Seufzer und setzte sich dann auf. „Ohne einen ordentlichen Tee wird das nichts."

„Oh!" Asher schenkte ihr sein unwiderstehliches Lächeln. „Beweg dich nicht von der Stelle, ich bin gleich wieder da!" Tatsächlich dauerte es aber eine ganze Weile, bis er mit einem Tablett zurückkehrte, auf dem neben Tee auch knusprige Brötchen, Marmelade und Butter standen.

„Das Geschirr kenne ich doch!"

Asher blickte verlegen. „Manon hat es mir geliehen. Sie und Sara lassen dich grüßen." Estelle versuchte, die unangenehme Erinnerung an die beleidigenden Worte, die sie ihrer Freundin an den Kopf geworfen hatte, zu vergessen, und errötete. *Ich werde mich wohl entschuldigen müssen!* Diesen Gedanken verbannte sie jedoch vorerst und klopfte einladend neben sich auf die Matratze. „Fang an. Ich kann gleichzeitig essen und reden!"

„Und ich habe immer geglaubt, spätestens seit der gute Freiherr von Knigge seine Salonregeln aufgeschrieben hat, wüsste jeder, dass es sich nicht gehört, mit vollem Mund zu sprechen!" Asher schmunzelte, doch dann wurde er ernst. „Du hast das Licht in mein Leben zurückgebracht!" Er lehnte sich zurück und schloss seine Augen. Dann begann er zu erzählen: „Ich war schon eine Weile Vengador, als mein bester Freund Darius seine Seelengefährtin traf. Wir hatten manch eine Schlacht Seite an Seite gekämpft, jeder konnte sich blind auf den anderen verlassen. Etwas, das unter geborenen Vampiren selten vorkommt. Damals wussten wir nichts davon, aber es gibt ein seltsames Phänomen. Sobald wir zu viel Zeit in der Gesellschaft eines anderen Vampirs verbringen, schwächt uns dies. Häufig kommt es auch zu Streitereien oder gar gewalttätigen Auseinandersetzungen."

„Hast du dich deshalb von Julen ferngehalten?"

„Er ist noch viel zu jung. Diese Probleme treten nur zwischen sehr alten oder mächtigen Vampiren auf. Darius und ich bekamen immer öfter Streit. Eines Tages erhielt er einen Auftrag vom Rat und bat mich, für ihn einzuspringen. Es war eine dunkle Zeit. Fanatische Vampirjäger gingen um, zudem stand Darius' Gefährtin in dem Ruf, eine Hexe zu sein. Er sorgte sich um ihre Sicherheit und wollte sie in jener Nacht an einen sicheren Ort bringen. Doch ich unterschätzte die Gefahr, nannte ihn einen Narren und versprach leichtfertig, nach ihr zu sehen, während er fort war. Später am Abend bot sich mir aber die Gelegenheit, mich mit Freunden zu amüsieren. Also vergaß ich das Mädchen." Asher fuhr sich mit der Hand übers Gesicht, und als er weitersprach, massierte er seine Schläfen mit den Fingerspitzen. „Als Darius am frühen Morgen zurückkehrte, war sie tot. Nicht einfach nur ermordet, sondern gefoltert, geschändet und grausam hingerichtet. Ihr war das Herz bei lebendigem Leib herausgeschnitten worden, und dennoch hatte sie die Qual vor ihrem Geliebten verborgen, damit er nicht in die Falle lief, wie es ihre Mörder gehofft hatten. Er raste vor Schmerz sowie Wut und gab mir die Schuld an ihrem Tod. Zu Recht!" Asher sprach schnell weiter: „Ich hatte mich lieber vergnügt, als mein Versprechen zu halten, und mein einstiger Freund wurde zu meinem schlimmsten Feind. Ich wollte nicht gegen ihn kämpfen, aber er erzwang eine Auseinandersetzung. So sehr ich auch versuchte, ihn zu schonen, er gab nicht auf. Der Kampf dauerte bis in die frühen Morgenstunden. Wir waren beide erschöpft, und die aufgehende Sonne schwächte uns zusätzlich: Da stürzte er sich plötzlich in mein Schwert. Wieder war ich unachtsam gewesen. Mit Mühe konnte ich uns in die sichere Dunkelheit einer Höhle retten. Dort schliefen wir erschöpft ein. Als ich erwachte, war er fort. Darius wollte nicht ohne seine Seelengefährtin sein und war ihr in den Tod gefolgt. An jenem Abend beschloss ich, mich niemals zu binden. Ohne die Hoffnung hatte mein Dasein bald jeden Reiz verloren. Meine Missachtung des Lebens brachte mir bald den Ruf eines gnadenlosen Vengadors ein und ich begann zu fürchten, dass die Blutlust nicht mehr lange zu bezwingen sein würde. Noch tötete ich nur im Auftrag des Rates, aber bald würden Unschuldige durch meine Hand sterben. Ein anderer hätte mich dafür bestrafen müssen."

Estelle sah ihn mitleidig an. „Und du hattest Angst, der Rat würde Kieran schicken!"

„Er war damals der Einzige, der eine Chance gegen mich gehabt hätte."

„Vielleicht aber hättest auch du ihn im Kampf getötet." Sie las die Antwort in seinem Blick. Dies war seine größte Furcht gewesen.

„Ich zog mich als Antiquar zurück. Doch selbst meine Bücher begannen mich irgendwann zu langweilen.

Als ich dich zum ersten Mal sah, erkannte ich, dass mich meine Furcht vor der Verantwortung für das Leben einer Seelenpartnerin beinahe um die einzige Chance, glücklich zu werden, gebracht hätte." Asher sah sie unsicher an. „Wenn du mich noch haben willst ... ich liebe dich!"

Estelle schwieg so lange, bis er sicher war, sie verloren zu haben. Sie las Resignation in seinem Blick und ergriff seine Hand.

415

Er ließ es wortlos geschehen, sah nicht auf, bis sie einen Kuss in die Innenfläche drückte. Die Haut fühlte sich rau an. Seit gestern Nacht wusste sie, dass tägliche Übungen mit dem Schwert dafür verantwortlich waren. Den Anblick Ashers als Krieger, als Vengador würde sie niemals vergessen. Sie erinnerte sich, wie er vor ihr gestanden hatte, mit einem Schwert in seinen Händen, das sie selbst niemals hätte führen können. Tödlich, diese Waffe und der Mann. Und gleichzeitig so unendlich einsam! In dieser Hand offenbarte sich sein gesamtes Wesen. Rau, sehnig und zupackend, aber dennoch zu unendlicher Zärtlichkeit fähig, talentiert und geschickt, auch wenn es darum ging, ihr Freude zu bereiten. Mit der Zunge fuhr sie über die verhornten Unebenheiten und presste kleine Küsse darauf.

Nie hatte Asher eine intimere Berührung gespürt. Seine Seele öffnete sich wie die Flügel eines Schmetterlings im Sonnenschein. Dennoch entzog er ihr die Hand, um sie an ihre Wange zu legen. Die andere folgte, und wie ein kostbares Juwel hielt er ihr Gesicht in seinen kräftigen Händen. Estelle ließ seine Musterung geschehen, dann aber lehnte sie sich vor und rieb ihre Nasenspitze an der seinen. „Ich hätte dir nie verziehen, wenn du verschwunden wärst und unser erstes Mal für immer verschwiegen hättest."

Asher hauchte federleichte Küsse auf ihre Stirn, die geschlossenen Lider und die elegant geschwungenen Augenbrauen. Er küsste ihre Nasenspitze und schließlich auch den wundervollen Mund. Dabei schob er sie in die Kissen zurück. Behutsam zog er ihr Hemd hoch, und Estelle hätte schwören können, dass seine Hände dabei zitterten. Als sie endlich nackt vor ihm lag, sah er sie voller Bewunderung an. Bevor er sich wieder zu ihr hinabbeugen konnte, setzte sich Estelle auf. „Zieh dich aus!"

„Was ist verkehrt an meiner Kleidung? Du hast sie selbst ausgesucht!", sagte er und schenkte ihr ein ausgewachsenes Grinsen, das seine Augen zu strahlenden Saphiren machte. Estelle öffnete Knopf für Knopf sein Hemd... Ihr Herz raste, als sie den glatten Baumwollstoff über seine breiten Schultern streifte. Mit den Fingerspitzen zeichnete sie die Linien seiner Muskulatur nach und stellte verwundert fest, dass von den gefährlichen Verletzungen, die sie gestern noch beunruhigt hatten, heute nichts mehr zu sehen war. Es kam ihr vor, als berührte sie eine kostbare Skulptur zeitloser Vollkommenheit. Asher hielt es nicht lange aus, ihren Händen regungslos ausgeliefert zu sein, und half dabei, die restliche Kleidung schnell loszuwerden. Als er sich zu ihr umdrehte, genoss er ihren hungrigen Blick, mit dem sie ihn unter halb geschlossenen Lidern beobachtete wie eine Katze ihre sichere Beute. Er beugte sich zu ihr hinab, und ihr Körper erwärmte sich unter seinen immer noch sanften Küssen, bis sie glaubte, das Blut koche in ihren Adern. Ihre Bauchdecke bebte, und die feinen Härchen stellten sich auf, als er darüberblies – und gerade die verspielte Leichtigkeit, mit der er sie heute liebkoste, erregte Estelle mehr als jede seiner vorherigen Berührungen. Er schmeckte mit jedem Kuss ihr ureigenes Wesen wie eine exotische Köstlichkeit, die er mit Bedacht und ausreichend Zeit genoss. Sie stöhnte leicht, als sich ihre Lippen endlich berührten. Jeder Kuss, jedes Nippen hinterließ Spuren heißen Verlangens, und sie presste sich an ihn, als wollte sie mit seinem Körper verschmelzen.

„Estelle, du machst mich wahnsinnig!" Obwohl er sich vorgenommen hatte, ihr Zeit zu lassen und nach all den Erlebnissen und Enthüllungen behutsam und liebevoll mit ihr umzugehen, vertiefte Asher seinen Kuss hungrig und trank die besondere Note der Erregung von Estelles Lippen. Zu wissen, dass er es war, der diese Lust in ihr auslöste, raubte ihm schier den Verstand. Sie rieb sich an ihm und stieß kleine wimmernde Laute aus, die ihn schnell an den Rand seiner Selbstbeherrschung brachten. Er küsste ihre Schultern, die Armbeuge, knabberte sanft an der Unterseite ihrer kleinen Brüste, verwöhnte den flachen Bauch, der herrlich bebte, wann immer er ihn berührte. Die Haut in ihrer Leiste war so zart, dass er das Blut sehen konnte, wie es durch die Adern floss. Der Hunger, von ihr zu trinken, sich in ihr zu verlieren, bis sie endlich eins waren, quälte ihn unbeschreiblich. Doch diese Qual war süß, und sein Wunsch, sie zu beschützen – sogar wenn es *vor* seinen eigenen Gelüsten sein musste –, war stärker. Mit einem animalischen Fauchen wandte er sich von dem pulsierenden Blutstrom ab und küsste die Innenseite ihrer Schenkel. Seine Hand fand dabei andere Möglichkeiten, sie zu verwöhnen, bis seine sinnliche Seelengefährtin kehlige Laute von sich gab und flehte: „Asher, bitte!"

Sie wollte ihm ganz gehören, wollte eins mit ihm werden, doch in dieses Paradies gab es nur einen Weg. Sie öffnete ihre Beine und zog ihn zu sich herauf, bis er die Hitze ihrer Leidenschaft spürte. „Ich kann nicht länger warten!", hauchte sie in seinen Mund.

War dies eine Bitte oder ein Befehl? Asher wusste es nicht, doch er gehorchte bereitwillig. Er spürte ihre feuchte Hitze, als sie sich ihm ungeduldig entgegenbog, und genoss das Gefühl in ihren warmen, samtigen Körper einzutauchen. Vollkommenheit. Er verharrte in der Bewegung, zog sich dann langsam zurück und genoss den Anblick ihrer riesigen Augen, aus deren Tiefe Panik und die Furcht, ihn zu verlieren, aufstiegen. Welche süße Tortur. Estelle gab wimmernde Laute von sich und versuchte ihm zu folgen. Er lächelte, stieß plötzlich wie ein Adler zu, sie bäumte sich auf und schrie. Asher füllte sie aus, als sei er nur dafür geschaffen worden, ihr diese unbeschreibliche Lust zu bereiten. Wieder rührte er sich nicht und genoss, wie ihr Körper sich dehnte und streckte, um ihn aufzunehmen und sicher zu bewahren. Die einzig sichtbare Bewegung aber war das schnelle

Heben und Senken ihrer Brust. Asher hielt ihren Körper unter sich gefangen, streichelte zärtlich ihre Arme, während er tief in ihre Seele schaute, die sich ihm durch die Strudel geschmolzenen Silbers in ihren weit geöffneten Augen offenbarte. Was er darin sah, war ein Bild von sich selbst und ihrer gemeinsamen Zukunft. Er umfasste ihr rechtes Handgelenk, hob es an und küsste die verletzliche Haut, unter der das Blut heiß und lockend strömte. Seine Zähne schmerzten, und es kostete ihn eine ungeheuere Kraft, der Versuchung zu widerstehen. Behutsam legte er Estelles Arm über ihrem Kopf ab. Dabei naschte er einmal an einer der aufgerichteten Brustwarzen. Tief aus seinem Inneren kam ein heiseres Fauchen. Estelle zitterte, seine Zunge fühlte sich so rau an wie bei einem großen Tier. Mit leicht geöffneten Lippen beobachtete sie, wie er ihrem linken Arm die gleiche Behandlung angedeihen ließ wie zuvor dem anderen, und erwartungsvoll reckte sie ihm ihre Brüste entgegen. Asher lächelte wissend, und dieses Mal schmerzte seine schnelle Berührung so, dass sie lüstern stöhnte und versuchte, ihre Hüften zu heben. Doch er gestattete ihr diese Freiheit nicht, umfasste beide Handgelenke und hielt sie fast grob in einem eisernen Griff. „Bitte!" Estelles Stimme verriet ihre Qual, und als sie glaubte, es nicht mehr ertragen zu können, erbarmte er sich endlich und begann sich in ihr zu bewegen. Schnell fanden sie einen gemeinsamen Rhythmus, bis sich unerwartet kleine, scharfe Zähne in seine Brust bohrten. Asher verharrte regungslos und beobachtete, wie ihre Unterlippe leicht bebte, als sie verlangte: „Ich will dich für immer!"

„Bis du sicher? Es gibt kein Zurück!"

„Ich war mir noch niemals in meinem Leben einer Sache sicherer!"

Asher las die Wahrheit dieser Worte in ihrer Seele. Er gab ihre Hände frei und ritzte sich mit einem unerwartet scharfen

Fingernagel einen tiefen Schnitt in die Brust. Behutsam hob er ihren Kopf, und Estelle leckte die wenigen Tropfen Blut gierig von der Wunde, bevor diese sich wieder schloss. „O Himmel, ist das gut!" Sie schlang ihre Beine um seine Taille, mit einem Stöhnen nahm er den Rhythmus wieder auf und vergrub seinen Kopf in ihrer Halsbeuge. Er spürte den genauen Zeitpunkt, da sich sein Blut mit dem ihren verband, und vergaß alle Vorsicht. Sie zuckte kaum merklich, als die scharfen Zähne ihre Haut durchstießen, und dann war da nur noch dieses überwältigende Glücksgefühl, das sie glauben ließ, tatsächlich im Paradies angekommen zu sein. Estelle schrie, und Tränen traten in ihre Augen. Sekunden später bäumte sich Asher über ihr auf, und seine Leidenschaft und Hingabe füllten sie aus wie eine wunderbare Melodie.

Nachdem sie zu Atem gekommen war, sah sie zu ihrem Geliebten hinüber, der regungslos neben ihr ruhte. Ihre Fingerspitzen tasteten nach der Stelle an ihrem Hals, die seine Zähne vor Kurzem erst durchbohrt hatten. Die Haut kribbelte, aber es gab keine noch so kleine Wunde. Die Abdrücke ihrer Zähne auf seiner Brust waren ebenfalls längst verheilt. „Du hast mich gebissen!"

Asher öffnete seine Lider einen Spaltbreit und sah sie unter langen Wimpern träge an. „Du hast angefangen!"

Estelle erinnerte sich nur zu gut. Der Wunsch, von ihm zu trinken, war überwältigend gewesen, und die Enttäuschung, dass sie diese köstliche Quelle nicht erreichen konnte, hatte sie vor Verzweiflung beinahe schreien lassen. Endlich gelang es ihr, sein Blut zu kosten, da versiegte sie auch schon wieder. Aber diese wenigen Tropfen hatten genügt, um die ihr bisher bekannte Welt zu verwandeln. Oder ihren Blick darauf. Letztlich war das auch egal, jedenfalls wusste sie mit Sicherheit, dass sie füreinander geschaffen waren. Seelenpartner. Sie war eine vollständige Symbiose eingegangen. Und wenn Asher anders darüber dachte?

Er beugte sich über sie und schenkte ihr sein schönstes Lächeln. „Ein wenig spät, um über meine Gefühle zu spekulieren. Findest du nicht auch?"

„Sag nicht …"

„Still, Sternchen! Du hast mir das größte Geschenk gemacht, das ich mir vorstellen kann." Er küsste ihre bebenden Lippen. „Ich liebe dich!"

Estelle erwiderte seinen Kuss. „Du bist der Mittelpunkt meiner Welt!" Dann zeigte sie ihm ihr Koboldlächeln. „Und weißt du was? Ich beneide Vampire. In euren Betten gibt es keine pieksenden Krümel!" Sie drehte sich zur Seite und wischte die Reste ihres Frühstücks vom Laken. Asher war nicht wohl in seiner Haut, als er unerwartet ernst sagte: „Da gibt es noch etwas."

Sie sah ihn an und wusste, was er ihr sagen wollte. Einfach so. „Wir werden das Krümelproblem bald nicht mehr haben!"

„Pardon?"

Ihr war nicht zum Lachen zumute, dennoch versuchte sich ein nahezu hysterisches Kichern einen Weg durch ihre Kehle zu bahnen. „Bald ist es für mich mit dem Essen vorbei, und mir bleibt nur noch flüssige Kost."

„Du weißt es?"

„Manon hat mir gestern gesagt, sie glaube, meine Albträume und Visionen seien Anzeichen einer Transformation. Ich war ziemlich wütend, als sie behauptete, meine Mutter sei fremdgegangen." Asher stand wortlos auf, Panik ließ ihr Herz schneller schlagen. Er kehrte mit einem dunkel eingebundenen Buch in seiner Hand zurück.

„Was hast du da? Etwa das Grimoire?"

„Nein, aber wir haben es gefunden. Ein Buch voll von magischen Formeln, die niemandem etwas nützen. Bestenfalls wird in einen Frosch verwandelt, wer sie in der falschen Reihenfolge anwendet."

Estelle lachte, doch ihre Stimme klang zittrig. Sie schlug das Büchlein auf. „Das ist die Schrift meiner Mutter. Warum …?"

„Lies selbst …"

Eine Viertelstunde später klappte sie das Tagebuch ihrer verstorbenen Feenmutter zu. Tränen glitzerten in ihren Wimpern, ihr Lächeln wirkte gequält. „Ich wusste nicht, dass sie so …"

„Lichtelfen sind sinnliche Geschöpfe, sie beziehen einen Großteil ihrer Energie aus erotischen Begegnungen, solange sie unter Sterblichen wandeln. Und manchmal brauchen sie einfach nur Sex, um zu überleben."

„Du meinst, Mama konnte gar nichts dafür?" Sie las die Antwort in Ashers Augen. „Meine Eltern haben sich geliebt und sind bis in den Tod zusammengeblieben. Das ist alles, was zählt. Ich verstehe nur nicht, warum sie dem Vampir nichts gesagt hat."

„Vielleicht hatte sie es vor und ist nicht mehr dazu gekommen. Dein Vater lebt sehr zurückgezogen."

„Mein Vater ist tot. Dieser Vampir mag biologisch für meine Existenz verantwortlich sein, ein Vater ist er nicht." Estelle lehnte sich Halt suchend an Asher. „Ich habe Angst!"

„Die Transformation ist für jeden von uns beängstigend, eine Erfahrung, die man niemals vergisst. Aber du bist nicht allein." Er las ihre Sorgen und schwor sich, keine Sekunde von ihrer Seite zu weichen, bis ihre Wandlung vollständig abgeschlossen war. Kein besonders schwer zu haltendes Gelübde, sollte man meinen, denn er hatte nicht vor, sie jemals wieder aus den Augen zu lassen. Asher sah sie eindringlich an. „Du darfst zu niemandem außerhalb der Familie darüber sprechen, hörst du?"

Begreifen breitete sich auf ihrem Gesicht aus, ihre Finger gruben sich tief in seine Schultern. „Weil dann die halbe magische Welt hinter mir her wäre?"

422

„Nicht, wenn ich es verhindern kann", knurrte Asher zwischen zusammengebissenen Zähnen. Der Gedanke, ein anderer könnte auch nur in Erwägung ziehen, seine Seelengefährtin zu berühren, ließ die Zähne in seinem Kiefer um Freiheit betteln. „Es würde Selena gefährden. Du bist sicher." Er zog sie näher zu sich heran und barg ihren Kopf an seiner Schulter „Niemand, der einigermaßen bei Verstand ist, wird es wagen, dich zu belästigen."

Es schmeichelte ihr, wenn er, wie in diesem Moment, seine Beschützerrolle ernst nahm. Auf den Machismo, der damit gelegentlich einherzugehen schien, hätte sie aber gut verzichten können.

Asher küsste sie auf die Nasenspitze. „In Zukunft wirst du ohnehin nur noch Augen für mich haben", sagte er lachend.

Estelle liebte ihn dafür, in jeder Situation auch eine Spur Humor zu zeigen. Aber vielleicht war diese Fähigkeit erforderlich, um so lange zu überleben, wie er es getan hatte. Dieses Mal hatte er allerdings doch übertrieben. Sie befreite sich aus seiner Umarmung und warf ihm ein Kissen an den Kopf. „Du glaubst wirklich, ich werde nie wieder einem attraktiven Mann hinterhersehen? Du arroganter – Vampir!" Sie konnte seinen zufriedenen Gesichtsausdruck in der Dunkelheit zwar nicht genau sehen, aber das Echo in ihren Gedanken war mehr als deutlich. Er schien sich seiner Sache sehr sicher zu sein.

Estelle dachte an die unglaublichen Dinge, die ihre Schwester erzählt hatte. Sie hatte behauptet, wenn Seelenpartner sich über den Austausch ihres Blutes für immer miteinander vermählten, dann gäbe es kein Zurück. Ein Vorteil war zweifellos, dass sie ihre Entscheidung nicht bereuen mussten, keiner von beiden würde jemals jemand anderen als den Seelengefährten begehren, vorausgesetzt, ihre Gefühle füreinander waren echt. Ein weiterer würde sein, dass sie sich gegenseitig nicht mehr manipulieren konnten. *Jedenfalls nicht kraft unserer Gedanken*, dachte sie. *Die „Waffen einer Frau" bleiben mir erhalten.* Estelle sah Asher mit schräg gelegtem Kopf an, und ein spitzbübisches Lächeln breitete sich über ihrem Gesicht aus: Wegen Nell Gwynn brauchte sie sich jedenfalls nicht mehr zu sorgen. „Wirst du nicht schrecklich darunter leiden?"

„Furchtbar!" Asher duckte sich, als ein zweites Kissen geflogen kam, und hatte sie im Handumdrehen in seine Arme gezogen. Er küsste Estelle, bis sie nach Luft rang, und hielt ihre Handgelenke fest auf die Matratze gedrückt. „Um meine Qual zu lindern, musst eben du meinen Hunger stillen!" Seine Stimme klang wie das Knurren eines wilden Tieres, aber die Raubkatze in seinem Bett erwies sich als durchaus ebenbürtig.

„Herzlichen Glückwunsch!" Nuriya steckte ihren Kopf durch die Tür.

„Schon mal was von Privatsphäre gehört, Schwesterlein?"

„Habt ihr vergessen, dass heute Wintersonnenwende ist? Wir warten auf euch!" Damit war sie auch schon wieder fort.

Estelle stöhnte. „Müssen wir da wirklich hin?"

Nur Mut! Asher strich über ihre Wange.

Kurz darauf sah sie sich in Kierans festlich geschmücktem Haus um und war froh, sich für ein elegantes Kleid entschieden zu haben. Asher wirkte neben ihr sehr weltmännisch, und nichts erinnerte mehr an den leicht verwahrlosten Bücherwurm. Überall saßen oder standen Bekannte oder Freunde und lächelten.

Erik ging direkt auf sie zu und schüttelte ihre Hand. „Danke!", raunte er, bevor Manon ihn beiseiteschob. „Herzlichen Glückwunsch!" Sie schloss Estelle rasch in die Arme und flüsterte: „Sieh mal, wen ich dir mitgebracht habe!"

„Ben?" Sie starrte ihn an, als hätte sie eine Erscheinung. „Du musst sofort gehen!"

Er blinzelte. „Na, hör mal. Was ist das für eine Begrüßung?"

„Entschuldige, ich …" Hilflos sah sie Manon an.

„Hier hast du deinen Elf", lachte diese in Anspielung auf Estelles früheres Geständnis, sie habe Julen für einen Spross der Lichtelfenfamilie gehalten. „Ben ist mein missratener Cousin. Er hat zwar keinen Funken Magie in seinen hübschen Knochen, aber er ist eine gute Seele."

Ben tat, als schmolle er. „Du sagst das nur, weil ich auf diesen unglaublich gut aussehenden Typen hereingefallen bin. Ich sage dir, der hätte jeden verzaubert!" Mit diesen Worten wurden seine Augen ganz groß. „Da ist er!"

Estelle brauchte sich nicht umzudrehen, um zu wissen, wer hinter ihr stand. „Asher ist dir im Traum erschienen?" Sie zog ihren Geliebten am Ärmel. „Mein Lieber, ich denke, hier ist eine Entschuldigung angebracht!"

Ben lachte gutmütig und schüttelte die Hand, die ihm Asher darbot. „Was für ein Mann. Estelle, du bist ein Glückspilz!" Selena trat an ihre Seite, bevor sie etwas antworten konnte, und umarmte sie. „Das finde ich auch!"

Nuriya kam vorbei und küsste ihre kleine Schwester auf beide Wangen. Jemand legte eine Hand auf ihre Schulter, und Estelle drehte sich um. „Julen, wie schön!"

„Hast du schon gehört, ich bin jetzt Vengador mit Auszeichnung."

„Weil du die Entführerbande ausgehoben hast?" Estelle lachte.

„So ungefähr!"

Bevor sie antworten konnte, materialisierte sich Gunnar als nächster Gratulant. Ihm war der Stolz auf seinen Bruder anzusehen, als er ihm den Arm um die Schultern legte. „Natürlich hat er das ganz allein gemacht, was denkst du denn?" Er grinste verwegen und fuhr sich durch den blonden Schopf. „Wie schade, dass ich dich erst jetzt kennenlerne. Glaubst du wirklich, dieser alte Mann ist der Richtige für dich?" Von Asher kam ein finsteres Grollen, und der freche Vampir beeilte sich, dem Vengador seine Referenz zu erweisen.

Augenstern, du bleibst meine Traumfrau! Julens Stimme klang in ihren Gedanken schelmisch.

Estelle zwinkerte ihm zu. *Bist du sicher?*

Neben ihm war Sara aufgetaucht, er legte einen Finger über seine Lippen. *Nicht weitersagen!*

Die kleine Fee lächelte schüchtern: „Danke, dass du für mich da warst!"

Zu ihrer großen Überraschung erschien auch die Gefangene aus dem Château und schüttelte ihre Hand. „Wir sind uns noch nicht offiziell vorgestellt worden, mein Name ist Nekane." Die Gratulantin wandte sich ab, zögerte und drehte sich noch einmal um. „Ach, das weißt du ja längst. Wie auch immer, herzlichen Dank für dein Vertrauen. Wenn du jemals Hilfe brauchen solltest, lass es mich wissen. Gott sei mit dir!"

Schon öffnete Estelle den Mund zu einer angemessenen Entgegnung, da materialisierte sich plötzlich Kieran mitten im Raum und zog mit diesem Auftritt alle Aufmerksamkeit auf sich. Ohne Asher anzusehen, wusste sie, dass er seine Augen verdrehte. *Wichtigtuer!*

Estelle drückte seine Hand – und sofort wurde sie mit einer Welle sinnlicher Fantasien belohnt. „Können wir uns nicht einfach unauffällig verdrücken?"

Bald! Ashers Hände schienen sich überall auf ihrem Körper zu befinden, obwohl er scheinbar unbewegt hinter ihr stand. Sie lehnte sich unauffällig gegen ihn und genoss die heimliche Tortur. Asher tat alles, um sie glücklich zu sehen, aber eines war ihr besonders wichtig: Er gab ihr Sicherheit und die Kraft, ihrem Schicksal mutig entgegenzutreten.

Ich liebe dich!, hauchte sie in seine Gedanken. Die Antwort ließ nicht lange auf sich warten.

Ich liebe dich für immer, Sternchen!

Als Kieran sicher war, die Aufmerksamkeit aller Gäste auf sich vereint zu haben, begann er seine Rede: „Wir sind heute hier zusammengekommen, um ein ganz besonderes Fest zu feiern. Nicht nur zelebrieren wir, wie jedes Jahr, die längste Nacht des Jahres, heute habe ich darüber hinaus auch noch die Ehre und das Vergnügen, die Verbindung meines Bruders und …", er machte eine Pause und sah in die Runde, „… besten Freundes Asher mit seiner bezaubernden Seelenpartnerin Estelle bekannt zu geben." Die Gäste applaudierten, weitere Gratulanten reihten sich dicht aneinander, Getränke wurden gereicht. Estelle glaubte schon, ihr Lächeln würde für immer eingefroren bleiben, bevor sie die letzte Hand geschüttelt hatte. Glücklicherweise ging der Rest des Abends schnell vorüber, und unbemerkt von den Feiernden entführte Asher schließlich seine ungeduldige Geliebte. Sie schenkte ihm ein dankbares Lächeln. „Wenn das nicht die seltsamste Party war, die ich je erlebt habe! Sind alle Vampire so gesellig?"

„Gewiss", bestätigte er abwesend und küsste ihren Hals genau an dieser besonderen Stelle, deren Magie nur er kannte …

Jacquelyn Frank
Schattenwandler
Jacob

Roman

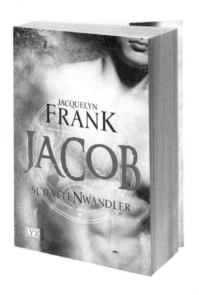

Rausch der Leidenschaft!

Seit Anbeginn der Zeit gibt es die dämonischen Schattenwandler. Die Liebe zu Sterblichen ist ihnen verboten. Ein Mann wacht darüber, dass dieses Gesetz eingehalten wird: Jacob. Siebenhundert Jahre widerstand er jeglicher Versuchung, richtete zahllose Schattenwandler, die sich bei Vollmond ihren dunklen Trieben hingaben. Doch als er die schöne Isabella rettet, flammt eine Leidenschaft in ihm auf, die er nie zuvor kannte. Und nun ist es Jacob selbst, der das eherne Gesetz der Schattenwandler bricht.

»Kraftvoll geschrieben, fesselnd und absolut überzeugend zieht dieses Buch den Leser in seinen Bann und lässt ihn nicht mehr los.« *Curled up.com*

ca. 380 Seiten, Kartoniert, Klappenbroschur
€ 9,95 [D]
ISBN 978-3-8025-8236-3

12.3.24